O SEGREDO DE HELENA

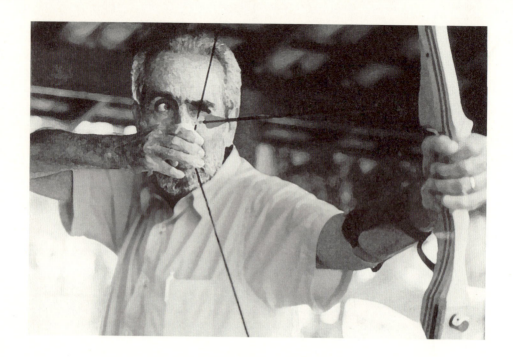

O Arqueiro

GERALDO JORDÃO PEREIRA (1938-2008) começou sua carreira aos 17 anos, quando foi trabalhar com seu pai, o célebre editor José Olympio, publicando obras marcantes como O menino do dedo verde, de Maurice Druon, e Minha vida, de Charles Chaplin.

Em 1976, fundou a Editora Salamandra com o propósito de formar uma nova geração de leitores e acabou criando um dos catálogos infantis mais premiados do Brasil. Em 1992, fugindo de sua linha editorial, lançou Muitas vidas, muitos mestres, de Brian Weiss, livro que deu origem à Editora Sextante.

Fã de histórias de suspense, Geraldo descobriu O Código Da Vinci antes mesmo de ele ser lançado nos Estados Unidos. A aposta em ficção, que não era o foco da Sextante, foi certeira: o título se transformou em um dos maiores fenômenos editoriais de todos os tempos.

Mas não foi só aos livros que se dedicou. Com seu desejo de ajudar o próximo, Geraldo desenvolveu diversos projetos sociais que se tornaram sua grande paixão.

Com a missão de publicar histórias empolgantes, tornar os livros cada vez mais acessíveis e despertar o amor pela leitura, a Editora Arqueiro é uma homenagem a esta figura extraordinária, capaz de enxergar mais além, mirar nas coisas verdadeiramente importantes e não perder o idealismo e a esperança diante dos desafios e contratempos da vida.

LUCINDA RILEY
O SEGREDO DE HELENA

ARQUEIRO

Título original: *The Olive Tree*

Copyright © 2016 por Lucinda Riley
Copyright da tradução © 2018 por Editora Arqueiro Ltda.

Todos os direitos reservados. Nenhuma parte deste livro pode ser utilizada ou reproduzida sob quaisquer meios existentes sem autorização por escrito dos editores.

tradução: Vera Ribeiro

preparo de originais: Mariana Rimoli

revisão: Cristhiane Ruiz e Flávia Midori

diagramação: Valéria Teixeira

capa: zero-media.net, Munich

imagens de capa: plainpicture/ Mylène Blanc

adaptação de capa: Gustavo Cardozo

impressão e acabamento: Bartira Gráfica

CIP-BRASIL. CATALOGAÇÃO NA PUBLICAÇÃO
SINDICATO NACIONAL DOS EDITORES DE LIVROS, RJ

R43s   Riley, Lucinda
        O segredo de Helena/ Lucinda Riley; tradução de Vera Ribeiro.
        São Paulo: Arqueiro, 2018.
        480 p.; 16 x 23 cm.

        Tradução de: The olive tree
        ISBN 978-85-8041-838-5

        1. Ficção irlandesa. I. Ribeiro, Vera. II. Título.

                        CDD: 828.99153
18-47866   CDU: 821.111(415)-3

Todos os direitos reservados, no Brasil, por
Editora Arqueiro Ltda.
Rua Artur de Azevedo, 1.767 – Conj. 177 – Pinheiros
05404-014 – São Paulo – SP
Tel.: (11) 2894-4987
E-mail: atendimento@editoraarqueiro.com.br
www.editoraarqueiro.com.br

Para o Alexander "de verdade"

Segue uma sombra, ela ainda te escapará;
Finge escapar, ela te perseguirá.

BEN JONSON

Alex

Pandora, Chipre
19 de julho de 2016

Comecei a ver a casa à medida que fui contornando com o carro os perigosos buracos – ainda não tapados, mesmo depois de dez anos, e cada vez mais fundos. Sacolejei mais um pouco, depois parei e contemplei Pandora, achando que não era assim tão bonita, ao contrário das requintadas fotos de imóveis de classe alta que vemos em sites que alugam para temporada. Em vez disso, ao menos vista pelos fundos, era uma casa sólida, sensata e quase austera, como sempre imaginei que teria sido seu habitante anterior. Construída com pedras locais de tom claro e quadrada como as casas de Lego que eu montava quando menino, Pandora se erguia da terra árida e pedregosa que a cercava e que, até onde a vista alcançava, estava coberta de tenras vinhas que começavam a brotar. Tentei conciliar a realidade com a imagem que eu levava na mente havia dez verões e concluí que a memória me prestara bons serviços.

Depois de estacionar o carro, contornei as paredes maciças até a frente da casa e o terraço, que é o que coloca Pandora acima do lugar-comum e a inclui numa espetacular categoria própria. Atravessando o terraço, fui até a balaustrada erguida em sua borda, no ponto exato que antecede o início do declive suave do terreno: uma paisagem repleta de vinhedos, uma ou outra casa pintada de branco e extensos olivais. Ao longe, uma linha de um azul-turquesa cintilante separava a terra e o céu.

Notei que o sol dava uma verdadeira aula magna ao se pôr, penetrando com seus raios amarelos no azul e o transformando em ocre. É interessante, pois sempre achei que a combinação de amarelo e azul resultava em verde. Olhei à direita, para o jardim abaixo do terraço. Os bonitos canteiros, tão cuidadosamente plantados por minha mãe dez anos antes, não tinham sido bem tratados e, sedentos de atenção e água, foram dominados pela terra árida e suplantados por um mato feio e espinhoso.

Mas ali, no centro do jardim, tendo ainda presa a ela uma ponta da rede em que mamãe costumava se deitar – as cordas parecendo espaguete velho e esfiapado –, erguia-se a velha oliveira. "Velha" foi o apelido que lhe dei na época, por ter sido informado pelos adultos que me cercavam de que ela o *era*. De fato, enquanto tudo ao redor morrera e fermentara, ela parecia haver crescido em estatura e majestade, talvez roubando a força vital de seus vizinhos botânicos depauperados, decidida, ao longo de séculos, a sobreviver.

Era muito bonita: uma vitória metafórica sobre a adversidade, com cada milímetro do tronco nodoso a exibir orgulhosamente a sua luta.

Eu me perguntei por que os seres humanos odeiam o mapa de sua vida que transparece no próprio corpo, enquanto uma árvore como essa, ou uma pintura desbotada, ou uma construção desabitada, quase em ruínas, são enaltecidas por sua antiguidade.

Pensando nisso, me voltei para a casa e fiquei aliviado ao ver que, pelo menos por fora, Pandora parecia ter sobrevivido a seu abandono recente. Na entrada principal, tirei do bolso a chave de ferro e abri a porta. Ao percorrer os cômodos na penumbra, protegidos da luz pelas venezianas cerradas, percebi que minhas emoções estavam entorpecidas, e talvez fosse melhor assim. Não me atrevi a começar a sentir coisas, porque esse lugar, talvez mais do que qualquer outro, guarda a essência *dela*...

Meia hora depois, eu já tinha aberto as janelas do térreo e tirado os lençóis de cima dos móveis do salão. Parado numa bruma de partículas de poeira que captavam a luz do sol poente, lembrei-me de ter pensado, na primeira vez em que vi a casa, que tudo parecia muito velho. E me perguntei, ao olhar para as poltronas afundadas e o sofá puído, se, tal como a oliveira, o velho e ultrapassado em certo ponto se torna simplesmente velho, sem continuar a envelhecer de modo visível, como os avós grisalhos para uma criança pequena.

A única coisa na sala que tinha mudado de forma a ficar irreconhecível era eu, é claro. Nós, humanos, completamos a maior parte da nossa evolução física e mental em nossos primeiros anos no planeta Terra – de bebês a adultos plenos num piscar de olhos. Depois disso, ao menos por fora, passamos o resto da vida mais ou menos com a mesma aparência, apenas nos transformando em versões mais flácidas e menos atraentes do nosso eu jovem, à medida que os genes e a gravidade fazem o que sabem fazer de pior.

Quanto à dimensão afetiva e intelectual das coisas... bem, devo acreditar que há algumas vantagens que compensam o lento declínio do nosso envoltório externo. Estar de volta a Pandora me mostrou com clareza que elas existem. Tornando a entrar no corredor, ri do Alex que eu era. E me encolhi diante do meu eu anterior – aos 13 anos, um completo egocêntrico e perfeito pé no saco.

Abri a porta do "Armário das Vassouras" – apelido carinhoso que dei ao quarto que ocupei durante aquele longo e quente verão dez anos atrás. Ao procurar o interruptor, percebi que eu não subestimara as dimensões do cômodo e que, para dizer o mínimo, o espaço parecia haver encolhido ainda mais. Entrei nele com todo o meu 1,85 metro e me perguntei se, caso eu fechasse a porta, meus pés precisariam ficar pendurados para fora da janelinha, bem ao estilo Alice no País das Maravilhas.

Levantei os olhos para as estantes que preenchiam os dois lados do quarto claustrofóbico e vi que os livros que eu arrumara trabalhosamente em ordem alfabética ainda estavam ali. Num gesto instintivo, peguei um deles – *Rewards and Fairies*, de Rudyard Kipling – e o folheei até encontrar o famoso poema. Ao ler os versos de "Se", os sábios conselhos de um pai para um filho, senti meus olhos se encherem de lágrimas pelo adolescente que eu fora, tão desesperado para encontrar um pai. E que, depois de encontrá-lo, reconhecera que já o tinha.

Quando devolvia Rudyard a seu lugar na prateleira, avistei um livrinho de capa dura a seu lado e me dei conta de que era o diário que minha mãe me dera no Natal, alguns meses antes de eu vir a Pandora pela primeira vez. Todos os dias, durante sete meses, eu escrevera nele com assiduidade e, sabendo como eu era na época, pomposamente. Como todo adolescente, eu acreditava que minhas ideias e sentimentos eram únicos e inovadores, pensamentos que nenhum ser humano jamais tivera antes de mim.

Balancei a cabeça, triste, e suspirei como um ancião diante da minha ingenuidade. Eu havia deixado esse diário para trás ao voltar para casa, na Inglaterra, depois daquele longo verão em Pandora. E ali estava ele, passados dez anos, mais uma vez nas minhas mãos, hoje muito maiores. Uma lembrança dos meus últimos meses de criança, antes que a vida me arrastasse para a idade adulta.

Levando o diário comigo, saí do quarto e subi para o segundo andar. Ao caminhar pela penumbra do corredor abafado, sem saber exatamente em qual cômodo queria me instalar durante minha temporada aqui, respirei fundo e fui ao quarto *dela*. Com toda a coragem possível, abri a porta. Talvez fosse minha imaginação – após uma década de ausência, achei que devia ser –, mas me convenci de que meus sentidos tinham sido tomados de assalto pelo aroma daquele perfume que um dia ela usara...

Fechei a porta com firmeza, ainda incapaz de lidar com a Caixa de Pandora das lembranças que voariam de qualquer um daqueles cômodos, e bati em retirada para o térreo. Vi que a noite caíra e estava escuro como breu do lado de fora. Consultei o relógio, acrescentei duas horas por conta da diferença de fuso horário e constatei que eram quase nove da noite – meu estômago vazio roncava, pedindo comida.

Descarreguei meus pertences que estavam no carro e guardei na despensa os mantimentos que havia comprado na loja do vilarejo, depois levei pão, queijo feta e uma cerveja morna para a varanda. Ali, sentado em meio ao silêncio cuja pureza só era rompida por uma ou outra cigarra sonolenta, tomei a cerveja e me perguntei se tinha sido mesmo uma boa ideia chegar dois dias antes dos outros. Pensar no meu próprio umbigo é algo que domino, a ponto de, recentemente, alguém ter me oferecido um emprego para exercer essa atividade em caráter profissional. Essa ideia, pelo menos, me fez rir.

Para tirar da cabeça a situação, abri o diário e li a dedicatória na primeira página:

Querido Alex, feliz Natal! Procure manter este diário em dia, escrevendo com regularidade. Talvez seja interessante lê-lo quando você for mais velho.

Com todo o meu amor, um beijo, M.

– Bem, mamãe, vamos torcer para você estar certa.

Dei um sorriso desanimado e fui pulando as páginas de prosa cheia de empáfia, até chegar ao começo de julho. E, à luz da lâmpada fraca e solitária pendurada acima de mim na pérgula, comecei a ler.

Julho de 2006

Chegadas

DIÁRIO DE ALEX

10 de julho de 2006

Meu rosto é perfeitamente redondo. Tenho certeza de que se poderia desenhá-lo com um compasso. Eu detesto o meu rosto.

No interior do círculo estão as maçãs do rosto. Quando eu era menor, os adultos costumavam puxar minhas bochechas, pegar minha carne entre os dedos e apertar. Esqueciam que não eram maçãs de verdade. As maçãs são inanimadas. São duras, não sentem dor. Quando se machucam, é só na superfície.

Tenho olhos bonitos, é bom que se diga. Eles mudam de cor. Minha mãe diz que, quando estou vivo por dentro, cheio de energia, eles são verdes. Quando fico estressado, passam a ter a cor do mar do Norte. Pessoalmente, acho que passam um bom tempo cinzentos, mas são bem grandes e têm formato de caroço de pêssego, e minhas sobrancelhas, mais escuras que meu cabelo – que é muito louro e escorrido –, formam uma bela moldura para eles.

No momento, estou me olhando no espelho. Brotam lágrimas em meus olhos, porque, quando não estou olhando para o meu rosto, na minha imaginação, posso ser quem eu quiser. Aqui, neste minúsculo banheiro de avião, a luz é cruel e brilha feito uma auréola acima da minha cabeça. Os espelhos de avião são a pior coisa do mundo: fazem a gente parecer um morto de 2 mil anos, recém-exumado.

Sob a camiseta, posso ver a banha que cai por cima do meu short. Seguro um punhado dela e moldo uma imitação sofrível do deserto de Gobi. Crio dunas com buraquinhos entre elas, dos quais poderia brotar uma ou outra palmeira em torno do oásis.

Depois disso, lavo minuciosamente as mãos.

Na verdade, gosto das minhas mãos, porque parecem não ter se juntado à Marcha para a Gordolândia, que é onde o meu corpo resolveu morar no momento. Minha mãe diz que são dobrinhas, que o botão hormonal chamado "cresça para os lados" funcionou logo na primeira vez em que foi acionado. Infelizmente, o botão "cresça para cima" deu defeito. E não parece ter sido consertado até hoje.

Quem quer ter dobrinhas, além dos bebês?

Talvez eu precise de um pouco de exercício.

A boa notícia é esta: andar de avião dá uma sensação de ausência de peso, *mesmo que você seja gordo*. E há um monte de gente mais gorda que eu neste avião, porque eu vi. Se eu sou o deserto de Gobi, meu vizinho de assento é o Saara. Os braços dele monopolizam os dois braços da poltrona, e a pele, os músculos e a gordura dele invadem o meu espaço pessoal feito um vírus mutante. Isso realmente me irrita. Guardo minha carne comigo, no território que me foi designado, mesmo que, nesse processo, acabe com uma tremenda contratura muscular.

Por algum motivo, sempre que estou num avião, penso em morrer. A bem da verdade, penso em morrer onde quer que eu esteja. Talvez estar morto seja meio parecido com a falta de peso que a gente sente dentro deste tubo de metal. Na última vez em que andamos de avião, minha irmãzinha perguntou se estava morta, porque alguém tinha lhe dito que o vovô estava numa nuvem. Ela achou que poderia vê-lo quando passamos por uma.

Por que os adultos contam essas histórias ridículas às crianças? Isso só cria problemas. De minha parte, nunca acreditei em nenhuma delas.

Minha mãe desistiu de tentar usá-las comigo há anos.

Ela me ama, a mamãe, apesar de eu ter me transformado no Sr. Geleca nos últimos meses. Ela jura que, um dia, terei que me abaixar para ver meu rosto em espelhos como este, respingados de água. Venho de uma família de homens altos, ao que parece. Não que isso me console. Já li sobre genes que pulam gerações e, conhecendo a minha sorte, serei o primeiro anão gordo em centenas de varões da família Beaumont.

Além disso, mamãe esquece que está ignorando o DNA do outro lado que ajudou a me gerar...

Esta é uma conversa que estou decidido a ter nestas férias. Não me importa quantas vezes ela tente pular fora, com medo, e mude convenientemente de assunto. A história de que nasci de uma sementinha já não é satisfatória.

Preciso saber.

Todos dizem que eu me pareço com ela. Mas é o que diriam, não? Dificilmente poderiam me achar semelhante a um espermatozoide não identificado.

Na verdade, o fato de eu não saber quem é meu pai também poderia contribuir para qualquer delírio de grandeza que eu já tenha. O que é muito insalubre, especialmente para uma criança como eu, se é que ainda sou criança. Ou se já fui, coisa de que eu próprio duvido.

Neste exato momento, enquanto meu corpo dispara pela Europa Central, meu pai poderia ser qualquer pessoa que eu quisesse imaginar, qualquer um que me conviesse. Por exemplo, o avião poderia estar prestes a cair, e talvez o comandante tivesse apenas um paraquedas extra. Eu me apresentaria a ele como seu filho, e ele com certeza iria me salvar, não iria?

Pensando bem, talvez seja melhor eu não saber. Talvez as minhas células-tronco venham de algum lugar do Oriente e, nesse caso, eu deveria aprender mandarim para me comunicar com meu pai, e essa é uma língua megadifícil de dominar.

Às vezes eu gostaria que a mamãe se parecesse mais com outras mães. Quer dizer, ela não é a Kate Moss nem nada, porque é bem velha. Só que é constrangedor quando os meus colegas de turma, meus professores ou outros homens olham para ela *daquele* jeito. Todo mundo a adora, porque ela é gentil e divertida, e cozinha e dança ao mesmo tempo. E, às vezes, o meu pedacinho dela não parece grande o bastante, e eu queria não ter que dividi-la.

Porque ela é quem eu mais amo.

Mamãe não era casada quando me deu à luz. Cem anos atrás, eu teria nascido num abrigo para pobres e o provável é que nós dois morrêssemos de tuberculose poucos meses depois. Seríamos enterrados numa vala e nossos esqueletos jazeriam juntos por toda a eternidade.

Costumo me perguntar se ela fica constrangida com o lembrete vivo da sua imoralidade, que sou eu. Será por isso que está me mandando estudar fora?

Pronuncio *imoralidade* diante do espelho. Gosto de palavras. Eu as coleciono como meus colegas de turma colecionam figurinhas de futebol ou garotas, dependendo do nível de maturidade em que estejam. Gosto de selecionar palavras, de encaixá-las nas frases, para expressar com a maior exatidão possível as ideias que tenho. Um dia, talvez eu queira brincar com elas profissionalmente. Vamos encarar os fatos: com meu físico atual, nunca serei jogador do Manchester United.

Alguém está socando a porta. Perdi a noção do tempo, como sempre. Olho para o relógio e constato que estou aqui há mais de vinte minutos. Agora vou ter que encarar uma fila de passageiros zangados, aflitos para fazer xixi.

Dou mais uma espiada no espelho – uma última olhadela no Sr. Geleca. Desvio os olhos, respiro fundo e saio como se eu fosse o Brad Pitt.

1

– Estamos perdidos. Tenho que parar.

– Meu Deus, mãe! Está um breu lá fora, e estamos pendurados na encosta de uma montanha! Não tem *nenhum* lugar para a gente parar.

– Não entre em pânico, querido. Vou encontrar um lugar seguro.

– Seguro? Se eu soubesse, tinha trazido meus grampos e minha picareta de alpinista.

– Tem um acostamento ali.

Helena conduziu aos trancos e barrancos o carro alugado, ao qual não estava habituada, fez uma curva fechada e parou. Olhou de relance para o filho, que tapava os olhos com os dedos, e pôs a mão no joelho dele.

– Pode olhar agora – avisou.

Em seguida espiou pela janela, vendo a descida íngreme para o vale, e avistou as luzes dos vaga-lumes no litoral, piscando lá embaixo.

– É lindo – suspirou.

– Não, mamãe, não é "lindo". "Lindo" é quando não estamos perdidos no interior de um país estrangeiro, a poucos passos de despencar 600 metros para a morte certa, num vale lá embaixo. Eles nunca ouviram falar em barreiras de proteção por aqui?

Helena ignorou o garoto e tateou o teto do carro, procurando o interruptor da luz interna.

– Passe esse mapa para mim, querido.

Alex obedeceu e Helena examinou o papel.

– Está de cabeça para baixo, mamãe – observou o menino.

– Está bem, está bem. – Ela desvirou o mapa. – Immy ainda está dormindo?

Alex se virou e olhou para a irmã de 5 anos, estirada no banco de trás com Lamby, sua ovelhinha de pelúcia, aninhada em segurança debaixo do braço.

– Está. E é bom mesmo que esteja. Esta viagem poderia deixá-la traumatizada. Ela nunca andará na montanha-russa do Alton Towers se vir onde estamos agora.

– Certo. Sei onde eu errei. Precisamos voltar, descer o morro...

– Montanha – corrigiu Alex.

– ...virar à esquerda na placa para Kathikas e subir por essa estrada. Tome.

Helena entregou o mapa a Alex e engatou o que pensou ser a marcha a ré. O carro deu um solavanco para a frente.

– *MAMÃE!*

– Desculpe.

Com uma deselegante meia-volta em três manobras, Helena reconduziu o carro à estrada principal.

– Pensei que você soubesse onde ficava esse lugar – resmungou Alex.

– Querido, eu só era dois anos mais velha que você na última vez em que estive aqui. Para sua informação, isso foi há quase 24 anos. Mas tenho certeza de que vou reconhecer o lugar quando chegarmos ao vilarejo.

– Se chegarmos.

– Pare de ser tão estraga-prazeres! Você não tem nenhum espírito de aventura?

Helena sentiu alívio ao ver uma curva com uma placa que indicava Kathikas. Seguiu o caminho indicado e disse:

– Vai valer a pena quando chegarmos lá, você vai ver.

– Nem fica perto da praia. E eu detesto azeitona. *E* os Chandlers. O Rupert é um baba...

– Chega, Alex! Se você não consegue pensar em nada positivo para dizer, apenas cale a boca e me deixe dirigir.

Alex mergulhou num silêncio emburrado, enquanto Helena encorajava o Citroën a subir a ladeira íngreme, pensando em como fora uma pena o avião se atrasar, fazendo-os aterrissar em Pafos logo após o pôr do sol. Quando foram liberados pelo serviço de imigração e localizaram o carro alugado, já estava escuro. Ela andara saboreando a ideia de fazer aquela viagem às montanhas, de revisitar sua vívida lembrança da infância e de revê-la pelos olhos dos filhos.

Mas era frequente a vida não ficar à altura das expectativas, pensou, especialmente quando se tratava de memórias tão antigas. E Helena tinha consciência de que o verão que havia passado ali, aos 15 anos, na casa do padrinho, estava salpicado com o pó mágico da história.

Por mais ridículo que fosse, ela precisava que a casa se mostrasse tão perfeita quanto em suas lembranças. Em termos lógicos, sabia que isso não seria possível, que rever a casa talvez fosse como encontrar o primeiro amor depois de 24 anos: captado pelos olhos da memória, reluzindo com a força e a beleza da juventude, mas, na realidade, grisalho e se desintegrando lentamente. Ela sabia que *essa* também era outra possibilidade...

Ele ainda estaria lá?

Helena apertou o volante e afastou com firmeza tal ideia.

Era fatal que a casa, chamada Pandora, que lhe parecera uma mansão naqueles tempos, fosse menor do que ela se lembrava. Os móveis antigos, encomendados da Inglaterra por Angus, seu padrinho, na época em que ele reinava soberano sobre os remanescentes do Exército britânico ainda lotado no Chipre, pareceram-lhe requintados, elegantes, intocáveis. Os sofás de tecido adamascado, de um azul-claro acinzentado, na penumbra da sala de estar – cujas venezianas permaneciam habitualmente cerradas para impedir a entrada do brilho solar que tudo desbotava –, a escrivaninha georgiana no escritório a que Angus se sentava todas as manhãs, abrindo cartas com uma espada em miniatura, e a grande mesa de jantar de mogno, cuja superfície lisa se assemelhava a um rinque de patinação, todos montavam sentinela em sua memória.

Fazia três anos que Pandora estava vazia, desde que Angus fora obrigado a voltar à Inglaterra por problemas de saúde. Entre amargas reclamações de que o atendimento médico no Chipre era tão bom quanto o do Serviço Nacional de Saúde em sua terra natal, senão melhor, até ele tivera que admitir, de má vontade, que a falta de um par de pernas confiáveis e as idas constantes a um hospital situado a 45 minutos de distância não tornavam particularmente conveniente morar num vilarejo montanhoso.

Por fim, ele acabara desistindo da luta para permanecer em sua amada Pandora e, havia seis meses, morrera de pneumonia e tristeza. Um corpo já frágil, que tinha passado a maior parte de seus 78 anos em climas subtropicais, sempre tivera pouca probabilidade de se adaptar à umidade cinzenta e implacável de um subúrbio residencial escocês.

Deixara tudo para Helena, sua afilhada – inclusive Pandora.

Helena chorara ao saber da notícia. Lágrimas com um toque de culpa por não ter posto em prática os constantes planos de visitar com mais frequência o padrinho na clínica de repouso.

O toque do celular, nas profundezas da bolsa, invadiu seus pensamentos.

– Atenda, por favor, querido – pediu ela a Alex. – Deve ser o papai, para saber se já chegamos.

Alex fez a habitual busca malsucedida na bolsa da mãe, conseguindo pescar o celular momentos depois de ele parar de tocar. Verificou o registro de chamadas.

– *Era* o papai. Quer que eu ligue de volta?

– Não. A gente liga quando chegar lá.

– *Se* chegar.

– É claro que vamos chegar. Estou começando a reconhecer o caminho. Agora não faltam nem dez minutos.

– A Taberna Hari já existia quando você veio aqui? – indagou Alex, ao passarem por uma reluzente palmeira de neon na frente de um restaurante espalhafatoso, cheio de caça-níqueis e cadeiras de plástico branco.

– Não, mas esta é uma estrada nova, com uma porção de lojas e bares para pescar turistas. Na minha época, havia pouco mais que uma trilha descendo do vilarejo até a casa.

– Aquele lugar tem TV a cabo. Podemos ir lá, uma noite? – perguntou ele, esperançoso.

– Talvez.

A visão que Helena tinha de noites amenas, passadas no maravilhoso terraço de Pandora, com vista para os olivais, bebendo o vinho de produção local e se banqueteando com figos colhidos diretamente dos galhos, não incluía TV a cabo nem palmeiras de neon.

– Mãe, exatamente até que ponto é simples essa casa para onde estamos indo? Quer dizer, tem eletricidade?

– É claro que tem, seu bobo. – Helena rezou para que a chave de luz tivesse sido ligada pela vizinha que havia ficado com as chaves. – Olhe, agora estamos entrando no vilarejo. São só mais alguns minutos e estaremos lá.

– Acho que eu poderia voltar para aquele bar de bicicleta – resmungou Alex. – Se eu pudesse arranjar uma bicicleta.

– Eu ia da casa ao vilarejo de bicicleta quase todo dia.

– Era um biciclo?

– Era uma bicicleta normal, com três marchas e uma cestinha. – Helena sorriu ante a lembrança. – Eu costumava ir buscar o pão na padaria.

– Igual à bicicleta da bruxa em *O Mágico de Oz*, quando ela passa pela janela da Dorothy?

– Exatamente. Agora, fique quieto, tenho que me concentrar. Vamos entrar pelo outro lado da rua, por causa da estrada nova, e preciso me localizar.

À sua frente, Helena viu as luzes do vilarejo. Diminuiu a velocidade quando a rua começou a se estreitar e o cascalho duro foi estalando sob os pneus. Começou a reconhecer construções de pedra cipriota, de tom creme, até finalmente formarem uma parede contínua, dos dois lados da rua.

– Olhe, logo ali adiante está a igreja.

Helena apontou para o prédio que tinha sido a alma da pequena comunidade de Kathikas. Na passagem, viu alguns jovens conversando em volta de um banco no pátio externo, com a atenção concentrada nas duas garotas de olhos pretos que se reclinavam nele, ociosas.

– Esse é o centro do vilarejo – disse ela.

– Um verdadeiro point, é óbvio.

– Parece que abriram duas tabernas muito boas aqui nos últimos anos. Olhe, ali está a loja. Eles a ampliaram, pegando a casa vizinha. Vendem absolutamente tudo que você possa querer comprar.

– Vou dar uma passada lá e pegar o último CD dos All-American Rejects, que tal?

– Ora, Alex! – A paciência de Helena se esgotou. – Sei que você não queria vir para cá, mas, pelo amor de Deus, você ainda nem viu Pandora! Ao menos dê uma chance. Se não for por você, que seja por mim!

– Está bem. Desculpe, mãe, desculpe.

– O vilarejo era muito pitoresco e, pelo que estou vendo, não parece ter mudado quase nada – disse Helena, com alívio. – Podemos explorá-lo amanhã.

– Agora estamos saindo do vilarejo, mãe – comentou Alex, nervoso.

– Sim. A esta hora não dá para vê-los, mas dos nossos dois lados há acres e mais acres de vinhedos. Houve época em que os faraós despachavam vinho daqui para o Egito, por ele ser tão bom. É aqui que nós viramos, tenho certeza. Segure firme. A estrada é bem acidentada.

Conforme a trilha áspera de cascalho foi descendo e serpenteando por entre os vinhedos, Helena reduziu a marcha para a primeira e acendeu os faróis altos, na intenção de contornar os buracos traiçoeiros.

– Você andava de bicicleta aqui todo dia? – indagou Alex, surpreso. – Uau! É incrível que não tenha acabado no meio das vinhas.

– Às vezes eu ia parar lá, mas a gente aprende a conhecer os piores trechos.

Helena se sentiu estranhamente reconfortada pelo fato de os buracos serem tão ruins quanto ela recordava. Andara sentindo pavor de ruas asfaltadas.

– Já chegou, mamãe? – perguntou uma voz sonolenta no banco de trás. – Sacode muito.

– Sim, estamos chegando, querida. Mais alguns segundos, literalmente.

Sim, estamos chegando...

Uma mistura de empolgação e nervosismo a atravessou ao fazer a curva para uma estrada mais estreita e avistar a silhueta escura e sólida de Pandora. Guiou o carro por entre os portões de ferro batido enferrujados, eternamente abertos naqueles anos distantes e, a esta altura, quase certamente incapazes de movimento.

Parou o carro e desligou o motor.

– Chegamos.

Não houve reação de seus dois filhos. Com uma olhadela para trás, viu que Immy tornara a pegar no sono. Alex continuava no banco do carona, olhando diretamente para a frente.

– Vamos deixar a Immy dormir enquanto eu procuro a chave – sugeriu Helena, ao abrir a porta e ser tomada de assalto pelo ar quente da noite.

Desceu do carro, parou e aspirou o cheiro potente de azeitonas, uvas e terra do qual ela se lembrava vagamente – a um mundo de distância das rodovias asfaltadas e das palmeiras de neon. O olfato era *mesmo* o mais poderoso dos sentidos, pensou. Evocava um momento específico, uma atmosfera, com minuciosa precisão.

Absteve-se de perguntar a Alex o que ele achava da casa, porque ainda não havia nada para achar e ela não suportaria uma resposta negativa. Estavam parados no intenso negrume dos fundos de Pandora, com suas janelas de venezianas fechadas e trancada como um quartel.

– Está superescuro, mãe.

– Vou acender de novo o farol alto. Angelina disse que ia deixar a porta dos fundos aberta.

Helena pôs a mão dentro do carro e acendeu os faróis. Atravessou o trecho de cascalho até a porta, com Alex nos seus calcanhares. A maçaneta de latão girou com facilidade e ela abriu a porta, procurando um interruptor. Ao encontrá-lo, prendeu a respiração e o apertou. A área dos fundos ficou subitamente banhada em luz.

– Graças a Deus – murmurou ela, abrindo outra porta e acendendo outro interruptor. – Aqui é a cozinha.

– É, estou vendo. – Alex perambulou pelo lugar amplo e abafado, que continha uma pia, um fogão velhíssimo, uma grande mesa de madeira e um guarda-louça galês que ocupava uma parede inteira. – É bem simples.

– Angus raramente vinha aqui. A empregada cuidava de todo o serviço doméstico. Acho que ele nunca preparou uma refeição em toda a sua vida. Isto aqui era praticamente uma central de trabalho, não o cômodo confortável que são as cozinhas de hoje.

– E onde ele comia?

– Lá fora, no terraço, é claro. É o que todos fazem aqui.

Helena abriu a torneira. Um filete de água escorreu com relutância, depois se transformou numa torrente.

– Parece que não tem geladeira – comentou Alex.

– Fica na despensa. Angus recebia gente com tanta frequência e era tão demorada a ida a Pafos que ele também mandou instalar um sistema de refrigeração na própria despensa. E não, antes que você pergunte, não existia freezer naquela época. A porta é logo à sua esquerda. Vá ver se a geladeira continua lá, sim? Angelina disse que nos deixaria leite e pão.

– Claro.

Alex se afastou e Helena, acendendo as luzes à medida que avançava, descobriu-se no vestíbulo principal, na parte da frente da casa. O piso desgastado de pedra, disposto num padrão de tabuleiro de xadrez, ecoava sob seus passos. Ela ergueu os olhos para a escadaria principal, cujo pesado corrimão curvo fora feito por artesãos habilidosos, com carvalho que, ela se lembrava, Angus mandara vir especialmente da Inglaterra. Atrás dela ficava um relógio carrilhão que parecia um soldado, mas já não funcionava.

Aqui o tempo parou, pensou consigo mesma enquanto abria a porta da sala. Os sofás de tecido adamascado estavam cobertos por lençóis, para evitar a poeira. Helena puxou um deles e afundou na maciez aveludada. O tecido, embora ainda imaculado e sem manchas, pareceu-lhe frágil sob os dedos, como se seu material, embora não sua presença, tivesse sido delicadamente desgastado. Helena se levantou e atravessou o cômodo até uma das duas portas francesas que davam para a área externa da frente da casa. Abriu as persianas de madeira que protegiam o salão do sol, destrancou a dura maçaneta de ferro e saiu para o terraço.

Alex a encontrou ali, segundos depois, debruçada sobre a balaustrada que delimitava a área.

– A geladeira parece sofrer de um ataque horrível de asma – disse ele –, mas lá dentro tem leite, ovos e pão. E disto aqui, decididamente, nós temos o suficiente, pode crer – acrescentou, balançando um enorme salame rosado diante da mãe, que não respondeu.

Ele chegou mais perto.

– Bonita vista – acrescentou.

– É espetacular, não? – Helena sorriu, satisfeita por ele ter gostado.

– Aquelas luzinhas miúdas lá embaixo são o litoral?

– Sim. De manhã você vai conseguir ver o mar, mais adiante. E os olivais e vinhedos que descem abaixo de nós até o vale, com as montanhas dos dois lados. Há uma oliveira deslumbrante no jardim, logo ali. Diz a lenda que ela tem mais de 400 anos.

– Velha... como parece ser tudo aqui. – Alex olhou para baixo, depois para a esquerda e a direita. – Este lugar é muito, hum, isolado, não é? Não estou vendo nenhuma outra casa.

– Achei que as construções poderiam ter subido por aqui, como ao longo da costa, mas não aconteceu. – Helena se virou para o filho. – Me dê um abraço, querido. – Envolveu-o nos braços. – Estou muito contente por estarmos aqui.

– Ótimo. Fico contente por você estar contente. Importa-se de levarmos a Immy para dentro agora? Tenho medo de que ela acorde, se assuste e saia andando por aí. E estou morto de fome.

– Primeiro, vamos lá em cima escolher um quarto para colocá-la. Depois, talvez você possa me dar uma mãozinha, carregando-a para lá.

Helena voltou com Alex pelo terraço, parando sob a pérgula coberta de vinhas, que proporcionava um bem-vindo abrigo do sol do meio-dia. A mesa comprida de ferro batido, com a tinta branca descascando e quase toda coberta de folhas mortas caídas das vinhas, ainda se erguia desamparada embaixo dela.

– Era aqui que fazíamos todas as refeições, na hora do almoço e à noite. E também tínhamos que nos vestir adequadamente. Maiôs ou calções molhados não eram permitidos à mesa do Angus, por mais calor que fizesse – acrescentou ela.

– Você não vai obrigar a gente a fazer isso, vai, mãe?

Helena bagunçou a farta cabeleira loura do filho e o beijou no alto da cabeça.

– Vou me considerar com sorte se conseguir pôr todos vocês à mesa, vistam o que vestirem. Como os tempos mudaram! – exclamou, suspirando, depois lhe estendeu a mão. – Ande, vamos subir e explorar a casa.

Era quase meia-noite quando Helena finalmente se sentou na varandinha do quarto de Angus. Immy dormia a sono solto na imensa cama de mogno. Helena tinha decidido que a mudaria no dia seguinte para um dos dois quartos em que havia um par de camas de solteiro, assim que descobrisse onde era guardada toda a roupa de cama. Alex havia ficado mais adiante no corredor, deitado num colchão sem forro. Tinha fechado todas as venezianas, na tentativa de se proteger dos mosquitos, embora o calor resultante no quarto fosse intenso como o de uma sauna. Nessa noite, não havia o menor sopro de brisa.

Helena apanhou a bolsa e dela tirou o celular e um maço de cigarros amassado. Pôs os dois no colo e os fitou. Primeiro um cigarro, decidiu. Ainda não queria que o encanto fosse quebrado, ainda não. Sabia que William, seu marido, não *pretenderia* dizer nada que a jogasse de volta à realidade, de supetão, mas o provável era que o fizesse. E nem seria culpa dele, porque fazia todo o sentido William lhe dizer se o homem tinha ido ou não consertar o lava-louça, e perguntar onde ela havia escondido os sacos de lixo, porque era preciso levar o lixo lá para fora, para a coleta do dia seguinte. Ele presumiria que Helena ficaria contente em saber que estava tudo sob controle.

E... ela ficaria. Só que não *agora*...

Acendeu o cigarro, deu uma tragada e se perguntou por que havia algo de tão sensual em fumar no calor de uma noite mediterrânea. Ela fumara pela primeiríssima vez a poucos metros de onde se sentava agora. Na ocasão, tinha se deleitado, cheia de culpa, com a ilegalidade daquele ato. Passados 24 anos, sentia-se igualmente culpada, desejando que este fosse um hábito que ela conseguisse perder. Naquela época, ela era jovem demais para fumar; agora, com quase 40 anos, estava velha demais. Essa ideia a fez sorrir. Sua juventude, encapsulada entre a última vez que ela estivera nessa casa, fumando seu primeiro cigarro, e esta noite.

Naquela época, eram muitos os sonhos, com a perspectiva da idade adulta se estendendo diante dela. A quem amaria? Onde iria morar? Até onde seu talento a levaria? Será que ia ser feliz...?

E agora, quase todas estas perguntas tinham sido respondidas.

– Por favor, permita que estas férias sejam tão perfeitas quanto possível – murmurou para a casa, a lua e as estrelas.

Nas semanas anteriores, tivera uma estranha sensação de desastre iminente, a qual, por mais que tentasse, simplesmente não tinha conseguido afastar. Talvez fosse o fato de ela estar se aproximando rapidamente de um aniversário que era um marco. Ou talvez fosse apenas por saber que estaria voltando *para cá...*

Já sentia a atmosfera mágica de Pandora a envolvê-la, como se a casa fosse descascando suas camadas protetoras e a desnudando até a alma. Tal como tinha feito da última vez.

Apagando o cigarro parcialmente fumado e lançando-o na noite, pegou o celular e digitou o número de casa, na Inglaterra. William atendeu no segundo toque.

– Oi, querido, sou eu – anunciou ela.

– E então, vocês chegaram bem? – perguntou ele, e Helena sentiu-se instantaneamente reconfortada pelo som da sua voz.

– Chegamos. Como estão as coisas em casa?

– Bem. Sim, bem.

– Como vai o aprendiz de terrorista de 3 anos? – indagou ela com um sorriso.

– Fred finalmente apagou, graças a Deus. Está muito aborrecido por vocês terem ido embora e o deixado com seu velho pai.

– Estou com saudade dele. Mais ou menos. – Helena deu um risinho baixo. – Com o Alex e a Immy aqui, pelo menos terei uma chance de organizar a casa antes de vocês dois chegarem.

– Está habitável?

– Acho que está, sim, mas poderei ver melhor de manhã. A cozinha é muito simples.

– Por falar em cozinha, o homem do lava-louça veio hoje.

– E?

– Ele o consertou, mas bem que podíamos ter comprado um novo, pelo tanto que custou o reparo.

– Puxa vida. – Helena reprimiu um sorriso. – Os sacos de lixo estão na segunda gaveta de baixo, à esquerda da pia.

– Eu ia mesmo perguntar. O lixeiro vem amanhã, você sabe. Você me liga de manhã?

– Ligo, sim. Dê um beijão no Fred e outro para você. Até amanhã, querido.

– Tchau. Durma bem.

Helena passou mais um tempo sentada, contemplando o deslumbrante céu noturno – inundado por uma miríade de estrelas, que ali pareciam brilhar com muito mais luz –, e sentiu que o cansaço começava a substituir a adrenalina. Entrou pé ante pé e se deitou na cama ao lado da filha. E, pela primeira vez em semanas, adormeceu imediatamente.

DIÁRIO DE ALEX

11 de julho de 2006

Eu o escuto. Pairando em algum ponto acima de mim, no escuro, afiando os dentes para se preparar para a refeição.

Que sou eu.

Mosquitos têm dentes? Devem ter, pois de que outra maneira conseguiriam perfurar a pele? No entanto, quando chego ao máximo dos máximos e consigo esmagar um dos safados contra a parede, não ouço nenhum barulho de trituração, só o som de algo macio sendo amassado. Nenhum estalo, que foi o que ouvi quando caí do trepa-trepa aos 4 anos e quebrei o dente da frente.

Às vezes, eles têm a ousadia de vir zumbir no ouvido da gente, alertando-nos para o fato de que estamos prestes a ser devorados. Você fica deitado ali, agitando os braços no ar, enquanto eles fazem uma dança invisível mais acima, provavelmente dando risadas histéricas da sua vítima infeliz.

Tiro o Cê da mochila e o ponho ao meu lado, embaixo do lençol. Ele ficará bem, porque não precisa respirar. Só para deixar registrado, ele não é um Cê de verdade, é um coelhinho de pelúcia, um coelho da mesma idade que eu. Chama-se Cê porque é o "C" de Coelho. Foi assim que o chamei quando era pequenininho – mamãe diz que essa foi uma das minhas primeiras palavras – e o nome pegou.

Ela também falou que eu o ganhei de "alguém especial" quando nasci. Acho que deve estar se referindo ao meu pai. Por mais triste e patético que seja, aos 13 anos, ainda dividir a cama com um velhíssimo coelhinho de brinquedo, não me importo. Ele, o Cê, é o meu talismã, a minha rede de segurança e o meu amigo. Eu conto tudo a ele.

Muitas vezes pensei que, se alguém pudesse reunir todos os zilhões de chupetas e bichinhos de pelúcia num só lugar e interrogá-los, aprenderia muito mais sobre as crianças com quem eles dormem do que qualquer pai ou mãe. Simplesmente porque eles de fato escutam sem interromper.

Cubro as partes vulneráveis do meu corpo da melhòr maneira possível, com várias peças de roupa – dando especial atenção às bochechas gorduchas, que dariam a um mosquito café da manhã, almoço e jantar numa sugada só.

Acabo pegando no sono. Eu acho, pelo menos. Quer dizer, espero que eu esteja sonhando, porque me vejo numa fornalha ardente, com chamas lambendo meu corpo e o calor fazendo minha pele derreter e soltar dos ossos.

Acordo e vejo que ainda está escuro, percebo que não consigo respirar e encontro uma cueca cobrindo meu rosto – razão por que está escuro e não consigo respirar. Afasto a cueca, aspiro um pouco de ar e vejo faixas de luz infiltrando-se pelas venezianas.

Amanheceu. Estou banhado em suor, mas, se aquele insetinho safado não me pegou, valeu a pena.

Levanto-me molhado do colchão e arranco do corpo a roupa encharcada. Cambaleio até um espelhinho embaçado em cima da cômoda para inspecionar meu rosto. E vejo uma enorme picada vermelha na minha bochecha direita.

Xingo, usando palavras que minha mãe detestaria, e me pergunto como ele conseguiu se enfiar por baixo da cueca para me pegar. Todos os mosquitos fazem parte de uma força de elite altamente treinada na arte da infiltração.

Além da picada, todo o meu rosto está vermelho como uma maçã. Viro para as janelas, abro as venezianas e pisco feito uma toupeira ao pisar na varandinha. Sinto o calor do sol matinal me queimar como a fornalha do meu sonho.

Depois que minha vista se adapta à luminosidade, percebo que a paisagem é incrível, exatamente como minha mãe disse que seria. Estamos num ponto elevado, empoleirados numa encosta de montanha e a paisagem abaixo, amarela, marrom e verde-oliva, é árida e seca como eu. Longe, bem longe, o mar azul cintila ao sol. Baixo então os olhos e me concentro na figurinha na extremidade do terraço abaixo de mim.

Minha mãe está usando a balaustrada como barra de apoio. Seu cabelo dourado balança harmonicamente enquanto ela inclina a metade superior do corpo para trás, feito uma contorcionista, e vejo claramente o desenho de suas costelas sob a malha. Ela faz essa sequência de exercícios de balé todas as manhãs. Até no dia de Natal ou depois de ter dormido muito tarde e tomado algumas taças de vinho. Na verdade, no dia em que não fizer, vou saber que há algo terrivelmente errado com ela.

Outras crianças ganham cereal e torradas no café da manhã, com pais que se mantêm na posição vertical. Eu ganho o rosto da minha mãe, me olhando de cabeça para baixo por entre as pernas e me pedindo para pôr a chaleira no fogo.

Uma vez ela tentou me levar para fazer balé. Essa é uma coisa em que, decididamente, não somos parecidos.

De repente, sinto uma sede incrível, insuportável. E também uma tonteira. O mundo gira ligeiramente e caio para trás, em cima do colchão, fechando os olhos.

De repente estou com malária. De repente aquele mosquito acabou comigo e tenho poucas horas de vida.

Seja o que for, preciso de água e da minha mãe.

2

– Desidratação. É só isso. Dissolva o conteúdo deste pacotinho em água. Dê a ele um agora e outro antes de ele se deitar para dormir. E você, rapazinho, tome bastante líquido.

– Tem certeza de que não é malária, doutor? – Alex olhou com desconfiança para o diminuto cipriota. – Pode me dizer, sabe? Eu posso lidar com isso.

– É claro que não é malária, Alex – rebateu Helena. Virou-se para o médico e o observou enquanto ele fechava a maleta. – Obrigada por ter vindo tão depressa e lamento tê-lo incomodado. – Ela conduziu o homem para fora do quarto e escada abaixo, em direção à cozinha. – Ele parecia estar delirando. Fiquei assustada.

– É claro, é natural, e não há problema algum. Tratei do coronel McCladden por muitos anos. A morte dele... foi muito triste. – Encolheu os ombros e entregou seu cartão a Helena. – Para o caso de a senhora precisar de mim. No futuro, é melhor ir ao meu consultório. Receio que hoje eu deva lhe cobrar honorários de visita em domicílio.

– Ai, meu Deus, acho que não tenho dinheiro suficiente em espécie. Eu pretendia ir ao banco do vilarejo hoje – respondeu Helena, envergonhada.

– Não tem importância. O consultório fica a poucos passos de lá. Deixe o pagamento com minha recepcionista mais tarde.

– Obrigada, doutor, farei isto.

O médico cruzou a porta e Helena o acompanhou. Ele se virou e olhou para a casa.

– Pandora – disse, com ar pensativo. – A senhora deve ter ouvido falar do mito, não?

– Sim.

– Uma casa tão maravilhosa, mas que, como a caixa da lenda que lhe deu nome, passou muitos anos fechada. Será que é a senhora que vai abri-la? – perguntou, com um sorriso inquisitivo, exibindo uma fileira de dentes brancos e regulares.

– Espero não liberar todos os males do mundo – disse Helena, com um sorriso irônico. – Na verdade, agora a casa é minha. Angus era meu padrinho. Deixou-a para mim.

– Entendo. E a senhora vai gostar dela como ele gostou?

– Ah, eu já gosto. Vim passar uma temporada aqui, quando adolescente, e nunca a esqueci.

– Nesse caso, deve saber que esta é a casa mais antiga da região. Alguns dizem que já havia uma residência aqui milhares de anos atrás. Que certa vez Afrodite e Adônis vieram provar o vinho e passaram a noite. Há muitas lendas no vilarejo...

– Sobre a casa?

– Sim. – Ele sustentou com firmeza o olhar de Helena. – A senhora me lembra muito outra senhora que um dia conheci aqui, faz muitos anos.

– É mesmo?

– Ela estava visitando o coronel McCladden e fui chamado para tratá-la. Era linda como a senhora – disse, com um sorriso. – Agora, certifique-se de que o menino beba bastante líquido. *Adio*, madame.

– Vou fazer isso. Até logo e obrigada.

Helena viu o carro do médico afastar-se numa nuvem de poeira branca. Ao olhar para Pandora, apesar do calor escaldante, subiu-lhe um arrepio na espinha e ela voltou a ser tomada pela estranha sensação de pavor. Esforçou-se por se concentrar em sua lista mental de tarefas. A primeira era verificar o estado da piscina, então contornou a casa com passos rápidos e atravessou o terraço. Notou que acrescentar umas plantas coloridas nas urnas de pedra atualmente bolorentas e vazias melhoraria o aspecto do local, e fez uma anotação mental. A piscina ficava abaixo do terraço e era acessada descendo-se um lance decrépito de escada. Parecia estar em condições surpreendentemente boas, mas era óbvio que precisaria de uma boa limpeza para se tornar apropriada para o uso.

Quando deu meia-volta para retornar à casa, Helena olhou para cima e notou quanto Pandora parecia diferente se observada daquele ponto de vista. O acesso à entrada principal dava uma impressão meio austera e era desprovido de enfeites, mas a fachada da casa era decididamente pitoresca. Além de ser suavizada pelo terraço comprido e pela pérgula, todas as janelas dos quartos eram adornadas por balcões floreados de ferro batido, no estilo Julieta, o que dava à construção a impressão bizarra de uma *villa* à moda italiana. Ela se perguntou por que não se lembrava da casa daquela maneira, mas então recordou que, desde sua última estada ali, havia efetivamente passado um tempo morando na Itália, e por isso podia agora tecer essa comparação.

Tornou a entrar e subiu ao quarto em que havia dormido com Immy. A filha estava diante do espelho, com seu melhor vestido de festa em tecido cor-de-rosa. Helena não pôde deixar de sorrir ao vê-la se admirar, contorcendo o corpinho e jogando o glorioso cabelo louro para lá e para cá, enquanto, toda contente, examinava o próprio reflexo, com seus grandes e inocentes olhos azuis.

– Pensei que tivesse deixado você aqui para desfazer a mala, querida.

– Eu já desfiz, mamãe.

Com um suspiro de irritação, Immy se afastou contrariada do espelho e apontou o dedinho, indicando que as roupas espalhadas por todo o quarto já não estavam dentro da mala.

– Eu quis dizer desfazer e pôr nas *gavetas*, não no chão. E tire esse vestido. Você não pode usá-lo agora.

– Por quê? – Os lábios de Immy, que pareciam um botão de rosa, juntaram-se num beicinho. – É o meu favorito.

– Eu sei, mas é para uma festa, não para correr no calor, numa casa velha e poeirenta.

Immy viu a mãe arrumar as roupas numa pilha em cima da cama e começar a guardá-las.

– E, de qualquer jeito – argumentou –, as gavetas têm um cheiro engraçado.

– É só cheiro de coisa velha – contrapôs Helena. – Vamos deixá-las abertas para arejar. Vão ficar ótimas.

– O que a gente vai fazer hoje? Tem Disney Channel na televisão?

– Eu...

Já era quase meio-dia e a manhã de Helena tinha passado num borrão de pânico, na tentativa de encontrar um médico para o filho, que parecia delirante. Ela se sentou abruptamente na cama, também ansiando, de repente, pelo Disney Channel.

– Temos muito que fazer hoje, querida, e não, aqui nem tem televisão.

– Então podemos comprar uma?

– Não, não podemos – rebateu Helena, impaciente, e se arrependeu de imediato.

Immy tinha sido muito boazinha, tanto na viagem quanto nessa manhã, distraindo-se sozinha e sem fazer barulho. Helena estendeu a mão para a filha e lhe deu um abraço.

– A mamãe só tem que resolver algumas coisas, depois vamos sair para fazer uma exploração, está bem?

– Sim, mas pode ser que eu esteja meio com fome. Não tomei café.

– Não, não tomou, e por isso eu acho melhor irmos logo para fazer compras. Só vou dar uma olhada no Alex, depois saímos.

– Já sei, mamãe! – O rosto de Immy se iluminou quando ela desceu do colo de Helena e começou a vasculhar a mochilinha que havia carregado no avião. – Vou fazer um cartão de "Melhoras" para ele se animar.

– É uma ótima ideia, querida – concordou Helena, enquanto a filha brandia triunfalmente o papel e as canetas hidrográficas.

– Ou então... – Immy enfiou uma caneta na boca enquanto pensava. – Se ele não melhorar, posso pegar umas flores lá fora para botar no túmulo dele?

– Você até poderia fazer isso, mas juro que ele não vai morrer, então acho que o cartão é uma ideia melhor.

– Ah. Ele disse que ia com a gente, quando fui lá falar com ele hoje de manhã.

– Bem, não vai. Comece a fazer o cartão, que eu volto daqui a pouco.

Helena saiu do quarto e seguiu pelo corredor para ver Alex, metade dela desejando que o filho se transformasse num adolescente *normal*, desses que usam capuz e gostam de futebol, de garotas e de circular com os amigos pelo shopping, à noite, horrorizando uma ou outra vovó com suas gracinhas. Em vez disso, ele tinha um Q.I. fora de série, o que na prática parecia bom, mas, na verdade, causava mais problemas do que seu cérebro de alta voltagem era capaz de resolver. Ele se portava mais como um velho do que como um adolescente.

– Como está indo?

Ela espiou cautelosamente pela porta. Alex estava deitado de cueca, com um braço atravessado sobre a testa.

– Hmmf – foi a resposta.

Helena se sentou na beirada da cama. O ventilador antiquíssimo que ela havia arrastado do quarto de Angus para proporcionar uma brisa fresca à testa do filho, que ardia em febre, tinia com o esforço de girar.

– Não foi um bom começo, hein?

– Não. – Alex não abriu os olhos. – Desculpe, mãe.

– Vou levar a Immy ao vilarejo para comprar uns mantimentos e pagar o médico. Você jura que vai beber bastante água enquanto eu estiver fora?

– Juro.

– Quer alguma coisa?

– Repelente de mosquito.

– Sinceramente, querido, os mosquitos cipriotas são perfeitamente inofensivos.

– *Detesto* mosquito, seja qual for a nacionalidade.

– Está bem, eu trago repelente. E, se amanhã você estiver melhor, iremos a Pafos. Tenho uma lista de coisas para comprar, inclusive ventiladores para todos os quartos, roupa de cama, toalhas, uma geladeira nova, um freezer e uma televisão com aparelho de DVD.

Alex abriu os olhos.

– É mesmo? Pensei que a televisão estivesse fora de cogitação aqui.

– Acho que um aparelho de DVD é mais ou menos aceitável para a Immy e o Fred, especialmente nas tardes quentes.

– Uau, parece que as coisas vão melhorar.

– Ótimo. – Helena deu-lhe um sorriso. – Hoje você descansa e amanhã talvez esteja disposto para dar um passeio.

– Tenho certeza de que vou ficar bom. É só desidratação, não é?

– É, querido. – Ela o beijou na testa. – Tente dormir um pouco.

– Vou tentar. Desculpe a história da malária, aliás.

– Está tudo bem. Até logo.

Enquanto descia, Helena ouviu o celular tocando na cozinha. Correu e conseguiu atender a tempo.

– Alô?

– Helena? É você? Aqui é a Jules. Como vai?

– Bem, sim, estamos bem.

– Que bom. Como está a casa?

– Maravilhosa. Exatamente como eu me lembrava.

– Como há 24 anos? Nossa, espero que tenham trocado os encanamentos desde então!

– Na verdade, não trocaram. – Helena não pôde evitar sentir uma pontinha de prazer ao implicar delicadamente com Jules. – Precisa mesmo de uma pequena plástica e de uns assentos novos para os vasos sanitários, mas acho que é sólida, ao menos estruturalmente.

– Então já é alguma coisa. É bom saber que o telhado não vai despencar enquanto estivermos dormindo.

– Uma reforma na cozinha também cairia bem – acrescentou Helena. – Acho que vamos contar mais com os churrascos do que com o fogão. Para ser sincera, talvez não seja aquilo com que você está acostumada.

– Tenho certeza de que daremos um jeito. E, é claro, vou levar meus próprios lençóis; você sabe que sempre gosto de fazer isto. Se precisar de mais alguma coisa, é só falar.

– Obrigada, Jules, eu falo. Como vão as crianças?

– Ah, o Rupes e a Viola vão bem, mas eu passei o que parecem ter sido semanas preparando discursos de premiação, comunicados oficiais e purê de morangos. Sacha conseguiu se livrar de tudo isso, aquele sacana de sorte.

– Ah. – Helena sabia que, no fundo, Jules adorava aquilo. – Como vai o Sacha? – perguntou, educada.

– Trabalhando todas as horas possíveis, bebendo demais... Você sabe como ele é. Quase não o vi nas últimas semanas. Nossa, Helena, acho que tenho que ir. Vamos oferecer um jantar hoje, então estou na maior correria por aqui.

– Então, vejo você daqui a alguns dias.

– Sim. Não saia muito na minha frente no bronzeado, sim? Aqui está um aguaceiro. Tchau, querida.

– Tchau – murmurou Helena ao celular, desconsolada, desligando e se sentando à mesa da cozinha. – Ai, meu Deus – gemeu, lamentando de todo o coração ter deixado Jules convencê-la a passar duas semanas em Pandora.

Helena havia usado todas as desculpas em que pudera pensar, mas Jules simplesmente se recusara a aceitar um não. O resultado era que os quatro membros da família Chandler – Jules, os dois filhos e o marido, Sacha – iam baixar em Pandora dentro de uma semana.

Qualquer que fosse o pavor de Helena a respeito da companhia dos Chandlers, ela sabia que tinha que guardá-lo para si. Sacha era o melhor e mais antigo amigo de William; a filha de Sacha, Viola, era afilhada do marido de Helena. Não havia nada que ela pudesse fazer senão aceitar a situação.

Como é que eu vou lidar com isso...? Helena se abanou devido ao calor opressivo, vendo o estado dilapidado da cozinha pelos olhos de lince de Jules e sabendo que não conseguiria suportar as críticas. Pegou um elástico que havia abandonado na mesa da cozinha na noite anterior, torceu o cabelo e o prendeu num nó no alto da cabeça, aliviada com o súbito frescor na nuca.

Vou lidar, disse a si mesma. *Tenho que lidar.*

– A gente já está indo? – perguntou Immy, às costas de Helena. – Estou com fome. Posso comer batata frita com ketchup no restaurante?

Os bracinhos da menina envolveram a cintura da mãe.

– Sim, já vamos. – Helena se levantou, deu meia-volta e conseguiu abrir um débil sorriso. – E sim, você pode.

O sol do meio-dia invadia o carro enquanto Helena dirigia pela estrada que serpenteava por entre hectares de vinhedos. Immy ia ilegalmente sentada ao lado dela, no banco do carona, o cinto de segurança em volta do corpo como um acessório frouxo, e se ajoelhou para olhar pela janela.

– Podemos parar para colher uvas, mamãe?

– Sim, podemos, mas elas não têm exatamente o mesmo sabor das uvas normais.

Helena parou o carro e as duas saltaram.

– Olhe.

Helena se curvou e, sob um leque de folhas de parreira, revelou um cacho carregado de uvas de tom magenta. Arrancou-o da árvore e soltou algumas uvas.

– A gente pode comer isso, mamãe? – perguntou Immy, olhando com ar de dúvida para as frutas. – Elas não vieram do supermercado, você sabe.

– Ainda não têm um sabor muito doce, porque não estão bem maduras. Mas experimente uma, vamos – encorajou a filha, enquanto colocava uma uva na própria boca.

Os dentinhos brancos de Immy morderam com cautela a casca dura da fruta.

– Estão boas, eu acho. Podemos levar umas para o Alex? Gente doente gosta de uva.

– Boa ideia. Vamos levar dois cachos.

Helena começou a arrancar outro cacho, mas se levantou, com a sensação instintiva de que alguém a observava. Prendeu a respiração ao vê-lo. A não mais de 20 metros de distância, parado no meio das videiras, olhando-a fixamente.

Ela protegeu os olhos do brilho intenso do sol, torcendo para que aquilo fosse uma alucinação, porque não podia *ser*... Simplesmente não podia...

Mas lá estava ele, exatamente como Helena se lembrava, parado quase no mesmo lugar em que ela o vira pela primeira vez, 24 anos antes.

– Mamãe, quem é aquele homem? Por que ele está olhando para a gente? É porque roubamos as uvas? A gente vai para a prisão? *Mamãe*?!

Helena se mantinha cravada no mesmo lugar, com o cérebro tentando entender o absurdo que seus olhos lhe mostravam. Immy a puxou pelo braço.

– Vamos, mamãe, depressa, antes que ele chame a polícia!

A custo, Helena afastou os olhos daquele rosto e deixou que a filha a levasse à força para o carro. A menina se sentou ao lado da mãe no banco do carona, cheia de expectativa.

– Vamos, anda! Dirige! – ordenou.

– Sim, desculpe.

Helena encontrou a ignição e girou a chave para dar a partida.

– Quem era aquele homem? – perguntou Immy, quando as duas foram sacolejando pela estrada. – Você o conhece?

– Não, eu... não conheço.

– Ah. Parecia que conhecia. Ele era muito alto e bonito, feito um príncipe. O sol desenhou uma coroa na cabeça dele.

– É.

Helena se concentrou em seguir a trilha que atravessava os vinhedos.

– Qual será que era o nome dele?

Alexis...

– Não sei – sussurrou.

– Mamãe?

– O que é?

– Acabou que a gente largou as uvas do Alex lá.

O vilarejo passara por um número surpreendentemente pequeno de mudanças, comparado à Legolândia horrorosa mais abaixo, que havia brotado de qualquer jeito ao longo do litoral. A estreita rua principal estava empoeirada e deserta, com os habitantes escondidos em suas casas frescas de pedra a fim de evitar o sol escaldante enquanto ele reinava no alto em todo seu esplendor. A única loja existente havia acrescentado a seu acervo um catálogo de DVDs que Helena sabia que poderiam agradar ao filho, mas, exceto um ou outro bar novo, todo o restante parecia exatamente igual.

Depois de passarem no banco, Helena entregou o dinheiro do pagamento à recepcionista do médico, na porta ao lado, e levou Immy para almoçar no bonito pátio da Taberna Perséfone. Sentaram-se à sombra de uma oliveira, Immy encantada com uma família de gatinhos magrelos que se enroscou em suas pernas, miando de fazer dó.

– Ah, mamãe, a gente pode levar um para casa? Por favor, por favor! – pediu a menina, dando a um gatinho sua última batata frita.

– Não, querida. Eles moram aqui, com a mamãe deles – respondeu Helena em tom firme.

Sua mão tremia de leve quando ela levou à boca uma taça de vinho local. Tinha exatamente o mesmo sabor – levemente acre, mas doce – de que ela sempre havia se lembrado. A sensação foi de haver atravessado o espelho, voltando ao passado...

– Mamãe! Posso ou não posso tomar sorvete?

– Desculpe, querida, me distraí. É claro que pode.

– Você acha que eles têm o Phish Food da Ben and Jerry's aqui?

– Duvido. Eu pensaria mais num bom e velho sorvete de baunilha, morango ou chocolate, mas vamos perguntar.

Immy chamou o jovem garçom, perguntou sobre o sorvete, e Helena pediu um café cipriota com pouco açúcar, para diluir o efeito da taça de vinho. Vinte minutos depois, as duas saíram da taberna e caminharam pela rua poeirenta em direção ao carro.

– Olhe as freiras, mamãe, sentadas lá no banco. – Immy apontou na direção da igreja. – Elas devem sentir muito calor com aqueles vestidos.

– Elas não são freiras, Immy, são as senhoras idosas do vilarejo. Usam preto porque o marido delas morreu, são viúvas – explicou Helena.

– Elas só usam preto?

– Só.

– Não podem usar rosa? Nunca?

– Não.

Immy pareceu horrorizada.

– Vou ter que fazer isso quando meu marido morrer?

– Não, querida. É uma tradição de Chipre, só isso.

– Bom, então nunca vou me mudar para cá – replicou Immy, e saiu saltitando em direção ao automóvel.

As duas chegaram a Pandora com o porta-malas cheio de mantimentos. Alex apareceu na porta dos fundos.

– Oi, mãe.

– Oi, querido, está se sentindo melhor? Pode me dar uma ajudinha com estas sacolas?

Alex a ajudou a descarregar a mala e levou as compras para a cozinha.

– Puxa, que calor. – Helena enxugou a testa. – Preciso de um copo d'água.

Alex achou um copo, foi até a geladeira e serviu água gelada de uma jarra. Entregou-o à mãe.

– Pronto.

– Obrigada.

Helena bebeu tudo, agradecida.

– Vou subir para descansar. Ainda estou meio zonzo – anunciou Alex.

– Está bem. Você desce mais tarde para jantar?

– Desço. – Ele foi até a porta, parou e se virou. – Aliás, tem alguém aí para falar com você.

– É mesmo? Por que não me disse quando cheguei?

– Ele está lá no terraço. Eu avisei que não sabia a que horas você ia voltar, mas ele insistiu em esperar mesmo assim.

Helena fez força para manter uma expressão neutra no rosto.

– Quem é?

– Como é que eu vou saber? – indagou Alex, encolhendo os ombros. – Ele parece conhecer você.

– É mesmo?

– É. Acho que o nome dele é Alexis.

DIÁRIO DE ALEX

11 de julho (continuação)

Paro junto à janela do meu quarto, espiando pela veneziana, para não ser visto do terraço lá embaixo.

Estou vigiando o homem que veio ver a minha mãe. No momento, ele está andando para lá e para cá, nervoso, com as mãos enfiadas nos bolsos. É alto e forte, com a pele bronzeada, cor de noz. O cabelo, preto e farto, é ligeiramente grisalho nas têmporas, mas decididamente não é velho. Eu diria que deve ser só um pouco mais velho que a minha mãe. E mais jovem que o meu padrasto.

Quando ele chegou e o vi de perto, notei que tem olhos azuis, muito azuis, de modo que talvez não seja cipriota. A não ser que esteja de lentes de contato coloridas, é claro – o que eu duvido. O resultado de todas as partes combinadas desse homem faz concluir, definitivamente, que ele é muito bonito.

Vejo minha mãe planar pelo terraço. Ela tem um andar tão gracioso que é quase como se seus pés não tocassem o chão, porque a metade superior do corpo não se mexe, apesar de as pernas se moverem. Ela para a alguns passos dele, com os braços estendidos ao lado do corpo. Não consigo ver o rosto dela, mas vejo o dele. E o vejo se enrugar numa expressão de pura alegria.

Agora meu coração está batendo depressa e sei que não é mais a desidratação. Nem malária. É medo.

Nenhum dos dois fala. Ficam parados onde estão durante o que parecem ser horas, como se bebessem um ao outro. Ele, pelo menos, parece querer beber a mamãe. Depois, estende os braços, se aproxima e para diante dela. Segura as mãozinhas dela em suas manzorras e as beija com reverência, como se fossem sagradas.

É nojento. Não quero ver isso, mas não consigo me impedir de olhar.

Ele finalmente para com a história das mãos e dos lábios, envolve minha mãe nos seus braços musculosos e a aperta. Ela é tão pequena, pálida e loura, em contraste com a força morena dele, que me lembra uma boneca de porcelana sendo abraçada até quebrar por um grande urso-pardo. A cabeça dela fica jogada para trás num ângulo esquisito, encostada no enorme peitoral do homem, que continua a abraçá-la. O cotovelo dele parece envolver o pescoço dela, e só espero que mamãe não seja decapitada, como aconteceu uma vez com a boneca de porcelana da Immy.

Por fim, quando estou ficando sem fôlego de tanto prender a respiração, ele a solta e eu aspiro um pouco de ar. Graças a Deus. Não há nada de beijo na boca, porque isso seria de um mau gosto inacreditável.

Mas ainda não acabou.

Ele ainda não parece inclinado a parar de segurar alguma parte da anatomia dela, por isso torna a pegar sua mão. E a conduz para a pérgula coberta de videiras e os dois desaparecem ali embaixo, sumindo da minha vista.

Droga! Volto devagar para a cama e me atiro nela.

Quem é ele? E quem é ele para *ela*?

Eu sabia, assim que o vi parado no terraço, com ar de quem era dono do lugar, que ele era importante. Devo ligar para o papai? O papai que não é meu pai, mas que é o mais próximo de um pai que já conheci? Eu sabia que um dia ele acabaria prestando para alguma coisa.

Com certeza, não ficaria feliz se visse sua mulher sendo amassada num terraço por um grande urso-pardo cipriota, não é? Pego meu celular e o ligo. O que devo dizer?

"Venha JÁ, pai! Mamãe está correndo um perigo mortal embaixo da pérgula!"

Caramba. Não posso fazer isso. Ele já me acha suficientemente esquisito. Tenho plena consciência de que não tem alternativa senão me tolerar, porque ama a mamãe e eu vim como parte do pacote. Infelizmente, sou péssimo na maioria dos esportes, apesar do meu entusiasmo. Quando eu era menor, ele tentou me ensinar, mas eu sempre acabava com a sensação de que o tinha desapontado, por nunca ser chamado para os times. E por sair dos jogos de críquete sem marcar nenhum ponto quando ele ia me ver, porque ficava muito nervoso. Se eu fosse bom nesse tipo de coisa, teria ajudado muito na nossa relação, mas pelo menos ele ama a mamãe e a protege de todos os outros homens que parecem desejá-la.

Como esse que agora está embaixo da pérgula.

É irônico, na verdade. Eu ansiava por algum tempo sozinho com ela, sem o papai, que sempre me dá a sensação de que estou atrapalhando. No entanto, aqui estou eu, menos de 24 horas depois, desejando que ele estivesse aqui.

Talvez eu *deva* mandar uma mensagem de texto...

Checo meu celular, e aí... descubro que só me restam 18 *pence* de crédito, então não posso. Mesmo que pudesse, o que ele poderia efetivamente fazer?

Não tem mais ninguém aqui além de mim. E da Immy, mas ela não conta.

Então... só resta uma alternativa: terei que enfrentar a barra sozinho.

Vou entrar em combate para salvar a honra da minha mãe.

3

– Você está... exatamente a mesma.

– Não, não estou, Alexis, é claro que não estou. Estou 24 anos mais velha.

– Helena, você está linda, exatamente como era naquela época.

O calor subiu pelas faces já ruborizadas de Helena.

– Como você soube que eu estava aqui?

– Ouvi um boato no vilarejo. Depois, o Dimitrios me telefonou na hora do almoço e disse que tinha visto uma moça de cabelo dourado com uma menina, na trilha que sai de Pandora, e eu soube que devia ser você.

– Quem é Dimitrios?

– Meu filho.

– É claro! É claro! – Helena riu, aliviada. – Immy e eu paramos no caminho para colher umas uvas, e eu o vi me olhando fixamente. Achei que era você... Que bobagem... Ele é muito parecido com você.

– Você quer dizer que ele tem a aparência que eu *tinha*.

– Sim. Sim.

Os dois passaram um tempo em silêncio.

– E então, como vai você, Helena? – arriscou ele. – Como tem sido sua vida, durante todos esses anos?

– Tem sido... boa, sim, boa.

– Você é casada?

– Sou.

– Sei que você tem filhos, Helena, porque já conheci um deles e ouvi falar de sua filha.

– Eu tenho três, mas o meu caçula, Fred, está em casa com o pai, na Inglaterra. Eles se juntarão a nós daqui a alguns dias. E você?

– Fui casado com Maria, a filha do antigo prefeito aqui de Kathikas. Ela me deu dois meninos, mas morreu num acidente de automóvel quando Michel, meu segundo filho, tinha 8 anos. Por isso, agora somos só nós três, colhendo nossas uvas e produzindo nosso vinho, como fizeram meu avô e meu bisavô antes de nós.

– Lamento muito saber disso, Alexis. Que situação terrível você deve ter enfrentado!

Helena ouviu a banalidade de suas próprias palavras, mas não conseguiu pensar em outra coisa para dizer.

– Deus dá e tira e, pelo menos, meus meninos saíram vivos. E o Dimitrios, que você viu nos vinhedos, está prestes a se casar, de modo que as gerações continuam.

– É. Eu... Parece que pouca coisa mudou por aqui.

O rosto expressivo de Alexis assumiu um ar severo.

– Não, muitas coisas mudaram em Chipre, como em toda parte. É o progresso. Tem partes boas e partes não tão boas. Uma minoria ficando muito rica e, como sempre, cobiçando mais. Aqui em Kathikas, porém, ao menos até agora, estamos num oásis. Mas um dia os dedos gananciosos das construtoras vão alcançar nossas terras férteis. Já começaram a tentar.

– Tenho certeza disso. É um local perfeito.

– É. E não pense que todas as pessoas do nosso vilarejo vão resistir à tentação, especialmente os jovens. Eles querem carros velozes, antenas parabólicas e o estilo de vida norte-americano que veem na televisão. E por que não haveriam de querer? Nós também queríamos mais, Helena. Mas vamos seguir em frente e parar de falar como nossos pais. – Ele riu.

– Nós *somos* nossos pais, Alexis.

– Então, sejamos os filhos que fomos, só por enquanto. Ele segurou a mão dela no exato momento em que Alex emergiu no terraço.

Helena retirou a mão, mas sabia que o filho tinha visto.

– Cadê a Immy? – perguntou o menino em tom rude.

– Está na cozinha, eu acho. Alex, você já conheceu o Alexis.

– Temos o mesmo nome. Que significa "defensor e protetor do povo" – sorriu Alexis, com simpatia.

– Eu sei. Mamãe, espero que a Immy não tenha saído por aí quando você não estava olhando. Você sabe como ela é.

– Tenho certeza de que não saiu. Por que você não vai procurá-la e a traz aqui para conhecer o Alexis? E ponha a chaleira no fogo, por favor. Estou doida por uma xícara de chá.

Helena afundou numa cadeira, sentindo-se emocionalmente esgotada.

Alex olhou para ela com ar de desafio e lhe deu as costas para entrar na casa.

– É um menino bonito – comentou Alexis. – Robusto.

Helena deu um suspiro.

– Ele é... incomum, isto é certo. E brilhante, e exasperante, e difícil e... Ah, eu sou louca por ele – disse, com um sorriso cansado. – Um dia talvez eu lhe fale dele.

– Um dia talvez falemos um com o outro sobre muitas coisas – murmurou Alexis, baixinho.

– Aqui está ela – anunciou Alex, conduzindo uma Immy lacrimosa para o terraço. – Estava na cozinha sendo perseguida por uma coisa grande e listrada, tipo uma vespa. Com um ferrão mortífero, provavelmente – acrescentou.

– Ah, querida, por que não me chamou? – perguntou Helena.

Abriu os braços e Immy correu para ela.

– Eu chamei, mas você não veio. Alex me salvou. Mais ou menos.

– Ela é muito parecida com você, Helena. É... como é que vocês dizem?... sua sósia – sorriu Alexis.

– Eu a chamo de Minimamãe. Sacou, Alexis? – vociferou Alex. – Não, provavelmente não. Deixe para lá.

– Gostaria de um chá, Alexis? Vou preparar um – interveio Helena, para desarmar a situação tensa.

– Sim, por favor. Por que não compartilhar a paixão dos ingleses por uma bebida quente no calor? – Ele sorriu.

– É fato conhecido que uma xícara de chá quente refresca. É por isso que ele é bebido na Índia – declarou Alex.

– Quer dizer que não tem nada a ver com o fato de que eles todos viviam em plantações de chá – murmurou Helena, fazendo uma careta para o filho. – Vamos, Immy, venha me ajudar. Volto num minuto.

Alex se sentou na cadeira que a mãe deixara vaga, cruzou os braços e fuzilou Alexis com os olhos.

– E então, de onde você conhece minha mãe?

– Nós nos conhecemos há muitos anos, quando ela esteve aqui da última vez, hospedada na casa do coronel McCladden.

– Você quer dizer Angus, o padrinho dela? E você não a viu desde então?

– Ah, sim, eu a vi, na verdade – respondeu o homem, risonho –, mas isso já é outra história. E então, Alex, está gostando do Chipre?

– Ainda não sei. Estava escuro quando chegamos e passei o dia inteiro de cama, por causa de uma possível malária. Faz muito calor, e há mosquitos e vespas listradas por toda parte. E não gosto dessas coisas.

– E a casa?

– É legal. É um forno, mas eu gosto de história, e este lugar tem muita – admitiu Alex.

– Esta é realmente uma região histórica. Se você gosta de história, deve conhecer os mitos gregos. De acordo com eles, Afrodite nasceu em Pafos e passou a vida com Adônis nesta ilha. Você pode visitar o banho dele, a poucos quilômetros daqui.

– Vamos torcer para ele ter tirado a tampa do ralo, senão a água estará muito suja, a esta altura – resmungou Alex entre dentes.

– É uma linda cachoeira no meio das montanhas – continuou o homem. – Dá para saltar das pedras altas na água, que é cristalina, pura e muito refrescante no calor. Posso levá-lo lá se você quiser.

– Obrigado, mas os esportes radicais não fazem o meu gênero. – E então o garoto o encarou. – O que você faz por aqui?

– Minha família é dona dos vinhedos locais há centenas de anos. Fazemos vinho. Ele nos proporciona uma vida confortável. E estamos começando a exportar cada vez mais. Ah, aqui está sua mãe.

Helena emergiu no terraço e pôs a bandeja na mesa.

– Acomodei a Immy lá em cima, para descansar um pouco. Ela está exausta, por causa do calor e da vespa. Alex, você quer chá?

– Sim. – Ele se levantou. – Sente-se, mamãe. Eu sirvo. Estava acabando de ouvir sobre o Bidê de Adônis.

– Você está falando da cascata? Ah, ela é linda, não é, Alexis?

Helena lhe sorriu, os dois compartilhando uma lembrança.

– Talvez o papai nos leve lá quando chegar – anunciou Alex em voz alta. – Aliás, quando é que ele chega?

– Na sexta-feira, como você sabe perfeitamente. Quer leite, Alexis?

– Não, obrigado.

– Pode ser que seja antes, não pode, mãe? Digo, o papai pode nos surpreender e aparecer aqui a qualquer hora.

– Duvido, Alex, ele tem trabalho para fazer.

– Mas veja como ele sente a sua falta. Vive ligando para o seu celular. Eu não me surpreenderia se ele chegasse antes, sabe?

Helena arqueou uma sobrancelha ao passar o chá para Alexis.

– Bem, espero que não faça isso. Eu gostaria de deixar a casa com uma aparência um pouquinho mais acolhedora antes de ele chegar.

– Precisa de alguma ajuda nisso, Helena? – perguntou Alexis. – A casa passou muito tempo vazia.

– Na verdade, seria ótimo se você pudesse indicar alguém para cuidar da piscina. Precisa ser limpa e enchida.

– Que piscina? – perguntou Alex, subitamente animado.

– Tem uma piscina deslumbrante logo depois daquele portão, descendo a escada – informou Helena, apontando para o local. – Infelizmente, a maioria das azeitonas parece ter caído dentro dela, e há uns ladrilhos quebrados que precisam ser repostos.

– Nesse caso, vou pedir ao Georgios para vir aqui dar uma olhada – disse Alexis. – Ele é primo da minha mulher, é construtor.

– Você é casado? – indagou Alex, animando-se de repente.

– Infelizmente, não sou mais, Alex. Minha mulher faleceu há muitos anos. Vou ligar para o Georgios agora mesmo.

Alexis tirou um celular do bolso, digitou o número e falou depressa em grego. Baixou o aparelho e sorriu.

– Ele virá hoje à noite, e talvez vocês já possam nadar na piscina quando seu marido chegar.

– Seria maravilhoso – disse Helena, agradecida. – Eu também estava querendo saber aonde devo ir, em Pafos, para comprar um novo conjunto de geladeira e freezer, um fogão, um micro-ondas... Na verdade, a cozinha completa. Vamos receber um monte de gente na semana que vem. Se bem que tenho medo de que tudo isso possa demorar a ser entregue.

– Não precisa esperar pela entrega. Eu tenho um furgão, que uso para transportar vinho para os hotéis e restaurantes da região. Posso levar você, e nós mesmos trazemos as compras.

– Tem certeza de que não vou incomodá-lo?

– De modo algum. Será um prazer para mim, Helena.

– E será que você conhece alguém no vilarejo que possa me ajudar com o serviço doméstico? Talvez cozinhar um pouco?

– É claro. Angelina, que lhe deixou as chaves, trabalhou para o coronel no último ano dele aqui. Ela está disponível, com certeza, e adora crianças. Vou entrar em contato com ela para você. Ela virá procurá-la.

– Obrigada, Alexis, você me salvou – agradeceu Helena novamente, bebericando seu chá. – Quem sabe ela tope trabalhar também como babá, para podermos sair à noite de vez em quando.

– Eu posso cuidar das crianças, mãe – interpôs Alex.

– Sim, eu sei que pode, querido, obrigada.

– E quanto à estrutura da casa? – indagou Alexis.

– Ela me parece boa. – Helena encolheu os ombros. – Mas estou longe de ser uma especialista.

– Vou pedir ao Georgios para dar uma olhada, quando vier ver a piscina. O encanamento e a fiação elétrica, por exemplo, não são usados há muitos anos... É bom ter certeza de que está tudo em ordem.

– Eu sei – suspirou Helena. – É mesmo uma Caixa de Pandora. Mal me atrevo a abri-la.

– Você conhece a lenda desta casa? – perguntou Alexis, dirigindo-se ao garoto.

– Não – respondeu ele, de cara amarrada.

– É uma lenda boa, não ruim. Dizem que toda pessoa que vem se hospedar em Pandora pela primeira vez se apaixona enquanto está sob o seu teto.

– É mesmo? – Alex arqueou uma sobrancelha. – Isso também se aplica às crianças de 5 anos? Hoje, mais cedo, notei que a Immy olhava com ar muito sonhador para o seu carneirinho de brinquedo.

– Alex! Não seja grosseiro! – repreendeu-o Helena, quando sua paciência finalmente se esgotou.

– Ah, ele é menino e tem medo do amor – rebateu Alexis, com um sorriso indulgente. – Quando o amor chegar, vai recebê-lo de braços abertos, como todos fazemos. Agora, tenho que ir andando.

O homem se levantou, e Helena o acompanhou.

– É maravilhoso vê-la de novo, Helena – disse, dando-lhe dois beijos calorosos nas faces.

– E a você, Alexis.

– Virei amanhã de manhã, às nove, para irmos a Pafos, sim? *Adio*, Alex. Cuide da sua mãe.

– Eu sempre cuido – grunhiu Alex.

– Tchau.

Alexis deu-lhe um aceno com a cabeça, atravessou o terraço e sumiu de vista.

– Francamente, Alex – reclamou Helena, com um suspiro frustrado –, tem mesmo que ser tão antipático?

– Eu não fui antipático, fui?

– Foi, sim, e você sabe disso! Por que não gostou dele?

– Como você sabe que não gostei?

– Ora, vamos, Alex, você fez o possível e o impossível para ser do contra.

– Desculpe, mas simplesmente não confio nele. Vou descer para ver a piscina, se você não se importar.

– Ótimo.

Helena observou o filho sair sem pressa do terraço e ficou contente por ele a ter deixado sozinha por algum tempo... contente por *ambos* terem se retirado, esses dois homens que tinham o mesmo nome e moravam no seu coração. À medida que o susto pelo aparecimento de Alexis começou a passar, ela considerou que ele era pouco mais que um menino naquela época, apenas alguns anos mais velho que o filho. Agora, era um homem de meia-idade, mas sua essência permanecia inalterada.

Helena coçou o nariz, pensativa. Ninguém esquece o primeiro amor, cada pessoa considera a própria experiência única, inigualável em seu poder, sua paixão e sua beleza. E, é claro, aquele primeiro verão com Alexis em Pandora havia permanecido em sua memória durante 24 anos, como uma borboleta presa no âmbar para sempre.

Os dois eram tão jovens... Ela, com quase 16 anos, ele, com quase 18. No entanto, Alexis nada sabia das consequências daquele relacionamento ou da rotina que ela levara desde então. E de como o amor dos dois havia modificado sua vida.

Um solavanco repentino de medo atravessou o coração de Helena, que de novo se perguntou se voltar àquele lugar tinha sido a pior coisa que ela podia fazer. William ia chegar em poucos dias, e ela não lhe contara nada sobre Alexis. De que teria adiantado ele saber de alguém que era pouco mais que uma sombra do passado da esposa?

Só que Alexis já não era uma sombra. Estava vivíssimo e era totalmente real. E não havia como escapar do fato de que o passado e o presente dela estavam prestes a entrar em choque.

O celular de Helena tocou justo na hora em que ela estava servindo o jantar a Alex e Immy.

– Atenda, por favor, Alex – pediu ela, enquanto pousava a bandeja precariamente abarrotada sobre a mesa do terraço.

– Oi – disse ele. – Sim, oi, papai. Estamos todos bem. Exceto pelo fato de que, a julgar pela aparência, mamãe está quase nos obrigando a comer picles de testículo de cabrito num molho de cocô de peixe. Aproveite a sua pizza enquanto puder, é o meu conselho. Sim, vou passar para a mamãe. Tchau.

Helena arqueou as sobrancelhas com um suspiro cansado quando Alex lhe entregou o celular.

– Oi, querido. Tudo bem? Não, não estou envenenando os dois. Eles vão experimentar queijo feta, homus e *taramasalata*. Como vai o Fred? – Helena segurou o celular entre o ombro e o rosto enquanto descarregava a bandeja. – Ótimo. Fale um pouco com a Immy e depois conversamos. Está bem, tchau. É o papai – disse à filha, passando-lhe o celular.

– Oi, papai... Sim, estou bem. Alex quase morreu hoje de manhã e mamãe e eu vimos um príncipe num campo, quando estávamos colhendo uvas, mas a polícia podia nos prender, aí tivemos que largar as uvas, mas depois pegamos elas de novo no caminho da volta, e o pai do príncipe veio visitar a gente aqui em casa, e tomou uma xícara de chá e foi muito bonzinho. E eu comi batata frita com ketchup no almoço, e aqui está fazendo muito calor e...

Immy fez uma pausa para respirar e escutar.

– Sim, eu também amo você e estou com um pouco de saudade. Está bem, papai, até logo. – Ela fez barulhos de sucção na linha, mandando beijinhos, e apertou habilmente a tecla certa para terminar a ligação. Olhou para seu prato. – Alex tem razão. Isso está com uma cara nojenta.

Helena ainda estava sem graça com a conversa de Immy com o pai. Pôs dois pedaços de pão pita no prato e espalhou um pouco de homus com a colher.

– Experimente – disse, incentivando a filha.

– Posso botar ketchup, mamãe, por favor?

– Não, não pode.

Helena pôs um pedacinho de pão com homus na boca de Immy.

Esperou até que as papilas gustativas dela entrassem em ação e, por fim, o alimento recebeu um pequeno aceno afirmativo de cabeça, em sinal de aprovação.

– Que bom. Eu sabia que você ia gostar.

– De que é feita essa pasta grudenta? – quis saber Immy.

– Grão-de-bico.

– De bico de pintinho? Ooooh! – disse Immy, estremecendo. – Você quer dizer o biquinho deles?

– Não seja boba, Immy – objetou Alex, que ainda não tinha posto nada na boca. – Grão-de-bico é uma espécie de ervilha, só não é verde. Desculpe, mãe. – Levantou as mãos, derrotado. – Meu apetite ainda não voltou, desde hoje de manhã.

– Tudo bem. – Helena não estava com disposição para uma batalha. – Então, é boa a notícia sobre a piscina, não é? Ela deverá estar cheia quando o papai chegar. Tome, coma um pouco de *taramasalata*, Immy. E amanhã, em Pafos, podemos comprar umas espreguiçadeiras e...

– EEEECA!

Com deselegância, Immy cuspiu no prato o conteúdo da boca.

– Immy!

– Descuuulpe, mas isso é fodido!

– *Fedido*, Immy. E não repita o que eu digo, por favor – repreendeu-a Alex, tentando manter a expressão séria. – Você só tem 5 anos.

– É, é isso mesmo, e as princesas não usam palavras como "fodido". Usam, Alex?

Helena também estava abafando o riso.

– Agora, enquanto eu ligo de volta para o papai, o que acha de ir lá para cima com o Alex? Ele pode ajudar você a colocar o pijama. Aí eu subo e lhe conto uma das suas histórias favoritas, tudo bem?

– Está bem. Quero aquela de quando você dançava balé em Viena e um príncipe levou você para um baile no palácio.

– Combinado – concordou Helena. – Então, pronto, vão lá.

Enquanto as crianças entravam na casa, Helena pegou o celular e ligou para o marido.

– Oi, querida – disse William. – O jantar foi um sucesso?

– Isso eu deixo por conta da sua imaginação.

– Talvez seja melhor. E então, o seu dia foi bom?

– Foi agitado.

– Foi o que me pareceu. Quem é o príncipe de quem a Immy falou?

– Ah, é o filho de um velho amigo.

– Certo. – Houve uma pausa. – Helena, querida, posso perguntar uma coisa?

– O quê?

– Eu... Bem, não sei ao certo como dizer isto, mas... é a Chloë.

– Está tudo bem com ela?

– Ah, sim, ao que parece ela está ótima. Embora, como você sabe, eu só possa me orientar pelo que diz a diretora do internato. Mas hoje eu recebi uma carta da mãe dela.

– Uma carta? Da Cecile? Santo Deus! – exclamou Helena. – Isso é um milagre em se tratando da sua ex-mulher, não é, querido?

– É, sim, mas a questão é que...

– Sim?

– Ela quer que a Chloë passe algum tempo conosco em Chipre.

DIÁRIO DE ALEX

11 de julho (continuação)

Estas férias, para citar minha irmãzinha, estão ficando mais fedidas a cada segundo que passa.

Mosquitos, calor, casas velhas no meio de um campo árido onde nunca ouviram falar de banda larga e um prensador de uvas que quer dar uma tremenda prensa na minha mãe. Isso sem falar de Jules, Sacha, Viola e Rupes – o filho deles, neandertaloide e descerebrado –, que vão chegar na próxima semana.

Eu gostaria de poder iniciar uma campanha em favor de todos os Filhos de Pais Que São Melhores Amigos, a fim de aumentar a conscientização deles sobre a aflição das crianças. O simples fato de os adultos terem compartilhado pirulitos e segredos na infância, o que depois evoluiu para álcool e dicas de desfralde, não significa que os *filhos* também vão se tornar melhores amigos.

Fico sempre desolado ao ouvir aquelas palavras imortais: "Alex, querido, os Chandlers vão vir aqui. Você vai ser bonzinho com o Rupes, não vai?" "Vou", eu respondo. "Vou tentar, mãezinha querida."

Só que, quando o Rupes me acerta uma pancada nos bagos, sem querer querendo, durante um jogo "amistoso" de rúgbi, ou quando corre aos gritos para a mãe, me acusando de ter quebrado seu Playstation portátil, porque primeiro ele o deixou cair no chão e eu só pisei no aparelho por não saber que ele estava lá, a barra pode ficar muito pesada.

Rupes tem mais ou menos a minha idade, o que torna tudo realmente difícil. E nós somos diferentes como a água e o vinho. Provavelmente, ele é tudo que o meu padrasto, William, gostaria de ter num filho: um ás nos esportes com bola, brincalhão, popular... e um tremendo sacana quando ninguém mais está olhando. Ele também é burro feito uma porta.

Não temos muito em comum, o Rupes e eu. Ele tem uma irmãzinha chamada Viola, toda ruiva, sardenta e com dentinhos de coelho, e tão branca que parece um fantasma. Um dia, mamãe me contou que ela era adotada. Se eu fosse os Chandlers, teria batalhado por uma criança que fosse ao menos vagamente parecida com meu patrimônio genético, mas talvez a Viola fosse a única criança disponível na época. E, graças à presença massacrante do Rupes e à timidez dela, não posso realmente dizer que a conheço bem.

Para completar, mamãe acabou de me informar que minha meia-irmã, Chloë, também virá para cá. Só tenho uma vaga lembrança dela, porque não a vejo há seis anos. A VDI – Vaca do Inferno –, como é afetuosamente conhecida em nossa família a ex-mulher do meu padrasto, proibiu a Chloë de visitar o pai quando mamãe engravidou da Immy.

Pobre papai. Ele tentou de tudo para ver a filha, tentou mesmo. Mas a VDI tinha feito uma lavagem cerebral na Chloë, para ela acreditar que o pai era a encarnação do diabo, por se recusar a comprar sorvetes que custavam mais de 1 libra – o que aliás, ele continua a se recusar a fazer –, e papai acabou tendo que desistir. Depois de tentar obter acesso à filha por meio de numerosos processos judiciais que quase o levaram à falência e perder, até a assistente social disse que devia ser melhor assim, porque a Chloë penava na mão da mãe toda vez que mencionava o pai, e essa batalha a estava afetando psicologicamente. Assim, pelo bem da filha, ele desistiu. Papai não fala muito nisso, mas sei que sente muita saudade dela. O máximo que consegue se aproximar da Chloë é escrevendo cartões de Natal e um cheque para o internato caríssimo que ela frequenta.

Então... por que seu súbito ressurgimento?

Ao que parece, e pelo que mamãe me disse, a VDI arranjou um namorado. Coitado do cara. Ela é uma mulher assustadora. Admito ter ficado apavorado com ela na única vez em que a vi, porque, falando sério, ela é maleficamente doida, e deve ficar com uma aparência assustadora quando se veste de preto. É provável que tenha feito algum feitiço para o coitado do namorado, porque ele quer levá-la para passar o verão no sul da França. Aparentemente, quer passar um tempo a sós com ela.

Tomara que ele não acabe num caldeirão cheio de sapos e coisas nojentas, é só o que posso dizer.

Enfim, o resumo é que ficaremos com a Chloë.

Minha mãe parecia nitidamente nervosa ao me contar isso, agora há pouco, mas estava fazendo uma bela encenação, falando em como isso seria ótimo para o papai, depois de tantos anos sem ver a filha. O mais preocupante de tudo foi ela me dizer que ia ficar meio apertado, porque a Chloë precisaria ter seu próprio quarto. E as "pessoas" teriam que dividir o espaço.

Sei o que ela estava insinuando.

Sinto muito. Não vou, de jeito nenhum, em nenhuma circunstância, dividir um quarto com o Rupes. Durmo no banheiro ou, se for necessário, do lado de fora ou em qualquer lugar que não seja com ele. Posso suportar que o meu espaço pessoal seja invadido durante o dia, desde que eu saiba que o terei de volta à noite.

Portanto, mãezinha querida, negativo, nada feito.

Ela também disse que devemos ser receptivos à Chloë, ajudá-la a se sentir parte da nossa família. Da nossa seja-lá-qual-for-o-oposto de família nuclear.

Nossa! Disfuncional ou o quê? Alguém devia redigir uma tese sobre nós. Ou talvez eu deva.

Fico deitado na cama, olhos cravados no teto, depois de quase me envenenar com o repelente cipriota de mosquitos que mamãe me trouxe da loja – que deve estar tão cheio de substâncias proibidas que, de quebra, vai me matar junto – e tento calcular quantas linhagens diferentes existem na nossa família.

O único problema é que...

Eu gostaria de conhecer todas as minhas.

4

Na manhã seguinte, Helena despertou de um sono inquieto. Sua cabeça tinha voado de uma ideia para outra, enquanto as horas lentamente se arrastavam até o amanhecer. Embora estivesse exausta, sentiu-se grata pela distração da ida a Pafos e de sua longa lista de compras.

Alexis chegou às nove no furgão de carga. Helena e os dois filhos embarcaram e se acomodaram no amplo banco dianteiro. Immy ficou encantada por sentar novamente no banco da frente, mas Helena notou que Alex estava carrancudo, em silêncio, olhando pela janela enquanto eles desciam de seu elevado ninho de águia pela estrada sinuosa. Ela dera ao garoto a opção de ficar em Pandora e ajudar Georgios com a piscina, mas Alex havia insistido em ir também. Helena não tinha ilusões quanto às motivações do filho: estava sendo vigiada.

– Puxa, mamãe, é como estar num escorrega, não é? – disse Immy, enquanto o furgão ziguezagueava pelas curvas fechadas, descendo para o litoral.

– Você não vai reconhecer Pafos, Helena – comentou Alexis, ao volante. – A cidade não é mais a sossegada aldeia de pescadores que foi um dia.

Ao entrarem na cidade, Helena se espantou com a fila aparentemente interminável de letreiros luminosos que reluziam em construções horrorosas de concreto ao longo do caminho. Grandes cartazes anunciavam de tudo, desde carros de luxo até apartamentos de temporada e casas noturnas.

– Olha, mamãe! Tem McDonald's! A gente pode ir lá comer cheesebúrguer com batata frita? – perguntou Immy, sonhadora.

– É triste, não? – murmurou Alexis, dando uma olhadela para Helena.

– Terrivelmente – ela concordou, ao avistar um pub de estilo inglês com uma faixa espalhafatosa do lado de fora, anunciando futebol pela televisão e bufê livre com preço fixo aos domingos.

Estacionaram na área externa de um hipermercado cavernoso, e Helena se deu conta de que Alexis tinha razão: Pafos havia sucumbido à experiência consumista.

– Odeio a globalização! – resmungou ela, ao saltar da caminhonete.

Dentro da loja, minutos depois, escolheu uma toalha de renda numa pilha e leu a etiqueta de origem.

– China – comentou com Alexis. – Na última vez em que estive aqui, a renda era feita pelas mulheres locais e vendida em barracas de feira. A gente oferecia a elas quanto quisesse pagar.

– Você só está triste porque não somos mais "pitorescos". Mas aprendemos tudo que sabemos com vocês, ingleses, durante a ocupação – observou Alexis, com um sorriso irônico.

Duas horas e uma parada simbólica no McDonald's para apaziguar Immy depois, o furgão de Alexis, carregado de eletrodomésticos e outras mercadorias compradas por Helena, chegou de volta a Pandora. As compras haviam custado uma pequena fortuna, mas ela usara parte do dinheiro da herança deixada por Angus, e confiava em que o padrinho teria aprovado o gasto numa reforma. A casa certamente precisava de uma melhorada.

Alex, que mal abrira a boca o dia inteiro, ajudou em silêncio Alexis e seu parente construtor, Georgios, a descarregar as caixas do furgão e colocá-las no carro com rodinhas que Alexis deixara na casa mais cedo.

Ao estender colchas bonitas nas camas, trocar o vidro laranja cheio de moscas dos abajures por cúpulas de seda creme e pendurar diáfanas cortinas de *voile* nas janelas dos quartos, Helena admitiu para si mesma, com relutância, que havia algumas vantagens na globalização.

– O freezer está ligado, o fogão novo foi instalado e o antigo já foi levado. O lava-louça e a máquina de lavar serão instalados pelo bombeiro, que virá amanhã.

Alexis havia aparecido à porta do quarto de Helena e a observava arrumar a antiga cama de madeira com impecáveis lençóis brancos de algodão. Ele inspecionou o quarto e sorriu.

– Ah, o toque feminino... é insubstituível.

– Ainda falta muita coisa, mas já é um começo.

– E talvez o início de uma nova era para Pandora? – arriscou ele.

– Você não acha que o Angus se importaria, acha?

– Acho que é exatamente de uma família que esta casa precisa. Sempre precisou.

– Queria pintar este quarto, torná-lo mais amigável – observou ela, olhando as austeras paredes caiadas.

– Por que não? Meus filhos podem começar amanhã. Fariam isso num piscar de olhos – ofereceu Alexis.

– Ah, Alexis, é bondade sua, mas eles certamente devem ter o próprio trabalho, não é?

– Você esquece que sou o patrão deles – veio a resposta sorridente. – Portanto, farão o que eu mandar.

– O tempo está voando! – exclamou Helena. – Meu marido chega na sexta-feira com o Fred.

– É mesmo? – Alexis fez uma pausa, depois continuou: – Então, é só escolher a cor e nós fazemos o trabalho.

– Bem, como uma retribuição ínfima por toda a sua ajuda, vou abrir a garrafa de vinho que você trouxe para nós.

– Helena, você parece pálida. Está cansada? – Alexis pôs as mãos nos ombros dela, hesitante. – Você é uma rosa inglesa, sensível ao calor. Sempre foi.

– Eu estou bem, Alexis, de verdade. – Helena se soltou das mãos dele e desceu depressa a escada.

Mais tarde, quando Alexis e Georgios já tinham ido embora e Alex instalava o aparelho de DVD, com Immy dançando em volta do irmão, empolgada, Helena se acomodou, cheia de culpa, em sua rede nova, que Alexis havia pendurado entre a linda oliveira antiga que se erguia orgulhosa no centro do jardim e uma aspirante mais nova.

Uma brisa deliciosa farfalhava por entre os galhos, soprando delicadamente finas mechas de cabelo em sua testa. As cigarras ensaiavam para o coral crepuscular e o sol havia perdido o brilho ofuscante do meio-dia, suavizado numa luz cálida, distribuída em salpicos.

Helena pensou na chegada iminente de sua enteada desconhecida, Chloë. William parecera decididamente nervoso na noite anterior, e ela sabia que o marido achava que isso era pedir muito, tanto a ela quanto aos filhos, que a família aceitasse Chloë. Helena também estava apreensiva. Alex era o filho mais velho, afinal. Haveria mesmo espaço para mais um? Ela se perguntou como o garoto reagiria à chegada de Chloë, sem falar nos dois pequerruchos, que nunca haviam sequer conhecido a irmã. Como poderia ela, no entanto, negar a William a chance de passar um tempo precioso com a filha, mesmo havendo uma boa chance de que a presença de Chloë desequilibrasse a dinâmica familiar?

E a própria Chloë: como se sentiria ao ser jogada numa família que ela fora ensinada a execrar? Helena sabia, no entanto, que a garota era a verdadeira vítima da situação, uma criança lançada no redemoinho de um divórcio hostil, usada como arma por uma mulher que havia sido trocada. Embora Cecile alegasse estar protegendo a filha das garras aparentemente perigosas do pai, a realidade era que, submetida à mais sórdida forma de chantagem emocional, era quase certo que Chloë tivesse ficado traumatizada por não lhe permitirem ter uma relação normal com o pai durante a fase de crescimento.

Agora ela estava com quase 15 anos – uma idade difícil para qualquer menina, especialmente uma que fora obrigada a renegar o amor pelo pai a fim de satisfazer uma mãe que não aceitaria menos que isso. Helena também sabia que o coração que batia em seu peito, que amava o marido e os filhos, deveria se alargar um pouco mais, para incluir Chloë. Todo o esforço necessário para proporcionar o apoio afetivo exigido de qualquer esposa e mãe seria agora ainda maior, em vista das ramificações complexas de um segundo casamento.

Helena era o mastro enfeitado em torno do qual a família dançava. E, nessa noite, sentiu as fitas muito apertadas em volta do peito.

– Desculpe, mãe, mas a resposta é não. NÃO! NÃO! NÃO! Está bem?

– Pelo amor de Deus, querido, o quarto é grande! Tem espaço mais que suficiente para vocês dois. E você não vai nem passar muito tempo lá, a não ser para dormir.

Alex estava sentado de braços cruzados e Helena quase podia ver a fumaça saindo de suas orelhas.

– Mãe, a questão não é essa. E você sabe. Você *sabe*.

– Bem, eu não vejo nenhuma alternativa, Alex.

– Prefiro dormir com a Immy e o Fred ou ser picado até a morte pelos mosquitos numa espreguiçadeira do terraço a dormir com *ele*. Ele fede muito.

– Ele fede mesmo, mamãe. E solta pum o tempo todo – acrescentou Immy, sem ajudar muito.

– Para sua informação, você também solta, Immy, mas a questão não é essa – continuou Alex. – Além do fato de ele cheirar mal, o que é verdade, eu o detesto. Ele é *retardado*.

– Não seja ridículo, Alex! E se ele for, qual o problema? – disse Helena, exasperada.

– Não, mãe! Em outras palavras, um completo bab...

– Chega, Alex! Já estou farta! Goste você ou não, não há alternativa. Tenho que dar à Chloë um quarto só para ela. A menina é adolescente e não conhece nenhum de nós, exceto o pai, e...

– Então, por que ela não dorme com *ele*?

– Ora, tenha santa paciência, Alex! Não se faça de engraçadinho!

Helena se levantou e começou a empilhar os pratos sujos do jantar.

– Estou tentando fazer o melhor que posso para todos aqui e tinha esperança de contar com a sua ajuda. Muito obrigada.

Carregando os pratos para a cozinha, ela os jogou na pia, fazendo-os retinir, e deu um soco no escorredor, para liberar um pouco da tensão.

– Toma, mamãe. – Immy apareceu atrás dela, sacudindo uma colher de chá. – Eu ajudo você a tirar a mesa.

– Obrigada, querida – agradeceu Helena, cansada. – Pode pedir ao Alex para trazer o resto?

– Não, porque ele foi embora.

– Embora para onde?

– Não sei. Ele não disse.

Uma hora depois, Helena pôs Immy na cama e se entregou a um banho demorado na velhíssima, porém gloriosamente funda, banheira de Angus. Depois de se enxugar com uma das novas toalhas felpudas compradas em Pafos, ela vestiu o roupão e tornou a descer, para se sentar no terraço. Estava prestes a tirar um cigarro do bolso e acendê-lo furtivamente quando Alex apareceu, saindo da penumbra.

– Oi. Só vim pedir desculpas – disse o garoto, despencando pesadamente na cadeira. – É sério, não é implicância, faço qualquer coisa para não dividir o quarto com o Rupes. Eu simplesmente – Alex correu a mão pelo cabelo – não aguento.

– Está bem – rendeu-se Helena. – Deixe-me pensar um pouco. Tenho certeza de que podemos encontrar uma solução.

– Obrigado, mãe. Bem, sendo assim, acho que vou desfrutar do meu espaço pessoal enquanto posso. Vou dormir cedo.

– A piscina deve estar cheia amanhã à tarde. Vai ser bom, não vai?

– Acho que sim. – Alex assentiu, sem muita animação. – E então, o Sr. "Resolvo Qualquer Coisa Para Você Minha Querida Helena É Só Me Pedir Deixe Comigo" vai voltar aqui de novo amanhã?

– Pare com isso, Alex! – Helena enrubesceu. – Não sou a "querida" de Alexis. Além disso, não sei mesmo o que teria feito sem ele.

– Você é a "querida" dele, mamãe. Ele é caidaço por você, e você sabe disso – retrucou Alex, sem rodeios. – Fico enjoado só de ver a forma como o cara olha para você. É melhor ele tomar cuidado quando o papai chegar. Acho que não vai ficar muito satisfeito ao ver o Sr. Deixe Comigo circulando o tempo todo por aqui.

– Chega, Alex! Alexis é apenas um amigo de muito tempo.

– Só isso?

– Sim, só isso.

– E você não o via desde a última vez em que esteve aqui?

– Não.

– Bom, *ele* me disse que viu você depois disso, logo um dos dois está mentindo.

– Pare com isso! Eu me recuso a ser interrogada pelo meu filho de 13 anos. O que quer que tenha havido no passado ficou no passado. Estamos no presente e eu sou muito bem casada com o seu padrasto. Alexis tem sido muito gentil me ajudando com Pandora, uma casa, aliás, da qual ele também gosta muito. *Fim*. Está bem?

Alex deu de ombros.

– Está bem. Mas não diga que não avisei. Não gosto dele.

– Acho que você deixou isso perfeitamente claro. Preste atenção, Alex, não vou mais tolerar nenhuma grosseria sua com ele. Estamos entendidos?

– Sim, mãe. Boa noite – resmungou Alex.

Ele se voltou para a casa, mas fez uma pausa e olhou para a mãe, como se reconsiderasse.

– Mãe?

– Sim?

– Como é essa história do nome compartilhado?

– Como disse?

– Quero dizer... É só uma coincidência nós termos o mesmo nome de batismo, não é? Eu e o... Alexis?

– É claro que sim, querido. Eu gostava do nome quando o conheci, gostava do nome quando você nasceu e continuo a gostar dele agora.

– Não há nada mais que isso? – sondou Alex.

– E por que é que haveria? Existem milhares de homens chamados Alex.

– Sim, claro, é só que... Deixa pra lá. Boa noite, mamãe.

– Boa noite, querido.

Quando teve certeza de que Alex havia finalmente desaparecido no andar de cima, Helena foi à cozinha, serviu-se de uma xícara de chá e voltou ao terraço, onde estudou o céu límpido e estrelado, num esforço de acalmar as emoções desenterradas.

Ela sabia que, dia após dia, cada vez mais se aproximava aquele momento que ela temera durante toda a vida do filho mais velho.

Era um milagre Alex nunca ter feito uma pergunta direta até então, mesmo que já tivesse entendido havia tempos que o pai contribuía biologicamente para a geração de um filho tanto quanto a mãe. William exercera a função de figura paterna desde o casamento dos dois, quando Alex tinha 3 anos. Ambos haviam incentivado o menino a chamá-lo de "papai" e Alex parecera aceitar a situação vigente sem questionar.

Talvez, pensou ela, houvesse uma parte de Alex que *não quisesse* perguntar, para o caso de a resposta ser pavorosa demais. E era, na verdade. É claro, meditou Helena, enquanto bebia o chá, que ela poderia mentir, dizer que o pai dele havia morrido. Inventar um nome, um passado... um momento em que ela teria se apaixonado por um homem maravilhoso, e no qual os dois teriam concebido Alex, porque o haviam desejado muito...

Apoiou a cabeça entre as mãos e deu um profundo suspiro. Seu lado egoísta só queria que ele *estivesse* morto, mas, na realidade, estava vivíssimo... e presente.

Helena sabia que o filho podia ser suficientemente sofisticado, em termos intelectuais, para racionalizar, mas o lado emocional de Alex não conseguiria lidar com a verdade. Especialmente nessa idade complicada em que ele atravessava o árduo caminho que separa um menino de um homem.

Lidar com Alex sempre fora muito difícil, de modo geral. Quase desde o início, Helena soubera que ele era uma criança incomum: inteligente demais, adulto demais em seu modo de organizar as informações. Era capaz de raciocinar e de manipular as pessoas como um político tarimbado, e então, num piscar de olhos, resvalava de volta para a idade biológica e voltava a ser criança. Ela se lembrava de quando, aos 4 anos, o filho ficara obcecado com o conceito de morte e chorara até dormir, depois de se dar conta de que não permaneceria "aqui" para sempre.

– Mas nenhum de nós permanece aqui para sempre – sussurrou Helena, tristonha, para o céu noturno, esta noite iluminado por seus milhões de estrelas. Elas tinham visto tudo, ocorreu-lhe, mas guardavam seu saber para si.

William dizia que ela mimava Alex, que fazia as vontades do filho, e talvez fosse verdade. Só ela compreendia a vulnerabilidade do menino, sabendo que ele precisava lidar com o isolamento de se sentir "diferente". Quando Alex tinha 8 anos, a escola sugerira que ele fosse submetido a uma avaliação, uma vez que, academicamente, estava à frente de todos os colegas de turma. Com relutância e sem querer rotulá-lo ainda tão jovem, Helena concordou. Alex fora "diagnosticado" como um menino superdotado, com um QI fora de série.

Helena o mantivera na escola local por todo o ensino fundamental, no intuito de garantir que a infância do filho fosse a mais normal possível. E então, um ano depois de ele ingressar no ensino médio, a diretora a chamara para sugerir que Alex se candidatasse a uma bolsa de estudos para o mais prestigioso colégio interno da Inglaterra.

– Sinceramente, Sra. Cooke, penso que ambas prestaríamos um desserviço ao Alex se ele não tivesse ao menos a oportunidade de tentar. Aqui nós fazemos o melhor possível, mas ele precisa ser desafiado, e não há dúvida de que se sairia melhor com outros meninos de intelecto semelhante.

Helena havia discutido o assunto com William, que concordara com a diretora, mas ela própria, tendo sido mandada para o colégio interno quando muito pequena, ficara relutante.

– Não há garantia de que o Alex consiga a bolsa de estudos, e nem mesmo com a maior boa vontade do mundo poderíamos arcar com o custo de mandá-lo para lá sem isso – argumentara William. – Então, por que não o deixamos tentar, pelo menos? Sempre podemos recuar, se ele não quiser ir.

E então, Alex ganhara a bolsa, e todos ficaram tão empolgados que Helena pensara que estava sendo insensível por não parecer igualmente entusiasmada. Afinal, era uma conquista enorme. E uma oportunidade esplêndida para o menino.

Quando ela perguntara ao próprio Alex se ele estava contente, o filho tinha dado de ombros e desviado os olhos para que a mãe não pudesse interpretar sua expressão.

– Se você está, mamãe, eu também estou. O papai parece feliz, pelo menos. O que não havia significado nada para ela.

William tinha ficado emocionado e orgulhoso, mas Helena não conseguira deixar de se perguntar, por mais injusto que fosse, se toda aquela alegria estaria baseada, em parte, no fato de que Alex iria para um colégio interno.

Helena tinha plena consciência de que o marido havia assumido o menino por ter se apaixonado por *ela*, e o filho fazia parte do pacote. William não vira alternativa senão aceitar que ele e o enteado viveriam sob o mesmo teto. Tratavam-se de fatos. E, sendo quem era, Alex não teria deixado passar despercebida a semântica subjacente.

O menino também decifrava *a própria Helena*... talvez melhor do que qualquer outra pessoa. Era como se enxergasse através da pele da mãe até o seu âmago, por mais que ela se escondesse atrás do denso véu que encobria seus pensamentos mais íntimos.

Helena tirou o cigarro do bolso e o acendeu.

Alex *sabia* que as negativas dela a respeito das intenções de Alexis eram falsas.

Sabia que havia muito mais ali do que ela estava contando.

E a verdade era que o filho tinha razão.

Antes do fim do dia seguinte, Dimitrios e Michel, os filhos de Alexis, já haviam pintado o quarto do casal num tom de cinza-claro suave.

Quando eles chegaram, mais cedo, no furgão de Alexis, Helena saíra para recebê-los, sem conseguir deixar de notar como os genes se expressavam de maneiras diferentes. Os dois rapazes tinham sido abençoados com uma cabeleira preta ondulada, pele morena e físico atlético, mas, se Dimitrios tinha os olhos bondosos e os modos gentis de Alexis, Michel, o caçula, não a fazia pensar em nada menos do que um deus grego. Sua aparência fora sutilmente ampliada, de modo a torná-lo ainda mais bonito que o pai.

Enquanto os irmãos começavam a trabalhar com pincéis e rolos, Helena havia continuado a distribuir suas compras pela casa, aparando com a feminilidade as arestas masculinas de Pandora. Immy a ajudara a cortar flores e ramos de oliveira dos jardins, e as duas usaram grandes jarros de pedra para improvisar arranjos. As janelas de todos os quartos tinham sido escancaradas e, com o calor radioso do sol, o cheiro bolorento de vazio começara a se dissipar até ficar no passado. Pandora foi ganhando vida.

Naquela mesma manhã, aparecera na cozinha uma mulher jovem e atraente, de cabelos cor de ébano, e Helena se surpreendera ao descobrir que era Angelina, a antiga empregada de Angus. A imagem que ela fizera de uma sisuda viúva cipriota se revelou totalmente equivocada quando Angelina vigorosamente esfregou pisos e passou o aspirador de pó, os olhos negros risonhos, enquanto mantinha uma conversa brincalhona em grego com os filhos de Alexis.

– Mãe, a piscina vai ficar pronta para nadarmos em mais ou menos uma hora – anunciou Alex, ao encontrar Helena na sala, batendo as almofadas dos sofás para tirar a poeira. – Georgios a está enchendo agora.

– Fantástico! Então, vamos todos dar um mergulho inaugural.

– Vai estar muito frio, porque não vai dar tempo de o sol aquecer a água, mas acho que vai ser refrescante – acrescentou Alex, esperançoso.

– É justamente do que eu preciso para esfriar depois de toda esta trabalheira.

– É, até agora, isso não está com muita cara de férias, não é? Tenho a impressão de que apenas nos mudamos.

– Mudamos, parece – concordou Helena. – Mas vai valer o esforço, não acha? Quero muito que o papai goste daqui.

– Vai gostar, com certeza. – Alex se aproximou dela e lhe deu um abraço espontâneo. – Estou muito empolgado com a piscina.

– Ótimo – disse Helena, aliviada ao ver que o mau humor do filho desaparecera, e que o sol nascera e o iluminara também.

– Vou nadar todas as manhãs, antes do café, e ficar em forma – acrescentou ele. – A gente se vê mais tarde.

– Está bem, querido.

– Uma xícara de chá, madame?

Era Angelina, que atravessava sala de visitas carregando uma bandeja pesada, em direção ao terraço. Immy ia atrás dela feito uma serva.

– Ah, sim, por favor. E pode me chamar de Helena, Angelina.

– Bom, Helena, eu tenta – respondeu ela, em seu inglês macarrônico.

– Mamãe, a gente fez biscoito para testar o fogão novo. – Com cuidado,

Immy segurava um prato nas mãozinhas. – Todo mundo tem que experimentar, porque eles estão gostosos.

– Tenho certeza de que estão.

Helena ficou contente ao ver que Immy tinha gostado de Angelina. Com a horda que invadiria a casa nos dias seguintes, ela precisaria de toda a ajuda que pudesse obter. Foi com elas até o terraço e se deixou cair numa cadeira sob a pérgula.

– Obrigada, Immy. – Pegou um biscoito e o mordeu. – Hmmm, muito gostoso!

– Bom, a Angelina me ajudou, mas fui eu mesma que fiz, não foi?

– Foi, sim, Immy – concordou Angelina, fazendo-lhe um afago carinhoso na bochecha.

Uma hora depois, Helena, Immy e Alex se reuniram na piscina para o mergulho inaugural. Houve um grito coletivo quando os três deram as mãos para pular juntos na água.

Deixando as crianças nadando, Helena saiu dez minutos depois e se deitou ao lado da piscina, aquecendo seus arrepios ao sol do fim da tarde.

– Oi, Helena.

Ela ergueu os olhos, quando uma sombra se projetou em seu corpo.

– Oi, Alexis.

– Vejo que está tudo bem por aqui, certo?

Ele se agachou ao lado dela. Helena, que se sentiu subitamente exposta com o biquíni exíguo, sentou-se e dobrou os joelhos junto ao peito, num gesto autoprotetor.

– Tudo graças a você e à sua família. Estou muito agradecida, Alexis, de verdade.

– Não é mais do que o meu dever. Afinal, Pandora pertenceu à minha família por mais de duzentos anos, até seu padrinho convencer meu pai a se separar dela.

– Bem, é muita bondade sua me ajudar.

– Puxa! Não seja tão formal e inglesa comigo! Você fala como se mal nos conhecêssemos.

– Não nos conhecemos. – Helena fez uma pausa antes de acrescentar: – Não mais.

– Então vamos tornar a nos conhecer. Quer jantar lá em casa logo mais?

– Eu... Alexis, não posso deixar a Immy e o Alex sozinhos.

– Falei com a Angelina. Ela vai adorar ficar de babá.

– Você fez o quê? – De repente, Helena se irritou. – Era melhor ter falado primeiro comigo sobre isso.

Alexis se arrependeu na hora.

– Eu devia ter perguntado mesmo. Desculpe, Helena.

– Bem, de qualquer modo não posso ir. Tenho coisas demais para fazer aqui. William vai chegar com o Fred amanhã.

– Mamãe! Tô ficando com frio. Preciso de uma toalha, quero sair!

– Estou indo, querida.

Helena se levantou e começou a andar. Alexis a segurou pelo braço antes que ela pudesse se afastar.

– Vamos pelo menos conversar, qualquer dia desses, para pormos em dia os anos perdidos.

Ela o olhou, abriu a boca para falar, balançou a cabeça sem dizer palavra e se soltou.

DIÁRIO DE ALEX

13 de julho de 2006

Fiquei boiando no meio da piscina gelada, sem conseguir ouvir nenhum som terrestre, por estar com os ouvidos submersos. Ali, da minha cama aquática, olhando para cima, pude ver lá no alto a cúpula escurecida e curva que era a redondeza da Terra e do céu. Não era plana, e sim parecida com uma caverna cujo teto cintilava com diamantes brutos. Fiquei escutando os ruídos borbulhantes, fechei os olhos e imaginei que aquilo era o mais perto que se podia chegar de estar de volta ao útero – exceto por não haver uma disponibilidade imediata de batatas fritas e bombons de chocolate recheados, ou qualquer outra coisa que a mãe da gente se interessasse por nos mandar para comer pelo cordão umbilical.

É mesmo um processo milagroso, esse negócio de criação.

Agora, ao anoitecer, estou me sentindo mais calmo, porque tenho um novo útero... digo, *quarto*, para chamar de meu. Tudo bem que, para caber lá dentro, terei que me enrolar em posição fetal – se eu esticar os braços, esbarro nas prateleiras de mogno dispostas de ambos os lados, que abrigam centenas de livros com capas de couro –, mas não me incomodo. É um quarto só meu e, o que é mais importante, é uma zona livre do Rupes.

Também terei material de leitura suficiente para me abastecer durante as férias, porque o meu novo habitat é aquilo a que minha mãe, com bastante pompa, diante das circunstâncias, referiu-se como "a biblioteca". É, na verdade, pouco mais que um armário de vassouras (e aposto que deve ter sido isso, um dia), situado logo ao lado da sala de visitas. Não poderei, por razões de saúde e segurança, convidar mais ninguém a entrar nele, pois talvez não haja oxigênio suficiente para sustentar dois pares de pulmões. Além disso, a pessoa teria que se deitar por cima de mim, já que não há espaço para ficar de pé.

Mamãe disse que não se importa se eu empilhar alguns livros nas prateleiras mais altas, para ter ao menos um lugar onde pôr minhas coisas.

Também tenho o luxo de uma porta que posso trancar e de uma janelinha bem alta. O tal do Sr. Deixe Comigo conseguiu encaixar lá dentro uma cama de armar para eu dormir.

Virei de bruços e nadei até a borda, saí da piscina e deixei escorrer o excesso de água. Peguei uma toalha, que estava mais molhada que eu, por causa do uso anterior, e passei pelos ombros. Deitei numa espreguiçadeira e me sequei no ar noturno, ainda ridiculamente quente, torcendo para não ser eu a razão de minha mãe estar parecendo tão cabisbaixa esta noite.

Ela mal falou desde que o Sr. Deixe Comigo foi embora, umas duas horas atrás. É bom que se diga que ela também foi monossilábica com a Immy, de modo que talvez nós dois tenhamos caído em desgraça, por razões desconhecidas.

Espero... bem, espero que não seja porque o papai vai chegar amanhã e estragar esse ninho de amor dela com o Sr. Deixe Comigo. Acho que não, porque tenho certeza de que ela ama o papai, mas sei como é difícil entender a cabeça das mulheres. Onde é que elas aprendem a ser tão voluntariosas?

A Immy já está pegando o jeito de toda essa coisa feminina. Ela me obriga a participar dessas brincadeiras chatas, no estilo Immy, que sempre envolvem ela ser uma princesa ou uma fada e usar um pedaço de tela cor-de-rosa por cima dos jeans, e eu ser qualquer outra coisa, desde o Tio Malvado até um elfo perverso. E aí, de repente, sem aviso prévio, ela bate o pezinho, diz que não quer mais brincar e sai de perto, esperneando.

Por acaso ela pensa que eu me incomodo?!

Ajoelhei na minha espreguiçadeira e espiei por entre a fileira de oliveiras que orla a piscina. Se inclinasse a cabeça, podia ver a mamãe sentada no terraço. Estava usando um caftan branco; o luar clareava seu cabelo louro e tirava a vaga corzinha que ela conseguiu ao sol.

Ela parecia uma estátua de alabastro. Ou um fantasma.

Enquanto a observava, compreendi que ela estava no passado, revivendo uma outra vida.

5

Fred finalmente se rendera e havia pegado no sono, a cabecinha deitada no colo de William, as mãozinhas grudentas ainda agarradas a seu novo aeroplano. William umedeceu o dedo na língua e, desajeitado, tentou limpar o grosso do chocolate do entorno da boca do filho. Quando aterrissassem, ele teria que levar Fred ao banheiro e fazer uma bela limpeza, antes que Helena o visse. A pele do bebê parecia feita para reter a sujeira.

William fechou os olhos de alívio. O voo com Fred tinha sido uma experiência extenuante. Em geral, ele estava acostumado a ser o homem de terno que tentava conter a irritação quando um monstrinho em miniatura cravava os pés nas costas da sua poltrona, gritava, contorcia-se e enfiava a cara entre os assentos, enquanto um pai ou mãe atormentado lutava para controlar a criança.

Tentou cochilar, mas a adrenalina desencadeada por Fred ainda circulava em seu sangue, de modo que ele desistiu e, em vez disso, concentrou-se em chegar ao mundo de Helena. Andara tão ocupado, tentando resolver as últimas pendências no trabalho, que não tivera chance de pensar muito no assunto.

Pandora... Pelo olhar distante no rosto da mulher sempre que ela falava nessa casa, William se dera conta do quanto ela significava para Helena. E sabia que não devia decepcioná-la tecendo algum comentário negativo ao chegar. Mesmo que a casa e a localização fossem bastante comuns e que Chipre fosse uma coleção tão árida de escarpas quanto imaginava, ele jurou que não deixaria seus sentimentos transparecerem.

Certamente, Helena havia soado distante e estranha nos últimos dias. Talvez o retorno à sua ideia de perfeição, sem dúvida mentalmente aprimorada, tivesse sido um desapontamento. Mas ele não sabia se era isso mesmo. No que dizia respeito à sua mulher, não tinha certeza de nada.

Ainda agora, quando eles se aproximavam do décimo aniversário de casamento, às vezes William ainda a achava fora do seu alcance. Havia nela uma aura, uma reserva que significava que, mesmo quando ele a segurava nua em seus braços, quando os dois ficavam tão juntos quanto era fisicamente possível para duas pessoas, havia uma parte dela que não estava *ali*.

No entanto, ela não era fria. Era tão cálida e amorosa quanto uma mulher poderia ser. E as crianças a adoravam. Ele a adorava. Perguntou a si mesmo se seria a beleza dela que inspirava distância e assombro. Ao longo dos anos, William observara de perto a reação de outras pessoas a ela, tanto homens quanto mulheres. As pessoas não tinham o hábito de ser apresentadas à perfeição física: costumavam lidar com suas próprias falhas vendo-as espelhadas nos outros. Já Helena, com os cabelos dourados, a pele alva e imaculada e o corpo de proporções irretocáveis, aproximava-se tanto do ideal feminino dele quanto alguém poderia se aproximar. O fato de também ser mãe só fazia aumentar seus encantos, tornando-a real, e não uma intocável donzela de gelo. Era comum ela fazê-lo se sentir, sem a menor culpa por isso, um simples mortal, enquanto ela seria uma deusa. E isso levava a sentimentos de insegurança, porque, vez por outra, William não conseguia acreditar que essa mulher incrível pudesse ter escolhido a *ele*.

William sempre se consolava com o fato de proporcionar a Helena as coisas de que ela precisava, de ser o yin do yang da mulher. Os dois eram muito diferentes: ela, artística, etérea, sonhadora, enquanto ele era pragmático, sólido e lógico. Vinham de mundos totalmente distintos, mas, ainda assim, os dez anos anteriores haviam sido os mais felizes da vida dele. E ele esperava que a mulher também tivesse sido feliz.

Desde a chegada da carta do advogado do padrinho dela, que informava que ela havia herdado uma casa velha num fim de mundo no Chipre, Helena se tornara mais distante. Nas semanas anteriores, William tivera realmente a impressão de que ela estava se afastando. Não havia, porém, nenhuma prova, nada de sólido que corroborasse. Em síntese, Helena tinha permanecido a mesma: dirigindo a casa, cuidando dos filhos, ficando à disposição dele e de todas as outras pessoas que oscilavam em torno do brilho emitido pelo calor humano e pela sensibilidade dessa mulher.

William não estava acostumado com a introspecção. Assim, quando o avião pousou na pista do aeroporto de Pafos, ele teve dificuldade para acalmar sua inquietação.

– Ah, Immy, isso é *muuuito* cafona. Não vou ficar do seu lado se você levantar esse troço.

– Alex, não seja malvado. Immy passou a manhã inteira fazendo esse cartaz. Está lindo, minha querida – disse Helena à filha. – O papai também vai adorar.

O lábio inferior de Immy tremia quando ela arrastou para o portão de desembarque a faixa de papel que proclamava: "BOAVINDAS A XIPRE PAPAI E FRED".

– Eu odeio você, Alex – disse a menina. – Você é o irmão mais nojento do mundo.

– Não tão nojento quanto o Fred, lembre-se – assinalou Alex, enquanto os dois seguiam Helena para a multidão que cercava o portão de desembarque, pelo qual, a qualquer momento, os outros dois membros da família apareceriam.

– Certo, enquanto esperamos, vou até o balcão da locadora de automóveis, logo ali, para trocar o carro por uma minivan – disse Helena, aflita. – Vocês fiquem aqui e esperem o papai e o Fred aparecerem. O avião deles pousou há vinte minutos, então eles já devem sair. E, Alex, fique de olho na Immy – ela preveniu o filho, antes de sumir na aglomeração.

– Aaaah! Tô muito animada! – guinchou Immy, agitando a faixa acima da cabeça como um fã num show de música pop. – Ah, olha lá eles!... PAIÊÊÊÊ!

William apareceu cruzando o portão, empurrando um carrinho com Fred encarapitado em cima das malas. Immy correu até eles e se atirou nos braços do pai.

– Oi, Immy, minha querida – disse William, sufocado pelos beijos da filha.

Espiou por trás dos longos cabelos louros da menina e sorriu para Alex.

– Oi, como vai você?

– Tudo bem, pai, obrigado. – Alex segurou o carrinho e se ajoelhou para ficar no nível de Fred. – Oi, maninho. Toca aqui.

– Oi, Alex – disse Fred, batendo a palma da mão na do irmão mais velho e em seguida levantou seu aviãozinho de brinquedo. – Ganhei pesente do papai.

– Ganhou? Puxa, você deve ter sido um bom menino! – Alex pegou Fred no colo.

– Não. Eu foi mau.

– No avião? Você gostou do avião?

– Gostou. – Fred assentiu, torcendo o nariz sardento ao esfregá-lo. – Cadê a mamãe?

– Pois é, cadê a mamãe? – repetiu William, ao lado deles, vasculhando o saguão à procura da mulher.

– Está lá na locadora de carros.

Alex acenou para Helena ao avistá-la andando em direção a eles. Fred se soltou dos braços do irmão e correu para a mãe.

William observou a mulher, como sempre fazia quando passava algum tempo sem vê-la, novamente impressionado com o encanto dela. Helena usava camiseta azul e short jeans cortado, o cabelo louro e comprido preso com displicência num rabo de cavalo, e não parecia mais velha que uma adolescente.

Ela caminhou em direção ao marido, segurando Fred pela mão.

– Oi, querida. – William passou um braço em volta do ombro da mulher e a beijou.

– Oi. – Ela lhe sorriu. – Bom voo?

– Agitado – suspirou ele –, mas chegamos inteiros, não é, Fred?

– É. Agora a gente pode ir pla Siple, mamãe? – perguntou o menino.

– Querido, aqui é Chipre, mas, sim, podemos ir para a nossa casa.

– Mas eu acabei de chegar! – Fred pareceu confuso.

– Estou falando da nossa casa aqui em Chipre. O carro está logo ali. – Helena apontou para uma saída.

– Então vamos andando – disse William.

– É lindo, Helena. Lindo mesmo – disse William, uma hora e meia mais tarde, contemplando a paisagem da varanda do andar de cima.

– De verdade?

– De verdade. E a casa... Bem, você fez milagres, considerando que só está aqui há alguns dias. Tudo parece muito novo e alegre. – Voltou para o interior do quarto, parou e inspirou. – É de tinta que estou sentindo cheiro?

– É.

– Você, com certeza, não teve tempo para reformar a casa, além de todo o resto, teve?

– Não. Arranjei alguém para cuidar disso para mim.

– Estou impressionado – disse William. – Lá na Inglaterra, demoro semanas para achar alguém para remendar um cano, que dirá pintar uma casa em dois dias. Enfim, está um encanto. E não é nada parecida com o que eu tinha imaginado.

– Com que você tinha imaginado?

– Não sei. Só algo muito... mediterrâneo, acho. Despojado, meio espartano... Você poderia pôr esta casa num vilarejo inglês do interior e ela não pareceria deslocada. Está mais para uma antiga residência paroquial do que para uma *villa* de Chipre. Tem estilo.

– É uma casa muito velha.

– Com lindas sancas antigas. – William voltou seu olhar de arquiteto para as proporções do quarto. – E pé-direito alto. – Em seguida, deslizou as mãos pelo tampo de mogno polido da cômoda. – Eu diria que alguns móveis também são muito valiosos.

– Angus quis criar seu pedacinho da Inglaterra bem aqui – explicou Helena. – Mandou vir tudo de lá, até o relógio carrilhão do corredor.

– E agora é tudo seu.

– Nosso – corrigiu-o Helena, com um sorriso.

– E deve valer um dinheirão.

– Eu nunca a venderia – retrucou ela, defensiva.

– Não, mas não há nada errado em saber quanto vale. Talvez você deva mandar fazer uma avaliação.

– Pode ser.

Helena se esforçou para não se importar com o fato de que o marido pudesse *pensar* em Pandora em termos de libras e xelins:

– Venha, querido, vamos ver os jardins.

Os dois se juntaram aos filhos na piscina bem na hora em que o sol se punha, e Helena sugeriu que fossem à Taberna Perséfone para um jantar cedo.

– Quero que você conheça o vilarejo – disse, enquanto William transpunha com cuidado a trilha esburacada. – E as crianças podem comer nuggets de frango com batata frita para quebrar a monotonia.

Depois de darem uma volta pela única rua, com William confessando sua vontade de entrar na bonita igreja ortodoxa, em algum momento, para ver seu interior, todos se encaminharam para a Taberna Perséfone.

– É um lugar muito acolhedor – comentou William, enquanto a família se sentava a uma das mesas.

Colocou Fred em seu colo, no esforço de conter o menino, que não estava nem um pouco cansado e havia entrado no modo hiperativo.

– Posso soplar a vela, papai? – perguntou Fred.

– Não, não pode. Tome, pegue o seu carrinho – disse Helena, tirando o brinquedo da bolsa e o fazendo zunir por cima da mesa até Fred. – Isto aqui não mudou quase nada desde a última vez que eu vim, e a comida é realmente boa.

– Não vamos mais comer o bico dos pintinhos, vamos, mamãe? – interpôs Immy.

– Não, mas o papai e eu vamos pedir um *meze*. Vocês deviam experimentar – aconselhou Helena, quando o vinho chegou.

Fez os pedidos para todos.

– Ah, e achei uma faxineira, William, que também pode servir de babá. Sim, Fred, sua comida está vindo. Tome, coma um pedacinho de pão para tapear o estômago, Immy. – Helena foi conduzindo três conversas ao mesmo tempo, com habilidade.

– De um modo ou de outro, acho que vamos precisar dela – respondeu William, com ar cansado, virando-se para Alex. – E então, o que acha da Pandora? Está gostando?

– A piscina é o máximo – disse Alex, com um aceno afirmativo da cabeça.

– E a casa?

– É, é legal.

– A Inglaterra venceu a partida internacional com as Índias Ocidentais, sabia?

– Não. Aqui a televisão só tem canais de Chipre.

William desistiu. Quando Alex não estava a fim de conversar, era melhor se render.

Felizmente, a comida chegou depressa e as crianças atacaram, famintas.

– Esse *meze* está excelente – disse William. – Quer provar, Fred?

– Nheeeca! – Fred tapou a boca e balançou a cabeça com veemência.

– Espero que ele não tenha que viver de nuggets de frango e batata frita durante as férias inteiras, querida – comentou William com Helena, com ar afetado.

– Bem, se tiver, isso não vai matá-lo, não é? – retrucou Helena, enfiando outra garfada de comida na boca do filho.

– Os irlandeses passaram anos vivendo só de batatas – interpôs Alex.

– E morreram aos milhares – rebateu William.

– Na verdade, isso aconteceu no período de escassez, quando deu uma praga nas batatas e eles morreram de fome. E metade do mundo vive só de arroz – continuou Alex, com ar pedante –, que é, basicamente, carboidrato com um pouco de fibra.

– Mamãe, preciso ir ao banheiro e quero que o Alex me leve – interrompeu Immy.

– Que sorte a minha – resmungou o garoto. – Então, vamos.

– Eu também quero! – Fred desceu do colo e saiu trotando atrás dos irmãos.

A mesa ficou em silêncio por um momento e William serviu mais vinho para ele e Helena.

– E então, Alex está bem? – perguntou.

– Sim, bem. Ou normal, pelo menos, para ele. – Helena abriu um sorriso discreto. – Você sabe como ele é.

– Sei. E como foi voltar pra cá, depois de tantos anos?

– Ótimo, sim, é realmente ótimo, eu...

– Mamãe! Olha quem está aqui! É o seu amigo! – Immy apareceu atrás de Helena. – Eu falei que ele tinha que vir conhecer o meu pai.

Helena se virou e deparou com os olhos profundamente azuis de Alexis.

– Oi, Helena – disse Alexis, obviamente constrangido. – Lamento perturbar sua família, mas sua filha insistiu.

– É claro que você não nos perturba, Alexis. Este é meu marido, William.

Alexis conseguiu soltar a mão do aperto férreo de Immy e a estendeu por cima da mesa:

– É um prazer conhecê-lo, William.

– O prazer é meu. Alexis, não é?

– Sim.

Houve uma pausa prolongada, durante a qual Helena vasculhou, desesperadamente, uma centena de maneiras diferentes de romper o silêncio, nenhuma das quais lhe pareceu adequada.

– Alexis levou a gente a Pafos no furgão grande dele, papai – Immy entrou na conversa. – Ele fez compras com a gente e ajudou a mamãe a deixar a casa bonita pra você e o Fred.

– É mesmo? Então, talvez eu deva agradecer sua ajuda, Alexis – retrucou William, sem se alterar.

– Não é problema algum. O que achou de Pandora? – indagou.

– Achei-a uma casa maravilhosa, numa bela localização.

– A família do Alexis era proprietária da casa antes que Angus a comprasse, e Alexis é dono dos vinhedos que a cercam. – Helena havia finalmente conseguido encontrar a voz.

– Você produz vinho? – perguntou William.

– Sim. – Alexis apontou para a jarra na mesa. – Você o está bebendo.

– É bom, muito bom. Posso lhe oferecer uma taça?

– Não, obrigado, William. Preciso voltar para o meu convidado. É um comerciante de vinhos do Chile que quero que compre comigo.

– Nesse caso, passe lá em Pandora para tomar uma bebida conosco – sugeriu William.

– Obrigado. Seria ótimo. É um prazer conhecê-lo, William. *Adio*, Helena, Immy.

Fez um aceno com a cabeça e se afastou da mesa.

Alex tinha avistado Alexis ao sair do banheiro com Fred e se retardara até ele ir embora.

– O que ele estava fazendo aqui, mamãe? – perguntou o garoto, ao voltar à mesa com Fred, a voz carregada de animosidade.

O que revelou a William tudo que ele precisava saber.

Quando retornaram a Pandora, Helena pôs os pequeninos para dormir e encheu a banheira. Sentia-se exausta; não tinha dormido na noite anterior. Talvez a simples tensão pela chegada de William e Fred tivesse sido a causa disso.

– O DVD está instalado na sala.

Alex entrou no quarto sem bater, um hábito que Helena sabia que irritava William.

– Ótimo – respondeu ela. – Só vou tomar um banho. Já vai dormir?

– Sim. Pelo menos tenho uns livros para escolher na minha nova biblioteca. Boa noite, mãe.

– Durma bem, querido.

– Boa noite, Alex.

William apareceu no quarto quando Alex ia saindo.

– Boa noite, pai.

William fechou a porta com firmeza após a saída do garoto e acompanhou Helena ao banheiro. Quando ela entrou na banheira, ele se sentou na borda.

– Paz – disse com um sorriso, passando as mãos pelo cabelo preto e bocejando. – Acho que esta noite vou dormir bem.

– Cinco horas num avião com Fred são o bastante para derrubar qualquer um por um bom tempo – concordou Helena. – Ele adormeceu na metade da história. Só espero que durma até mais tarde amanhã, senão vai ser um pesadelo durante o resto do dia.

– Acho que há alguma esperança – suspirou William. – E então, de onde você conhece o Alexis?

– Eu o conheci na última vez em que me hospedei aqui.

– Ele é um homem bonito.

– É, acho que sim.

– Devia ser um arraso quando você o conheceu – prosseguiu William na sondagem.

Helena se concentrou em se ensaboar na banheira.

– Vamos lá. – William desistiu de tentar ser sutil. – Houve alguma coisa entre vocês?

– Pode me passar a toalha?

– Tome.

William entregou a toalha a Helena, maravilhado com o fato de nem a idade nem a maternidade parecerem haver deixado marcas reveladoras no corpo da mulher. Com a água escorrendo pela pele, ela lembrava uma ninfa, com os seios pequenos ainda empinados e a barriga lisa. William sentiu uma palpitação nas partes íntimas ao vê-la sair da banheira e se enrolar na toalha.

– E então? – continuou. – Você não respondeu à pergunta.

– Tivemos um romance de férias enquanto eu estava aqui, só isso.

– E você não o viu desde então?

– Não.

– Quer dizer que foi... inocente?

– William – suspirou Helena –, isso aconteceu há 24 anos. Não foi nada importante.

– Alexis é casado?

– Foi, mas a mulher dele morreu.

– Então, ele é viúvo.

– É. – Helena enxugou a cabeça com vigor, depois pegou o roupão.

– Você sabia que ele estaria aqui?

– Não fazia ideia. Não falava com ele havia 24 anos.

– É, tem razão. Foi há muito tempo.

– Foi, sim. Agora, que tal você entrar antes que a água esfrie? Vou descer e fechar a casa. E, por falar em descer, eu estava pensando em, amanhã cedo, dar um pulo em Pafos e comprar umas plantas para aquelas lindas urnas antigas do terraço e aquele canteirinho ao lado da piscina. Angelina vai estar aqui então pode cuidar das crianças por algumas horas. Você vai comigo?

– É claro que sim.

– Ótimo. Volto num minuto.

William se despiu e afundou na banheira, censurando-se pelo interrogatório. Estava sendo paranoico e injusto com Helena. Como ela dissera, com justa razão, o que quer que houvesse acontecido quase um quarto de século antes não tinha a menor relevância agora. Só que o jeito como Alexis olhara para ela na taberna, mais cedo... William soube instintivamente que aquele era o olhar de um homem ainda apaixonado.

DIÁRIO DE ALEX

14 de julho de 2006

Para o papai: "Olá, queriiido."

Para Immy e Fred: "Não, queriiiidos!"

Para mim: "Ah, querido!"

Portanto, estamos todos aqui, de volta à Terra do Nunca. Somos a família Querido e minha mãe é a Sra. Querida. Fico surpreso por ela ainda não ter empregado um cachorro para ser nossa babá, mas é só lhe dar tempo. Por que ela se deu o trabalho de dar nomes diferentes a qualquer um de nós se usa o mesmo nome para todos?

É especialmente difícil quando ela chama um "querido" coletivo da cozinha e todos nós respondemos, de todos os cantos da casa, e corremos para a cozinha e ficamos lá parados enquanto ela decide de qual dos "queridos" precisa. De modo geral, acho que ela é muito boa mãe, mas esse negócio do "Q" me deixa doido. Deve ser uma ressaca do tempo em que ela trabalhava no palco como bailarina. É o tipo de coisa dita por "gente de teatro".

Somos uma família de cinco pessoas, que logo serão seis, quando chegar essa tal de Chloë, o que é uma família bem grande para os padrões atuais.

Neste grupo familiar, com certeza precisamos manter nossa individualidade, não é? E o que há de mais pessoal que os nomes das pessoas? Nos últimos tempos, Fred começou a imitá-la. Tenho medo de ele se dar mal na escola, se achar que é legal chamar de "querido" o valentão da turma.

De qualquer modo, enquanto ela não incluir o Sr. Deixe Comigo na sua lista "Q", consigo mais ou menos encarar.

É claro, um dia eu fui o Querido Número Um. Cheguei primeiro, antes deles todos.

Para ser sincero, às vezes acho difícil dividi-la. Ela é como um queijo redondo e macio e, quando eu nasci, a peça toda era minha. Aí, ela conheceu o papai e uma fatia enorme foi cortada, embora eu calcule que ainda me havia sobrado a metade. Depois veio a Immy, que levou um pedação, e em seguida o Fred, que pegou mais outro. E tenho certeza de que ela vai precisar cortar outra tirinha para a Chloë, de modo que a minha fatia vai ficando cada vez menor.

Hoje realmente me ocorreu, quando a Immy pulou nos braços do papai no aeroporto, que eu não tenho um. Digo, um pai. William faz o que pode, mas, se houvesse um incêndio, aposto toda a minha coleção de bonecos do Tintim que primeiro ele salvaria seus filhos de verdade. O que, tecnicamente, corta pela metade a minha fatia do queijo, já que papai, Immy e Fred têm pedacinhos uns dos outros.

Papai pareceu muito feliz quando ganhei a bolsa de estudos para aquela escola. Abriu uma garrafa de champanhe e me deixou tomar uma taça. Talvez estivesse comemorando o fato de que, no futuro, passarei a maior parte do tempo longe de casa e ele não terá mais que me aturar.

Por que é que, de repente, passei a ficar mais obcecado do que de hábito com essa história de pai?

Talvez porque, até aqui, minha mãe sempre tinha sido o bastante. Nunca precisei de mais ninguém.

Mas, nos últimos tempos — e eu a entendo perfeitamente –, sinto que ela anda escapulindo.

Não tem sido ela mesma.

Nem eu.

6

William e Helena passaram a primeira parte da manhã numa pequena loja de artigos para jardinagem que Helena tinha avistado nos arredores de Pafos.

Nos últimos tempos, era raro os dois terem a chance de ficar a sós e, embora essa fosse uma tarefa relativamente banal, Helena gostou de andar para cima e para baixo pelas fileiras ensolaradas cheias de plantas, de mãos dadas com o marido, escolhendo gerânios de cores vivas, além de diversos exemplares de loureiro-rosa e alfazema, que ela sabia que suportariam o clima árido. O dono da horticultura também tinha uma barraquinha em frente que vendia verduras e legumes locais, de modo que eles fizeram um estoque de tomates gordos e perfumados, melões, ameixas e ervas de aroma adocicado para levar, carregando tudo na mala do carro antes de voltarem a Pandora.

– É a Sadie, para você. – William entrou na cozinha para entregar o celular a Helena, que preparava o almoço.

– Obrigada. Alô, querida, como vai? – Helena usou a técnica de bochecha e ombro para segurar o telefone, de modo a poder continuar a lavar a alface. – Ah, não, é mesmo?... Ah, que merda! Você está legal? Não, tenho certeza... Sim, aqui está ótimo. William e Fred chegaram ontem e vamos todos passar a tarde na piscina, aproveitando o sossego antes que os Chandler cheguem. Espere dois segundos, Sadie.

Virou-se para William e apontou para a bandeja com os pratos e talheres.

– Pode levá-los lá para fora e mandar as crianças saírem da piscina e se enxugarem, para ficarem prontas para o almoço?

William se retirou com a bandeja e Helena retomou a conversa com Sadie.

– É claro que você vai conhecer outra pessoa. Nunca achei que ele fosse "o cara certo" de qualquer jeito... O quê? Bem, se é o que você quer fazer, mas não sei mesmo onde você vai dormir. Já estamos com gente saindo pelo ladrão. Está bem – suspirou Helena. – Bom, erga a cabeça. É só me avisar o horário do seu voo que eu busco você no aeroporto. Tchau, querida.

William tinha voltado à cozinha.

– As crianças estão se enxugando. Mais alguma coisa para levar para a mesa?

Helena virou as folhas de alface numa tigela já cheia até a metade com tomate e pepino picados, misturou tudo com os dedos, habilmente, e a entregou a William.

– E então – disse ele, pegando a tigela –, como vai a Sadie?

– Com ímpetos suicidas. Mark terminou com ela.

– Certo.

– Sei que você não gostava muito dele. Para ser franca, eu também não. Mas a Sadie gostava.

– Foi o que eu depreendi das horas de telefonemas, derramando-se em declarações líricas no seu ouvido.

– Sim, mas a Sadie é minha melhor amiga e tenho que dar apoio a ela. O problema é que...

– Ela quer vir para cá, passar uns dias longe, para remendar o coração partido e chorar no ombro da melhor amiga – concluiu William por ela.

– Em síntese, sim – concordou Helena.

– Bem, quando ela vai chegar?

– Está ligando para a companhia aérea para tentar reservar uma passagem.

– Será bem depressa, então.

– É provável. Desculpe, querido, mas ela pareceu péssima.

– Vai se recuperar... sempre se recupera – resmungou ele, em tom sombrio.

Helena tirou da geladeira uma travessa de frios e olhou de relance para o marido.

– Sei que parece uma imposição, mas você precisa lembrar que a Sadie e eu somos como irmãs. Nós nos conhecemos desde o ensino fundamental e ela é o que me resta de mais próximo de uma família. Eu a amo, é simples assim, e não posso mesmo dizer não.

– Eu sei. – William suspirou, resignado. – Eu gosto da Sadie, gosto mesmo, só estou com medo de que estas supostas férias virem umas semanas de trabalho pesado, com a casa transformada num hotel gratuito e comigo e, mais importante, você funcionando como gerentes.

– Pandora foi feita para ficar cheia de gente. Certamente ficava, na última vez em que estive aqui.

– Sim, e aposto que tinha um esquadrão completo de empregados para atender a cada capricho dos hóspedes – disse William. – Não quero que você se canse, só isso. Já está parecendo exausta.

– Vou perguntar à Angelina se ela pode ajudar mais, especialmente com a comida. Ela cozinhava para o Angus, e ele era de um nível horroroso de exigência, de modo que tenho certeza de que ela é ótima.

– Está bem – aquiesceu William, sabendo que era assunto encerrado. – Vamos lá para fora? – Ofereceu-lhe a mão e ela o acompanhou para o sol luminoso do terraço.

As três crianças já se reuniam em volta da mesa sob a pérgula, em vários estados de nudez. Fred estava totalmente sem roupa.

– Mamãe, desculpe, mas não quero passar minhas férias inteiras cuidando do Fred e da Immy na piscina – reclamou Alex, jogando-se numa cadeira. – Immy só quer pular na água o tempo todo, e eu não posso deixar, para ela não se machucar nem se afogar, e é muito... chato.

– Eu sei, Alex. Vou descer depois do almoço e substituir você, prometo – disse Helena, servindo salada em todos os pratos. – Sabe o que mais? Tia Sadie vem passar uns dias conosco.

– Lá se vai outra fatia – resmungou Alex entre dentes.

– O que foi, Alex? – perguntou William.

– Nada. Pode me passar o pão pita, Immy?

– Isto quer dizer que teremos que repensar os quartos mais uma vez – anunciou Helena. – Acho que poderíamos esvaziar o quarto de guardados, que está cheio de coisas do Angus, e a Sadie poderia dormir lá. O tamanho não é ruim, mas arrumá-lo vai dar algum trabalho.

– E vamos precisar de uma caçamba, pelo que vi lá dentro. É óbvio que Angus era um acumulador – acrescentou William.

– Nunca se sabe o que você pode encontrar, mãe – disse Alex, animando-se. – Eu ajudo você. Adoro vasculhar coisas velhas.

– Já notamos, pelo estado do seu quarto – comentou William.

– Obrigada, Alex. – Helena ignorou o comentário do marido. – Podemos fazer isso hoje à tarde.

– Papai, quando você vai nos levar ao parque aquático? – perguntou Immy.

– Logo, Immy, mas acho que o parque aquático do nosso jardim está bom o bastante por enquanto.

– Mas não tem escorregador nem nada.

– Coma o presunto, Immy, não fique brincando com a comida. O papai acabou de chegar. Pare de chateá-lo – repreendeu Helena.

– A menos que você queira que eu leve os dois ao parque aquático hoje à tarde para tirá-los do caminho enquanto você limpa o tal quarto de guardados, que tal? – ofereceu-se William. – E lembre-se de que a Chloë vai chegar amanhã. Tenho que buscá-la no aeroporto. No dia seguinte chegam os Chandlers. Deus nos proteja.

– SIM, papai! Hoje! Hoje! – Fred se juntou ao coro de Immy, batendo com a colher no prato em uníssono.

– Chega! – rosnou William. – Se vocês prometerem comer tudo que está no prato, vamos mais tarde, quando o sol baixar um pouco.

– Talvez você tenha razão sobre a caçamba – meditou Helena. – Onde vou arranjar uma, não faço ideia.

– Posso tomar suco de laranja, mamãe? Tô com sede – pediu Fred.

– Vou buscar, Fred. – William se levantou, olhou de relance para Helena e deu um sorriso irônico. – Estou certo de que o seu amigo Alexis saberia. Por que não liga para ele?

Helena e Alex pararam diante da porta do quarto de guardados, principalmente porque era impossível entrar nele.

– Nossa, mãe, por onde começamos?

Ao ver os móveis e a quantidade interminável de caixas de papelão descartadas, empilhadas até o teto, o garoto começou a se arrepender de não ter ido com os irmãos ao parque aquático.

– Traga a cadeira do quarto da Immy e do Fred. Vamos subir nela, descer algumas dessas caixas e empilhar tudo no corredor. Depois disso, ao menos conseguiremos entrar.

– Está bem.

Alex buscou a cadeira, subiu e alcançou a primeira caixa, passando-a para Helena. Desceu para olhar quando ela a abriu.

– Uau! Está cheia de fotografias! Olhe só para esta! Esse é o Angus?

Helena examinou o bonito homem louro, de uniforme de gala completo, e fez que sim com a cabeça.

– É. E nesta aqui... ele está no terraço com umas pessoas que não conheço e... Nossa, essa com ele é a minha mãe!

– Sua mãe era muito bonita, parecida com você – comentou Alex.

– Ou eu é que sou parecida com ela, e sim, ela era muito bonita. – Helena sorriu. – Ela foi atriz, antes de se casar com meu pai. Saiu-se muito bem, estrelou várias peças no West End e era considerada uma verdadeira beldade.

– E abandonou a carreira para se casar?

– Sim, mas já tinha passado dos 30 quando isso aconteceu. Só me trouxe ao mundo aos 40 anos.

– Era incomum ter um bebê tão tarde naquela época, não?

– Muito. – Helena sorriu para Alex. – Acho que talvez eu tenha sido um erro de cálculo. Ela não fazia mesmo o gênero maternal, a sua avó.

– Eu cheguei a conhecê-la? – perguntou Alex.

– Não. Ela morreu antes de você nascer. Eu tinha 23 anos e estava dançando na Itália, na ocasião.

– Você sente saudade dela, agora que ela morreu?

– Para ser sincera, Alex, não. Fui despachada para o colégio interno aos 10 anos e, antes disso, eu tinha uma babá. Sempre tive a sensação de estar atrapalhando.

– Puxa, mãe, que coisa horrível. – Alex deu-lhe um tapinha na mão, numa demonstração de solidariedade.

– Nem tanto. – Helena deu de ombros. – Fui criada para esperar isso. Meu pai era muito mais velho do que a mamãe, tinha quase 60 anos quando eu nasci. Era muito rico, tinha uma propriedade no Quênia e costumava desaparecer durante meses, caçando por lá. Meus pais eram o que você poderia chamar de socialites, sempre viajando, oferecendo recepções em casa... Uma garotinha não se encaixava realmente no estilo de vida deles.

– Eu também nunca cheguei a conhecer o vovô, não é?

– Não, ele morreu quando eu tinha 14 anos.

– Se ele era tão rico, então você herdou uma montanha de dinheiro?

– Não. Minha mãe foi a segunda mulher dele. Ele tinha dois filhos do primeiro casamento e eles herdaram tudo. Minha mãe era uma verdadeira perdulária, de modo que também não sobrou muita coisa quando ela se foi.

– Parece que sua infância foi uma porcaria.

– Não, foi só diferente, apenas isso. E me tornou muito autossuficiente. – Helena experimentou a sensação habitual de incômodo que a inundava ao falar de sua infância. – Decidida a ter minha própria família. Enfim, vamos deixar esta caixa de lado. Se formos examinar o conteúdo de todas as que tirarmos daqui, nunca terminaremos de esvaziar o quarto.

– Está bem.

Os dois trabalharam ininterruptamente durante as duas horas seguintes, tirando do quarto o passado de Angus. Alex desencavou um baú com os antigos uniformes dele e desceu à cozinha com a mãe, usando um quepe cáqui com viseira e segurando uma espada do regimento.

– Muito elegante, querido. – Helena serviu água para os dois e bebeu seu copo com avidez. – Isto realmente não é coisa para se fazer numa tarde escaldante de verão. Mas acho que já passamos da metade.

– É, mas o que vamos fazer com tudo? Quer dizer, você não pode jogar isto fora, pode? – disse, brandindo a espada, que era extremamente pesada.

– Acho que seria uma boa ideia pendurar isso numa parede, em algum lugar da casa, e podemos guardar as caixas de fotografias e outras recordações no anexo, até eu ter uma chance de examiná-las. Quanto ao restante... precisamos mesmo de uma caçamba. É melhor eu ligar para o Alexis, como seu pai sugeriu, para ver se ele sabe onde posso arranjar uma.

Alex não teceu nenhum comentário enquanto Helena digitava no celular e desaparecia no terraço para falar. Voltou e fez um aceno afirmativo com a cabeça.

– Boa notícia. Alexis vai passar aqui com o furgão, carregá-lo com esta tralha e levar tudo ao depósito de lixo para mim. Não vamos precisar de caçamba, afinal. Ele virá às cinco.

Quando William parou na entrada de garagem da Pandora, viu Alexis carregando uma caixa grande para o anexo. A traseira do furgão estacionado na frente da casa estava cheia de móveis quebrados, abajures velhos e tapetes roídos por traças. Ele deixou Immy e Fred dormindo no banco traseiro do carro, com as portas abertas, para permitir que circulasse a brisa do começo da noite, e entrou para procurar Helena.

– Olá, querido. – Ela estava no andar de cima, diante da porta do quarto de guardados já vazio, segurando uma vassoura, toda suja de poeira, mas triunfante. – Não é ótimo? É muito maior do que eu pensava. Calculo que possamos facilmente pôr uma cama de casal aqui. Alexis disse que tem uma num quarto de hóspedes que podemos pegar emprestada.

– Ah. Ótimo.

– Está precisando de uma demão de tinta, é claro, mas tem uma vista adorável das montanhas, e o assoalho não é de ladrilhos, e sim de tábuas. Acho que, mais para a frente, podemos envernizá-las.

– Excelente – disse William. – Quer dizer que o seu amigo conseguiu ajudá-la.

– Sim, ele chegou com o furgão há mais ou menos uma hora. Pôs no anexo todas as caixas que eu quero examinar e pôs o lixo no furgão para levar para o depósito.

William assentiu.

– Estou certo de que ele foi muito prestativo, mas você podia ter me pedido para carregar aquelas caixas, você sabe.

– Você não estava em casa, William, e o Alexis se ofereceu, só isso.

William não respondeu. Deu meia-volta e saiu andando pelo corredor, em direção à escada.

– Você ficou aborrecido? – gritou ela de longe.

– Não.

William desceu a escada, sumindo de vista.

Helena socou o batente da porta.

– Ah, tenha santa paciência! Foi você quem sugeriu que eu ligasse para ele – resmungou entre dentes, descendo a escada atrás do marido e encontrando Alexis parado na cozinha.

– Está tudo pronto. Vou ao depósito levar o lixo.

– Não quer ficar para beber alguma coisa?

– Não, obrigado. Vejo você em breve.

– Sim. E muito obrigada, mais uma vez.

Alexis sorriu, fez que sim e saiu pela porta dos fundos.

Depois de tirar do carro duas crianças cansadas e irritadiças, alimentá-las e pô-las no sofá da sala, diante de um DVD, Helena se serviu de uma taça de vinho e foi para o terraço. Ouviu Alex na piscina e viu William debruçado na balaustrada, na borda do terraço. Sentou-se sob a pérgula, sem vontade de anunciar sua presença. Por fim, o marido se virou para ela e voltou pelo terraço, para se sentar ao seu lado.

– Desculpe, Helena, aquilo foi grosseria minha. É só que é esquisito, apenas isso, ver outro homem fazendo o que eu costumo fazer. É como se eu houvesse entrado no seu mundo aqui e não fizesse parte dele.

– Querido, faz menos de um dia que você chegou. Ainda está se adaptando ao lugar.

– Não, é mais do que isso. – Ele suspirou. – Esse é o seu reino, a sua casa, a vida que você viveu em uma outra época. Verdade ou não, é assim que eu me sinto.

– Você não gosta daqui?

– Acho o lugar lindo, mas... – William balançou a cabeça. – Preciso de uma bebida. Um momento.

Ele desapareceu no interior da casa e voltou com uma garrafa e uma taça.

– Quer mais?

Helena fez que sim e William completou a taça da esposa.

– Este vinho é mesmo muito bebível. É óbvio que o seu amigo sabe o que faz.

– O nome dele é Alexis, William, e sim, ele sabe: aprendeu desde o berço.

– Bem... Suponho que devamos chamá-lo para jantar, para lhe agradecer direito.

– Não há necessidade, realmente.

– Há, sim. Para ser franco – disse, bebendo outro gole de vinho –, amanhã é provável que eu esteja nervoso.

– Por causa da chegada da Chloë?

– É. Dessa minha filha que já não conheço, a quem só ensinaram que eu sou um merda... Não faço ideia de como ela é, mas tenho certeza de que não foi dela a ideia de vir para cá. É fatal que ela se ressinta de ser despachada para nós, para que a mãe fique livre para viver um romance na França sem ela. Talvez ela seja muito difícil, Helena. – William tomou outro gole de vinho – E eu não a censuraria, se ela estivesse ressentida.

– Tenho certeza de que lidaremos com isso, querido. E haverá uma porção de gente aqui, o que deve diluir qualquer possível tensão.

– E haverá um monte, por todos os ângulos.

– Vamos superar. – Helena segurou a mão do marido e a apertou. – Sempre superamos.

– É, mas... – William deu um suspiro. – Eu esperava que pudéssemos não simplesmente "superar" os problemas. Que este verão fosse uma oportunidade de *nos divertirmos* um pouco.

– Não vejo por que não podemos nos divertir. Com certeza, temos um elenco interessante de personagens na lista de hóspedes.

– Você teve notícias da Sadie, por falar nisso?

– Tive. Ela vai chegar no mesmo voo dos Chandlers. Vou ver se eles podem lhe dar uma carona do aeroporto para cá.

– Caramba! – William conseguiu dar um sorriso irônico. – A famigerada Jules e seu cônjuge amedrontado, para não falar em Rupes e Viola, além de uma Sadie suicida... e uma filha que eu mal conheço.

– Bem, dito dessa maneira, soa mesmo completamente pavoroso – concordou Helena. – Devemos desistir e voltar para casa agora?

– Tem razão. Estou sendo pessimista, desculpe. A propósito, você mencionou alguma coisa sobre a chegada iminente da Chloë à Immy e ao Fred? – perguntou William.

– Não. Contei ao Alex, mas achei que você preferiria ser a pessoa a falar com os pequenos.

– Certo. Então, é melhor eu me mexer. Alguma ideia sobre como eu devo proceder?

– De um jeito descontraído, eu acho, como se não fosse nada de especial. E lembre-se de que a voz do sangue fala mais alto. Chloë é meia-irmã deles e todos compartilham cinquenta por cento dos genes que têm.

– Você está certa. São só os outros cinquenta por cento da Chloë que me preocupam. E se ela for parecida com a mãe?

– Então, que Deus nos ajude. Que tal falarmos juntos com Immy e Fred?

– Sim. – William assentiu, agradecido. – Obrigado, Helena.

Os dois filhos menores, como Helena esperava, não se perturbaram com a chegada iminente da irmã que nunca tinham conhecido.

– Ela é legal, papai? – perguntou Immy, aninhando-se no colo de William. – Como ela é?

– Bem, todos diziam que a Chloë era parecida comigo.

– Tem cabelo castanho curto e orelha grande? Eca!

– Obrigado, benzinho. – William beijou o topo da cabeça da filha. – Juro que ela é muito mais bonita que eu.

– A Coue vem morar com a gente pa sempe? – indagou Fred embaixo da mesa, onde estava brincando com um de seus caminhõezinhos.

– É Chloë, Fred – corrigiu Helena. – Não, só enquanto estivermos aqui em Chipre.

– Então, ela mola sozinha?

– Não, mora com a mamãe dela – explicou William.

– Não mola, não, porque eu nunca vi ela na nossa casa.

– Ela tem uma mamãe diferente da sua, querido. – Helena sabia que era inútil tentar explicar a situação a um menino de 3 anos. – Muito bem. É hora de dormir, criançada.

Seguiu-se o coro habitual de reclamações, mas, por fim, os dois foram aninhados em suas camas, uma ao lado da outra. Helena os beijou com carinho nas testas suadas.

– Boa noite, durmam com os anjinhos.

Puxou a porta ao sair e esbarrou em Alex no patamar, levando sua mochila para as novas acomodações de pernoite no térreo.

– Oi, mãe, tudo bem?

– Tudo. E com você?

– Tudo bem também.

– Você sabe que não precisa se mudar hoje. Papai só vai buscar a Chloë amanhã depois do almoço. Ainda tem tempo para trocar os lençóis e arrumar o quarto de manhã.

– Eu quero ir – retrucou ele, e começou a descer a escada.

– Está bem. Pus um ventilador lá para você, mais cedo. Não quero que você tenha outra desidratação.

– Obrigado. – Alex parou e levantou os olhos para a mãe. – Você vai examinar aquelas caixas lá no anexo?

– Sim, quando tiver tempo, o que certamente não será nos próximos dias.

– Eu posso olhar?

– Desde que não jogue nada fora.

– É claro que não vou jogar. Você me conhece, mãe, eu adoro história. Especialmente a minha – acrescentou, enfático.

– Mas, Alex – Helena ignorou o comentário –, grande parte daquilo não significará nada para você. Lembre-se, Angus não era meu parente. Era meu padrinho.

– Mesmo assim, talvez eu descubra coisas sobre ele, e isso seria interessante, não?

– Sim, é claro. – Helena não deixou de notar as segundas intenções do filho.

Alex estava à procura de pistas, mas ela sabia que ele não encontraria nada nas caixas do Angus.

– Vá em frente, mas não quero você enfurnado lá o dia inteiro amanhã. Temos hóspedes chegando e vou precisar da sua ajuda.

– Tudo bem. Boa noite, mãe – disse ele, quando chegaram ao seu novo quarto.

– Boa noite, querido – respondeu ela, e Alex fechou a porta.

DIÁRIO DE ALEX

15 de julho de 2006

Estou sentado na cama da minha cela minúscula. O ventilador com que minha mãe me equipou está perto o bastante para secar meu cabelo em exatamente um minuto. Diante de mim há uma caixa que acabei de trazer do anexo, cheia de cartas e fotografias que podem ou não ser relevantes para mim e para o meu passado.

Minha mãe não é burra. Sabe o que estou procurando. Sabe quanto eu quero saber...

Quem Eu Sou.

Bem, ela não se portou como se estivesse com medo de que alguma chave do grande mistério pudesse espreitar nessas caixas, de modo que não deve haver nada do meu interesse nas tralhas do Angus.

Fico me perguntando por que ela é tão evasiva sobre o seu passado. Raramente fala da mãe e do pai ou de onde cresceu ou como. Para os padrões dela, hoje revelou uma porção de informações a esse respeito.

Isso me fez pensar que a maioria das crianças que conheço tem uma avó e um avô presentes na vida delas ou, pelo menos, tem uma forte lembrança dessas pessoas. Tudo que sei com certeza é que Helena Elise Beaumont é minha mãe e que eu nasci em Viena (isso ela não pôde esconder, porque está escrito na minha certidão de nascimento). Morei lá até os 3 anos e depois disso ela conheceu o papai, então fomos para a Inglaterra e eles se casaram. Ao que parece, eu era bilíngue quando pequeno. Hoje, luto para contar até dez em alemão corretamente.

Deito-me de costas, com a cabeça apoiada nos braços, e fico olhando para o teto rachado e amarelado acima de mim. E reflito que o meu amigo Jake — uso a palavra "amigo" sem muita precisão, já que nos comunicamos de vez em quando e ele é menos idiota que o resto dos garotos da minha turma – tem uma mãe gorducha e de aparência caseira, como parece ser a maioria das mães de filhos adolescentes. A mãe de Jake trabalha meio expediente como secretária num consultório médico e fez bolos incríveis quando fui à casa deles para tomar um chá, e tudo nela é...

... normal.

Toda a vida dela é fotograficamente exibida sobre o aparador, ao lado de seus pãezinhos recém-assados. Jake sabe tudo sobre os avós e sabe quem é o pai dele, já que o vê todo dia. O único mistério que ele tem que resolver é como convencer a mãe a lhe dar 10 libras, para ele poder comprar o jogo recém-lançado do PlayStation.

Por que a minha mãe e o meu passado são um enigma tão grande?

Respiro fundo e me dou conta de que estou recomeçando a ficar seriamente obcecado. Ao que parece, é uma característica normal em gente como eu. Uma criança "superdotada". Detesto fazer parte de uma estatística e tento ao máximo não me enquadrar nela, mas, às vezes, é difícil. Para tirar a cabeça dessas coisas, eu me sento com as costas retas e começo a tirar da caixa um número interminável de fotos envelhecidas de gente que eu não conheço e que, hoje, é quase certo que esteja morta. Algumas fotos têm datas no verso, outras não.

Angus era muito bem-apanhado quando mais moço, especialmente de uniforme. Fico surpreso por ele nunca ter se casado. A menos que fosse gay. Não parece, mas nunca se sabe. Muitas vezes me perguntei como a gente sabe se é gay. Eu posso ser esquisito, mas, decididamente, sou hétero, de um jeito meio flexível.

Finalmente chego ao fundo da caixa, depois de revirar montanhas de fotografias e de cartas sobre embarques de uísque de Southampton e tarifas de importação sobre um dado quadro ou um determinado móvel. Depois, tiro um envelope pardo grosso, endereçado ao "Cel. McCladden", em Pandora, e enfio a mão lá dentro.

Dele sai esvoaçando um monte de envelopes aéreos azuis, muito finos. Espio dentro de um deles e vejo que o conteúdo está intacto. Retiro a carta e vejo que há uma data no alto, *12 de dezembro*, mas sem ano nem endereço.

Leio a primeira linha:

"Minha querida, querida menina."

Certo. Ninguém precisa de Holmes e Watson para deduzir que isso é uma carta de amor. A letra é bonita, a tinta, desenhada com o traço fluente que as pessoas aprendiam a fazer naquela época.

Corro os olhos por ela. É um tributo a uma mulher desconhecida, tratada o tempo todo por "Querida menina". Muitos trechos dizem que *os dias são intermináveis sem você e anseio por tê-la de novo em meus braços".*

Não é bem o meu tipo de coisa, toda essa pieguice romântica. Pessoalmente, sou mais chegado a um suspense. Ou a Freud.

O mais irritante de tudo, quando chego ao final, é que não há assinatura, só um floreio indecifrável, que poderia representar pelo menos umas doze letras.

Devolvo a carta ao envelope e abro mais um par delas. São similares à primeira e não revelam mais pistas quanto à data ou à identidade do remetente ou do destinatário.

Examino o interior do grande envelope pardo, para ver se está vazio, e encontro um pedaço de papel dobrado:

"Creio que essas cartas são propriedade sua. Sendo assim, devolvo-as ao remetente."

Só isso.

Portanto, é óbvio que Angus foi o autor delas. O que também solucionaria um quebra-cabeça e confirmaria que, definitivamente, ele não era gay.

Dou um bocejo. Estou cansado, depois de carregar todas aquelas caixas de um lado para outro no calor. Vou entregar essas cartas à minha mãe amanhã de manhã. Decididamente, fazem mais o estilo dela do que o meu.

Apago a luz e me deito de costas, puxando o Cê de baixo do travesseiro e o colocando na dobra do meu braço. Desfruto da brisa do ventilador que sopra no meu rosto e me pergunto como um homem como o Angus podia comandar exércitos e atirar em pessoas e, ao mesmo tempo, escrever cartas como as que eu acabei de ler.

É um mistério para mim, até agora — essa história de "amor" —, mas suponho que eu venha a descobrir como é isso.

Um dia.

7

Onde *diabo* ela estava?

William correu os dedos pelo cabelo, agitado.

Fazia mais de uma hora que o avião tinha aterrissado. Os passageiros haviam saído do portão de embarque e, agora, o saguão estava soturnamente quieto.

Ele tentou falar com Helena pelo celular, mas ela não atendeu. Deixara-a com as crianças numa locadora de carros da região, em Pafos, depois de concluírem que, definitivamente, precisariam de um carro para cada um. Helena tinha dito que talvez levasse as crianças à praia. William deixou recado para que ela ligasse de volta, com urgência, e em seguida, depois de mais uma varredura na área de desembarque, dirigiu-se ao balcão de informações sobre os voos.

– Olá, será que a senhora poderia verificar se minha filha chegou no voo desta manhã que veio de Gatwick? Estou aqui para buscá-la e ela ainda não apareceu.

A mulher assentiu.

– Nome?

– Chloë Cooke, com "e" no final.

A mulher teclou algo no computador, rolou a tela e, por fim, olhou para ele.

– Não, senhor. Não havia ninguém com esse nome no voo.

– Cacete – praguejou William entre dentes. – Seria possível verificar se ela chegou hoje em algum outro voo proveniente do Reino Unido?

– Posso tentar, mas temos vários voos, saídos de aeroportos regionais do país inteiro.

– Chegou algum voo de Stansted, até agora? – indagou William, seguindo um palpite.

– Sim, pousou meia hora antes do voo que saiu de Gatwick.

– Certo, pode tentar esse?

Mais digitação e, por fim, a mulher levantou os olhos e assentiu com a cabeça.

– Sim, uma Srta. C. Cooke chegou no voo de Stansted.

– Obrigado.

William se afastou do balcão com uma mescla de alívio e raiva correndo nas veias. Era óbvio que sua ex-mulher havia trocado os arranjos sem informá-lo. *Típico da Cecile*, pensou, furioso. Sufocou a raiva e foi procurar a filha.

Vinte minutos depois, e já prestes a alertar a polícia do aeroporto sobre o sequestro de uma menor, tropeçou num barzinho próximo ao salão de desembarque.

Estava vazio, exceto por uma adolescente e um rapaz de cabelos escuros, sentados juntos nas banquetas do bar, fumando. A certa distância, ele viu que a garota tinha uma longa e sedosa cabeleira castanho-clara. Usava no corpo de sílfide uma camiseta justa e uma minissaia, e mantinha cruzadas as pernas infinitamente longas e desnudas, balançando uma sapatilha rasa que calçava e descalçava de um dos calcanhares. Ao chegar mais perto, William viu que era Chloë: uma Chloë que, nos últimos anos, havia se tornado irreconhecível, depois da transformação da menina numa linda jovem.

William notou o poder de sedução da filha, como obviamente também acontecera com o homem que se sentava de frente para ela. Apoiava de leve uma das mãos na coxa nua de Chloë. William se aproximou depressa, ao perceber que o homem era mais velho do que parecia visto de longe. Reprimindo a ânsia primitiva de esmurrá-lo, parou a alguns passos de distância.

– Oi, Chloë.

Ela se virou, olhou para ele e abriu um sorriso preguiçoso.

– Oi, papai. Como vai?

Escancaradamente, deu uma última tragada no cigarro e apagou a guimba, enquanto William se aproximava e lhe dava um beijo formal na face.

Por ela ser a estranha que era.

– Este aqui é o Christoff. Ele me fez companhia enquanto eu esperava você. – Chloë virou os enormes olhos castanhos de corça para seu pretendente. – Ele estava me falando de todos os lugares maneiros para baladas por aqui.

– Ótimo. Agora, vamos.

– Está bem. – Chloë deslizou elegantemente para fora da banqueta do bar. – Eu tenho o número do seu celular, Christoff. Dou uma ligada e você pode me mostrar os pontos turísticos de Pafos.

O homem assentiu, sem dizer palavra, e deu uma pequena continência quando Chloë saiu do bar atrás de William.

– Onde está sua mala? – perguntou o pai, olhando para a pequena sacola de viagem que ela carregava.

– Eu só trouxe isso – respondeu ela, descontraída. – Não vou precisar de nada aqui além de uns biquínis e umas cangas, de qualquer jeito. É legal viajar com pouca bagagem.

– Lamento não ter estado aqui para recebê-la. Sua mãe me deu os detalhes errados, é óbvio – disse William, conduzindo a filha para o sol luminoso e em direção ao carro.

– Nós achávamos que estaríamos em Londres, mas aí acabamos na casa de Blakeney e a mamãe descobriu que eu podia pegar o avião para cá em Stansted. Ela tentou telefonar para avisar, mas não conseguiu contato com você.

William sabia que o celular estivera o tempo todo com ele, no alerta vermelho para as habituais mudanças de última hora nos arranjos que envolviam a chegada de Chloë. Engoliu em seco, sabendo que esta deveria ser apenas a primeira das numerosas ocasiões em que ele teria que morder a língua, a bem da *détente*.

– Procurei você por toda parte quando cheguei, você sabe. Foi apenas a sorte que me levou àquele bar. Você precisa ter 18 anos para entrar lá, Chloë, eu vi o aviso na porta.

– Ah, bom, você acabou me encontrando. Seu carro é esse?

– É. – William abriu a porta.

– Nossa, uma minivan.

– Receio que sim. Somos muitos. Entre.

Chloë jogou a sacola de viagem no banco traseiro, pôs as mãos sob o cabelo castanho, para afastá-lo de seu pescoço de cisne, e bocejou.

– Estou um trapo. Tive que levantar às três e meia esta madrugada. O voo saía às sete.

– Sua mãe a levou ao aeroporto?

– Nossa, não! Você sabe como ela é quando acorda. Agendou um táxi para mim. – A menina se virou para William e sorriu. – Já sou crescidinha, papai.

– Você tem 14 anos, Chloë, e está dois abaixo do limite mínimo para fumar, eu acrescentaria. – Ele ligou a ignição e tirou o carro da vaga.

– Na verdade, faço 15 no mês que vem, papai. Só fumo um cigarro ou outro, de vez em quando. Não sou viciada nem nada.

– Ah, bom, nesse caso, tudo bem – retrucou ele, sabendo que a filha não captaria sua ironia. – E então, como está indo a escola?

– Ah, você sabe, a escola, francamente. Mal posso esperar para acabar.

– E fazer o quê?

William tinha a dolorosa consciência de que, normalmente, um pai *saberia* a resposta a essa pergunta. A ideia o deixou mais deprimido.

– Ainda não sei. Eu poderia viajar, depois trabalhar um pouco como modelo.

– Certo.

– Já fui sondada por uma agência, mas a mamãe diz que primeiro eu tenho que terminar o ensino médio.

– Ela está certa.

– As meninas começam a trabalhar como modelos aos 12 anos. Eu já vou estar velha aos 16 – reclamou Chloë.

William deu um risinho.

– Está meio longe disso, Chloë.

– Bem, um dia, vocês dois vão se arrepender, quando virem que perdi a chance de ficar famosa e ganhar rios de dinheiro.

– Sua mãe lhe falou da Immy e do Fred, não foi? – William mudou de assunto.

– Você está se referindo aos meus irmãozinhos pequenos? Sim, é claro que ela falou.

– Como você se sente a respeito de conhecê-los?

– Tranquilo. Quer dizer, não somos exatamente incomuns, não é? Gaia, minha melhor amiga, é filha de um astro do rock, Mike não sei de quê, que era superfamoso na sua época, e ela tem tantos meios-irmãos e irmãos que são filhos das madrastas, que já perdeu a conta. O pai dela tem tipo uns 60 anos e a namorada dele está grávida de novo.

– Fico feliz por você se sentir normal, Chloë, isso é bom.

– É. Como diz a Gaia, ter pais divorciados e casados de novo é especialmente bom no Natal, porque todos compram presentes para tentar nos conquistar.

– É um modo... inusitado de ver as coisas – disse William, engolindo em seco. – Helena está ansiosa por rever você.

– Está?

– Sim, e o Alex também, o filho dela. Lembra-se dele?

– Na verdade, não.

– Bem, vou logo avisando que o Alex é um menino incomum. Foi avaliado como "superdotado", o que significa que pode dar a impressão de ser meio estranho. Mas não é. Só tem um intelecto que vai muito além da idade dele.

– Você quer dizer que ele é nerd?

– Não, é só... – William lutou para encontrar palavras que explicassem o enteado. – Diferente. Os Chandlers, que são velhos amigos da família, também virão para cá, assim como a Sadie, a melhor amiga da Helena, de modo que a casa estará cheia. Deve ser divertido.

Chloë não respondeu. William se virou para olhá-la e viu que ela dormia a sono solto.

Não havia ninguém em casa quando ele parou o carro na entrada da garagem de Pandora. William sacudiu a filha de leve.

– Chegamos.

Chloë abriu os olhos e se espreguiçou devagar. Olhou para o pai.

– Que horas são?

– Quatro e dez. Vou lhe mostrar a vista.

– Ok.

Chloë saltou do carro e seguiu o pai, contornando a lateral da casa e entrando no terraço.

– Legal – disse, com um aceno de aprovação.

– Que bom que você gostou. Helena herdou esta casa do padrinho. O interior ainda precisa de uma melhorada – acrescentou, enquanto a filha cruzava as portas e entrava na sala de visitas.

– Acho que está perfeito do jeito que é, como um lugar saído de um livro de Agatha Christie – disse Chloë. – Tem piscina?

– Sim, é só atravessar o portão à esquerda do terraço.

– Ótimo. Então, vou dar uma nadada.

Chloë tirou prontamente a camiseta e a saia, revelando o mais ínfimo biquíni, e saiu requebrando para a área externa.

William a viu deslizar pelo terraço e se sentou pesadamente numa cadeira sob a pérgula.

Ou Chloë era uma atriz nata ou o receio que ele havia sentido quanto à atitude da filha a seu respeito era infundado. Ele passara a semana anterior ensaiando o que lhe diria, quando ela o acusasse de havê-la abandonado, de não a amar... preparando-se para as bombas afetivas que deviam ter sido cuidadosamente plantadas pela mãe dela.

Chloë era, em suas próprias palavras, "desencanada". Tão desencanada, percebeu William, que talvez a indiferença dela em relação ao pai ferisse tanto quanto o ódio arraigado que ele estivera esperando. A filha não parecia se incomodar por ter passado quase seis anos sem vê-lo.

Por outro lado, matutou ele, seria possível que uma garota de 14 anos fosse realmente tão confiante quanto Chloë parecia ser? Ou tudo aquilo não passava de uma encenação, para proteger a garotinha por trás do verniz de segurança? William se sentiu limitado no tocante ao funcionamento da mente feminina. Só havia uma coisa a fazer: perguntar a Helena, quando ela voltasse.

O novo carro alugado chegou dez minutos depois, cuspindo confusamente no terraço as entranhas da sua família.

– Oi, papai! – Immy pulou no colo dele. – Fiz um castelão de areia, aí o Fred foi lá e derrubou. Detesto ele.

– Vou matar você! – Fred apareceu no terraço com uma pistola de água. Immy gritou e afundou o rosto no ombro do pai.

– Tira ele daqui!

– Abaixe isso, Fred. Você está assustando a Immy.

– Tô, não. Ela me matou na plaia pimeilo – disse ele, meneando ferozmente a cabeça em sinal de afirmação. – Cadê a Coue?

– *Chloë*, Fred. – Helena estava pendurando as toalhas de praia na balaustrada. – E, sim, onde está ela?

– Na piscina – respondeu William, pondo Immy no chão.

– E *como* está? – perguntou Helena, baixinho.

– Ótima, absolutamente ótima. Creio que você vai achar que ela cresceu um pouquinho desde a última vez em que a viu. Em todos os sentidos – acrescentou William, fazendo uma careta.

Helena viu Alex rondando a borda do terraço, tentando espiar a piscina por entre as oliveiras, sem dar na vista.

– Bem, vamos todos lá dar as boas-vindas a ela?

– Não precisa. Estou aqui.

Chloë apareceu no terraço, o corpo esbelto ainda reluzindo com as gotas d'água da piscina, e caminhou na direção de Helena.

– Oi. – Deu-lhe dois beijinhos nas faces. – Adorei sua casa.

– Obrigada – disse Helena, com um sorriso.

– E esses são meus dois irmãozinhos, não são? Então, venham me dar um beijo – encorajou ela.

Immy e Fred estavam olhando fixo, em silêncio, para aquela criatura exótica de braços e pernas compridos, e não se mexeram.

– Ah, eles são uma gracinha! Immy é a sua cara, Helena, e Fred é igualzinho ao papai. – Caminhou até os dois e se ajoelhou. – Oi, eu sou a Chloë, a irmã mais velha e muito malvada de vocês, perdida há muito tempo.

– O papai disse que você parecia com ele, mas você não tem orelha grande e tem o cabelo comprido bonito – elogiou Immy, timidamente.

Chloë sorriu para William.

– Certo. Então, está legal. – Estendeu a mão para Immy. – Quer me mostrar a sua linda casa?

– Quero. Mamãe e eu botamos flores no seu quarto – disse Immy, pegando a mão estendida por Chloë.

– Pode ser que eu também tenha umas balinhas na bolsa. – Deu uma olhada para Fred, enquanto Immy a levava na direção da casa.

– Posso ir também? – De um salto, Fred saiu de trás do pai e correu com as perninhas gorduchas para se juntar a elas.

– Você fica perto de mim, Chloë – ouviu-se a voz aguda de Immy no interior da casa.

– E de mim – disse Fred. – Cadê as balinhas, Coue?

Helena olhou de relance para William e sorriu.

– Até que não doeu, certo? Deus do céu, ela é linda.

– É, sim, e, no meu manual, parece madura demais para uma menina de 14 anos.

– Ela tem quase 15, não se esqueça. E as meninas tendem a amadurecer mais depressa que os meninos, querido. Você se importaria de pegar uma coisa gelada para eu beber? Estou seca.

– É claro, milady. Uma bebida gelada também me cairia bem.

William fez um aceno afirmativo com a cabeça e entrou em casa.

Helena se virou e viu Alex parado atrás dela.

– Tudo bem com você? Parece que viu um fantasma.

Alex abriu a boca, mas nenhuma palavra saiu. Em vez de falar, ele deu de ombros.

– Você não cumprimentou a Chloë, Alex.

– Não – ele conseguiu dizer.

– Por que não vai lá em cima com os outros?

Ele balançou a cabeça.

– Vou ficar um pouco no meu quarto. Acho que vem uma enxaqueca por aí.

– Deve ter sido sol em excesso, querido. Vá descansar um pouco, que eu chamo quando o jantar estiver pronto – sugeriu Helena. – Angelina nos deixou uma coisa no forno que está com um cheiro delicioso.

Alex grunhiu e entrou em casa.

– Ele está bem? – perguntou William, depois de cruzar com o garoto ao sair da casa, carregando dois copos tilintantes de limonada com gelo. Helena era a única pessoa capaz de adivinhar o estado de ânimo de Alex.

– Acho que sim.

Quando William se sentou, ela parou atrás do marido e massageou seus ombros.

– A propósito, só recebi sua mensagem de voz ao sairmos da praia. Correu tudo bem no aeroporto?

– Cecile mudou o voo da Chloë e não se deu o trabalho de me avisar, só isso. Acabei por encontrá-la no bar, fumando um cigarro com um cipriota pegajoso que ela conheceu no caminho.

– Ai, ai, ai – suspirou Helena, deixando-se cair numa cadeira ao lado do marido e tomando um gole da limonada. – Bem, agora ela está aqui. Não pareceu nem um pouco perturbada por nos conhecer. Foi de uma calma surpreendente naquela hora.

– Será que é real ou é tudo uma encenação? – William balançou a cabeça. – Não sei mesmo.

– Bem, a boa notícia é que ela obviamente gosta de crianças. Immy e Fred se deram bem com ela na mesma hora. E, com certeza, ela não parece sentir nenhuma repulsa profundamente arraigada por você – acrescentou Helena.

– Se não sente, fico admirado, consideradas as circunstâncias.

– Querido, a maioria dos filhos sente um amor incondicional pelos pais, não importa o que eles tenham feito ou deixado de fazer. É óbvio que a Chloë é uma menina inteligente. Se a mãe andou cravando uma faca em você pelas costas, ela vai compreender os motivos.

– Espero que sim. Pelo menos as próximas semanas me darão uma chance de estabelecer uma relação com ela, para a eventualidade de eu não tornar a vê-la até ela completar 21 anos – replicou William, com ar tristonho.

– Chloë está crescendo. Não importa o que a mãe possa fazer ou dizer, ela vai começar a tomar as próprias decisões, o que pode incluir voltar a ter você na vida dela, quando ela quiser, e não só para a conveniência dos romances da mãe.

– Vamos torcer. Agora, de algum modo, tenho que me adaptar a uma filha que mal conheço. O problema é que ela já não é uma criança e não faço ideia do grau de liberdade que a mãe lhe dá nem de quais são seus limites. E se ela quiser sair com o tal cipriota que conheceu no aeroporto? Eles estavam falando em se encontrar. Não quero ser o pai opressor depois de passar anos sem vê-la, mas, por outro lado, ela só tem 14 anos.

– Eu entendo. Mas Kathikas está longe de ser o centro das baladas da Europa – consolou Helena com um sorriso. – Duvido que ela se meta em muitas encrencas.

– Onde há homens, Chloë é encrenca – suspirou William. – Os garotos daqui vão ficar em cima dela feito abelhas num pote de mel. A ideia de algum cara pôr as patas pegajosas na minha filha... – Ele estremeceu.

– É uma reação paterna normal, porque você sabe como era quando jovem. – Helena deu um risinho, levantando-se. – Certo, enquanto eu providencio o jantar, que tal você subir e reunir a tropa dos mais novos no banho? Chloë deve estar roxa de fome, e acho que seria agradável todos jantarmos juntos.

– Muito bem. Estou indo.

– Alex vem? – Chloë perguntou a Helena, quando esta pôs na mesa a travessa fumegante com o guisado de forno.

– Não. Ele disse que está com enxaqueca. É um problema que ele costuma ter, coitadinho.

– Que pena. Ele ainda nem me deu um alô – comentou Chloë, conseguindo equilibrar Immy e Fred no seu colo insubstancial. – Quando eu cheguei, ele ficou só meio que... me olhando fixo, e não disse nada.

– Amanhã ele estará ótimo, depois de uma boa noite de sono. Isto está com um cheiro divino. – Helena foi tirando as camadas protetoras de papel-manteiga que cobriam o conteúdo da caçarola e começou a servir a comida nos pratos. – Angelina me disse que isto é *kleftiko*, uma espécie de cordeiro cozido em fogo brando.

– Um cordeiro que nem o Lamby? – questionou Immy. – Não, não posso comer isso. – Balançou a cabeça e cruzou os bracinhos. – Pode ser a mamãe ou o papai do Lamby.

– Não seja boba, Immy, você sabe perfeitamente que o Lamby é um brinquedo. Não é um cordeiro de verdade. Agora, sente-se na sua cadeira e coma sua comida, feito uma mocinha – retrucou William.

O lábio inferior de Immy tremia quando ela se deixou escorregar do colo de Chloë.

– O Lamby é de verdade, papai.

– É claro que ele é de verdade, docinho. – Chloë afagou o cabelo da irmã e a acomodou na cadeira a seu lado. – Papai horroroso.

– É, papai horroroso – concordou Immy, triunfante.

– Pode servir uma taça para mim, papai? – indagou Chloë, quando William abriu uma garrafa de vinho.

Ele olhou para Helena, inseguro.

– Sua mãe deixa você beber vinho em casa? – perguntou Helena.

– É claro que sim. Ela é francesa, lembra?

– Está bem, só uma tacinha, então – concordou William.

– Qual é, pai. Fui campeã na disputa de quem bebia mais Bacardi Breezer no baile de fim de ano da escola.

– Bem, isso supera de longe ganhar o prêmio de geografia – resmungou William entre dentes. – Certo, vamos comer.

Após um jantar relativamente calmo, os dois pequenos insistiram para que Chloë os levasse para cima e lesse uma história para eles.

– Depois disso, vou dar uma olhada no Alex, dizer oi e apagar – disse Chloë, enquanto era puxada pelos dois braços para dentro de casa. – Boa noite para vocês.

– Boa noite, Chloë – respondeu Helena.

Levantou-se e começou a empilhar a louça suja numa bandeja.

– Ela é um encanto, William, e muito boa com as crianças. É ótimo contar com um par de mãos a mais.

William bocejou.

– É, ela é, sim. Vamos deixar o resto para amanhã. Também preciso "apagar". A que horas chegam Sadie e os Chandlers?

– No meio da tarde. Temos bastante tempo.

– Talvez até o suficiente para passar uma hora na piscina. Quem sabe não damos sorte, não é, Helena... Helena?

Ela tornou a voltar a atenção para o marido.

– Desculpe, o que você disse?

– Nada de importante. Você está bem?

Helena respondeu com o mais caloroso sorriso que conseguia exibir:

– Sim, querido. Estou perfeitamente bem.

DIÁRIO DE ALEX

16 de julho de 2006

Retiro tudo que disse na minha última anotação neste diário.

Tudo. Até a última palavra, pensamento e ação.

O "um dia" veio a ser HOJE: 16 de julho, aproximadamente às 16h23.

O momento em que Eu Me Apaixonei.

Ah, merda! Estou enjoado. Agora me sinto doente. Meu coração, que tinha feito um belo trabalho bombeando sangue pelas minhas veias nos últimos 13 anos, teve um piripaque. Deixou uma coisa entrar. E essa "coisa" é insidiosa. Sinto-a se avolumar e crescer e estender seus tentáculos pelo meu corpo todo, me paralisando, me fazendo suar, tremer de frio, perder o controle de... *mim*.

Passadas apenas algumas horas dessa "mudança de postura", eu me dou conta de que meu coração já não é orientado pelo meu corpo físico. Não funciona de acordo com a rapidez ou a lentidão do meu andar. Reage com violência, bombeando adoidado, apesar de eu estar deitado quieto, por eu ter pensado nela: a tal da Chloë.

Esqueça Afrodite, esqueça Mona Lisa (que tem um sério problema de entradas na testa, aliás) ou Kate Moss. A MINHA garota é muito melhor do que qualquer modelo.

Ele começou de novo, meu coração, a bombear o sangue como se eu tivesse acabado de vencer uma maratona ou como se eu tivesse sido atacado por um tubarão e perdido alguns pedaços do corpo.

No instante em que penso nela, é o que acontece.

Na verdade, acontece todo tipo de coisas, mas acho que prefiro não entrar em detalhes neste momento.

Pelo menos, sei com certeza que não sou *gay*. Nem sofro de complexo de Édipo.

Estou DOENTE de amor. Preciso de uma licença médica para me dispensar da vida até eu me recuperar.

Mas é o que acontece? Digo, recuperar-se, um dia? Alguns não conseguem, eu soube. Talvez eu fique assim pelo resto da vida.

Quer dizer, pelo amor de Deus, ainda nem abri a boca para falar com ela. Se bem que isso tem a ver, em parte, com minha boca se recusar a se mexer quando estou na presença dela. E de jeito nenhum eu poderia comer na frente dela e tentar falar ao mesmo tempo. Seria demais. Portanto, parece que passarei uma fome danada nestas férias. Ou vou me alimentar nas madrugadas.

Como lidar com a visão dela todos os dias, com aquela pele macia feito manteiga tentadoramente perto, mas intocável?

Além disso, nós somos parentes, ainda que não consanguíneos, de modo que, em termos comparativos, podia ser pior. Acho que seria muito legal dizer aos garotos "Ei, estou apaixonado pela minha irmã" e ver a reação deles.

Quando cravei os olhos nela hoje, e meu coração começou a reagir assim, vi que ela era *mesmo* parecida com o papai. E fiquei pensando em como os genes são incríveis, capazes de se transmudar da forma dele (homem, aparência mediana, velho, mas com cabelo, pelo menos) para a dela: o suprassumo da mulher. Ela é simplesmente a perfeição.

Tiro a camiseta e a cueca, mas calço as meias. Tenho sido perversamente picado nos tornozelos, e hoje os mosquitos não vão me pegar. Pego o par de meias-calças ultrafinas que comprei hoje num supermercado perto da praia a que a mamãe nos levou. A mulher que recebeu meu dinheiro me lançou olhares estranhos, mas não me incomodei.

Abro a embalagem e estico a meia, me sentindo orgulhoso da minha ideia brilhante. Enfio na cabeça o fundilho e puxo a parte da calça por cima do rosto, e aí deito a cabeça no travesseiro, triunfante. Posso respirar perfeitamente através do tecido, porque é muito fino, e isto significa que finalmente derrotei esses sacaninhas para sempre.

A título de bônus, percebo que, tal como os bandidos com máscaras de meias nos filmes de assalto a banco, também posso enxergar através do tecido diáfano. Apanho prontamente embaixo da cama o envelope cheio de cartas. Não as entreguei à mamãe hoje de manhã porque ela estava muito ocupada. E meu estado de espírito mudou de maneira tão drástica nas últimas 24 horas que vou examinar essas cartas com novos olhos.

Escolho uma carta ao acaso, introduzo os fones de ouvido por baixo do nylon elástico que me cobre a cabeça e ligo meu iPod. Depois, deito de barriga para cima, para desfrutar do tempo que vou passar com alguém cujo coração, obviamente, um dia bateu tão depressa quanto o meu desde que pus os olhos na Chloë.

Durante alguns segundos, ao som de Coldplay, que raramente escuto, mas que parece se adequar mais ao meu novo estado de ânimo do que a Sum 41, fecho os olhos, deixo-me levar e a visualizo mentalmente.

Quando enfim abro os olhos, vejo que não a estou apenas visualizando mentalmente. Ela está parada bem ali, diante de mim!

Merda!!

Seus lábios estão se mexendo, mas não consigo ouvir o que ela diz, por causa do iPod. Eu o desligo e então percebo, horrorizado, que estou pelado, exceto pelas meias soquete. Sento e puxo o lençol para me cobrir.

– Oi, Alex, eu sou a Chloë. Vim só dar um alô.

Ela me abre um sorriso lânguido.

Vamos lá, seu babaca, faça sua boca se mexer! Passo a língua nos lábios, para lhes dar coragem, e consigo emitir um "Ooi" estrangulado.

Ela me olha de um jeito muito estranho. Não imagino por quê.

– Está melhor agora? A dor de cabeça passou?

Faço que sim.

– Tô. – Continuo a assentir.

– Eu queria agradecer por você me deixar ficar com o seu quarto. Immy me contou. Tem certeza de que está bem aqui? Isso é do tamanho de um armário de vassouras.

– Tô legal.

Aceno um pouco mais com a cabeça. Parece um tique incontrolável, mas reconfortante.

– Está certo, bom, então talvez a gente possa bater um papo amanhã, né?

– Ok, falou.

Ai, que merda! Não consigo parar de menear a cabeça! Só chamando meu melhor amigo, o Orelhudo...

– Então, boa noite – diz ela.

– Noite.

Ela está quase fechando a porta, quando para e pergunta:

– Você está com dor de ouvido ou coisa assim?

Desisto e balanço a cabeça, em vez de assentir.

– É só dor de cabeça?

Volto a fazer que sim.

– Ah.

Agora ela também faz que sim, e se vira para ir embora, mas então diz:

– É só que eu estava pensando...

– O quê?

– Se é por isso que você está com uma meia-calça na cabeça. Boa noite, Alex.

8

Logo que amanheceu, Helena acordou, cheia de inquietação. Quis se obrigar a voltar a dormir, porque o dia seria cansativo, mas os pensamentos indesejados que se aglomeravam na sua cabeça a fizeram ansiar por uma atividade física. Assim, ela levantou da cama, pôs a roupa de ginástica e saiu para o terraço.

O sol foi subindo devagar, sonolento, enquanto Helena se aquecia com alguns *pliés*, usando a balaustrada como barra e pensando em como pareceria estranho misturar as cores do alvorecer num aposento, e em como, no entanto, elas pareciam se fundir com tamanho requinte no céu. Inclinou-se para a frente, roçando o piso de pedra do terraço com a ponta dos dedos das mãos, depois se esticou e curvou o corpo para trás, um dos braços formando um arco gracioso acima da cabeça. Quando ela dançava, a movimentação acalmava a mente, habilitando-a a pensar de maneira mais racional.

Nessa manhã, ela não sabia por onde começar.

O que *devia* pensar?

Semanas antes, a ideia de ir para Pandora com a família tinha sido maravilhosa. Desde então, as circunstâncias a tinham levado ao estado de extrema ansiedade em que ela se encontrava. No momento, ela mal conseguia se controlar para não fugir – de seu passado e de seu presente, e das ramificações de ambos em seu futuro.

Helena ansiava por se livrar desse fardo, por finalmente contar a William e Alex, e assim eliminar a pressão que lhe pesava sobre o peito, dia após dia... mas sabia que era impossível.

Destruiria tudo.

Portanto... ela faria o que sempre fizera. Lidaria sozinha com os segredos.

Fez um *arabesque* e, melancólica, perguntou-se por mais quanto tempo seu corpo seria capaz de executar um movimento tão fluido e desenvolto. Quando mais jovem, ela tivera tudo a seu favor para alcançar o sonho de se tornar bailarina: um corpo forte, gracioso e flexível, que raramente a deixava na mão, uma musicalidade que lhe permitia interpretar instintivamente as notas e a aptidão mais incomum, que a destacava das outras bailarinas – seu considerável talento de atriz.

Ela havia escalado depressa as fileiras do Royal Ballet, tendo seu nome reconhecido em toda a Europa como um talento a ser observado. Fora seduzida pelo corpo de baile do La Scala, em Milão, e depois, aos 25 anos, se mudara com Fabio, seu parceiro de dança, para se tornar primeira bailarina da renomada Companhia de Balé da Ópera Estatal de Viena.

E então...

Helena suspirou.

Ela se apaixonara. E tudo havia mudado.

– Está se sentindo bem, Helena? Você parece cansada. Não conseguiu dormir?

William parou atrás dela na cozinha, meia hora depois, observando-a, pensativo.

– Eu estava repassando todas as coisas que tinha que fazer antes da chegada dos Chandlers e da Sadie, e por isso pensei em me levantar e fazê-las. Também queria plantar as flores que compramos na loja antes que o sol fique quente demais. Ainda não consegui e tenho medo de que elas morram, se eu as deixar nos vasos por muito mais tempo.

Helena tirou do armário o cereal para o café da manhã e começou a empilhar tigelas numa bandeja, a fim de levá-las para o terraço.

– Querida, estou me sentindo muito culpado. Não só lhe empurrei a Chloë, como também Jules e companhia.

– Longe disso. Jules é que telefonou e se convidou – minimizou Helena.

– Sei que ela pode ser difícil, mas o Sacha vem passando por um período realmente complicado. As coisas não andam nada bem para ele nos negócios.

– Não andam?

– Não. Escute, querida, eu juro que vou ajudar em tudo o que eu puder. Eu achava que a Angelina viria hoje, não vem?

– Vem. Quero que ela prepare o jantar e dê uma olhada nos banheiros. Você sabe como Jules é exigente.

William se aproximou da mulher e a massageou nos ombros.

– Caramba, você está tensa, Helena. Procure se lembrar de que estamos de *férias*.

– Vou tentar. É só que, com todo mundo chegando hoje, tem muita coisa para fazer.

– Eu sei, também somos muitos. É só pedir.

– Sim – respondeu ela, com um sorriso pálido. – Certo, vou subir para separar as toalhas. Você pode dar café às crianças? Se bem que o Fred já descobriu o armário dos doces, porque achei uma trilha de papéis de bala no chão.

William fez que sim.

– Claro. E, se você quiser, saio um pouco com eles, para você ter uma folga. Vamos explorar por aí. Eu gostaria mesmo de conhecer um pouco mais a região.

– Obrigada, querido, isso ajudaria.

– Helena?

– Sim?

Ela parou no vão da porta. William olhou para a mulher, deu um suspiro e encolheu os ombros.

– Nada.

Ela lhe fez um aceno positivo e foi para o segundo andar.

Às quatro da tarde, a casa estava pronta. Helena conseguira até plantar os gerânios nas urnas do terraço, às pressas, e havia começado a tirar o capim do canteiro cheio de mato à beira da piscina, aprontando-o para o plantio da alfazema. Pôs a chaleira no fogo, com os braços doendo de cansaço, e, enquanto a água fervia, foi procurar Alex. De manhã ele havia anunciado que ainda estava com enxaqueca e, durante o dia inteiro, não tinha saído do quarto. Ela bateu à porta e depois a abriu, em silêncio, para o caso de ele estar dormindo. Estava lendo na cama.

– Oi, querido. Como está passando?

– Tudo bem.

– Você deveria ler, se está com dor de cabeça? – questionou. – E por que não abre a janela? Está incrivelmente abafado aqui.

– NÃO!

– Não precisa gritar. Foi só uma sugestão.

– Certo. Desculpe, mãe.

– E, se isso é para barrar a entrada dos mosquitos, você está sendo completamente ridículo. Eles só vêm lá pelo fim da tarde.

– Eu sei disso.

– E como está a cabeça?

– Mais ou menos sete em dez, quer dizer, um pouco melhor.

– Então, por que não vem tomar uma xícara de chá comigo lá fora?

Alex a olhou, nervoso.

– Onde está a Chloë?

– Na piscina.

– Não, obrigado. Vou ficar aqui.

Helena deu um suspiro.

– Há mais alguma coisa errada?

– Não. Por que haveria?

– Porque você anda estranho desde que a Chloë chegou, por isso. Ela não disse nada para aborrecê-lo, disse?

– Não, mãe! Francamente! Só estou com dor de cabeça, é só isso, por favor!

– Está bem, Alex. Só estou tentando ajudar.

– Caramba, mãe, hoje você está estressadinha mesmo!

– Não estou!

– Está, sim. O que houve?

– Nada. Espero você lá fora, bem à vista, quando os Chandlers chegarem.

Alex fez que sim, relutante.

– Está bem, até logo.

E tornou a enfurnar o nariz no livro.

Helena foi para o terraço com seu chá, tentando recobrar um pouco de equilíbrio, e olhou por entre as oliveiras, vendo Chloë estendida na espreguiçadeira à beira da piscina, com fones no ouvido. Era mesmo de uma beleza incrível, os braços e pernas compridos já sugerindo que havia herdado a altura do pai, se bem que, fisicamente, Helena a achasse parecida com a mãe, com sua estrutura óssea imaculada e o cabelo liso e sedoso. Cecile, a ex-mulher de William, tinha toda a elegância e arrogância inatas que pareciam acompanhar a ascendência francesa.

Não havia dúvida de que William sentia atração por mulheres desafiadoras. Embora pudesse se apresentar como simples e franco, o fato de ser arquiteto resumia sua necessidade de estrutura, mas também seu talento criativo e sua apreciação da beleza. E, ainda que ele pudesse negar, Helena sabia que, como ela, o marido achava difícil lidar com a mediocridade.

Ah, se William soubesse o *tamanho* do desafio que havia aceitado sem querer, pensou ela, pesarosa. Mas ele não sabia e, se Deus quisesse, a esperança era que nunca viesse a saber...

O estalar do cascalho na entrada da garagem informou-a de que os Chandlers tinham chegado. Respirando fundo, Helena cruzou o terraço para recebê-los.

– Deus do céu, que calor! – Jules Chandler virou as pernas para fora, saindo de trás do volante.

Era alta e de ossos grandes, atraente, mas de um jeito meio masculino.

– Helena, querida, como vai? – Jules a apertou numa gravata que se fazia passar por abraço.

– Tudo bem. Seja bem-vinda, Jules.

Helena sorriu, sentindo-se, como sempre, esquelética e insubstancial ao lado dela.

– Obrigada. Andem, crianças, saiam – vociferou Jules para o banco de trás do carro. – Voo horroroso, cheio de gente de cabeça raspada e roupas de ginástica. Os homens usavam mais joias que as mulheres.

Jules passou a mão pela farta cabeleira castanho-clara, que sempre usava curta, para poder entrar e sair rapidamente do chuveiro, depois de fazer sua habitual cavalgada matutina.

– Olá, benzinho, como vai? – O toque mais suave de Sadie, sua melhor amiga, puxou Helena para mais um abraço.

– Estou bem, Sadie. E você está com ótima aparência para quem está com o coração partido.

– Obrigada. – Ela puxou Helena para mais perto. – Fiz uma sessão de Botox tipo "foda-se, seu sacana!" na semana passada – cochichou, com um risinho.

– Bem, parece ter feito maravilhas.

Helena se sentiu imensamente reconfortada com a presença de Sadie.

– Oi, tia Helena. – A recém-adquirida voz grave de Rupert, o filho de Jules, pegou-a de surpresa, do mesmo modo que a altura e o físico atlético do menino, que faziam com que ele parecesse um verdadeiro esportista.

– Puxa, como você cresceu, Rupes! – disse ela, quando o garoto inclinou a cabeça, com o cabelo de um louro quase branco, para beijá-la.

– Agora tenho 13 anos, tia Helena. Preciso crescer mesmo.

E o meu filho também. Mas, fisicamente, ele ainda é uma criança, e você já é um homem, pensou ela.

– Oi, tia Helena.

Um par de braços finos, alvos e sardentos envolveu-lhe o pescoço e lhe deu um abraço apertado.

– Viola, minha querida! – Helena retribuiu o abraço. – Acho que você também cresceu!

– Não, não cresci. Estou exatamente do mesmo tamanho, e eles ainda me chamam de "cenoura" na escola, mas o que posso fazer?

Viola franziu o narizinho sardento e sorriu, mostrando uma fileira de dentes frontais proeminentes.

– Bem, todos nós sabemos que o seu cabelo é louro-avermelhado, e que essa turma toda vai ficar morta de inveja quando você crescer e nunca precisar fazer luzes caríssimas no salão.

– Ah, tia Helena, você sempre diz isso – riu Viola.

– Digo porque é verdade, não é, Sadie?

– Completamente – declarou a amiga, com firmeza. – Eu seria capaz de matar para ter o cabelo da cor do seu. De verdade, fofinha.

– Onde está o seu pai, Viola? – perguntou Helena, ao olhar para dentro do carro, confusa.

Jules deu uma bufadela bem parecida com o som dos seus cavalos.

– Boa pergunta. Meu querido marido não está aqui, é óbvio.

– E onde está? – indagou Helena.

– Neste momento? Talvez em algum bar no centro de Londres.

– Você quer dizer que ele não veio?

– Não. Surgiu alguma coisa no trabalho e ele pulou fora no último instante. Bem típico.

– Ele vai vir, em algum momento?

– Amanhã, ao que parece, mas eu não apostaria. Não apostamos mais no papai, não é, crianças?

– Mamãe, não seja tão má! Não é culpa do papai se ele tem que trabalhar tanto. – Viola, uma pura filhinha do papai, saiu em defesa dele.

Jules arqueou as sobrancelhas para Helena.

– Enfim, tenho certeza de que você pode entender por que estou mais do que fula da vida.

– Posso. – Helena assentiu de leve.

– E onde está o adorável William? – Sadie quis saber.

– Por aí, explorando a região com seus dois adoráveis filhos – respondeu Helena.

– Você o adestrou bem mesmo. É uma luta para eu fazer o Sacha comparecer ao dia de entrega de prêmios na escola – trovejou Jules, abrindo a mala do carro para pegar a bagagem. – Encontro vocês num minuto – acrescentou, quando o resto do grupo começou a acompanhar Helena em direção ao terraço.

Helena viu que Chloë vinha andando da piscina, com uma canga minúscula enrolada nos quadris e a pele já ficando bronzeada do sol.

– Oi, turma, eu sou a Chloë.

– Sei que é – disse Sadie, aproximando-se dela e lhe dando dois beijinhos no rosto. – Eu a conheci quando você tinha uns 6 anos, mas você não deve se lembrar de mim.

– Não lembro – confirmou Chloë. – Este lugar não é superlegal?

– É lindo – concordou Sadie, contemplando a vista.

– E eu sou o Rupert, filho da Jules e do Sacha. Oi, Chloë.

Chloë olhou com ar de aprovação para ele.

– Oi. Você já viu a piscina?

– Não.

– Quer que eu lhe mostre?

– Claro. Eu adoraria dar um mergulho.

– Então venha comigo.

Quando os dois saíram calmamente rumo à piscina, Sadie se virou e arqueou as sobrancelhas para Helena, ao ver Jules arrastar uma de suas malas enormes para o terraço.

– Certo, onde ponho isto?

Depois de levar Jules ao quarto que havia reservado para ela e de mostrar a Viola o que ela dividiria com o irmão, Helena se retirou, antes que a amiga pudesse reclamar de alguma coisa que não fosse do seu agrado. Seguindo pelo corredor até o quarto de Sadie, encontrou-a ajoelhada em cima da cama, olhando pela janela.

– A vista é simplesmente gloriosa – disse ela, virando-se para Helena com um sorriso. – Quisera eu ter um padrinho que batesse as botas e me deixasse uma casa igual a esta.

– Eu sei. É muita sorte a minha. Vamos descer para tomar alguma coisa e bater um papo? – Helena baixou a voz. – Acho que a Jules vai demorar um pouco, dado o tamanho daquela mala.

– Eu não me surpreenderia se ela tivesse trazido o próprio papel de parede e cola e estivesse com o quarto redecorado na hora do jantar – ironizou Sadie. – Ela insistiu em cuidar do meu passaporte no aeroporto – acrescentou, enquanto as duas desciam. – Eu me senti como um dos filhos dela.

– Jules gosta de controlar as coisas, só isso. Chá? Ou alguma coisa mais forte? – perguntou Helena, levando Sadie à cozinha.

– O sol ameaça baixar da linha do horizonte a qualquer momento, portanto, decididamente, a segunda alternativa.

Helena e Sadie se encaminharam para o terraço, cada uma com uma taça de vinho na mão, e se sentaram.

– Nossa, como é bom estar longe! Muito obrigada por me proporcionar este porto fabuloso na minha tempestade. – Sadie levantou a taça, brindou com a de Helena e bebeu um gole. – E onde está o Alex, aliás?

– No quarto dele, com enxaqueca.

– Ai, ai, ai. Como ele tem andado, no geral?

– Do mesmo jeito, na verdade. – Helena deu de ombros.

– O que ele está achando de ir estudar longe de casa?

– Na verdade, ele não toca no assunto. Puxa, Sadie, só espero estar fazendo a coisa certa.

– Benzinho, ele ganhou uma bolsa de estudos com tudo pago numa das melhores escolas da Inglaterra. Como é que você pode ter alguma dúvida?

– É que o Alex pode ter um cérebro de Einstein, mas ainda é muito imaturo em termos afetivos e físicos. Quando olhei para o Rupes, que é apenas quatro meses mais velho que ele, eu me assustei. Você sabe como é difícil para o Alex interagir com crianças da idade dele. Não vai ajudar nada se todos forem 1 metro mais altos que ele. Fico apavorada com a ideia de que ele possa ser vítima de algum tipo *bullying*.

– Hoje em dia, as escolas estão caindo de pau em cima dessa prática.

E depois, ele pode ser pequeno para a idade que tem, mas o Alex não é nenhum banana, Helena. Não o subestime.

– Também não quero que ele se transforme num riquinho babaca e arrogante.

– Como o Rupes, você quer dizer? – observou Sadie, com um sorriso irônico.

– Exatamente. Além disso, vou sentir uma saudade terrível dele – admitiu Helena.

– Sei que vocês dois sempre foram muito unidos, mas essa, com certeza, é mais uma razão para mandá-lo para longe, não? Ele precisa se soltar da barra da sua saia, para o próprio bem dele.

– Isso é o que diz o William, é claro. Vocês dois devem estar certos. Enfim, chega de falar de mim. Como vai você?

Sadie bebeu um gole de vinho.

– Pensando em fazer um curso que me mostre como parar de me amarrar em porras-loucas com fobia de compromisso. Sinceramente, Helena, não sei como eu consigo, não sei mesmo.

Helena olhou para a tez de alabastro de Sadie, seu cabelo cor de ébano e os dedos longos e elegantes que se curvavam sobre a haste da taça. Ela era mais exótica do que bonita, uma mulher de quase 40 anos cujo físico esguio ainda lhe permitia se vestir como uma garota. Nesse dia, usava um vestido simples de algodão e sandálias de dedo, e parecia não ter mais de 30 anos.

– Eu também não, Sadie, mas, por outro lado, você nunca se interessaria por um chato, não é? Você gosta do desafio, do inusitado.

– Eu sei, eu sei – concordou Sadie, com um suspiro. – O cenário do "posso consertar você, pobre bonequinho quebrado" tem lá seu atrativo, decididamente. Quanto mais avariados eles estão, mais eu quero salvá-los. Aí, eles ficam bons, sentem-se fortes e caem fora com outra pessoa!

– E agora, o seu desastre mais recente fez a mesma coisa.

– Na verdade, ele voltou para a ex-namorada, a mesma mulher que lhe dera um fora por ele ser um retardado afetivo. Humm! – A boca da Sadie tremeu e ela começou a dar uma risadinha. – Talvez dê para ganhar uma grana com isso. É meio parecido com um centro de adestramento de filhotes: mande-me o seu homem por doze semanas, que eu o deixo em forma e o despacho de volta, perfeitamente adestrado, pronto para correr para o seu colo quando você assobiar. O que acha?

– É uma ideia fantástica. Só que você ia querer ficar com os filhotinhos mais meigos para você – sorriu Helena.

– Verdade. Seja como for, decidi ficar sozinha num futuro próximo. Como você sabe que não consigo enxergar mais que um dia à frente, estou a salvo por esta noite! E como vai o William, meu eterno favorito entre os homens?

– Vai bem. O mesmo de sempre.

– Devotado, bem de vida e ótimo com os filhos, com os churrascos e na cama. É... – Sadie bebeu outra golada de vinho. – Se um dia você não o quiser mais, ele é meu, promete?

– Prometo.

– Sem brincadeira, Helena, tenho que apertar o passo nessa história de achar um parceiro, sabe? Meu relógio biológico já nem está mais só adiantado: precisa de um relojoeiro qualificado para consertá-lo.

– Que nada. Hoje em dia, as mulheres continuam a ter filhos até os 40 e tantos anos – disse Helena.

– Talvez filhos não estejam nos planos que o Poderosão lá em cima tem para mim, e eu acabe me conformando com centenas de afilhados e nenhum filho meu – suspirou Sadie.

– Immy diz que você é a madrinha favorita dela, logo é óbvio que você faz um trabalho maravilhoso.

– É, eu coloco notas de 10 dentro de cartões de aniversário com muita desenvoltura. Mas obrigada mesmo assim – disse Sadie.

– Oi, mamãe, oi, Sadie.

Alex havia entrado lentamente no terraço, sem ser percebido.

– Alex, benzinho, como vai? – Sadie abriu os braços para abraçá-lo e o garoto, obedientemente chegou perto e se deixou enlaçar por ela. – Como vai o meu menino adorável?

– Bem – resmungou ele, endireitando o corpo e examinando nervosamente o terraço.

– Se está procurando os outros, eles estão lá na piscina. Por que você não vai nadar um pouco? – sugeriu Helena. – Com certeza, um pouco de exercício lhe faria bem.

– Está tudo certo, mãe, obrigado. – Ficou parado diante delas, constrangido.

– Então, será que você pode buscar a garrafa de vinho branco que está na geladeira, querido? – propôs Helena. – Tenho certeza de que Sadie gostaria de encher de novo a taça.

– Sadie gostaria, sim.

Helena deu um suspiro quando Alex rumou para dentro de casa.

– Não ajuda em nada o fato de ele detestar o Rupes. Talvez seja por isso que passou o dia inteiro emburrado no quarto.

– Acho que nessa eu estou com ele – cochichou Sadie. – Rupes é um chato arrogante.

– Ah, aí estão vocês. – Jules emergiu da casa, usando uma canga de um amarelo vivo. Em Chloë, a peça ficaria incrível, mas em Jules dava a impressão de um girassol meio murcho. Ela se sentou pesadamente numa cadeira. – Tudo pronto. Está sobrando uma taça de vinho para mim?

– Alex, traga outra taça para a Jules, sim, querido?

O garoto, que acabara de aparecer com a garrafa, fez uma careta e voltou para dentro.

– Minha nossa, ele deu uma engordada desde a última vez em que o vi. Que diabo você tem dado a ele para comer, Helena? – disse Jules em voz alta.

– São só umas dobrinhas da idade, nada de mais. Ele vai perdê-las quando começar a espichar – respondeu Helena, calmamente, torcendo para o filho não ter ouvido a observação de Jules.

– Tomara que sim. A obesidade está cada vez mais comum entre crianças, hoje em dia. Se ele engordar mais, vai ter que entrar numa dieta.

Vendo o incômodo de Helena, Sadie mudou rapidamente de assunto:

– A casa não é um sonho, Jules?

– É óbvio que precisa de uma bela reforma e de banheiros novos, mas tem uma ótima localização. Obrigada – dirigiu-se a Alex, quando ele voltou com uma taça. – Como vai a escola?

– Eu saí de lá.

– Sei disso, Alex – retrucou Jules, em tom ríspido. – Perguntei se você está ansioso para começar na sua nova escola.

– Não.

– Por quê? Rupes mal pode esperar. Ele ganhou a bolsa de estudos esportiva para a Oundle, você sabe.

– Não quero ir embora de casa, é por isso – resmungou Alex.

– Ah, você se acostuma. Rupes adorou o internato na escola preparatória. Ele foi representante dos alunos e recebeu uma porção de prêmios por esportes.

Os olhos de Jules se encheram de orgulho materno ao verem Rupes e Chloë vindo da piscina.

– Oi, Alex, e aí? – disse Rupes, dando-lhe um tapinha nas costas.

– Tudo bem, obrigado – fez Alex, com um aceno da cabeça.

– Chloë e eu vamos dar uma volta pelo vilarejo, mais tarde, para ver o que está rolando por lá, não é? – Rupes sorriu para Chloë e pôs a mão no ombro dela, com ar possessivo.

– Não, obrigado. Estou com dor de cabeça. Vejo vocês depois. – Alex fez uma meia-volta abrupta e sumiu no interior da casa.

Jules franziu o cenho.

– Ele está bem?

– Está, sim – respondeu Helena.

– Sempre foi um garoto estranho, não é? Trate de lhe dar uma força, Rupes. Converse com ele sobre o colégio interno. Ele está muito nervoso, pobrezinho.

– É, nós dois vamos fazer isso, não é, Chloë? Não se preocupe, Helena, nós cuidamos do Alex – gabou-se Rupes.

– Acho que estou ouvindo um carro.

Levantando-se antes de vomitar na taça de vinho, Helena atravessou o terraço para receber William e os pequenos.

DIÁRIO DE ALEX

17 de julho de 2006

Ah, pobre de mim, pobre de mim!

Acabei de contar o número de dias que aquele babaca vai passar aqui, depois calculei o número de horas e, dentro de 1.209.600 segundos, ele terá...

IDO EMBORA.

Duas semanas, duas semanas inteiras de Rupes tratando a Chloë com prepotência, tocando a pele perfeita dela e fazendo piadas que nem são engraçadas, mas das quais ela ri.

É claro que ela não pode gostar dele, não é? Ele é burro feito uma porta, e põe burrice nisso. Eu achava que mulheres elegantes e inteligentes como ela preferiam homens dotados de cérebro, e não enormes e arrogantes amontoados de músculos.

Hoje o jantar foi um verdadeiro inferno. Rupes se certificou de sentar ao lado dela, com os óculos Ray-Ban na cabeça feito uma faixa de cabelo de menininha, apesar de estar escuro feito breu.

Ele se acha – como diz a Chloë com alarmante regularidade – MUUUITO legal.

E o jeito como ele ri: um som retumbante de engasgo, como se tivesse engolido um amendoim e estivesse tentando cuspi-lo, o pomo de adão se agitando de uma forma revoltante, e o pescoço e o rosto vermelhos, como se ele tivesse bebido vinho do Porto em excesso.

Será que estou com inveja de Rupes porque ele tem pomo de adão?

Porque é 2 metros mais alto que eu?

Porque Chloë parece gostar dele?

Sim! Sim! Sim!

Dou um soco no travesseiro, depois olho embaixo dele e vejo que também acabei de socar a cara do Cê. Beijo o local onde um dia ficou o nariz dele e lhe peço desculpas. Seguro suas patinhas cinzentas nas minhas patinhas marrons.

– Você é meu único amigo – digo em tom solene.

Ele não responde, mas, afinal, não responde nunca, porque é um monte inanimado de pano velho e fibra de algodão.

Houve um tempo em que eu achava que ele era real. Será que sou maluco? Eu já me fiz essa pergunta muitas vezes. Por outro lado, o que é sanidade? Será que é um brutamontes louro que sabe jogar conversa nas meninas? Se for, prefiro ser eu...

Eu acho.

Sei que não sou bom em conversinhas triviais, e é uma desvantagem ter a sensação de ser incapaz de me comunicar. Talvez eu deva entrar num desses mosteiros em que os monges mantêm um silêncio permanente. Eu me adaptaria plenamente.

Tirando o fato de não acreditar em Deus e de não querer usar vestido.

Acho que o papai também não gosta muito do Rupes, o que já é alguma coisa. Ele o interrompeu algumas vezes quando o Rupes estava bostejando à mesa e corrigiu sua péssima noção de geografia: "Não, Rupes, Vilna *não fica* na Letônia, é a capital da Lituânia." Tive vontade de dar um beijo no velho quando ele disse isso. Se bem que, pessoalmente, eu tenha ficado surpreso por Rupes saber que Vilna era uma cidade, e não um desses jogadores de futebol superfamosos que ganham rios de dinheiro.

Ele é só quatro meses mais velho que eu, mas parece achar que já entrou para o time dos adultos e que eles estão interessados no que ele tem a dizer. É aquela sinistra da mãe dele que estimula isso. Bebe todas as palavras do cara e ignora completamente a pobrezinha da Viola, que veio a se revelar uma doçura de menina. Ela tem quase 11 anos, o que a torna apenas uns dois anos mais nova que eu, embora pareça muito menor, mais próxima à Immy e ao Fred.

Sempre gostei de crianças pequenas. Gosto do jeito como elas fazem perguntas bizarras quando menos se espera. O que é meio parecido comigo, só que agora aprendi a pensar antes de fazê-las em voz alta.

Ela é inteligente, a Viola. E esta noite me confidenciou, no jantar, que não gosta muito de cavalos. O que é realmente uma pena, já que a mãe dela insiste para que ela se sente num deles, todos os dias da vida, e a obriga a se inscrever em competições e a pentear a crina deles e a escovar o machinho deles, seja lá o que isso for.

Jules me lembra um cavalo. Tem dentes enormes e um narigão, e eu adoraria meter um freio no focinho dela, para ela calar a boca.

Enfim, nada disso me deixa mais perto de solucionar o meu problema: como dizer a Chloë que eu a amo.

Hoje à noite ela falou comigo: "Tudo bem com você, Alex?" Foi mágico. Ela disse isso com sentimento, em total concentração, com ênfase no "você". O que certamente deve significar alguma coisa.

Não pude responder, é claro, por causa desta história de a minha boca se recusar a funcionar quando estou na presença dela, mas acho que meneei muito bem a cabeça em sinal afirmativo. Mas, se de fato não consigo *falar* com ela, como vou lhe dizer que acho que ela é a garota mais maravilhosa do mundo?

É nessa hora que olho de relance para o envelope de papel pardo cheio de cartas de amor, em cima da minha cama. Depois, para os *Poemas completos*, de Keats, na prateleira acima de mim.

E vejo a resposta.

9

– Benzinho, um homem absolutamente fabuloso está vindo na nossa direção. – Sadie encontrou Helena e William na cozinha, na manhã seguinte, preparando o café da manhã.

– Deve ser o Alexis – resmungou William.

– Quem é Alexis?

– Um velho amigo da Helena.

– Você o escondeu, querida? – indagou Sadie. – Bem, ele é daqui? Solteiro?

– Sim e sim. Mora a alguns quilômetros de Pandora, no vilarejo, e é viúvo.

– As coisas estão melhorando. Devo levá-lo para o terraço? Oferecer um café? Uma massagem corporal completa?

– Por que não? – retrucou Helena, dando de ombros.

– Maravilha! Vou só passar um batonzinho. Volto num segundo.

– Sadie é incorrigível – comentou William, com um sorriso. – Mas gosto muito dela. Mais do que da outra mulher atualmente hospedada sob este teto.

– Jules é ligeiramente... dominadora. Mas não faz de propósito.

– Você está sendo muito boazinha. Jules é um general, e eu sinto muito por ter-nos obrigado a conviver com ela por duas semanas. Ela simplesmente tem um talento infalível para dizer sempre a coisa errada. Não sei como Sacha a aguenta. Talvez ela seja uma vadia na cama e dê a ele as melhores trepadas da vida. Ela tem bastante prática com montaria... – William deu uma fungada. – Ontem à noite, quase morri de tédio com aquela história de freios e bridões de corrida.

– Quando eu desci hoje de manhã, ela falou que tinha rearrumado a despensa e posto tudo na geladeira e no *freezer*, e que deixar as coisas do lado de fora era um risco para a saúde – contou Helena. – Tentei explicar o sistema de refrigeração do Angus, mas ela anunciou que não queria se expor nem expor os filhos à *E. Coli* ou à salmonela.

– Bem, fico satisfeito por você conseguir aguentar o comportamento dela com tanta calma: para mim é uma batalha. Pelo menos ela foi passar o dia fora e levou Viola e aquele filho valentão. Rupes pareceu muito aborrecido por ser arrastado com a irmã para ver alguma ruína antiga. Acho que tinha esperança de passar o dia rondando a Chloë. E então – William se virou para Helena –, o que você quer fazer hoje?

– Pensei que podíamos levar as crianças à Cachoeira de Adônis. Fica escondida nas montanhas e a cascata é incrível. Dá para pular das pedras na piscina natural embaixo.

– Certo. Vamos fazer um passeio em família, se conseguirmos arrancar a Immy e o Fred do DVD. Eles voltaram para a frente da televisão hoje de manhã.

– Pelo menos não estão brigando, e está muito quente lá fora. – Helena olhou pela janela da cozinha.

– Bem, vamos levar o café para o terraço e ver se a Sadie já deu o bote no Alexis – disse William.

Helena o seguiu.

Alexis, sentado à mesa com uma Sadie animadíssima, deu um suspiro de alívio à chegada do casal:

– *Kalimera*, Helena, William. Como vão vocês?

– Tudo bem. – Ela fez um aceno afirmativo com a cabeça.

– Alexis estava me contando que é produtor de vinho – disse Sadie, enquanto William pousava a bandeja. – Eu garanti a ele que sou sua consumidora final ideal. Café, Alexis?

– Obrigado, mas não, não vou ficar. Helena, eu vim lhe trazer isto. – Alexis apontou para uma caixinha de madeira em cima da mesa. – Encontrei-a na gaveta de uma cômoda quebrada que ia pôr no depósito de lixo. Achei que era bonita demais para ser jogada fora.

– E muito fina. – William examinou a caixa. – É de jacarandá, e esta é uma incrustação muito esmerada de madrepérola. – Deslizou os dedos pela caixa. – Eu diria que é muito antiga, pela cor da madeira. Talvez seja uma caixa de joias.

– Alguma esmeralda esquecida, escondida no forro? – brincou Sadie, enquanto William abria a caixinha.

Ela estendeu a mão por cima da mesa e alisou o feltro verde que revestia a parte interna.

– Não sinto nada.

– Obrigada por salvá-la, Alexis – disse Helena. – É linda, vou colocá-la na minha penteadeira.

– É claro! É a Caixa de Pandora! – sorriu Sadie. – É melhor você tomar cuidado, benzinho. Você conhece a lenda.

– Sim – concordou Helena. – Então, é melhor você fechá-la depressa, antes que pulem para fora todos os males do mundo.

– Vim também perguntar se vocês fariam a gentileza de comparecer à festa de noivado que vou oferecer ao Dimitrios, meu filho mais velho, nesta sexta-feira. Seria uma honra recebê-los – disse Alexis.

– É muita bondade sua, Alexis, mas somos um grupo bem numeroso – respondeu William.

Imediatamente, Helena se perguntou se ele estaria procurando uma desculpa.

– Isso não é problema. É uma festa grande e todos serão bem-vindos. Vocês sabem como nós, cipriotas, gostamos de comemorar.

– Parece divertido, e gostaríamos de ir. Obrigada, Alexis – disse Helena, lançando um olhar desafiador ao marido.

– E que tal jantar conosco logo mais? – insistiu Sadie. – Estamos com um homem a menos e o pobre do William bem que gostaria de apoio para lidar com todas estas mulheres, não é, benzinho?

– Gostaria, sim – concordou William em tom monocórdio, sabendo que sua manobra tinha sido derrotada.

– Então, obrigado, vejo vocês mais tarde. – Alexis os cumprimentou com um aceno de cabeça. – Até logo.

– Muito bem, se vamos sair, é melhor eu começar a juntar as crianças. Chloë e Alex ainda não se levantaram. – William já ia saindo do terraço quando Helena tapou a boca com uma das mãos.

– Ah, meu Deus! Acabo de me dar conta de que a festa de noivado é na noite do nosso décimo aniversário de casamento!

William parou e a fitou.

– Bem, nós não temos que ir.

– Mas acabamos de dizer que iríamos.

– Você quer dizer que *você* acabou de dizer que iríamos – corrigiu ele.

– Desculpe, querido. Mas não vai parecer grosseria se voltarmos atrás, especialmente depois de toda a ajuda que o Alexis e a família dele nos deram?

E, quem sabe, talvez seja realmente agradável irmos a uma festa encanta-dora, para variar, e tirarmos uma folga das nossas refeições de sempre.

– Se é o que você acha – retrucou William, conciso, e saiu para reunir os filhos.

Sadie o observou ir embora, e baixou a voz ao falar:

– Conte-me tudo sobre o Alexis. Já houve alguma coisa entre vocês?

– Por que você pensaria uma coisa dessas?

– Pelo modo como ele olhou para você, é claro. Não tem como não reparar. E eu diria que William também repara. Vamos, Helena, abra o jogo.

– Sinceramente, Sadie, não foi nada além de um romance adolescente, quando vim passar um tempo aqui com meu padrinho.

– Foi amor?

– Ele foi meu primeiro namorado. É claro que eu achava que era uma coisa especial. Todo mundo acha.

– É óbvio que ele continua com uma paixão não correspondida por você, depois de todos esses anos. – Sadie se espreguiçou, com ar sonhador. – Que coisa incrivelmente romântica!

– Exceto pelo fato de que sou casada e feliz com outra pessoa. – Helena deslizou os dedos pelo delicado desenho em madrepérola da caixa. – Ah, e tenho três filhos.

– Seja franca: você ainda sente alguma coisa por ele? Tenho a sensação de que você está deixando de me contar alguma coisa.

– Gosto dele e das lembranças que compartilhamos, mas não, Sadie, não há mais nada.

– É mesmo? Digo, será uma completa coincidência que o seu primogê-nito tenha o mesmo nome do seu primeiro amor?

– Sadie, pelo amor de Deus! Eu simplesmente gostava do nome, é só isso.

– Você jura que não esteve com Alexis desde então?

– Por favor, Sadie, você parece um cachorro roendo um osso. Pode es-quecer esse assunto? – implorou Helena.

– Está bem. Desculpe, benzinho.

Helena se levantou.

– É melhor eu ir ajudar o William a juntar as crianças. Quer ir à Ca-choeira de Adônis conosco ou prefere ficar de preguiça na piscina?

– Vou ficar aqui e me preparar para o jantar com o nosso Adônis particular, obrigada – disse Sadie, com uma piscadela, vendo Helena se afastar. – Até mais tarde.

O trajeto para a cachoeira pelas montanhas era pedregoso e arriscado, tal como Helena se recordava. A estrada era muito estreita, cheia de buracos enormes e ladeiras íngremes.

– Graças a Deus este carro não é nosso – declarou William, enquanto dirigia com habilidade por entre nuvens de poeira. – Essa estrada acaba com os pneus e a suspensão.

– É como andar na montanha-russa, mamãe! – gritou Immy, empolgada, chacoalhando no banco de trás sem se deixar perturbar.

Alex estava ao lado dela, segurando com força a borda do assento, com o rosto branco e olhando direto para a frente. Nos bancos mais ao fundo, Chloë tinha os olhos fechados e os fones nos ouvidos, e Fred, incrivelmente, dormia com a cabeça apoiada no braço dela.

– Você estava dirigindo, quando veio aqui na vez anterior? – perguntou William.

– Não! – respondeu Helena, com uma risada. – Eu estava na garupa de uma lambreta! Dá para acreditar?

– Não dá para acreditar nem que você tenha sobrevivido para contar a história. Quem estava dirigindo?

Houve uma breve pausa antes de ela responder:

– Alexis.

William apertou o volante com um pouco mais de força.

– Mais tarde, talvez você faça a gentileza de me contar exatamente o que se passou entre vocês dois – disse ele, baixando a voz ao nível de um sussurro ameaçador. – É óbvio que ele acha que há assuntos pendentes entre vocês. E não estou gostando da sensação de estar sendo traído bem debaixo do meu nariz.

– William, por favor! As crianças podem escutar – Helena cochichou de volta, aflita.

William meteu o pé no freio e parou o carro de repente.

– Certo, crianças, parece que chegamos.

Estavam no fundo de um vale, com as montanhas erguendo-se majestosas de ambos os lados. Helena saltou e ajudou Immy e Fred a descerem do carro, tentando engolir o bolo na garganta para eles não perceberem que estava quase chorando.

William já saíra marchando à frente, em direção à entrada, e Helena sabia que era melhor deixá-lo em paz. Estava acostumada com as súbitas explosões de raiva do marido e, normalmente, ele esfriava a cabeça depressa e pedia desculpas, arrependido. Além disso, depois da conversa com Sadie, ela entendia por quê. William vinha se sentindo ameaçado pela presença de Alexis, e ela sabia que precisava tranquilizá-lo.

– Todos pegaram toalhas? Muito bem, vamos.

Helena pegou a mão de Fred, Immy segurou a de Chloë, e Alex veio atrás, sozinho. William já havia comprado os ingressos. Pegou Fred no colo e o abraçou.

– Está pronto para pular numa água muito fria, rapazinho?

– Sim, ponto, papai.

Os dois bateram no punho um do outro e partiram para a cachoeira.

Escorregando na descida pelas pedras instáveis, Helena se descobriu mergulhada até a cintura numa água gelada e cristalina, enquanto as crianças batiam os pés à sua volta. William e Alex tinham nadado para a beira da piscina e, nesse momento, escalavam a rocha de onde poderiam saltar. Chloë estava sentada na borda, pegando sol e atraindo olhares admirados da população masculina a seu redor.

– Vou pular, olhe! – Alex deu um adeusinho para ela, na prateleira escorregadia, mais de 6 metros acima da piscina, pulou e mergulhou, espirrando uma enorme quantidade de água.

– É isso aí, Alex! – Chloë bateu palmas, empolgada, quando ele voltou à superfície. – Isso foi MUITO legal!

– Vou pular da pedra mais acima – gritou ele, nadando de volta na direção dela.

Helena ergueu os olhos e viu como era alta.

– Por favor, tome cuidado, Alex – gritou para o filho, enquanto William se preparava para mergulhar da pedra inferior.

Ela pensou em como o marido era jovem para seus 45 anos: ainda não tinha um único fio grisalho no cabelo preto e seu corpo esguio era ágil e musculoso.

– Vai, papai! – gritou Immy, espadanando água com Fred, empolgada. William deu um adeusinho, saltou e os filhos bateram palmas.

– Agola pula eu, mamãe – disse Fred, começando a bater os bracinhos em direção às pedras. Helena o puxou de volta.

– Quando você for maior, querido.

– Quelo ir agola!

William nadou até o filho e o suspendeu no colo.

– Você quer pular?

– Sim!

– Então, lá vai!

Levantou Fred bem alto, acima da cabeça, e o soltou. As boias de braço impediram o menino de afundar e ele gritou de alegria.

– Olhe, Helena, o Alex vai pular daquela pedra, que é alta mesmo – gritou Chloë, atrás dela. – Ele vai ficar legal?

– Espero que sim – respondeu ela, enquanto Alex saltava.

Chloë deu um grito e bateu palmas quando ele emergiu da água e nadou em direção às duas.

– Rupes disse que o Alex era frouxo e nerd, mas eu queria ver se ele faria isso – disse Chloë a Helena.

– Alex não é nenhuma das duas coisas. Tem uma coragem incrível, de mil maneiras diferentes – afirmou Helena, enquanto o filho se aproximava a nado, arfando, mas triunfante.

– Você me viu, mãe? – perguntou a ela.

– Vi. Você foi fantástico, querido.

– Foi mesmo. Eu fiquei pensando... – Chloë mordeu o lábio, com uma aparência lindamente vulnerável. – Se eu tentasse pular da pedra mais baixa, você segurava minha mão para pularmos juntos, Alex?

– Claro. Vamos lá.

Helena notou a expressão de orgulho no rosto do filho enquanto ele conduzia Chloë até as pedras. De repente, entendeu o comportamento estranho nos últimos dois dias: ele estava apaixonado por Chloë.

Subiu um enorme esguicho da água quando os dois pularam juntos, e houve aplausos da aglomeração que observava de baixo.

Vinte minutos depois, Immy se deu por satisfeita.

– Mamãe! Meu cabelo está molhado e eu estou tremendo de frio e com sede e quero sair – gemeu.

– Cuide do Fred – Helena pediu a William, enquanto tirava a filha da piscina. – Vou buscar umas bebidas e encontro vocês lá em cima, no pátio.

Pegou umas latas no carro e se sentou com Immy num banco, à sombra de uma oliveira. Fechou os olhos por um momento, lembrando-se da ocasião distante em que Alexis a trouxera ali. Na época, a cachoeira não era uma grande atração turística, mas um lugar simples e belíssimo, conhecido principalmente pelos poucos nativos que moravam nas imediações. Eles também haviam pulado juntos das pedras e nadado na água profunda e cristalina.

E ali, à beira da piscina deserta, num lugar idílico, Helena havia se tornado mulher.

– Manhê! Você está me ouvindo?

– É claro que estou, querida. – Helena se forçou a tornar a prestar atenção na filha.

– Eu disse que estou com fome e preciso de um pacote de batata frita com sal e vinagre.

– Nós já vamos almoçar, espere um pouco. Olhe, lá vêm os outros.

– Eu posso lhe mostrar se você quiser – Alex vinha dizendo a Chloë. – É um livro irado, e o exemplar do Angus é da primeira edição.

– Eu adoraria vê-lo.

– Ótimo. Vou procurar quando chegarmos em casa.

– Legal.

Alex estava muito diferente nesta manhã, pensou Helena. Seus lindos olhos cintilavam e seu rosto animado brilhava de felicidade, batendo papo com a filha do padrasto, para quem lançava olhares furtivos de evidente adoração.

– Uau, olhem só para isso! – disse Chloë com um risinho, ao passar por uma estátua de Adônis e Afrodite nus, envolvidos num abraço. – Ele... hummm... é bem impressionante!

Leu as palavras gravadas em inglês nas placas de pedra ao lado da escultura:

– "Adônis e Afrodite, deuses do amor e da beleza. Diz a lenda que aqui viveram juntos, com seus inúmeros filhos. As damas inférteis que quiserem engravidar devem tocar o membro de Adônis e então terão muitos filhos."

– Não se atreva, Chloë – disse William, que vinha atrás com Fred. – Também não deixe a sua mãe chegar perto, Alex. Essa é a última coisa de que precisamos, não é, querida?

Helena engoliu em seco e fez que sim.

– Com toda certeza.

DIÁRIO DE ALEX

18 de julho de 2006

Hoje eu voei!

Mas não estava num avião, e nada além dos meus braços me impeliu pelo céu. Voei enquanto A Amada me observava e depois deu vivas e bateu palmas quando pousei na água, *ploft*.

Não faz mal eu estar com a barriga coberta de marcas vermelhas nos pontos em que minha banha e a água entraram em atrito, nem eu ter torcido o tornozelo, por pisar de mau jeito naquelas pedras escorregadias. Nem exibir no rosto uma enorme mancha roxa que não faço ideia de como arranjei, mas que talvez tenha sido uma cotovelada dela quando pulamos juntos, de mãos dadas.

A dor é insignificante se comparada à alegria da expressão no rosto dela. Sou seu herói. Sou seu protetor. Ela me acha MUUUITO LEGAL.

Ela *gosta* de mim.

E foi bom que aquele negócio de paralisia oral pareceu sumir no frio do Bidê de Adônis, um frio de petrificar as bolas. Talvez haja certa magia naquela água, já que, pela primeira vez, quando ela me dirigiu a palavra, consegui efetivamente responder.

Assim, conversamos e descobri que ela gosta de ler. Quer ser jornalista de moda, se não puder se tornar modelo, e está muito atualizada em todas as últimas edições da *Vogue* e da *Marie Claire*.

Logo, logo, ela estará entrando no meu Armário das Vassouras para ver o exemplar de *Longe deste insensato mundo* que encontrei nas prateleiras abarrotadas da biblioteca do Angus. Falou que está lendo o livro para a escola. Bem, disse que ainda não leu muita coisa, mas que gostou do filme com Alan Bates e Julie Christie e se amarrou no Terence Stamp como capitão Troy. (Pessoalmente, prefiro o Alan Bates como Gabriel Oak, mas gosto não se discute.) Eu queria poder lhe dar o livro de presente. Mas talvez minha mãe não goste muito na ideia, já que é um exemplar muito antigo e deve valer uma fortuna.

E... a esta altura, ela deve ter recebido o meu poema.

Dei uma corrida lá em cima e o deixei na sua cama quando ela estava no banho, ao voltarmos da cachoeira.

Ela o deve estar lendo agora.

Não assinei, é claro, mas ela vai saber de quem é. Parafraseei trechos das cartas de amor que encontrei na caixa de retratos do Angus e peguei emprestadas algumas metáforas de Keats. Pessoalmente, acho que ficou muito bom.

Também ando me consolando com a ideia de que tamanho não é documento. É só olhar para aquele duende da Fórmula 1 e a esposa de 5 metros de altura. Ou para todos aqueles jóqueis baixotes com namoradas supermodelos. Quando a gente ama alguém, não quer saber se a pessoa é grande ou pequena.

Além disso, tenho um espaço suficiente para crescer no futuro e dinheiro guardado numa poupança, com o qual poderia comprar tênis com um solado bem grosso, até chegar lá. Imagino que ser rico como Creso possa ajudar, mas, assim como o tamanho, dinheiro não é tudo. E, também nesse departamento, tenho muito espaço para crescer.

Descobri que a escola dela não fica muito longe da que vou frequentar a partir de setembro. Talvez possamos nos encontrar para o chá num domingo, depois de passarmos a semana escrevendo febrilmente um para o outro, professando nosso amor imorredouro...

De repente, as coisas começam a parecer promissoras.

E talvez estas férias não sejam o pesadelo que, ainda hoje de manhã, achei que seriam.

Ai, socorro. Alguém está batendo à porta do Armário das Vassouras. Deve ser ela. Respiro fundo e, capengando, vou abri-la.

10

– Oi, Alex. Vim ver aquele livro de que você falou. Trouxe o Rupes, também.

Chloë sorriu para Rupes e o conduziu pela mão para dentro do quarto minúsculo.

– Ah, humm, certo. – Alex tirou o livro de uma prateleira no alto e o entregou à Chloë.

– Puxa, é lindo! Não é, Rupes? – Chloë girou nas mãos o frágil exemplar com capa de couro.

– Acho que sim. Livros não são muito a minha praia.

– É mesmo? – Chloë levantou os olhos para ele. – Pensei que você fosse muito chegado a... poesia, não?

Rupes deu de ombros.

– Por mim, sou mais chegado a atividades ao ar livre.

Chloë deu um risinho.

– Não seja tímido, Rupes. É bom um homem ter um lado sensível, e você não pode negar o seu.

Rupes pareceu confuso.

– Humm, é, acho que sim. – Deu uma olhadela para a cama de Alex e pegou o coelho esfarrapado em cima do travesseiro. – O que temos aqui?

– Desculpe, quer largá-lo, por favor? Não gosto que ninguém pegue nele – disse Alex, ríspido.

– É melhor você se livrar disso antes de ir para o colégio interno, meu chapa. – Rupes ergueu uma sobrancelha para Chloë e fez um breve "Tsc, tsc", balançando o coelho pelas orelhas. – Pode ser que os outros garotos o façam passar por maus bocados. Estou certo, Chloë?

Alex arrancou-lhe o coelho das mãos e o segurou com ar defensivo.

– Para ser sincero, Rupes, estou pouco me lixando, mas obrigado pelo aviso, de qualquer jeito.

– Muitas garotas do meu dormitório têm ursinhos de pelúcia e outras coisas – disse Chloë em tom gentil.

– Exatamente. São garotas. Eu soube que você pulou de uma pedra alta, Alex. Foi assim que arranjou esse machucado?

Alex encolheu os ombros, mudo.

– Bem, vou preparar umas atividades olímpicas na piscina para a criançada. Aí você pode mostrar a todos nós como é bom na água. Está a fim?

– Talvez.

– Tudo bem, até logo. Você vem, Chloë?

– Vou. Obrigada por nos mostrar o livro, Alex. – Abriu-lhe um sorriso. – Vejo você no jantar.

– Você está muito bonita, Sadie – disse William, ao encontrá-la sozinha no terraço, entornando uma dose de vodca.

– Obrigada, gentil cavalheiro. A gente faz o que pode – retrucou ela, com um sorriso.

– Importa-se se eu a acompanhar? Helena está no banho.

– É claro que não. Eu adoraria passar alguns minutos a sós com um de meus homens favoritos – disse Sadie, enquanto William se sentava ao lado dela. – Olhe para esse pôr do sol. É simplesmente glorioso.

– Sim. Admirável, não é? Na verdade, todo este lugar é muito mais bonito do que eu havia pensado, especialmente a casa.

– Tem um clima incrivelmente inspirador, e a Helena fez um trabalho fabuloso, a sensação é de que estamos em casa.

– Na verdade, agora que estamos só nós dois, queria lhe perguntar como acha que está a Helena, ultimamente.

– Ela me parece cansada. Deve ser por causa da correria, na tentativa de manter Pandora arrumada para todo mundo.

– E... nas últimas semanas?

– Para ser sincera, William, mal falei com ela. Tenho trabalhado num ritmo frenético, isso para não mencionar a minha turbulenta vida particular. Por quê? Você acha que há algum problema?

– Não sei. Helena é perita em guardar para si os seus pensamentos. Apesar de estarmos casados há tanto tempo, ela ainda é um enigma para mim. Especialmente no que diz respeito ao passado.

– Isso, com certeza, é parte do encanto dela, não é? – lembrou-lhe Sadie. – Helena é a mulher menos neurótica que eu conheço. Talvez, por dentro, ela seja um fervilhante lodaçal de carências, mas nunca deixaria ninguém ver isso.

– Exatamente. Ela está sempre controlada. – William bebeu um gole de vinho. – Como é possível viver esse tempo todo com uma pessoa e, mesmo assim, ter a sensação de ainda não a conhecer de verdade? É assim que estou me sentindo em relação à Helena. Algum dia ela lhe falou desse tal de Alexis?

– Você se refere ao Alexis que está para chegar a qualquer momento e que eu farei todo o possível para seduzir? – perguntou Sadie, com um sorriso malicioso. – Ao que parece, eles tiveram um casinho amoroso, anos atrás, quando ela esteve hospedada em Pandora, mas acho mesmo que não foi muito mais do que isso.

– Verdade? – William franziu o cenho. – Sei que você não me revelaria nada, Sadie, mesmo que ela lhe contasse a história em detalhes.

– Tem razão, eu não revelaria, mas neste caso, palavra de escoteira, não tenho nada a contar.

– Só sei que ela anda mais distante que de hábito, e... – ele balançou a cabeça e deu um suspiro – ...apenas tenho a sensação de que há alguma coisa errada.

– Olá, campistas! – Jules apareceu no terraço. – A desgraçada da água está uma pedra de gelo. Vocês podem pedir à gerência deste estabelecimento para resolver isso antes de amanhã?

– Não chega a ser um problema com este calor, não é? – disse Sadie.

– Não, mas é óbvio que todo o sistema de encanamento está ferrado. A descarga do meu banheiro também não funciona direito.

– É fatal que haja problemas, Jules. A casa é muito antiga – retrucou William, sem se alterar.

– Com uma reforma que vai custar os olhos da cara, sem falar na manutenção. Helena não está esperando que você banque isso, está?

– Agora a Helena é uma mulher de recursos. A herança do Angus deve cobrir todas as despesas. Por falar nisso, teve notícias do Sacha hoje? – indagou William, mudando de assunto. – Ele disse quando chega?

– Não liguei meu celular. Estou de férias, mesmo que ele não – respondeu Jules, com um toque de exasperação na voz.

– Tenho certeza de que ele gostaria de estar aqui, Jules, mas talvez esteja sob uma enorme pressão. As coisas não andam tão fáceis no centro financeiro quanto costumavam ser. E o Sacha foi muito corajoso ao se estabelecer sozinho, quando voltou de Cingapura.

– *Kalispera*. Boa noite a todos.

Com uma escolha tão impecável do momento quanto eram sua camisa branca recém-lavada e sua calça de sarja de algodão marrom, Alexis chegou ao terraço. Depositou duas garrafas de vinho e um grande buquê de rosas brancas em cima da mesa.

– Sadie, William – disse, sorrindo alternadamente para os dois. – Será que posso ser apresentado? – Estendeu a mão para Jules, que, visivelmente, perdeu uma camada de gelo ao deixar que ele segurasse a sua. – Alexis Lisle.

– Jules Chandler. Você é cipriota ou inglês?

– Sou cipriota, mas minha linhagem familiar foi iniciada por um inglês que chegou aqui no século XVIII e se casou com minha heptavó. Por isso, ainda usamos o sobrenome dele.

– Uma bebida, Alexis? – William lhe ofereceu uma taça de vinho.

– Obrigado. E, como dizem vocês, ingleses, saúde!

O grupo estava erguendo as taças quando Helena se juntou a eles, encantadora em seu vestido branco de algodão.

– Oi, Alexis – cumprimentou ela, mas sem se aproximar para lhe dar um beijo.

Em vez disso, virou-se para William:

– Querido, quer dar um pulinho lá em cima e dar boa-noite aos pequenos?

– É claro. Precisa de algo da cozinha, enquanto estiver por lá?

– Não, mas avise aos mais velhos que o jantar estará pronto em quinze minutos, por favor.

Ela o tocou de leve no braço quando ele passou.

– Você pode mandar Viola para a cama, já que vai estar com a mão na massa? – pediu Jules. – Ela está assistindo a um DVD lá dentro. Diga que ela pode ler até às oito, depois tem que apagar as luzes.

William assentiu e entrou na casa.

– Então, Alexis, venha se sentar aqui – fez Sadie, com um tapinha na cadeira que William deixara vaga. – Quero saber mais sobre o seu negócio de vinhos.

Meio desligada, Helena ouviu Alexis explicar o funcionamento do vinhedo. Jules reclamava do encanamento, mas ela não estava prestando atenção.

– Sim – disse, distraída, torcendo para que fosse a resposta certa.

– Então você não vai reformar os banheiros?

– Para ser sincera, ainda não pensei nisso. Com licença, Jules, tenho que dar uma olhada no jantar.

Helena se levantou e foi buscar refúgio na cozinha. Mexeu o guisado de carne de porco que Angelina deixara no forno para eles, verificou o arroz que cozinhava em fogo brando no fogão e esperou que secasse.

A mão de alguém a envolveu pela cintura, por trás.

– Nossos bebês estão deitados e também levei a Viola lá para cima. Coitadinha, será que a mãe não podia nem mesmo fazer o esforço de subir para lhe dar boa-noite? Às vezes me pergunto por que eles se deram o trabalho de adotá-la, para começo de conversa – comentou William. – Fica bastante óbvio quem é o filho favorito na família.

– Jules pode ser meio dura com ela, mas o Sacha é completamente doido pela filha – disse Helena, sem se comprometer com uma opinião.

– Falando sério, não sei como você consegue ser tão benevolente no que diz respeito à Jules, quando o comportamento dela irrita qualquer um. Enfim, acho a Viola uma doçura e, como ela é minha afilhada, eu gostaria que se divertisse da melhor maneira possível, agora que está aqui.

– Concordo. Tento dar a ela toda a atenção que posso, com certeza. Ela é uma alminha perdida – disse Helena, pensativa, virando o arroz numa tigela grande. – E, decididamente, precisa de amor e carinho.

Com delicadeza, William fez Helena se virar de frente para ele e lhe deu um beijo na testa.

– Desculpe pelo que eu disse antes.

– Está tudo bem, de verdade. A culpa também é minha. Depois de conversar com a Sadie, eu entendi que é... difícil para você.

Ele afastou dos olhos da mulher uma mecha do cabelo louro.

– É, sim. E, querida, eu gostaria mesmo que em algum momento você me contasse exatamente o que houve entre vocês dois.

– Vou contar, prometo, mas não agora – retrucou Helena, tornando a se virar para o fogão. – De qualquer jeito, Sadie parece estar lá com ele, pronta para dar o bote. No seu lugar, eu não me preocuparia.

– Você não se incomoda com isso, não é?

– É claro que não! – rebateu Helena. – Eu...

– Oi, papai, tudo em cima? – fez Chloë, entrando calmamente na cozinha, usando um sarongue turquesa como vestido.

– Tudo – suspirou William. – E você?

– Legal. Tudo bem se eu e o Rupes dermos uma volta no vilarejo depois do jantar? Para dar uma espiada nos bares?

– Desde que você não tome bebidas alcoólicas e esteja de volta à meia-noite, sim, acho que sim – respondeu ele, resignado.

– Obrigada, papai. Hummm, tem uma coisa com um cheiro bom. – Chloë espiou a panela de ferro fundido que Helena estava retirando do forno. – A propósito, quem é aquele pedaço de mau caminho lá no terraço?

– O nome dele é Alexis – disse Helena.

E acrescentou:

– É... um vizinho.

– Ele é bem enxuto para um coroa. De qualquer jeito, a Sadie está mandando ver – riu ela – Até mais tarde.

– Espere um minuto. – William a deteve, pegando uma tigela de cima fogão e a entregando à filha. – Faça alguma coisa útil e leve o arroz lá para fora, por favor.

– Você viu o Alex, Chloë? – perguntou Helena, seguindo os dois para o lado de fora e pondo a caçarola na mesa.

– Acho que ele está no quarto. Quer que eu vá buscá-lo? – Chloë se ofereceu.

– Sim, por favor.

– Sem problema.

– É a sua filha, William? – indagou Alexis, vendo Chloë voltar para dentro de casa.

– É.

– Muito bonita. Você deve ser um pai orgulhoso.

– Sou. Mas, como todos os pais, preocupado por ela estar crescendo muito depressa. Mais vinho, Alexis?

Alex veio capengando com Chloë, minutos depois, com um muxoxo.

– Por que não se senta ao lado da Sadie, querido? – disse Helena.

– Obrigado.

– Seu pai falou que você saltou na Cachoeira de Adônis hoje, Alex – comentou Alexis, enquanto o garoto se sentava.

– Foi.

– Você é corajoso, especialmente por ter saltado da pedra mais alta.

– Nem eu saltaria daquela pedra – comentou William enquanto distribuía pratos fumegantes de carne de porco com arroz.

– Nós também temos que ir lá – interrompeu Jules. – Rupes foi campeão de mergulho na escola.

– Não é boa ideia saltar daquela altura. Embora a piscina tenha bastante profundidade, há pedras no fundo. Bater com os pés, tudo bem, mas, se for a cabeça, não, não é boa ideia – advertiu Alexis.

– Uma pena eu não ter ido. Parece maravilhoso. Você me levaria lá, um dia, Alexis? – perguntou Sadie.

Alexis olhou para Helena por um instante, depois desviou os olhos.

– É claro. E quem mais quiser ir.

– Eu quero. – Rupes apareceu, com um cheiro forte de colônia pós-barba, e se sentou ao lado de Chloë. – Isso está com uma cara bonita, tia Helena, obrigado – disse, quando um prato foi colocado à sua frente.

– Acho que é hora de você deixar o "tia" de lado, agora que fez 13 anos e está oficialmente na adolescência. Comecem, por favor, vocês todos – ordenou Helena, sentando-se, finalmente.

– Eu gostaria de propor um brinde à anfitriã, que tanto trabalhou para tornar Pandora confortável para todos nós. À Helena! – William ergueu sua taça.

– À Helena – responderam todos em coro.

Depois do jantar, Rupes e Chloë rumaram para o vilarejo, munidos de celulares e de uma lanterna. Alex voltou em disparada para o quarto e Sadie insistiu em tirar a mesa e cuidar da louça, pressionando Jules a ajudá-la.

O que deixou Helena, William e Alexis no terraço.

– Um conhaque, Alexis?

– Obrigado.

William entregou-lhe um copo.

– Conte uma coisa: como é que sua empresa vem competindo com os vinhos do Novo Mundo? Pelo que vi no supermercado, eles são muito populares por aqui, não?

Helena escutou, meio desligada, enquanto os dois discutiam negócios.

William se portou esplendidamente, sem nenhum sinal da raiva anterior em sua expressão. Eram dois homens bons, pensou ela, e não havia razão para não se tornarem amigos. Desde que nenhum dos dois jamais descobrisse a verdade...

Alexis foi embora uma hora depois. Jules já tinha ido deitar e Sadie reclinou-se na cadeira e bocejou, sonolenta.

– Alexis andou me falando da mulher dele e de como foi sofrido para os filhos quando ela morreu. Tinha só 34 anos, pobrezinha. A boa notícia é que, apesar de ter enfrentado toda essa barra, ele não parece carente nem cretino. É um homem rigorosamente bom, o que ajudou, no mínimo, a restabelecer minha confiança no sexo masculino. Certo, hora de cair na cama. Esse sol todo derruba a gente. Boa noite.

– Ela tem razão. Alexis é um bom homem – ponderou William, quando Sadie se retirou. – Mas não consigo ver os dois juntos.

– Nunca se sabe. Coisas estranhas acontecem.

– Talvez, mas é óbvio que o Alexis não está disposto a esquecer. Não a mulher dele, eu acrescentaria, mas você. – William consultou o relógio. – Onde diabo se meteram a Chloë e o Rupes? É quase uma da manhã.

– Tenho certeza de que o Rupes não deixará ninguém fazer mal a ela – disse Helena, aliviada por ele ter mudado de assunto.

– Na verdade, estou muito mais preocupado com o mal que *ele próprio* pode fazer a ela – resmungou William.

Então, ouviu-se o som de um carro, estalando pela trilha de cascalho que levava a Pandora, fazendo os dois se virarem.

– Nossa, espero que eles não tenham sido detidos por beberem, sendo menores de idade. Talvez não devêssemos ter deixado que saíssem sozinhos.

William se levantou e foi andando para a entrada, com Helena no seu encalço.

Quando o carro chegou mais perto, perceberam que era um táxi. O veículo parou, a porta traseira se abriu e lá de dentro emergiu uma figura amarrotada, segurando uma grande sacola de viagem.

– Obrigado.

Batendo a porta, a figura caminhou na direção deles.

– Olá, pessoal. Até que enfim, cheguei.

– Sacha! Por que diabo não avisou que estava aqui? Nós o teríamos buscado no aeroporto. É um prazer vê-lo, meu velho!

William deu um "abraço de irmão" em seu melhor amigo, que envolveu muitos apertos de mãos e tapas nas costas.

– Deixei um recado no celular da Jules e pedi que me buscasse no aeroporto, mas é óbvio que não o recebeu, por isso peguei um táxi. Oi, Helena, como vai?

Sacha lhe deu um beijo no rosto e Helena se contraiu ao sentir o fedor de álcool no hálito dele.

– Vamos até o terraço tomar um café. Você deve ter tido um dia cansativo – disse William.

Quando entraram na luz suave que emanava do terraço e Sacha arriou numa cadeira, William viu que a pele do amigo estava branca e seca feito pergaminho, com uma profusão de rugas sulcadas na testa e nos dois lados do nariz. A cabeleira avermelhada, normalmente brilhante e rebelde, parecia sebosa e bastante grisalha nas têmporas.

– Eu preferiria um pouco desse conhaque aí – disse Sacha, apontando a garrafa em cima da mesa.

William serviu uma pequena porção do líquido âmbar num copo.

– Ora, vamos, Will, encha tudo – insistiu Sacha.

William e Helena se entreolharam, enquanto, com relutância, ele enchia o copo até a borda.

– Devo dizer à Jules que você chegou? – perguntou Helena.

– Não, pelo amor de Deus! – retrucou Sacha, tragando uma golada de conhaque. – Não quero procurar sarna para me coçar, literalmente. – E riu da própria piada de mau gosto.

– Bem, vou me deitar. Está ficando tarde. – Helena se levantou, desesperada para sair dali e racionalizando que aquele era um momento de homem para homem. – Boa noite.

– Boa noite, Helena – resmungou Sacha.

– Eu subo logo, querida – disse William, enquanto o celular emitia um bipe indicando que ele havia recebido uma mensagem de texto:

voltando p casa tudo blz C e R bjs

Ele fez uma careta.

– Isso veio da minha querida filha, para me dizer que ela e seu filho finalmente resolveram vir para casa, umas duas horas depois do prometido.

– É claro! Chloë está aqui. – Sacha já havia enxugado o copo e estendeu a mão para a garrafa, para se servir outra vez. – Como ela está?

– Uma adolescente típica, desesperada para crescer. Eu estava esperando o pior, levando em conta quem é a mãe dela, mas a menina é um encanto. Se eu tivesse participado da criação dela, estaria muito orgulhoso.

– Ora, você esteve presente durante os anos de formação dela, e a culpa não é sua se aquela vaca com quem você se casou era pirada.

– Além disso, Chloë é linda, mesmo com cinquenta por cento dos meus genes. É óbvio que o seu filho acha a mesma coisa – disse William, ao ouvir a voz arrastada do amigo e querendo amenizar o clima, que ia ficando pesado.

Sabia que Sacha já estava muito, muito bêbado.

– Aposto que sim. Mulheres danadas, né? São todas iguais, usam seus encantos para nos prender na armadilha, nós, pobres homens infelizes. E aí, depois que nos pegam, passam o resto da vida reclamando. Olhe para a Jules. Na lista das pessoas favoritas dela, eu devo figurar entre Hitler e o diabo.

– Você não está falando sério, Sacha.

– Ah, estou, sim – disse ele, veemente, e deu uma risada amarga, sem alegria. – Na verdade, esta é a única coisa que tem me animado: a ideia da cara da Jules quando ela descobrir.

– Descobrir o quê?

Sacha olhou para William, seu rosto a imagem do desespero. Balançou a cabeça e deu um risinho áspero.

– Acho que é inútil tentar continuar guardando segredo. De qualquer um.

– Segredo sobre o quê?

Sacha tomou outra golada de conhaque.

– Bem, vejamos: refiz a hipoteca da casa pela segunda vez e peguei um monte de empréstimos pessoais para tentar me manter, mas acabou, Will. Minha empresa está falida. Eu e minha família perdemos tudo.

DIÁRIO DE ALEX

19 de julho de 2006

Passa de uma da manhã e estou deitado aqui, mal me atrevendo a respirar, para poder ouvir o som de passos.

Preciso saber que a Chloë está em casa, sã e salva.

Ouvi um carro e achei que eram eles. Então escutei uma voz, e foi o Sacha quem chegou. E aí... não tenho certeza, mas, logo depois disso, pensei ter ouvido o som de um homem chorando. Talvez eles estejam vendo algum DVD na sala ou coisa parecida, porque não consigo imaginar papai ou o Sacha se debulhando em lágrimas feito duas garotas. Não é o tipo de coisa que os homens fazem na frente um do outro.

Desde a concepção, os canais lacrimais masculinos são programados para funcionar apenas na intimidade. E em ocasiões especiais, das quais só existem duas categorias: nascimentos e mortes.

Mesmo nessas horas, é complicado, porque, pelo que eu já vi, o homem tem que estar "apoiando" a mulher da sua vida. Ela pode desmoronar, e todo mundo pensa em quanto ela é incrível (nascimentos) ou dedicada (mortes). Já nós, no momento em que derramamos uma lágrima em público, somos maricas, e acabou-se a história.

Uma vez, fui parar no hospital depois de levar um tombo de bicicleta. Chorei, automaticamente, porque doeu para cacete! Por acaso contei com a solidariedade da enfermeira Cruela Cruel, enquanto ela tirava cada pedacinho pavorosamente doloroso de pavimento do meu joelho, usando uma pinça? Uma ova! Apesar de eu ter perdido pele o suficiente para dar a um sapo um enxerto cutâneo de corpo inteiro, a Cruela me mandou ser um "menino crescido".

Vamos, vamos, meu bem, os meninos crescidos não choram...

Não admira que os homens sejam ridicularizados pelas mulheres por não entrarem "em contato" com suas emoções. Como poderíamos se não nos deixam nem mandar uma carta para os nossos sentimentos, muito menos telefonar para eles, ou, horror dos horrores, efetivamente "visitá-los" em pessoa, permitindo a abertura dos nossos canais lacrimais?

No entanto, quem são as principais responsáveis pela educação dos meninos?

SIM!!!

As mulheres!!

Faço uma pausa em minhas divagações filosóficas e me pergunto se terei acabado de descobrir uma enorme conspiração, dessas de abalar o mundo. Será que um dia meu nome será mencionado ao lado de Aristóteles? Hipócrates? Homer Simpson?

A questão é: o que as mulheres querem de nós, exatamente?

Seja lá o que for, não posso continuar pensando no assunto, pois ouço vozes conhecidas que vêm do corredor.

Ela chegou. Graças a Deus. Agora, posso relaxar e dormir um pouco, sabendo que a Chloë está deitadinha na cama, em segurança, alguns metros acima de mim.

Posso ouvir o tamborilar dos seus pés delicados, conforme ela anda pelo quarto e começa a fazer seja lá o que for que as garotas fazem antes de se recolherem para dormir. Tirado do contexto, o som é de quem está fazendo uma ronda, marchando de um lado para outro. Na realidade, ela deve estar se despindo, pendurando a roupa no armário, pegando a camisola, escovando o cabelo, procurando embaixo da cama seu exemplar perdido da revista *Heat. Et cetera.*

Apago a luz, digo que a amo e me preparo para adormecer. Justo quando estou neste processo, há uma batida à minha porta.

Ela se abre, sem esperar uma resposta minha.

– Está acordado, Alex?

– Agora estou.

O que é que *ele* quer?

Sento na cama, com Rupes invadindo o meu espaço.

– Oi.

– Oi.

Rupes espreme os músculos pela passagem estreita entre a extremidade da cama e a porta, a qual fecha em seguida, o que é um sinal preocupante.

– Quero lhe perguntar uma coisa.

– É? O quê?

– Você escreveu um poema para a Chloë e o deixou no quarto dela hoje de manhã?

Fico horrorizado por ele saber disto.

– Eu... talvez tenha deixado.

– Foi o que eu pensei. Ela gostou.

– É mesmo?

Fico animado. Será que ela mandou o Rupes aqui como um emissário romântico por ser tímida demais para me confrontar pessoalmente?

– É. O problema é que ela acha que fui eu que escrevi.

O quê?!

Como ela poderia achar isso?! Rupes não tem eloquência nem para copiar uma quadrinha infantil, que dirá para compor um tipo de poema de que até o próprio Wordsworth se orgulharia.

– É – diz ele com um risinho, avultando acima de mim. – Hoje ela ficou toda amável comigo. É óbvio que toda aquela água com açúcar teve um efeito sobre ela. Por isso, eu estava querendo saber se você e eu podemos fazer um acordo.

Permaneço calado na escuridão.

– Tipo assim, se eu lhe pagasse, você poderia escrever um pouco mais para mim. Digamos, 5 paus por carta, hein?

Já não estou em silêncio de propósito. Estou simplesmente emudecido de espanto.

– Sejamos francos, você nunca vai arrumar nada com ela. Você é o meio-irmãozinho dela. Seria, bem... incendioso.

– Você quer dizer "incestuoso". – O ridículo domínio que Rupes tem da língua inglesa destrava meu queixo. – Não, não seria. Não sou parente consanguíneo dela, de modo que não haveria nenhuma razão em contrário, se nós... decidíssemos por isso.

– Infelizmente, é por mim que ela sente tesão, não por você. E aí, vai topar ou não?

– De maneira alguma eu sequer consideraria essa possibilidade. Esqueça, Rupes. A resposta é não.

– Tem certeza?

– Tenho certeza.

Escuto-o sugar o ar entre os dentões da frente:

– É uma pena você não achar conveniente ajudar um amigo, especialmente quando isto lhe traria um benefício. Bom, acho que você vai mudar de ideia. Boa noite.

Quando ele sai do quarto, volto a me enroscar na cama, ofegante com o tumulto de emoções que me inundam o cérebro.

Não! Não! Não!

Minha pobre, doce Chloë. Você foi hipnotizada, submetida a uma lavagem cerebral... Perdeu o juízo! Eu a salvarei, eu a protegerei, pois você não sabe o que faz.

Agora sei que esta é uma guerra escancarada e fico deitado planejando minha campanha.

Passa-se algum tempo e sonho que minha porta se abre e um par de mãos rebusca o espaço sob a minha axila, tirando alguma coisa de mim.

No meu sonho, estou cansado demais para acordar e impedi-lo.

11

– Um chá para você.

William pôs a caneca na mesa de cabeceira de Helena e se sentou, observando a esposa se mexer.

– Que horas são? – perguntou ela, sonolenta.

– Passa um pouco das sete.

– Você levantou cedo. E só veio se deitar bem depois das três.

William deu um suspiro.

– Sacha está num estado lamentável. Desculpe acordá-la, mas achei que devíamos conversar antes que os outros levantem.

– O que aconteceu? – Helena sentou-se e pegou o chá.

– A empresa dele está à beira da falência.

– Ah, meu Deus, William. – Ela suspirou. – Bem, talvez ele possa abrir outra ou voltar a trabalhar como empregado.

– Receio que seja um pouco mais sério que isso. O que eu vou lhe contar não deve sair daqui, por razões óbvias.

– É claro.

– Sacha fez uma coisa compreensível, mas completamente temerária. Quando a empresa precisou com urgência de capital para continuar funcionando, ele fez uma nova hipoteca da casa, depois contraiu empréstimos pessoais para se manter solvente.

– Ai, não – gemeu Helena.

– Ah, sim – confirmou William. – Não vou entrar nos detalhes, mas o resumo é que, no instante em que a companhia declarar falência, ele vai perder tudo. Inclusive a casa. Sacha também vendeu todas as ações que tinha, de modo que, nas palavras dele, ainda que bêbado, os Chandlers estão na miséria.

– Com certeza os bancos vão deixar que ele conserve o teto, não? Legalmente, a Jules deve ser dona da metade da casa, pelo menos.

– Não, ela não é. Ontem o Sacha me contou que, por se tratar da casa dos seus ancestrais, da única coisa que os pais lhe deixaram ao morrer, mas que vale uma fortuna, e por se tratar de um imóvel que está na família dele há uns duzentos anos, ela nunca foi posta no nome da Jules, junto com o dele. Além de cobrir as enormes hipotecas, a casa é um bem que pode ser vendido para quitar as outras dívidas dele, e ainda há os móveis e objetos. Sendo assim, o banco vai tomá-la.

– Ai, meu Deus, William – fez Helena, horrorizada. – Você pode ajudá-lo de alguma forma?

– O que ele precisa é de um advogado especializado em falências, mas eu trouxe meu laptop, então pelo menos posso examinar tudo com ele, com calma. Se bem que, pelo que me contou ontem à noite, ele já explorou todas as brechas e acha que o resultado é inevitável.

– Ontem ele estava muito embriagado. Talvez a coisa não esteja tão mal quanto ele pensa. – Helena bebericou o chá.

– Acho que é quase certo que esteja. Ele vai me mostrar os números agora de manhã, mas, deixando momentaneamente de lado a situação terrível do Sacha, eu queria conversar com você sobre como isso vai repercutir nas nossas férias aqui.

Helena se reclinou nos travesseiros, com um suspiro cansado.

– Já imaginou a reação da Jules a isso tudo?

– Já, e não gosto nem de pensar nisso. Seria bom acreditar que ela ficaria ao lado do marido nessa hora de necessidade, independentemente do que ele houvesse feito e do impacto que isso tivesse sobre ela, mas, por algum motivo, não consigo imaginar que isso aconteça, você consegue?

– Não faço ideia de como ela vai reagir. Ela não sabe de nada?

– De nada, ao que parece. Por mais que eu às vezes ache a Jules uma pessoa difícil, ser informada de que perdeu tudo da noite para o dia vai ser um choque terrível.

– E quanto às crianças?

– Sacha falou que elas podem dizer adeus à escola particular, embora não faça mal nenhum ao Rupes baixar um pouco a crista. Há uma chance remota de que ele consiga um auxílio financeiro, uma vez que já ganhou uma bolsa de estudos. Sacha também está convencido de que a Jules vai querer se separar. Sejamos francos, não vai haver muitos motivos para ela manter o casamento.

– E aquela história de "na riqueza e na pobreza"? Afinal, eles são casados há dezoito anos.

– É, mas, para ser sincero, é quase certo que tenham ficado juntos por tanto tempo por causa dos filhos e por falta de alternativa, não por amor.

– Nossa mãe – disse Helena, estremecendo. – E o que você acha que devemos fazer hoje? Se o Sacha vai contar à Jules, quero todo mundo a salvo, em lugar seguro. Depois de esconder tudo que for quebrável – acrescentou, com uma careta.

– Não se preocupe, ele não vai contar a ela hoje. Vou passar algum tempo com o Sacha verificando as contas, mas aposto que precisará voltar a Londres imediatamente, para entrar em contato com um liquidatário judicial. Ele tem que encarar isso e seguir adiante.

– Só nos resta esperar que haja uma anistia de última hora.

– A julgar pelas aparências será preciso um milagre. No que diz respeito a Pandora, teremos que tentar continuar a conduzir as coisas normalmente. Só achei que você devia saber o que está acontecendo e talvez tentar distrair a Jules de um excesso de comentários sarcásticos sobre o fato de o marido passar o primeiro dia de férias trancafiado comigo e com um laptop no escritório. – William segurou a mão de Helena. – Sinto muito pedir tudo isso a você, querida.

– Está longe de ser culpa sua, não é? – retrucou ela, com um débil sorriso.
– É a vida, é a realidade, só isso.

– Mamãe! Você chegou! Vem ver eu pular, por favooor!

– Estou aqui, querida, estou aqui. – Helena estivera prestes a se sentar por uns minutos para tomar seu café, mas, em vez disso, andou até a piscina. Immy, de maiô rosa fluorescente, estava parada junto à borda, impaciente.

– Está olhando?

– Atentamente – respondeu Helena.

– Lá vou eu.

Immy apertou o nariz e pulou. Helena bateu palmas com entusiasmo.

– Muito bem, querida!

– A gente pode ir até aquelas pedras de novo e eu posso pular na água, que nem o Alex e o papai? Eu já sei fazer direito, não sei?

– É claro que sabe, mas é meio perigoso para uma garotinha.

Helena se sentou na borda da piscina, balançando os pés na água fria. Chloë, exercendo ostensivamente o papel de salva-vidas, estava com Fred, que dava risadas enquanto tentava fazê-la cair do colchão inflável.

– Oi, tia Helena. – Viola apareceu e parou junto dela.

– Oi, querida, tudo bem com você?

Viola deu de ombros.

– Mais ou menos.

O rostinho sardento da menina estava pálido e com uma expressão tensa. Helena segurou sua mão.

– Quer me contar o que houve?

– Quero. – Viola se sentou ao lado dela. – Sabia que o papai chegou?

– Sim.

– Eu o encontrei no sofá da sala, quando me levantei para ver um DVD, hoje de manhã.

– Deve ter sido porque ele chegou tão tarde que não quis acordar sua mamãe – explicou Helena.

– Não, não foi isso. Em casa, ele dorme o tempo todo no quarto de hóspedes. Estava horroroso quando acordou. Com os olhos todos vermelhos e parecendo meio... pelancudo. E gritou comigo quando lhe dei um beijo de bom-dia e me mandou embora. – Viola suspirou. – Você acha que eu fiz alguma coisa errada?

– É claro que não, querida. – Helena passou o braço em volta do corpo frágil da menina e a abraçou. – Às vezes, nós, adultos, temos problemas que não têm nada a ver com os nossos filhos. Como quando um professor lhe dá uma bronca na escola ou um de seus amigos lhe diz uma coisa que a aborrece. Isso não tem nada a ver com a mamãe e o papai, tem?

– Não. Mas eu não brigo com eles só porque estou aborrecida.

– É verdade – concordou Helena. – Mas eu juro que nenhum dos dois está zangado com você. O papai só está com alguns problemas no trabalho, apenas isso.

– Bem, se ele me contasse, talvez eu pudesse ajudar, como ele me ajuda quando implicam comigo por causa do meu cabelo.

– Tudo que o papai precisa saber é que você o ama.

– É claro que amo. Eu gosto mais dele que de todo mundo.

– Vou propor o seguinte: que tal você ir comigo a uma linda praia que eu conheço? Vou chamar os outros e podemos nadar e almoçar por lá. O que acha?

– Sim, tia Helena, seria bom – respondeu Viola, desanimada.

– Eu topo! – gritou Chloë da piscina. – Adoraria nadar no mar.

– Eu também! – disse Immy.

Uma hora depois, Helena tinha conseguido enfiar as crianças no carro. Até Alex decidira ir, ao perceber que Rupes tinha saído com a mãe – aparentemente, para ajudá-la a comprar travesseiros novos, depois de ela decretar que os de Helena eram finos demais.

– Por que não podemos esperar que eles voltem, Helena? – perguntou Chloë. – Tenho certeza de que o Rupes gostaria muito de ir conosco.

– Se não formos agora vai ficar muito tarde – mentiu Helena, querendo sair antes que os dois voltassem.

– Esperem por mim! – gritou Sadie, correndo na direção deles quando Helena dava marcha a ré na minivan, para sair da entrada da garagem. – Eu também vou.

– Entre aí. – Helena sorriu para a amiga enquanto ela ocupava o banco do carona.

– Vou me proteger junto com vocês. O clima naquela casa está muito pesado, parece que há uma tempestade pronta para desabar.

– Sábia decisão – concordou Helena.

– O que é que está acontecendo, benzinho? – Sadie baixou a voz para que Viola não a ouvisse, embora as risadas e os gritos no banco de trás do carro fossem capazes de abafar qualquer conversa. – Sacha passou a manhã inteira trancado no escritório com o William, e a Jules o ignorou ostensivamente, sabe-se lá por quê, até sair de fininho, arrastando o Rupes com ela, todo emburrado.

– Depois eu lhe conto, mas a notícia não é boa.

– Isso eu percebi, pelo menos. Ah, meu Deus, é uma pena que, seja lá o que for, tenha acontecido aqui em Pandora. Não podemos deixar que estrague as férias.

– Não. Não é o melhor cenário, mas não deve durar muito. Parece que o Sacha vai ter que voltar logo para casa, na Inglaterra – disse Helena entre dentes.

– Jules vai com ele?

– Essa, Sadie, é a pergunta de 1 milhão de dólares.

A praia de Lara ficava dentro do Parque Nacional, e era descrita como uma área de beleza natural extraordinária: rústica, rochosa e ainda preservada como fora originalmente criada pela natureza, graças à proibição de qualquer forma de empreendimento imobiliário. Após outro trecho chacoalhante por uma estrada de terra, Helena embicou o carro pelo pontal baixo que se erguia sobre uma praia em forma de ferradura, onde a água cristalina cintilava ao sol do meio-dia.

Todos jorraram carro afora, carregando baldes e pás, toalhas e esteiras, e desceram os degraus até a areia dourada.

Depois de cobrir todas as crianças com protetor solar fator 50, pôr chapéus em suas cabeças e boias nos braços dos menores, Sadie e Helena finalmente se sentaram à beira d'água, observando enquanto os menores chapinhavam e gritavam na parte rasa.

– Não é genial ver como a Immy e o Fred se deram bem com a Chloë? E vice-versa. Ela é muito meiga com os dois e eles a adoram. Olhe só para todos... até o Alex parece contente hoje – comentou Sadie. – Eles conseguiram se unir como uma família de verdade.

– Você se refere ao nosso conjunto disparatado de filhos? – disse Helena, com um sorriso irônico. – Sim, essa parte das coisas não poderia ter corrido melhor. William e eu estávamos preocupados, sem saber como a Chloë seria. Mas talvez as pessoas que somos e nosso modo de reagir às situações sejam apenas uma coisa predestinada desde o nascimento. É óbvio que a Chloë nasceu com um temperamento meigo e sereno. Não parece mesmo guardar nenhum ressentimento em relação ao William. Nem a mim, aliás.

– Não que ela devesse, considerando as circunstâncias, mas entendo o que você quer dizer. É melhor tomar cuidado, Helena: pode ser que ela goste tanto de fazer parte da família que decida ficar para sempre. Como você se sentiria com isso? – Sadie lhe deu um sorriso ao se levantar. – Tudo bem, vou dar um mergulho com as crianças. Você vem comigo?

– Em um segundo. Teste a temperatura, eu já vou.

Sadie entrou no mar correndo, gritando por causa da água fria. Helena ergueu o rosto para o sol, pensando na família Chandler. E se perguntou se, quando uma pessoa fazia um pacto com o diabo – quando havia mentiras desde o começo –, a vida sempre dava um jeito de fazê-la pagar a dívida. Se isso fosse verdade, a dela ainda teria que ser quitada...

– Oi, mãe. A água está fantástica. Você não vai entrar? – Alex se sacudiu feito um cachorro, depois arriou na esteira ao lado dela.

– Vou, num instante.

– A propósito – disse o garoto, fazendo desenhos na areia com os pés –, não tive chance de lhe contar, porque você andava muito ocupada, mas achei umas cartas antigas numa daquelas caixas. Não sei direito, mas tenho quase certeza de que foram escritas pelo Angus para uma mulher misteriosa.

– Verdade? Que empolgante. Você precisa me mostrar isso. Alguma pista de quem era ela?

– Li a maioria, mas ele nunca a chama pelo nome. Você sabe se o Angus tinha... namorada?

– Com certeza não na ocasião em que vim me hospedar com ele. Sempre achei que ele fosse um solteirão inveterado, mas quem sabe no que pode ter se metido? Vou querer ler essas cartas, querido, quando tiver mais que um minuto para mim.

– Não estão sendo férias muito boas para você, não é, mãe? Tudo que você fez desde que chegou aqui foi trabalhar.

– Este é o meu papel, e gosto dele – disse ela, dando de ombros com serenidade. – Você está gostando?

– Sim e não. Prefiro quando é só a nossa família, e sei que você não gosta que eu fale assim, mas o Rupes é mesmo um baba...

– Não precisa repetir, Alex. O que você está achando da Chloë? Ontem vocês pareceram se entender muito bem.

Alex fez uma pausa, pigarreou e baixou a cabeça, para impedir que a mãe o visse enrubescer.

– Acho que ela é muito legal.

– Ótimo. Eu também.

– Também gosto da Viola. É uma menina muito doce, ainda que eu sinta muita pena dela. Jules parece ignorá-la o tempo todo. Aliás, mamãe, a Angelina entrou no meu quarto hoje de manhã para fazer a cama?

– É provável, por quê?

– Não consegui encontrar o Cê quando fui pegar as coisas de praia. Vou dar outra olhada quando voltar, mas fiquei pensando se ela teria pensado que ele era da Immy ou do Fred e o teria posto lá em cima, no quarto deles.

– Pode ser. De qualquer modo, ele não pode ter ido muito longe e, conhecendo a sua propensão a perder coisas que estão bem embaixo do seu nariz, é provável que você o encontre no travesseiro, olhando para a sua cara, quando voltar. Muito bem. Vou entrar na água. Você vem?

Helena se levantou e estendeu a mão para o filho, e os dois furaram as ondas correndo.

Mais tarde, todos saborearam um delicioso peixe na brasa, na taberna rústica que dava para a baía.

– Estou cansado, mamãe. – Todo sujo de areia, Fred se aninhou no colo de Helena quando acabou de comer e enfiou o polegar na boca.

– Foram todos aqueles caldos nas ondas – disse Helena, afagando o cabelo castanho, totalmente liso, do menino, muito parecido com o do pai.

– Vamos mergulhar de novo – disse Alex, ao se levantar com Chloë. – Quer vir, Viola?

– Sim, por favor.

Alex estendeu a mão e Viola a segurou, imediatamente seguida por Immy, que pegou a de Chloë.

– Viola parece ter adorado o Alex – comentou Sadie, observando os dois.

– Ele sempre foi atencioso com os menorezinhos – disse Helena, terminando sua taça de vinho. – Um pouco demais, às vezes. Em casa, ele me procura na cozinha e quer saber exatamente onde estão a Immy e o Fred, para o caso de eles se perderem ou terem algum problema. Isso faz parte do senso de responsabilidade precoce de Alex, segundo me disse o psiquiatra infantil, quando ele foi avaliado.

– Helena. – Sadie fez uma pausa e encarou a amiga. – Algum dia ele lhe perguntou pelo pai?

– Não. Bem, não diretamente, pelo menos.

– Bem, isso me deixa admirada, considerando a maturidade dele. Quer dizer, ele já deve ter pensado nisso – ponderou Sadie. – Portanto, cuidado. Meu palpite é que ele vai tocar no assunto antes do que você espera.

– Talvez ele não queira saber – retrucou Helena, baixando os olhos para Fred, que cochilava contente em seu colo.

– William sabe quem era ele?

– Não.

– Ele perguntou?

– Sim, quando nos conhecemos. Eu falei que era alguém que eu tinha conhecido em Viena e que preferia esquecer, e que era um capítulo encerrado. Ele respeitou isso, e ainda respeita – veio a resposta abrupta. – É um assunto que não interessa a ninguém senão a mim.

– E ao Alex.

– Sei disso, Sadie. E só vou enfrentar esse problema quando ele chegar.

– Benzinho, eu sinto um carinho enorme por você, mas nunca entendi por que a identidade do pai do Alex é esse segredo guardado a sete chaves, a ponto de você não o ter revelado nem a mim. É claro que, quem quer que seja, não pode ser tão ruim, não é?

– Juro que pode. Desculpe, Sadie, eu realmente não estou disposta a falar disso. Tenho minhas razões, pode acreditar.

– Está bem. – Sadie deu de ombros. – Sei quanto você é reservada, mas, como sua melhor amiga, só estou avisando que o dia do acerto de contas não está longe. E você vai ter que enfrentá-lo, pelo bem do seu filho. Agora, vou dar um último mergulho.

Impossibilitada de se mexer, já que Fred dormia a sono solto no seu colo, Helena viu Sadie se juntar às crianças na água. Mesmo detestando as sondagens da amiga, compreendia os motivos dela – e sabia que ela estava certa.

DIÁRIO DE ALEX

19 de julho de 2006 (continuação)

Eu sabia que estava bom demais para durar.

Um dia adorável de passeio com o amor da minha vida e volto para encontrar o que há de pior, de absolutamente pior no mundo.

Minha mãe disse que o Cê poderia estar olhando do travesseiro para a minha cara, que eu podia não tê-lo visto mais cedo. Bem, em parte ela estava certa. Ele me encarava no meu travesseiro.

Só que não era ele em carne e osso – ou em pedacinhos fragmentados de material velho, para ser mais exato –, e sim sua imagem em celuloide, uma foto dele impressa em preto e branco. De olhos vendados (por uma meia, a julgar pelas aparências) e pendurado pelas orelhas numa oliveira. A pistola d'água do Fred fazia pressão na barriga dele.

Na parte inferior da foto, uma mensagem:

"Faça o que eu mandei, senão o coelhinho vai se dar mal. Vire."

Virei a foto e havia mais palavras:

"Se contar a alguém, você nunca mais o verá."

Parte de mim quer dar um tapinha nas costas do Rupes, por ele ter concebido uma forma tão imaginativa de chantagem. Eu não sabia que ele era capaz disso. E parte de mim quer lhe arrancar os olhos, berrar, uivar e morder feito uma bruxa endemoniada, até ele me devolver meu bem mais precioso.

Portanto, estou diante de uma negociação. Preciso manter a calma e pensar racionalmente, pesar as diversas opções a meu dispor.

Opção 1:

Posso ir direto à minha mãe e lhe mostrar a fotografia. Ela ficará furiosa com o Rupes e exigirá que o coelhinho seja devolvido.

Resultado: o bilhete garantiu que, se contasse a alguém, nunca mais veria o Cê. Rupes é um adversário atrevido, e é quase certo que cumpra sua ameaça. Pode muito bem se desfazer do Cê antes que ele me seja devolvido em segurança.

"Foi só uma brincadeirinha, tia Helena, uma gozação de nada, mas, infelizmente, agora parece que eu perdi o coelho. Ele sumiu. Desculpe, e coisa e tal, mas, puxa, era só um BRINQUEDO."

Eca. Sinto náusea só de pensar. Esse roteiro teria como resultado, com certeza, fazer minha mãe cortar o papo furado e admitir, finalmente, que o Rupes é um perfeito sacana asqueroso, mas duvido que trouxesse meu pobre amiguinho de volta são e salvo.

Isso também me faria parecer o filhinho da mamãe que o Rupes acha que eu sou. E, como ainda me restam dez dias com ele aqui, não gosto nem de pensar em todas as formas horrendas de tortura mental e física a que ele pode me submeter.

É bem possível que a minha vida corra risco, assim como a do meu amiguinho.

"Caramba! Sinto muito, tia Helena. Eu estava parado bem do lado do Alex no terraço e vi quando ele se debruçou um pouquinho demais no parapeito. Fiz tudo que pude para puxá-lo de volta, antes que ele despencasse para uma morte horrenda, 3 metros abaixo, mas era tarde demais."

Estremeço. Será que estou sendo paranoico? Rupes pode ser um valentão calhorda, mas um assassino?

É possível. Então...

Opção 2:

Posso aceitar o pedido dele.

Resultado: o Cê é salvo, eu sou salvo e o Rupes é que vai dar uns amassos na Chloë.

Talvez esta última opção seja pior do que uma execução conjunta de mim e meu coelhinho. Dizer que a espada de Dâmocles está pendendo sobre a minha cabeça seria um enorme eufemismo.

Ande, Alex, pense! É claro que é aí que entra o seu Q.I. superespecial, top de linha, com tração nas quatro rodas e aerofólios traseiros, não é? Essa "dádiva" pé no saco – ah, o intelecto do Alex o distingue, faz dele um anormal, um nerd, um cérebro, um panaca – com que Deus me sobrecarregou, não é?

Só para deixar registrado, não sou nada disso. Sou uma droga com números e, para mim, entender a Teoria da Relatividade do Einstein é como tentar ler servo-croata. Quando existia o servo-croata, que não existe mais, a não ser, provavelmente, em secretos esconderijos clandestinos no que era a antiga Iugoslávia. Só que não é mais.

E, por fim, depois de comer duas barras de chocolate Crunch ligeiramente derretidas que eu vinha guardando na mochila para emergências, um plano começa a tomar forma no meu cérebro ágil.

Sei que não posso superar fisicamente o Rupes, o Implacável. Ele seria capaz de me pegar e me pendurar na corda ao lado do meu pobre amiguinho usando apenas dois dedos. Mesmo que, se ele fizesse isso, o galho se quebrasse.

Mas sou craque em escrever redações. Em pelo menos duas línguas diferentes.

12

Helena chegou em casa, deixou Immy e Fred na cozinha com Angelina, comendo deliciosos pãezinhos recém-saídos do forno, e encontrou William no banheiro do andar de cima, ainda molhado do chuveiro.

– Como vão as coisas com o Sacha?

– Ele foi de táxi para o aeroporto, faz mais ou menos uma hora, para pegar o voo para Londres. Estará no escritório amanhã cedo, na primeira hora, e vai ligar para o liquidatário judicial.

– O que a Jules disse sobre isso?

– Não estive com ela. Angelina disse que ela voltou na hora do almoço e tornou a sair com o Rupes.

– Sacha vai ligar para ela?

– Tem que ligar. Ou, pelo menos, deixou um recado no celular dela, dizendo que está com um problema e teve que voltar para casa. É claro que ela ainda não ligou o celular. Pelo menos para o Sacha. – William deu um suspiro, enquanto se enxugava. – Ele não está nada bem.

– Não duvido. Por quanto tempo vai ficar lá?

– Ele disse que telefona amanhã, à noitinha, para me informar sobre a situação.

– Ele tem que conversar com a Jules, cara a cara, o mais cedo possível, não acha?

– Acho, mas o que podemos fazer? Verdade seja dita, ele tentou hoje de manhã, mas ela respondeu que não tinha tempo para conversas e se mandou de carro com o Rupes.

– Então – disse Helena, e soltou um suspiro –, isso significa que devemos fingir que está tudo bem, mesmo sabendo que eles estão a um passo de ficar sem teto e sem um centavo?

– É, parece que sim.

– Como será que a Jules vai se sentir quando descobrir que nós sabíamos e ela não? Ela é uma mulher que gosta de estar no controle das situações.

Helena abriu o chuveiro e encontrou apenas um mísero filete de água morna.

William abotoou a camisa.

– Vamos esperar que ele ligue para a Jules amanhã, depois de concluir a pior parte do trabalho. Ela e as crianças terão que voltar para casa. Por falar nisso, o Alexis deu uma passada aqui, mais cedo. Queria saber se nos importaríamos se ele trouxesse a avó para visitar Pandora. Ao que parece, é uma senhora muito idosa e frágil, e trabalhou aqui, muito tempo atrás.

– Trabalhou – confirmou Helena com um aceno da cabeça, entrando embaixo do filete. – Foi a primeira empregada do Angus; estava presente quando ele comprou a casa e continuava firme quando estive aqui pela última vez. Angus me contou que ela e o avô do Alexis se conheceram num vinhedo.

– Eu os convidei para uma bebida às sete horas. Achei que não podia recusar.

– Obrigada. Ela parecia velhíssima quando a conheci. Deus sabe que idade terá agora. Pelo que eu me lembro – continuou Helena, e teve um leve calafrio –, ela é meio... estranha. Tudo bem, é melhor eu andar logo.

Chloë tinha se oferecido para dar banho nos pequenos e, quando Helena chegou ao térreo, estavam todos juntos, aninhados no sofá, assistindo à *Branca de Neve*.

Helena beijou Fred, com seu cheiro doce de limpo, no alto da cabeça sedosa.

– Tudo bem com você, querido?

Fred não se deu o trabalho de soltar a mamadeira que estava tomando. Deslocou-a para um canto da boca, como um cigarro aceso:

– Eu quelia *Power Langes*, não histólia de menina.

– Eu disse que amanhã de noite será sua vez de escolher – retrucou Chloë, em tom firme.

– Não concordo.

Feito seu protesto, Fred enrolou uma mecha de cabelo no dedo e continuou mamando, satisfeito.

– Obrigada, Chloë – disse Helena, com gratidão.

– Sem problema. Eu adoro os filmes da Disney, de qualquer jeito. Quando acabar, ponho os dois na cama.

– Vejo você no jantar.

Helena foi até o terraço, onde encontrou Jules de volta de suas andanças, com uma pilha de brochuras em papel *couché* sobre a mesa, diante dela.

– Bom, essa é a que tem a vista mais espetacular – estava dizendo à Sadie. – Acho que é ainda melhor do que a vista daqui. Fica num terreno de 1 acre, tem quatro quartos e uma piscina fantástica, de 20 metros.

William, que havia aparecido atrás dela, segurando uma bandeja com taças e vinho, arqueou uma sobrancelha para a mulher.

– Alguém aceita uma bebida? – perguntou, depositando a bandeja na mesa.

– Com toda a certeza – respondeu Jules, ávida. – Oi, Helena. Viola me disse que vocês passaram um dia adorável na praia. Obrigada por tê-la levado.

– Passamos. E você?

Jules sorriu.

– Estive procurando casas.

– Foi? – Helena se agarrou a seu sorriso fixo, enquanto pegava uma taça com William.

– Quer dizer, tenho um dinheirinho guardado, da herança da minha falecida mãe, e por que não usá-lo para comprar uma propriedade por aqui? Posso fazer o depósito da entrada em dinheiro, e o Sacha pode muito bem arranjar uma hipoteca com um daqueles corretores com quem passa tanto tempo no centro financeiro e bancar o resto. Todos os nossos amigos têm casas no exterior, mas o Sacha nunca quis considerar a ideia. Ele diz que é uma enorme chateação quando alguma coisa dá errado. O que significa que, todo ano, acabamos tendo que depender de amigos em lugares que não estão nas melhores condições. E eu detesto ser hóspede.

Ninguém conseguiu pensar em nada para responder, de modo que Jules continuou, sem a menor consideração:

– Resolvi que está na hora de *eu* tomar uma decisão. Por isso, vamos comprar uma casa. Saúde!

– Saúde! – Os outros brindaram com ela e tomaram generosas goladas revigorantes de vinho.

– O mercado de imóveis está indo muito bem aqui, e não é muito diferente de comprar na Inglaterra, especialmente agora que todas as regras estão mudando, depois de Chipre ter entrado na União Europeia. Um rapaz encantador me explicou tudo hoje à tarde. Eles administram o imóvel para você, quando você se ausenta, e o alugam. Assim, você recebe uma renda e, com o aumento do capital, só pode ser um bom investimento, não acha, William?

– Não conheço o mercado daqui, Jules. Teria que estudá-lo para poder lhe dar uma resposta.

Jules deu um tapinha no nariz.

– Confie em mim. Tenho um bom instinto para essas coisas. Lembre-se de que eu era uma corretora de imóveis bem-sucedida, antes de me casar com o Sacha. E, depois, isso dará à nossa família o que nos falta: nossa própria casa ao sol, onde poderemos receber os *nossos* amigos.

– Você conversou com o Sacha sobre isso? – William conseguiu indagar, com a voz rouca.

– Não – respondeu Jules, distraída. – Resolvi descartá-lo completamente das férias. Se ele voltar, talvez tenha uma boa surpresa. Quem sabe? – Deu uma risada alta. – Enfim, vou me retirar, para tomar o que espero ser um banho quente. Viola está na piscina com o Rupes. Fiquem de olho neles, sim?

Depois que Jules se foi, os três passaram um tempo sentados em silêncio, sem saber o que dizer. Por fim, Sadie comentou entre dentes:

– Essa aí é mesmo uma peça rara.

– Tenho certeza de que ela não fala a sério sobre metade das coisas que diz – retrucou Helena, levantando-se. – Vou dar uma espiada no jantar. Continuem, vocês dois.

– Sacha é um dos homens *mais charmosos* que já conheci – comentou Sadie, em voz baixa. – Que diabo ele viu na Jules? Você deve saber, William. É o melhor amigo dele.

– Sacha sempre foi louco por mulheres bonitas, desde nossos tempos de escola – meditou William. – Quando estávamos em Oxford, ele vivia cercado por um número interminável de louras deslumbrantes. Aí, saiu da universidade e conheceu a Jules, mais ou menos um ano depois, quando ela já trabalhava como corretora de imóveis. Jules era a antítese das namoradas anteriores dele: sensata, inteligente e equilibrada.

– Se ele queria alguém que o pegasse pela mão e resolvesse sua vida, fez a escolha certa – murmurou Sadie.

– Acho que era exatamente isso que ele queria. Na verdade, Jules era muito meiga e atraente quando mais jovem – continuou William. – E adorava o Sacha, faria qualquer coisa por ele. Ela financiou a ambição dele de se tornar pintor, depois que saiu de Oxford, quando os pais dele se recusaram a lhe dar um centavo a mais.

– Bem, algo deve ter dado terrivelmente errado, para ela ter se tornado tão amarga – observou Sadie.

– Se bem me lembro, tudo pareceu dar errado na gravidez do Rupes, quando a Jules não pôde mais trabalhar em horário integral, e o Sacha teve que arranjar um emprego de verdade. Ele nunca deveria ter ido para o centro financeiro de Londres, para ser sincero. Não era capaz de controlar nem as próprias despesas, que dirá cuidar do dinheiro dos outros. Só conseguiu o emprego porque ele era sedutor e tinha ligações com a aristocracia.

– Com certeza, foi isso também que o tornou tão atraente para a Jules. É evidente que ela tem grandes aspirações sociais – disse Sadie.

– Ela era incrivelmente ambiciosa pelos dois, sim – concordou William –, e ficou encantada quando ele recebeu a oferta para trabalhar em Cingapura. Infelizmente, hoje em dia, por causa da meritocracia, a concorrência em Londres virou uma briga de foice. O coleguismo de antes, que sustentava o corporativismo, foi deixado de lado. Hoje o sujeito se mantém de pé ou desmorona apenas por sua capacidade. E o Sacha levou um tombo feio.

– Nossa, que confusão – disse Sadie, virando-se ao som de passos. – Ah, veja quem chegou.

– *Gia sas.* Espero não estar interrompendo.

Alexis havia parado atrás deles. Apoiada em seu braço estava uma senhora miúda e encarquilhada, recurvada pela artrite e pela velhice. Vestia o tradicional traje preto das viúvas cipriotas – o pesadelo de Immy –, e Helena, que ressurgia da cozinha, aproximou-se para cumprimentá-la:

– Christina, há quanto tempo! – Curvou-se e beijou as duas faces da idosa.

Christina ergueu os olhos para Helena e, com a mão quase em forma de garra, segurou a dela. Resmungou alguma coisa em grego, com a voz fina e ofegante, como se fosse um esforço falar. Em seguida, olhou para Pandora e sorriu, revelando um conjunto incompleto de dentes escurecidos. Levantou uma das mãos trêmulas e cochichou alguma coisa com Alexis.

– Ela está perguntando se você se importaria de entrar na casa com ela, Helena – traduziu Alexis.

– É claro que não. William, quer dar um pulo lá dentro e ver se a Chloë já levou as crianças para cima?

Helena não queria que Immy ou Fred vissem Christina bem na hora de dormir, pois ela exibia mais do que uma semelhança passageira com uma bruxa.

– Com certeza – respondeu William, compreendendo-a prontamente e andando depressa em direção à casa.

– Vou ver se consigo arrancar Viola da piscina – anunciou Sadie, levantando-se. – A esta altura, ela deve estar toda enrugada.

Alexis e Helena ajudaram Christina a atravessar lentamente o terraço em direção à sala.

– Ela está muito doente? – perguntou Helena, baixinho.

– Ela diz que está cansada de viver, que seu tempo aqui na Terra já acabou. Por isso, vai morrer logo – respondeu Alexis, sem sentimentalismo.

Entraram na sala recém-esvaziada e Helena apontou para uma das poltronas de espaldar alto.

– Acho que o mais confortável para ela seria ficar ali.

Os dois acomodaram Christina na poltrona e se sentaram, um de cada lado da anciã. Os olhos dela esvoaçaram pela sala e Helena pôde ver a expressão alerta exibida por eles, que desmentia a fragilidade do corpo em que se encontravam. Esse olhar pousou em Helena, em quem Christina o fixou de forma resoluta, até a primeira desviar o rosto; em seguida, a velha senhora começou a falar em grego, em ritmo acelerado.

– Ela está dizendo que você é muito bonita – traduziu Alexis – e que se parece muito com uma pessoa que ela conheceu, que vinha se hospedar aqui com muita frequência.

– É mesmo? – retrucou Helena. – Outra pessoa me disse isso, recentemente. Quem era ela? Você pode perguntar?

Alexis manteve a mão levantada enquanto se concentrava no que dizia a avó.

– Ela está dizendo que este lugar guarda um segredo e... – Alexis fez uma pausa e baixou os olhos para as mãos.

– O quê? – Helena o incentivou a falar.

– Que o segredo é guardado por você – murmurou ele, sem jeito.

O coração de Helena começou a bater forte no peito.

– Todo mundo tem segredos, Alexis – retrucou, baixinho, mas ele não estava escutando.

Em vez disso, fitava a avó com um olhar perturbado, enquanto ela continuava a falar. Disse-lhe alguma coisa em grego, balançando a cabeça quando Christina continuou a tagarelar. De repente, a energia da velha senhora pareceu se dissipar e ela ficou dobrada na poltrona, agora em silêncio, e fechou os olhos.

Alexis pegou um lenço branco e enxugou a testa.

– Peço desculpas, Helena. Ela é uma mulher muito idosa. Eu não deveria tê-la trazido. Vamos, preciso levá-la para casa – disse com gentileza a Christina.

– Por favor, Alexis, me conte o que ela estava tentando dizer.

– Nada, não foi nada. Divagações de uma velhota confusa, só isso – garantiu Alexis, enquanto meio conduzia, meio carregava Christina pelas portas francesas. – Não se preocupe com isso. Lamento ter perturbado sua noite. *Antio*, Helena.

Ao vê-los partirem, Helena se encostou numa das portas para buscar apoio. Sentia-se zonza, arfante, enjoada...

– Querida, você está bem? – Um braço forte a sustentou, segurando-a pela cintura.

– Sim, eu...

– Venha se sentar. Vou buscar um copo d'água.

William ajudou Helena a se acomodar no sofá e, enquanto ele ia à cozinha, ela tentou recuperar a compostura. Angus sempre dissera, anos antes, que Christina era maluca. Havia tolerado as esquisitices por causa de suas esplêndidas habilidades como empregada, além do fato de que ela não falava inglês, portanto, não seria capaz de espalhar fofocas da casa no vilarejo.

William voltou com a água e segurou a mão da mulher.

– Você está gelada, Helena. – Pôs a mão em sua testa. – Está passando mal?

– Não, não... Vou ficar bem, de verdade. – Helena bebeu um gole da água que ele lhe dera.

– O que ela disse para perturbá-la?

– Nada, realmente. Acho que só estou...

– Exausta.

– Sim. Preciso de uns minutos, e já fico boa. Já estou me sentindo melhor, sinceramente.

Olhou para o marido, fez que sim com a cabeça e se levantou. Ao ficar de pé, sentiu as pernas bambas e se agarrou ao braço de William.

– Muito bem. Já chega. Vou levar você lá para cima e pô-la na cama. E não quero ouvir uma palavra sua de protesto.

Levantou-a no colo com facilidade e a carregou para a escada.

– Mas e o jantar? Tenho que ver como está a *mussaká*...

– Avisei que não queria uma palavra de protesto. Caso você ainda não saiba, sou perfeitamente capaz de pôr uma refeição na mesa. E tenho um bando de ajudantes dispostos, que também podem muito bem contribuir. – William a depositou delicadamente na cama. – Ao menos uma vez, querida, confie em mim. O mundo de Pandora é capaz de girar algumas horas sem você. Descanse um pouco.

– Obrigada, querido – disse ela, ainda se sentindo horrivelmente zonza.

– Helena, você está pálida mesmo. Tem certeza de que não há nada errado?

– Não, estou apenas cansada, só isso.

– Sabe – disse ele, dando-lhe um beijo de leve na testa –, se houver algum problema, seja o que for, juro que posso lidar com ele.

– Tenho certeza de que amanhã vou me sentir melhor. Não diga nada às crianças, sim? Você sabe como o Alex entra em pânico quando não estou bem.

– Vou dizer que você resolveu se deitar cedo. Isso é permitido, você sabe. – Ele sorriu e se levantou. – Procure dormir um pouco.

– Vou tentar.

William saiu do quarto e voltou com andar lento para a escada, sabendo que, por mais que a mulher negasse, a anciã tinha dito algo que a havia perturbado. Só pediu a Deus que Helena se abrisse com ele, que lhe contasse o que estava pensando e sentindo.

Não havia dúvida de que ela escondia segredos: por exemplo, a identidade do pai de Alex. Considerando sua tensão subjacente e a presença quase constante de Alexis, não era preciso ser doutor em ciência espacial para somar dois e dois e descobrir qual era o cenário provável. Tecnicamente, isto significaria que a mulher lhe mentira, ao ter jurado que não o vira desde sua última temporada nessa casa, 24 anos antes.

Ali, em Pandora, o passado de Helena parecia ter se chocado com o presente – e, por falar nisso, com o dele. É claro que, agora, ele tinha o direito de saber, não é?

Ia deixá-la sossegada por enquanto, mas, ao descer a escada, resolveu que não sairia de Pandora sem saber a verdade.

DIÁRIO DE ALEX

19 de julho de 2006 (continuação)

Bem.

Foi uma noite divertida.

O Inferno de Dante sem a animação do Inferno. Todos se sentaram à mesa, com cara de que estavam prestes a ter os órgãos genitais assados na churrasqueira. Tudo bem que estávamos comendo as asas de frango do papai (ele se esqueceu de tirar a *mussaká* do forno, que queimou até virar carvão, então ele teve de recorrer ao único método culinário que conhecia). Mas as asinhas não estavam tão ruins assim, só meio torradas.

Não é comum eu me sentir a alma da festa, e o fato de isso ter acontecido dá uma boa indicação do estado de ânimo geral. Eu poderia culpar a Jules, por ter se estendido tão longamente no falatório sobre a porcaria que era o marido ausente – o que, por sua vez, aborreceu a Viola –, ou o mau humor do Rupes, pelo fato de a Chloë ter saído para se encontrar com um cara que tinha conhecido no aeroporto. Ou a Sadie, que, ao que parecia estava num dia ruim por causa do ex e por isso decidiu compartilhar conosco todos os detalhes sórdidos do relacionamento. Ou o papai, que mantinha uma expressão mortal enquanto distribuía as asinhas torradas.

Eu poderia citar qualquer uma dessas razões para o manto negro que pairou sobre a mesa como fumaça, mas nenhuma delas seria a correta.

O problema era que a mamãe não estava lá.

Ela é mesmo uma supercola instantânea, mantendo a família unida de um modo invisível.

Mas a gente não nota isso até que ela não esteja presente e todos os pedaços se descolem e caiam.

Fui dar uma olhada nela mais cedo, no minuto em que soube pelo papai que ela fora "descansar um pouco".

"Descansar um pouco" é um eufemismo que os adultos usam com os filhos, dos quais se espera que o aceitem sem questionar.

Mães não ficam "cansadas". Isso não é da alçada delas. Elas cambaleiam, até afundarem na cama, destroçadas, na hora apropriada. Depois de lavarem a louça, por exemplo.

Portanto, na minha experiência, "descansar um pouco" não quer dizer que ela esteja cansada. Pode significar qualquer coisa entre um excesso de gins-tônicas e um câncer terminal.

Examinei-a de perto, cheirando seu hálito ao abraçá-la, e confirmei que, definitivamente, ela não sofria de excessos alcoólicos. Quanto ao câncer terminal, até seria possível, mas, como nadei com ela no mar hoje mais cedo, e ela parecia estar em ótima forma, o avanço da doença teria que ter ocorrido numa velocidade espantosa.

Talvez fosse uma doença silenciosa – mas sempre me perguntei se alguma doença faz barulho. É uma expressão inútil e ridícula, como "Experimente só, para você ver". Experimentar o quê, exatamente? E, se você experimentasse, e a coisa estivesse cheia de arsênico, não veria mais nada pelo resto da eternidade.

Estou me perdendo em digressões. Meus instintos me dizem que minha mãe não partirá deste mundo tão cedo, portanto eu posso apostar que aquela freira esquisita que veio aqui com o Sr. Deixe Comigo falou alguma coisa que a perturbou.

Aquele homem é encrenca com E maiúsculo. Queria que ele se afastasse de nós, mas, não, ele continua aparecendo, feito um encosto, ao menor indício de oportunidade. Se eu fosse o papai, já estaria fulo da vida a esta altura. Porque o que ele quer é óbvio.

E não está disponível.

13

À meia-noite, Helena desistira e tomara um comprimido para dormir. Mantinha dois no nécessaire para uma emergência, e lá haviam passado os últimos três anos, desde que lhe foram receitados, logo depois do nascimento de Fred.

A noite anterior *tinha sido* uma emergência. Ela ficara deitada no segundo andar, ouvindo a família jantar lá embaixo, e se sentira como um bicho enjaulado: aprisionada nas próprias ideias, que giravam incansavelmente dentro de sua cabeça.

Ela engolira o comprimido assim que ouvira William subir para se deitar, e tinha fingido estar dormindo. Depois, finalmente, mergulhara num abençoado vazio.

A alegria de acordar e ver o brilho luminoso da manhã, em vez do cinza tristonho do alvorecer, levou-a a compreender como seria fácil se viciar. Helena se espreguiçou, sentindo os músculos lutarem para aceitar o tranco, e olhou surpresa para o relógio. Eram nove e meia – a mais longa demora na cama em anos.

Viu um bilhete na mesa de cabeceira, apoiado numa caneca de chá:

> *Querida,*
> *Espero que tenha acordado melhor. Tirei todo mundo de casa para que você tenha um pouco de sossego. Aproveite ao máximo e NADA de tarefas domésticas! Até mais tarde, beijos. W*

Helena sorriu ao dobrar o bilhete, mas, assim que sentiu os lábios se curvarem, se lembrou da noite anterior e do que a anciã lhe dissera.

– Ai, meu Deus – murmurou consigo mesma, e tornou a arriar nos travesseiros.

O silêncio era ensurdecedor. Nada de gritos nem de risadas, nem de trilhas sonoras abafadas de filmes da Disney, emanando de nenhum ponto da casa. Helena pegou a caneca de chá, sentindo a boca seca, e bebeu um gole, embora já tivesse esfriado.

William lhe preparava uma xícara de chá todas as manhãs. Apesar de ser tão incapaz de usar a secadora de roupa quanto de manejar os controles de uma nave espacial, e de assistir a jogos de críquete pela televisão quando deveria estar olhando as crianças, ele procurava, de mil maneiras diferentes, mostrar que se importava com ela.

Porque a amava. Ele entrara na vida de Helena dez anos antes e a salvara. Ela sentiu o estômago revirar ao pensar nisso. Se ele soubesse a verdade, jamais a perdoaria. E ela o perderia, assim como a família maravilhosa que os dois tinham construído juntos.

Ao longo dos anos, por muitos meses ela não pensara no assunto. Na noite anterior, tinha sido como se a anciã lhe houvesse perscrutado a alma e soubesse o que havia nela. Como se o que estava escondido viesse emergindo aos poucos, a caminho da superfície. Helena mordeu o lábio quando as lágrimas fizeram seus olhos arderem.

O que devia fazer? O que *podia* fazer?

– Levantar, para começo de conversa – murmurou, sentindo, e detestando sentir, o cheiro da autocomiseração.

A família precisava dela e era seu dever se recompor.

Decidiu trocar sua meia hora de exercícios de dança por vinte voltas a nado na piscina, o que ajudaria a eliminar os efeitos secundários do sonífero. Helena pôs o biquíni e desceu. Angelina estava na cozinha, fazendo a arrumação do jantar da véspera.

– Desculpe, está uma bagunça enorme.

– Não, eles me paga pra isso – disse Angelina, com um sorriso. – Meu trabalho. Seu marido diz senhora hoje tem que descansar. Eu sou responsável. Eu gosto – acrescentou.

– Obrigada.

Helena foi para a piscina, mergulhou e nadou para lá e para cá, sentindo as faculdades mentais lhe voltarem aos poucos, à medida que o movimento físico repetitivo a acalmava. Tornou a subir para tomar um banho e notou um antigo envelope cheio de cartas, deixado por Alex na sua mesinha de cabeceira na noite anterior, quando ele fora visitá-la.

Pegou o envelope, desceu novamente para a piscina, deitou-se numa das espreguiçadeiras e tirou uma carta ao acaso:

20 de abril
Minha querida menina,
Estou sentado sob a nossa árvore pensando na última vez em que você ficou aqui comigo, deitada em meus braços. Embora tenha sido há menos de uma semana, a sensação é de que se passou uma eternidade. Não saber quando a verei de novo torna nossas despedidas muito mais duras.

Andei considerando seriamente a ideia de uma mudança de volta para a Inglaterra, porém quantas vezes mais eu a veria? Sei que sua vida a leva para longe com muita frequência e, aqui, ao menos meu trabalho ocupa os espaços vazios entre suas visitas.

Além disso, o tom cinzento de Londres e a prisão de um escritório do Ministério da Marinha, remexendo papéis numa mesa, não me atraem. Aqui, tenho a luminosidade do sol para me ajudar a atravessar meus momentos mais sombrios, quando preciso admitir que aquilo que me é tão precioso nunca poderá ser meu.

Minha querida, você sabe que eu faria qualquer coisa para estar com você. Tenho dinheiro. Poderíamos ir para onde ninguém nos conhecesse, começar de novo, iniciar uma vida nova.

Admito e compreendo, é claro, que são válidas as razões para você não estar aqui em meus braços, mas, vez por outra, pergunto a mim mesmo se você realmente me ama como eu a amo. Se amasse...

Perdoe-me. Às vezes a frustração me domina. Estou passando pelo mais árduo dos momentos. Sem você, a vida parece pouco mais que uma caminhada longa e difícil para o calvário. Perdoe-me, querida menina, por minha tristeza. Anseio por escrever sobre a alegria que poderíamos compartilhar se a vida fosse diferente.

Esperarei por sua próxima carta com inquietude.
E envio-lhe o meu coração repleto de amor,
Beijos
A

Helena dobrou a carta e a guardou no envelope. O nó de emoção que as palavras haviam gerado era como uma maçã entalada na garganta. Achou difícil acreditar que seu padrinho, um homem que lhe parecera tão controlado, pudesse ter escrito uma carta tão passional. Havia algo muito comovente no modo como até ele havia sucumbido a mais elementar e incontrolável das emoções humanas: o amor.

– Quem era ela? – murmurou Helena para si mesma.

Virou-se de bruços e olhou para a casa.

Pandora sabia.

Duas horas depois, foi à cozinha e encontrou uma salada de queijo de cabra preparada para ela por Angelina. Acrescentando à bandeja um copo de água, foi almoçar no terraço. Uma boa noite de sono e o bônus de uma rara manhã relaxante haviam baixado o ritmo de seus batimentos cardíacos, ainda que não solucionassem seu problema.

E ela fora reconfortada pela leitura das demais cartas de Angus e pela busca de pistas sobre quem teria sido a amante do padrinho. Ninguém tinha uma vida imaculada, não importava como optasse por se apresentar ao mundo. O acaso e a coincidência causavam estragos para todos, numa ou noutra fase. A impressão que ela tivera, quando mais moça, de ser soprada de um lado para outro feito uma folha, toda vez que os ventos do destino a carregavam, devia ser muito mais comum do que ela imaginava. As cartas de Angus mostraram que, a despeito da posição de poder que o tornava responsável por centenas de homens – e, de vez em quando, pela *vida* deles –, ele havia exercido tão pouco controle sobre o próprio destino quanto Helena sobre o dela.

E era triste constatar que, quem quer que tivesse sido essa mulher – e, pelas cartas, Helena se convencera de que era casada –, Angus havia passado seus últimos anos sozinho. Além disso, era óbvio que as cartas haviam sido devolvidas, a julgar pelo bilhete sucinto que as acompanhava. Talvez, ponderou Helena, pelo marido daquela mulher...

Enquanto almoçava, Helena se perguntou se fora *mesmo* um erro voltar ao Chipre. Na última vez, Pandora havia modificado sua vida e desencadeado uma sequência de acontecimentos que tinham moldado seu destino. E que depois a trouxeram para onde ela estava nesse momento, com a sensação de que cobras invisíveis se enroscavam em seu cérebro, e de que não havia como fugir, fosse qual fosse o rumo que escolhesse tomar.

– Eu devia ter lhe contado, anos atrás – murmurou, os olhos se enchendo outra vez de lágrimas. – Devia ter confiado no amor dele.

Passou para a rede, acomodou-se nela e cochilou, deleitando-se com uma paz abençoada. Ao som de passos, abriu os olhos e viu Alexis cruzando o terraço para se aproximar.

Helena rolou para fora da rede e andou lentamente na direção dele.

– Oi.

– Oi, Helena.

– Vou preparar uma xícara de chá. Você quer? – indagou ela, passando por Alexis e subindo a escada.

– Onde estão todos?

– Não faço ideia, mas não estão aqui – respondeu ela, enquanto atravessavam o terraço e entravam na casa. – William achou que eu precisava de um descanso e saiu com todo mundo. – Helena consultou o relógio. – São quase quatro horas, eles já devem estar voltando.

– Ele é um bom homem, o seu marido – disse Alexis, vendo-a encher a chaleira de água e colocá-la no fogo.

– Eu sei.

– Helena, vim pedir desculpas por minha avó. Ela está doida, fala coisas sem sentido.

– Talvez ela esteja, mas tem razão. – Helena se virou para Alexis e, com um suspiro repentino de resignação, abriu-lhe um débil sorriso. – Houve segredos demais, Alexis. Por isso talvez seja a hora de eu iniciar o processo de dizer a verdade. – Verteu a água fervente no bule de chá e mexeu o conteúdo. – Venha se sentar comigo no terraço. Há uma coisa que eu preciso lhe contar.

Alexis a fitou, em estado de choque, com a xícara suspensa entre a mesa e a boca.

– Helena, por que você não me contou? Eu a teria apoiado.

– Não havia nada que você pudesse fazer, Alexis.

– Eu teria me casado com você.

– Alexis, a verdade é que só completei 16 anos em setembro daquele ano. Você poderia até ter sido acusado de manter um relacionamento com uma menor. E a culpa seria minha, por ter mentido para você, dizendo ser mais velha do que eu realmente era. Eu falei para você que tinha 17 anos, lembra? Sinto muito mesmo.

– Helena, não importa se você disse ou não a sua idade verdadeira, eu a amaria de qualquer jeito. O fato de você ser mais nova era pior para você, não para mim.

– Bem, aquele verão que passei aqui certamente moldou meu futuro. Não é incrível ver como cada decisão que tomamos afeta a decisão seguinte? – refletiu ela. – A vida é um conjunto de dominós em queda; está tudo conectado. Dizem que podemos descartar o passado, mas não podemos, porque ele faz parte de quem somos e de quem vamos ser.

– Você diz que aquele verão moldou seu futuro. Bem, também moldou o meu. Helena, nenhuma mulher jamais se equiparou a você – acrescentou Alexis, tristonho. – Pelo menos, agora entendo por que você não entrou em contato comigo quando voltou para a Inglaterra. Passaram-se tantos anos. Eu achei... – A voz dele estava carregada de emoção. – Achei que você não me amava mais.

– É claro que eu o amava! – Helena torceu as mãos. – Pensei que ia morrer por cortar o contato com você, mas não queria prendê-lo numa armadilha, submetê-lo à dor de tomar a decisão. Eu tinha dito a você que estava cuidando dessas coisas, mas não estava, e nem mesmo sabia como cuidar! Eu era muito ingênua. Eu... eu senti tanto medo, eu...

– Você sabe que eu teria ficado ao seu lado se você tivesse me contado. Só que não contou. Agora, olhando para trás, tudo que posso fazer é dividir essa dor com você, e lamentar o desfecho – disse Alexis, com delicadeza.

– Pelo menos você se casou e teve dois filhos lindos.

– Sim. Minha esposa era uma boa mulher, e todos os dias da minha vida eu agradeço pelos filhos que ela me deu. Mas foi uma concessão, é claro. Eu nunca poderia sentir por ela o que senti por você.

– A vida é *feita* de concessões, Alexis. É o que aprendemos com a maturidade. – Helena deu de ombros. – E agora, ambos somos maduros.

– Você não parece nem um dia mais velha do que naquela época.

– Você está sendo gentil, mas é claro que envelheci.

– Você contou ao William? – indagou ele.

– Não. Sempre tive muita vergonha do que eu fiz.

– Talvez você *deva* contar a ele, agora que me contou. Ele é seu marido e dá para perceber que ama você. Tenho certeza de que vai compreender.

– Alexis, há *muitas* coisas que eu nunca falei para o William, segredos que guardei para proteger a todos nós. – Helena sentiu um súbito calafrio no calor.

– Você poderia me contar qualquer coisa... Eu nunca pensaria mal de você, porque o amor que existia naquela época... ainda existe agora.

Helena o fitou, viu as lágrimas em seus olhos. Balançou a cabeça, com ar desamparado.

– Não, Alexis, não sou mais a garota inocente que você conheceu. Teci uma teia de mentiras que afetou todo mundo. Matei nosso filho quando eu tinha 16 anos. Você não pode imaginar quantas vezes, desde então, desejei ter me rendido ao destino e ter vindo morar aqui e me casado com você. Nunca poderei me perdoar por isso, nunca.

– Helena, Helena... – Alexis se levantou e chegou mais perto. Puxou-a para seus braços, para consolá-la. – Por favor, você não deve se culpar. Você era muito jovem e optou por carregar o fardo sozinha. Foi uma infelicidade, mas essas coisas acontecem. Você está longe de ser a única mulher no mundo a ter tomado essa decisão terrível.

– Não me interessam as outras mulheres! Toda vez que olho para os meus filhos, penso no que está faltando. Olho para a cadeira vazia...

Nesse momento, Helena chorou no ombro de Alexis, ensopando a camisa dele de lágrimas, enquanto ele afagava o cabelo dela em silêncio, murmurando palavras carinhosas em grego.

– Mamãe! Mamãe! Voltamos! Você melhorou? Papai disse que, se tiver melhorado, podemos comer batata frita com ketchup mais tarde, lá no vilarejo! Acho que você já está bem, não é? Oi, Alexis.

Helena se afastou abruptamente de Alexis, virou-se devagar e viu William parado atrás de Immy.

– Olá, querida – disse o marido, em tom frio.

– Aaaah, mamãe, acho que você ainda não está boa. Seus olhos estão vermelhos. Papai, acho que a mamãe não melhorou, mas pode ser que batata frita ajude – continuou Immy, alheia à tensão.

– Vou deixá-los a sós. Tchau, Helena. William.

Alexis atravessou o terraço e passou por William, que o ignorou solenemente.

– Teve uma tarde tranquila? – perguntou o marido a Helena, o sarcasmo escorrendo da voz.

– Sim, obrigada. Aonde vocês foram? – quis saber ela, tentando desesperadamente se recompor.

– À praia.

– Qual delas?

– A Baía dos Corais. Acho que vou dar uma nadada na piscina. – Fez meia-volta e se afastou dela.

– Sim. Já estou bem para cuidar das crianças e... William?

– O quê?

– Obrigada por ter dado um tempo só para mim.

– Vejo que você o aproveitou ao máximo.

– William? – Ela avançou na direção do marido. – Podemos conversar?

Ele a descartou com um aceno.

– Agora não, Helena, por favor. Está bem?

Com o coração arrasado, ela o viu desaparecer pelos degraus que levavam à piscina.

DIÁRIO DE ALEX

20 de julho de 2006

Ufa!!!

O que aconteceu nesta casa nas últimas 24 horas? Queria que alguém me contasse o que está havendo. Porque está acontecendo alguma coisa.

Hoje à noite, no restaurante, foi a vez de o papai ficar com cara de quem tinha engolido uma cobra, que ia devorando lentamente as entranhas e destilando sangue pelas veias dele. Não sei se a mamãe está doente, mas o papai pareceu estar muito mal.

Mamãe, muito valente, continuava com o discurso do "tudo está perfeitamente bem, meninos, por acaso não estamos nos divertindo maravilhosamente nas férias?", um discurso que deve ter enganado a todos os outros, mas não a mim.

E, mesmo feliz pelo fato de o Rupes estar passando de Incrível Hulk a Incrível Murcho por causa da descrição detalhada e incisiva que a Chloë deu do amasso de ontem à noite com o Cara do Aeroporto (ainda que eu também sinta tendências suicidas por ela se pegar com outra pessoa), não consigo afastar a sensação de que alguma coisa anda errada na nossa família.

Papai parecia tão absorto em suas aflições que nem reclamou de a Chloë se encontrar de novo com o Cara do Aeroporto hoje. Ou de o Fred ter pintado a mesa com sorvete de chocolate, além do ataque de pirraça que ele deu quando não o deixaram pedir mais sorvete para continuar a bagunça.

Além disso, o papai bebeu muito mais que de costume. Aliás, até a mamãe, que normalmente quase não bebe, entornou três taças sem deixar nem um restinho. E depois ele se levantou da mesa, falou que ia levar o Fred e a Immy para casa, para dormirem, e saiu sem dizer uma palavra. Deixando para trás a mamãe, Sadie, a monstruosa Jules, o Incrível Murcho e a doce e meiga Viola.

Por falar nisso, gosto mesmo da Viola. Para uma garota de 10 anos e meio, ela lê bastante, ainda que muitos dos livros exibam no título palavras como "sungas" e "amassos". Mas espero ter conseguido convencê-la a concentrar sua fome de literatura em *Jane Eyre*, do qual há um ótimo exemplar na minha Biblioteca do Armário das Vassouras. Acho que vai combinar com ela. A própria Viola é uma órfã abandonada.

Mas estou fazendo digressões. Pouco depois de papai ir embora, a conversa ficou ainda mais tensa. Jules continuou a falar da casa que vai comprar, sem mencionar o fato de que tem um marido, o qual, no momento, encontra-se desaparecido.

Sempre gostei bastante do Sacha. Apesar de ser alcoólatra e ter mais que uma semelhança passageira com Oscar Wilde, com tudo que isso implica, e de todos, tanto na família dele (exceto a Viola) quanto na minha, arquearem as sobrancelhas e darem suspiros ao se referirem a ele, como se o cara fosse um garoto travesso e mimado, não há dúvida de que é inteligente. E, debaixo daquele terno, há um excêntrico explodindo para se libertar.

Deus me livre de um dia eu ter que lidar com finanças. Eu não apenas quebraria o Banco da Inglaterra, mas o estilhaçaria num milhão de pedaços.

Enfim, voltando aos acontecimentos de hoje. Logo depois que chegamos da praia, eu estava tirando as intermináveis toalhas encharcadas da mala do carro quando o Sr. Deixe Comigo passou por mim, pisando duro e com ar abatido.

Ficou óbvio que ele tinha ido visitar a mamãe enquanto estávamos todos fora.

Uma ideia terrível anda espreitando as reentrâncias da minha mente, mas eu me recuso a reconhecer sua presença. Isso a tornaria real, o que simplesmente não pode ser.

Simplesmente não pode.

Portanto, em vez disso, concentro meu considerável poder cerebral no meu próprio problema: o resgate bem-sucedido do meu coelhinho.

A carta foi finalmente concluída. Estou me arriscando, eu sei, mas, como acontece com todas as missões dessa natureza, penso que deve haver um elemento de risco.

Releio a carta para mim mesmo e me permito uma risadinha diante da sua inteligência. Uma mistura de Colette, "Os Três Porquinhos" e Alexandre, o Grande.

Tudo em francês.

Testei a perícia do Rupes, sem que ele soubesse. Ele não consegue contar até *cinq* sem embatucar. Chloë, por outro lado, sendo meio francesa, é fluente no idioma.

Ela vai compreender.

Enfiei um bilhete embaixo da porta do Rupes, avisando que a carta está pronta para ser recebida por ele, e designei a piscina amanhã, às oito da manhã, para a "entrega". Sei como essas tramas de sequestro podem dar terrivelmente errado, por isso sugeri que ele pudesse o coelhinho no chão, à frente dele, para que eu pudesse vê-lo, e só então entregaria a carta.

Ele a lerá e as palavras em francês não vão significar nada. Assim, ele ficará contente.

Para o caso de acontecer uma desgraça, vou esconder a Immy entre as oliveiras e a estou treinando para gritar "Mamããããe!" a plenos pulmões caso haja um movimento em falso do meu adversário. Por exemplo, se ele recapturar o coelhinho e fugir com a carta.

O suborno da Immy custou uma fortuna em doces, mas quem se importa, desde que funcione? Depois disso, meu mais velho e querido amigo terá que sofrer a indignidade de ficar num Abrigo Clandestino (isto é, num velho canil que encontrei nos fundos do galpão), durante toda a estada do Rupes.

Cubro o rosto com um pano e apago a luz. Fecho os olhos, mas não consigo dormir. A adrenalina flui pelas minhas veias só de pensar na minha missão de resgate de amanhã, e também por pensar em outra coisa.

Poderia ser? Ah, meu Deus, por favor, eu até – nó na garganta – sacrificaria o Cê para fazer com que *não seja*.

Mamãe não pode amar *esse cara*.

Ela simplesmente...

Não pode.

14

– Ah, *aí está você*. Eu a procurei por toda parte.

Helena se virou quando Sadie enfiou a cabeça pelo vão da porta do escritório.

– Desculpe. Eu estava vasculhando a escrivaninha do Angus, para ver se consigo descobrir mais alguma coisa sobre a tal mulher misteriosa que mencionei ontem à noite, a tal por quem ele parece ter sido apaixonado.

– Achou alguma coisa?

– Não, mas há uma gaveta trancada aqui, e não consigo encontrar a chave.

– É provável que você tenha que forçá-la. A chave pode estar em qualquer lugar. Você precisa descobrir quem é ela, Helena. É uma história muito romântica.

– Quero tentar não arrombar a escrivaninha. É um móvel lindo.

Helena deslizou as mãos pelo couro verde e macio que revestia o tampo da peça.

– Além de me certificar de que você está bem, vim avisá-la de que estava acontecendo uma coisa muito estranha na piscina, hoje de manhã. – Sadie se empoleirou na beirada da escrivaninha, de frente para Helena. – Estava olhando pela janela do meu quarto e vi o Rupes e o Alex parados em lados opostos da piscina, enfrentando um ao outro. Para mim, parecia um duelo de pistolas ao alvorecer – disse Sadie, com um risinho. – Então, houve um grande estardalhaço de água espirrando, alguns gritos, e tudo ficou quieto.

– Ai, meu Deus! Você os viu depois? – perguntou Helena, ansiosa.

– Vi. Na hora em que eu desci, o Rupes estava marchando escada acima para o quarto, e depois vi o Alex entrar no armário das vassouras. Parecia ter nadado de roupa e tudo.

– É mesmo? Espero que o Rupes não esteja intimidando o Alex, mas você viu os dois depois disso, então pelo menos ainda estão vivos.

– Estavam, sim.

– Vou lá dar uma olhada no Alex. – Helena começou a se levantar. – Estou aqui desde as sete da manhã e não ouvi nada.

– Você está se escondendo? – perguntou Sadie, quando Helena ia chegando à porta.

– O que você quer dizer?

– Você *sabe* o que eu quero dizer. Você costuma estar no centro de tudo na hora do café, não bisbilhotando o escritório. Você e o William brigaram?

– Não. Por quê?

– Ontem à noite ele mal falou com você. Em geral é tão... atencioso. – Sadie cruzou os braços. – Alguma coisa o deixou fulo da vida.

– Bem, não faço ideia do quê.

– E você... Desculpe, benzinho, mas você está horrorosa.

– Obrigada.

– Está sempre com a cara fechada. Helena... Por que não se abre e me conta o que está acontecendo? Eu sou a sua melhor amiga, lembra? Não sou o inimigo.

– Eu estou bem, de verdade. É só... Não tenho passado muito bem nos últimos dias, só isso.

– Está bem, faça como quiser. – Sadie suspirou. – Mas dá para cortar a atmosfera desta casa com uma faca.

– É? Desculpe, Sadie. É óbvio que tenho sido uma péssima anfitriã.

– Deixe de besteira! Você tem sido uma anfitriã maravilhosa e sabe disso, então, por favor, não me venha com remorso e culpa, porque não é disso que se trata. Não tem nada a ver com o Alexis, tem?

– Por que essa pergunta? – indagou Helena, ainda segurando a maçaneta da porta.

– Ontem à tarde, o William estava num clima ótimo na praia, aí todos voltamos para casa e ele foi procurá-la no terraço. E então, de repente, vi o Alexis se afastando pela trilha. Ele tinha vindo aqui enquanto estávamos todos na rua.

– Sim, ele veio. – Helena suspirou resignada.

– Com certeza, isso não agradou ao seu marido.

– Não, mas não consigo *fazê-lo* acreditar que não há nada entre mim e o Alexis se ele prefere achar que existe. Enfim, tenho que ir ver se o Alex está bem.

Helena abriu a porta e saiu do escritório.

Passados alguns minutos, Sadie fez o mesmo e encontrou William na cozinha, fazendo torradas.

– Bom dia – cumprimentou ela. – Outro dia danado de lindo no paraíso. Dormiu bem?

– Bem, obrigado. Café?

– Por favor. A propósito, qual é o traje da festa logo mais?

– Que festa? – retrucou William.

– A festa de noivado do filho do Alexis, lembra? Ele tinha nos convidado. Vai ser divertido – disse Sadie.

Houve uma pausa constrangida, antes de William responder:

– Eu tinha me esquecido... Assim como me esqueci de que hoje é nosso décimo aniversário de casamento. Bem, nessas circunstâncias, talvez vocês todos devam ir. Eu fico aqui e tomo conta das crianças. Vai ficar muito tarde para elas, e sem dúvida vão se comportar de uma forma aterradora – acrescentou, com ar de desânimo.

– Acho que a Helena já pediu à Angelina – comentou Sadie, enquanto William lhe passava um café. – E é claro que você deve ir. É uma noite especial para vocês dois.

Nesse momento, Helena entrou na cozinha.

– O que foi que eu pedi à Angelina?

– Que cuide dos pequenos, enquanto vamos à festa de noivado do filho do Alexis – repetiu Sadie. – E, por falar nisso, feliz aniversário de casamento para vocês – incentivou.

– Ah, sim. Obrigada, Sadie. – Helena deu uma olhada rápida para William, que se manteve de costas para ela.

– Estou levando meu café para o terraço. Você vem, Sadie? –Ele acabou dizendo, pondo-se de pé.

Sozinha, Helena se sentou numa cadeira e pôs a cabeça entre as mãos. William a havia ignorado deliberadamente desde a tarde anterior. À noite, quando ela e os outros chegaram do vilarejo, ele já estava deitado, supostamente dormindo. E nem havia lhe desejado feliz aniversário, agora há pouco, nem mencionado o cartão que ela deixara na sua mesa de cabeceira. Que ironia o aniversário de casamento cair justamente nesse dia!

Controlando a vontade de fazer as malas, pegar os filhos e fugir de um paraíso que rapidamente ia se tornando um inferno na terra, Helena levantou os olhos para o céu, em busca de inspiração.

E não encontrou nenhuma.

Com Jules, Rupes, Sadie e Chloë se bronzeando à beira da piscina, e com William resolutamente absorto num livro, Helena escapuliu. Enfiou os três filhos e Viola no carro e tocou para Latchi. Sadie tinha razão: apesar das aparências, o clima em Pandora no momento lembrava o tique-taque de uma bomba-relógio.

Alex estava incomumente taciturno, mesmo para os seus padrões. Ia sentado em silêncio ao lado da mãe, enquanto seguiam para o litoral.

– Seus olhos parecem vermelhos, querido. Tem certeza de que está passando bem? – perguntou ela.

– Estou ótimo.

– Deve ter sido o cloro da piscina hoje de manhã. Está havendo algum problema entre você e o Rupes?

– Mamãe, eu já lhe disse que não.

– Ok, se você insiste. – Helena estava exausta demais para argumentar.

– Insisto.

– Seja como for, você vai adorar Latchi – disse ela, com falsa animação. – A cidade é muito bonita e há uma porção de lojas de lembrancinhas em volta do porto. Você pode gastar o seu dinheiro das férias numa seleção de produtos locais de qualidade.

– Isso é um eufemismo para as porcarias que vivo comprando? – Alex fez uma careta. – Tenho certeza de que serão encantadores.

– Ora, vamos, Alex, só estou implicando. Você pode gastar o seu dinheiro no que bem entender.

– Tudo bem. – Ele desviou o rosto e ficou olhando pela janela.

– Qual é o problema?

– Eu podia lhe perguntar a mesma coisa – rebateu ele.

– Eu estou bem, mas obrigada por perguntar.

– Devo ter me enganado – murmurou ele. – Estou tão "bem" quanto você.

– Certo – suspirou Helena. – Vamos encerrar por aqui, mas, caso você tenha esquecido, eu sou a adulta e você é a criança nesta relação. Se tiver um problema, por favor, prometa que virá falar comigo.

– Certo.

– Ótimo. Agora, vamos procurar uma vaga para estacionar.

Helena sentou-se à beira d'água, vendo as crianças brincarem no mar. Aliviada por ter fugido da atmosfera nauseante de Pandora, onde sua vida parecia estar suspensa no ponto central da bússola e qualquer direção era uma possibilidade, ela fez o que sempre fazia nos momentos difíceis da vida: levantou as mãos para o céu.

Diante dela estavam três crianças felizes e saudáveis. Se acontecesse o pior, Pandora era sua e proporcionaria um teto sobre aquelas cabeças, e a herança financeira de Angus bancaria as despesas, ao menos por alguns meses. Talvez ela tivesse que vender a casa, mudar-se de novo para a Inglaterra e começar a dar aulas de balé – algo em que vinha pensando nos últimos tempos. O importante era que eles sobreviveriam... Ela sobreviveria. Afinal, já o tinha feito antes. Poderia fazê-lo de novo. Mas esperava de todo coração que as coisas não chegassem a esse ponto.

– Olha, papaaaai! Mamãe compou pesente pla mim!

Fred colocou o carrinho de brinquedo na barriga de William, bronzeada e coberta de óleo.

– Puxa! Outro carro! Que sorte a sua! – Ele sorriu, despenteando o cabelo do filho.

– E eu ganhei um álbum de figurinhas – acrescentou Immy, na mesma hora colando uma reluzente fada cor-de-rosa na testa de William. – Essa é para você, papai.

– Obrigado, Immy.

A menina saiu girando ao redor da piscina, para presentear as outras pessoas que se bronzeavam ao sol com os frutos de sua generosidade.

Chloë, despertada do cochilo por Immy, foi andando calmamente até o pai e se sentou na ponta da espreguiçadeira dele.

– Oi, papai.
– Oi, Chloë.
– Sabe essa festa de hoje?
– Sei.
– Eu tenho que ir?
– Tem. Todos fomos convidados e eu gostaria que você fosse.
– Tudo bem. Então, posso levar o Christoff?
– O cara que você conheceu no aeroporto?
– É. Ele ia me levar para sair de novo logo mais, então achei que podia se enturmar com a gente.
– Não, ele não pode "se enturmar". Não foi convidado, e é uma festa de família.
– Ah, pai, eu falo para ele não comer muito.
– Não. E é minha última palavra.
Chloë soltou um grande suspiro, depois deu de ombros.
– Que droga.
Levantou-se e foi andando em direção à casa.

Houve uma batida à porta do quarto de Helena, quando ela saía do chuveiro.
– Entre.
– Sou só eu.
Era Jules, exibindo um nariz muito descascado.
– Oi. – Helena deu-lhe um sorriso pálido e se enfiou depressa no roupão, enquanto Jules se sentava na cama.
– Eu queria saber, Helena, se amanhã você iria comigo ver a casa que estou pensando em comprar. Pedi ao William, mas, francamente, ele não pareceu lá muito interessado.
Houve um momento de hesitação antes de Helena responder.
– É claro que vou.
– Obrigada. – Jules acenou em agradecimento. – Eu gostaria de uma segunda opinião antes de assinar na linha pontilhada e fazer o depósito da entrada.
– Que vence quando?
– Em algum dia da semana que vem.

– Nossa, que rápido. Você vai falar com o Sacha antes de assinar? – indagou Helena, com cuidado.

– Com *quem*?

– Então você ainda não teve notícias dele?

– Tive, sim, ele deixou uns dois recados no meu celular. Mas acho que está na hora de eu tomar algumas decisões sem ele, não concorda?

– Jules, isso não é da minha conta, não é mesmo.

– Não. – Jules estava estudando as próprias unhas. – Sei que não é. – Em seguida, olhou para Helena e abriu um sorriso luminoso. – Bem, se eu comprar mesmo a casa, seremos quase vizinhas. Fica logo do outro lado do vilarejo. Seria divertido, não?

– Sim, é claro que seria. Aliás, você não se esqueceu da festa de hoje à noite, não é? – Helena mudou de assunto.

– William me lembrou dela. Quero muito ir. Assim vou poder conhecer algumas pessoas do lugar. – Jules se levantou e correu os olhos pelo quarto. – Aposto que você mal pode esperar para fazer uma pintura decente nesta casa. Essa cor cinza daqui é *mais* do que deprimente. Até logo.

Às seis e meia, todos se reuniram no terraço para uns drinques antes da festa. Sadie havia alertado a casa para o fato de que era aniversário de casamento de Helena e William, e providenciara para que Angelina servisse um vinho espumante local e uns canapés que tinha preparado mais cedo.

– Chloë, isso que você enrolou nos quadris é um cinto? – perguntou William, horrorizado ao ver a saia de couro minúscula que mal cobria o bumbum da filha.

– Ai, papai, não seja tão careta. De dia, a gente fica praticamente nu aqui, então por que seria diferente à noite?

Ela balançou a cascata de cabelos sedosos e foi gingando em direção a Rupes, que vestia uma horrenda camisa cor-de-rosa, que só servia para exacerbar o tom da sua pele queimada de sol.

– Você está bonita, mãe – elogiou Alex, despontando no terraço. – Feliz aniversário, por falar nisso.

– Obrigada, querido – respondeu Helena, agradecida.

– Ela não está bonita, papai? – instigou Alex.

William se virou e examinou o vestido de seda azul usado pela mulher. Era um dos favoritos dele, porque combinava com os olhos da esposa. Helena exibia o cabelo recém-lavado, clareado pelo sol, solto em volta do rosto, emoldurando a pele levemente bronzeada. William achou, com imensa tristeza, que ela nunca estivera mais linda.

– Sim. – E assentiu.

Então lhe deu as costas.

Uma hora depois, estavam todos se empilhando nos veículos que os levariam à casa de Alexis, quando um carro dobrou a curva e começou a descer a encosta do morro.

– Não acredito! É o filho pródigo voltando – disse Jules, resplandecente numa blusa dourada que combinava com a tiara, arrumada em sua testa em estilo grego.

– É o papai! – gritou Viola, radiante, correndo em direção ao carro que chegava.

– Olá, minha linda. – Sacha saiu atrapalhado do carro, com a filha se atirando em cima dele. Abraçou-a com força.

– Sentimos a sua falta, papai.

– E eu senti a sua falta. – Levantou os olhos para o grupo reunido. – Ora, isso é que são boas-vindas! Vocês estão todos elegantes. Vão a algum lugar?

– Estamos indo a uma festa, papai – disse Viola.

– Ahh – respondeu Sacha, com um aceno da cabeça. – Posso ir também?

– É claro que pode, ele não pode, mamãe?

– Você nunca foi de perder uma boa festa, não é, querido? Deve ter sentido o cheiro de álcool lá de Londres – respondeu Jules, sarcástica.

– Por que vocês dois não ficam aqui? Nós levamos as crianças, vocês conversam, e aí podem nos encontrar um pouco mais tarde, que tal? – sugeriu William, esperançoso, na tentativa de dar a Sacha e Jules a oportunidade de ficarem a sós.

– *Ele* pode nos encontrar depois, se quiser. *Eu* vou agora. Vamos logo, turma. Ou vamos chegar atrasados. Até logo, *benzinho* – Jules arrastou a voz, empurrando as crianças para dentro do carro.

Sacha deu de ombros, desamparado, ao ver a mulher bater a porta do motorista.

– Tudo bem, mudança de planos – disse William a Helena. – Eu fico aqui com o Sacha, para ele tomar um banho e trocar de roupa e depois o levo. Você vai com os demais.

– Você sabe o caminho? – perguntou ela.

– Vagamente. Eu descubro.

William voltou a atenção para Sacha.

– Venha, amigão, vamos bater um papo.

DIÁRIO DE ALEX

21 de julho de 2006

Não costumo sentir raiva. Daquele tipo profundo, que queima o coração e põe fogo na alma.

Agora entendo como, em momentos de intensa emoção, as pessoas são capazes de matar. Foi o que senti na piscina hoje de manhã.

Eu devia saber, desde o começo, que as coisas não iam sair conforme o planejado.

Minha fiel escudeira, a Immy, teve um acesso colossal de pirraça, por não poder usar seu vestido favorito para ser espiã. Um duende agigantado dos bosques, metido numa peça volumosa de *voile* e *chiffon* de um cor-de-rosa sinistro, usando sandálias cintilantes e um par de óculos escuros de armação amarela, em formato de estrelas, teria uma chancezinha de ser perceptível entre as oliveiras e entregar o jogo.

Aposto que o James Bond nunca teve esse tipo de problema com a Moneypenny. Assim, tive que desistir dela e enfrentar sozinho as consequências.

Rupes apareceu na hora marcada. Estava usando aqueles horrendos óculos Ray-Ban e tentando parecer maneiro.

– Está com a carta? – perguntou, do outro lado da piscina.

Parou de pernas abertas e braços cruzados, como um capitão de time de rúgbi posando para uma foto. Não me assustou. Muito.

– Está com o coelho? – retruquei.

– Sim. Então, vamos ver a carta.

– Vamos ver o coelho.

Rupes descruzou os braços e se virou para apanhar um saco plástico embaixo do colchão de uma espreguiçadeira. Droga! É óbvio que ele tinha plantado o Cê lá, mais cedo, e eu poderia tê-lo buscado sem toda essa papagaiada. Vi a preciosa cabeça do Cê saindo do saco plástico. E fiz um aceno afirmativo. Levantei o envelope.

– Está em francês, como eu prometi.

– Leia para mim.

– É claro.

Limpei a garganta.

– *"Ma chérie Chloë. Prendre vers le bas la lune!"*

– Em inglês, seu pateta!

– Desculpe. "Anulem as estrelas! Há uma nova luz no firmamento! Brilhas como um anjo recém-nascido, novo no contraste com planetas surrados! Teus olhos são peq...

– Está bem, chega. – Rupes dava a impressão de estar prestes a vomitar. – Pode me dar isso aí.

– Quero o coelho ao mesmo tempo. Vamos andar um na direção do outro e fazer a troca.

O Rupes deu de ombros e começou a contornar a piscina. Nós nos encontramos na borda da parte funda.

Pude ver que ele estava suando. Eu me sentia extremamente calmo.

– Tome. – Estendi a mão que continha a carta e a outra para pegar o saco com o coelho.

As mãos dele se aproximaram de mim. Ele segurou a carta e eu segurei as alças da sacola.

E então, rápido como um raio, ele me arrancou a sacola das mãos e a atirou na piscina.

Houve um portentoso esguicho de água. Soltei um arquejo horrorizado, quando, esperando que a sacola boiasse, vi que não ia flutuar. Meu precioso Cê afundou devagar, até sumir de vista.

– Parabéns por isto. – Rupes estava acenando com o envelope e dando risadas maníacas. – Agora você pode treinar suas habilidades de mergulho, aparentemente magníficas, e salvar essa bugiganga velha. Pena a Chloë não estar aqui para bater palmas e lhe incentivar!

– Calhorda! – gritei, abrindo o zíper da bermuda como preparativo para mergulhar, e aí me dei conta de que não estava de cueca por baixo e tornei a fechá-lo.

– Vamos lá, quero ver o seu mergulho! – provocou o Rupes enquanto eu pulava, a bermuda, pesada com dias de quinquilharias nos bolsos não esvaziados, me puxando para baixo.

Inspirei uma golfada de ar e mergulhei, sentindo o cloro me arder os olhos (nunca nado embaixo d'água sem óculos de natação, já que emerjo parecendo um parente próximo do diabo) e olhei em volta na escuridão à procura do Cê.

Ele não podia ter ido longe. Era leve então por que diabos não tinha boiado? Subi para respirar, com a visão embotada, e vi o Rupes rindo.

Tornei a inspirar e nadei para baixo, bem fundo, com os pulmões estourando de fúria, pânico e falta de oxigênio. E lá, bem na base dos 2 metros de profundidade, estava o Cê.

Subi de novo, querendo poder tirar a bermuda, mas sabendo que a ignomínia dos comentários sobre o estado liliputiano das minhas partes íntimas seria demais para suportar. Voltei a mergulhar, consegui agarrar a parte de cima da sacola e puxei. E puxei mais um pouco.

Não consegui movê-la. À beira da morte, nadei para a superfície, com a cabeça rodando. Arfava tanto para respirar que nem falar eu conseguiria. Nadei para a borda e me segurei, enquanto deixava meus pulmões se encherem. A ideia do Cê se afogando no fundo, o cloro a devorar o que restava do seu pelo delicado e não mais felpudo, insti-gou-me a prosseguir. Com uma última inspiração gargantuesca, tornei a mergulhar sob a superfície, agarrei a orelha do meu amiguinho e dei um onipotente puxão. E, graças a Deus, ele se mexeu. O nado na subida, arrastando meu próprio peso, minha bermuda e o que parecia ser um saco de duas toneladas de carvão, entrará para a história como o momento mais aflitivo da minha vida até hoje.

Eu podia ter me afogado. Meu pior inimigo e meu melhor amigo podiam ter me matado.

Quando retirei a mão da água e tateei em busca da borda da piscina, para me suspender pelos últimos centímetros angustiantes, vi o Rupes gargalhando acima de mim.

– Só estava fazendo o que a minha querida mãezinha mandou: pre-parando você para o colégio interno. Tchau, Alex.

Com um adeusinho e um riso de escárnio, ele se foi.

Com as pernas bambas feito gelatina, puxei a mim e a meu coelho escada acima e desabei na lateral da piscina.

Virei-me para ver a pilha lastimável de pelo encharcado que jazia junto a mim. E vi a pedra grande amarrada às suas patas. A orelha pela qual eu o havia puxado estava pendurada, presa por um fiozinho de linha.

Não sei como atravessei o dia de hoje, mas consegui. Minha fúria e humilhação não conheceram limites. Pensei em fugir e pegar o próximo voo para Marrakesh, onde eu poderia trabalhar como encantador de serpentes, se conseguisse aprender a dominar minha intensa fobia de cobras, mas isso seria um castigo para minha mãe, portanto não era justo.

Em vez disso, tenho que ir a essa festa e conviver com o fato de que meu adversário também estará lá. Consolo-me com a ideia de que ele parece um porco cor-de-rosa com aquela camisa e com o fato de que agora a Chloë o ignora completamente. Usarei o tempo para conceber um plano que será – não duvide de mim neste ponto – uma vingança adequada e justa.

15

A festa de noivado estava sendo realizada no grande pátio frontal da antiga vinícola, repleto de parreiras e situado num dos pontos mais altos do vilarejo, com vista para um bosque profundo. O pátio tinha sido enfeitado com luzinhas presas aos galhos das oliveiras prateadas que o cercavam, cujo brilho era ampliado pelas dezenas de lanternas acesas por toda parte.

Um grupo animado de mulheres servia a comida, dispondo-se atrás de uma fila de mesas de armar, carregadas de uma mescla sedutora de pratos de aroma delicioso: charutos de folha de uva, carnes de porco e de cordeiro assadas no espeto, *spanakopita* e peixe grelhado, tudo acompanhado por enormes tigelas de arroz e saladas variadas.

Quando os moradores de Pandora chegaram, a festa já corria a pleno vapor. Um trio de músicos cipriotas tocava num canto, com o som quase todo abafado pela conversa dos cerca de duzentos convidados. O vinho era servido nas taças por uma torneira que saía diretamente de um enorme barril de carvalho.

– O paraíso dos alcoólatras – cochichou Jules, enchendo uma taça de vinho branco. – Sacha adoraria – acrescentou, saindo para circular.

– Posso tomar vinho, mãe? – perguntou Alex, ao ver Chloë e Rupes se servirem.

– Sim, uma dose pequena – concordou Helena, tomando um gole de sua bebida e se sentindo estranhamente só. Não conseguia se lembrar da última vez em que estivera numa festa sem William ao seu lado. A situação se tornava ainda mais dolorosa pelo fato de que essa noite deveria ser uma comemoração do próprio casamento.

– Olhe, Alex, um homem engolindo fogo! – Abandonada por Jules, Viola apontava para outro canto do pátio. – Podemos ir lá para ver?

– Por que não?

Eles abriram caminho pela multidão de convidados em suas melhores roupas, em direção ao engolidor de fogo.

– Você acha que meu pai está legal? – Viola ficou na ponta dos pés para falar no ouvido de Alex.

– Não sei, Viola, mas acho que sim.

– Não está. Sei que há alguma coisa errada com ele.

Alex buscou a mãozinha dela e a tomou na sua.

– Viola, os pais são uma coisa engraçada. Tente não se preocupar. Tenho certeza de que, seja lá o que for, tudo vai se resolver. Na minha experiência, é o que costuma acontecer.

– William não é seu pai verdadeiro, é?

– Não, não é.

– Você sabia que o meu pai também não é? Nem minha mãe?

– Sabia, sim.

– Eu gosto dele como se fosse meu pai de verdade. Ele sempre ficou do meu lado, sabe? Não é importante, é?

– O quê?

– Se a gente tem os genes deles ou não. Tenho certeza de que meu pai verdadeiro nunca poderia ser tão gentil e bom comigo quanto o Sacha é. Você gosta do William? Ele é um amor.

– Eu... Sim, gosto.

– Fico feliz por ele ser meu padrinho. Alex?

– Sim?

– Você acha que eles gostam de nós como se fôssemos filhos deles de verdade? – perguntou Viola, insegura.

– É claro que gostam, Viola. Provavelmente, até mais. Quer dizer, nós fomos especialmente escolhidos por eles. – Alex deu-lhe um abraço desajeitado, depois apontou para os engolidores de fogo. – Ei, olhe como sobem alto as tochas que eles jogam.

– Uau! – fez Viola, distraída, o rosto cheio de assombro.

– Aí estão vocês – disse Helena, aparecendo atrás deles.

Uma garçonete ia passando com uma bandeja de vinho, e Helena virou o que restava em sua taça e pegou outra.

– Mamãe! Tome cuidado. Você sabe que não pode beber mais que umas duas doses sem ficar de pileque.

– Alex, você não é minha babá, e esta é uma ocasião especial – rebateu ela.

– *Descuuulpe!* Vamos, Viola, vamos lá para a frente, para você ver melhor.

De novo deixada por conta própria, Helena vagou entre os convidados, ouvindo a conversa animada de uma multidão em que era quase certo que todos fossem parentes distantes – senão diretos – uns dos outros, por meio de anos de casamentos consanguíneos. Ela observou o grupo que se juntava em torno da banda, e alguns casais começavam a dançar. Dimitrios e a noiva, Kassie, no centro, os rostos animados de felicidade.

Helena julgou improvável que a vida algum dia os levasse para muito longe desse lugar e imaginou que eles talvez produzissem uma nova geração de meninos robustos, que passariam a cuidar da vinícola. Encontrariam prazer um no outro, nos filhos e na comunidade unida que lhes servia de apoio.

De repente, Helena sentiu inveja. E uma tristeza terrível.

– Como está hoje, minha Helena?

Ela levou um susto com a voz junto ao seu ombro, virou-se e viu Alexis às suas costas.

– Olá. – Recompôs-se, considerando que não devia estragar a comemoração com sua melancolia autocomplacente. – A festa está maravilhosa, obrigada por ter nos convidado.

– O prazer é meu e do meu filho. Só quero saber se vocês estão se divertindo.

– Ah, estamos. – Ela hesitou por um instante, não querendo tocar no assunto, mas achando que devia. – Alexis, por favor, perdoe-me pela explosão de ontem.

Ele lhe abriu um sorriso triste.

– Não há por que pedir desculpas. Eu só queria que você tivesse me contado antes. O que passou, passou. Agora, o importante é que aprendemos e seguimos em frente. Por falar nisso, onde está o William? Não o vi hoje.

– Ele vem mais tarde com o marido da Jules.

– Entendo. – Alexis deu um suspiro. – Temo que ele esteja com raiva por ter me visto abraçando sua mulher.

– Ele está. Além disso, hoje é o nosso décimo aniversário de casamento.

– Nesse caso, Helena, acho que você deve explicar a ele a situação. William precisa saber a verdade. Isso vai ajudá-lo a compreender você. E a mim.

Quem dera fosse tão simples, pensou Helena, enquanto o grupo que assistia a Dimitrios e à noiva dançarem soltava um viva.

Alexis contemplou os dois e sorriu.

– Queria que fôssemos eles, começando nossa vida juntos. Mas – encolheu os ombros – não era para ser. E quero que você saiba que agora admito que nunca será. Você pertence a outro e vejo que ele a ama muito. Sinceramente, Helena, quero me desculpar com você e com ele. Meu comportamento tem sido inaceitável. Foi difícil compreender que você não é mais minha... mas tenho que me adaptar. Agora, venha, deixe-me apresentá-la a alguns rostos do seu passado.

Alexis estendeu a mão. Após um momento de hesitação, Helena pegou.

– Sim. Obrigada, Alexis.

Os amigos dele – simples meninos quando ela os conhecera – agora eram homens casados, com filhos. Abraçaram Helena e a saudaram calorosamente, dizendo-lhe que ela continuava linda e fazendo perguntas sobre a família dela e sobre Pandora. Ela desfrutou dessa atenção, mas, com as sábias palavras de Alexis ainda ressoando em sua mente, não pôde deixar de se perguntar se William viria mesmo ou se ela passaria sozinha a noite do décimo aniversário de casamento.

O que ela mais do que merecia...

A dança havia começado para valer e todos os convidados foram tomando a pista, executando os passos cipriotas tradicionais transmitidos de geração em geração. Helena viu Jules e Sadie no meio da multidão, os braços levantados bem no alto, tentando acompanhar os movimentos dos parceiros.

– *Papa! Papa!* Você tem que dançar *Zorba* para nós – disse Dimitrios, suado, com um tapinha nas costas do pai.

– É, Alexis! Dance para nós! Dance! – a turma repetiu o refrão.

– E você, Helena, tem que dançar com ele, como vocês já fizeram aqui! – Era Isaák, um velho amigo de Alexis.

– Sim, mostre-nos o seu talento. Você nasceu para isso! – gritou Jules da aglomeração, enquanto diversas mãos empurravam Helena adiante, para que ela se juntasse a Alexis no centro do enorme círculo que se formara à sua volta, onde todos seguravam os ombros uns dos outros, preparando a dança.

– Você ainda se lembra? – Ele lhe deu um sorriso gentil. – Minha festa de aniversário de 18 anos foi bem aqui.

– Como eu poderia me esquecer? – murmurou ela.

– Vamos começar?

Alexis estalou os dedos acima da cabeça, num sinal de que os dois estavam prontos, e o tocador de *bouzouki* tangeu os arrastados acordes iniciais.

À medida que o círculo começava a se mexer ao redor deles, Helena e Alexis fizeram o mesmo, com passos precisos, sincopados. Dançavam separados, mas em sincronia e, embora Helena nunca mais tivesse executado aquela coreografia em quase um quarto de século, a dança estava gravada em sua memória. E, nesse momento, a música e seu corpo a dominaram. Ela já não era uma esposa e mãe quase quarentona, mas uma adolescente de 15 anos e espírito livre, dançando num parreiral ensolarado com o garoto a quem amava.

Os passos, muito simples quando lentos, foram se tornando mais complexos conforme a música ficava cada vez mais rápida, e Helena se abaixou e se elevou e rodopiou em torno de Alexis. Com ritmo acelerado, o grupo que os circundava começou a gritar e bater os pés. Alexis pegou-a nos braços e a levantou bem alto acima da cabeça, girando-a sem parar, até os dois se transformarem num pião rodopiante de paixão e animação.

Acima dele, Helena abriu bem os braços e jogou a cabeça para trás, com inteira confiança no seu par. Clarões de cor eram tudo que ela conseguia ver à sua volta, enquanto os gritos de incentivo ressoavam em seus ouvidos.

Ela estava *dançando*! Sentia-se viva, exultante, *maravilhosa*...

Então, a música ficou mais lenta e Alexis a desceu devagar, fazendo-a roçar o corpo no seu no percurso até o chão. Segurou as mãos dela e as beijou, depois a afastou num rodopio, para que ela pudesse fazer uma mesura e ele se curvasse.

Os gritos de bis foram incessantes. Alexis acabou acalmando a multidão:

– Obrigado, obrigado – disse, tirando um lenço do bolso e enxugando o suor da testa. – É demais para um velho. – A plateia protestou, mas Alexis tornou a levantar as mãos, pedindo silêncio. – Hoje estamos aqui para celebrar a união do meu filho e da sua linda noiva.

Helena escapuliu para o meio da multidão enquanto Alexis trazia o filho e a futura nora para junto dele.

– Tia Helena, você foi mesmo fantástica – elogiou Viola, segurando a mão dela, com os olhos cheios de admiração.

– Nossa, benzinho! Incrível! – exclamou Sadie, enquanto um grupinho se juntava ao redor delas.

– Nunca pensei que você soubesse dançar assim – disse Rupes.

– Nem eu – declarou uma voz atrás deles.

Helena se virou.

– William, onde é que você estava?

– Cuidando do Sacha. De qualquer modo, você parece ter ficado muito bem sem mim.

– É, eu me diverti esplendidamente – retrucou Helena, em tom desafiador. – Agora, preciso de um copo d'água.

– Quer que eu pegue para você? – William se ofereceu.

– Não, eu mesma posso fazer isso, obrigada.

William a seguiu.

– Que diabo está acontecendo?

– Nada! Eu estava dançando, só isso.

– Pelo amor de Deus, Helena, você é minha mulher!

– Sou, sim. E o que eu estava fazendo de errado?

– Helena, eu não sou idiota! Todo mundo viu. É mais do que evidente.

– O que é evidente?

– Santo Deus! Será que tenho mesmo que soletrar? Eu lhe dei o benefício da dúvida, uma vez atrás da outra, tentei ignorar o fato de que, sempre que saio de casa, lá está *ele*, feito um rato no esgoto, farejando.

William pegou uma taça de vinho na mesa, bebeu um gole e, notando as duas garçonetes fascinadas atrás deles, puxou Helena para um canto sossegado.

– O maldito Sr. Perfeito! Sr. Prestativo! "Sr. Deixe Comigo", como seu filho o chama! Ontem mesmo, eu saí com as crianças achando que você precisava de um descanso e de um tempo, quem é que encontro no terraço, na volta, atracado com você? *Ele!*

– Ele foi se certificar de que eu estava bem – retrucou Helena em voz baixa.

– Tenho certeza disso. E, ainda por cima, hoje chego aqui e vejo vocês dançando, dando a impressão de que... *foram feitos um para o outro!* Ao menos uma vez, me diga a verdade! Você continua apaixonada por ele, não é? Pelo amor de *DEUS*, é só me contar, Helena. – William a segurou com força pelos ombros. – DIGA!

– Pare com isso, William, por favor! Aqui não, agora não... vamos conversar mais tarde, eu juro.

Ele a olhou e soltou um suspiro de exasperação e derrota. Relaxou os ombros, deixou caírem os braços e balançou a cabeça.

– Bom, eu lhe digo, neste momento, que não quero ficar com alguém que não se sente à vontade comigo. Feliz aniversário, Helena.

Deu meia-volta e se afastou depressa por entre os convidados.

Com vontade de chorar, ela voltou ao barril de vinho e tornou a encher a taça. Já ia tomando um gole quando alguém desajeitado a abraçou pelos ombros, derramando vinho por toda parte.

– Olá, moça adorável.

– Sacha. Você conseguiu chegar – disse ela, apreensiva.

– Consegui. – Sacha brandiu uma garrafa de conhaque diante dela e tomou uma golada.

Apesar de ter bebido mais do que o normal, Helena estava sóbria o bastante para reconhecer quão bêbado *Sacha* estava.

– Você está com uma cara horrível.

– É provável – concordou ele, oscilando de leve –, mas, na verdade, estou me sentindo fantástico. Sabe, meu anjo, tenho motivos para comemorar.

– É mesmo?

– Ah, sim.

– Por quê? – Helena não tinha certeza de que queria saber a resposta.

– Porque, dentro de alguns minutos, estarei livre! E você sabe o que isso significa, não sabe, minha doce Helena?

– Não, Sacha, não sei.

– Significa... Bem, você sabe o que significa. Agora, preciso achar minha adorável esposa. E dar a boa notícia.

Ele fez um trôpego arremedo de mesura e voltou cambaleante para a multidão. Helena o viu abrir caminho até o centro e se postar ao lado de Alexis, que havia acabado de discursar. Perscrutou desvairadamente a festa, à procura de William, mas não conseguiu encontrá-lo em parte alguma.

– Senhoras e senhores! Peço desculpas por esta intromissão – disse Sacha, com a fala engrolada. – Meu nome é Sacha Chandler, e eu gostaria de acrescentar meus parabéns aos deste cavalheiro aqui. Como é o seu nome, senhor?

– Eu me chamo Alexis.

– Alexis. Que nome fantástico! – Sacha deu-lhe um tapa forte nas costas. – O senhor é casado?

– Já fui, sim.

– Ai, ai, ai. Deu tudo errado? Tomou o rumo do divórcio?

– Não. Minha mulher faleceu – disse Alexis em voz baixa, olhando para o chão.

Agora a aglomeração de convidados estava quieta, falando baixo, prendendo a respiração, como se todos fossem uma pessoa só. William surgiu de repente ao lado de Sacha e pôs a mão no ombro do amigo.

– Venha, amigão, está na hora de irmos para casa.

– Ir para casa? Mas eu acabei de chegar! – gritou o empresário, sacudindo a mão de William. – De qualquer modo, tenho um anúncio a fazer. Onde está minha adorável esposa, a Julia?

– Estou aqui, Sacha – disse Jules, atrás da multidão.

– Certo, preciso lhe dizer uma coisa. – Sacha tomou outro gole do conhaque. – Sabe, tenho que fazer isso agora, senão jamais terei coragem. Portanto, lá vai, meu amor: minha empresa não apenas faliu, ela simplesmente não existe mais. Não tenho mais um tostão no meu nome. Ah, e também não tenho casa, porque ela estava hipotecada até o pescoço, de modo que o banco vai se apossar dela *tout de suite*. Estamos na miséria, meu anjo, e não temos nada além da roupa do corpo. Nada mais de escolas cheias de frescura para as crianças. Elas terão que ir para a escola pública, e é provável que aqueles seus pangarés acabem numa frigideira de um restaurante chinês vagabundo.

Sacha deu uma risada áspera ante a própria piada de mau gosto. Segurando a garrafa no alto, brindou à plateia horrorizada, mas totalmente absorta:

– Portanto, senhoras e senhores, é isso! Uma comemoração dupla! O começo de uma união, o fim de outra. Saúde!

Bebeu um trago da garrafa.

Os convidados começaram a murmurar, muitos, que não falavam inglês, pedindo aos vizinhos que traduzissem. William finalmente conseguiu agarrar Sacha pelo braço e puxá-lo para longe dali.

Helena, até então paralisada, correu para junto do marido, a conversa de antes deixada em suspenso diante do drama do momento.

– O que fazemos agora? – cochichou ela, aflita.

Os dois olharam para Sacha, que se pendurava em William para se apoiar.

– Vá procurar a Jules – sugeriu ele. – Veja o que ela sugere.

Assim fez Helena, mas, embora procurasse pela festa inteira, Jules e Rupes pareciam ter virado fumaça. Ela acabou encontrando Viola, que soluçava no peito de Alex.

– O que vai acontecer, mamãe? – perguntou o garoto, apenas mexendo a boca, sem som, por cima dos cachos de Viola.

– Vou levar todos para casa o mais depressa possível. Só me deixe reunir todo mundo. Leve a Viola para o carro. Está aberto.

– Está bem. Não demore muito – cochichou ele, aflito.

– Não vou demorar.

Helena se afastou depressa e acabou encontrando William e Alexis sentados numa mureta, com Sacha dobrado entre os dois.

– Jules desapareceu, junto com o Rupes, mas quero levar a Viola e o Alex para casa – informou ela.

– Eu sugeri que o William e o Sacha passem a noite aqui comigo – disse Alexis. – Talvez seja melhor, até a poeira baixar.

Helena dirigiu um olhar intrigado ao marido, que assentiu.

– Vou vomitar. Desculpem, parceiros – anunciou Sacha, num gemido, e assim o fez, prontamente.

– Vá para casa com as crianças, Helena, não há nada que você possa fazer aqui – aconselhou William, pegando o lenço para limpar Sacha, enquanto Alexis se levantava de um salto e corria para buscar água. – Avise se a Jules aparecer. Vou ficar e me certificar de que o meu melhor amigo não morra engasgado com o próprio vômito.

– Tem certeza de que é uma boa ideia ficar aqui? – perguntou ela, torcendo para que sua expressão dissesse ao marido quanto ela lamentava a situação dele.

– Alexis e eu batemos um papo agora há pouco e ele me disse que tem quartos de hóspedes. Não quero que as crianças vejam o Sacha nesse estado, nenhuma delas. Não é justo. Sem falar que a Jules poderia se tornar agressiva. E ela teria toda razão para isso. – William suspirou.

– Está bem. – Helena tentou decifrar a expressão dele, que não lhe disse nada. – Mantenha contato.

– Sim – concordou ele, e tornou a voltar a atenção para Sacha.

DIÁRIO DE ALEX

21 de julho de 2006 (continuação)

Aham.

Bem, nossa! E tudo o mais. O que posso dizer? Estou... sem fala, ou sem palavras, conforme o caso.

Ao contrário de outras pessoas, que fizeram discursos bem... humm... dramáticos esta noite.

Foi um momento seminal. Não chegou propriamente ao nível do Winston, mas, para conceder ao Sacha o mérito que lhe é devido, ele estava muito bêbado e, ainda assim, não tropeçou uma só vez nas palavras.

Lá se foi um período calmo e relaxante de férias.

É mais ou menos uma da manhã, e estou enfurnado na minha toca. E, graças à tragédia grega da noite, encenada para o vilarejo inteiro ver e aplaudir, e depois ficar sem fôlego, horrorizado, também eu fui afetado: agora me sinto culpado. Sinto uma culpa terrível.

Dizem que a gente deve ter cuidado com o que deseja, porque talvez não goste quando o pedido se realizar. E eu não gosto.

Hoje, mais cedo, quando estava pendurando meu coelhinho encharcado pelos pés num pedaço de barbante que consegui prender entre os dois lados da minha janelinha, para pegar ar (eu não podia correr o risco de deixá-lo no varal do lado de fora, porque ele poderia sumir de novo), pedi a Deus que desse um castigo justo ao Rupes, já que eu mesmo não conseguia pensar num que fosse suficientemente hediondo. Com o tempo, a ideia me ocorreria, mas naquele momento meu cérebro estava embotado pelo cloro e pela emoção.

Pimba! O Deusão lá de cima se saiu com uma pérola: o Rupes ficou sem teto e sem um tostão.

E o melhor de tudo é que, provavelmente, ele terá que encarar a perspectiva de uma escola pública. Se é que isso existe nos arredores do bairro elegante em que ele mora. Se bem que, como eles estão quase falidos, é provável que tenham que se mudar para algum lugar repulsivo.

Rupes será devidamente aniquilado por uma quadrilha de bandidos encapuzados e armados de canivete, que vão acabar com ele na escola pública, e põe acabar nisso!

Ah! Que alegria!

Por outro lado, percebo de repente, talvez ele assuma o controle, se torne o líder do bando e acabe salvando o destino da família como traficante de drogas, insistindo em que sua quadrilha troque os tênis e os capuzes por clássicos sapatos sociais e sobretudos de marca. Verdade seja dita, estou tergiversando: com certeza, ele acabará sendo apanhado, porque é vítima da própria arrogância, e o provável é que acabe cumprindo pena no xilindró, tendo estupradores e pervertidos como vizinhos de cela.

No entanto, por mais que eu esteja emocionado ao ver minhas preces atendidas – e tão depressa, ainda por cima –, a expressão no rostinho da Viola bastou para fazer com que eu me sentisse um perfeito patife.

Um patife daqueles.

Portanto, é uma vitória de Pirro, como costuma acontecer com essas coisas.

Jules e o Rupes desapareceram na noite como amantes de outrora, deixando a pobre Viola soluçando no meu ombro.

Ao chegarmos em casa, mamãe, que havia recuperado uma considerável sobriedade desde a sua Dança Sensual com o Sr. Deixe Comigo – eca! –, pôs a Viola para dormir, lá em cima, e mandou a Chloë e eu também nos deitarmos.

Batemos um papo em voz baixa ao pé da escada, antes de nos despedirmos para dormir. Chloë pareceu achar que a coisa toda tinha sido o maior barato, mas creio que havia bebido mais que a mamãe, hábito que teremos que interromper quando ficarmos noivos. Mostrou-se muito mais interessada em me contar tudo sobre o onírico Michel, o filho caçula do Sr. Deixe Comigo, e em me dizer como ele é lindo... *outro* hábito que terá que acabar.

Estava chateada por mamãe ter insistido para ela sair da festa e voltar para casa conosco, uma vez que o Michel já lhe havia oferecido carona em sua motoneta, mais tarde. E também por Sadie *ter continuado* lá. Sadie havia conhecido um cara bem mais novo, com quem estava ficando, e que também lhe oferecera uma carona para casa mais tarde, na sua motoneta.

Sei que ela é a melhor amiga da mamãe e que é superdivertida, mas será que não chega uma hora em que a pessoa admite que acabou? Que aquilo ficou para trás? Tipo assim, aos 25 anos?

A minissaia da Sadie competia com a da Chloë na falta de comprimento, e realmente acho que alguém, tipo a mamãe, devia tomar a frente e sugerir que ela adote uma postura mais madura em relação ao vestuário. De preferência, com base no hábito das freiras e, decididamente, sem joelhos à mostra.

Pantera vestida de gatinha... Ora, esse chavão faz sentido, sim. Na minha opinião, era isso que a Sadie parecia.

Um dia, vi *A primeira noite de um homem*. Não entendi, não entendi mesmo.

Tiro o short e a camiseta e mergulho na cama, só para me descobrir numa poça empapada.

Droga!

Olho para cima e vejo o Cê, ainda tentando quebrar o recorde mundial do tempo mais longo em que um coelho pode ficar pendurado de cabeça para baixo, e me dou conta de que ele passou as últimas horas pingando no meu travesseiro e nos meus lençóis. Fico em pé na cama e o tiro da corda improvisada. Está relativamente seco. Não é de admirar, já que agora a água toda tomou a minha cama.

Viro 180 graus e me deito do outro lado da cama, de modo que, agora, meus pés é que vão ficar com pneumonia, não meu peito.

Fecho os olhos e procuro dormir... mas a adrenalina continua sendo bombeada por todo o meu corpo, que, a julgar pelas batidas do meu coração, está numa corrida de 8 quilômetros morro acima. Em temperaturas de mais de 60 graus. Não consigo acalmar os batimentos o bastante para relaxar, e sei o porquê.

Deixando de lado o Rupes e aquela família esquisita, nem tudo vai bem na minha.

Aquela dança. Ele e *ela*...

As ramificações são francamente assustadoras. A chave, o alfinete de segurança que é a minha mãe, parece ter se soltado do papai. E, se ela se soltou, isso pode significar que nos solte todos da nossa... *vida*.

O fato de eu ter um padrasto, de não termos alternativa senão tolerar um ao outro, de ele se recusar a comprar sorvetes que custam mais de 1 libra, e de eu saber que ele me acha estranho por preferir Platão a Pelé, está longe de ser perfeito.

Mas esta noite eu me dei conta de que ele não é tão ruim assim. Na verdade, é um cara bem decente. É... seguro, comparado a alternativas que eu poderia mencionar. E que não são... *ele* não é... uma alternativa.

Ouço uma batida tímida à minha porta.

– Alex, você está acordado?

É a Viola. Ah, que droga.

– Humm, não, de verdade, não.

– Está bem.

Então ouço os pezinhos dela se afastando. E me sinto tão culpado que faço uma manobra para me levantar e abrir a porta.

– Agora estou – digo ao fantasma de camisola branca na penumbra. – Tudo bem com você?

Ela balança a cabeça.

– Acabei de ouvir a mamãe chegar com o Rupes, mas ela trancou a porta do quarto e me falou para ir embora – sussurra ela, desolada.

Estendo-lhe a mão.

– Quer entrar um pouco no meu Armário das Vassouras?

– Obrigada.

E ela segura minha mão e entra comigo.

16

Eram cinco e meia da manhã quando William acordou, com a luz viva do sol entrando pelas janelas sem veneziana. Levou alguns segundos para reconhecer que não estava na cama da Casa dos Cedros, em Hampshire, nem em Pandora. Estava num dos quartos de hóspede da elegante casa antiga de Alexis Lisle, adjacente à vinícola.

Pouco a pouco, os acontecimentos da noite anterior começaram a ser filtrados por seu cérebro sonolento e ele gemeu baixinho.

Que trapalhada!

Sacudiu-se para despertar por completo, levantou com dificuldade da cama de solteiro e espiou a figura deitada na cama ao lado. Convencido de que Sacha respirava com regularidade e dormia um sono profundo, e sabendo que as chances de tornar ele mesmo a pegar no sono eram desprezíveis, vestiu-se e desceu pé ante pé até o saguão lajeado e fresco.

Não havia outros sons de atividade na casa, por isso ele saiu pela porta da frente e foi andando a esmo pela longa entrada para automóveis, atravessou a estrada de terra ao final dela e entrou nas fileiras poeirentas de vinhas, no vinhedo do outro lado.

Enquanto caminhava à luz suave e nevoenta da manhãzinha, tentou entender o que havia acontecido na festa. À parte as revelações de Sacha, alimentadas pelo álcool, William desconfiava que também ele tinha se comportado mal.

Helena...

Sentira-se consumido por uma lava ardente de ciúme, ao chegar e vê-la dançando com tamanha desinibição nos braços de Alexis. Sua raiva tinha explodido, finalmente, após dias de ressentimento em combustão lenta e de confusão a respeito do relacionamento misterioso entre a esposa e Alexis.

E o fato de ser o décimo aniversário de casamento só havia exacerbado a situação.

William colheu um cacho de uvas de uma parreira e comeu algumas, ciente de que a carne suculenta da fruta não saciaria sua sede crescente. O calor já era opressivo e ele precisava de água. Deu meia-volta e começou a refazer seus passos, refletindo sobre a relutância geral de Helena em se abrir com ele no plano afetivo.

Por que estava com a sensação de que ela sempre se refreava, de que sempre ficava a um passo de ser verdadeiramente *dele...*?

Isso teria a ver com Alexis?

Bem, decidiu William, só havia um modo de descobrir: confrontando o próprio homem.

Ao entrar na casa, ouviu sons vindos de um cômodo no extremo oposto do saguão. Dirigiu-se para lá e, hesitante, abriu a porta que dava para uma cozinha ampla e ensolarada, onde encontrou Alexis ocupado preparando café.

– Como vai, William? Dormiu bem? – Alexis se virou e lhe abriu um sorriso simpático.

– Por um tempo curto, sim, obrigado. Alexis, devo lhe pedir desculpas por explorá-lo desta maneira. E por aquela cena infelicíssima da noite de ontem.

– Essas coisas acontecem, William. Dei uma olhada no Sacha agora há pouco e ele ainda está apagado.

– Dormir fará bem a ele. Duvido que tenha dormido recentemente.

– Café?

– Sim, e água, por favor.

O anfitrião serviu um copo com água e duas xícaras de café retiradas do bule no fogão, e os colocou na mesa.

– Sente-se, por favor, meu amigo.

Os dois se acomodaram, um de frente para o outro, e se concentraram por alguns momentos em beber o líquido quente e revigorante.

Foi William quem acabou quebrando o silêncio.

– Alexis, desculpe-me se não é a hora apropriada para ter esta conversa, considerando o que aconteceu ontem à noite, mas tenho que lhe fazer uma pergunta direta, já que não conheço outra maneira... Qual é a história entre você e a Helena, exatamente?

Alexis passou alguns segundos calado, depois assentiu devagar.

– Fico contente por você me perguntar. E por termos uma oportunidade inesperada de manter uma conversa particular. Eu mesmo ia me certificar de arquitetá-la. Então... – Deu um suspiro. – Acho que não é segredo que Helena e eu tivemos um romance de verão quando éramos jovens. Depois que ela foi embora, só a vi mais uma única vez.

– Mas ela me falou que nunca tinha posto os olhos em você depois do último verão que passou aqui.

– E falou a verdade. Fui vê-la dançar com o balé La Scala no anfiteatro de Limassol, aqui no Chipre. Ela nem soube que eu estava lá.

– Entendo – murmurou William.

– E agora, devo admitir que, quando soube que ela ia voltar a Pandora, depois de todos esses anos... Bem, não posso negar que uma parte de mim se perguntou se nossos velhos sentimentos poderiam se reacender. Com toda a sinceridade, William, agora sei que nunca poderá haver mais do que lembranças e amizade entre nós. Porque é evidente que ela ama você, e ela já me disse isso. Por favor, desculpe-me, William. E não duvide dos sentimentos dela por você. Se eu lhe dei algum motivo para duvidar deles, tudo que posso fazer é lhe pedir perdão, de todo coração. Não é culpa da Helena, eu juro.

– Obrigado. – William engoliu em seco, lutando para controlar as emoções enquanto se sentia inundado por uma onda de alívio. – Mas não consigo deixar de pensar que há mais alguma coisa que ela não quer me contar. Tem mais alguma coisa, Alexis?

– Isso, meu amigo – Alexis o olhou de relance –, é algo que você deve perguntar à sua mulher.

Helena olhou para o relógio, espantada ao ver que passava das nove horas e se indagando por que as crianças não haviam pulado na cama com ela, como era comum fazerem quando ela dormia até tarde. Pegou o robe atrás da porta, saiu do quarto e desceu para a cozinha.

– Oi, mamãe! Você não acordou, aí eu fiz café para o Fred e para mim – anunciou Immy, cheia de orgulho.

Helena correu os olhos pela devastação. Recolheu do chão uma barra parcialmente comida de chocolate amargo, usado na culinária, e um pote de azeitonas virado de cabeça para baixo. Havia farinha de trigo e açúcar espalhados pela mesa e pelo piso, o que logo convocaria os exércitos locais de formigas.

– Oi, mamãe – disse uma voz embaixo da mesa.

Helena levantou a toalha, deu uma olhada na boca de Fred e soube prontamente para onde tinha ido a outra metade do chocolate amargo.

– Oi, Fred – respondeu, cansada, concluindo que não conseguiria nem mesmo começar a limpeza antes de tomar uma xícara de café, e, assim, encheu a chaleira e a pôs no fogo.

– Immy pode fazer café para mim todo dia, mamãe? O dela é bom mesmo. Melhor que o seu – acrescentou o menino, todo contente.

– Tenho certeza de que sim. Por que vocês não foram me acordar, como sempre fazem? – perguntou ela.

– A gente foi, mamãe, mas você não acordou. Devia estar muito cansada. Toma uma coisa para você beber. – Com um sorriso, Immy lhe entregou um copo plástico cheio de uma gosma verde de cheiro fétido. – Fui eu que fiz. Prove. Tem uma porção de coisas boas dentro.

– Eu... vou provar, num minuto. – Helena quase teve um engulho com o cheiro, sentindo os efeitos da noite anterior em forma de ressaca alcoólica e moral. – Obrigada, Immy – conseguiu dizer, descansando o copo.

– Cadê o papai? – indagou Fred de seu esconderijo.

– Ele foi com o tio Sacha fazer... umas coisas de trabalho. Mais tarde ele volta.

Helena resolveu esquecer o café e, em vez dele, foi buscar um copo d'água na geladeira. Tomou um gole grande, enquanto a porta da cozinha se abria e Angelina entrava.

– Bom dia, pequetitos. – Olhou para Fred embaixo da mesa e deu um beijo na Immy. – Você se divertiu ontem, Helena?

– Sim, obrigada.

– Meus amigos diz que festa foi boa. E que você dançou bonito com *seu* Alexis. – Os olhos negros de Angelina cintilavam.

– Você dançou, mamãe? – quis saber Immy, de olhos arregalados.

– Dancei, sim, Immy. Todo mundo dançou. Angelina, eu queria saber se você pode levar os dois à piscina e vigiar enquanto eles nadam um pouco? Vocês querem nadar, crianças?

Fred saiu de baixo da mesa feito um raio.

– Sim, por favor!

– Eu levo. Mas, primeiro – Angelina pôs as mãos nos quadris e examinou Immy e Fred –, quem fez bagunça na minha cozinha?

– Foi a gente! – Fred começou a pular, animado, enquanto Immy assumia um ar de culpa.

– Então, primeiro arrumar junto, depois vai nadar, sim? Tá bom?

– Tá bom – concordaram eles em uníssono.

Agradecida, Helena aproveitou a oportunidade para sair da cozinha e tomar um banho.

– Oi, tia Helena. Eu estava procurando você. – Viola estava parada no alto da escada quando Helena subiu.

– Como vai, querida? – perguntou ela.

Viola a fitou e deu de ombros, arrasada.

– Foi tudo um pesadelo?

– Ah, Viola, eu sinto muito, mas nós duas sabemos que não. Quer vir comigo para meu quarto? Podemos nos sentar e conversar um pouco.

– Está bem. – Viola entrou atrás dela no cômodo e na varandinha. – A porta da mamãe ainda está trancada. Acabei de olhar.

– Talvez ela ainda esteja dormindo, mas podemos acordá-la, se você quiser falar com ela.

– Não, ela só vai falar coisas horríveis sobre o papai. Tenho certeza de que não é tudo culpa dele, mas ela vai dizer que é, de qualquer jeito.

– Viola, querida – Helena condoeu-se da menina –, você tem que entender que ela está tão aborrecida e chocada quanto você.

– Você acha que eles vão se separar? Alex acha que sim.

– Realmente não sei o que vai acontecer. Eles precisam conversar, isso é certo.

– Mas eles não conversam *nunca*! O papai tenta, mas a mamãe só grita com ele. Nunca escuta o que ele diz, nunca. O que vai acontecer comigo, tia Helena?

– Querida, você ainda tem sua mãe e seu pai, e o Rupes. Talvez precise se mudar para outra casa, frequentar uma escola diferente, só isso.

– Isso não me incomoda. Detesto minha escola, de qualquer jeito. Só que se o papai e a mamãe se divorciarem, vou morar com o papai e pronto! – Viola enterrou o rosto nas mãos. – Eu gosto dele, mesmo que a mamãe não goste.

– Eu sei, querida, e ele ama você.

– Se eu não puder morar com o papai, posso morar com você? Você é muito boazinha e o Alex também. Posso ajudar com a Immy e o Fred, eu juro – ofereceu-se Viola, em desespero.

– Adoraríamos que você morasse conosco, mas talvez sua mãe não deixe.

– Ela não vai se importar. Só quer o precioso Rupes. Acho que *eles* é que deviam se casar, de tanto que gostam um do outro. – Viola soltou um risinho estrangulado.

– Ah, Viola, não diga essas coisas. Sua mãe adora você.

– Não, não adora, tia Helena. Não sei nem por que ela me adotou.

– Porque ela amava você. E *ainda* ama – retrucou Helena, lutando para encontrar as palavras certas de consolo.

– Além do mais – a expressão de Viola se fechou –, ela é mentirosa.

– Por que você diz isso?

– A mamãe tem dinheiro e nunca contou isso para o papai.

– Como é que você sabe?

– Eu vi o extrato bancário na bolsa dela, um dia, logo depois que a vovó morreu. Tinha uma porção de zeros no fim do número.

– Tinha? – Helena se lembrou de Jules ter mencionado o dinheiro que a mãe lhe deixara, uma noite dessas. – Bem, é uma boa notícia, não é? Talvez as coisas não estejam tão ruins, afinal.

– Pode ser que ela não divida o dinheiro dela com o papai. O que está errado, porque ele divide todo o dinheiro dele conosco. Você acha que eu devo contar a ele?

– Por enquanto, não.

– Está bem. – Viola esfregou o nariz, distraída. – Será que ele vai voltar hoje para falar com a gente?

– Não sei, querida. Sua mãe e o seu pai é que devem decidir.

– Mas e eu?

– Ah, querida. – Helena estendeu as mãos para a menina e a pôs delicadamente em seu colo. – Lamento muito pelo que aconteceu, mas, por enquanto, você está segura aqui conosco, e tenho certeza de que a sua mãe e o seu pai vão resolver as coisas. Eles também levaram um grande susto.

– Eu queria ver o papai, tia Helena. Ele precisa de um abraço.

– Sei que precisa, e logo você poderá lhe dar um. Agora, que tal procurar o seu maiô e descer comigo, a Immy e o Fred para dar um mergulho?

– Está bem – disse Viola, dando de ombros derrotada.

Saindo do colo de Helena, retirou-se do quarto com passos silenciosos, desolada.

Às onze horas, Helena se sentia muito melhor. A piscina, aliada à animação de seus filhos, tinha sido revigorante, embora ela ainda estivesse aflita com o que devia estar acontecendo na vinícola entre William, Alexis e Sacha.

Alex apareceu para se juntar a eles, assim como Chloë, e os dois organizaram brincadeiras para divertir os pequeninos. Helena ficou aliviada ao ver Viola falar alto e gritar como os demais, quando Alex a perseguiu para lá e para cá na piscina.

– Helena. – Angelina se aproximou dela, sorrindo. – Eu limpo casa de manhã, mas, quando acabar, posso levar pequenos à aldeia? Meus pais querem conhecer. Vamos tomar chá juntos. E o Alexis... quer dizer, o *Alex* e a Chloë e a Viola, a do cabelo lindo, também pode ir, se quiserem.

– Tenho certeza de que eles gostariam de ir com você, Angelina, mas, por favor, não quero que você tenha nenhum trabalho com isso.

– Trabalho, não! Aqui nós amamos crianças, você sabe. Um dia, pode ser que eu também tem uns, mas, por enquanto, adoto os seus.

– Por mim, está absolutamente ótimo – disse Helena, com um sorriso agradecido.

Ao voltar para dentro de casa, com a intenção de tirar o biquíni molhado, Helena encontrou Rupes sentado sozinho no terraço.

– Olá, Rupes – disse, meio hesitante.

– Oi.

– Como você está?

Ele deu de ombros, desanimado.

– Já viu sua mãe esta manhã?

Ele respondeu fazendo que sim.

– E como ela está?

– Como você acha que ela está?

Helena se sentou ao lado dele.

– Não muito bem, com certeza.

– Está com muita vergonha de sair do quarto. Não pode encarar ninguém neste momento.

– Posso entender isso. Adiantaria alguma coisa se eu fosse conversar com ela? Para tentar fazê-la ver que ninguém a está julgando? Que nada disso é culpa dela? Todos nós só queremos ajudar. Se pudermos.

– Não sei se vai adiantar ou não – Rupes encolheu os ombros. – Ela é orgulhosa, você sabe.

– Sim. – Helena pôs a mão no braço dele. – Vai ficar tudo bem, sabe? É sempre assim com essas coisas.

– Não, não vai ficar nada bem – disse Rupes, repelindo a mão dela. – Papai destruiu a vida de todos nós. É simples assim.

Rupes se levantou, atravessou o terraço e contornou a casa, dirigindo-se ao refúgio do parreiral. Helena sabia que era por não querer que ela o visse chorar. Ela foi até a cozinha e encontrou celular piscando. Era uma mensagem de William:

"Oi. Sacha nada bem. Ligo p vc depois."

Helena estudou o texto, percebendo o que faltava. Não havia beijo.

Depois do almoço, Angelina pôs as crianças no carro para levá-las ao vilarejo. Rupes continuava isolado, sozinho, e Sadie ainda não tinha voltado para Pandora. Respirando fundo, Helena subiu e bateu de leve à porta do quarto de Jules.

– Sou eu, Helena. Posso entrar?

Não houve resposta.

– Jules, entendo que talvez você não queira ver ninguém, mas posso ao menos lhe trazer alguma coisa para beber? Chá? Café? Uma dose tripla de vodca?

Estava prestes a se retirar quando uma voz disse:

– Ora, que diabo, por que não? Se você prometer que a dose de vodca vai ser quádrupla. A porta está aberta.

Helena girou a maçaneta e entrou. Jules estava sentada de pernas cruzadas no meio da cama, ainda usando o tope dourado da noite anterior. Havia roupas espalhadas por toda parte e a mala enorme estava parcialmente arrumada, no chão.

– Você vai embora? – indagou Helena.

Jules deu de ombros.

– Pensei em ir, por isso comecei a fazer as malas, mas depois me lembrei... – sufocou um soluço – que não tenho para onde ir.

– Ah, Jules. – Helena se aproximou e passou um braço em volta dela. – Eu sinto muito, muito, muito. Por tudo – acrescentou.

– Como é que ele pôde deixar as coisas chegarem a esse ponto sem me dizer *nada*? – exclamou ela. – Não sou uma ogra, sou, Helena? Quer dizer, é impossível conversar comigo? Tentei muito fazê-lo falar sobre o trabalho, mas ele só se fecha e prepara mais um drinque para tomar.

– É claro que você não é assim, e tenho certeza de que o Sacha não tinha a intenção de não lhe contar. Imagino que as coisas cheguem a um ponto em que a pessoa já mentiu tanto que mais uma mentira não parece ter importância. – Helena suspirou. – Foi muita burrice dele não compartilhar isso com você, e nada é culpa sua. Você deve se lembrar disso.

– Eu tentei, mas toda vez que penso nele parado lá, bêbado, lavando a nossa roupa suja diante de todos aqueles estranhos, penso no que eles devem ter pensado de mim: uma mulher a quem o marido não pôde recorrer na hora do aperto. Tentei ser uma boa esposa, tentei mesmo. E, Deus do céu, houve momentos em que foi difícil. – Lançou um olhar para Helena. – O Sacha não é nenhum William, como você sabe.

– Não, tenho certeza de que não é. Escute, as crianças estão com a Angelina no vilarejo. A casa está vazia, então, por que você não se refresca, troca de roupa e desce para comermos alguma coisa no terraço?

Jules assentiu.

– Está bem. Obrigada, Helena.

Dez minutos depois, Jules se sentava à mesa no terraço, devorando um sanduíche de frango que Helena havia preparado às pressas e bebendo uma grande taça de vinho.

– Estou literalmente em choque, para ser sincera. Simplesmente não sei o que pensar nem o que dizer. Suponho que eu deva entender o que o Sacha disse e presumir que perdemos tudo.

– Você precisa ter uma conversa apropriada com ele, descobrir exatamente em que pé estão as coisas.

– Sei como as coisas vão ficar se eu puser os olhos naquele idiota neste momento: não vai lhe sobrar nem um dente na boca! Não – Jules balançou a cabeça –, não posso mesmo enfrentá-lo, ainda não. E, se ele ligar para você, por favor, diga para não chegar perto de mim até eu mandar.

– Se serve de consolo, duvido que ele esteja se sentindo melhor do que você.

– De mim ele não vai receber um pingo de solidariedade, nunca mais. As coisas já estão suficientemente ruins, mas ele precisava ainda me humilhar publicamente? E ele humilhou não só a mim, mas às crianças também, isso eu realmente não entendo. O que deu nele, Helena?

– Desespero, alimentado pela bebida, eu diria.

– Ah, eu sei que ele tem um problema com a bebida, já faz anos. Mas praticamente desisti, porque, se chego a mencioná-lo, ele me chama de burro de carga. Como os meus cavalos, pobrezinhos – acrescentou Jules, tomando um gole de vinho. – Sendo assim, o que se pode fazer? Até ele admitir que tem um problema, é uma estrada que não leva a parte alguma. Meio como parece ser o meu futuro, neste momento.

– Sei que tudo parece sem saída, Jules, mas sempre existem soluções.

– Desculpe, Helena, sei que você está tentando ajudar, mas não estou no clima para esses chavões simplistas de Pollyanna. A verdade é que o Sacha nunca me amou, e só Deus sabe por que se casou comigo, para começo de conversa.

– Não diga isso, Jules, por favor! É claro que ele a ama.

– Não, não ama e nunca amou. É fato. Eu sempre soube disso. O problema foi que eu deixei que ele pintasse e bordasse impunemente, durante anos, só para poder ficar grudada nele, grata por qualquer migalhinha de afeição que se dispusesse a jogar para mim.

– Tenho certeza...

– Nem jogue fora o seu latim – rebateu Jules. – Sei que isso me deixou amarga, mas, se soubesse as coisas para as quais tive que fechar os olhos, você nem acreditaria... – Jules fez uma pausa, desviou o olhar e abafou um soluço. – Eu tentei de tudo, desde apoiar a ambição dele de ser pintor, ter filhos, adotar uma menininha, como ele sempre disse que queria, quando não parecíamos capazes de gerar uma filha nossa, até lhe oferecer uma casa confortável e uma refeição quente à mesa, todas as noites. Experimentei até mesmo uma coleção completa de peças de lingerie caríssimas, mas nada fez diferença. Não se pode forçar uma coisa que simplesmente não existe... *Nunca existiu.*

Helena não disse nada, ciente de que tudo que podia fazer era escutar.

– Acho que o Sacha estava procurando alguém que o "consertasse" – continuou Jules. – Sempre tive os pés no chão, e ele era um sonhador, com a cabeça nas nuvens. Eu o fiz pisar no chão, eu acho. Eu o organizei. Responsabilidade nunca foi o forte dele, como você sabe muito bem. – Jules suspirou. – Mas sabe o que realmente me irrita?

– O quê?

– O jeito como todo mundo sente pena *dele*! "Coitadinho do Sacha, ter que viver com aquela mulher pavorosa!" E não me diga que você e o William não pensam assim, Helena, porque sei que pensam. Todo mundo pensa! – Jules deu um soco na mesa e Helena segurou a garrafa de vinho por um triz, antes que ela virasse. – Mesmo agora, aposto que a simpatia fica com ele, não comigo. E até a Viola, minha própria filha, o protege e defende. Sei que haverá uma certa pessoa que vai ficar encantada ao me ver recebendo minha justa recompensa.

– Jules, tenho certeza de que isso não é verdade.

– Ora, vamos, Helena! – Jules virou-se contra ela. – Você e o William me toleram para poder estar com ele! Não sou uma idiota completa, sabe, e estou com o saco mais do que cheio disso! Estou mesmo.

Jules voltou a encher sua taça, sob o olhar de Helena.

– Nossa, eu queria ser como você.

– Por que diabo você haveria de querer ser igual a mim?

– Porque todo mundo a adora, Helena. Você flutua por aí nessa sua luz dourada, reunindo gente à sua volta, banhando as pessoas com o seu brilho, de modo que, depois de estarem perto de você, elas têm a impressão de que um pouquinho da magia de Helena passou para elas. Não sou simpática nem naturalmente encantadora como você. Sou desajeitada, não me sinto à vontade socialmente, sou tímida, se você quer saber, e, por isso, é comum as coisas que eu faço e digo saírem erradas. Já você, tenho certeza de que, mesmo quando comete um erro, sabe o que dizer e fazer para consertar tudo.

– Juro que não, Jules. Já cometi alguns erros terríveis – retrucou Helena, com emoção.

– E todos não os cometemos? – Jules desviou os olhos e bebeu outra golada de vinho. – E talvez... apenas talvez – murmurou – esta seja a melhor coisa que podia ter acontecido. Talvez eu precise de um novo começo. Juro por Deus, Helena, só quero alguém que me ame. É simples assim. Enfim, sei que terei que enfrentar o Sacha e discutir a situação toda, mas ainda não. Não até eu pôr alguma ordem nas minhas ideias. Só há uma coisa que sei com certeza: nosso casamento acabou. Está morto e enterrado. E, por favor, não me diga que não está, porque juro que vou gritar.

– Não vou dizer, prometo.

– Não se preocupe, não vou passar muito mais tempo aqui. Minha família já destruiu o que deveria ter sido um período de férias relaxantes para vocês todos. Só me dê alguns dias para pensar no que fazer, está bem?

– Falando sério, Jules, não há pressa. Você pode ficar quanto quiser.

– Sabe de uma coisa, Helena? Você é mesmo uma doçura, apesar de tudo... – Jules deu um suspiro. – Muito bem, vou subir e tentar dormir um pouco. Esse vinho ajudou. Não preguei olho ontem à noite.

– Estarei aqui quando as crianças voltarem. Não se preocupe com elas.

– Obrigada. O que quer que tenha acontecido no passado, você foi uma boa amiga para mim. Eu realmente valorizo isso.

Jules apertou a mão de Helena com tanta força que ela mal conseguiu disfarçar a careta de dor.

Com o coração pesado, Helena viu Jules cruzar o terraço e entrar na casa.

E se perguntou qual das duas se sentia pior naquele momento.

DIÁRIO DE ALEX

22 de julho de 2006

Desculpe, mas...

Simplesmente tenho que dizê-lo. Andei me refreando e não posso mais continuar. Então, lá vai...

Esta tarde foi divertida. Uma família inteira de cipriotas desconhecidos a nos oferecer um bolo enojante, biscoitos intragáveis e café com grãozinhos de pó, para dar mais substância.

Eles conversaram conosco – e, cara, como falaram – mas só havia um pequeno problema...

Era tudo grego para mim.

Rá! Eu precisava dizer isso.

E não vou repetir.

No meio do chá do Chapeleiro Maluco, a Chloë desapareceu. Avisou que ia dar um pulo numa loja. Implorei que me deixasse ir junto, mas ela disse que precisava comprar "coisas de mulher", o que é um não completo, no que me diz respeito.

Toda essa área secreta da vida de uma garota é outro mundo para mim. Na minha escola antiga, as meninas da turma passavam horas pelos cantos, conversando sobre "coisas". Assim que eu ou outro ser masculino nos aproximávamos, elas davam risinhos, cochichavam e nos mandavam "cair fora".

É realmente uma pena quando o grande divisor entre masculino e feminino se instala, no início da puberdade. Até os 11 anos, um de meus melhores amigos era uma menina chamada Ellie. Costumávamos correr um atrás do outro no recreio e compartilhar o almoço, além de segredos. Ela me confidenciava por quem sentia atração e eu lhe confidenciava que não sentia atração por ninguém. Na minha escola, a sexta série não estava exatamente abarrotada de Scarlett Johanssons ou Lindsay Lohans.

Dizem que beleza não põe mesa. Isso é mais ou menos como dizer que você escolheria o sofá mais horrendo para se sentar durante trinta anos só por ele ser confortável. Ainda que fosse obrigado a olhar para ele todos os dias da sua vida e ficasse sem graça quando seus amigos aparecessem e achassem que você tinha péssimo gosto.

Eu escolheria a versão elegante e desconfortável sem pestanejar.

Talvez eu seja superficial, mas a Chloë é a chaise longue metafórica do mundo feminino. É alongada, com as costas entalhadas com requinte, braços delicadamente torneados, e tão estreita que, sem dúvida, vez por outra você cairia ao cochilar. Mas ela seria sempre um exemplo de beleza e, daqui a cem anos, seria leiloada por milhares de libras na Sotheby's.

Ela é meio parecida com a minha mãe, acho. As duas não são parentes consanguíneas, mas compartilham qualidades decisivas.

E espero que uma delas, para o bem de todos, seja a fidelidade.

Voltando à minha amiga Ellie, sempre tive uma suspeita incômoda de que era por mim que ela se sentia atraída. Aqueles eram os bons tempos em que eu não precisava de uma escada para olhar minhas colegas de turma nos olhos.

Na verdade, seria possível dizer que eu era o garanhão da turma. Na festa após a apresentação da montagem escolar de *Oliver!* – na qual eu fiz uma interpretação tão comovente de "Onde está o amor?" que, ao que parece, arranquei lágrimas até do nosso diretor carrancudo –, as meninas literalmente fizeram fila atrás do prédio de artes para ganhar um beijo meu. Precisei manter a ordem!

Aprendi naquele momento que a fama é um afrodisíaco poderoso.

Isso foi pouco antes de todas as meninas virarem gigantes, na oitava série, e se transformarem em estranhas e sigilosas criaturas de outro planeta. Foi quando os manequins dos sutiãs, o brilho para os lábios e... eca!... aquelas coisas mensais que parecem incrivelmente nojentas se combinaram para se tornar um mundo que o sexo masculino não pode nem começar a compreender. Foi como se nossos hormônios saíssem de uma confusão toda misturada e formassem entre nós um imenso abismo, que nunca mais seria preenchido.

É quase meia-noite aqui.

O papai e o Sacha ainda estão "fora" e só vão voltar quando a mamãe tiver escondido todos os objetos cortantes da casa para impedir que a Jules mate o marido. Hoje à noite, mais cedo, Jules levou o Rupes e a Viola para jantar no vilarejo. Sadie continua sumida, apesar de ter mandado uma mensagem de texto para a mamãe, relatando os detalhes sórdidos do seu "festival da transa".

(Mamãe já devia saber que, se largar o celular por aí, vou ler as mensagens dela. Ela ainda não descobriu como pôr uma senha bloqueando o aparelho, e eu é que não vou lhe ensinar, com certeza.)

Na verdade, foi muito agradável jantar com a mamãe e os pequenos, sem mais ninguém. Mais cedo, eu também tinha entrado sorrateiramente no quarto da mamãe e verificado que não havia nenhuma mala pronta. De nenhum dos dois. Logo, o papai não a deixou. Ainda. No jantar, ela também não parecia estar pensando em deixá-lo.

Ainda.

Estava muito mais preocupada com a mensagem de texto enviada pela Chloë, avisando que ela e o Michel voltariam "mais tarde". Então, foi para encontrá-lo que ela saiu de fininho durante o chá desta tarde! Ai, ai, ai. Sei que preciso me controlar, que a Chloë deve ter sua liberdade até nos casarmos, mas às vezes é difícil. E é especialmente difícil saber que ela está com o filho do Sr. Deixe Comigo.

Isto posto, na volta do chá da tarde para casa, a Viola implorou que a Angelina parasse na casa do Sr. Deixe Comigo, para que ela pudesse ao menos dar um abraço no pai. (Isso é que é ironia: um alcoólatra falido refugiando-se numa vinícola!) E me elegeu para ser seu parceiro.

Ao saltarmos do carro, o Sr. Deixe Comigo saiu da sala dos tonéis, todo sorridente. Disse à Viola que o Sacha tinha saído com o William, mas que lhe informaria de que ela havia passado por lá para vê-lo. Depois, ele nos levou ao galpão para vermos uns gatinhos como prêmio de consolação.

– Deve estar sendo muito difícil para ela. É bom ela ter você – sussurrou ele para mim, quando a Viola se abaixou, extasiada, e pegou no colo um filhotinho peludo.

– Não tenho certeza de que a Viola veja as coisas desse jeito – resmunguei.

– Não se subestime, Alex. Você é um rapaz gentil e atencioso.

Aí, fomos embora, depois de o Sr. Deixe Comigo dizer que a Viola podia ir lá quando quisesse, para ver os gatinhos.

Enfim, foi agradável receber um elogio. Ele me desconcertou um pouco. Outra boa notícia é que, apesar de papai estar hospedado sob o mesmo teto que ele, os dois ainda não se mataram. A não ser que o Sr. Deixe Comigo estivesse mentindo e que o papai e o Sacha estejam enterrados numa cova rasa, em algum ponto dos vinhedos...

Alguém bateu à minha porta. Levanto-me para abri-la.

– Alex? Está acordado?

É a mamãe.

– Sim.

Ela tenta forçar a maçaneta, que eu tranquei, é claro, para o caso de outra intromissão de fontes indesejadas.

É melhor eu deixá-la entrar.

17

– Estou preocupada com a Chloë. Ela ainda não chegou – disse Helena, espiando pela porta do quarto de Alex.

– Ela sempre volta tarde, mãe.

– Eu sei, mas, sem o seu pai aqui, sou responsável por ela, e não faço ideia de onde ela esteja. Ela também não atende o celular. Você não teve notícias, teve?

– Não, desculpe. Chloë está com o filho do Alexis, não é?

– É, mas não posso me deitar enquanto ela não chegar em casa, e estou cansada.

– Que tal ligar para o Alexis e ver se ele sabe aonde eles foram?

– Já é quase uma hora da manhã, e tenho certeza de que ele deve ter ido dormir cedo, depois da festa de ontem. Não seria justo acordá-lo. Não – suspirou Helena –, terei mesmo que esperar acordada por ela. Desculpe incomodá-lo, Alex. Durma bem.

Helena deu um sorriso cansado para o filho, fechou a porta e voltou pelo corredor para a cozinha.

Preparou um chá de hortelã e foi se sentar no divã do terraço para esperar Chloë voltar. E procurou não pensar no que estaria sendo dito entre os três homens na vinícola...

Sobressaltou-se ao som de uma motoneta zumbindo sobre o cascalho da entrada para carros. Consultou o relógio: eram duas e meia, e ela se deu conta de que devia ter cochilado. Passaram-se uns bons dez minutos antes que ouvisse os passos de Chloë, na ponta dos pés, no terraço atrás dela.

– Boa noite, Chloë. Ou devo dizer "bom dia"?

Chloë deu um pulo e se virou, ao som da voz de Helena.

– Nossa! Você ainda está acordada! – exclamou.

– Eu estava esperando você chegar. Venha tomar uma xícara de chá comigo na cozinha.

Não foi uma sugestão. Foi uma ordem. Chloë a seguiu mansamente.

– Na verdade, será que posso tomar só um copo d'água? – perguntou a adolescente, sentando-se à mesa. – Vou levar uma tremenda bronca?

– Sim e não. – Helena serviu água para as duas, esquecendo o chá. – Mas estou no lugar do seu pai enquanto ele não está aqui. E fiquei preocupada com você.

– Eu sinto muito mesmo, Helena. Papai vai voltar logo? – indagou Chloë, mudando habilmente de assunto.

– Vamos conversar amanhã e ele me dirá o que o Sacha pretende fazer. Jules está lá em cima e se recusa a vê-lo.

– Não me surpreende. A cena de ontem não foi a mais embaraçosa que você já viu?

– Não foi uma maravilha, concordo. O que o Michel comentou sobre isso? – perguntou Helena, tentando retomar o eixo da conversa.

– Que foi o melhor show gratuito que aconteceu no vilarejo em anos. Hoje, todo mundo estava falando disso.

– Foi lá que você esteve esta noite, no vilarejo?

– Foi. Fomos àquele bar novo da esquina, em frente ao banco.

– Sei que você bebeu, Chloë. Posso sentir o cheiro no seu hálito.

– Helena, hoje em dia todo mundo bebe aos 14 anos. E eu só tomei umas duas taças de vinho. Foi uma noite ótima. Michel me apresentou a todos os amigos dele. São legais, mesmo com o inglês limitado.

– E ficaram lá até as duas da manhã? O bar fecha às onze da noite, não?

– Michel me levou para dar uma volta de motoneta depois. – Chloë enrubesceu.

– Chloë, minha querida, Michel tem 18 anos, você tem 14. Ele não é um pouco velho para você?

– Vou fazer 15 no mês que vem, lembra? Não é nada de mais. Você e o papai têm quase seis anos de diferença. Qual é o problema?

– Na sua idade, Chloë, é um problema enorme. Ele é adulto e você ainda é uma criança.

– Os meninos da minha idade me cansam – declarou Chloë, com ar arrogante. – Veja o Rupes, por exemplo. Que babaca! Escreveu uma carta de amor para mim em francês, que estava um horror! Ele me chamou de "querida porquinha". Deve ter confundido *cocotte* com *cochon*. E disse que eu tinha olhos "iguais a pedacinhos de carvão em brasa". Além disso – acrescentou, sonhadora –, o Michel é a pessoa mais maneira que já conheci. É diferente de todos os outros garotos.

– É?

– Ah, é, sim. É muito gentil e inteligente, e fala comigo de igual para igual. E eu seria capaz de escutar aquele sotaque o dia inteiro. – Chloë teve um pequeno arrepio de prazer. – Tipo, é comum eu me sentir no controle. Sei que os garotos querem sair comigo, mas nunca me interessei o *bastante* por eles, de verdade, se você me entende.

Helena entendia, sim.

– Ele quer sair outra vez com você?

– Falou que amanhã vai pedir emprestado o carro do pai para me levar até o lugar onde Afrodite nasceu, e também para almoçar.

– Chloë, não quero lhe passar um sermão nem tentar tomar o lugar da sua mãe...

– Então, não tome, Helena.

– Certo. Mas, *por favor*, tome cuidado.

– Vou tomar. Não sou idiota. Para sua informação, eu ainda *sou*, se você entende o que quero dizer. A maioria das minhas amigas não é.

– Nesse caso, apenas se certifique de continuar assim. Se não continuar, pelo amor de Deus, venha falar comigo, e nós conversaremos sobre isso.

– Obrigada, Helena. Você é legal mesmo.

– Acredite, Chloë, não estou consentindo nada, mas é melhor prevenir do que remediar. E procure se lembrar de que isso não pode passar de um romance de verão.

– Por quê? Hoje o Michel estava falando de quanto quer morar na Inglaterra quando terminar a faculdade em Limassol.

– Sim, tenho certeza de que ele quer. De qualquer modo, é uma conversa boba. Você o conhece há apenas um dia...

– Mas é como se o conhecesse desde sempre.

– Eu entendo, mas, se você *pretende* se encontrar com ele regularmente, vamos ter que combinar algumas regras básicas, está bem?

– É claro. – Ela deu de ombros. – Mas, por favor, posso sair com ele amanhã?

– Primeiro terei que falar com seu pai. E, se o Michel é maduro como você diz, vai compreender que precisamos saber onde vocês estão. Você ainda é menor.

– Está bem.

– Uma das regras básicas será que você esteja de volta até a meia-noite, para podermos dormir sabendo que você está em casa, sã e salva. E é para a cama que eu vou agora.

– Seguinte: se eu passar o dia inteiro fora, posso me levantar para cuidar dos baixinhos amanhã de manhã e preparar café para eles, e você pode dormir até mais tarde. Que tal?

– Fechado. Deve ser amor – disse Helena, com um sorriso.

– Obrigada. Até amanhã.

Minutos depois, Helena estava deitada na cama, tão cansada que havia perdido o sono, pensando em como parecia ter passado pouco tempo desde que ela própria voltara pé ante pé para Pandora, de madrugada. Apenas para ser flagrada e receber uma descompostura completa de Angus, que estivera em seu escritório queimando as pestanas até altas horas.

E ali estava ela, tendo uma versão moderna da mesma conversa com a enteada, a respeito do filho do homem que um dia ela amara.

Como Chloë tinha assinalado, agora as coisas eram diferentes. Havia uma liberdade que não existira para ela e Alexis. As barreiras caíram em inúmeros níveis: havia muito menos restrições sociais, e a facilidade das viagens e das comunicações passara por uma revolução desde a sua época...

Talvez, se quisessem, Chloë e Michel poderiam dar certo.

Com um sorriso irônico, Helena se deu conta de que qualquer união entre seus filhos transformaria Alexis e ela em parentes.

Só que não do modo que um dia eles haviam imaginado.

Helena estava no andar de cima, ajudando Angelina a trocar os lençóis, no dia seguinte, quando Alex apareceu, segurando o celular dela.

– Papai, para você – disse, entregando o aparelho.

– Obrigada, Alex. – Ela pôs o celular no ouvido. – Oi, querido, como vão as coisas? Eu estava preocupada com você.

Alex ficou rondando atrás dela, por isso Helena foi andando para a sacada.

– Oi – retrucou William. – Só preciso saber se o Sacha está com você.

– Não, pensei que estivesse com você, não está?

– Merda! – William soou agitado. – Ele parecia mais calmo quando levantou hoje de manhã, um pouco mais racional. Alexis e eu lhe demos o café da manhã e conversamos com ele. Eu disse que ele tinha que voltar à Inglaterra o mais depressa possível e negociar com os bancos. Depois ele falou que queria dar uma volta, passar um tempo sozinho, e eu o deixei levar o carro, fazendo-o prometer que voltaria em algumas horas. Mas ele ainda não apareceu e já são quase duas da tarde. Achei que poderia ter ido a Pandora falar com a Jules, que, a propósito, apareceu aqui mais cedo, para pedir desculpas pela outra noite ao Alexis.

– Não, o Sacha não está aqui. A que horas ele saiu?

– Por volta das dez, ou seja, há quase quatro horas e não está atendendo o celular. Eu não devia tê-lo deixado levar o carro. E se ele voltou a beber e teve um acidente?

– Ele estava sóbrio quando saiu, não estava?

– Sim, mas agora isso não é garantia de nada – suspirou William.

– O que a Jules acha do desaparecimento do marido?

– Ela saiu com o Alexis, que queria lhe mostrar alguma coisa. Falou que não dava a mínima para onde o Sacha estava. Como vão as crianças, por falar nisso?

– Estão todos bem. Talvez você já saiba que a Chloë está passando o dia com o Michel, filho do Alexis, não sabe? Eu lhe mandei uma mensagem sobre isso. Ele veio buscá-la hoje de manhã e prometeu cuidar dela.

– Sim, eu o vi sair, mais cedo. – Houve uma pausa. – Enfim, vou ficar mais um pouco por aqui, só para ver se o Sacha aparece, e depois acho melhor eu ir para casa.

– Está bem.

– Tchau, Helena, até mais.

Ela respirou fundo duas vezes, para se acalmar, temendo a conversa que teriam quando William voltasse. Alex ainda rondava pelo quarto quando ela tornou a entrar.

– Tudo bem? – perguntou ele.

– Tudo. O papai vem para casa daqui a pouco.

– Que bom. Como está o Sacha?

– No momento, desaparecido, mas tenho certeza de que vai aparecer. – Helena se aproximou do filho e o abraçou. – Sinto muito tudo estar sendo tão difícil por aqui nos últimos dias. E obrigada por ser tão genial com a Viola.

– De verdade, mãe, você e o papai estão bem?

– É claro que estamos. Por que essa pergunta?

– Vi vocês na festa. Ele ficou zangado por você ter dançado com o Sr. Deixe..., digo, com o Alexis, não foi?

Não adiantava mentir.

– Sim. Todos haviam bebido demais e as coisas foram desproporcionalmente exageradas, só isso.

– Sei. Mãe...

– Sim?

– Você me promete, você jura com toda a certeza que não vai fugir com o Alexis?

Helena segurou delicadamente entre as mãos as bochechas rosadas e agora bronzeadas do filho e lhe abriu um sorriso.

– Eu juro com toda a certeza, querido. Ele é um velho amigo, mais nada.

– Tem certeza?

– Completa. Eu amo o William e a nossa família. Vocês significam tudo para mim, eu juro.

– Ah. – Os ombros de Alex arriaram de alívio. – Ótimo. E...

– Sim?

Fez-se uma pausa, enquanto o garoto parecia se preparar mentalmente.

– Eu... eu preciso lhe perguntar outra coisa.

– Desembuche.

– Quero que você saiba que não vou ficar chateado, mas apenas preciso saber. A questão é... ele é, o Alexis é meu...

– Helena! Você está aí em cima? Ah, sim, está! – Jules entrou saltitante no quarto, parecendo excitada e empolgada. – Adivinhe só!

Alex revirou os olhos para a mãe e saiu do quarto de fininho.

– O que houve, Jules?

– Fui falar com o Alexis na casa dele e ele me convidou para uma taça de vinho. Pedi desculpas pelo ocorrido na festa e ele não poderia ter sido mais gentil, garantindo que a maioria dos convidados não falava inglês, ou estava alegre demais para entender, de qualquer modo – disse Jules, arfante –, o que, como você pode imaginar, fez com que eu me sentisse muito melhor. Acabei desabafando toda a história infeliz durante o almoço.

– Isso ajudou? Você está parecendo melhor, com certeza.

– Ah, sim. Quer dizer, o Alexis já devia saber da maior parte pelo William, mas foi muito solidário e compreensivo. Perguntou o que eu ia fazer de imediato e respondi que não sabia, porque era óbvio que minha casa na Inglaterra seria vendida, mas eu não queria explorar você e... – Jules finalmente conseguiu respirar entre as palavras. – Aí ele contou que tinha uma casa que eu poderia pegar emprestada, enquanto me organizava. Não é superamável da parte dele?

– Nossa! É, sim.

– Quer dizer, eu me ofereci para pagar um valor simbólico pelo aluguel... Lembra que eu tenho uma pequena herança da minha mãe? Mas ele não quis nem ouvir falar. Disse que a casa estava vazia e me levou lá para vê-la, e, para ser sincera, eu estava esperando uma coisa velha e dilapidada feito Pandora, mas, adivinhe só, a casa é novinha em folha! Ele a construiu no ano passado e ia se mudar para lá quando o filho precisasse da casa grande para ele e a família. Helena, ela é linda! Fica logo adiante da vinícola, descendo uma ruazinha estreita, está esplendidamente mobiliada e tem uma piscina enorme. Alexis disse que escolheu aquele lugar por achar que oferece a melhor vista do vilarejo. Disse que eu posso ficar lá pelo tempo que for necessário e, de quebra, beber todo o vinho que eu puder. E então – exausta, Jules arriou na cama recém-arrumada de Helena –, o que acha disso?!

– Você parece ter encontrado o seu cavaleiro andante, que cruzou a montanha para salvá-la – retrucou Helena, no tom mais caloroso que pôde. – Fico muito contente, Jules. Você sabe que é bem-vinda aqui, mas entendo que queira ter seu próprio espaço por algum tempo.

– Aquele homem é um verdadeiro cavalheiro à moda antiga. Tenho que convidá-lo para um jantar, para lhe agradecer. E ele estará no outro lado da rua, de qualquer modo.

Helena viu que Jules brilhava feito uma jovenzinha. Os anos pareciam ter desaparecido do seu rosto da noite para o dia. Era óbvio que Alexis lhe dera um pouco da atenção pela qual ela ansiava.

– Certo. – Jules se levantou. – Você parece prostrada, Helena. Vou levar as crianças para a piscina e lhe dar um pouco de sossego. Está bem?

– Está bem.

Numa demonstração atípica de afeição, Jules atirou os braços em volta de Helena.

– E obrigada por tudo.

236

Helena recolheu-se em sua rede enquanto Jules arrastava as crianças para a piscina. Precisava de tempo para pensar, antes que William voltasse.

Mal havia cochilado quando ouviu passos nas folhas secas que cobriam o chão.

– Olá, princesa.

Sentiu um beijo suave na testa, abriu os olhos e viu Sacha.

– O que está fazendo aqui? – Helena empertigou-se na rede de um salto. – William está louco de preocupação por sua causa.

– Eu só precisava me afastar por um tempo, você sabe. Para pensar. Onde estão a Jules e as crianças?

– Lá embaixo, na piscina.

– Ah. – Sacha assentiu. – Vim me despedir deles. Volto para casa hoje.

– Certo.

– Tenho que resolver uma porção de coisas na Inglaterra, como você pode imaginar. Na minha cabeça e na prática.

– Com certeza. Viola está arrasada.

– Sim, e tem todo o direito de estar. Olhe, eu só queria dizer, enquanto tenho a chance, que sinto muito por... tudo.

– Obrigada. – Helena se levantou da rede. – Você devia falar com a sua mulher. Espere aqui uns cinco minutos, para eu poder tirar as crianças da piscina e levá-las para dentro de casa, antes que elas o vejam. Você precisa conversar com a Jules a sós.

– Eu sei. – Sacha pôs a mão no braço dela. – Só me dê um momento para eu dizer que sei que tudo deu errado na minha vida. Fui muito egoísta. Magoei e maltratei uma porção de gente, inclusive você e o Will. E não há ninguém para culpar, a não ser eu mesmo. Não tenho como mudar o passado, mas, agora, talvez eu possa tentar corrigir uns erros.

– Pelo menos por seus filhos. – Helena o fitou, de braços cruzados.

– Sim. Eu... Helena, antes de eu ir embora, há uma coisa que quero lhe perguntar. Eu... Helena, por favor!

Mas ela já estava se afastando.

Menos de meia hora depois, Jules voltou para o interior da casa e encontrou Helena na cozinha, servindo a Viola e aos pequenos a limonada e os bolos caseiros que Angelina havia preparado.

– Tudo bem? – perguntou Helena, hesitante.

– Sim. Viola? O papai está lá na piscina – avisou Jules. – Quer ir falar com ele?

O rosto da menina se iluminou.

– Aah, sim! Posso sair da mesa, tia Helena?

– É claro.

– Podemos? – perguntaram Immy e Fred, em coro.

– Não – respondeu Helena, enquanto Viola saía correndo da cozinha.

– Fico feliz por estar acabado e resolvido, afinal – comentou Jules de repente, quando Viola saiu. – Eu disse a ele que quero o divórcio.

– Você tem absoluta certeza disso, Jules? Não seria melhor deixar a poeira assentar um pouco?

– Não, não seria. Você se importa se eu tomar uma taça de vinho? Já passa das seis.

– É claro que não.

– Enfim, ele falou que concordaria com o que eu quisesse. Ao menos parecia sóbrio, o que já é uma mudança. – Jules deu um risinho, enquanto servia o vinho numa taça. – Ao contrário da quase ex-mulher dele.

– Sacha contou que vai voltar para a Inglaterra – comentou Helena.

– Vai, e eu informei que vou ficar aqui com as crianças pelo resto do verão. Ele que organize a casa e brigue com os oficiais de justiça sobre o que podemos conservar. Os cavalos devem valer alguma coisa e, pelo menos, estão no meu nome. Eu o mandei vendê-los e conseguir o melhor preço que puder.

– Boa ideia.

Helena sentiu uma súbita admiração por Jules.

– Rupes se recusa a ver o pai. Está furioso com ele, Helena. O Oundle era o sonho do menino. Vou telefonar para o tesoureiro do colégio amanhã bem cedo. Ver se ele pode fazer alguma coisa para nos ajudar.

– Deve valer a tentativa.

– Pois é. Enfim, o divórcio não vai demorar muito, já que não sobrou praticamente nada para dividir. Pelo menos, o dinheiro que herdei da minha mãe vai tirar a mim e às crianças do aperto por algum tempo, e pôr algum tipo de teto sobre nossa cabeça. Acho que está na hora de um recomeço completo. Preciso pensar no que é melhor, mas, de repente, minha vida está repleta de possibilidades. Viola ficará arrasada quando o Sacha lhe contar que estamos nos divorciando, mas, a longo prazo – acrescentou Jules, com um lento aceno afirmativo da cabeça –, é provável que seja melhor assim.

DIÁRIO DE ALEX

23 de julho de 2006

Espero, quando chegar ao colégio, que não me peçam para escrever aquela redação padrão sobre as coisas maçantes que fiz nas férias. É que as minhas férias não seriam. Maçantes, digo. Iam pensar que eu inventei. Que sou um fantasista. O que, a bem da verdade, já fui acusado de ser no passado.

Uma rápida atualização sobre quem está residindo em Pandora e quem não está:

Sacha chegou, depois partiu.

Papai chegou e partiu com o Sacha para o aeroporto. Depois, voltou.

Jules saiu, depois voltou.

Chloë chegou.

Michel chegou com ela, depois foi embora.

Papai está prestes a sair de novo.

A mamãe vai sair com ele.

Sadie não chegou nem foi embora.

Eu também não.

Jules está servindo de babá para todas as crianças, para que mamãe e papai possam sair juntos para jantar. Uma comemoração atrasada pelo décimo aniversário de casamento depois do fiasco da outra noite, o que é um ótimo sinal. Considerando que a Jules e o Sacha estão partindo para o Grande D, esta noite ela está parecendo feliz que nem pinto no lixo.

Eu me pergunto por que um pinto ficaria feliz no lixo.

E esta noite, pelo menos, a Chloë está em casa. O cara de nome afeminado a trouxe há cerca de uma hora, a tempo de jantar em casa.

O cara é bem-apanhado, o tal de "Michelle", não há dúvida quanto a isso. Hoje dei uma boa olhada nele, quando se sentou à nossa mesa no terraço, com a Chloë toda recatada, segurando a mão dele embaixo da mesa. Ele é alto, magro e de tez morena, com os olhos azuis do pai. Não se parece nada comigo, e eu ficaria realmente surpreso se viesse a ser constatado que somos meios-irmãos.

Não que a aparência signifique algo na grande loteria genética.

É comum a gente ver crianças lindas de morrer andando na rua com um genitor que lembra um personagem da Família Addams.

Eu tinha chegado tão perto hoje mais cedo!

Havia reunido coragem para pronunciar as palavras. Tinha colocado minha mãe contra a parede e acho que ela estava prestes a me contar. Aí entrou aquela burra da Jules e o momento se perdeu.

Esteja certa, querida mamãe, ele surgirá de novo. Quero voltar para casa sabendo exatamente quem eu sou.

Uma ideia terrível me passou pela cabeça recentemente:

E se, de verdade, minha mãe não souber?

E se, horror dos horrores, eu tiver sido o resultado de um encontro embriagado de uma noite só?

Ou, mais exatamente, de uma transa embriagada de uma noite só?

A ideia me estarrece, mas há que se perguntar por que metade dos meus genes parece ser um segredo mais bem guardado que o desfecho do último livro do Harry Potter... Não pode ser tão ruim assim, pode?

Como de praxe, suponho que eu esteja deixando minha imaginação tomar conta de mim. Foi só recentemente que comecei a ficar obcecado para valer. E hoje foi a primeira vez que quase consegui fazer uma pergunta direta a ela. Talvez tudo de que eu precise seja sentar com ela, calmamente, numa conversa entre mãe e filho, e lhe perguntar sem rodeios.

Sim.

Tirando isso, estou feliz esta noite. Extasiado, na verdade. Meu inimigo mortal vai se mudar daqui amanhã de manhã. Não precisarei mais me trancar no Armário das Vassouras e esperar que o primeiro fedor de loção pós-barba se infiltre pelo buraco da fechadura e me alerte para a presença saqueadora dele. O coelhinho secou, finalmente, assim como os meus lençóis, e, além disso, o Cê parece melhor depois do banho. Eu tinha me esquecido de que um dia ele fora branco.

Hoje, a Jules andou tagarelando sobre os encantos do Sr. Deixe Comigo, e tem que haver uma possibilidade de que, se ela conseguir fechar a boca por mais de uns dois segundos, o homem, talvez de olhos vendados e com uns dois sacos cobrindo a cabeça da Jules, se sinta atraído por ela.

Certo. Agora estou fantasiando mesmo.

Pelo menos a mamãe me jurou que não ia fugir com ele, e preciso acreditar nela. Espero que ela diga a mesma coisa ao papai esta noite.

E, se essa história com o "Michelle" não se revelar outra aventura da Chloë, terei que arquitetar maneiras de transformá-la nisso. Por enquanto, porém, contento-me em deixar que ela siga seu curso.

Hoje, portanto, tudo está mais calmo, pelo menos. A única nota destoante é a pobrezinha da Viola, que anda vagando pela casa feito um fantasminha triste. Ela parece ter se apegado a mim – o que não é de surpreender, considerando que a mãe dela continua a lhe dizer para ela "se animar", poucas horas depois de o Sacha ter lhe contado que iam se divorciar.

Chloë também tem sido uma doçura com ela – levou-a para o seu quarto e as duas tiveram uma conversa de menina para menina. Afinal, ela também é filha de pais divorciados. Depois disso, a Viola parou do lado de fora da minha porta. No começo, pensei que fosse a Chloë, por causa do cheiro maravilhoso do perfume forte que ela usa e que parece permear a casa inteira. Chloë lhe deu um vidrinho dele e uma pulseirinha, para animá-la.

Hoje a Viola me disse que eu a faço se sentir melhor, o que foi legal. Tenho me esforçado para abraçá-la e tudo o mais, além de deixá-la chorar tanto que tive medo de que minha cama tornasse a ficar empapada, logo depois de ter secado.

Dei-lhe outro livro para ler, tirado da biblioteca, que agora organizei em ordem alfabética por autores. Escolhi *Nicholas Nickleby*, que ao menos pode ajudar a Viola a perceber que algumas pessoas têm uma vida ainda mais horrorosa do que a dela.

Se bem que admito que a dela anda bem horrorosa, neste momento.

Não fosse pela graça de Deus, podia ter sido comigo e com minha família.

Só posso rezar para que o jantar de hoje seja um sucesso.

18

– Boa noite, querido, vejo você de manhã. – Helena deu um beijo na testa de Fred e se dirigiu à cama de Immy.

– Aonde você vai? – A filha a olhou com ar desconfiado. – Você está de batom.

– Vou sair com o papai.

– Posso ir?

– Não. Somos só o papai e eu. Chloë está aqui, e o Alex e a Jules.

– Não gosto da Jules. Ela tem cheilo ruim – disse Fred.

– Muito bem, vocês dois, quietinhos agora. – Helena foi até a porta e apagou a luz. – Tenham bons sonhos.

Ao pegar a bolsa no quarto, ouviu seu celular tocando dentro dela. Vasculhou-a e, de fato, conseguiu atender antes que a pessoa desligasse.

– Alô?

– Helena! *Mia cara*! Como vai?!

Era uma voz do passado, mas tão reconhecível que ela a teria identificado em qualquer lugar.

– Fabio! – O rosto de Helena se abriu num sorriso empolgado. – Meu Deus! Que maravilha ouvir você!

– Está surpresa?

– Só um pouquinho! Deve fazer, sei lá... mais de dez anos?

– Acho que faz pelo menos isso.

– Por onde você andou? Como tem passado? E como foi que descobriu meu número?

– É uma longa história, *cara*, que você sabe que terei prazer em lhe contar.

Helena ouviu William chamá-la do térreo.

– Fabio, eu adoraria conversar com você a noite inteira, mas estou saindo para jantar. Posso ficar com seu número e ligar de volta? Onde você está? Ainda em Nova York?

– Não, estou de volta a Milão, ultimamente, mas viajando de vez em quando com a companhia de balé. E você, está na Inglaterra?

– Bem, quase sempre, mas no momento estou no Chipre. Meu padrinho morreu e me deixou uma casa, por isso estou aqui com a família, para passar o verão.

– Vou a Limassol daqui a três semanas! Lembra-se de como dançamos juntos, numa noite quente de verão, naquele anfiteatro maravilhoso? Deve estar fazendo uns quinze anos, agora.

– Como eu poderia esquecer? – Os olhos de Helena reluziram de emoção com essa lembrança. – Aliás, não estamos muito longe de Limassol e eu adoraria vê-lo, Fabio.

– E eu a você, *mia cara*. Faz tempo demais.

– Faz, sim.

– Então, vou ver se consigo chegar ao Chipre mais cedo que o planejado e explorar a sua hospitalidade por um ou dois dias – anunciou ele.

– Maravilha. Esse é o melhor número para entrar em contato?

– *Si*, é o número do meu celular, no qual você pode me achar de dia ou de noite. Então, minha Helena, vamos conversar amanhã e combinar tudo. *Ciao*.

– *Ciao*, Fabio.

Helena ficou sentada por um momento, com o celular na mão, rememorando.

– Quem era, mãe? – Alex estava parado à porta.

– Era meu antigo parceiro de dança, querido, com quem eu não falava há pelo menos dez anos. E estou contentíssima por ter notícias dele. – Sorriu e beijou Alex no alto da cabeça. – Agora, tenho que ir. Papai está me esperando lá embaixo.

Quando William subiu a colina com o carro, com Helena sentada ao seu lado, a estreita proximidade dele e o fato de os dois finalmente estarem a sós a deixaram nervosa.

– Certo, para onde? Eu preferiria não ir à Taberna Perséfone se você não se importa – disse ele.

– Bem, há sempre a possibilidade de Peyia, uma cidadezinha bem agradável, a alguns quilômetros daqui, em direção ao litoral. Não é tão bonita quanto Kathikas, mas eu me lembro de uma pequena taberna logo na entrada da cidade. Angus me levou lá uma vez. Era famosa pela vista incrível.

– Parece bom para mim. Podemos ir até Peyia e pedir informações.

Depois de algumas entradas erradas no caminho, Helena e William chegaram a Peyia, que estava apinhada de turistas e moradores locais. Ele parou o carro e foi perguntar a um lojista pelo restaurante que a mulher havia mencionado.

– Estamos com sorte, o dono da loja sabia exatamente qual era o lugar de que você estava falando e até desenhou um mapa para mim – disse William, ao voltar para o carro, brandindo um pedaço de papel.

Enfim chegaram à taberna e, no alto de um lance de escada, emergiram num terraço curvo de pedra, onde as mesas iluminadas por velas eram protegidas por uma vasta pérgula de madeira, abundantemente coberta de antigas vinhas. O terraço tinha muito movimento de clientes, mas eles conseguiram uma mesa ao lado do muro baixo que o cercava, com uma vista deslumbrante para o mar.

– Bem, esta é uma senhora mudança – comentou ele, pedindo uma garrafa do vinho local. – Oi, Helena. Meu nome é William. É um prazer encontrá-la de novo. – Estendeu a mão sobre a mesa e apertou polidamente a dela.

– Tem razão. Parece que faz muito tempo desde a última vez que fizemos isso.

– Por uma razão ou por outra, estas férias não têm sido exatamente como esperávamos, não é?

– Não.

– Bem, agora que o Sacha está voltando para a Inglaterra e que Jules e companhia vão se mudar para a *villa* do Alexis, vamos esperar que as coisas se acalmem. Já escolheu?

– Vou pedir o *souvlaki* de frango. – Ela não estava com a mínima fome.

– E eu, o peixe.

William chamou o garçom e fez o pedido. Ergueu a taça para a mulher.

– Saúde. E feliz aniversário atrasado, querida.

– Obrigada. Para você também – respondeu ela, tensa.

– Então, você mencionou no carro que o famoso Fabio virá ao Chipre. Parece que todas as estradas de Helena, passadas, presentes e futuras, levam a Pandora.

– É mesmo uma coincidência. A companhia de balé La Scala vai fazer uma semana de apresentações especiais no anfiteatro de Limassol. Eles fizeram a mesma coisa, uma vez, quando eu ainda dançava com a companhia.

– Eu queria tê-la visto dançar.

– Você vê. Todas as manhãs.

– E numa noite dessas – acrescentou ele, com um sorriso pesaroso. – Estava me referindo a vê-la propriamente no palco, dançando na ponta dos pés e usando aquele frufru de tule na cintura.

– Você quer dizer um *tutu*.

– É, esse mesmo. – William parou para tomar um gole de vinho e indagou: – E então, como você tem passado nestes últimos dias?

– Bem. Apenas atarefada, cuidando de todo mundo.

– Não foi isso que eu quis dizer.

– Não. – Helena brincou com um pedaço de pão da cesta sobre a mesa, depois mudou rapidamente de assunto. – Você acredita que a Sadie ainda não voltou? Continua hospedada no vilarejo com um cara que conheceu na festa. Ele tem 25 anos e parece que é carpinteiro... e que tem o corpo mais bonito que ela já viu.

– Que bom para ela, mas, querida, nós realmente precisamos conversar. – Com firmeza, William redirecionou o diálogo: – Alexis e eu batemos um papo quando eu estava na casa dele. Ele se desculpou profusamente comigo, afirmando que o comportamento dele em relação a você e a mim tinha sido impróprio. Admito que não é particularmente agradável ter outro homem desejando a mulher da gente, mas aceitei o pedido de desculpas. E admito que ele é um cara decente. Também foi bom para o Sacha, a quem deu uma porção de conselhos sensatos. Portanto, esse é o lado *dele* na história. E o seu, Helena? Você ainda alimenta uma paixão profundamente arraigada pelo Alexis, como ele confessou ter tido por você?

– Não, William, eu juro que não. É claro que revê-lo me fez lembrar de quando éramos jovens, mas não há nada além disso, de verdade. Não tenho como fazer você acreditar em mim. – Ela suspirou. – Estou sendo sincera.

– Eu acredito em você, sim. Se não acreditasse, onde estaríamos? Errei ao duvidar de você. Nós dois sabemos que a confiança é a base de tudo num casamento, embora, para ser franco, às vezes eu tenha a impressão de que você não confia em mim. Que não confia a mim seus pensamentos mais íntimos.

– Não – concordou Helena. – Desculpe, William. É difícil para mim.

– Alexis também mencionou que havia uma coisa que você mesma devia me contar.

– Sério? – Helena engoliu em seco e sentiu o coração disparar.

– Sim. Em outras palavras, ele acha que você *precisa* me contar, para seu próprio bem. – William estendeu a mão sobre a mesa e a pousou sobre a dela. – E então, querida, o que é? O que aconteceu?

– Eu... – As lágrimas assomaram nos olhos de Helena. – Não posso.

– Pode, sim.

Nesse momento, foram interrompidos pelo garçom que trazia a comida, o que deu a Helena um momento para recuperar o controle. Quando o garçom se afastou, William voltou a segurar a mão dela e prosseguiu:

– Querida, tive tempo para pensar no assunto nestes últimos dias e não preciso ser um gênio para adivinhar, de modo que vou lhe facilitar as coisas: você ficou grávida do Alexis?

– Sim. – Helena sentiu uma ânsia de vômito, mas a palavra e a verdade tinham sido ditas, e ela não podia retirá-las.

– O que aconteceu com o bebê?

– Eu... eu o abortei.

– Alexis ficou sabendo?

– Não na época. Só descobri que estava grávida quando cheguei à Inglaterra.

– Você contou a ele?

– Não, originalmente, não. Só revelei há poucos dias, naquela tarde em que você levou as crianças à praia para me dar uma folga.

– Caramba, não admira que vocês dois parecessem tão esquisitos quando voltamos. Eu sabia que tinha acontecido alguma coisa, mas não sabia o quê, por isso desconfiei do pior. Se bem que, agora que sei o que foi, não me surpreende que ele a tenha consolado. Como eu teria feito, se um dia você tivesse confiado o bastante em mim para me contar. – Havia um toque de raiva nos olhos dele, mas também de pena. – E então, o que você fez?

– Eu sabia que não podia ter o bebê. Na época, era interna na Royal Ballet School, por isso tive que esperar a semana de férias do meio do período letivo para tomar uma providência. Encontrei o nome de uma clínica nas Páginas Amarelas e me internei. Depois, quando cheguei em casa, disse à minha mãe que tinha sofrido um sério mal-estar digestivo e passei o resto da semana de cama, para me recuperar.

– Quer dizer que você passou por tudo isso sozinha?

– Eu não podia contar a ninguém, William. Tinha acabado de completar 16 anos e estava apavorada.

– Nunca pensou em contar ao Alexis? Com certeza, podia ter escrito para ele, não? É óbvio que ele a amava, ainda que eu não saiba onde ele estava com a cabeça ao forçá-la a ter um relacionamento adulto, quando você tinha apenas 15 anos. Parte de mim quer torcer o pescoço dele.

– William, ele não sabia que eu era menor de idade. Eu lhe disse que tinha quase 17 anos. Menti para ele, porque sabia que, se não mentisse, ele não me tocaria.

– E você queria ser tocada. – William contraiu-se. – Lamento, Helena, desculpe-me por achar esta conversa tão difícil.

– É por isso que eu nunca lhe contei – sussurrou ela.

– Era por isso que você estava tão tensa antes de vir para Pandora? Por achar que o Alexis ainda estaria por aqui e que a verdade viria à tona?

– Em parte, sim – admitiu ela –, mas achei que você não notaria.

– É claro que notei. Estávamos todos preocupados com você.

– Estavam? Desculpe. Eu só... – Helena balançou a cabeça e fez todo o possível para conter as lágrimas que não tinha o direito de derramar. – Eu não sabia o que fazer.

– Pessoalmente, acho que a verdade, por mais penosa que seja, é sempre o que funciona melhor. Seja como for, querida, ao menos agora eu sei, e sinto muito que você tenha tido que passar por isso sozinha, e tão jovem.

– Por favor, não lamente, William. O que eu fiz me atormentou desde aquela época. Nunca pude me perdoar de verdade.

– Bem, você tem que tentar, Helena. Todos fazemos o que julgamos melhor na ocasião, e até você precisa reconhecer, em retrospectiva, que fez a coisa certa – acrescentou William, com delicadeza. – A não ser, é claro, que quisesse realmente voltar para cá e se casar com o Alexis.

– Foi um romance de verão... Eu... *Nós* fazíamos parte de dois mundos diferentes, e éramos muito jovens. Cortei completamente o contato com ele. Achei melhor que ele nunca soubesse.

– Então, guardou esse segredo durante todos esses anos, sem nunca contar a ninguém?

– Sim.

– E não teve contato algum com o Alexis depois disso?

– Foi o que acabei de dizer... eu não podia. – Vieram-lhe lágrimas aos olhos. – Você não pode imaginar a vergonha que eu sentia... que ainda sinto.

– Bem, agora que o segredo foi revelado, podemos esperar que isso a ajude a cicatrizar as feridas. E a compreender que você simplesmente não tinha alternativa. Eu realmente lamento muito pelo que aconteceu, querida. Você era só uma menina... não muito mais velha do que a Chloë, o que chega a dar medo, e, provavelmente, sem ter nem mesmo a experiência dela. Que pena você não ter podido contar para a sua mãe.

– Deus me livre, William! – Helena pareceu horrorizada com a ideia. – Ela provavelmente me expulsaria de casa e me deserdaria. Minha mãe era toda certinha e antiquada. Estava mais para avó, eu acho.

– Bem, talvez não ter tido uma mãe em quem pudesse confiar seja a razão de você achar mais difícil que a maioria das pessoas depender dos outros. E, o que é mais pertinente, confiar nelas. Por favor, querida – William apertou delicadamente a mão da esposa –, tente acreditar que estou do seu lado. Estou mesmo.

– Eu sei que está. E peço perdão.

– Então, só mais uma pergunta, já que estamos nos abrindo...

– O que é?

– Tem certeza de que não quer mesmo me revelar quem é o pai do Alex? Depois de eu ter me convencido de que era o Alexis, e tenho certeza de que o Alex também se convenceu, estou de volta à estaca zero.

– William, por favor! Eu já lhe disse, foi só um desconhecido com quem tive uma aventura de uma noite – afirmou Helena, com o cenho sobrecarregado de tensão.

– Sei o que você disse. E, do mesmo modo, conhecendo-a como a conheço, e especialmente depois do que você acabou de me contar, não faz sentido. Não é da sua natureza ter encontros de uma noite, Helena. A não ser que você fosse uma pessoa muito diferente naquela época.

– Uma vagabunda, você quer dizer? – suspirou ela. – Depois da revelação de hoje, estou certa de que é exatamente isso que você pensa de mim.

– É claro que não. Você tinha 29 anos quando nos casamos; é natural que tivesse um passado que envolvia outros homens. Meu histórico com as mulheres está longe de ser impecável, como você sabe, logo, por favor, não pense que a estou julgando, porque não estou. Estou casado com você há dez anos e apenas gostaria de saber a verdade, só isso.

– Podemos deixar isso de lado, William? Já falei o que você queria saber e... – Lágrimas de cansaço e frustração finalmente brotaram nos olhos de Helena.

– Está bem, chega – disse ele em tom meigo, ao ver a aflição da mulher. – Obrigado por ter me contado sobre o bebê, querida. Agora, o pior já passou.

Quem dera tivesse passado, pensou Helena, tristonha.

A caminho de casa, William segurou a mão dela por cima da alavanca de câmbio, como fazia quando eles se conheceram. O rosto dele havia perdido muito da tensão anterior e ele parecia bem mais relaxado. Parou o carro na entrada para automóveis de Pandora, desligou o motor e se virou para a mulher.

– Eu amo você, Helena, acredite em mim. O que quer que você tenha feito antes é irrelevante. Você é uma esposa, mãe e ser humano maravilhosos, portanto pare de se torturar, por favor. – Beijou-a de leve nos lábios e afagou seu cabelo. – Quero levá-la para a cama agora mesmo. Vamos entrar de fininho pela porta da cozinha, para não sermos interrompidos.

Caminharam de mãos dadas até a porta dos fundos. William a abriu da maneira mais silenciosa que pôde e, pé ante pé, eles cruzaram o corredor escuro e subiram a escada.

Mais tarde, Helena ficou deitada nos braços do marido, sentindo a brisa fresca do ventilador que soprava em sua pele nua. William, como sempre, havia adormecido logo depois. Ela se esquecera, na tensão das semanas anteriores, de como podia ser reconfortante fazer amor. Sentia-se calma e grata por ter contado a ele, apesar de haver tantas outras coisas que ele não podia saber.

Por um momento fugaz, Helena se perguntou se o resto de sua história poderia se manter oculto – se, finalmente, ela conseguiria deixar tudo para trás e permanecer para sempre assim, segura nos braços de William. Sem ficar à espera do momento em que ele descobriria a verdade. E a deixaria.

Fechou os olhos e tentou relaxar. Esta noite ele era dela e os dois estavam unidos, mais uma vez. Devia se sentir grata por isso. E então adormeceu.

– Mamãe, você está acordada? – O cabelo sedoso de Immy lhe fez cócegas no nariz.

– Não, estou dormindo. – Ela sabia que Immy a olhava fixo, estudando-a atentamente.

– Ah, mas você está falando, então, deve estar acordada.

Fred lascou-lhe um soco no braço e ela deu um pulo.

– Ai! Não faça isso!

– Tô codando você – anunciou ele, com toda lógica. – Quelo leite.

– Bom dia, querida. – William passou a mão por trás de Immy e fez um carinho no ombro de Helena. – Vou descer e fazer um chá. – Já estava de pé e procurando a cueca. – Vamos lá, vocês dois – disse a Fred e Immy. – Vocês podem me ajudar.

– Papai, por que você e a mamãe estão sem roupa? – perguntou Immy, indo atrás dele.

– Essa noite fez muito calor – Helena o ouviu responder, enquanto os três deixavam o quarto.

– Bom, eu acho que você devia, sim, ficar de calça na cama, papai.

– Eu também – concordou Fred.

Helena se recostou e sorriu com a conversa. Sentia-se revigorada nessa manhã, como se uma tempestade houvesse passado, trazendo em sua esteira um ar fresco e calmo.

– Agora, talvez possamos realmente tirar férias – murmurou com seus botões.

Agosto de 2006

Partidas

DIÁRIO DE ALEX

8 de agosto de 2006

As últimas duas semanas foram exatamente como devem ser as férias em família.

Não houve mais Tragédia Grega, Mulheres Perturbadas, Coelhos Torturados, Prensadores de Uvas nem Divórcios ou Bêbados.

E, passada toda a agitação, tem sido agradável.

Na verdade, detesto essa palavra. "Agradável" é uma casa bem cuidada num subúrbio residencial; "agradáveis" são casais que usam casacos iguais para fazer caminhadas no parque. Que têm um cachorro bem-comportado e dirigem um Nissan Micra. É a mediocridade da classe média. É a maior parte do mundo ocidental.

Ninguém se acha comum, é claro. Quem se acha, é capaz de dar um tiro na cabeça. Porque todos aspiramos a ser indivíduos. Não somos formigas, cujas colônias gigantescas e cuja organização extraordinária, quando montam um ataque a um ínfimo pedacinho de chocolate que o Fred deixa cair no chão da cozinha, nunca deixam de me impressionar.

Elas me lembram os nazistas, ou o Partido Socialista Revolucionário russo, ou a gangue de milhões do presidente Mao: treinados com precisão, mas desprovidos de cérebro.

Penso em como eu gostaria de conhecer o líder das formigas. Imagino que ele deva ser – como todos os ditadores psicopatas – baixote e feio, com uma predileção por pelos faciais.

Talvez eu pudesse ter sucesso nessa carreira se deixasse crescer o bigode...

Por falar em dar um tiro na cabeça, nem tudo é um mar de rosas, já que o Michel e a Chloë continuam juntos. Na verdade, é raro se separarem. Infelizmente, ele é um bom sujeito, de quem gosto de verdade, se comparado a outros: é gentil, inteligente e bem-educado.

Ele a adora e ela o adora.

A única bênção salvadora é que a Chloë logo terá que ir embora, para se encontrar com a mãe, que está de férias na França. Vou sentir uma saudade pavorosa dela, é claro, porém ao menos Chloë estará fora de perigo. E, na próxima vez em que nos encontrarmos, terei voltado para o meu território caseiro – ou escolar, pelo menos.

Esse é, no momento, outro inconveniente – a mosca na sopa, ou melhor, a formiga na sopa. Quando cheguei aqui, eu tinha o verão inteiro antes que a escola mostrasse realmente a sua carranca. De repente, é agosto. Já não estamos no início das férias. Descemos ladeira abaixo para seu fim.

Um dia desses, ouvi minha mãe ao telefone com a tesouraria da escola, encomendando meus crachás de identificação. "Alexander R. Beaumont".

Recuso-me a dizer o que significa o "R". É inacreditavelmente horrendo. Assim como o uniforme em que os crachás serão costurados. Também me abstenho de mencionar neste diário o nome exato da escola que vou frequentar. Só posso dizer que se toma o café da manhã usando gravata branca e fraque preto e que gerações de reis britânicos foram educados lá.

Ganhei uma bolsa de estudos. Sejamos francos: eu jamais entraria lá por minhas credenciais hereditárias, considerando que só conheço a proveniência ovariana, mas não o esperma que me gerou.

Será que eles sabem que sou ilegítimo?

Num nível, pelo menos, isso serve para mostrar como os tempos mudaram. Isto posto, dada a história que li sobre nossa família real, parece que eu e meu patrimônio genético desconhecido estaremos em boa companhia.

O que me assusta para valer é que meu nome é tudo que meus colegas de turma saberão a meu respeito. Precisarei me provar perante um grupo de estranhos com quem terei que coabitar nos próximos cinco anos, querendo ou não. Meu ponto de referência, a única pessoa que me compreende, estará a quilômetros de distância. Em casa, meu quarto ficará vazio por semanas a fio.

Fred já pediu meu peixinho dourado, quando eu for embora, e a Immy quer meu DVD portátil. São uns abutrezinhos, banqueteando-se com a perspectiva da minha partida. Queria pensar que eles vão sentir a minha falta, mas sei que logo se acostumarão. É o balde d'água da família: tirando-se um copo (eu), ele continua a dar a impressão de estar cheio. Ao que parece, meu novo balde se compõe de um lago inteiro.

E se forem todos como o Rupes? Eu poderia estar morto antes do Dia das Bruxas.

Agora, começo a ficar seriamente em pânico, ao pensar em começar a frequentar a nova escola em menos de um mês – quer dizer, sou apenas um garoto de uma família de classe média que nunca caçou e que acha que "polo" é cada uma das extremidades da Terra. Minha escola anterior tinha uma infraestrutura tão precária que, uma vez por mês, fazíamos uma excursão à piscina comunitária.

Supostamente, eu deveria escolher se queria ir ou não para essa nova escola. Quando ganhei a bolsa, todo mundo se esqueceu de me perguntar e presumiu que era isso que eu queria.

Olhando pelo lado positivo, ao menos a Chloë estará a poucos quilômetros de distância. A escola dela e a minha têm "bailes" conjuntos, ao que parece. Bem, talvez seja melhor eu começar a praticar minha valsa e outras danças de salão, já que tudo que sei fazer é dobrar os joelhos para cima e para baixo ao som de "Crazy", da dupla Gnarls Barkley.

Embora me despedace o coração vê-la com o "Michelle", pensar em tê-la tão perto, quando eu for embora, torna a juntar todos os cacos. E, muitas vezes, longe dos olhos, longe do coração, como dizem. Isto e o fato de a Chloë estar obviamente impressionada por eu ter ganhado a bolsa de estudos nessa escola, no momento, são tudo que me consola por meu futuro solitário, enfatiotado num fraque...

Estou deitado na minha cama do Armário das Vassouras – agora existe um quarto vago lá em cima, porém, quando minha mãe perguntou se eu queria voltar para lá, declinei. É bizarro eu querer ficar aqui embaixo, mas é tão confortável. E nunca me falta o que ler.

Esta noite, pego os poemas de Keats e leio, humm, "Fanny". Não é um título que eu escolheria, pessoalmente, mas os versos são encantadores, e é um truísmo dizer que desgraça adora companhia. Eu me sinto melhor ao saber que, um dia, outra pessoa se sentiu como eu.

"A ti mesma – tua alma –, por piedade, dai-me tudo,
Não retenhas um só átomo de um átomo ou eu morro."

Então ouço dois conjuntos de passos hesitantes pelo corredor – um masculino, um feminino – e me brota uma lágrima nos olhos.

Conheço bem demais a dor do amor não correspondido.

19

Helena se alongou para a frente, executando um *arabesque* com a perna esquerda. Sustentou a posição por alguns segundos, depois atravessou o terraço em piruetas rápidas e se deixou cair numa cadeira, transpirando profusamente.

Às oito e meia, o calor já era causticante. Com a suave passagem de julho para agosto, a temperatura sofrera uma elevação perceptível e os ocupantes de Pandora estavam visivelmente mais lentos, entregues ao torpor induzido pela canícula. Até os pequenos se mostravam relativamente lânguidos, os níveis habituais de atividade frenética temperados pelo sol inclemente. Tinham começado a dormir até depois das nove e todo o ritmo da casa havia desacelerado com eles.

Era assim que Helena havia imaginado que seriam as férias em Pandora: dias passados na piscina ou na praia, interrompidos pelo almoço e por uma sesta para todos. William tinha despido metaforicamente o paletó e a gravata, passando seu tempo com a família, e começado a relaxar. Desde a noite em que ela lhe falara do bebê perdido, os dois também tinham se tornado mais íntimos, física e mentalmente. E Helena sabia que nunca se sentira mais contente nem mais amada do que nos últimos dias. Depois de haver aparentemente provocado um caos, agora Pandora tecia sua trama de magia em todos os seus habitantes.

As noites longas e quentes eram passadas no terraço, *en famille*, ou com convidados adicionais. Michel, o namorado de Chloë, tornara-se uma presença quase permanente na casa, já que Helena e William tinham concluído que era muito melhor acolhê-lo e manter algum simulacro de controle sobre Chloë do que isolar os dois. Como Helena assinalou, a oposição dos pais e o fascínio pelo desconhecido eram uma mistura poderosa.

E, se William vinha lutando contra a ideia de a filha ter um romance com o filho do homem que um dia estivera envolvido com sua mulher, em circunstâncias muito semelhantes, saía-se muito bem no controle da situação.

Alexis fora lá novamente para jantar, dessa vez a convite de William. A tensão anterior parecia ter se dissipado e Helena ficara com a impressão de que os dois homens tinham desenvolvido uma afeição genuína, ainda que reservada, um pelo outro. Sadie e Andreas, o jovem carpinteiro enamorado, também se juntavam ocasionalmente à família, à noite. Embora a conversa com Andreas fosse quase inexistente, em função de seu inglês limitado, os dois pareciam viver uma felicidade abençoada. Como dizia Sadie, comunicavam-se onde era importante. Até Helena teve que admitir que "Adônis", como as duas o haviam apelidado – de brincadeira, mas com muita propriedade –, era lindo.

– Vou viver por hoje e pagar o preço amanhã – afirmara Sadie, dando de ombros, quando Helena lhe perguntara aonde aquele relacionamento iria levar. – Mesmo que eu soubesse, não conseguiria dizer a ele – declarara ela, rindo. – E isso me convém perfeitamente.

Jules não fora vista muitas vezes desde que ela e os filhos tinham deixado Pandora para se instalarem temporariamente na *villa* de Alexis. Viola, que visitava com regularidade na bicicleta que Helena havia sugerido que ela pegasse emprestada, contou que a mãe parecia estar bem. Helena fez uma anotação mental de ligar para Jules nesse dia. Não queria que ela se sentisse abandonada, mas, ao mesmo tempo, não fazia questão de incentivar nada que pudesse perturbar a atual atmosfera pacífica de Pandora.

Recuperado o fôlego após os exercícios, ela se pôs de pé e passeou pela extensão do terraço que ficava à sombra, parando a intervalos regulares para admirar e podar as flores que havia plantado nas antigas urnas de pedra, que existiam desde os tempos de Angus. Ao podar um ou outro botão murcho e verificar automaticamente a umidade da terra com a ponta dos dedos, ficou satisfeita ao notar que tudo vicejava. Os gerânios brancos e cor-de-rosa, com o dobro do tamanho de qualquer outro que ela houvesse cultivado no jardim de casa, em Hampshire, disputavam a atenção com gardênias fragrantes e belíssimos hibiscos vermelhos.

Quando chegou ao fim do terraço, Helena se debruçou na balaustrada e inspecionou o resto dos jardins, em seu declive em direção aos olivais. Com a ajuda de Anatole, um parente de Angelina que morava no vilarejo, ela havia começado a povoar os canteiros com pés de oleandro, alfazema e jasmim-da-noite, os quais, com sorte, sobreviveriam ano após ano naquele calor intenso. Enquanto ela absorvia a paisagem, passou uma borboleta, uma cintilação amarela contra o cenário formado pelo deslumbrante céu azul; o silêncio era interrompido apenas pelo suave coro de cigarras ao fundo.

Helena foi voltando pelo terraço e entrou na cozinha. Em retrospectiva, agora se dava conta de que William tivera razão, de que a preparação dessas férias, com todas as suas complexidades, tinha sido muito estressante. Afora qualquer outra coisa, ela não soubera, antes de chegar, como se sentiria se reencontrasse Alexis – e, caso o visse, o que lhe diria sobre seu desaparecimento, já fazia tantos anos, depois do verão que os dois tinham passado juntos. Agora, era forçoso acreditar que o furacão havia desanuviado e que, quando muito, soprara para longe umas teias de aranha, deixando intacta a estrutura principal.

Quanto ao restante do confuso quebra-cabeça, criado pelo destino e por sua própria inabilidade... bem, quem saberia dizer?

Ela viveria o dia de hoje. E hoje era um dia lindo.

– Bom dia, querida. – William apareceu e lhe deu um beijo no ombro nu, enquanto ela enchia a chaleira. – O que temos na programação de hoje?

– Nada muito estressante. Preciso pedir à Angelina que arrume o quarto de hóspedes para o Fabio, que chega daqui a uns dois dias.

– Bem, você está ansiosa para vê-lo, mas confesso que tem sido ótimo ficarmos só nós aqui. – Abraçou-a pela cintura e a beijou no pescoço.

– Tem sido, sim, mas você está certo: ando me sentindo como uma criança com expectativa. Faz muito tempo que não o vejo. – Helena soltou-se dele para pegar as vasilhas de cereal. – Não esqueça que você precisa arrastar a Chloë para longe do Michel por algumas horas e levá-la para almoçar fora, antes de ela partir. Vocês devem ter uma boa conversa íntima entre pai e filha enquanto podem.

– Vou fazer o melhor possível, mas convencê-la a sair para almoçar com o velhote do pai, comparado aos encantos juvenis do Michel, vai ser dureza.

– Ah, e eu queria perguntar se você pode dar uma olhada naquela gaveta de que lhe falei, na escrivaninha do Angus. Não quero destruí-la, quebrando a fechadura, mas estou aflita para saber o que há lá dentro.

– Deixe-me levar as crianças para nadar agora de manhã, depois vejo o que posso fazer.

Helena consultou o relógio.

– São quase dez horas! Nunca pensei que diria isto, mas você pode ir lá em cima e acordar a Immy e o Fred? Caso contrário, não vamos conseguir pô-los na cama antes da meia-noite.

Assim que William saiu, Helena ficou cantarolando enquanto se ocupava na cozinha. Ao espiar pela janela, teve uma visão estranhíssima. Rupes vinha descendo a encosta do morro, precariamente equilibrado na bicicletinha emprestada de Viola.

Fez uma parada desajeitada junto à porta dos fundos e veio andando em direção à casa.

– Entre, está aberta! – gritou Helena.

Ele estava com o rosto vermelho e a camiseta encharcada de suor.

– Olá, Rupes. Você parece estar fervendo, quer uma água?

– Sim, por favor, Helena. Caramba, que calor! Vou ficar contente quando voltar para a velha Inglaterra. O ar-condicionado da *villa* pifou e não consigo dormir.

– Ontem o jornal disse que este é o verão mais quente dos últimos cem anos. – Helena foi até a geladeira, serviu água num copo grande e o entregou ao garoto. – Como vai a sua mãe?

– Vai bem. – Rupes engoliu o líquido em três goladas. – Melhor do que estava, pelo menos. Quer dizer, não podia piorar, não é?

– Não. Bem, é um prazer vê-lo, de qualquer maneira.

– É. Eu trouxe um recado. Duas coisas: minha mãe quer convidar vocês todos para jantar logo mais, se não estiverem ocupados.

– Ah, é muito gentil da parte dela. Eu ia mesmo telefonar e convidá-la para a mesma coisa. Tenho que ver com a Angelina se ela pode servir de babá, porque ficará muito tarde para a Immy e o Fred, mas nós outros adoraríamos.

– E também... ahn... o Alex está por aí?

– Em algum lugar, imagino. Quer que eu o chame?

– Sim, obrigado.

Helena foi até o corredor.

– Alex? Tem uma pessoa aqui querendo falar com você, querido.

– Já vou – resmungou uma voz sonolenta.

– Ele virá num segundo. Acho que todos dormimos até tarde hoje – Helena se desculpou. – Como está a Viola? Ontem ela não veio nos visitar.

– Está bem. Com saudade do nosso pai e incomodada com o calor também.

– Como era de esperar. Ela é muito sensível.

Helena estava se esforçando para manter uma conversa e ficou contente quando Alex apareceu. Observou a decepção no rosto do filho ao ver quem era a visita.

– Oi, Rupes – grunhiu ele.

– Oi, Alex.

– O que você quer?

– Bem, humm, o negócio é...

– Vou deixar vocês dois conversarem, sim? – Helena se apressou a dizer, percebendo que sua presença não era desejada. – Até logo mais, Rupes. Por volta das oito?

– É, com certeza.

– Bem – Rupes pigarreou, depois de Helena sair da cozinha. – Você, ahn, você sabe... o que aconteceu com a nossa família?

– Sei.

– O problema é que agora meus pais não podem bancar minha ida para o Oundle, nem mesmo com a minha bolsa de estudos esportiva. Ela só cobre 20 por cento da matrícula anual, você sabe.

– Sei, sim – concordou Alex.

– Minha mãe entrou em contato com o tesoureiro para explicar, e ele disse que a escola consideraria me conceder uma bolsa integral, dependendo da nossa renda, é claro. Eles ainda me querem para jogar rúgbi. Vou fazer o teste para o time sub-18 da Inglaterra daqui a algumas semanas.

– Isso é uma boa notícia, não é?

– É, mais ou menos.

– E aí?

– Bem... as minhas notas no Exame de Admissão não foram grande coisa. Para ser sincero, não me empenhei muito, na verdade, porque sabia que eles queriam que eu entrasse por causa do esporte. Só que, para me concederem a bolsa, eles querem que eu faça o exame da própria escola, daqui a uma semana.

– Ah – fez Alex. – Certo.

– A questão é que, se eu não passar, vou ter que ir para uma escola pública. – Rupes baixou a cabeça.

– Entendo. E o que eu tenho a ver com isso?

– O que você acha? – Rupes balançou as duas mãos, agitado. – Todos nós sabemos que você tem um cérebro do tamanho da Rússia.

– Hoje em dia, na verdade, a Rússia está muito menor do que era, mas obrigado, assim mesmo.

– Alex – Rupes espalmou as mãos na mesa. – Tenho que passar nesse exame, mas sou péssimo em inglês, pior em francês e apenas passável em matemática e ciências. Preciso de ajuda com as matérias. Será que você... – pigarreou – ...você me ajuda a passar?

Alex assobiou:

– Rupes, você quer que eu lhe dê aulas?

– A ideia é mais ou menos essa. Minha mãe conseguiu que eles mandassem algumas provas. Você pode dar uma olhada nelas comigo?

Alex apoiou o queixo na mão e deu um suspiro.

– Para ser franco, Rupes, não sei se eu sou a pessoa certa a quem você deve fazer esse pedido. Nunca dei aula a ninguém.

– Só tenho você. Eu pago se você quiser. Tenho uma grana guardada, mesmo que meus pais não tenham. Na verdade, eu faço qualquer coisa. Você é minha única esperança.

– Não posso garantir que você passe. No fim das contas, vai depender de você.

– Eu vou estudar sem parar. Faço qualquer coisa que você disser. *Por favor.*

– Está bem – disse Alex, com um lento aceno da cabeça –, mas não quero o seu dinheiro. Só um pedido de desculpas por ter se comportado feito um babaca.

– Tudo bem. – Rupes estufou o peito e se encolheu ao soltar o ar. – Desculpe.

– Por ter me comportado como um babaca – instigou-o Alex.

– Por ter me comportado como um babaca – resmungou Rupes.

– Certo. Quando você quer começar?

– O mais depressa possível.

– Não há melhor hora do que agora – disse Alex, e se levantou. – Hoje à tarde, quero que você escreva uma redação de quinhentas palavras sobre como você acha que é possível acabar com o *bullying* nas escolas e como acha que os valentões devem ser punidos. Vou corrigir e dar a nota, depois examino o texto com você para lhe mostrar os seus erros. Está bem?

Rupes enrubesceu, mas assentiu.

– Está bem. Negócio fechado. Agora, é melhor eu ir andando.

– É claro. Até logo, Rupes.

– É, até logo.

– Querida, finalmente consegui abrir aquela gaveta – anunciou William, ao entrar no quarto à noite.

– É mesmo? – Helena se virou para ele, cheia de expectativa no rosto. – E...?

– Parece que está vazia, mas acho que precisamos tratar a escrivaninha contra traças. As pestinhas a estão devorando.

– Ah – reagiu Helena, desapontada. – Achei que haveria alguma pista sobre o amor perdido do Angus naquela gaveta.

– Bem, pelo menos eu consegui abri-la sem estragar a fechadura. – William consultou o relógio. – Está pronta para ir? São quase oito horas.

– Jules, você está fantástica! Não está, Helena? – disse William.

– Com certeza – concordou Helena.

Era evidente que Jules havia emagrecido nas duas semanas anteriores, e a nova definição de seu corpo lhe dera uma elegância esculturial, além de acentuar suas pernas torneadas e bronzeadas. O cabelo castanho, normalmente sem graça, cintilava com as luzes avermelhadas induzidas pelo sol e pendia suave em torno do rosto. Um par de maçãs salientes, como que esculpidas a cinzel, havia surgido em seu rosto, e em seus olhos negros brilhava uma confiança recém-encontrada.

– Seus bajuladores – retrucou Jules, sem jeito, conduzindo-os para o terraço da *villa*. – Só não tenho tido fome, ultimamente. O trauma parece ser a melhor dieta que há no mercado. E é grátis – disse ela, com uma risadinha.

– Chloë não veio?

– Não. Surpresa! Saiu com o Michel – respondeu Helena. – Eles só têm mais umas duas noites, antes de ela ir embora para a França.

– Ele é um bom rapaz, o Michel – reconheceu Jules. – Passou aqui mais cedo para consertar o ar-condicionado. Alguém quer uma bebida?

– Olá, tia Helena, tio William. – Viola deu um beijo no padrinho e abraçou Helena pela cintura.

– Olá, querida, como vai? – perguntou Helena.

– Vou bem. – A menina assentiu, empolgada. – Sabe de uma coisa? A mamãe me deixou adotar uma gatinha!

– Foi mesmo?

– Só durante as férias, Viola – corrigiu Jules. – Alexis vai cuidar dela quando formos embora.

– Quer ir lá ver? – Viola puxou Helena pelo braço. – Ela está dormindo na minha cama e é *muito* lindinha!

– Eu adoraria vê-la, querida.

– Dei a ela o nome de Afro, por causa da deusa, e também porque ela tem o pelo comprido, todo frisado – explicou Viola, enquanto conduzia Helena pela mão para o interior da *villa*.

Segundos depois, Rupes apareceu na entrada do terraço. Fez sinal para Alex, que respondeu com um aceno afirmativo de cabeça e foi com ele para dentro.

– E então, William – disse Jules, entregando-lhe uma taça de vinho –, o que acha deste lugar?

Ele atravessou o amplo terraço, obviamente recém-revestido de imaculadas pedras de tom creme.

– Tem uma vista que rivaliza com a de Pandora, com certeza – comentou ele, parando para admirar a paisagem.

– Alexis a construiu especificamente para que tivesse a melhor vista do mar. – Jules apontou para o outro lado do vale. – Bem ali, entre aqueles dois morros. Adoro esta casa. É tudo novo, cheio de vida e confortável. Eu gostaria de poder ficar mais tempo.

– Como vão as coisas? – perguntou William. – Não tive notícias do Sacha desde que ele foi para a Inglaterra, apesar de ter lhe deixado vários recados.

– Temos trocado e-mails. Ele me disse que lhe deram seis semanas para empacotar tudo que está na casa e sair. E eu avisei que não vou voltar para ajudá-lo. Para ser sincera, William, eu não poderia enfrentar isso. Se ao menos ele também tivesse posto a casa no meu nome, originalmente, a história poderia ter sido outra.

– Com certeza – concordou William. – O que vai acontecer com todas as suas coisas?

– Pedi que ele as deixe num depósito, até eu decidir onde nós três vamos morar.

– Alguma ideia?

Jules encolheu os ombros.

– No momento, o júri está deliberando. Ainda tenho esperança de que o Rupes consiga a bolsa do Oundle se for aprovado no teste acadêmico. E, se eu de fato voltar para a Inglaterra, é provável que me mude para perto da escola dele e alugue alguma coisa por lá. Viola teria que frequentar uma escola primária local, por enquanto.

– Tudo isso parece muito sensato.

– Bem, uma parte de mim que não quer voltar para a Inglaterra nunca mais, como você pode imaginar. Adoro isto aqui, mas, de agora em diante, terei que trabalhar, é claro.

– O que você vai fazer?

– Eu costumava ser uma ótima corretora de imóveis, antes de largar tudo para cuidar do Rupes, lembra-se? Tenho certeza de que alguém pode querer me contratar, com base na minha experiência.

– Bem, fico feliz por ver que você começou a seguir em frente, Jules – disse William. – Foi uma barra muito pesada a que enfrentou.

– Não tenho muitas alternativas, não é? É afundar ou nadar, eu diria. E o Alexis tem sido fantástico. É o extremo oposto do Sacha, em todos os sentidos. Ele realmente tem cuidado de mim, desde que me mudei para cá, e nada parece ser um problema para ele. Ele virá jantar conosco, mas hoje teve que ir a Limassol, por isso disse que talvez se atrase um pouquinho.

– Mamãe, a tia Helena adorou a gatinha – disse Viola, quando ela e Helena emergiram das portas francesas.

– Quem não adoraria? Ela é adorável. – Jules sorriu para a filha. – E então, vamos comer?

William, Helena e Alex voltaram para Pandora pouco antes da meia-noite.

– Que tal um conhaque no terraço?– perguntou William, quando Alex se despediu e subiu para dormir.

– Não, obrigada, mas eu lhe faço companhia se quiser – respondeu Helena, sentando-se sob a pérgula, enquanto o marido entrava para buscar a garrafa.

– Outro céu completamente límpido – observou ela, quando William voltou e se sentou ao seu lado.

– É. As estrelas são mesmo incríveis.

– Esta noite, a Jules estava diferente. Parecia... mais suave, sei lá.

– Sei o que você quer dizer – concordou William. – Ironicamente, justo quando havia todas as razões para ela ficar amarga, sumiu aquela aspereza, e ela parece mais feliz e mais relaxada do que jamais a vi. Você... notou o mesmo que eu?

– Você diz, a Jules e o Alexis? – respondeu Helena.

– É. Eles me pareceram muito à vontade um com o outro. Não posso falar pelo Alexis, mas, decididamente, acho que a Jules está caidinha por ele.

– Quem sabe? Bem que os dois se beneficiariam de um pouco de amor e companheirismo. Quanto a isso, não há dúvida.

– Algumas semanas atrás, essa ideia nunca me passaria pela cabeça, mas esta noite passou – disse William, pensativo. – Mesmo que seja só um caso sem compromisso, duvido que possa machucar um dos dois.

– Alexis não tem cara de ferir ninguém. Vai ser interessante ver o que acontece.

– E... se a coisa fosse adiante – indagou ele –, como você se sentiria?

Helena pegou a mão do marido e a apertou com força.

– Juro que eu me sentiria perfeitamente bem.

DIÁRIO DE ALEX

9 de agosto de 2006

Agora entendo por que as pessoas controladoras se tornam maníacas por poder e perdem a noção das coisas.

Henrique VIII, que jogou Deus no lixo e resolveu assumir o cargo no lugar dele.

Stalin, Hitler, Mao, que eram a encarnação do Diabo.

Bush, que quer que o Deus dele seja o mandachuva.

E Blair, essa marionete, que perdeu o cabelo e as boas intenções por ir atrás dos Estados Unidos.

Hoje à noite, quando lia a redação do Rupes – que era catastrófica, para dizer o mínimo, e não o levaria a ser admitido nem no jardim de infância, que dirá num internato britânico de primeira linha –, tive um súbito vislumbre dessa mesma sensação.

Quando ele me olhou, vasculhando aflitivamente o meu rosto em busca de uma reação positiva, eu soube que poderia levantá-lo ou derrubá-lo.

Foi mágico! Ao menos por alguns segundos.

Depois, senti pena dele. É este meu coração bondoso que vai me impedir de um dia atingir uma posição de verdadeira autoridade, porque não suporto ver ninguém sofrer. É um traço afeminado, eu sei, mas nasci para isso: para ver o outro lado da história.

Se eu tivesse presidido o primeiro julgamento de Saddam Hussein, sei o que teria acontecido: apesar de eu abominar aquele canalha perverso, por todo o sofrimento que impôs a tanta gente, eu o veria sentado ali, diante de mim, um velho triste, louco e alquebrado.

Bastaria ele dizer algo do tipo "Minha mãe não me amou", e eu o despacharia para uma cela confortável de prisão, para passar o resto dos seus dias fazendo terapia e assistindo a reprises de *Friends*.

É o que me faz indagar se, no fundo, estou destinado a votar nos liberal-democratas.

Assim, até o Rupes, meu arqui-inimigo, que me causou mais dor que a combinação da tortura chinesa da água com picadas de mosquito, me comoveu hoje. Vi a vulnerabilidade dele.

Ele é um boçal pescoçudo, fanático por rúgbi, cujo futuro estará mesmo ferrado se eu não der uma mãozinha. E é claro que darei.

Ele precisa aprender *tout de suite* a escrever. Deixei-o fazendo um exame minucioso, ou, como ele decerto escreveria, um *ezame minussiozo* do Dicionário Oxford. Redigi uma lista de adjetivos de ar imponente que ele deve decorar para poder encaixá-los nos locais apropriados e dar um trato firme numa redação.

O francês dele é um pesadelo. Hoje à noite, ficamos no estágio do "*un, deux, trois*", e acho que eu talvez tenha que recorrer a uma ajuda especializada, se quisermos avançar o mínimo que seja. Farei o supremo sacrifício de pedir à fluente Chloë que dê uma ajudinha nas aulas de francês amanhã. Isto, bem entendido, se ela prometer usar uma burca ao trabalhar os verbos com o Rupes, para que ele possa tirar da cabeça a sua Amante Francesa, enquanto ela lhe dá aula.

Rupes, meu caro garoto, você me impôs o supremo desafio.

E, por mais que um dia eu queira passar por você na sarjeta, sem teto, tendo por companhia apenas um cão raivoso e sarnento, sei que não posso compactuar com a sua queda.

Também acho que "tutor acadêmico" vai soar bem no meu futuro currículo.

Acabo me acomodando e procuro dormir. Rupes virá para a aula amanhã de manhã, às onze, e fico deitado aqui, pensando em como planejar as lições. E, de repente, sinto-me grato ao meu patrimônio genético ainda desconhecido, por me proporcionar um cérebro que parece funcionar com bem pouco esforço.

O que me leva de volta a um outro "assunto": o da minha história pessoal. Embora eu tenha gostado das duas últimas semanas de vida sem tensão, não esqueci a pergunta para a qual jurei a mim mesmo que obteria uma resposta antes de sair de Pandora.

Cuidado, mãezinha querida, você não se safou do aperto.

Eu *vou* fazer a pergunta.

20

– Bom dia, papai. – Chloë vagou sonolenta para a cozinha e deu um beijinho no rosto de William. – A noite foi boa?

– Para minha surpresa, foi muito agradável, na verdade. Jules estava mesmo em ótima forma.

– Legal.

Chloë foi à geladeira, pegou um suco de laranja e o bebeu diretamente da embalagem.

– Na verdade, Chloë, quero conversar com você.

Ela se virou, subitamente animada.

– E eu quero conversar com você.

– Ótimo. Então, vamos sair para almoçar.

– Só você e eu?

– Por que não? Você vai embora daqui a poucos dias, e tenho a sensação de que mal a vi nos últimos tempos.

– É, era sobre isso que eu queria conversar com você.

– Sobre o quê?

– Sobre mim e sobre ir emb...

– Oi, Coue. Cadê o Missel? – Fred entrou saltitando na cozinha e a agarrou afetuosamente pelas pernas. – Ele falou que ia tlazer uma arma de verdade pla me mostrar como ele mata os ratos – disse, e saiu em disparada pela cozinha, matando roedores imaginários com uma arma imaginária e gritando "BANGUE!" a plenos pulmões.

– Ele vem mais tarde, fofinho – respondeu Chloë, por cima do barulho.

– Vamos sair mais ou menos ao meio-dia para um almoço tranquilo, está bem? – sugeriu William.

– Ok, mas preciso voltar até as três horas. Michel vai me levar à Cascata de Adônis.

– Você estará de volta a tempo – confirmou William, agarrando o agitado Fred pela cintura e o plantando numa cadeira à mesa. – Muito bem, rapazinho, vamos pôr um pouco de comida na sua barriga.

William levou Chloë ao restaurante dos arredores de Peyia em que tinha jantado com Helena, por não confiar em que a pequena população de Kathikas – a maior parte da qual Chloë já conhecia pelo nome – os deixasse em paz, caso eles almoçassem no vilarejo.

– E então, o que você queria me perguntar? – disse William, bebericando uma cerveja enquanto Chloë tomava uma Coca.

– Queria saber se você poderia falar com a mamãe sobre eu ficar aqui durante o resto do verão.

– Entendo. É um pedido e tanto.

– Não quero ir para a França. Mamãe vai estar com aquele horroroso do Andy, não vai ter nada para eu fazer e não conheço ninguém lá. Preferiria *muito* ficar aqui com você.

– Querida, você já está aqui há quase um mês. Não acha que sua mãe vai querer vê-la?

– Vai, durante as primeiras horas, mas depois vai me ignorar e eu vou atrapalhar as férias românticas dela. Andy não gosta de mim e, além disso, é um verdadeiro calhorda. Você o detestaria. Mamãe tem um péssimo gosto para homens.

– Obrigado! – William riu.

– Não foi isso que eu quis dizer, pai, você sabe. – Ela deu de ombros, amável. – Enfim, você conversa com ela?

– Para ser franco, conversa e sua mãe são duas coisas que nunca combinaram. O provável é que ela bata o telefone na minha cara, antes mesmo de eu abrir a boca.

– Papai, por favor, tente. Por mim – implorou ela. – Eu realmente não quero ir.

William deu um suspiro.

– Olhe, querida, já passei por isso com sua mãe, vezes sem conta. Ela só vai me acusar de fazer chantagem emocional e achar que eu estou tentando marcar pontos, por você querer ficar aqui. Desculpe, Chloë, mas a situação é essa.

– Não precisa se desculpar. Sei como ela é difícil. Quer dizer, eu gosto dela, é minha mãe, afinal, mas não fico surpresa por vocês terem se divorciado. Eu também pediria o divórcio. É só ver o jeito como ela trata todos os namorados. Tem que ser o centro da atenção deles, 24 horas por dia, sete dias por semana.

William se absteve de concordar.

– Só posso dizer que fiz tudo que esteve ao meu alcance, querida. E sinto muito ter falhado com você.

– Eu sei que ela criou dificuldades para você me ver, depois do seu casamento com a Helena.

– E se nos afastamos, não foi por falta de tentativas da minha parte, sem dúvida. Quero que saiba que você nunca esteve longe do meu pensamento.

– Ah, eu descobri qual era a dela quando encontrei, rasgado no lixo, um cartão de aniversário que você tinha me mandado. Foi nesse dia que eu soube que você ainda gostava de mim e não havia me esquecido. Mas tive que fazer o jogo da mamãe. Você e eu sabemos como ela é volátil, e ela sentia um ciúme *enooorme* da Helena. Uma vez, ficou zangada só porque eu disse que gostava muito dela. Eu fico numa boa com isso, papai, de verdade. – Chloë estendeu a mão consoladora sobre a mesa e deu um tapinha na dele.

– Eu não fico "numa boa" com isso, Chloë – William suspirou. – Sempre tive a esperança de que fosse possível manter você fora dos nossos problemas. De que você não fosse usada como moeda de troca, mas não foi assim que as coisas funcionaram.

– Bom, não me interessa o que aconteceu entre vocês dois. Você é meu pai e vou amá-lo de qualquer jeito.

– E é muita sorte minha ter uma filha tão equilibrada e linda. – William quase engasgou de emoção. – Senti tanta saudade sua, quando você era pequena, que chegava a doer fisicamente. Até pensei em sequestrá-la, numas duas ocasiões.

– Foi mesmo? Que irado! – Chloë riu. – Mas, enfim, pai, isso tudo já passou. Logo vou fazer 15 anos e terei idade suficiente para tomar minhas próprias decisões. Uma delas é que quero ver você e minha família muito mais, no futuro, a mamãe querendo ou não.

– Nós dois sabemos que ela não vai querer.

– É, bom, a decisão não é dela e, se ela me encher o saco, eu ameaço ir morar com você. Isso resolve o problema – disse Chloë com um sorriso. – E depois, se ela se casar com o babaca do Andy...

– Chloë!

– Desculpe, mas é o que ele é. Se ela se casar com ele, não quero mesmo ficar muito por perto. Então, será que nós dois podemos perguntar a ela se posso continuar aqui, em vez de ir para a França? – insistiu a adolescente, reconduzindo o pai ao assunto em questão.

– Olhe, acho ótimo você ter gostado de ficar conosco, Chloë, mas, sejamos francos, não é só por nossa causa que você quer ficar no Chipre, é?

– Ah, papai, não diga isso. – Chloë pareceu ofendida. – Passei um tempo superlegal com vocês aqui. Adoro os pequenos, e o Alex é uma graça, e a Helena tem sido muito boa comigo e é... bem, é como uma família do jeito que deve ser. Para falar a verdade, eu não estava com a menor vontade de vir. Achava que ia ser uma grande chatice, mas foram as melhores semanas da minha vida.

– E conhecer o Michel ajudou.

– Sim, ajudou, é claro que sim – admitiu ela.

– Ele é um bom rapaz – reconheceu William –, mas haverá muitos outros como ele no futuro, tenho certeza.

– Não iguais a ele. – Chloë balançou a cabeça, com ar de desafio. – Eu o amo.

Seguindo o conselho de Helena, William se recusou a entrar nessa disputa.

– Sim, tenho certeza de que ama – respondeu em tom tranquilo, justamente quando a comida chegava à mesa. – Agora, vamos atacar.

– Devo ou não devo falar com a Cécile?

William estava empoleirado na ponta da espreguiçadeira de Helena. No instante em que chegaram em casa, Chloë tinha desaparecido numa nuvem de poeira na garupa da motoneta de Michel.

– Essa é difícil. Se você pedir, ela com certeza dirá que não, só de implicância.

– Exatamente.

– Mas, se não falar com ela, a Chloë vai achar que você não a está apoiando. Então, que tal propor um tipo de compensação?

– Como o quê?

– Bem, você pode ligar para a Cécile e sugerir que a Chloë volte a passar mais uns dias aqui, no fim das férias na França. Assim, a Cécile vai vê-la, como estava planejado, e isso dará um tempinho para a Chloë ficar com a mãe e o namorado dela, morrendo de tédio e de saudade do Michel. Pode apostar que, antes do fim das férias, a Cécile vai ficar muito contente em fazer as malas da Chloë e mandá-la de volta para nós.

– Brilhante, querida! – Ele a beijou nas duas faces. – Obrigado. Vou falar com a Chloë.

– Talvez não seja exatamente o que ela quer ouvir, mas é provável que seja a melhor solução para todos.

– Sabe, a Chloë é mesmo uma grande menina. Muito lógica e equilibrada. Parece ter decifrado a mãe, pelo menos, o que é mais do que eu consegui fazer – disse William com um suspiro.

– Não há dúvida de que ela amadureceu nestas férias.

– Não quero entrar nessa questão, obrigado – resmungou ele.

– Não foi isso que eu quis dizer. – Helena empertigou o tronco na espreguiçadeira e se sentou abraçando os dois joelhos. – Levamos um bom papo e ela sabe o que está fazendo, portanto não se preocupe.

– Mãe, telefone! – gritou Alex do terraço.

– Estou indo, querido.

Meia hora depois, Helena estava sentada na taberna do vilarejo, de frente para Sadie. Esperara o pior, ao receber o SOS da amiga: o término de mais um belo relacionamento, Sadie aos cacos. Porém, ela parecia tudo, menos traumatizada. Os olhos brilhavam e a mulher exibia um ar radiante.

– E então, onde é o incêndio? – perguntou Helena, confusa.

– Eu tenho novidades, benzinho.

– Foi o que eu deduzi. Boas ou más?

– Depende de como você as vir, eu acho. Um pouco de cada, talvez.

– Então, vamos lá, desembuche.

– Está bem, está bem, vou falar. Só um minuto...

Sadie remexeu na bolsa volumosa e finalmente tirou dela um bastão de plástico branco, que entregou a Helena.

– Olhe para isto. O que acha?

– É um teste de gravidez.

– Disso eu sei. Leia.

– Estou lendo. Há duas linhas cor-de-rosa, o que significa... Ah, meu Deus! Sadie!

– Eu sei! – Sadie juntou as mãos. – Aí diz mesmo que eu *estou*, não é? Você tem mais experiência nisso do que eu.

– Bem, cada teste é de um jeito, mas... – Helena estudou o bastão. –... decididamente há uma linha bem definida no outro retângulo.

– Então, eu *estou*. Grávida, quero dizer.

– De acordo com isso, sim. Nossa! – Helena ergueu os olhos para a amiga e tentou, literalmente, ler nas entrelinhas o estado de espírito dela. – Você está feliz?

– Eu... não sei. Quer dizer, só descobri há algumas horas. Deve ter acontecido naquela primeira noite em que dormimos juntos, depois da festa apocalíptica na vinícola. Estávamos muito bêbados e não tomamos cuidado, se é que você me entende. Só não consigo acreditar. Com toda a sinceridade, eu tinha perdido a esperança de que isto fosse acontecer algum dia. Afinal, estou com 39 anos. Mas aconteceu, *aconteceu*! – Os olhos de Sadie de repente se encheram de lágrimas. – Vou ter um bebê, Helena. Vou ser mãe.

Helena relembrou a época em que as duas eram meninas e sonhavam juntas encontrar seus príncipes encantados, e imaginavam as casas bonitas em que morariam e os filhos que teriam. Nos últimos anos, muitas vezes ela ouvira Sadie mencionar quanto a entristecia que esta última parte nunca houvesse acontecido. Mas a realidade daquele momento, sobretudo na situação de Sadie, era algo totalmente diferente.

– E o Andreas? O que ele acha?

Sadie fez uma pausa.

– Não sei. Ainda não contei a ele.

– Entendo.

– Na verdade – ela respirou fundo –, não cheguei propriamente a decidir se conto a ele ou não.

– Acho que talvez ele note sozinho, daqui a alguns meses, não acha?

– Não se eu tiver voltado para a Inglaterra, aí ele não vai notar. – Os dedos de Sadie alisaram a armação de seus óculos.

– Vocês brigaram?

– Nossa, não! Na verdade, é bastante difícil brigar falando duas línguas diferentes. Estamos ótimos.

– Então, qual é o problema?

– Não é óbvio? Ele é carpinteiro num pequeno vilarejo cipriota, mal fala uma palavra de inglês e é quatorze anos mais novo que eu. Quer dizer, tenho que ser realista quanto a isso. Você consegue nos ver juntos no futuro, bancando a família feliz?

– Você o ama?

– Não.

– Então parece bem conclusivo, nesse caso. – Helena ficou surpresa com a resposta franca da amiga.

– Eu gosto muito do Andreas, gosto mesmo. Ele é um rapaz muito meigo. E, em termos físicos, é o melhor que já conheci.

– É uma afirmação e tanto, vinda de você.

– A questão é que ele tem sido uma esplêndida fuga de verão. Você sabe que eu estava realmente para baixo, quando cheguei, e o Andreas me proporcionou a mais fabulosa massagem no ego. Mas eu sempre soube que teria que voltar para a Inglaterra. Tenho um grande projeto de trabalho que começa na semana que vem. O romance ia ser uma lembrança maravilhosa, que eu poderia levar comigo.

– Querida, se você levar adiante a gravidez, terá uma lembrança viva e palpitante destas férias pelo resto da vida – Helena lhe recordou. – Para ser sincera, estou em choque. Não sei mesmo o que dizer.

– Bem, eu sei. Decidi que vou ficar com o bebê. Esta deve ser minha única chance de um dia ter um filho, e sei quanto eu me arrependeria, na velhice, se o tirasse agora.

– Sim – disse Helena, emocionada –, talvez você se arrependesse.

– O *verdadeiro* dilema é se devo contar ao Andreas que estou grávida antes de ir embora. Você não acha que é ilegal, acha? Ele não pode me acusar de roubar o esperma dele ou algo assim, pode?

– Não faço ideia, Sadie. Se bem que, se descobrisse, ele poderia exigir acesso ao filho, provavelmente. – Helena tomou um gole do café amargo. – Escute, não quero cortar seu barato nem bancar de arrogante, mas, como você sabe, já passei por isso.

– Isso quê?

– Estar grávida e sozinha. E é difícil, em todos os níveis.

– Não sei como foi, Helena, porque você nunca me falou realmente da sua época em Viena, quando o Alex era pequeno. Que dificuldade pode haver? Sou independente financeiramente, tenho minha casa própria e trabalho como autônoma. Eu contrato uma babá, é simples.

Helena respirou fundo para se acalmar, achando que Sadie fazia parecer que ter um filho era um mero inconveniente insignificante, que se solucionava contratando mais empregados. Sentiu que estava ficando agitada, o que era induzido pelas lembranças dos dias obscuros que ela havia suportado em seu caminho solitário.

– Sadie, não se trata apenas do lado prático e doméstico das coisas; há também o lado emocional. Você terá que atravessar a gravidez e o parto sem nenhum apoio. E depois, toda vez que o bebê chorar no meio da noite ou adoecer, você será a única responsável por ele, talvez para sempre.

– Sim, serei. Mas, Helena, eu estou grávida! Não importa do que eu precise para fazer isto, eu enfrento, enfrento mesmo.

– Tenho certeza disso. Estou passando sermão, desculpe. É maravilhoso que você esteja feliz, de verdade. Só quero dizer uma coisa: pense com cuidado antes de descartar completamente o Andreas. E, só para deixar registrado: moralmente, acho que ele tem o direito de saber.

– Talvez. Vou voltar para a Inglaterra, pôr certa distância entre nós, e então decidir se conto a ele ou não. Só que passar minha vida com alguém unicamente por ter engravidado dele é uma regressão à Idade Média, e é errado para todas as pessoas envolvidas. Posso fazer isto sozinha, sei que posso.

– Bem, boa sorte. – Helena se esforçou para estampar um sorriso. – Você sabe que estarei do seu lado durante todo o tempo que eu puder. Quando volta para casa?

– O mais rápido possível, levando em conta as circunstâncias. Talvez eu peça ao William para me dar uma carona até o aeroporto amanhã se eu conseguir uma passagem.

– Andreas vai ficar arrasado.

Sadie olhou para Helena com surpresa.

– É mesmo?

– Sim!

– Bobagem! É provável que fique meio chateado, por causa do orgulho ferido, mas, assim que aparecer no horizonte o próximo rostinho bonito, e mais jovem, sem dúvida, ele me esquecerá por completo.

– Eu não apostaria nisso. Pelo que vi, ele está completamente apaixonado.

– Acha *mesmo*? – De repente, o rosto de Sadie registrou o pânico. – Ah, meu Deus, você não acha que ele faria alguma maluquice, tipo me seguir para a Inglaterra, acha?

– Pode ser que sim. Quem sabe?

– Era só o que me faltava! Pareço predestinada a me apaixonar por homens que não me querem! E aí, quando querem, eu não os quero! Desculpe, preciso ir ao banheiro. Estou com um enjoo terrível. – Helena a viu levantar-se, parecendo verde. – Volto num segundo.

Enquanto Sadie corria ao toalete feminino, Helena ficou sentada, perguntando a si mesma por que se sentia vagamente deprimida. Afinal, era óbvio que Sadie estava mais do que radiante.

E então se deu conta: Sadie estava se comportando como um homem.

DIÁRIO DE ALEX

11 de agosto de 2006

Os policiais do Kleenex andaram fazendo hora extra hoje, aqui em Pandora.

Primeiro chegou a Sadie com sua mala; aí teve início a história das lágrimas, quando ela se despediu da mamãe e foi com o papai para o aeroporto. Só posso depreender que a machadinha do lenhador tenha perdido o fio e que a Sadie esteja partindo para cavar um novo futuro em Londres. Depois a mamãe também começou, ao acenar para a Sadie na despedida. Perguntei-lhe por que estava chorando, mas ela fez aquilo que costuma fazer e disse "Está tudo bem", apesar de ter lágrimas rolando pelas bochechas e, obviamente, não estar nada bem.

Chloë anda literalmente pingando pela casa há algumas horas. Está inconsolável por ter que ir para a França amanhã, ao encontro da mãe, e não poder passar mais tempo aqui. Apesar de ter esperança de voltar antes do fim do verão, parece que isso não lhe serve de consolo. E, justiça seja feita, é improvável que aconteça, considerando-se a logística e a mentalidade da mãe dela.

"Michelle" chegou para se despedir e os dois se trancaram no quarto dela. No momento, uma pocinha d'água se acumula do lado de fora da porta.

Eu mesmo parei em cima dela e acrescentei minha lagriminha por essa situação. Vou sentir uma saudade pavorosa da Chloë.

Immy deu uma topada com o dedão do pé ao sair da piscina e sangrou. Some-se a isso a falta de qualquer curativo da Barbie em casa, e a explosão do canal lacrimal se tornou inevitável.

E o Fred, sentindo-se excluído do clima geral, imagino, resolveu ter um dos seus acessos colossais e megapoderosos de birra. Ninguém sabe direito o que desencadeou, mas achamos que teve alguma coisa a ver com um pedaço de chocolate. Ele foi mandado para a cama pela mamãe, em descrédito, e continua a berrar feito um demente lá em cima.

Diversão, diversão, diversão.

No momento, estou sentado no terraço, completamente sozinho. Mamãe subiu para tomar banho e acho que o papai – que já voltou do aeroporto – foi com ela. Estou assinalando os pontos na redação em francês do Rupes e corrigindo sua gramática estarrecedora, por ter decidido que este não era o momento de pedir que Chloë fosse a Amante Francesa por uma noite. Assim, eu mesmo estou fazendo hora extra e procurando tirar da cabeça a partida iminente dela.

Pouso a caneta na mesa e olho para as estrelas. Ainda nos restam duas semanas inteiras aqui, então por que esta sensação de que estamos no fim das férias, quando não estamos?

– Oi, Alex.

Num sobressalto, viro para trás e vejo que é a mamãe. Ela veio como uma aragem silenciosa, feito um espírito, nesse seu treco branco, o tal de caftan.

– Oi, mãe.

– Posso ficar com você?

– Claro.

Ela se debruça sobre mim.

– O que está fazendo?

– Ajudando o Rupes num trabalho. Ele tem que fazer uma prova para conseguir a bolsa de estudos.

– É uma enorme gentileza sua – diz ela, sentando-se.

– Fred já parou de ganir? Não o estou escutando mais – falo, tentando manter neutra a conversa. Percebo que ela está nervosa com alguma coisa.

– Sim. Acabou desistindo e pegou no sono. Deus do céu, aquele menino sabe gritar – suspira ela. – Você está legal, querido?

– Eu é que devia lhe perguntar isso.

– Só fiquei nervosa ao ver a Sadie ir embora, apenas isso.

– Você vai encontrá-la na Inglaterra, não vai?

– Sim. Acho que foi a sensação de que as férias estão acabando.

– É justamente o que eu estava pensando. Mas não estão.

– Não. – Ela me olha. – Tem certeza de que você está legal?

– Estou. Mas vou sentir falta da Chloë.

– Você gosta muito dela, não é?

Faço que sim, pego a caneta e finjo continuar a corrigir a redação do Rupes.

– Fabio, meu antigo par na dança, chega amanhã para se hospedar aqui – informa ela, inopinadamente. – Tenho que buscá-lo no aeroporto de Paphos na hora do almoço. Ele é divertidíssimo, ou pelo menos era há onze anos. Você não deve se lembrar dele. Só tinha 2 anos na última vez em que o vimos.

Procuro repensar na lanugem cinzenta de rostos e imagens.

– Não, não me lembro.

– Foi ele que lhe deu o Cê, o seu coelhinho. – Ela sorri da lembrança.

Engulo em seco.

– Deu?

– Sim. Ele nos visitou no hospital, depois que você nasceu, e pôs o coelhinho no berço, ao seu lado.

– Mas... eu achava...

– MA-MÃÃÃÃ-NHÊ! Preciso de vocêêê!

– Venha aqui fora, Immy. Estou no terraço com o Alex.

– Não posso. Meu dedo está sangrando de novo. ME AJUDA!

Minha mãe se levanta da cadeira.

– Mãe! – eu a chamo, num protesto.

– Desculpe, Alex, volto num instante.

Droga da Immy! Não posso deixar passar esse momento. Seguro o braço da minha mãe quando ela passa deslizando.

– Eu achava que meu pai...

– MA-MÃÃÃÃ-NHÊ!

– Dois segundos, querido.

E lá se vai ela para dentro. Sei que vai demorar séculos para voltar. Os "dois segundos" significam carinho, mais curativos, um copo de leite e, provavelmente, uma história. Conhecendo a Immy, as *Obras completas de Hans Christian Andersen*, volumes um a sessenta.

Bosta! Merda! Porra!

Ponho um tique no texto do Rupes, depois dez cruzes, de pura frustração.

Cheguei tão perto agora há pouco! Tenho quase certeza de que ela dissera que o coelhinho fora um presente do meu pai. Razão por que eu quase morri na tentativa de salvar seu traseiro sem pelo.

Portanto, se eu estiver certo, o pedaço que falta no meu quebra-cabeça pessoal vai reaparecer na minha vida dentro de algumas horas: Fabio. É um nome metido a besta, mas, pelo menos, ele não se chama Archibald nem Bert.

Na parede lá de casa há uma foto dele dançando balé com a mamãe. Ela tem uma perna enroscada nas costas dele e um joelho encostado na sua virilha. Os dois tinham intimidade, com certeza, embora ele esteja com mais maquiagem que ela, o que torna meio difícil ver suas feições – não que algum dia eu tenha examinado muito de perto.

Mas, pode ter certeza, amanhã eu examino.

A pergunta, porém, persiste: se o Fabio é o meu pai, por que ela nunca me contou isso?

21

Helena estava de pé às cinco e meia da manhã seguinte, cheia de energia nervosa e apreensão. Fabio telefonara tarde, na noite anterior, para dizer que chegaria a Paphos, vindo de Milão, na hora do almoço. Ela ia buscá-lo. Mais uma vez, quase não tinha dormido, intrigada com o que lhe dera na cabeça para concordar com a vinda dele a Pandora.

A falta de contato entre os dois ao longo dos anos devia-se inteiramente a ela. Embora pudesse tê-lo procurado por meio do Balé da Cidade de Nova York, Helena não o fizera. Pelo simples fato de que era muito perigoso. Quisera deixar o passado para trás ao sair de Viena. E isso, infelizmente, significara deixar Fabio também, porque ele sabia demais.

No entanto, ele *estava* chegando, e Helena se sentia dilacerada entre o pavor e a empolgação.

Resolveu que primeiro devia levá-lo para almoçar. Tinha muitas coisas a lhe dizer, fatos de que ele *precisava* saber antes de conhecer sua família. Um lapso cometido por ele e... Helena estremeceu... as consequências seriam terríveis demais para contemplar.

Sim, era um risco, mas a verdade era que ela queria desesperadamente vê-lo – a única pessoa que tinha ficado ao lado dela e lhe dera apoio quando ela havia precisado. Helena sabia que seria difícil ele acreditar no que tinha acontecido desde que os dois separaram. Ela mesma lutava para acreditar.

Ao descer, ouviu a porta dos fundos se fechar e o estalar do cascalho do lado de fora. Quando entrou na cozinha, para sua surpresa, viu Chloë chorando baixinho numa cadeira.

Olhou pela janela e viu Michel correndo ladeira acima.

Helena deu um suspiro e foi pôr a chaleira no fogo.

– Chá? – perguntou.

– Você vai contar ao papai, Helena? – Chloë a fitou, ansiosa.

– Sobre o Michel ainda estar aqui ao amanhecer? Bem, no que me diz respeito, eu não o vi.

Helena tirou algumas canecas do lava-louça.

– Puxa, obrigada, Helena. Eu... nós nunca tínhamos feito isso, mas era nossa última noite juntos, por isso o Michel fingiu ter ido embora, ontem à noite, estacionou a motoneta no alto da colina, no vinhedo, e voltou quando...

– Eu realmente prefiro não saber, Chloë.

– Ah, Helena, ele foi embora. Foi embora e não sei quando vou vê-lo de novo. – Chloë torceu as mãos, em desespero. – Como posso viver sem ele? Eu o amo. Amo muito.

Deixando de lado o chá semipronto, Helena abraçou a adolescente, que soluçou em seu peito enquanto a madrasta lhe afagava a cabeleira comprida e sedosa.

– Não quero ir para a França. Não quero voltar para a Inglaterra. Quero ficar aqui com o Michel – exclamou. – Não me façam ir, por favor!

– Eu sei, querida, eu sei mesmo. O primeiro amor é sempre o pior.

– Não, é o melhor e é para sempre, eu sei que é!

– Bem, se for, com certeza, no curso de uma vida inteira, você conseguirá lidar com alguns dias de separação, não é? – Helena puxou uma cadeira para poder se sentar ao lado de Chloë.

– Mas e depois do verão? Tenho que voltar para a escola, tipo... *para sempre.*

– Existem férias, e tenho certeza de que o Michel poderá visitá-la na Inglaterra.

– A mamãe nunca vai deixar que ele fique lá em casa! Vai achar que ele é um camponês cipriota. Ela quer que eu me case com um Goldman, um Sachs ou alguém com uma montanha de dinheiro! – Chloë olhou para Helena. – Será que o papai e você o hospedariam na casa de vocês, se ele fosse lá me visitar?

– Não vejo por que não. Afinal, aqui, o Michel tem praticamente morado conosco.

Chloë buscou as mãos dela e as apertou com força.

– Obrigada, Helena. Ai, meu Deus! – Balançou a cabeça, desolada. – Como é que vou lidar com isso?

– Você vai lembrar que o Michel também está se sentindo péssimo, tanto quanto você. E que, se tiver que ser, será.

– Você acha mesmo que ele está se sentindo péssimo?

– Sem a menor dúvida. Eu juro, Chloë, que quem fica para trás é sempre quem sofre mais. Agora, que tal aquela xícara de chá?

Helena fez menção de se levantar, mas Chloë agarrou-se a ela.

– Puxa, como eu queria que você fosse minha mãe, Helena! Acho você o máximo. Acho mesmo.

– Ah, Chloë. – Helena abraçou a enteada e a apertou. – Eu também gostaria que você fosse minha filha.

Uma hora depois, Helena levou uma xícara de chá para William.

– Você precisa sair para o aeroporto daqui a 45 minutos. Chloë está no banho.

– Obrigado, querida. E então, já que estarei no aeroporto, quer que eu espere por lá e traga o Fabio?

– Não, obrigada. Tenho que fazer umas compras em Paphos, e seria bom o Fabio e eu colocarmos a conversa em dia no almoço, antes de voltarmos para casa.

– Está bem. Pelo menos, você terá umas duas horas de sossego antes de sair. As crianças querem ir comigo se despedir da Chloë. Até o Alex. Acho que ele está meio apaixonado por ela. O que você acha?

– Está, sim – concordou Helena, abstendo-se de tecer algum comentário depreciativo, do tipo "Você levou quantas semanas mesmo para notar?". – É ótimo que todos queiram se despedir dela. Chloë é uma menina encantadora.

No aeroporto, William fez o check-in da filha abatida, acompanhada por seu bando igualmente arrasado de meios-irmãos e o filho da madrasta.

– Bem, acho que é isso aí. – Chloë se ajoelhou e abraçou Fred.

– Não vai, Coue, fica aqui com a gente. A gente adora você!

– E eu também amo você, maninho. Gostaria de poder ficar.

– Quem vai ver os filmes da Disney com a gente, agora? – indagou Immy, toda chorosa.

– Alex vai, não vai? – Chloë se virou para ele.

– Ahn, está bom. Eu... humm... vou tentar.

– Obrigada. Tchau, Alex. Vou sentir saudade de você.

– Vai? – retrucou ele, surpreso.

– É claro que vou. Você é superlegal, e uma gracinha e inteligente.

– Sou?

– Sim! – Chloë deu-lhe um beijinho no rosto. – Você sabe que é.

Voltou sua atenção para William e o abraçou.

– Tchau, papai. Foi muito legal. Obrigada por tudo.

– Até logo, querida. Vamos todos sentir sua falta, não vamos?

– SIM! – responderam os outros em coro.

– Eu volto, se a mamãe deixar, mas duvido – disse ela, os olhos tornando a se encher de lágrimas. – Adeus, todo mundo.

Com um último aceno, desapareceu pelas portas da área de segurança.

– Quelo que a Coue volta – gemeu Fred.

Immy também estava chorando, e Alex passou disfarçadamente a mão pelas faces.

– Muito bem, turma. – A voz de William estava embargada de emoção. – Que tal irmos ao McDonald's, para nos animarmos?

Passada uma hora, Helena também estava no aeroporto, esperando com muita ansiedade que Fabio aparecesse.

– *Bella*! Helena!

– Fabio!

Helena correu para ele, que a levantou pela cintura e a girou no ar, para grande fascínio dos passantes. Rindo ao pousá-la no chão, ele a abraçou.

– É muito bom ver você – disse Helena, enquanto o perfume familiar do ex-parceiro de dança evocava com tanta clareza outra época de sua vida que ela se descobriu com lágrimas nos olhos.

– Também é uma maravilha ver você, de verdade. – Os olhos castanho-escuros de Fabio a avaliaram: – E você está maravilhosa, *cara*, um pouquinho mais pesada do que no tempo em que eu a jogava para o alto no palco, faz tantos anos, mas o que podemos fazer! – Ele deu de ombros. – Nós dois estamos ficando velhos. Podemos almoçar agora? Estou morrendo de fome.

Não comi nada desde que saí de Milão, às sete da manhã. Você sabe que não suporto comida de avião.

Seguiram de carro para Paphos e acharam um restaurante na extremidade mais tranquila da movimentada avenida portuária, onde conseguiram uma mesa do lado de fora, com uma vista encantadora do mar cintilando por entre as palmeiras que ladeavam a amurada do porto.

Fabio pediu meia garrafa de Chianti e uma Coca-Cola para Helena, depois pegou os óculos de leitura e passou uma eternidade considerando o que ia comer.

– Detesto essa comida cipriota! Eles não sabem cozinhar – reclamou em voz alta.

– Então, peça uma salada. Nisso eles não podem errar.

– Você ficaria surpresa. Pronto! Decidi.

Estalou os dedos para um garçom e lhe explicou detalhadamente o que queria.

Helena observou o amigo com ar divertido, recordando suas excentricidades, nem todas cativantes. Ele parecia bem, ainda firme e em ótima forma, graças às aulas diárias, mas as entradas no cabelo – que nos velhos tempos sempre foram uma fonte de inquietação para Fabio – haviam aumentado consideravelmente.

– Por que você está olhando para o alto da minha cabeça? – perguntou ele, quando o garçom, confuso, foi liberado. – Notou que meu cabelo caiu?

– Bem, um pouquinho, talvez. Desculpe.

– Caiu. Odeio isso! Sou um paranoico de meia-idade e vou fazer um implante no ano que vem.

– Sinceramente, Fabio, não está tão ruim assim. Você está com uma aparência fantástica.

– É como uma maré que baixa, mas nunca torna a subir. Então, eu me conserto. Está vendo? – Expôs os dentes. – Pus dentes novos no ano passado, em Los Angeles. Bonitos, não?

– São... de uma brancura impressionante – disse Helena, assentindo e tentando não rir.

– Minha testa também. – Fabio apontou para a cabeça. – Está lisa, *si*?

– Muito.

– Botox. Você devia usar um pouco, Helena.

– Por quê? Eu preciso?

– É melhor começar antes que os outros notem.

– Certo – concordou ela, fingindo-se de séria. – Eu tinha me esquecido de como você é incrivelmente vaidoso.

– Bem, é muito pior envelhecer quando se foi um jovem bonito como eu. Toda vez que me olho no espelho, machuca. Então, agora, *cara*, vou tomar um pouco de vinho e contaremos um ao outro as histórias do nosso tempo separados.

Helena estendeu a mão sobre a mesa e a pousou na dele.

– Fabio, antes de passarmos as próximas duas horas rememorando e pulando de um assunto para outro, preciso que você me escute.

Ele a fitou e franziu o cenho.

– Sua expressão me diz que isso é sério. Você não está doente, está?

– Não, não estou, mas, como você está prestes a conhecer minha família, há uma coisa que realmente deve saber.

– Vou precisar da bebida?

– Ah, vai – confirmou Helena, enfática. – E eu também precisaria se não estivesse dirigindo. Estou avisando, você não vai acreditar.

Fabio bebeu uma golada de Chianti.

– Muito bem – avisou ele. – Estou preparado.

William estava deitado à beira da piscina, enquanto os pequeninos assistiam a um filme da Disney dentro de casa. Fazia um calor intenso e ele se sentia relaxado e sonolento.

As três semanas anteriores tinham sido maravilhosas, depois do furacão dos Chandlers e da revelação de Helena. A qual, embora tão difícil de ser admitida por ela, na verdade parecera – ao menos para ele – mais leve que os outros cenários que sua imaginação havia criado.

William não alimentava a ilusão, é claro, de que Helena lhe tivesse contado tudo. Ao se conhecerem, onze anos antes, em Viena, havia nela um ar de mistério. Ele se intrigara na ocasião: por que aquela mulher linda e elegante – dona de um sotaque britânico que deixava transparecer sua origem privilegiada – estaria trabalhando como garçonete num café? Ele se sentira encantado desde o primeiro momento em que pusera os olhos nela.

Depois, os dois haviam começado a conversar e, num impulso, ele a convidara para um drinque, assim que terminasse o turno de Helena. A jovem recusara o convite, como ele esperava que fizesse, mas, como sempre acontecia com William, a perseverança tinha levado a melhor. Desse dia em diante, ele havia ignorado a apreciação das maravilhosas paisagens de Viena para, em vez disso, sentar-se no café com um livro, quando sabia que ela estava de serviço. E a moça, por fim, acabara aceitando o drinque.

Então ela lhe contara que era ex-bailarina e que havia parado de dançar três anos antes, ao engravidar. Tinha um filho, aparentemente, e, pelo brilho dos seus olhos ao falar nele, William percebera que o pequeno Alex era o centro do universo dela.

Ele tentara sondar mais, mas, desde o começo, ficara patente que Helena se fechava no que dizia respeito a seu passado e ao pai de Alex. Mesmo com o aprofundamento da relação entre os dois, enquanto, passinho a passinho, William a cortejava com rigorosa determinação (o que envolveu meses de viagens exaustivas entre Londres e Viena), Helena continuara relutando em discutir detalhes. Por fim, após nove meses, ele a tinha convencido a acompanhá-lo de volta à Inglaterra e a instalara com o pequeno Alex na casinha apertada de Hampshire que, às pressas, havia alugado depois do divórcio.

William rememorou-a no dia do casamento, primorosa em seu vestido acetinado, cor de marfim – a noiva perfeita, como todos haviam comentado. No entanto, quando ela se posicionara a seu lado no altar, e quando, concluídas as formalidades, Wiliam tinha levantado seu véu para beijá-la, em vez da alegria antecipada nos olhos da noiva, ele poderia jurar que tinha visto um lampejo de medo...

Ouviu o estalar de pneus no cascalho, deixou seus pensamentos e voltou ao presente.

– Papai, a mamãe voltou! – gritou Immy do terraço.

William enfiou uma camisa e foi recebê-la.

– Papaaaaai, ele está de short cor-de-rosa e com uma coisa feito um lenço enrolada no pescoço, e anda que nem uma menina – cochichou Immy, espiando o homem que saltava do carro.

– É porque ele é bailarino, Immy. Agora, fique quietinha – ordenou William, enquanto Fabio caminhava na direção deles.

– *Ciao*, William! Finalmente o conheço, depois de todos estes anos. É um prazer. – Fabio fez-lhe uma mesura impecável de respeito.

– O prazer é meu, Fabio.

– Olá, pequenina. – Fabio se curvou para beijar Immy nas duas faces. – Você é uma versão em miniatura da sua mamãe, *si*? Meu nome é Fabio. E esse deve ser o *signor* Frederick. Helena me falou muito de vocês.

– Prazer em conhecê-lo, Fabio. O senhor e a mamãe eram famosos? – perguntou Immy, fitando-o com seus grandes olhos azuis.

– Houve uma época em que ninguém nos segurava, não é, Helena? Os próximos Fonteyn e Nureyev... Ah, deixe para lá – completou, dando de ombros. – Sua mamãe fez uma coisa muito mais valiosa com a vida dela do que perseguir um sonho. Tem uma família linda. – Fabio olhou em volta. – Onde está o Alex? Não o vejo desde que ele era um garotinho.

– Está em algum lugar da casa. Vou chamá-lo. Aceita uma xícara de chá, Fabio? – ofereceu William.

– Café seria bom, mas só tomo descafeinado.

– Acho que temos em algum lugar. Chá, querida? – Sorriu para Helena, que lhe pareceu tensa e bastante cansada.

– Sim, por favor. Olá, monstro – falou ela, pegando Fred no colo. – Venha se sentar, Fabio, e aprecie a vista.

– É deslumbrante – declarou ele, sentando-se graciosamente numa cadeira. – William é um homem bonito. Eu o odeio. Tem mais cabelo que eu – sussurrou bem alto para ela.

Immy foi se chegando para junto dele.

– O senhor é bailarino mesmo, Fabio? – perguntou-lhe, com ar tímido.

– Sou, sim. Passei a vida inteira dançando.

– Dançou com a mamãe em Viena quando ela conheceu o príncipe?

– Ah, o príncipe! – Ele sorriu para Helena. – Sim, dancei. Estávamos dançando *Giselle*, não é, Helena?

– *La Sylphide*, na verdade – corrigiu ela.

– Tem razão – disse Fabio, antes de voltar novamente a atenção para Immy. – E então, uma noite, sua mamãe recebeu um buquê dele.

– O que é buquê? – indagou Immy.

– São as flores dadas às moças bonitas que dançam os papéis principais, mas esse buquê trazia dentro um colar de brilhantes. Estou certo, mamãe?

– Está, sim.

– E aí, ele a convidou para um baile no palácio real.

Immy estava fascinada.

– Aah! – Suspirou. – Igualzinho à Cinderela. – Virou-se para Helena e pôs as mãos na cintura, com ar de acusação. – E por que você não está casada com ele?

– Quer saber por que você não é a princesa Immy e por que vive numa casa normal, em vez de num palácio, e tem que me aguentar como seu papai, não é? – indagou William, com um sorriso, chegando com a bandeja de chá.

– Eu não o amava, Immy – respondeu Helena.

– Eu me casaria com ele, por causa dos brilhantes e do palácio.

– É, você provavelmente se casaria, Immy – concordou William.

– Café para você, Fabio.

– *Grazie*, William.

– E então, colocaram o papo em dia, no almoço? – William quis saber.

– Só arranhamos a superfície, como dizem vocês, ingleses, não foi, Helena?

– Eu falei quase o tempo todo, de modo que há uma porção de coisas que ainda não sei sobre o Fabio.

– Helena disse que você foi para os Estados Unidos pouco antes de eu a conhecer. É isso mesmo? – perguntou William.

– Sim. Passei quase dez anos lá. Dancei com o Balé da Cidade de Nova York, e então, no ano passado, pensei: Fabio, está na hora de ir para casa. Por isso, agora voltei para o La Scala. Faço aula de manhã e danço os papéis adequados para um homem da minha idade. – Deu de ombros. – Dá para ganhar a vida.

– Fabio, você deve ser uns bons anos mais jovem que eu, mas fala como se estivesse aposentado. – William riu.

– É a vida do bailarino. É muito curta.

– Você disse ao Alex para vir cumprimentar o Fabio, querido? – Helena perguntou a William.

– Sim. Ele falou que já vem, mas você sabe que ele só faz o que lhe dá na telha.

– Vou lá pressioná-lo e dar uma olhada no jantar. – Helena se levantou e entrou em casa.

– Ainda outro dia, eu estava dizendo para a Helena que gostaria de tê-la visto dançar – comentou William, tomando um gole de chá.

– Ela era um deslumbre! Sem dúvida, a melhor parceira que já tive. Foi um desperdício terrível achar que não podia continuar, depois que o Alex nasceu. Teria sido uma das grandes, com certeza.

– Sempre me perguntei por que ela parou. É claro que as mulheres podem continuar a dançar depois de terem filhos, não é?

– Foi um parto difícil, William. E ela estava sozinha e queria ficar à disposição do filho. – Fabio emitiu um suspiro. – Nossa parceria era muito especial. É raro encontrar aquele tipo de conexão. E eu nunca o reencontrei, tampouco o sucesso que fiz com a Helena.

– Você foi uma parte importantíssima da vida dela. Admito que é estranho eu não saber quase nada sobre isso.

– Assim como eu não sabia da existência de você ou dos seus filhos, até Helena e eu conversarmos, umas semanas atrás. Perdemos o contato logo depois que parti para Nova York. Quando liguei para o apartamento dela em Viena, ela já não atendeu o telefone. Ninguém sabia onde estava. É claro – completou Fabio, encolhendo os ombros –, estava na Inglaterra com você.

– E como você a encontrou?

– Foi o destino, nada menos. Eu estava na sala de imprensa do La Scala e havia uma pilha enorme de envelopes na mesa, a ser despachada pelo correio para a lista de destinatários, com detalhes sobre a temporada seguinte. E ali, bem no alto, estava um envelope endereçado à Sra. Helena Beaumont! Já imaginou? – disse Fabio, empolgado. – Anotei o endereço da Inglaterra, depois achei o celular dela nos registros do computador do La Scala. Pronto! – Fabio deu um tapa nas pernas musculosas. – Tinha que ser.

– Minha mulher raramente fala do passado – refletiu William. – E você é a primeira pessoa desse passado que eu encontro, afora alguém que ela conheceu aqui no Chipre. Por isso, desculpe-me se parece um interrogatório.

– Às vezes, é melhor baixar um véu sobre o passado e seguir em frente com o futuro, *si*? – Fabio fingiu um bocejo. – Acho que vou me recolher se você não se importa. Acordei muito cedo hoje.

Quando ele ia se levantando, Alex apareceu no terraço.

– Olá, Fabio, eu sou o Alex. É um prazer conhecê-lo.

Deu um tímido passo à frente, com a mão estendida. Fabio a ignorou e puxou Alex para si, dando-lhe um beijo em cada face.

– Alex! Meu menino! Faz muitos anos desde que o vi pela última vez, e agora você está todo crescido!

– Bem, nem tanto – retrucou Alex. – Pelo menos, espero um pouco mais desse tal de crescimento, afinal.

Fabio o segurou pelos ombros e seus olhos reluziram de lágrimas.

– Você se lembra de mim?

– Ahn... talvez – resmungou Alex, sem querer ser indelicado.

– Não, não se lembra, não é? Você era muito pequeno. Sua mãe diz que você é um garoto muito inteligente, mas talvez não dançarino. – Examinou o tronco de Alex. – Quem sabe jogador de rúgbi, certo?

– É, eu gosto de rúgbi – concordou Alex.

– Agora você precisa me dar licença, pois vou me retirar para uma sesta. Conversaremos muito mais depois que eu tiver dormido, e vamos voltar a nos conhecer, *si*?

Alex conseguiu dar um sorriso.

– *Si*.

DIÁRIO DE ALEX

12 de agosto de 2006

Devo pensar primeiro na boa notícia ou na má notícia?

Devo me abraçar de alegria, toda vez que me lembrar das últimas palavras que a Chloë me dirigiu?

"Superlegal"...

... e "uma gracinha"...

... e "inteligente".

Uau!

Pronto. Essa é a boa notícia.

Agora, a má – e é realmente ruim.

Conheci o homem (palavra que uso sem maior rigor) que pode muito bem ser o meu pai. Não importa que ele seja italiano. Italiano é bom. Gosto de massa e de sorvete. Não importa ele ser bailarino. Os bailarinos são rijos e fortes, com uma musculatura bem definida.

O importante é isto: tudo nele, desde a roupa até o jeito de deslizar a mão pelo que lhe resta de cabelo, até o jeito de falar e de andar, indica uma coisa, e uma coisa só, para mim...

O Fabio é...

Ai, caramba...

Ai, porra...

GAY!! E nada vai me convencer do contrário.

Estou disposto a admitir que certo nível de efeminação ainda pode significar que um homem é homem e pode fazer com uma mulher o que os homens fazem, mas o Fabio é uma *drag queen gritante!*

Estou tentando absorver essa nova informação, mas chegando a umas conclusões altamente pavorosas.

Tipo... e se um dia, muito tempo atrás, o Fabio estava na categoria "indeciso", em matéria de sexualidade?

E aí, lá estava ele como parceiro de dança da minha mãe, passando os dias a se familiarizar com partes do corpo dela a que, em geral, só os médicos têm acesso. Os dois se apaixonaram e começaram um relacionamento. Minha mãe engravidou, esperando minha chegada, e o Fabio continuou ao lado dela, presente quando eu nasci, bancando o papai cumpridor dos deveres.

De repente, um dia, pimba! Ele se deu conta de que jogava no outro time. E não sabia o que fazer. Ainda amava minha mãe – e a mim, espero –, mas não podia viver uma mentira. Assim, partiu para os Estados Unidos, para começar uma vida nova, largando minha mãe sozinha e arrasada em Viena, comigo.

O que explicaria por que ela não foi com ele para Nova York e nunca mais dançou.

E *também* explica a grande pergunta, aquela realmente grande: por que minha mãe nunca me contou quem é meu pai.

"Ahn, Alex, querido, sabe, o negócio é que o seu pai, ahn, bem, ele é um homossexual escancarado, na verdade, mas, se você quiser passar fins de semana com ele e o amante, e assistir a filmes da Liza Minnelli com os dois, por mim, tudo bem."

Ela sabe que eu teria ficado mortificado. Que menino não ficaria? Só de pensar nos meus colegas de escola, se um dia o Fabio chegasse a um jogo de rúgbi e se anunciasse como meu pai, executando um rápido *entrechat* na linha lateral, enquanto me via converter um *try*, chego a suar frio.

O verdadeiro problema é este:

A homossexualidade é passada geneticamente? Ai, merda!

A quem posso perguntar? *Tenho* que saber.

Neste ponto, também devo assinalar com todo o rigor que não sou homofóbico. Não tenho problema algum com as outras pessoas levarem a vida que acharem melhor. Elas podem abrir o jogo e pôr tudo para fora, com toda a frequência que quiserem, que eu não estou nem aí, e o Fabio parece ser um cara superlegal: engraçado, inteligente e G...A...Y.

Ele pode ser o que bem entender. Desde que não seja igual a mim.

Nem eu igual a ele.

22.

Naquela noite, todos, exceto os pequenos, que tinham ido dormir cedo, se reuniram no terraço para uns drinques.

Fabio chegou de banho recém-tomado, usando uma camisa de seda azul-pavão e calça justa de couro.

– Ele não vai suar com aquilo, pai? – perguntou Alex a William, enquanto os dois arrumavam as bandejas na cozinha, antes de levá-las para fora.

– Ele é italiano. Talvez esteja acostumado com o calor – retrucou William.

– Pai, você acha que o Fabio é, ahn, você sabe...

– Gay?

– É.

– É, sim. Sua mãe falou que ele era.

– Ah.

– Isso o incomoda, Alex?

– Não. E sim.

– Em que sentido?

– Ah, nenhum sentido em particular – fez Alex, dando de ombros. – Já posso levar esta bandeja?

Com Fabio plenamente instruído durante o almoço, Helena tinha enfim relaxado e desfrutava de momentos encantadores. Durante o jantar, ela e Fabio se lembraram dos velhos tempos. Alex e William ouviram, fascinados, detalhes de uma parte da vida de Helena que nunca haviam conhecido.

– Sabem, nós nos conhecemos quando eu cheguei à Opera House de Covent Garden – explicou Fabio. – Helena tinha acabado de ser promovida a solista e eu vinha do La Scala para uma temporada. Ela dançava com um par horroroso, que a jogava para cima e se esquecia de pegá-la...

– Stuart não era tão ruim assim. Ele ainda está dançando, sabia? – interpôs Helena.

– Pois então, eu cheguei como artista convidado e o Stuart caiu de cama com uma gripe, e me puseram de parceiro da Helena numa matinê de *La Fille mal gardeé*. E – Fabio executou um dar de ombros teatral – o resto é história.

– E depois você foi com o Fabio, quando ele voltou para o La Scala? – perguntou William.

– Sim – confirmou Helena. – Passamos dois anos lá. Depois, o Balé da Ópera Estatal de Viena nos ofereceu um contrato como bailarinos principais da companhia. Não podíamos recusar.

– Você se lembra de que, no começo, não fiquei contente. Lá é frio demais no inverno, e eu fico doente – tiritou Fabio.

– Você é mesmo o hipocondríaco mais terrível que existe – comentou Helena, com um risinho. – Quando viajávamos em turnês com a companhia, ele tinha uma mala só para carregar os remédios – contou ela a William. – Não negue, Fabio, você sabe que é verdade.

– Está bem, você venceu, *cara*. Sou paranoico a respeito de micróbios – confirmou ele em tom afável.

– E então, agora você pretende ficar no La Scala, Fabio? – indagou William, enquanto tornava a encher as taças.

– Espero que sim, mas depende muito do Dan, o meu companheiro. Ele é cenógrafo em Nova York. Sinto saudade dele, mas ele logo deve conseguir um emprego em Milão.

– Fico muito feliz por você ter finalmente encontrado a sua alma gêmea, Fabio – disse Helena, com um sorriso.

– E eu por você ter encontrado a sua. – Fabio fez um aceno galante com a cabeça na direção do casal. – Escutem, eu trouxe fotos de quando dançávamos juntos. Vocês querem vê-las, William, Alex?

– Adoraríamos. Obrigado, Fabio.

– *Prego*, vou buscá-las.

– E eu vou fazer um café – acrescentou William.

Quando os dois entraram em casa, Helena olhou de relance para Alex.

– Você está calado, querido. Está tudo bem?

– Ótimo, obrigado – fez Alex, com um aceno afirmativo.

– O que está achando do Fabio?

– Ele é, humm, um homem muito agradável.

– É muito bom revê-lo – comentou Helena, enquanto William reaparecia com uma bandeja e, minutos depois, chegava Fabio.

– Aqui está. – Fabio agitou um envelope gordo de fotografias e se sentou. – Pronto, Alex, esses somos sua mãe e eu dançando *L'Après-midi d'un faune*.

– *A tarde de um fauno* – traduziu. Alex – Sobre o que é?

– É sobre uma jovem que é acordada quando um fauno pula pela janela do seu quarto – respondeu Helena. – Não é uma grande história, mas é um papel maravilhoso para o bailarino. Fabio o adorava, não é?

– Ah, sim. É um dos meus favoritos: um balé em que o homem pode se exibir, não a mulher. Nijinsky, Nureyev... todos os grandes o dançaram. Agora, aqui, William, é sua mulher em *La Fille mal gardée*. Não é linda?

– É, sim – concordou William.

– E estes somos nós sendo chamados ao palco para receber os aplausos, depois de *O lago dos cisnes*.

– Essa a Immy devia ver, papai – comentou Alex. – A mamãe está de tiara e segurando uma porção de buquês.

– E esses somos nós no nosso café favorito em Viena, com... você se lembra do Jean-Louis, Helena?

– Ah, meu Deus, claro! Era um homem estranhíssimo: só comia granola, mais nada. Passe essa foto para mim, Alex – acrescentou.

– E essa é a Helena de novo no café...

Com um olhar de relance para a foto, ao entregá-la a William, Fabio empalideceu de repente. Num momento de pânico, tentou puxá-la de volta da mão dele.

– Mas essa não é importante. Vou achar outra.

William segurou a fotografia com firmeza.

– Não, eu quero ver todas. Então, essa é da Helena com...

Fabio olhou para Helena, apavorado, os olhos anunciando o desastre iminente.

William ergueu os olhos para a mulher, confuso.

– Eu... não estou entendendo. Quando foi tirada essa fotografia? Como é que *ele* podia estar lá?

– Quem? – perguntou Alex, inclinando-se para ver a foto. – Ah, é. O que *ele* estava fazendo lá com você, mãe?

– Você não o conhecia naquela época. Como é que ele podia estar lá com você e o Fabio, em Viena? – William balançou a cabeça. – Desculpe, Helena, não compreendo.

Todos os olhares se voltaram para ela, que fitava o marido e o filho em silêncio. O momento que sempre havia temido, que sempre soubera que chegaria, finalmente estava ali.

– Vá para o seu quarto, Alex – disse ela, em voz baixa.

– Não, mamãe, desculpe, não vou.

– Faça o que estou mandando! Já!

– *Está bem!* – Alex se levantou e marchou para dentro de casa.

– Helena, *cara*, eu sinto muito, sinto muitíssimo. – Fabio torceu as mãos. – Acho melhor eu me recolher por hoje. Vocês dois precisam conversar. *Buona notte, cara.*

Parecendo à beira das lágrimas, Fabio beijou Helena nas duas faces e se retirou para o interior da casa.

William esperou que ele saísse e apontou para a garrafa na mesa.

– Conhaque? Eu vou tomar mais um, com certeza.

– Não, obrigada.

– Está bem.

William serviu seu copo, pegou a fotografia e a sacudiu diante dela.

– Vai me dizer como pode estar na mesma foto que o meu melhor amigo, anos antes de eu sequer conhecê-la?

– Eu...

– Então, querida? Ora, vamos. Ponha tudo para fora. Deve haver uma explicação razoável, não é?

Helena permaneceu completamente imóvel, o olhar perdido no horizonte.

– Quanto mais você se cala mais a minha cabeça produz ideias que... Caramba, são insuportáveis, simplesmente insuportáveis!

Helena continuou em silêncio, até que William voltou a falar:

– Vou lhe perguntar de novo, Helena: o que o *Sacha* está fazendo nessa fotografia, abraçando você? E por que diabo você nunca me disse que o conheceu antes de nós nos encontrarmos?

Helena sentiu os pulmões apertados, mal podia respirar. Por fim, conseguiu fazer os lábios se moverem:

– Eu o conheci em Viena.

– Bom, isso é óbvio para cacete. E...?

– Eu... – Ela balançou a cabeça, incapaz de continuar.

William tornou a examinar a fotografia:

– Ele parece bem jovem nessa fotografia. Você também. Deve ter sido tirada há anos.

– Eu... Sim.

– Helena, estou perdendo a paciência. Pelo amor de Deus, me diga! Até que ponto você o conhecia, e por que nunca me falou disso antes?!

William esmurrou a mesa com força, fazendo os pratos chacoalharem e uma das xícaras de café sair girando e se espatifar no piso de pedra.

– Caramba! Não dá para acreditar! Eu quero respostas agora!

– E eu vou dá-las a você, mas primeiro me deixe dizer que eu sinto muito, muito...

– Essa foto me faz perceber que fui enganado durante anos pelo meu melhor amigo e pela minha mulher! Cacete, como é que isso poderia ser pior?! Não admira que você sempre tenha sido tão reservada a respeito do seu passado. Pelo que sei, você dormiu e talvez ainda esteja dormindo com o meu melhor amigo!

– Não foi nada disso, William, por favor!

Lutando para se controlar, ele a fitou.

– Então, me diga, apenas me diga que tipo de relacionamento você teve com o Sacha? E, desta vez, Helena, não me trate como o corno que é óbvio que eu fui na porra dos últimos dez anos!

– William! As crianças! Eu...

– Não dou a mínima se eles ouvirem que a mãe deles é uma mentirosa e infiel! Você não vai se safar desta vez, *querida*. Quero saber de tudo! Tudo! *Agora!*

– *Está bem!* Eu vou contar! Só pare de gritar comigo, por favor!

Helena curvou a cabeça sobre os joelhos e começou a soluçar.

– Eu sinto muito, William, sinto muitíssimo por tudo. Sinto de verdade.

William emborcou o conhaque e serviu mais um.

– Acho que "sentir muito" não vai dar conta dessa, mas, seja como for, é melhor você continuar com as suas desculpas *patéticas*. E, é claro, agora entendo por que você sempre deu tanto apoio à Jules. Eu achava que era por amizade, mas era por *culpa*, não é mesmo?

Helena levantou os olhos para ele.

– Você vai ouvir ou vai ficar gritando?

– Estou ouvindo.

– Está bem, está bem. – Helena respirou fundo duas vezes. – Eu conheci o Sacha em Viena, alguns anos antes de conhecer você.

– Puta que pariu! – William correu a mão pelo cabelo. – O lugar aonde *ele* me disse para ir, quando eu queria superar meu divórcio da Cécile. E, feito um idiota, eu fui. Ele comentou alguma coisa do gênero "Uma vez, encontrei o amor por lá". Era de *você* que ele estava falando, não era?

– William, se você quiser escutar, por favor, me deixe falar! Eu vou lhe contar tudo, prometo.

Ele ficou em silêncio. E Helena começou.

Helena

*Viena
Setembro de 1992*

Existe algum lugar mais lindo no mundo?, pensou Helena, ao percorrer os meandros das elegantes ruas de Viena, a caminho do café. O sol de fim de tarde, de um calor incomum para setembro, inclinava-se sobre as majestosas construções de pedra, banhando-as de um brilho dourado que refletia perfeitamente o estado de espírito que a animava.

Desde a sua chegada, no final do verão, para assumir o lugar de primeira bailarina da Companhia de Balé da Ópera Estatal de Viena, Helena já havia passado a amar sua cidade de adoção. Do apartamento em estilo estúdio na Prinz Eugen Straße, que na verdade era um cômodo enorme num gracioso edifício setecentista e se gabava de enormes janelões do piso ao teto, este com intrincadas cornijas, era uma prazerosa caminhada de vinte minutos até o centro da capital austríaca. Ela nunca deixava de se deleitar com os cenários por onde passava, desde avenidas ladeadas por uma encantadora mescla arquitetônica de estruturas clássicas e art nouveau até os parques imaculadamente bem-cuidados, inclusive com antigos coretos com telhados de empena. A cidade inteira era um banquete perene para os sentidos.

Fora muito difícil convencer Fabio a aceitar a oferta de Gustav Lehmann, o criativo diretor da Ópera Estatal. Fabio, milanês de nascimento, execrava a ideia de deixar o La Scala. Mas a dupla fora seduzida com a promessa de um novo balé, criado especialmente para os dois. Deveria se intitular *O pintor* e se baseava nos quadros de Degas, tendo Fabio no papel-título e Helena encarnando sua musa, "A pequena bailarina". O balé deveria estrear no começo da temporada de primavera, e ela e Fabio já haviam conhecido o jovem coreógrafo francês e o compositor, bem vanguardista. Seria uma peça contemporânea, e a ideia de um novo desafio deixava Helena perpassada por calafrios de empolgação.

E agora, ela admitiu para si mesma, toda contente, havia mais uma coisa na cidade que elevava seu espírito às nuvens: ela estava apaixonada.

Conhecera-o poucas semanas antes, na galeria pública anexa à Academia de Belas-Artes, onde ela vira uma exposição. Estava franzindo o cenho diante de um quadro moderno particularmente sinistro, intitulado *Pesadelo em Paris*, o qual não conseguia entender.

– Pelo que vejo, o quadro não recebeu sua aprovação.

Helena se virou para a voz e se apanhou fitando os olhos fundos e verde-acinzentados de um rapaz que se postara ao seu lado. Com o cabelo meio ruivo e desalinhado, encaracolando-se sobre a gola do paletó de veludo desbotado, e com um plastrão de seda se derramando com displicência do colarinho aberto da camisa branca, ele a fez se lembrar imediatamente de um jovem Oscar Wilde.

Ela desviou o olhar e se concentrou nas pinceladas diagonais e nos rabiscos de tinta brilhante vermelha, azul e verde sobre a tela à sua frente.

– Bem, digamos apenas que não o entendo.

– Exatamente o que eu pensava. Embora não devesse dizer isto sobre o trabalho de um colega de estudos. Ao que parece, essa peça ganhou um prêmio na exposição de formatura do ano passado.

– Você estuda aqui? – perguntou ela, surpresa, virando-se mais uma vez para olhá-lo.

Seu sotaque era obviamente inglês, cuja dicção a mãe de Helena chamaria de "cristal lapidado", e ela calculou que o rapaz devia ser poucos anos mais velho que ela.

– Sim. Ou vou estudar, pelo menos. Começarei o mestrado no início de outubro. Sou obcecado por Klimt e Schiele, daí a escolha de Viena como local de estudos. Aterrissei aqui há três dias, para arranjar um apartamento antes do início das aulas e para relembrar meu alemão, que anda bastante enferrujado.

– Estou aqui há três semanas, mas acho que meu alemão ainda não melhorou nada – disse ela, com um sorriso.

– Você também é da Inglaterra? – perguntou o rapaz, olhando-a com tamanha intensidade que ela se apanhou enrubescendo.

– Sou, mas, no momento, estou trabalhando aqui.

– Em que você trabalha, se não se importa com a pergunta?

– Sou bailarina da Ópera Estatal de Viena.

– Ah, isso explica.

– Explica o quê?

– A sua postura. Do ponto de vista de um pintor, você seria o modelo perfeito para posar. Talvez saiba que o próprio Klimt tinha um fascínio especial pela beleza da forma feminina.

Helena enrubesceu mais, sem saber o que responder a tamanho elogio.

– Não imagino que você queira circular comigo pelo resto da exposição, quer? – continuou ele, mudando de assunto. – Para nós, pintores, é sempre bom ouvir as opiniões nuas e cruas dos observadores imparciais. E depois eu poderia lhe mostrar algumas obras-primas da coleção permanente. São mais do meu estilo, e estou achando que do seu também. Ah, a propósito, meu nome é Alexander.

Ele estendeu a mão.

– Helena – disse ela, ao apertá-la, considerando se aceitaria o convite.

Normalmente, ela rejeitava as abordagens masculinas, que recebia em grande quantidade, mas havia algo em Alexander... e, de repente, ouviu-se dizendo "sim".

Depois disso, os dois foram tomar um café e passaram duas horas em discussões animadas sobre pintura, balé, música e literatura. Ela ficou sabendo que Alexander se formara em história da arte em Oxford e que, depois de arriscar a sorte como pintor na Inglaterra, e de, em suas palavras, só ganhar o suficiente para comprar novas telas, tinha resolvido aprimorar suas qualificações e sua experiência estudando em Viena.

– Se tudo der errado e os quadros não começarem a vender, um mestrado em belas-artes deve me arranjar ao menos uma entrevista na Sotheby's – explicou.

Helena concordou em encontrá-lo para um café no dia seguinte, o que logo se converteu num hábito costumeiro. Era assustadoramente simples passar tempo com ele, com seu senso de humor excêntrico, que descobria o lado engraçado da maioria das coisas, e com seu riso fácil. Ele também era muitíssimo inteligente, com um cérebro que trabalhava na velocidade da luz, e tão apaixonado pelas artes em geral que era comum os dois se apanharem em debates animados sobre determinado livro ou quadro.

Alexander implorava regularmente que ela o deixasse pintá-la, e Helena acabou cedendo.

Foi então que tudo realmente começou...

Ao chegar para sua primeira sessão, no apartamento-estúdio em que ele morava, bem no topo de uma casa antiga na Elisabethstraße, Helena bateu à porta arranhada com doses iguais de apreensão e empolgação.

– Entre, entre – ele a cumprimentou, introduzindo-a no apartamento.

Helena mal conseguiu prender o riso ao assimilar o caos generalizado do aposento, aninhado nos beirais da construção. Cada centímetro de todas as superfícies parecia coberto por potes de pincéis, tubos de tinta, pilhas de livros e uma multiplicidade de copos usados e garrafas vazias de vinho. Havia telas empilhadas encostadas nas paredes e até na cabeceira de madeira da cama de casal num canto. Um cavalete se postava ao lado da grande janela aberta.

– Antes que você o diga, sei que isto parece o cenário de uma produção de *La Bohème* – disse ele, com um sorriso, notando a expressão perplexa de Helena, enquanto fazia um esforço inútil de arrumação. – Mas a luz daqui, ao pôr do sol, é simplesmente maravilhosa.

– Bem, acho que é a residência perfeita para um pintor falido – Helena brincou com ele.

– Esse sou eu mesmo – concordou Alexander, derrubando uma pilha de roupas de uma cadeira e, em seguida, mexendo aqui e ali para posicioná-la e verificar o ângulo da luz. – Agora, sente-se aqui.

Helena assim o fez, e Alexander se empoleirou no parapeito baixo da janela, com um caderno de rascunho e um lápis na mão. Em seguida, orientou-a a assumir poses diferentes:

– Apoie o braço no encosto da cadeira... Não, experimente colocá-lo atrás da cabeça... Ponha a outra mão embaixo do queixo... Experimente cruzar as pernas

E assim por diante, até se dar por satisfeito. Começou então a traçar o esboço.

Depois disso, Helena visitou o apartamento todos os dias, após sua aula matinal. Eles bebiam vinho, riam e conversavam, enquanto Alexander ia desenhando, e ela se sentia relaxada e despreocupada na presença dele, de um jeito que raras vezes se sentira até então. Na quarta vez em que posou para ele, de repente o rapaz jogou longe o caderno de rascunho, com um suspiro de frustração, e disse:

– Por mais que eu adore ter você aqui, toda para mim, simplesmente não está funcionando.

– O que não está funcionando? – perguntou ela, sentindo o coração palpitar.

– O quadro. Simplesmente não consigo acertar a mão.

– Desculpe, Alexander. Talvez seja eu. Nunca fiz isto antes e não sei como posso melhorar.

Helena se levantou, com um suspiro. Seu corpo estava enrijecido, por manter a mesma pose durante tanto tempo, e assim, distraída, ela começou a alongar braços e pernas.

– É isso! – gritou ele, de repente. – Você não deveria ficar imóvel... Você é bailarina! Precisa se mexer!

No dia seguinte, tendo recebido instruções de Alexander para encontrá-lo no Parque Schiller, em frente ao prédio dele, usando o vestido mais simples que tivesse no armário, Helena o ouviu pedir-lhe que dançasse para ele.

– Dançar? Aqui?

Helena olhou em volta para as pessoas que passeavam com cachorros ou faziam piqueniques, e para os casais que caminhavam de braços dados.

– É, aqui – insistiu Alexander. – Tire os sapatos. Vou desenhá-la.

– O que devo dançar?

– O que você quiser.

– Preciso de música.

– Eu poderia cantarolar, mas sou desafinado – retrucou ele, pegando o bloco de rascunho. – Você deve ser capaz de ouvir a música na cabeça, não?

– Vou tentar.

E então, Helena, que tinha passado a vida fazendo *jetés* por palcos imensos, diante de plateias lotadas, parou na frente dele como uma tímida menina de 5 anos.

– Imagine que você é uma folha... como a que acabou de cair daquela castanheira. – Alexander a incentivou. – Você flutua na brisa, sem seguir em nenhuma direção particular... apenas feliz por estar livre. Sim, Helena, está perfeito! – Alexander sorriu, enquanto ela fechava brevemente os olhos e seu corpo ágil começava a se movimentar.

Alexander desenhou depressa, enquanto os braços de Helena se levantavam bem alto e ela começava a girar, a se curvar e a balançar, tão leve e graciosa quanto a folha que estava imaginando.

– Nossa! – sussurrou ele, quando Helena arriou no chão à sua frente, agora alheia aos transeuntes que haviam parado para assistir à sua requintada apresentação.

Alexander se aproximou e a segurou pelas mãos, para ajudá-la a se levantar.

– Meu Deus, Helena, você é incrível. Simplesmente incrível.

Alexander estendeu os dedos para sacudir uma folha do cabelo dela, depois deslizou-os por sua face e puxou o queixo dela para cima, na direção do próprio rosto. Os dois se olharam e, muito lentamente, ele aproximou os lábios dos dela...

Depois disso, foi inevitável que se descobrissem retornando ao apartamento. Fizeram amor num glorioso *pas de deux* de sua própria autoria, atingindo um *crescendo* apaixonado quando o sol se pôs sobre os telhados de Viena.

E agora, ali estava ela, a caminho de um novo encontro, depois da aula, num dos seus cafés favoritos da Franziskanerplatz, uma encantadora praça pavimentada com pedras, a poucos minutos do teatro. Helena não pôde impedir o coração de bater um pouco mais depressa, ao avistá-lo sentado a uma mesa do lado de fora.

– Meu anjo, você conseguiu.

Alexander se levantou quando ela se aproximou, segurou-a delicadamente pelos ombros magros, puxou-a para si e depositou um beijo terno em sua boca. Quando os dois se acomodaram e um garçom chegou para anotar o pedido, Helena ouviu uma voz conhecida:

– Helena, *cara*! – Fabio a chamou, atravessando a praça ensolarada na direção deles, com o andar esvoaçante e os pés virados para fora, dando aos observadores uma dica sobre sua profissão.

Como sempre, vestia um traje espalhafatoso – nesse dia, um terno de linho amarelo e mocassins de camurça cor de chocolate. O cabelo, de tão lamentada queda, estava coberto por um chapéu-panamá inclinado sobre uma das orelhas, e havia uma máquina fotográfica pendurada em seu pescoço.

– Sabia que era você – disse ele.

– Fabio, que prazer!

Helena se levanta e o beijou nas duas faces, mas, ao se afastar, fez-lhe sinais frenéticos com os olhos, para indicar que aquele não era realmente um bom momento. Ela lhe havia mencionado Alexander de passagem, mas ainda não se sentia preparada para apresentá-los. Como seria previsível, Fabio não se deixou dissuadir.

– E então, Helena, não vai me apresentar ao seu... companheiro?

– Alexander, este é o Fabio, meu parceiro... de dança, quero dizer. Fabio, este é o Alexander.

– Olá, Fabio. – Alexander se levantou para apertar a mão do bailarino. – Não quer se juntar a nós? – perguntou, educadamente.

– Sim, obrigado, mas só um pouquinho. Acabei de comprar esta câmera, de modo que hoje, como se diz, estou bancando o turista.

Helena abafou um suspiro quando Fabio se acomodou e, imperiosamente, estalou os dedos para chamar o garçom. Ela supunha que teria que apresentar Fabio a Alexander em algum momento; apenas preferia ter decidido por si só quando isso aconteceria.

Observou-os enquanto conversavam, constrangida ao ver Fabio entrevistar Alexander como um pai protetor. Estava prestes a protestar contra o quase interrogatório quando Fabio, talvez intuindo sua irritação, mudou prontamente de assunto e começou a perguntar a Alexander sobre o trabalho dele como pintor.

– Meu curso ainda não começou, mas, nesse meio-tempo, há muita inspiração aqui em Viena – arriscou Alexander, sorrindo para Helena e pondo a mão no braço dela.

– É uma grande verdade. Também quero ter lembranças desta linda cidade à luz do sol, daí o dia de hoje e a câmera. Quem sabe devo começar por vocês? – Pegou a máquina fotográfica e a apontou para os dois.

– Francamente, Fabio, isso é realmente necessário? Você sabe que detesto ser fotografada – argumentou Helena.

– Mas vocês são dois modelos tão charmosos que não consigo resistir! Vamos, sorria para mim, *cara*. Você também, Alexander. Juro que não vai doer.

Fabio começou a bater uma foto atrás da outra, orientando Alexander a pôr o braço em torno de Helena e tecendo comentários tão escandalosamente lisonjeiros que o casal logo começou a rir junto com ele. Ao terminar, Fabio se levantou, bebeu um último gole de vinho e os cumprimentou, tocando no chapéu:

– Desejo-lhes uma tarde aprazível. Vejo você amanhã, Helena, no nosso primeiro ensaio. Espero que durma cedo, para se preparar para ele.

Com uma piscadela para o casal, saiu vagando pela praça até sumir de vista.

Fabio voltou a falar de Alexander no dia seguinte, quando ele e Helena foram almoçar depois da aula.

– E então, esse rapaz, o Alexander... Você está levando isso a sério? – indagou.

– Eu... eu não sei. É muito cedo para concluir qualquer coisa. Gostamos da companhia um do outro – respondeu ela, cautelosa.

Fabio abanou a mão com descaso.

– Helena, *cara*, está escrito na sua testa que você já se apaixonou por ele. E, apesar de compreender que você não queira discutir os detalhes comigo, dá para perceber que vocês já consumaram a paixão.

Helena enrubesceu furiosamente.

– E daí, se a tivermos consumado? Não há nada de errado nisso.

Fabio deu um suspiro dramático, limpou a boca com o guardanapo e se reclinou na cadeira, inspecionando-a com ar sagaz.

– É claro que não. Mas, Helena, às vezes você é tão *bambina* em matéria das coisas da vida que eu me preocupo com você. O que sabe sobre esse homem, de verdade?

– Mais que o suficiente, obrigada – respondeu Helena, em tom desafiador. – Ele é um pintor muito talentoso, que me faz rir e...

– Você notou – Fabio a interrompeu – como ele forneceu poucos detalhes, quando lhe fiz perguntas sobre o passado? Foi evasivo, com certeza. Vou lhe dizer sem rodeios: há alguma coisa nele em que não confio. Chame de instinto natural de um homem a respeito de outro. Acho que ele é um conquistador. E esconde alguma coisa. Está lá, nos olhos dele. Eles são... – Fabio procurou a palavra certa – dissimulados.

– Fabio! Pelo amor de Deus! Você ficou com ele por meia hora! Como pode fazer uma suposição dessas?

– Confie em mim. – Fabio deu um tapinha no nariz. – Nunca me engano com os homens.

– Qualquer pessoa acharia que você está com ciúme – disse ela, irritada, levantando-se da cadeira e jogando o guardanapo na mesa. – Além disso, não é da sua conta. Portanto, se não se importa, não quero mais discutir o assunto.

– Que seja – retrucou Fabio, dando de ombros confiante. – Faça como quiser, *cara*. Mas, depois, não diga que não avisei.

Helena passou dias sentida com os comentários de Fabio e manteve uma postura fria com o parceiro durante o início dos ensaios para a nova temporada, mas ele fez questão de não voltar a tocar no assunto. Helena tinha que admitir que Alexander não entrava em muitos detalhes ao falar de sua vida na Inglaterra. Ela sabia que ele morava numa casa pequena, em algum lugar do sul do país, e que seus pais, que eram ricos, o haviam deserdado por causa de sua recusa a arranjar um emprego "decente". Em dado momento, Helena se perguntou como ele conseguia financiar um curso de arte caro, em Viena, e questionou o amante no encontro seguinte. Alexander respondeu que havia usado os últimos remanescentes de seu fundo de reserva e que esse curso de pós-graduação era, em suas palavras, "tudo ou nada".

Ela tentou não deixar os comentários de Fabio atrapalharem sua felicidade. O parceiro só estava sendo superprotetor, apenas isso. E, como Helena nunca conseguira ficar zangada com Fabio por muito tempo, os dois logo voltaram ao relacionamento descontraído de praxe.

Helena e Alexander continuaram a se encontrar com bastante frequência. As coisas se complicaram um pouco: Helena estava muito ocupada na companhia de balé e o curso de Alexander finalmente havia começado, com uma agenda cheia de aulas, seminários e tarefas extraclasse.

Até então, Helena nunca havia conhecido ninguém com quem sentisse que podia ser realmente ela mesma. E Alexander parecia tão apaixonado quanto ela, deixando bilhetinhos quando saía do apartamento, para que ela os encontrasse, escrevendo poemas e lhe dizendo constantemente quanto a amava.

À medida que a ligação entre os dois se aprofundava, Helena não pôde se impedir de começar a imaginar, com certa hesitação, um futuro com ele. Embora Alexander nunca tocasse no assunto e fosse decididamente vago quanto a seus planos após o término do curso, ela se descobriu sonhando que talvez ele permanecesse em Viena, no verão seguinte. Ou talvez ela pudesse até regressar à Inglaterra e ao Royal Ballet, para ficar perto dele, se Fabio concordasse.

Afinal, como era possível que se separassem?

Um dia, quando estavam na cama juntos, no apartamento de Helena, com um frio vento outonal chacoalhando as janelas antigas, Alexander avisou que ia voltar à Inglaterra na manhã seguinte.

– Estou com um problema de família que preciso resolver. Com sorte, só devo passar umas duas semanas fora.

– Como você vai tirar tempo das suas aulas na Academia? – perguntou Helena, soerguendo o corpo, apoiada num cotovelo, e baixando os olhos para ele, intrigada. – O período letivo está correndo a pleno vapor. Não pode esperar até o recesso de Natal?

– Na verdade, não. Há algumas... coisas com que preciso lidar por lá.

– Que "coisas", Alexander?

– Nada com que você deva se preocupar. Volto quando você menos esperar, meu anjo, prometo – acrescentou, dando-lhe um beijo.

Recusou-se a se estender mais sobre o problema, e Helena teve que se contentar com a ideia de que ele não passaria muito tempo longe. Os dois fizeram amor com especial paixão naquela noite e ela adormeceu sentindo-se plena e satisfeita.

Ocorre que Helena teve pouquíssimo tempo para chorar a ausência de Alexander nos dias que se seguiram. Estava completamente envolvida com os ensaios das produções iminentes de *L'Après-midi d'un faune*, *La Fille mal gardée* e *La Sylphide*, além de passar duas tardes por semana trabalhando com o coreógrafo e o compositor do novo balé, *O pintor*.

Quando a data do planejado regresso de Alexander a Viena veio e passou, Helena procurou não entrar em pânico, embora começasse a verificar o quadro de avisos do teatro, toda vez que passava por ele, para ver se alguém lhe havia telefonado. Estupidamente, Alexander havia se esquecido de deixar seu número de contato na Inglaterra, apesar de ter dito que o faria.

Por fim, com a aproximação de dezembro, ela apelou para uma visita ao departamento de ensino em que ele estudava na Academia de Belas-Artes.

– Estou procurando notícias de um amigo que está cursando o mestrado aqui. Preciso saber quando ele voltará à Academia.

A secretária lançou-lhe um olhar desconfiado por cima da armação dos óculos.

– Não fornecemos esse tipo de informação, *Fräulein*.

– Por favor, é uma emergência. Ele viajou para resolver um problema de família na Inglaterra e já deveria ter voltado. Não faria mal se a senhora apenas verificasse os arquivos dele, não é?

A secretária emitiu um suspiro entediado.

– Diga o nome dele, por favor.

– É Alexander Nicholls.

– Vou tentar. "Nicholls", foi o que a senhorita disse?

– Sim.

– Espere aqui, por favor.

A secretária desapareceu por vários minutos. Ao voltar, balançou a cabeça.

– De acordo com os registros, não temos nenhum aluno neste departamento com o sobrenome Nicholls.

Confusa e inquieta com o que acabara de ouvir, mas desesperadamente aflita para descobrir o que teria acontecido com ele – quem sabe sofrera um acidente ou houvera uma morte na família? –, Helena foi ao prédio de apartamentos em que ele morava. Lá, fora informada pelo porteiro de que o rapaz do 14º andar tinha se mudado fazia quase um mês e de que o apartamento do sótão já voltara a ser alugado.

Helena se afastou do prédio, sentindo as pernas primorosamente trabalhadas tremerem como se fossem de gelatina. Dirigindo-se às cegas ao parque em frente, onde havia dançado para Alexander enquanto ele a desenhava, chegou ao banco mais próximo e se deixou cair sentada.

Agora a castanheira havia perdido as folhas, inóspita e desnuda na bruma cinzenta de novembro.

Helena afundou o rosto nas mãos trêmulas. Tal como as folhas caídas da árvore, Alexander e o amor dos dois pareciam ter desaparecido no ar.

23

– E assim – o corpo inteiro de Helena tremia de exaustão –, finalmente percebi que ele nunca mais voltaria. E acabou-se a história.

Houve uma longa pausa antes de William falar:

– Você já percebeu que não tem nada de incomum, não é? A atenção dele, em matéria de mulheres bonitas, sempre foi muito fugaz. Sacha adora se apaixonar. Não se deixe iludir, Helena. Posso lhe assegurar que você foi apenas uma dentre muitas.

– Com certeza.

Ela se recusou a reagir à alfinetada. Sabia merecê-la e merecia coisa muito pior.

– Estou admirado por ele nunca ter me falado de você. Em geral, ele me dava todos os detalhes de suas conquistas ilícitas. – William soltou uma risada dura. – Se eu a conhecesse na época, poderia tê-la avisado. Mas não conhecia, é claro. E, se eu a *tivesse* conhecido... bem, não estaríamos aqui agora. A última coisa que eu iria querer seria uma das amantes descartadas por ele.

Helena retraiu-se, buscando forças para não fugir das palavras terríveis do marido. Era ele a parte ofendida; tinha o direito de dizer o que quisesse.

– Entendo. – Ela baixou os olhos para as mãos ao falar: – Talvez ele não tenha contado por estar com vergonha.

– Sacha, com vergonha por ter levado uma mulher para a cama?! Dificil-mente. Era para isso que ele vivia. Por que sentiria vergonha?

– Eu descobri... muito depois... que ele tinha ido para casa porque a Jules estava grávida, esperando o Rupes.

– Sei. – William assentiu. – Bem, isso deve ter sido um certo choque.

– Sim. – Helena ergueu os olhos para o marido. – Mas eu não soube disso na época, *nem* sabia que ele era casado.

– É mesmo? Ora, que conveniente.

– Ele não me contou, William. Nunca me deu nem mesmo uma pista, eu juro.

– E nunca lhe ocorreu, ao me conhecer, que o seu amante vienense era o mesmo que meu mais velho amigo?

– William, quando você mencionou seu melhor amigo pela primeira vez, Sacha Chandler, que havia frequentado Oxford com você e sugerido que você visitasse Viena, como é que eu podia saber que os dois eram a mesma pessoa? Eu o conhecera como Alexander Nicholls.

– Como estou certo de ter lhe dito antes, "Sacha" é o apelido infantil dele, e o sobrenome completo da família, na verdade, é "Chandler-Nicholls". Acho muito difícil acreditar que você não soubesse disso na época, visto que os dois eram tão – ele quase cuspiu a palavra seguinte – íntimos.

– William, o nosso relacionamento só durou uns dois meses. Éramos dois estranhos, numa cidade estrangeira. Pode me chamar de ingênua, mas, sinceramente, eu sabia muito pouco sobre a história dele. Não estou tentando inventar desculpas, mas, até vê-lo no dia do nosso casamento, como é que eu *podia* saber?

William fuzilou-a com os olhos, e Helena percebeu que nada do que pudesse dizer atenuaria o baque que ele havia sofrido.

– Então, vamos em frente. É óbvio que ele lhe deu o fora.

– Sim.

– E depois, o que aconteceu? Ele entrou em contato com você, quando chegou à Inglaterra?

– Não. Eu não tive notícia alguma. Agora sei que ele arranjara emprego no centro financeiro e que a Jules dera à luz o Rupes alguns meses depois...

– Espere um momento... – Um estalo pipocou na cabeça de William. – Merda! – A expressão dele se transformou em horror à medida que a realidade do pensamento foi tomando forma. – Há algo pior do que o que você me disse até aqui, não há, Helena? Muito pior?

Ela permaneceu calada. O que poderia falar?

– Porque... a diferença de idade entre o Alex e o Rupes é de apenas quatro meses... Não é, Helena?

– Sim.

William ergueu os olhos para o glorioso céu noturno, cravejado de estrelas cintilantes. O mesmo céu que estivera ali na noite anterior, e na noite antes dessa, e voltaria a estar ali na seguinte. Nessa noite, porém, tudo havia mudado irreversivelmente no mundo *dele*. E nunca mais poderia ser o mesmo.

Por fim, ele se levantou.

– Compreendo, finalmente. Não admira que você nunca tenha me contado quem é o pai do Alex. Só posso desejar que Deus ajude *o menino*, quando ele souber de tudo isso, Helena. Deus abençoe o seu pobre filho. Caramba! – Pôs-se a andar pelo terraço, distraído. – Estou procurando uma saída, um caminho de volta daqui, mas, no momento, não vejo nenhum. – Balançou a cabeça, desolado. – Não há nenhum consolo. Em parte alguma.

– Eu sei, William. Eu...

– Desculpe. – William ergueu as mãos, como quem se protegesse fisicamente da mulher. – Não posso. Tenho que sair daqui, já.

Desapareceu no interior da casa e, dez minutos depois, Helena ouviu o motor de um carro sendo ligado, sair roncando pelo cascalho e seguir ladeira acima. Ficou observando as luzes traseiras se afastarem, até desaparecerem na escuridão.

DIÁRIO DE ALEX

12 de agosto de 2006 (continuação)

Estou sentado na beirada da cama...

Esperando.

Esperando que minha mãe entre aqui e me acorde. Ela vai entrar e me abraçar como fazia quando eu era menor, afagar minha cabeça e me dizer que tive um pesadelo. Que nada disso aconteceu de verdade, que eu não ouvi as palavras terríveis ditas no terraço, logo abaixo da janela do meu quarto. Que meu pai que não é meu pai não saiu de casa no carro dele, talvez para nunca mais voltar.

Por causa da identidade do meu verdadeiro pai.

Meu cérebro vai estourar logo. Vai explodir num milhão de pedacinhos e fazer uma sujeira terrível em todas as paredes. Ele não consegue conter o que sabe. Não sabe processar essas informações. Está moendo, batendo, girando em círculos, sem chegar a lugar nenhum.

Não consegue lidar com isso. Nem eu.

Soco meus joelhos com os punhos, me machucando para tornar a dor física pior do que a mental, mas não funciona.

Nada funciona.

Nada pode afastar a dor que estou sentindo.

E o pior é que a única pessoa que sempre soube fazer as coisas melhorarem foi quem a causou.

Portanto, agora estou sozinho. No escuro.

Quando meu cérebro enfim estiver desbloqueado, vai começar a processar as consequências do que acabei de ouvir.

Só sei que já não sou quem eu pensava ser.

Nem minha mãe.

24

Com as mãos trêmulas ao se servir de um conhaque, Helena virou o copo, sentindo a bebida queimar-lhe o estômago com o calor, mas ciente de que isso jamais dissiparia o horror do que acabara de acontecer. Levantando-se, entrou em casa e seguiu pelo corredor até o quarto de Alex. Juntando todos os retalhos de força que lhe restavam, bateu à porta do filho.

– Posso entrar?

Não houve resposta e ela abriu a porta.

O quarto estava às escuras e as venezianas deixavam passar o brilho pálido do luar. Quando seus olhos se adaptaram, ela viu uma figura sentada na beirada da cama.

– Podemos conversar? – perguntou em voz baixa.

– O papai saiu?

– Sim. Saiu.

– Ele vai voltar?

– Eu... eu não sei.

Helena atravessou o quarto e, tateando até chegar à cama, sentou-se antes que as pernas lhe faltassem.

– Você estava ouvindo?

Houve uma longa pausa antes de Alex responder:

– Sim.

– Tudo?

– Sim.

– Então... sabe quem é seu pai biológico?

Silêncio de Alex.

– Consegue entender por que eu nunca lhe contei, nem a mais ninguém?

– Mãe, não posso falar sobre isso... Não posso.

– Seu pai... *William* não quis saber como nem por quê. Entendo que você também não queira. Mas preciso terminar a história, esclarecer o que aconteceu depois que ele... o Sacha, como você o conhece, me deixou em Viena. Por favor, escute, Alex, é muito importante que você saiba. E que eu explique por que isso teve muito a ver com o Alexis e com o que aconteceu aqui também.

Não houve resposta, de modo que Helena começou assim mesmo:

– Descobri que eu estava grávida de você logo depois do Natal...

Helena

Viena
Dezembro de 1992

A respiração de Helena se cristalizou em delicados fiapos ondulados e brancos no ar gelado, no trajeto do apartamento para a sua aula matinal. A cidade ficava especialmente sedutora nessa época do ano, com as deslumbrantes construções de pedra adornadas com a tradicional decoração festiva e com luzinhas piscantes, todas, por sua vez, enfeitadas com uma lustrosa camada da neve fresca que tinha caído durante a noite. Era véspera de Ano-Novo e um clima de alegria e animação parecia se infiltrar em tudo e em todos.

Todos, menos ela. Helena se perguntou se algum dia voltaria a ficar feliz, animada, ou se conseguiria sentir *qualquer coisa*. Fazia quase dois meses que Alexander fora embora, e os dias de desolação e as noites em que ela soluçava até dormir deram lugar a um torpor que parecia chegar às profundezas da alma. Ela tivera enfim que admitir que, fosse qual fosse a razão, Alexander nunca mais voltaria para Viena. Ou para ela.

Parou por um instante em frente à Ópera Estatal e olhou para os arcos dourados, que, ao cair da noite, se acenderiam com um efeito espetacular. Que ironia, pensou ela, que, no ponto mais baixo de sua vida em termos afetivos, sua carreira estivesse atingindo novos píncaros. Nessa noite, ela dançaria o papel-título numa apresentação de gala de *La Sylphide*, e o novo balé, *O pintor*, vinha ganhando forma e seria a maior produção da temporada seguinte. Helena sabia que o prestígio de criar um papel poderia levar sua carreira e a de Fabio a um novo patamar, porém, naquele momento, era difícil encontrar energia para dar importância a isso.

Pelo menos, pensou, ao se aproximar da entrada dos artistas, a disciplina e o rigor de sua vida profissional haviam impedido que ela ficasse totalmente louca de tristeza.

Cumprimentou o porteiro e seguiu pelo labirinto de corredores até seu camarim, onde tirou o casaco com gola de pele e vestiu a malha de exercício e as polainas de lã para aquecer as pernas. Acrescentou seu cardigã transpassado favorito, meio comido pelas traças, para se proteger da friagem, até que o corpo esguio tivesse a oportunidade de se aquecer.

Puxou a cabeleira loura para trás, prendendo-a num coque, e amarrou com firmeza nos tornozelos as fitas de cetim das sapatilhas de ponta, antes de deixar o santuário do camarim.

Vários integrantes da companhia já esperavam no imenso palco, batendo papo em grupos ou fazendo alongamentos na barra instalada para esse fim. Apesar de seu estado de ânimo sombrio, Helena não pôde deixar de dar um sorriso melancólico, ao pensar em como a mistura variada de roupas de exercício – inclusive com malhas furadas – e os rostos não maquiados dos bailarinos destoavam da aparência que todos teriam no palco naquela noite. Sentiu um leve arrepio ao se virar e fitar por um momento a escuridão da plateia vazia, que mais tarde seria iluminada, para revelar o esplendor dos balcões dourados, abarrotados de um público expectador de mais de duas mil pessoas.

Cumprimentou os colegas bailarinos ao ocupar seu lugar na barra. O *répétiteur* chegou para dirigir os exercícios, o pianista solitário começou a tocar e a aula teve início, com os *pliés* habituais. Helena não precisava pensar nos exercícios; seu corpo já os havia executado tantas vezes que entrou no piloto automático, preparando-se para o exigente papel de Sílfide em *La Sylphide*. A companhia tinha feito um ensaio geral completo na véspera e tudo correra bem. Embora essa fosse a primeira vez que Helena representava esse papel e ela estivesse nervosa e irritadiça, sabia, por experiência, que se sentiria melhor diante da plateia, quando a adrenalina começasse a fazer efeito.

– Bom dia, Helena, *cara* – disse uma voz atrás dela, quando Fabio ocupou seu lugar na barra.

– Você está atrasado de novo – repreendeu ela, enquanto todos viravam para o lado oposto, para fazer os mesmos exercícios com a outra perna.

– Deve ter sido o despertador, é óbvio que ele está quebrado – retrucou Fabio, com um revirar malicioso dos olhos negros.

Helena sabia que aquela era sua resposta habitual para se referir a um casinho.

– Bem, tenho certeza de que você me contará tudo depois da aula.

À noite, Helena se sentou no camarim, dando os toques finais na maquiagem com mão experiente. O dia tinha sido um turbilhão, com o ensaio matinal seguido por uma rodada de entrevistas à imprensa depois do almoço. Ela tivera pouco tempo para descansar e se sentia perpassada pela energia da tensão nervosa. Para se distrair, pegou o cartão que estava ao lado de um suntuoso buquê de rosas brancas – a maior e mais luxuosa das várias homenagens florais que se espalhavam pelo camarim – e leu o texto:

> *Caríssima Helena,*
> *Mais uma vez, obrigado pelo prazer de sua companhia no jantar da semana passada e por concordar em me acompanhar ao baile, amanhã à noite. Boa sorte hoje. Estarei nas primeiras fileiras, assistindo.*
> *Com os cumprimentos do seu F*
> *Príncipe Friedrich Von Etzendorf*

Notou então que entre as rosas se encaixava um pacotinho, embrulhado em papel fino prateado. Desembrulhou-o, descobriu uma caixa revestida de veludo e levantou a tampa. Dentro havia um colar delicado, composto de um trio de reluzentes brilhantes em forma de gota, pendurados numa corrente finíssima. Helena se reclinou na cadeira, pasma com a extravagância do presente. Olhando para seu reflexo no espelho, não soube se devia rir ou chorar da ironia.

Tinha sido apresentada ao príncipe Friedrich fazia um mês, num coquetel depois do espetáculo. Alguém lhe dissera que ele descendia de uma das famílias mais antigas e mais ricas da Áustria, e que tinha especial interesse pelas artes. Embora fosse bonito e gentil, Helena não conseguira sentir grande entusiasmo durante a conversa. Afinal, ele não era Alexander, e o fato de ser mais ou menos tudo que uma mulher poderia esperar, certamente numa primeira impressão, deixara-a ainda mais deprimida.

No dia seguinte, Helena tinha recebido um bilhete do príncipe, com o texto impresso em relevo, convidando-a para jantar. Sua vontade imediata fora declinar, mas sabia que precisava desesperadamente seguir adiante, depois do súbito desaparecimento de Alexander da sua vida. Falou do convite com Fabio, quando os dois esperavam juntos nos bastidores para entrar no palco.

– Devo ir?

– Helena, esse é um príncipe capaz de rivalizar com qualquer conto de fadas. É claro que você deve ir!

E assim, com relutância, ela aceitara.

E fora... *agradável.*

Os dois tinham se encontrado algumas vezes desde então – ele muito mais interessado em tornar os encontros tão frequentes quanto a agenda dela permitisse. Friedrich realmente parecia bom demais para ser verdade: bonito, culto, rico e totalmente dedicado.

– O que mais uma mulher poderia querer? Simplesmente não entendo você, Helena. – Fabio havia revirado os olhos ante a evidente falta de entusiasmo dela, ao lhe perguntar como ia o relacionamento.

Mais nada, Helena havia pensado com seus botões.

Era como – refletiu ela, enquanto pendurava o colar no pescoço e o via se encaixar lindamente entre as curvas da clavícula – se ela tivesse perdido a capacidade de sentir.

"Você é a minha Grace Kelly", Friedrich lhe dissera no último encontro dos dois, beijando-lhe as pontas dos dedos por cima da mesa de jantar. "Quero torná-la minha princesa."

Depois disso, ele havia solicitado formalmente o prazer da companhia dela no Baile de Gala do Ano-Novo, que se realizaria no icônico Palácio Hofburg. "Quero exibi-la a todos", tinha dito.

Apesar de estar longe de se sentir em clima de festa, Helena pensara que seria indelicado recusar, sobretudo por saber que esse era um dos eventos mais esperados do calendário social vienense. E significava, pelo menos, que ela não ficaria sentada sozinha, entre soluços, enquanto os sinos do Ano-Novo badalavam por toda a cidade.

Depois de aceitar o convite para o baile, Helena se dera conta de que não tinha nada adequado para usar numa ocasião como aquela, e assim, havia explicado a situação à Klara, a camareira de confiança que cuidava de seu guarda-roupa no teatro. E Klara, no verdadeiro estilo fada-madrinha, levara-a prontamente ao acervo, onde as duas encontraram um primoroso vestido de baile, um tomara que caia rosa pálido no qual ela realmente pareceria uma princesa.

Helena olhou de relance para o vestido, pendurado na arara sob uma capa protetora, pronto – depois de uns pequenos ajustes – para que ela o levasse para casa, após a apresentação dessa noite. Como que pegando a deixa, a própria Klara irrompeu camarim adentro, carregando as camadas esvoaçantes de tule branco, *chiffon* e lantejoulas que compunham o traje de palco de Helena.

– Vamos, *Frau* Beaumont, a senhorita precisa se aprontar, temos pouco tempo – ordenou, em seu inglês de sotaque carregado.

Em seguida, prendeu o cabelo de Helena num coque alto, salpicando-o de pérolas miúdas e grampos de *strass* que cintilariam e reluziriam sob os holofotes. Depois, borrifou-o com laquê suficiente para resistir a um ataque nuclear e ajudou Helena a vestir a roupa, tomando muito cuidado para que ela não a marcasse com a maquiagem pesada de palco. Seus olhinhos curiosos pousaram na caixa de veludo aberta sobre a penteadeira.

– Foi um presente? – indagou, apontando a caixa.

– Sim.

– De quem?

– De um amigo.

– Refere-se ao príncipe?

Helena fez que sim, constrangida.

– Não há razão para timidez. Você é uma mulher encantadora. E sei que ele vai levá-la ao baile amanhã. Esse colar ficará perfeito com o seu vestido.

– É, acho que sim.

– E eu estive pensando, *Frau* Beaumont. Amanhã, irei ao seu apartamento ajudá-la com os preparativos – anunciou Klara, como se fosse um *fait accompli*.

– Não há necessidade, sinceramente – protestou Helena.

– Como você vai abotoar o vestido sem ajuda? São muitos botõezinhos de pérola nas costas. E também posso fazer um penteado que a deixará mais bonita.

Helena capitulou, sabendo que resistir a Klara era inútil.

– Obrigada, é muita gentileza sua.

Não houve tempo para outras conversas. Enquanto Klara estalava a língua, nervosa com a sineta de cinco minutos, e borrifava mais uma nuvem de laquê, Helena se levantou da cadeira para se examinar no espelho de corpo inteiro. O traje primoroso, com o corpete delicadamente rebordado de contas e as saias brancas esvoaçantes, era a síntese das qualidades etéreas da personagem que ela encenaria dali a alguns minutos.

– Você está pronta – disse Klara, também admirando sua obra, enquanto os "primeiros em cena" eram chamados pelo alto-falante. – Boa sorte – acrescentou, quando Helena saiu do camarim.

Duas horas depois, Fabio conduziu Helena à frente do palco, em meio aos aplausos estrondosos que marcaram o fim do que ambos sabiam ter sido uma apresentação mágica. A plateia se manteve de pé, com muitas palmas e vivas, enquanto o par agradecia com uma mesura após outra e buquês eram atirados no piso.

Depois que a cortina baixou pela última vez, Helena voltou ao camarim. A adrenalina ainda fluía por seu corpo e, apesar dos problemas fora do palco, ela ainda estava eufórica. Quase de imediato, houve uma batida à porta, anunciando a chegada do que ela sabia que seria um fluxo contínuo de visitas, passando para lhe dar os parabéns.

Um rosto bonito, emoldurado pelo cabelo louro-claro, apareceu na abertura da porta.

– Espero não estar incomodando – disse ele.

– De modo algum. Entre, Friedrich, por favor.

Helena se aproximou para cumprimentar seu convidado, pensando em como ele estava elegante em sua gravata branca e fraque, com uma faixa escarlate atravessada no peito, estampando o brasão da família. Friedrich segurou e beijou a mão de Helena.

– Não tenho palavras para expressar quanto achei encantadora a sua apresentação de hoje. Você é mesmo a encarnação de uma sílfide de conto de fadas. E estou vendo que recebeu minhas flores – acrescentou, indicando as rosas.

– São magníficas. E o colar também é lindo, Friedrich, mas é generosidade demais...

– Não diga isso, minha cara Helena. Não é mais do que você merece. Por favor, eu ficaria desolado se achasse que você não gostou. E tenho esperança de que você use meu presente no baile.

– Nesse caso, só me resta dizer que o usarei, e muito obrigada.

– O único agradecimento de que preciso é ter você a meu lado, ao entrarmos no Palácio Hofburg amanhã à noite.

Helena ia responder, quando veio outra batida à porta.

– Então, eu me despeço por ora, Helena, e espero ansioso por uma noite maravilhosa de Ano-Novo.

Com isso, Friedrich fez uma reverência profunda e se retirou do camarim, enquanto uma multidão de fãs invadia o local e cercava Helena como um enxame.

Por fim, todos foram embora, deixando Helena a sós. A adrenalina que a havia impulsionado durante aquela noite abandonara seu corpo, e ela se sentia fraca e vazia. Depois de Klara ajudá-la a tirar o traje de dança e remover a maquiagem de palco, Helena vestiu a calça jeans e o suéter, enfiou o casacão, calçou as botas de neve e saiu do teatro.

No dia seguinte, Helena se encontrou com Fabio para um almoço de Ano-Novo no Griechenbeisl.

– *Cara*. – Ele se levantou para cumprimentá-la, quando um garçom a encaminhou à mesa. – Venha, sente-se e vamos comemorar o sucesso da apresentação de ontem.

Fabio pegou uma garrafa de champanhe, que já estava à espera no balde de gelo, e serviu duas taças.

– A nós! E ao Ano-Novo! – brindou, batendo sua taça na dela. – Já li as críticas a *La Sylphide* nos jornais matutinos, e elas são fantásticas. Dizem que você é uma estrela em ascensão no firmamento. Agora, quando estrearmos nosso novo balé, eles saberão mais do que nunca que somos uma força a ser respeitada. Estamos a caminho do topo, Helena, eu sei disso.

Helena tentou espelhar a evidente euforia de Fabio, porém não conseguiu esboçar mais que um débil sorriso.

– E, afora o nosso triunfo no palco ontem à noite, hoje você irá ao baile do Palácio Hofburg com aquele príncipe deslumbrante. Não está animada, *cara*? Ter uma noite assim deve ser o sonho de toda mulher... e de todo homem – acrescentou, com um risinho.

– Fabio, você precisa entender que eu não posso simplesmente... me desligar do que aconteceu.

– Pfff! – fez ele, abanando a mão com descaso. – Você ainda está falando daquele canalha do Alexander. É claro que compreendo quanto ele a magoou, *cara*, mas está na hora de esquecê-lo e viver sua vida. Pensei que o príncipe lhe agradasse, não?

– Sim... ele agrada, acho, mas... não sei direito se eu estou pronta.

– Talvez seja apenas por você estar exausta. – Fabio se inclinou sobre a mesa e examinou mais de perto o rosto dela. – Você está com um ar pálido, Helena, e não tomou nem uma gota do seu champanhe. Tem certeza de que não está doente?

– Não, não, não estou... É só que... estou cansada, só isso. – Ela mordeu o lábio, enquanto a voz se extinguia.

– Então, assim que terminarmos o almoço, eu chamo um táxi para levá-la ao seu apartamento. Você precisa descansar e se aprontar para o baile. Quero que se divirta um pouco, Helena, para variar.

– Sim, você tem razão. – Ela conseguiu abrir um sorrisinho – Depois de um cochilo, vou ficar ótima.

Fabio lançou-lhe um olhar desconfiado, mas se absteve de tecer outros comentários e mudou de assunto, fazendo-lhe perguntas sobre o vestido que ela usaria na festa e depois, como de praxe, regalando-a com pequenas fofocas sobre outros membros do corpo de baile. Quando a comida chegou, Helena sentiu os olhos argutos do amigo a avaliá-la, por mal ter tocado no prato.

Era como se ele já soubesse, pensou Helena.

Após o almoço, ela voltou para casa e fez o que Fabio havia mandado, deitando-se na cama. No entanto, por mais que tentasse dormir um pouco, sua cabeça zumbia e o estômago dava voltas. Ela se apanhou tentando calcular, mais uma vez, se era mesmo possível ou se estava apenas entrando em pânico.

Pouco depois da primeira vez que transou com Alexander, ela fora lançada no rodamoinho da temporada de balé e, como a maioria das bailarinas, tomara a pílula continuamente, sem a interrupção habitual de uma semana, para impedir o sangramento mensal. Isso era considerado uma prática essencial para quem se apresentava no palco.

Por conseguinte, ela não sabia direito quando havia menstruado "normalmente" pela última vez.

Por outro lado... havia o enjoo, a sensação de peso no estômago, o cansaço – sintomas de que ela se lembrava muito bem da última vez...

Por fim, desistiu de descansar e se levantou da cama. Tinha adiado aquele momento seguidas vezes, mas só havia um jeito de descobrir e relaxar a cabeça.

Considerando quase certo que a farmácia fechasse cedo nesse dia, enfiou o casaco, pegou a bolsa e saiu correndo do apartamento. Depois de comprar o que precisava, voltou para casa e ficou desolada ao ver que Klara já a esperava na porta de entrada do edifício.

Droga!

– Desculpe tê-la feito esperar no frio, Klara – disse. – Fiquei sem... pasta de dentes.

Klara fez um biquinho enquanto Helena abria a porta da frente.

– Precisamos começar logo se você quiser ficar pronta na hora.

Já no apartamento, enquanto Klara tagarelava sem parar sobre a noite que haveria pela frente, Helena se desligou, apenas concordando com um aceno de cabeça quando lhe pareciam ser os momentos adequados, com o pensamento ainda ocupado com outras coisas.

Foi loucura aceitar o convite para o baile. Estou iludindo o Friedrich... O que é que eu vou fazer se...?

Quando enfim ficou pronta, do jeito que Klara planejara, Helena não suportou mais a tensão e se levantou. Fugindo para o banheiro, trancou a porta e abriu o armário onde mais cedo escondera às pressas o teste de gravidez. Tirou o conteúdo da embalagem, o coração saltando no peito enquanto ela fitava o bastão, desolada, e começava a tirar o envoltório de plástico.

E então, ficou gelada ao ouvir a campainha, seguida quase de imediato por batidas fortes à porta do banheiro:

– *Frau* Beaumont! Seu carro chegou! O príncipe está esperando! – chamou Klara.

– Já estou indo!

Helena hesitou por um momento, depois enfiou o bastão branco na pequena bolsa de festa adornada com pedrarias, e saiu do banheiro.

Klara a esperava do lado de fora, segurando numa das mãos uma estola de seda finíssima e, na outra, um par de luvas longas de cetim. Depois de ajudar Helena a calçá-las e de enrolar a estola em seus ombros magros e nus, deu um passo para trás e inspecionou sua pupila. O corpete acinturado do vestido rosa pálido era cuidadosamente talhado para revelar o colo impecável de Helena, depois se ajustava em sua cintura de vespa e descia numa volumosa cascata de saias flutuantes, feitas de camadas de *chiffon* delicado. O cabelo louro da bailarina estava arranjado num coque no alto da cabeça, com mechas finíssimas se encaracolando em volta do rosto, e o colar de brilhantes cintilava como lascas finas de gelo em seu pescoço esguio.

– Você está linda – disse Klara, com um suspiro satisfeito. – Agora, *liebling*, vá cumprimentar seu príncipe. – Empurrou Helena para fora do apartamento até o elevador. – Tenha uma noite maravilhosa! – gritou, quando as portas se fecharam.

Friedrich, elegantíssimo em seu traje de gala, esperava-a no saguão e deixou escapar um suspiro audível quando Helena emergiu do elevador e caminhou em direção a ele. Segurou-lhe as mãos enluvadas e a manteve a um braço de distância por alguns instantes, enquanto seus olhos deslizavam por ela; depois, puxou-a para si e a beijou com delicadeza nas duas faces.

– Você está radiante, minha Helena – cochichou. – Serei invejado por todos os homens no baile.

Em seguida, ofereceu-lhe o braço e os dois saíram juntos em direção à limusine que os aguardava.

Caíam levíssimos salpicos de neve quando a imponente fachada curva do Palácio Hofburg se tornou visível, brilhando sob as luzes. A limusine passou sob o arco cerimonial elevado e entrou num imenso pátio interno, iluminado por lampiões, no qual um tapete vermelho se estendia sobre os paralelepípedos que conduziam à entrada. O carro parou e Helena desceu, segurando a mão estendida de Friedrich, que entrou com ela e a conduziu, no alto de uma escadaria majestosa, a um suntuoso salão do palácio, onde já estava em pleno andamento um coquetel à base de champanhe.

Helena aceitou uma taça oferecida por um garçom e bebeu um gole, para tentar acalmar a mente agitada. Ia precisar da coragem proporcionada pelo álcool – e por qualquer outra bebida – para conseguir atravessar a noite. Foi recebida com deferência por um fluxo interminável de pessoas, todos ávidos por lhe dar parabéns por suas apresentações na Ópera e ansiosos por saudar o príncipe ao lado dela.

Eles enfim chegaram à mesa, onde eram aguardados por mais champanhe e onde os garçons lhes ofereceram bandejas e mais bandejas de canapés lindamente apresentados. Helena não comeu nada, mas, se o príncipe notou sua falta de apetite ou sua conversa acanhada, não deu qualquer indicação.

Quando veio o anúncio para que os convidados entrassem no salão de baile principal, Helena não pôde deixar de olhar, assombrada, para as fileiras de colunas de mármore de Corinto que sustentavam o floreado teto em caixotões, do qual pendiam dezenas de lustres de cristal. Numa plataforma elevada, uma orquestra tocava uma valsa vienense sob o enorme relógio que contaria os minutos e segundos até a meia-noite.

Em seguida, fez-se silêncio e fileiras de moças, todas vestidas de branco, encheram o salão de baile nos braços de seus jovens pares.

– Quem são elas? – perguntou Helena a Friedrich.

– São debutantes e agora dançarão uma música para marcar sua entrada oficial na sociedade vinense.

Perguntando a si mesma se teria perdido a consciência e estaria sonhando com um ritual de outrora, Helena as observou. Não pôde deixar de sentir um aperto no coração ao ver aqueles rostos inocentes e empolgados: jovens com a vida inteira pela frente e sem uma única preocupação no mundo.

Como fora ela própria, um dia.

Voltou ao presente num estalo, quando as debutantes se retiraram, compenetradas, sob uma chuva de aplausos. Os cordões vermelhos que haviam contido os demais convidados foram prontamente retirados, para que o baile pudesse começar. Helena perdeu a noção do tempo quando Friedrich a arrebatou nos braços e a rodopiou pelo assoalho dourado numa valsa atrás da outra. Havia outros homens que também desejavam dançar com ela, e Helena fez o possível para lhes sorrir e encantá-los, como a princesa que Friedrich parecia querer que ela fosse.

– Hoje você está deslumbrante, Helena. Realmente enfeitiçou a mim e a todos os homens aqui presentes – murmurou o príncipe, quando a orquestra finalmente desacelerou o ritmo e ele aproveitou a oportunidade para aproximá-la.

Helena se sentia estranhamente distante de tudo aquilo, como se observasse do alto. Friedrich curvou a cabeça loura para lhe fazer uma carícia delicada no pescoço.

– Espero que você e eu possamos passar muito mais tempo juntos no ano que está chegando.

– Eu... estou certa de que passaremos – ela se ouviu retrucar.

Interpretando a resposta como um incentivo, Friedrich encostou a face no cabelo dela, enquanto os dois descreviam um círculo elegante sob um dos lustres.

– Por favor, Helena... – sussurrou ele em seu ouvido –, diga que hoje você irá lá para casa comigo.

Diante dessas palavras, Helena voltou à terra num sobressalto. Recuou a cabeça para fitá-lo e viu seus olhos bondosos brilhando de evidente adoração.

O que estou fazendo aqui?, pensou, em pânico. Espiou de relance o carrilhão, sentindo um súbito e terrível enjoo e muita tonteira, e viu que faltavam pouco mais de dez minutos para a meia-noite. O rosto de Friedrich se transformou de imediato na imagem da apreensão.

– Helena, *liebling*, você está bem?

– Não sei ao certo. Eu... estou me sentindo meio estranha. Acho que preciso me sentar.

Solícito, Friedrich a acompanhou para fora do salão de baile e a reacomodou à mesa do casal, saindo então para lhe buscar um copo d'água. Sentada ali, Helena sentiu a cabeça continuar a rodar. Aflita para ficar sozinha por alguns momentos, levantou-se da mesa e foi ao toalete feminino.

Depois de borrifar água fria no rosto, sentiu-se um pouco melhor. Fitou seu reflexo no espelho e suas mãos pegaram a bolsa, para que ela pudesse apanhar o batom. Ainda trêmula, atrapalhou-se com o fecho e deixou a bolsa cair no chão, espalhando o conteúdo pelos ladrilhos. Ao se curvar para recolher as coisas espalhadas, viu o bastão de plástico branco a encará-la, como uma espada de Dâmocles em miniatura.

Como posso sequer contemplar um relacionamento com outro homem, enquanto tenho essa espada sobre minha cabeça?, repreendeu-se com severidade.

Sabia que Friedrich estaria à sua espera e que esse estava longe de ser o momento apropriado, mas sabia também que *precisava* saber, para poder começar a pensar com clareza.

O que o novo ano reservaria para ela e seu futuro dependia do objeto em suas mãos. Com o coração martelando no peito, Helena entrou num dos reservados.

E, três minutos depois, teve a resposta.

Grupos de pessoas circulavam pelo foyer e mal repararam na jovem que atravessou correndo o piso de mármore, com as saias do vestido de baile rosa pálido se inflando às suas costas.

Quase tropeçando na escadaria que levava à entrada principal, Helena se deteve por um segundo para tirar os sapatos de salto alto, atirando-os para o lado, desatenta, antes de fugir para a noite cintilante e gelada.

No exato momento em que os sinos da Catedral de Santo Estêvão começaram a badalar a meia-noite. A chegada do Ano Novo.

Ela mal notou a neve cristalizada sob as meias que lhe calçavam os pés, ao atravessar o pátio correndo, passar sob o arco abobadado e enfim chegar à rua. Em meio ao latejar do sangue nos ouvidos, mal ouviu uma voz masculina às suas costas, chamando seu nome.

Não olhou para trás.

25

Helena olhou para o céu pela janela do quarto de Alex e viu uma lua cheia que brilhava como na noite em que ela havia fugido do Palácio Hofburg. A mãe celestial, calmamente velando seus filhos humanos, enquanto eles tropeçavam e caíam, e iluminando seu caminho nas trevas enquanto eles se levantavam.

– Então... – Helena retornou de suas lembranças. – Essa é a história. Eu gostaria de poder torná-la melhor para você, Alex, mas não posso.

Finalmente, ele falou:

– Não, não pode. Mas ainda não entendo por que isso tem alguma coisa a ver com o Alexis.

– Eu... – Helena se deteve, numa agonia de indecisão quanto a contar ou não a Alex. Aquilo era demais para qualquer filho saber a respeito da própria mãe, mais ainda com apenas 13 anos.

– Seja o que for, mãe, você não pode piorar mais as coisas. – Alex lera o pensamento dela. – Então, vamos lá, pode falar.

– Fiquei grávida do Alexis quando me hospedei aqui em Pandora.

– Mas você só tinha 15 anos. – A voz de Alex mal passava de um sussurro estrangulado.

– É. E eu... não tive o bebê. Achei que não tinha escolha. E foi terrível, terrível, Alex. Até hoje, nunca me perdoei pelo que fiz. Por isso, quando descobri que estava esperando você, não pude, simplesmente *não pude* fazer aquilo outra vez. Tinha que ter você, fosse qual fosse o custo.

Helena pôde ouvir Alex respirar, mais nada.

– Com o novo balé se aproximando, não era justo eu permanecer na companhia. Afinal, dificilmente eu poderia encarnar "A pequena bailarina" com seis meses de gravidez, quando o balé estreasse, em março. E, nesse meio-tempo, não seria justo com ninguém eu continuar a fingir. Disse ao

Fabio que encontrasse outra parceira e deixei a companhia no fim de janeiro. Resolvi permanecer em Viena. De qualquer modo, voltar à Inglaterra não era uma opção. Eu tinha economizado algum dinheiro do que minha mãe me deixara, ao morrer; usei-o para atravessar a gestação e comecei a trabalhar como garçonete no Café Landtmann, não muito longe da Ópera. Eles gostaram do fato de eu saber falar inglês, além de um alemão básico, e foram muito bons comigo. Trabalhei até a véspera da sua chegada inesperada, mais de um mês antes da hora.

A voz de Helena se embargou diante da recordação.

– Mas você estava ótimo e saudável, e era muito lindo. Eu lhe dei o nome de Alexander, tanto em memória do bebê que nunca tive quanto do seu pai biológico. Não me pareceu haver outra alternativa. – Ela encolheu os ombros, com um tênue sorriso. – E, é claro, escolhi Rudolf como seu segundo nome, em homenagem a Nureyev, o famoso bailarino que morreu tragicamente jovem, apenas alguns dias depois de eu descobrir que estava esperando você.

Alex permaneceu em silêncio. O que mais ela poderia esperar? Sendo assim, ela continuou:

– Depois que você nasceu, veio um período muito difícil. Como um bebê prematuro, você precisou de cuidados especializados, e, ainda por cima, eu também não estava muito bem. Sofri de uma doença rara, chamada eclâmpsia pós-parto. Não quero parecer dramática, mas quase morri, Alex, o que significa que lutei por muito mais tempo para recuperar plenamente a saúde. Eu e você passamos mais de dois meses no hospital. Depois disso, voltar a dançar simplesmente não era uma alternativa, pelo menos naquele momento. Talvez lhe pareça ridículo, mas uma bailarina tem que estar tão em forma, fisicamente, quanto um jogador de futebol da Premier League, se não mais. Eu fui melhorando aos poucos, graças a Deus, e, naquele primeiro ano, fiquei feliz só por estar com você. E o Fabio foi simplesmente maravilhoso, Alex. Brincava com você, levava-o para passear e foi tão pai quanto qualquer homem poderia ser. Como você sabe, ele também lhe deu o Cê, o seu coelhinho...

Helena fez uma pausa antes de prosseguir. Como não conseguia ver a expressão do filho no escuro, não tinha como prever no que ele estava pensando.

– E havia ainda a Gretchen, que morava no apartamento acima do nosso. Quando voltei a trabalhar no café, já que tinha urgência de ganhar algum dinheiro para nós, ela ficou cuidando de você. Você a adorava, Alex. Ela era gorda e alegre, e costumava lhe dar panquecas e tortas alemãs de frutas. Lembra dela?'

– Não – veio a resposta sucinta.

– Enfim, à medida que fui ficando mais forte, e com o incentivo do Fabio, acabei retomando as aulas, achando que talvez pudesse voltar a formar um par com ele. Mas então ele me disse que tinha recebido uma oferta do Balé da Cidade de Nova York e implorou para que eu o acompanhasse. Fabio nunca havia gostado de Viena. Mas eu sabia, Alex, que eu não estava nem perto do padrão exigido. Os bailarinos dessa companhia de Nova York estão entre os mais atléticos do mundo. Eu não queria chegar como par do Fabio e não ter a energia física e mental para enfrentar a situação; isso faria com que *ele* retrocedesse na carreira, o que não seria justo.

Ela prosseguiu.

– Por isso, eu disse a ele que não queria ir para Nova York. Você pode imaginar como fiquei consternada quando ele deixou Viena. Desisti da ideia de um dia voltar a dançar e continuei a trabalhar como garçonete. Aí, tivemos que nos mudar do nosso apartamento encantador e nos separarmos da Gretchen, porque eu simplesmente não podia arcar com a despesa, e fomos morar num lugar pouco maior que um galinheiro, em cima do café em que eu trabalhava. Eu estava vivendo o meu pior momento quando conheci o William, alguns meses depois.

Helena fez outra pausa, buscando forças para continuar.

– William me trouxe de volta à vida, Alex, de verdade. Ele era muito gentil e equilibrado, uma pessoa genuinamente boa. E, pouco a pouco, eu me apaixonei por ele. Não no estilo "primeiro amor" com que havia adorado o Alexis, nem da maneira enlouquecida e inconsequente como me sentira em relação ao Sacha, mas vivenciando algo mais profundo e mais forte. Estou contando tudo isto, Alex, porque é verdade, além de também ser a sua história. Não espero que você me compreenda ou me perdoe.

Helena contemplou a silhueta do filho, emoldurada pela luz do luar.

– Quando William me pediu que voltasse com ele para a Inglaterra, acabei aceitando. Eu precisava de tempo para me certificar de que não estava me apegando a ele pelas razões erradas. Não que ele fosse particularmente rico na época, já que a Cécile tinha ficado com a casa da família no divórcio e ele morava numa casinha acanhada, de aluguel. Mas fomos muito felizes lá, Alex, e eu soube que era a coisa certa. Então, ele me pediu em casamento e eu disse sim. Conseguimos comprar a Casa dos Cedros num leilão e fizemos planos para transformá-la no nosso lar. Honestamente, Alex, nunca me senti tão completamente feliz e satisfeita como nessa época. Isso, é claro, até o dia do nosso casamento...

Helena se calou.

– O que aconteceu? – Alex acabou resmungando.

– William tinha me falado do Sacha, seu grande amigo de escola e dos tempos da faculdade, em Oxford, que estava morando em Cingapura, mas viria com a mulher especialmente para nosso casamento. Eu estava caminhando em direção ao altar, no cartório, quando o vi olhando para mim, em choque. Depois, William me apresentou a esse homem como o seu melhor amigo, Sacha, que hoje eu sei ser um diminutivo de Alexander. Não estou brincando, quase desmaiei durante os votos, de tanto que meu coração batia em disparada.

– Você falou com ele, depois?

– Não, ou pelo menos não em particular. William nos apresentou, é claro, mas você certamente deve poder imaginar que o Sacha tratou de tomar uma bebedeira terrível, e teve que ser carregado para o quarto de hotel pela Jules. Não antes de ela conhecer você e me contar tudo sobre o Rupes, o filho pequeno deles, nascido apenas quatro meses antes de você. E, é claro, naquele momento eu soube por que o Alexander nunca mais tinha voltado para mim, em Viena. Santo Deus, Alex – Helena cobriu o rosto com as mãos –, foi pavoroso... pavoroso. Passei a maior parte da minha adorável lua de mel, na Tailândia, sem conseguir dormir, tentando decidir se devia simplesmente contar logo toda a verdade ao William e acabar com aquela história. Aí, caberia a ele resolver se queria ou não se divorciar de mim. Mas eu tinha um medo enorme de perdê-lo. Eu o amava, Alex, e estava tão feliz, *você* estava tão feliz... Não consegui encontrar forças para dizer as palavras e transformar o conto de fadas num pesadelo. Consolei-me com a ideia de que o Sacha morava do outro lado do mundo e de que, apesar de eles serem grandes amigos, era improvável que nossos caminhos se cruzassem com muita frequência. E, nos primeiros anos, foi o que aconteceu. Consegui até esquecer disso, em alguns momentos, enfurnando a lembrança num canto da mente.

Helena fez uma pausa para respirar, deslizando a mão pelo cabelo, distraída.

– É claro que, em retrospectiva, agora sei que deveria ter contado tudo ao William no momento em que vi o Sacha. Qualquer coisa teria sido melhor do que viver com este segredo terrível, terrível. E esperar que ele fosse descoberto. E aí, como você sabe, o Sacha, a Jules e os filhos voltaram a morar na Inglaterra. Não os víamos com muita frequência, graças a Deus. Às vezes eles vinham passar um fim de semana, ou o William se encontrava sozinho com o Sacha em Londres. Depois, a Jules soube que viríamos ao Chipre, para passar uns tempos na casa que eu tinha herdado, e, insistindo em que precisava arejar a cabeça, ela se convidou a vir com a família. Dificilmente eu poderia dizer não, mas fiquei absolutamente petrificada. Algo me dizia que um desastre pairava no ar. E, meu Deus do céu, eu tinha razão.

Helena balançou a cabeça devagar, no escuro.

– E isso é tudo, de verdade, querido. Não há mais nada a dizer. Se o magoei, Alex, só posso pedir desculpas e lhe dizer que o amo mais do que a qualquer outra coisa no mundo. Guardei este segredo para proteger você, e o William e a nossa família.

– E a *você mesma*, mamãe – retrucou Alex, em tom ríspido.

– Sim, tem razão: e a mim mesma. Sei que só posso culpar a mim. O pior de tudo é que o William foi um pai maravilhoso para você, e agora, por causa da minha estupidez e do meu egoísmo, consegui lhe tirar a única coisa que sempre quis que você tivesse. Meu Deus, como eu queria que ele fosse seu verdadeiro pai! Daria tudo para fazer o tempo retroceder. Só lamento que eu tenha feito tudo errado. Sei que o William jamais conseguirá me perdoar. Essa é a mais terrível das traições. Mas eu o amo de verdade, Alex. Sempre amei e sempre vou amar.

– Esse Sacha, ou *Alexander*, ou seja lá quem diabo ele for realmente, ele sabe? Ele sabe que eu sou...? – A voz de Alex se extinguiu.

– Sim. Ele adivinhou de imediato, na primeira vez em que o viu, no casamento. Para o bem de todos os interessados, sempre houve um pacto não declarado de silêncio entre nós.

– Algum dia você pretendia me contar?

– Eu... eu não sei. Não podia lhe contar a verdade, mas também não queria mentir para você. Ele pode ter sido responsável pelos seus genes, Alex, mas não desempenhou papel algum na sua vida, desde aquela época.

– Você ainda o ama?

– Não. Para dizer o mínimo, sinto o inverso. Eu... – Helena se impediu de falar mais, lembrando que Alex havia acabado de saber que Sacha era seu pai biológico, e não seria correto jogá-lo contra ele. – Parte de mim gostaria de nunca tê-lo conhecido, mas, por outro lado, querido, se eu não o tivesse conhecido, não teria você.

– Certo. Agora, vá embora, por favor.

– Ah, querido. – Helena abafou um soluço, estendeu a mão hesitante para ele e tocou num pelo molhado. As lágrimas do filho haviam empapado o seu adorado Cê. – Eu sinto muito, muito mesmo. Eu amo você, Alex.

Em seguida, levantou-se e se retirou do quarto.

DIÁRIO DE ALEX

12 de agosto (continuação)

Não
   tenho
   nada
   para
   dizer.

26

Na manhã seguinte, Helena se sentou no terraço vendo o dia amanhecer após uma noite insone. Tentou se consolar, dizendo a si mesma que já havia sentido isso; a agonia da perda, de ter a vida irreversivelmente modificada, de ver bloqueada a estrada por onde havia caminhado antes. Haveria uma rota alternativa – sempre havia. Ela lidaria com aquilo, *sobreviveria*, sempre sobrevivera.

A diferença era que, desta vez, não se tratava *dela*.

Helena podia enfrentar qualquer coisa, menos a ideia de seus filhos sofrerem. Pior ainda, ela é que havia infligido essa dor. Sentiu o coração se contrair de novo à lembrança da devastação de Alex, da sua confusão. O papel dela como mãe era lhe dar consolo, protegê-lo e orientá-lo. Em vez disso, ela o havia destroçado.

E a William também.

Foi até a rede, enfraquecida pelo cansaço e pela emoção, e se deitou. Enquanto via o céu clarear, compreendeu, pela primeira vez, por que algumas pessoas não viam alternativa ao suicídio. Talvez não tivesse a ver apenas com acontecimentos externos, pensou, mas com a autopercepção: com acreditar-se uma boa pessoa, alguém que havia tratado com respeito e amor todos à volta. A ideia de viver todos os dias consigo mesma, pelo resto da vida, enquanto aqueles a quem ela mais amava sabiam que ela *não era nem tinha sido* assim, lhe parecia agora quase insustentável.

Helena sabia que encontraria forças para seguir em frente, mas, nesse exato momento, apesar da beleza do sol cálido que despontava em seu palco celestial, ela se sentia gelada e abatida, como naquele dia em que se sentara no parque, em Viena, sabendo que Alexander se fora para sempre.

Acabou se arrastando para o quarto, no segundo andar, exausta. A porta do armário estava aberta, o lado de William, vazio, a bolsa de viagem dele, desaparecida. Arrasada, ela fechou a porta, deitou-se na cama e cerrou os olhos.

– Mamãe, mamãe! Cadê o papai? Fiz um desenho para ele, de você dançando com o Fabio. Olhe.

Helena abriu os olhos e a lembrança do que acontecera na noite anterior tornou a atingi-la como um soco no estômago. As lágrimas lhe saltaram aos olhos, sem se fazerem anunciar.

– Mamãe! Olhe o meu desenho! – insistiu Immy, agitando o papel na frente dela.

Helena apoiou o corpo nos cotovelos.

– Está muito bom, querida. Muito bonito.

– Posso dar para o papai? Ele está lá embaixo?

– Não. Ele teve que sair um pouco. Tem a ver com o trabalho dele.

– Nas férias? Por que ele não deu tchau?

– Ele recebeu um telefonema, depois que vocês foram dormir, e teve que sair com urgência, hoje de manhã cedinho.

Helena foi inventando a história à medida que falava, abominando-se por contar ainda mais mentiras.

– Ah. Ele volta logo?

– Não sei.

– Ah. Mamãe?

– Sim?

– Por que você ainda está usando o vestido de ontem?

– Eu estava cansada, Immy, só isso.

– Você sempre me manda pôr minha camisolinha, quando eu digo isso.

– É, eu mando, não é? Desculpe.

– Você está passando mal de novo, mamãe?

– Não, eu estou bem. – Helena se levantou. – Onde está o Fred?

– Dormindo. Quer que eu faça café para você?

– Não, querida, está tudo bem. Vamos descer.

De algum modo, Helena conseguiu atravessar a manhã. Levou Immy e Fred para nadar na piscina e sentiu o coração partido ao ver os rostinhos felizes e confiantes dos dois. O que sentiriam eles, quando compreendessem que a família de que um dia fizeram parte se evaporara da noite para o dia? Que o papai tinha ido embora e, sem dúvida, não voltaria? E que era tudo culpa dela...

Fabio apareceu na cozinha às dez e meia. Helena achou que a aparência dele era quase tão medonha quanto a dela. O amigo a envolveu nos braços e a apertou com ternura.

– *Bella, bella*, mil desculpas. Isso tudo é culpa minha.

– Não seja tão solidário, Fabio, senão eu choro. E a culpa não é sua. É cem por cento minha.

– Helena, o seu marido é um bom homem. E a ama muito. Ele vai refletir e vai compreender e voltar. Essa coincidência que aconteceu com você... foi só a mão cruel do destino.

Helena balançou a cabeça.

– Não, ele não vai voltar. Eu menti para ele, enganei-o durante todo o nosso casamento.

– Helena, você não sabia!

– No começo, não, mas devia ter contado a ele no momento em que *fiquei sabendo*.

– Talvez, mas é fácil perceber essas coisas quando a gente olha para trás, não é? Para onde ele foi?

– Imagino que tenha voltado para casa, na Inglaterra. Tenho certeza de que não ficaria no Chipre. Conhecendo o William, eu diria que ele vai querer se afastar o máximo possível.

– Nesse caso, você deve ir atrás dele e se explicar.

– Ele não quer ouvir. Eu tentei, ontem à noite.

– Ainda está chocado, *cara mia*. Dê tempo a ele, por favor.

– Como é que podemos ter um futuro juntos, agora? Ele nunca mais vai confiar em mim, e não o censuro. A confiança é a base de uma relação, Fabio. Você sabe disso.

– Sim, mas, quando existe amor, há sempre um futuro.

– Pare, Fabio – gemeu Helena. – Não me dê esperanças quando ela não existe. Não consigo pensar com clareza agora. E... a Jules também está morando aqui em Kathikas, no momento! O que ela vai dizer quando descobrir? William deve lhe contar, com certeza. Eu contaria, no lugar dele. Ela acha que sou amiga dela! Ai, meu Deus, que confusão!

Helena se sentou de repente e enterrou o rosto nas mãos.

– *Si*, é verdade – concordou Fabio. – A vida é uma coisa confusa. É preciso encontrar um jeito de desfazer a confusão.

– Você acha que eu devo procurar a Jules? Contar a ela, antes que o William conte? É o mínimo que posso fazer.

– Não, Helena. Por enquanto, ela não precisa saber. Você disse ontem que eles estão se divorciando, não é?

– Sim.

– Então, para que causar a ela mais sofrimento? Se o William quiser contar, que seja – Fabio deu de ombros –, mas vamos deixar a poeira assentar um pouco.

– A culpa foi minha, por querer tanto rever você. Eu provoquei a sorte. Devia ter deixado o passado lá no lugar dele.

– Sim, mas não é bom o Fabio estar de volta para catar os seus cacos? E não se esqueça da dor que aquele homem perverso lhe causou. De quanto você sofreu quando ele foi embora. Ele é o culpado por tudo isso. Eu avisei naquela época: tive certeza de que ele era encrenca no minuto em que o vi.

– Você falou mesmo, e quem dera eu tivesse escutado.

– Por outro lado, se você tivesse me escutado, o Alex não teria nascido, e o Alexander não teria mandado o William para lá, para ajudá-lo a remendar o coração. E você não teria vivido sua vida com ele e com os seus filhos lindos. Não – Fabio bateu na mesa –, nunca se deve lamentar nada na vida. O passado, bom ou ruim, é que nos faz ser quem somos.

Helena pegou a mão do amigo e a apertou.

– Eu tinha me esquecido de como você é sábio. Obrigada, meu querido.

– E o Alex? Como está ele? Chocado, imagino.

– Está catatônico. Tentei lhe explicar tudo ontem, mas cada palavra minha deve ter sido como uma flecha lhe atravessando o coração. Descobrir a identidade do pai, depois de tantos anos, já é ruim o bastante, mas, além disso, reconhecer que a mãe é uma pessoa terrível, que mentiu para todo mundo... Eu o amo tanto, tanto, Fabio, e o decepcionei e magoei... – Helena desabou, soluçando no ombro do amigo.

– Helena, *cara* – ele a reconfortou –, o Alex é um menino inteligente. Sei disso desde que ele tinha 2 anos e conversava comigo como se fosse um adulto! No começo, quem sabe, ele *vai* detestar você por tê-lo magoado. Mas ele precisa sentir isso, porque a raiva faz parte do processo de cura. Depois, o brilhante cérebro de Alex voltará a pensar. Ele vai enxergar os fatos e compreender. Vai saber quanto você o ama, e que você é uma boa mãe, que sempre tentou fazer o melhor por ele.

– *Não!* Eu sou uma péssima mãe! Já imaginou ouvir o que ele ouviu ontem? Eu também contei a ele sobre o aborto, pois ele devia saber por que eu estava tão decidida a permitir que ele nascesse. Como é que ele pode voltar a me respeitar?

– Helena. – Fabio inclinou o queixo dela para cima, para que ela o olhasse. – Alex agora precisa entender que você não é apenas mãe, mas também um ser humano. Um ser que não é perfeito. Essa revelação se dá para todos os filhos e é difícil de aceitar, especialmente para os muito jovens. Ele é esperto para a idade e saberá lidar com isso. Dê tempo ao Alex, Helena, e eu juro que ele vai se recuperar.

– Há muita informação para ele absorver, como o fato de ter um meio-irmão que vem a ser a nêmesis dele.

Helena estremeceu ao pensar nisso.

– Acha que devo tentar falar com ele? – sugeriu Fabio. – Talvez outra pessoa possa ajudar a explicar. Afinal, conheço o Alex desde que ele tinha horas de nascido.

– Você pode tentar, mas bati três vezes à porta dele hoje de manhã, e em todas ele me mandou embora.

– *Prego*, deixe-me subir e ver se tenho algum sucesso. – Fabio consultou seu relógio. – Mas tenho que ir embora para Paphos, para buscar meu carro na locadora às duas horas.

– Precisa mesmo ir? – Helena se agarrou a ele. – Não pode ficar mais um pouco?

– Helena, você sabe como é a agenda dos bailarinos. Eu adoraria ficar, mas não posso. Talvez você possa ir a Limassol na semana que vem, para assistir à apresentação, e depois jantamos juntos. Agora, preciso reservar um táxi para me levar a Paphos.

– Não, eu levo você. Acho melhor me manter ocupada, e quero sair um pouco de Pandora. Por mais linda que seja, esta casa não parece ter me trazido nada além de sofrimento, desde que cheguei.

Helena viu Fabio se dirigir à porta e pediu:

– Por favor, diga ao Alex que eu o amo e que sinto muito, muito, muito... – Sua voz embargou e ela encolheu os ombros, desamparada.

– É claro.

Fabio assentiu e seguiu pelo corredor para o quarto de Alex. Bateu de leve à porta.

– Alex, sou eu, Fabio. Podemos conversar? Quero falar com você sobre o que aconteceu.

– Deixe-me em paz. Não quero conversar com ninguém – veio a resposta abafada.

– Eu compreendo. Então, vou ficar aqui fora e falar, e você pode ouvir, se quiser, *si*?

Silêncio.

– Está bem... Só tenho uma coisa para lhe dizer, Alex, e é o seguinte: eu estava lá quando sua mãe descobriu que carregava você dentro da barriga. Apesar de eu ter implorado a ela que não tivesse esse filho, que se desse conta de que não havia um *papa*, que pensasse na carreira e em como ela estava destruindo a própria vida, ela insistiu: "Não, Fabio, tenho que ter este bebê." Ela não se importava com mais nada no mundo, a não ser dar você à luz. E o mundo dela passou a ser você, Alex, depois que chegou. Era apenas você, Alex, o tempo todo.

Fabio fez uma pausa e pigarreou.

– Agora, será que isso é uma *mamma* ruim? Não, é uma *mamma* que ama tanto seu filho que abriu mão até da sua grande paixão pelo balé. Cuidou de você sozinha e nunca se queixou. E então, um homem bom entrou na vida dela, e ela percebeu que essa era a chave para fazer vocês dois felizes. Ela queria segurança para você, queria lhe dar a melhor vida que você pudesse ter, e por isso aceitou essa oportunidade. Está compreendendo, Alex?

Ainda sem resposta, Fabio continuou:

– E, quando o destino lhe pregou uma peça, e ela viu, na sua cerimônia de casamento, o perverso Alexander, que agora se chamava Sacha, ela resolveu guardar segredo. Ela cometeu um erro ao fazer isso, Alex, mas o fez por amá-lo demais. Você precisa enxergar isso. Estou implorando que entenda, sim? Ela é a pessoa mais corajosa que eu conheço, Alex, mas também está sofrendo! E precisa de você agora, como você precisou dela quando era pequeno. Você é um menino crescido, tem um cérebro privilegiado. É capaz de compreender o que aconteceu. Ajude-a, Alex, ajude-a.

Fabio tirou do bolso o lenço de seda e assoou o nariz com força.

– Pronto. Era só isso que eu tinha a dizer. Se Deus quiser, tudo se resolverá e eu logo voltarei a vê-lo. Adeus, meu amigo, adeus.

Depois de subornar os pequeninos com a promessa de uma passada no McDonald's na volta, Helena os levou a Paphos com Fabio, para que ele buscasse o carro alugado. Foi um alívio deixar Pandora. Alex continuava a se recusar a sair do quarto, mas Angelina ainda estaria por lá, arrumando a casa durante cerca de uma hora, de modo que Helena sabia que, pelo menos, ele estava fisicamente em segurança.

– Você vai tentar ir a Limassol na próxima semana, Helena? – perguntou Fabio, dando-lhe um último abraço.

– Farei todo o possível, mas, na situação atual, não posso lhe prometer nada.

– Não, mas muitas coisas podem mudar em uma semana – retrucou ele, com um sorriso de solidariedade. – E, em meio a tudo isso, ao menos recuperamos nossa amizade. Lembre-se de que estou sempre aqui para você, *cara*. Me ligue, Helena, sempre que precisar. E me conte o que estiver acontecendo.

– Obrigada por tudo, Fabio. Eu tinha esquecido quanto sentia sua falta.

– *Ciao, cara, ciao*, pequeninos.

Todos lhe acenaram um adeus e, apesar de ter Immy e Fred junto dela, um de cada lado, Helena se lembrou nesse momento de como era estar sozinha.

DIÁRIO DE ALEX

13 de agosto de 2006

Hoje pela manhã acordei e soube que precisava ir embora. Para algum lugar, qualquer lugar, para longe da dor... e *dela*.

Ontem à noite, fiquei deitado na cama depois que a Helena – não consigo chamá-la de "mãe" neste momento – se foi, com a cabeça cheia de imagens de mim mesmo, dirigindo Chevrolets por aquelas rodovias norte-americanas sem árvores, e por fim chegando a uma cidadezinha no meio do nada, parando apenas para comer meu hambúrguer numa lanchonete e me registrar num hotel de beira de estrada, e continuar em frente no dia seguinte.

Depois, lembrei que sou muito novo para dirigir. E, o que é mais importante, não tenho idade suficiente para deixar a barba crescer, o que é uma característica essencial de todos os filmes que já vi de gente viajando por estradas.

Então, para onde eu poderia fugir...?

Passar as noites ao relento, sob as estrelas, nas profundezas do interior do Chipre, ou do interior de qualquer lugar, para dizer a verdade, não me atrai, em função da minha fobia de mosquitos e outras criaturas rastejantes repulsivas. Tenho um horror passional a acampamentos, de modo que essa ideia foi decididamente excluída dos meus planos.

O fato de ter pouco mais que 12 libras na conta bancária, por ter gastado todo o restante numa loja de suvenires em Latchi, também reduz minhas opções. Eu poderia tentar vender meus tesouros, mas duvido que consiga algum dinheiro por minha ponteira de laser, minha caneca e minha caixa de madeira, com uma inscrição entalhada na tampa: "Com Amor, do Chipre".

Tornei a cochilar um pouco e acordei com uma sensação terrível de vazio na boca do estômago. No momento, eu odeio essa mulher a quem adorei desde que nasci. Ela caiu do pedestal e está em cacos no chão. Eu me imagino pisoteando a efígie da cabeça dela, para quebrá-la um pouco mais. Isso faz com que eu me sinta um pouco melhor, mas não resolve o problema da traição dela. Que é terrível.

Agora entendo como o trauma e a falta de sono podem calcificar o cérebro; não sei direito se me restou algum neurônio. Também estou roxo de fome e com muita sede, mas, considerando que não posso... não posso abrir a porta do quarto e me arriscar a topar com um dos meus meios-irmãos, ou até com a própria Helena, permaneço enfurnado no meu Armário das Vassouras. Ela continua batendo à porta e eu continuo não respondendo.

Quero castigá-la.

E então, de repente, o Fabio chegou.

Falou comigo sobre ela e... Ai, que droga, a raiva começou a diminuir. Ele nunca vai saber disso, mas me deixou em prantos aqui dentro. Quando foi embora, comecei a pensar mais racionalmente sobre o que ela me contou ontem.

Meu senso de perspectiva, que tinha fugido e pegava um bronzeado numa praia das Bahamas, resolveu encurtar as férias e voltar para mim.

Quanto mais pensei, mais me dei conta de que o Fabio tinha razão: de que, na verdade, isso não foi culpa dela. Consegui até dar um sorriso irônico, ao me lembrar da história sobre a noite em que foi ao baile, e me ocorreu que aquilo parecia um estranho remake pós-moderno de *Cinderela*. Com certeza, a Immy não ficaria impressionada se a versão da Disney que ela tanto amava acabasse do mesmo jeito, com a Gata Borralheira grávida e completamente sozinha...

Admito não gostar muito de pensar na mulher que meu deu a vida brincando de papai e mamãe com homem nenhum, muito menos com Aquele Que Me Procriou, mas ela podia ter me matado. E não o fez.

Porque ela me ama.

A essa altura, eu também estava aflito para fazer xixi, então, quando enfim ouvi a casa silenciar e os pneus de um carro triturarem o cascalho, saí de fininho e chispei para o banheiro de cima, onde, depois de me aliviar, abri a torneira e enchi todas as canecas de escova de dentes que havia, mais o regador de plástico que o Fred usa para torturar a Immy no banho. E estava a meio caminho do meu quarto quando ouvi o tamborilar de pezinhos miúdos pelo corredor.

– Oi, Alex.

Droga! Estanquei de repente e metade da água espirrou, formando poças nas lajotas.

– Você está em casa. Angelina me disse que estava.

Era a Viola. Era só o que me faltava. Ela só me procura para me falar dos problemas dela. E hoje, para dizer o mínimo, tenho meus próprios problemas.

– É, estou – respondi.

– Está tudo bem com você, Alex? – perguntou ela, me acompanhando até a porta do quarto e olhando para mim, para as poças e para os recipientes já meio vazios. – Está regando alguma planta?

– Não – respondi, e a vi examinando o regador do Fred. – Desculpe, Viola, mas não posso conversar agora.

– Tudo bem. Eu só vim dizer que a mamãe, eu e o Rupes vamos embora para a Inglaterra no fim da semana. Ela quer que a gente se instale na casa nova antes do começo do ano letivo. Ah, e o Rupes me pediu para dizer a você que conseguiu passar no exame e para lhe agradecer pela sua ajuda. Ele está muito contente.

– Ótimo. Que bom. Fico emocionado por ele.

Emocionado pelo Rupes. Meu recém-descoberto meio-irmão. De repente, tenho vontade de dar risadas histéricas diante do absurdo disso. E da vida em geral.

– Bem, então – acrescentei, começando a recuar para dentro do quarto –, obrigado por ter vindo, Viola.

– O papai está aqui no Chipre, Alex – continuou ela, sem se deixar desanimar. – Ele levou o Rupes em casa ontem de noite e tentou convencer a mamãe a tentar de novo.

– O que ela respondeu?

– Disse que não. E depois, falou que ele era um bêbado calhorda e o pôs para fora de casa. – Viola mordeu o lábio. – Estou preocupada com ele. Você não o viu, viu? Achei que ele podia ter vindo aqui para Pandora.

Minha Nossa! Esse episódio da minha vida está começando a virar uma verdadeira farsa.

– Não, Viola. Desculpe.

– Ah.

Vi as lágrimas brotarem nos seus olhos e me senti mal por ter sido rude com ela:

– Você ama mesmo o seu pai, não é?

Senti uma vontade aflitiva de acrescentar *embora ele seja um sacana completo, que destruiu a sua vida e a do seu irmão e a da sua mãe e a da minha mãe. E, a rigor, a do meu pai – do meu pai William, e a da Immy e a do Fred. E a minha também, aliás.*

– É claro que sim. Não foi culpa dele que a empresa falisse, não é? Tenho certeza de que fez o melhor que pôde.

Ah, Viola, se você soubesse...

Não pude deixar de me comover com a devoção dela. Especialmente por ela nem ter um parentesco de sangue com ele. Como acontece com alguns de nós, infelizmente.

– Tenho certeza disso – consegui dizer entre os dentes cerrados.

Afinal, nada disso é culpa da Viola.

– Bem, vou indo – disse ela. Eu trouxe o *Nicholas Nickleby* para lhe devolver. Foi o melhor livro que eu já li na minha vida inteira.

– Achou? Bem, isso é ótimo.

– É, agora vou ler um da Jane Austen, como você me disse para fazer.

– Ótima escolha. – Assenti.

– Ah, e isto é para você, caso a gente não se veja de novo. É só para agradecer por você ter sido tão bom comigo durante o verão.

Entregou-me um envelope, aproximou-se timidamente e me deu um beijo no rosto.

– Tchauzinho, Alex.

– Tchau, Viola.

Eu a vi desaparecer pelo corredor, com seus pezinhos delicados mal tocando o chão. Ela flutua, como a minha mã..., digo, como a Helena.

Talvez tenham sido apenas a tensão e o cansaço, mas lágrimas brotaram novamente nos meus olhos quando contemplei o envelope, trabalhosamente coberto de flores e corações desenhados com caneta hidrográfica. Fiquei emocionado com a meiguice da Viola e, enquanto me atrapalhava para levar as vasilhas de água para o quarto, só queria que o meu parentesco genético fosse com ela, e não com o Rupes.

Sentei-me na cama e, depois de beber uns goles enormes de água, abri o envelope.

Querido Alex, escrevi um poema para você, porque sei que você gosta. Não é muito bom, eu acho, mas se chama "Amigos". E eu espero que você seja meu amigo para sempre. Com amor e o meu obrigada por tudo, Viola.

Desdobrei o poema e o li e, para ser sincero, não era grande coisa em termos de pentâmetros iâmbicos ou de dísticos rimados, mas veio do coração e tornou a me trazer lágrimas aos olhos. Que, nas últimas horas, mais parecem cachoeiras. Não é de admirar que eu esteja com sede.

Olhei para o Cê, o coelhinho que meu recém-encontrado tio Fabio me deu, muitos anos atrás. E agora, pelo menos, sei de onde veio o meu horroroso nome do meio – fora difícil achar que eu levava o nome de uma rena de focinho vermelho nos últimos treze anos. E então pensei na Viola e no amor duradouro que ela nutre pelo idiota bêbado que foi meu genitor.

E, pela primeira vez desde ontem à noite, percebi que poderia ter sido pior. Deixando de lado a terrível coincidência de o "papai" genético e o, ahn, "papai" serem melhores amigos, ao menos meu patrimônio genético parece ser de linhagem nobre, e o Sacha tem meia dúzia de neurônios que funcionam. Quando não estão encharcados de álcool, pelo menos. (Isto, percebo, é uma coisa de que devo me resguardar a partir de agora, pois, ainda na semana passada, li que o vício é transmitido geneticamente.)

A outra boa notícia é que o meu pai biológico é alto. Com uma cabeleira decente e uma cintura decididamente bem definida. E bonitos olhos...

Ah, meu Deus! Levantei-me e me olhei no espelho. E lá estavam elas, as pistas que estiveram ali durante todos estes anos; as pistas reveladoras, postadas com a maior ousadia em duas órbitas, uma de cada lado do meu nariz. Só que ninguém quis ver o que estava bem diante do seu nariz. Inclusive eu.

Portanto, não sou filho de um pisoteador de uvas nem de um bailarino completamente efeminado. Nem de um piloto de avião, nem de um chinês... Sou filho de um inglês bem-nascido, alguém que eu conheço desde pequeno.

O melhor amigo do meu padrasto.

Papai... coitado do papai. De repente, também morri de pena dele. A ideia de a mulher da gente fazer você sabe o que com alguém, ainda mais com o nosso melhor amigo, deve ser quase impossível de encarar. Já foi ruim o bastante quando a Chloë beijou o Cara do Aeroporto e o Michel.

A pergunta é: será que um dia o papai conseguirá perdoar a Helena? Será que eu vou conseguir?

Então me ocorreu que eu e o papai estávamos no mesmo barco furado. Fiquei pensando se ele teria chorado como eu. Por algum motivo, não consegui imaginar isso. Mas, se há alguém tão mal quanto eu, neste momento, é ele.

E então me dei conta – finalmente encontramos um laço que nos une. Não é o futebol nem o críquete, nem os bules de chá que ele gosta de colecionar aos montes; é a Helena, e a dor que ela causou a nós dois.

Minha, hum, progenitora; a mulher dele.

Tentei esvaziar o regador do Fred na boca enquanto pensava e acabei me dando uma refrescante chuveirada facial. E me lembrei de ter ouvido os soluços abafados dela, vindos do terraço, depois que lhe pedi para ir embora ontem à noite.

Tornei a refletir sobre o que ela me dissera.

E aí, pensei em como ela abriu mão da sua carreira brilhante de famosa pessoa superflexível, sob camadas e mais camadas de tule, só para poder ficar comigo.

E aí chorei de novo. Por ela.

Alguns minutos depois, eu havia tomado uma decisão. E comecei a pô-la em prática.

27

Depois de deixar Fabio na locadora de carros, Helena ligou para Angelina, para saber de Alex, e soube que, aparentemente, Viola fora visitá-lo e ele havia saído do quarto para falar com ela.

Uma ida à praia com Immy e Fred preencheu o resto da tarde. Às seis horas, os três voltaram a Pandora e Helena foi direto bater à porta de Alex.

– Sou eu, Alex. Quer me deixar entrar, por favor?

Nenhuma resposta.

– Está bem, querido, eu entendo, mas você deve estar com fome. Vou lhe deixar alguma coisa para comer numa bandeja, do lado de fora da porta. Vou dar banho nos pequenos, ler uma história para eles e pô-los na cama. Depois disso, eu volto.

Às oito horas, sentada sozinha no terraço, ouvindo o silêncio de uma casa que, até a noite anterior, estivera cheia do som de seres humanos felizes, Helena resolveu entrar. A bandeja que deixara permanecia intacta. Ela tornou a bater à porta do filho.

– Alex, querido, saia, por favor. Seus irmãozinhos estão dormindo e não há mais ninguém aqui. Podemos conversar? – implorou.

Nada.

Helena se sentou do lado de fora do quarto, agora aflita em busca de algum tipo de reação do filho.

– Por favor, Alex, só diga alguma coisa para eu saber que você está bem. Compreendo que me odeie e não queira me ver, mas não aguento ficar sem resposta, realmente não aguento.

Nada.

– Está bem, querido. Vou entrar, assim mesmo.

Helena se levantou e experimentou a maçaneta. Ela girou, mas a porta não abriu.

– Alex, querido, vou derrubar esta porta se for preciso. *Por favor!* Fale comigo!

A essa altura, Helena estava desarvorada, com ideias pavorosas começando a lhe passar pela cabeça. Lágrimas de frustração e medo começaram a rolar por suas faces.

– Alex, se você está me ouvindo, abra a porta, pelo amor de Deus!

Quando seus gritos só provocaram um silêncio maior, Helena correu ao terraço, achou o celular na mesa e, com as mãos trêmulas, discou o número de Alexis.

Ele atendeu prontamente:

– Helena?

– Alexis!

– O que foi, Helena?

– Eu... Ah, Alexis, venha aqui, por favor! Preciso de você!

Ele chegou em dez minutos. Helena estava parada nos fundos da casa, à sua espera.

– O que aconteceu?

– É o Alex! Ele não quer abrir a porta do quarto. Acho... Ai, meu Deus – disse, com a voz ofegante –, acho que ele pode ter feito alguma coisa... Por favor, venha logo comigo!

Helena o segurou pelo braço e quase o arrastou para dentro de casa.

– Onde está o William? – perguntou ele, claramente confuso.

– Saiu, foi embora, mas eu tenho que entrar no quarto do Alex agora mesmo! – Ela soluçou, puxando-o pelo corredor em direção ao quarto.

– Calma, Helena! É claro que nós vamos entrar.

Alexis também experimentou a maçaneta e viu que a porta não se mexia. Pôs todo o peso do corpo contra ela, que não abriu, ainda assim. Tentou de novo, mas nada.

– Alex? Está me ouvindo? Responda, por favor! Por favor! – rogou Helena, socando a porta.

Alexis a tirou da frente e, usando toda a sua força, jogou-se contra a porta, que mesmo assim não cedeu.

– Está bem, vou lá fora experimentar a janela.

– Isso! Isso! – exclamou Helena, aliviada. – A veneziana está aberta, eu vi mais cedo.

– Ótimo. Preciso de alguma coisa para subir. A janela é muito alta para

eu enxergar lá dentro. – Correu ao terraço e voltou puxando uma cadeira.
– Pode me dizer o que aconteceu, Helena? – indagou, enquanto encostava
o móvel logo abaixo da janela e subia no assento.

– Eu já lhe conto, mas, por favor, veja se o meu filho ainda está vivo!

– Está bem, está bem – concordou ele. – Estou olhando para dentro...
Espere um instante.

Helena ficou parada abaixo dele, num suspense agonizante.

– Ele está aí, Alexis? Está... Ai, meu Deus! Ai, meu Deus – murmurou
consigo mesma.

Alexis se virou e desceu da cadeira com um suspiro.

– Helena, o quarto está vazio.

28

– A mochila dele sumiu, e o Cê, o coelhinho! – constatou Helena, enquanto tirava tudo de cima da cama.

Era óbvio que Alex havia trancado a porta ao sair, e ela mal havia conseguido entrar pela janelinha, depois de Alexis quebrar uma vidraça para alcançar o trinco por dentro e abri-la.

– Mas por que o Alex fugiu?

– É uma longa história. Precisamos vasculhar o terreno – disse ela, correndo para fora do quarto.

– Acho que o Alex não levaria uma mochila para dar um passeio pelo jardim, Helena.

– Vou olhar mesmo assim, para o caso de ele estar escondido em algum lugar.

Correu freneticamente pelo terreno e pelas construções anexas à casa, vasculhando todos os lugares em que Alex poderia ter se escondido. Alexis tinha levado uma lanterna para examinar as vinhas no escuro, para além da casa, e os dois enfim se reencontraram no terraço.

– Nada. Ele saiu, Helena. Tenho certeza.

– Vou tentar o celular de novo.

Helena pegou o telefone e ligou para o número de Alex. Mais uma vez, foi atendida pela caixa postal.

– Querido, é a mamãe. Por favor, por favor, ligue para mim, só para eu saber que você está bem. Até logo.

Helena se pôs a andar de um lado para outro, tentando acalmar a cabeça para conseguir raciocinar.

– Se você me disser por que ele foi embora – insistiu Alexis –, talvez eu também possa ajudá-la a pensar.

Helena parou de andar e se virou para Alexis:

– Alex descobriu quem é o pai dele, ontem à noite. William também. É por isso que nenhum dos dois está aqui. Eles... me deixaram.

– Entendo. Venha, Helena, você está exausta. Sente-se, por favor. – Alexis a segurou pela mão e a conduziu para uma cadeira. – Vou buscar alguma coisa para você beber.

– Não, não quero. Quero muito um cigarro.

Pegou o maço que ficara na mesa desde a noite anterior e acendeu um.

– E então, esse homem, esse... pai do Alex. Ele não é... – Alexis procurou a palavra adequada – não é uma pessoa benquista pelo seu filho, nem pelo seu marido?

– Não. Não é. Sabe, Alexis – Helena suspirou, já não se importando com o que ele pudesse pensar a seu respeito –, é o Sacha, o marido da Jules, que um dia conheci como Alexander.

– Meu nome, e também o do Alex. – Alexis a fitou, o susto registrado no olhar. – Não, isso não pode ter sido uma boa notícia. Bem, tenho certeza de que há uma explicação, mas talvez esta não seja a hora de discuti-la.

– Não, não é. – Helena deu uma tragada no cigarro. – Você não acha que o Alex faria... alguma coisa estúpida, acha?

– Não, não acho, Helena. Alex é o menino sensato. Talvez precise de um tempo sozinho, para pensar. Eu precisaria se fosse ele.

– Sim, mas ele também é uma criança num país estrangeiro. Para onde é que ele iria?

– Não sei dizer, mas, onde quer que esteja, Helena, ele planejou isso.

– Deixe-me pensar, deixe-me pensar... – Helena pôs as mãos na cabeça. Olhou para Alexis. – Ele não procuraria a Jules, procuraria? Para contar a ela?

– Estive lá mais cedo e o Alex não apareceu, mas – Alexis encolheu os ombros – duvido muito. Eles não são íntimos e ele não gosta do Rupes. Posso ligar para ela se você quiser.

– Não, você tem razão. Ele não iria para lá, e não consigo pensar em mais ninguém que ele conheça aqui, além de você e da Angelina. E se ele estiver com algum problema? E se só tivesse saído para dar uma caminhada e...?

– Por favor, Helena, procure ficar calma. Alex levou uma mochila. Estava preparado para ir embora. A pergunta é: para onde?

– Eu... eu simplesmente... não sei. – Ela suspirou e apagou o cigarro. –

Conhecendo o Alex, ele procuraria um lugar onde se sentisse seguro, um lugar conhecido.

– Que tal a casa dele, na Inglaterra? – sugeriu Alexis.

– Mas como ele chegaria lá? – Helena se levantou de repente. – Ah, meu Deus, o passaporte! Deixe-me verificar!

Disparou para o quarto, no andar de cima, e abriu a gaveta com os passaportes das crianças e as passagens de avião da volta. O passaporte de Alex havia desaparecido.

Desceu correndo.

– Ele o levou. Pode estar em qualquer lugar, em qualquer lugar... – Helena se deixou cair numa cadeira e soltou um soluço.

– Ele tem dinheiro?

– Tem uma conta bancária com um cartão que pode usar para fazer saques, mas não faço ideia de quanto dinheiro tem lá. Não deve ser muito, conhecendo o Alex. O dinheiro vaza dos bolsos dele.

– E o William, onde está?

– Não sei. – Ela chorou.

– Então, vamos descobrir. Você tem que ligar para ele, Helena. Ele precisa saber que o Alex sumiu.

– Ele não vai atender o telefone se vir que sou eu.

– Nesse caso, eu ligo. – Alexis pegou seu celular. – Diga o número.

Digitou e esperou. Uma voz eletrônica informou que o celular estava desligado e que ele tentasse mais tarde.

– E a sua casa na Inglaterra? William estaria lá?

– Se tiver voltado para a Inglaterra, ou ele estará lá ou no apartamentinho que temos em Londres. Tente os dois – pediu Helena.

Mais uma vez, uma secretária eletrônica atendeu as duas ligações. Alexis deixou mais dois recados, pedindo que William lhe telefonasse.

– Quer que eu vá até o vilarejo perguntar se alguém o viu?

– Sim, por favor, Alexis.

– E você precisa ficar aqui, para o caso de ele voltar. Sabe a que horas ele saiu?

– Em algum momento depois de uma da tarde, depois que a Angelina foi para casa. Eu nunca deveria ter levado o Fabio a Paphos ou ido à praia, mas não achei que ele fosse fugir, eu...

– Helena, você precisa ficar calma, tanto pelo Alex quanto por você.

– Segurou as mãos dela nas suas e as apertou com força. – Vamos encontrá-lo, eu prometo.

Alexis voltou do vilarejo cerca de uma hora depois, e Helena vasculhou seu rosto, ansiosa, em busca de notícias.

– Ninguém o viu. Vamos tornar a procurar amanhã. Por enquanto, não há muito que possamos fazer.

– Então, devemos chamar a polícia, não é?

– Helena, já passa da meia-noite. Não há nada que eles possam fazer agora. Vamos ligar amanhã. – Alexis olhou para ela e estendeu a mão para lhe afagar a face. – Minha Helena, talvez o melhor que você possa fazer seja dormir. Vai precisar de todas as suas forças.

– Eu não conseguiria dormir, Alexis. Simplesmente não conseguiria!

– Mas vai tentar, por mim. Venha, vamos ver.

Pegou-a pela mão, levou-a para a penumbra da sala e insistiu em que ela se deitasse no sofá.

– Você fica aqui um pouco? – pediu ela. – Pelo sim, pelo não...

– É claro. Estou aqui, como sempre – respondeu ele baixinho.

– Obrigada – disse ela, com a voz débil, enquanto os olhos se fechavam.

Alexis permaneceu sentado em silêncio, enquanto Helena dormia. Lembrou-se da noite, talvez uns quinze anos antes, em que a vira dançar *O pássaro de fogo* com o balé La Scala, no anfiteatro em Limassol. Ao vê-la no palco, mal pudera crer que aquela criatura extraordinária, que mantinha duas mil pessoas enfeitiçadas, um dia fora a jovenzinha que ele tanto havia amado.

É claro que Helena nunca soubera da presença dele. Mas Alexis nunca havia esquecido aquela noite. E agora, sozinho a fitá-la, soube que, o que quer que ela houvesse feito desde então, seu coração nunca deixaria de amá-la.

Helena acordou com um sobressalto e descobriu que era de manhã. Sentou-se e estendeu a mão diretamente para o celular. Havia uma mensagem. Com o coração na boca, ela a abriu:

"Considerando as circunstâncias, quero iniciar as providências do divórcio o mais rápido possível. Por favor, me informe sobre seu advogado. W"

Helena tornou a desabar no sofá, em desespero.

Alexis ligou para a polícia local, enquanto Angelina, com a angústia estampada no rosto, levou as crianças pequenas para sua casa no vilarejo. Helena andava de um lado para outro no terraço, ligando a intervalos de poucos minutos para o celular de Alex, como se fosse um mantra.

William também não havia retornado as ligações de Alexis. Helena tentara falar com ele nas duas casas na Inglaterra, mas fora atendida pela secretária eletrônica. Depois disso, tinha ligado para Jules e Sadie. Simplesmente não havia sinal dele.

Helena viu Alexis receber o policial em sua radiopatrulha e conduzi-lo ao terraço.

– Helena, este é um grande amigo meu, o sargento Korda. Ele vai fazer todo o possível para ajudar a encontrar o Alex para você.

– Olá – disse Helena, levantando-se e procurando se recompor, ciente de que corria o risco de começar a gritar a plenos pulmões e não conseguir mais parar. – Sente-se, por favor.

– Obrigado. – O policial assentiu. – Falo um pouco de inglês, mas, se o Alexis souber dos detalhes, pode me dizer em grego. Será mais rápido.

– Sim. Gostaria de beber alguma coisa?

– Água, por favor.

Helena buscou uma jarra e copos na cozinha. Ao levá-los para fora, escutou Alexis explicar a situação em grego, mas se recolheu de novo à cozinha e passou algum tempo cuidando da arrumação – qualquer coisa para lhe tirar da cabeça aquela angústia.

Acabou voltando para o lado de fora. O sargento Korda estava de pé, pronto para ir embora. Sorriu para Helena.

– Muito bem, tenho os detalhes. Vamos precisar de uma fotografia do seu filho. A senhora tem alguma?

– Sim, na minha carteira. Vou buscá-la.

Helena correu até o quarto para pegar a bolsa. Encontrou a carteira dentro dela e tornou a descer, voando.

– Está aqui, em algum lugar – disse.

Abriu e mexeu nas diferentes divisórias da carteira.

– Pronto.

Entregou o instantâneo ao sargento Korda, os olhos marejados à visão das queridas bochechas rosadas e do sorriso franco do filho.

– Esta foi tirada há um ano. Ele não mudou muito desde então.

– Obrigado. Vou entregá-la aos nossos policiais.

– Espere um minuto... – Helena deu outra olhada na carteira. – Parece que meu cartão de débito desapareceu.

– Débito? – Korda olhou para Alexis com ar intrigado.

Alexis traduziu o significado.

– Tem certeza de que não está mesmo aí?

– Sim. O senhor acha que o Alex pode tê-lo levado? – Helena o fitou. – Ele sabe a minha senha, porque às vezes lhe peço para sacar dinheiro para mim, quando vamos ao centro da cidade.

– É uma ótima notícia – disse Korda, com um aceno de cabeça. – Se o seu filho tiver usado o cartão, podemos rastrear o local. Escreva aqui os detalhes do banco, por favor.

Helena os rabiscou no bloco do sargento.

– E também os seus endereços na Inglaterra. Vou falar com a polícia britânica. Vamos verificar todos os voos do aeroporto de Paphos a partir das quatro da tarde. E, como a senhora não está conseguindo entrar em contato com o seu marido, vamos sugerir que a polícia vá às suas duas casas, para ver se o Alex está lá.

– Muito obrigada por tudo, sargento Korda – disse Helena, depois de anotar os detalhes pedidos por ele e de acompanhá-lo de volta ao carro de patrulha. – Lamento muito todo este problema. Não é culpa do meu filho, é inteiramente minha.

Quando o carro se afastou, Alexis envolveu Helena em um braço consolador e disse:

– Agora, preciso ir ao escritório ver meus e-mails, além de tomar um banho e trocar de roupa. Volto bem depressa. Você fica bem aqui sozinha, por uma hora?

– Sim, é claro que fico. Obrigada por tudo, Alexis.

– Você sabe que sempre pode contar comigo, Helena. Até logo. Volto assim que puder.

Ela o viu caminhar para o carro, voltou para o terraço e se sentou. Tentou falar com Alex, com William, com a Casa dos Cedros e o apartamento de Londres mais uma vez. E continuou sem resposta.

Notou uma das camisetas de Alex pendurada no varal. Levantou-se e a pegou, aspirando o cheiro ainda presente do filho. Fechou os olhos e rezou.

Minutos depois, um carro estacionou e Jules apareceu no terraço.

– Só estou dando uma passada para saber se há alguma notícia do Alex.

– Não. Nenhuma.

– Ah, Helena, que coisa terrível para você. Lamento muito. Você está sozinha?

– Sim.

– Onde está o William?

– Não sei. – Ela estava cansada demais para mentir.

– O que você quer dizer com isso?

– Ele foi embora – veio a simples resposta de Helena. – Não sei para onde foi.

– E o Alex também desapareceu? – Jules a encarou. – Há alguma coisa que você não está me contando, Helena. Vamos, desembuche.

– Agora não, Jules, por favor. É uma longa história.

Helena não conseguia olhá-la nos olhos.

– Então, vou ter que juntar as peças sozinha. É óbvio que você lhes disse alguma coisa que eles não sabiam ou eles a descobriram por acaso. Qual das duas?

– Podemos parar por aí, Jules? Não posso lidar com isso agora, não posso mesmo – implorou Helena.

– Não. Não podemos. Porque tenho a impressão de que sei o que é.

– Não, acho que você não sabe.

– Bem – retrucou Jules, falando devagar –, se eu lhe disser que, quase com toda certeza, o vagabundo do meu quase ex-marido está na raiz disso tudo, acho que estaria certa, não é? Hein?

Helena levantou a cabeça e olhou para Jules, admirada.

– Está tudo bem, Helena. Eu sempre soube de você e do Sacha. Ah, e depois, do Alex – acrescentou.

Helena ficou perplexa demais para falar. No fim, conseguiu soltar um estrangulado "Como?".

– Bem, era bastante óbvio, quando ele voltou de Viena, que havia acontecido alguma coisa enquanto estava lá. Conhecendo o Sacha como eu conhecia, era quase certo de que se tratava de uma mulher. Para começar, ele não havia entrado em contato comigo mais que umas duas vezes depois de sair da Inglaterra. Justiça seja feita, nossa relação havia chegado a um ponto crítico. Fazia cinco anos que estávamos casados na época, e eu já sabia que tinha havido pelo menos umas duas aventuras. Ele estava infeliz, os quadros não vendiam, e eu trabalhava horas intermináveis na agência imobiliária. Assim, decidi que nós dois precisávamos de espaço e sugeri bancá-lo por um ano no exterior, enquanto ele cursava mestrado. Pelo menos, a qualificação talvez o habilitasse a trabalhar numa galeria ou, mais tarde, quem sabe, atuar como professor. E depois, você conhece o velho ditado, Helena: quem ama dá liberdade. Foi o que eu fiz.

– Deve ter sido um grande sacrifício para você, Jules.

– Sim, mas eu também sabia como era o Sacha. Ele é completamente incapaz de se virar sozinho. Eu tinha esperança de que, em Viena, percebesse quanto precisava de mim e voltasse com o rabo entre as pernas. Antes de ele viajar, falei que não estava mais disposta a suportar a galinhagem dele. É claro que eu não esperava que ele conhecesse você. Ou que eu me descobrisse grávida do Rupes, logo depois de ele partir. Para ser franca, passei algumas semanas hesitando muito, sem saber se devia interromper a gravidez e nem ao menos contar ao Sacha. Se eu tivesse feito isso, ele nem teria percebido. Mas, como você sabe muito bem, Helena, quanto mais o tempo passava, mais aquela coisinha dentro de mim se tornava real. Por isso, no fim, escrevi para o Sacha em Viena e lhe contei que devia voltar para casa, pois havia um bebê a caminho. Quando ele chegou, eu sabia que já não dava para voltar atrás. Eu ia ter o bebê.

– Ah, meu Deus... – murmurou Helena, em parte para si mesma.

– Nas primeiras semanas, foi quase como se ele não suportasse me ver. Ficava zanzando, desorientado, e passava a maior parte do tempo trancado no estúdio, pintando. Achei mesmo que ele estava prestes a me deixar.

Jules olhou para Helena e disse:

– Estou com sede. Posso pegar uma água?

– Sim, é claro – sussurrou Helena.

Jules se levantou e entrou na casa, enquanto Helena permanecia perfeitamente imóvel, com o cérebro entorpecido demais pelo choque para pensar.

– Mudei de ideia – afirmou Jules. – Nós duas vamos tomar uma taça de vinho. Já passa do meio-dia, de modo que não precisamos nos sentir culpadas. Tome. Tenho certeza de que você também precisa disto.

Pôs uma taça diante de Helena, bebeu um gole do seu vinho e se sentou.

– Obrigada – fez Helena.

– Enfim, um dia, entrei no estúdio dele para lhe perguntar alguma coisa. Ele não estava lá. Tinha saído para uma de suas longas caminhadas. Era comum desaparecer por horas a fio. E lá, em cima da mesa, estavam os mais fabulosos esboços a lápis de uma bailarina. E todos se chamavam "Helena".

Apesar de se sentir enjoada, Helena tomou uma golada do vinho.

– Acho que piquei todos em pedacinhos. Foi realmente uma pena, porque aqueles esboços de você dançando foram a melhor coisa que Sacha produziu na vida, sem comparação. Ele nunca foi muito talentoso, você sabe, mas ficou claro que o amor o tinha inspirado. Naquela noite, eu me preparei para um confronto. Sabia que ele devia ter encontrado os esboços rasgados no chão do estúdio. Para minha surpresa, quando entrou, ele me tomou nos braços. Pediu desculpas por andar tão distante e explicou que havia uma coisa que ele precisara entender. Nunca foi explícito, mas ambos sabíamos de que e de *quem* ele estava falando.

As duas passaram um tempo sentadas em silêncio, cada qual perdida em suas próprias lembranças do mesmo homem.

– Enfim – prosseguiu Jules –, nos dias seguintes, começamos a conversar sobre o futuro. Sacha sabia que tinha que arranjar um emprego em horário integral, porque eu precisaria parar de trabalhar quando o bebê nascesse, pelo menos por algum tempo. E a pintura dele não conseguiria alimentar nem uma família de ratos, que dirá de seres humanos. Assim, ele telefonou para alguns velhos amigos de Oxford e fez umas entrevistas no centro financeiro. Acabou recebendo uma oferta de emprego de uma empresa corretora de valores que o pai dele havia utilizado durante anos. Rupes nasceu e o Sacha se firmou no trabalho, e estava indo muito bem, aliás. Como você pode imaginar, todo aquele charme natural e a boa aparência dele faziam maravilhas com as velhinhas com dinheiro para investir.

Jules revirou os olhos, enojada, e bebeu mais vinho.

– E então, passados três anos, logo depois de adotarmos a Viola, ofereceram ao Sacha a oportunidade de se mudar para Cingapura. Eu queria desesperadamente que ele aceitasse a oferta, para podermos realmente ter um novo começo. Adorei morar lá, e ele também. Estava tudo ótimo... até voltarmos para o seu casamento, alguns meses depois. Eu a reconheci de imediato como a mulher dos esboços, e a expressão no rosto do Sacha, ao ver você trotando a caminho do altar, foi única! – Jules deu uma risadinha amarga. – Mesmo que eu não soubesse antes, aquilo teria bastado para me convencer de que houvera alguma coisa entre vocês dois.

– Santo Deus, Jules, eu lamento muito, muito – Helena conseguiu dizer. – Nunca percebi que você sabia.

– E por que perceberia? – retrucou a outra em tom brusco. – Pelo que pude depreender no casamento, vi que eu estava certa. Um dos convidados me falou que você era ex-bailarina e o William, no discurso que fez, contou que vocês haviam se conhecido em Viena, porque o Sacha tinha sugerido que ele fosse lá encontrar o amor... – Jules estremeceu de leve. – Depois, quando, na recepção, vi o Alex andando atrás de você feito um querubinzinho perdido... eu soube no mesmo instante. Embora o Alex não se pareça muito com o Sacha, tem os olhos do pai.

– Sim. Tem.

Helena ergueu os olhos para aquela mulher assombrosa, sentada à sua mesa, a explicar calmamente que sabia de tudo, e sempre soubera.

– Eu não sei o que dizer, Jules, exceto que lamento terrivelmente qualquer sofrimento que eu tenha lhe causado. Não é desculpa, mas o Sacha nunca me contou que era casado. Disse que se chamava Alexander. Na verdade, não me falou quase nada sobre a vida dele na Inglaterra.

– Isso está longe de me surpreender – retrucou Jules, com uma bufadela. – Estou certa de que ele gostou de se reinventar por completo, na época, e por esquecer, convenientemente, que era casado.

– Você acha que o Sacha sabia que era eu que ia me casar com o William?

– Quando recebemos o convite, eu me lembro de nós dois olhando para o seu nome, junto ao do William: Helena. Tenho certeza de que ele pensou, tal como eu, que seria coincidência demais se fosse *você*.

– Foi, e é. E, se ele tivesse sabido... Sempre me perguntei por que ele nunca tentou entrar em contato comigo e me avisar.

– Bem, se a minha vontade era que ele e você sofressem, ver vocês dois no dia do seu casamento foi um ótimo presente. E depois, quando o Sacha viu o Alex pela primeira vez, naquele dia... bem... – Jules balançou a cabeça e deu um suspiro. – Tenho certeza de que foi um inferno, especialmente para você, Helena. Afinal, eu sempre soube, mas o William não sabia.

– E você não falou para o Sacha que achava que o Alex era filho dele?

Helena ficou estarrecida.

– O fato de ser quase certo que o Alex era filho do meu marido foi um choque, sim, mas de que adiantaria dar pulos de raiva e me divorciar dele? Era óbvio, considerando que nós nos encontramos pela primeira vez minutos depois de você se casar com o melhor amigo do Sacha, que eu não precisava temer que vocês fugissem juntos. Naquele momento, vi quanto você e o William se amavam.

– Sim, nós nos amávamos, ou, pelo menos... – Helena se interrompeu. – Eu ainda o amo. Sinceramente, não sei como você conseguiu lidar com tudo isso, Jules. Eu não teria conseguido.

– É claro que eu preferiria que você não tivesse tido um caso tórrido com o meu marido, enquanto eu estava sozinha na Inglaterra, grávida e infeliz, mas você tem que lembrar que eu *sabia*. Saber é poder, e foi decisão minha ficar com ele. Para começo de conversa, ser mãe solteira era algo que não me atraía. Essa eu deixei para você – acrescentou. – Eu queria um pai presente para o meu filho. E, como eu já lhe disse antes, naquela época eu amava o Sacha. Ele era um homem falho, carente, mas não escolhemos a quem amar, não é mesmo? E você, mais do que qualquer pessoa, sabe disso. Suponho que também tenha amado o Sacha, não?

– Um dia, sim, amei.

– Sempre tive muita pena de você, Helena, ao vê-la vivendo uma mentira. Então, me conte: como foi que o William descobriu?

– Fabio, meu antigo parceiro de dança, veio se hospedar aqui. Sacha estava comigo numa antiga fotografia de Viena que ele mostrou ao William.

– Nossa! Ele está zangado? Aposto que sim.

– Pediu o divórcio. Recebi uma mensagem hoje de manhã.

– Uma reação instintiva compreensível – confirmou Jules, com frieza. – E o Alex? Ficou horrorizado ao pensar no Sacha como seu pai?

– Sim. Foi por isso que ele fugiu. A polícia acabou de sair daqui. Agora a busca se deslocou para a Inglaterra.

– Alex vai aparecer. Vai superar o choque e perdoá-la. Ele adora você. E então, o que acontece agora? Com o William e eu fora da jogada, suponho que os dois antigos amantes possam retomar sua *grande paixão*.

– Não, Jules, eu...

– Helena, sinta-se à vontade para ficar com ele, de verdade. Eu caí na real há muito tempo, como diria o Rupes. Esse divórcio foi a melhor decisão que já tomei. Em retrospectiva, eu não fazia ideia de quanto aquele sacana egoísta me deixava infeliz. Se você o quiser, tenho certeza de que ele está disponível.

Sacha sempre acreditou que você era o amor da vida dele. Vejo isso toda vez que ele olha para você. Se bem que, na realidade, tenho minhas dúvidas se o Sacha é capaz de amar alguma outra pessoa que não ele mesmo.

– Eu juro a você, Jules, que a última pessoa do mundo com quem eu quereria estar é o Sacha. Ele mentiu para mim, desapareceu feito fumaça e me abandonou em Viena. Para falar sem rodeios, tenho dificuldade até de estar no mesmo ambiente que ele. Eu amo o William, e quero muito, muito, que ele volte... Desculpe. – Helena enxugou as lágrimas com um gesto ríspido. – Não tenho o menor direito de chorar. Você deve me odiar.

– Eu odiei a mulher dos esboços naquele dia, sim, mas como poderia odiar você, Helena? Você é uma pessoa genuinamente boa, que por acaso tem uma capacidade inata de fazer os homens se apaixonarem por você. Mas isso está longe de ter lhe trazido felicidade, não é? Na verdade, parece que não trouxe nada além de caos e sofrimento.

– Eu... – O celular de Helena tocou e ela o pegou no mesmo instante. – Alô? William, você soube? Alex desapareceu e... é mesmo?... Ah, graças a Deus, graças a Deus! Sim, eu vou. Posso falar com ele? Está bem, eu entendo. Só diga a ele que eu mandei um beijo, então. Tchau. – Ela largou o celular na mesa e pôs a cabeça entre as mãos. – Graças a Deus, graças a Deus! – foi repetindo, enquanto lágrimas de alívio sufocavam sua fala.

– Alex foi encontrado? – perguntou Jules.

– Sim, está com o William na Inglaterra. Ah, Jules, graças a Deus!

Jules se levantou e se aproximou de Helena. Pôs os braços em torno dos ombros dela.

– Pronto, pronto, passou – acalmou-a. – Eu falei que ele ia ficar bem, não falei? Ele é um sobrevivente, assim como o pai. Por falar no Sacha, eu o pus para fora de casa ontem à noite. Ele chegou da Inglaterra com o Rupes, sem ser convidado, bêbado feito um gambá, como de praxe, e implorando para que eu o aceitasse de volta. Foi mesmo uma grande satisfação dizer-lhe para cair fora. Ontem ele deve ter dormido embaixo de uma videira. Nossa, ele estava com um fedor horroroso, Helena. – Jules torceu o nariz. – Ele precisa seriamente de ajuda, mas, por sorte, já não sou eu quem vai persuadi-lo a procurá-la.

– Não. – Helena só a ouviu em parte, aliviada de saber que Alex estava seguro e bem na Inglaterra com William.

– Então, estamos indo embora daqui a uns dois dias. Achei uma casinha para alugar que é uma graça, perto da nova escola do Rupes. Não é exatamente aquilo a que estávamos acostumados, admito, mas já entrei em contato com uns corretores e tenho duas entrevistas de emprego engatilhadas. Vai me fazer bem voltar a trabalhar, e na vizinhança há também uma boa escola primária para a Viola.

– Pensei que você tivesse adorado o Chipre.

– Adorei, mas, vamos ser francas, Helena: eu estaria simplesmente fugindo. E tenho que pensar nas crianças.

– É, tem – concordou Helena. – Eu... Você vai contar a elas que o Alex é filho do Sacha?

– Não. Acho que eles já têm problemas de sobra neste momento. E depois, o trabalho de dar a má notícia a eles é do Sacha, não meu, embora eu tenha certeza de que ele não vai fazer isso. É covarde demais. Então... – Jules deu um suspiro. – Está na hora de dizer adeus. Obrigada por seu apoio neste verão, Helena. Talvez, agora que as tensões foram eliminadas, possamos ser amigas de verdade. Não suma, sim?

– Não, é claro que não. Se bem que só Deus sabe onde vou morar.

– Ah, eu não me preocuparia com isso – disse Jules, em tom descontraído, ao se levantar. – Ao contrário do Sacha, o William ama você demais para largá-la. Até breve... *ciao*.

DIÁRIO DE ALEX

14 de agosto de 2006

Bem.

Foi uma aventura, isto é certo. Nas últimas 24 horas, eu me transfigurei, passando de um garoto gorducho e desconhecido de 13 anos, sem características distintivas, a um ladrão rebelde em fuga. Que está na lista de desaparecidos da Europa inteira.

Fico pensando se terão entrado em contato com a Interpol. Espero sinceramente que sim, já que isso cairia muito bem na minha futura biografia.

Depois de concluir que havia encontrado um jeito de matar dois coelhos com uma cajadada só, agi depressa. Eu sabia onde a mamãe guardava o meu passaporte, além de seu cartão de débito e de um maço de libras cipriotas. Liguei para a empresa de táxi que ela usa e arranjei um motorista muito simpático, que falava um pouco de inglês, para me levar ao aeroporto de Paphos. No caminho, fiz um grande alarde para dizer que havia uma emergência na Inglaterra – usei a saúde delicada da minha já falecida avó, que Deus a tenha – e, ao chegarmos lá, até eu acreditava que só restavam algumas horas de vida para ela. E o taxista também.

Dei-lhe uma gorda gorjeta e perguntei se ele poderia me ajudar a comprar uma passagem para o voo seguinte para a Inglaterra, no balcão da Cyprus Airways, já que eu não falava grego. E eu lhe disse que meu pai, que ia me encontrar no aeroporto, tinha acabado de me mandar uma mensagem dizendo que estava atrasado e que eu comprasse logo a passagem. Já havia verificado que crianças com mais de 12 anos podiam viajar sozinhas em algumas companhias aéreas, mas outras insistiam em que elas fossem acompanhadas por um adulto.

Aí, o destino interveio. Eu tinha sido simpático com uma senhorinha meiga que estava na minha frente na fila do check-in. Colocara a mala dela na máquina de pesagem e depois a ajudara quando ela se atrapalhou, com as mãos trêmulas e delicadas como um pássaro, procurando o passaporte e a passagem na carteira de plástico. E os entreguei junto com os meus à funcionária da companhia aérea. Em seguida, deram-nos assentos juntos e, durante a longa espera no salão de embarque, viramos grandes amigos. Ao embarcarmos, usando a mesma técnica que eu havia empregado no check-in, entreguei nossos dois passaportes, deixando evidente para a moça que fazia as verificações que eu estava cuidando da minha companheira. Torcendo para ela acreditar que era uma parenta idosa minha. As avós – mortas, agonizantes ou vivas – foram de extrema utilidade no meu plano de fugir de volta para a Inglaterra.

Por sorte, ao entrarmos no avião, minha "avó emprestada" adormeceu imediatamente ao meu lado. O que me deu o tempo de que eu precisava para pensar, enquanto fazia a viagem de volta para casa. Ideias que nunca haviam entrado na minha cabeça até então.

Na minha fervorosa busca da vida inteira para descobrir meu verdadeiro patrimônio genético, eu não tinha visto o que estava bem embaixo do meu nariz.

Portanto, voltei à Inglaterra.

Estou aqui por mim, e por ela.

Prestes a embarcar na conversa mais importante da minha vida até hoje.

Preciso salvar a pátria.

Porque eu amo minha mãe.

E

Meu pai.

29

William acendeu o fogo, pôs a chaleira para preparar um chá e olhou para o jardim pela janela da cozinha. Os balanços e o trepa-trepa de Immy e Fred estavam num canto, e a adorada pistola d'água de Fred – quase do tamanho dele – estava onde ele a deixara cair na grama pela última vez.

Quando William e Helena a compraram, pouco antes de se casarem, a Casa dos Cedros, nos arredores do belo vilarejo de Beaulieu, em Hampshire, estava um caco. Aos poucos, eles a haviam trazido de volta à vida. Como isso tinha sido logo depois do divórcio de William e antes que sua carreira como arquiteto realmente decolasse, os dois tiveram que se apertar e economizar para transformar o que fora uma casa eduardiana de tijolos vermelhos, bastante austera e escura, em algo especial. Por sorte, a construção não era tombada, de modo que eles tiveram liberdade para fazer as modificações que William queria. Ele havia projetado a extensão enorme e arejada da cozinha de modo que fosse possível acessar, sem qualquer interrupção, o terraço e o jardim, passando pelas portas francesas de vidro, que iam do piso ao teto. William também ampliara os cômodos apertados e escuros, derrubando paredes internas e permitindo que a luz entrasse em abundância. Uma vez terminada a obra estrutural, Helena tinha feito um trabalho magnífico com a decoração. Ela era dotada de um talento natural para misturar cores e tecidos e para escolher móveis adequados ao espaço, aos quais fora fazendo acréscimos, no correr dos anos, através de garimpos em antiquários e em diversas férias no exterior. Os dois conseguiram transformar o que era um amontoado de tijolos num lar eclético e acolhedor.

William teve um calafrio. Sempre sentira muito orgulho do que eles haviam realizado ali, mas, nesse dia, a casa parecia desolada.

Foi à geladeira, com sua porta coberta por ímãs que prendiam os desenhos de Immy e Fred, e pegou o leite que havia comprado no posto de gasolina, a caminho de casa. Supunha que, tal como havia acontecido ao desmoronar seu primeiro casamento, ele perderia a casa no divórcio – ou para Helena ou teria que vendê-la para outra família mais feliz. Pensar nisso causou outra rachadura em seu coração já machucado.

– Alex, o chá! – gritou para o alto da escada.

– Estou indo, pai – respondeu Alex.

William atravessou a cozinha, abriu as portas e foi para o terraço salpicado de sol. Sentou-se no banco de ferro batido que se aninhava numa glicínia de 100 anos e era ladeado por um canteiro de rosas de perfume adocicado. Enquanto sua dona estava fora, as flores haviam se empanturrado de luz e sol. Agora, estavam gordas, estufadas e com necessidade urgente de uma poda.

– Obrigado, pai. – Alex levou seu chá para o lado de fora e se sentou junto de William.

– É esquisito estar em casa, não é?

– Sim – concordou Alex. – É por causa do silêncio. Até hoje, eu não me dava conta de como nós todos somos barulhentos.

– Você deve estar cansado, depois da sua jornada épica.

– Na verdade, não. Foi meio... empolgante.

– Bem, por favor, não a repita. Nunca dirigi tão depressa na minha vida. Cheguei aqui apenas dez minutos antes de você.

– Você estava no apartamento de Londres, quando a polícia chegou? – indagou Alex.

– Estava. Quando eles subiram a escada da entrada, tenho de admitir que imaginei o pior. Eles me disseram que você havia pegado o voo noturno para Gatwick ontem à noite e que o avião tinha pousado pouco antes da meia-noite. Mas não sabiam aonde você tinha ido desde então.

– Desculpe.

– Tudo bem. Achei mesmo que você viria para cá.

– Bem, se eu soubesse que você estava em Londres, teria ido direto para lá. Tive que passar a noite na estação de Waterloo, porque perdi o último trem para Beaulieu por algumas horas. Foi bem assustador, na verdade – comentou Alex. – Uma porção de sem-tetos bêbados e eu.

– Com certeza.

Os dois tomaram seu chá num clima amistoso.

– Como está a mamãe? – perguntou Alex.

– Melhor, agora que sabe que você está em segurança, mas é óbvio que ela estava fora de si.

– É... Foi uma sujeira danada o que eu fiz, mas tive minhas razões.

– Como ela ficou quando *eu* saí? – indagou William, com cautela.

– Péssima. Foi ao meu quarto se explicar. Contou o que aconteceu quando eu nasci. Sabia que ela quase morreu depois que me deu à luz?

– Não, não sabia, mas é óbvio que há uma porção de coisas que eu não fiquei por perto para escutar.

– Você acha a mamãe uma pessoa má?

– Não, realmente não.

– "Mentirosa e infiel"?

William olhou para Alex.

– Você estava escutando.

– Sim. Desculpe.

– É claro que eu não penso isso de verdade. Eu só estava... com muita raiva, só isso. Ainda estou.

– Também fiquei com raiva. Tipo, megafurioso. Agora estou mais calmo – disse Alex, meneando a cabeça em sinal afirmativo.

– De que jeito?

– Acho que a compreendo.

– Compreende que a sua mãe tenha mentido para você *e* para mim durante todos esses anos?

– Bem, justiça seja feita, ela não mentiu para mim, exatamente, só... não me contou.

– Não, suponho que não.

– Fiquei pensando, no avião, no que eu teria feito no lugar dela – ponderou Alex.

– E?

– Acho que eu também teria mentido. O que você teria feito?

William deu de ombros.

– Sinceramente, não sei.

– Aí é que está, não é? Tipo assim, ninguém sabe o que vai fazer numa situação dessas, até... vivenciá-la.

– Suponho que sim. – William deu um suspiro. – Mas isso não faz diferença, acho. Lamento ter que lhe contar isto, Alex, mas eu disse à sua mãe que estou tomando providências para o divórcio.

– Tudo bem. Eu entendo.

– Entende?

– Sim, mas é uma pena. Você ama a mamãe e ela é fissurada em você, especialmente agora que não precisa mais mentir. E, quanto à Immy e ao Fred, bem, também não vai ser uma maravilha para eles. Mas, se eu fosse você, provavelmente faria a mesma coisa. – Alex chutou com o tênis o musgo que crescia por entre as pedras do piso. – Quer dizer, é uma coisa tipo orgulho masculino, não é?

– Bem, um pouco, eu acho – admitiu William.

– Se você pensar bem, tipo assim, todo esse negócio aconteceu antes mesmo de vocês se conhecerem. A mamãe não saiu com mais ninguém nem fez nada de ruim depois de vocês se casarem, fez?

– Não que eu saiba. É bem possível que ela tenha estado... com *ele*, desde então. E, até onde eu sei, pode ser que ainda seja apaixonada por ele.

William se sentia pasmo por estar tendo esse tipo de conversa com um garoto de 13 anos.

– Se ela quisesse ficar com ele, não acha que ela já teria largado você há um tempão? Não. – Alex balançou a cabeça. – Não é ele que ela ama, ela ama *você*.

– Ainda assim, ela mentiu para mim durante todo o nosso casamento, Alex.

– Acho que sim, mas nós dois sabemos por que ela fez isso. Papai – Alex olhou para William –, você ama a mamãe?

– Você sabe que sim.

– Então, por que quer se divorciar dela?

– Alex, sei que você é maduro para a sua idade, mas há umas coisas, de fato, que você simplesmente não entende.

– Bem, eu entendo que você tem a alternativa de se divorciar da minha mãe. Eu não tenho. Estou empacado com ela para sempre. Então, me diga por que isso é pior para você do que para mim. Também tenho que lidar com o fato de que o Sacha é meu pai biológico.

– Sei que tem.

– *E* de que ele deixou a mamãe na pior quando ela estava grávida. Além disso, andei pensando...

– Continue.

– Bem, a mamãe falou que ele disse a ela que se chamava Alexander Nicholls.

– Sei o que isso parece, mas, justiça seja feita, esse é o nome verdadeiro dele, de certo modo.

– Mas todo mundo o conhece como Sacha Chandler. Tipo assim, desde sempre. Então, por que ele teria feito isso?

– Não sei, Alex. Talvez estivesse tentando criar um alter ego artístico.

– Bom, eu acho que ele estava escondendo coisas da mamãe de propósito. Afinal, ele já era casado com a Jules na época. Pense bem, como é que a mamãe ia saber que ele era o seu melhor amigo? Até ela... ahn... *descobrir*?

– Entendo o que você está dizendo, Alex, mas, no momento em que soube, ela devia ter me contado. A questão é que ela não confiava em mim. Para ser franco, jamais confiou.

– Pode ser, mas não sei. – Alex soltou um suspiro. – Talvez ela só ache difícil confiar nas pessoas, em geral. Ela parece ter tido uma infância bem ferrada. Com uma mãe que não a queria de verdade, ao que parece. Teve que se virar sozinha.

– É. Pelo pouco que ela contou, parece que isso não foi bom.

Os dois ficaram em silêncio.

– Sabe o que é o pior de tudo? – disse Alex, algum tempo depois, levantando os olhos para William. – Rupes é meu meio-irmão! Isso acaba comigo. Fico arrasado por nós termos a mesma ascendência. Mas nós temos.

– Os genes são uma coisa engraçada, Alex.

– É, mas, como eu não posso me divorciar da minha mãe e ir embora, tenho que aceitar isso. E o fato de o Sacha ser meu pai biológico. Por mais que você esteja com raiva, porque seu melhor amigo teve uma aventura com a minha mãe, isso foi *antes* de você a conhecer. O fato de ele ser... ou ter sido... o seu melhor amigo deve significar que existe *alguma coisa boa* nele. Só por vocês terem o mesmo gosto em matéria de mulher, isso não faz o Sacha virar outra pessoa, assim de repente, faz? Ele continua a ser exatamente o mesmo que sempre foi. A mamãe também. A única diferença é que você... você e eu agora sabemos o segredo.

William se virou devagar para Alex e balançou a cabeça.

– Quando foi que você se tornou tão sensato?

– Está nos meus genes. Se bem que talvez não esteja. – Alex encolheu os ombros e deu um risinho.

– Agora você vai querer procurá-lo?

– Você diz, como meu "pai"? Criar um vínculo com ele, essa coisa toda?

– Sim.

– Quem sabe? Vou ter que pensar nisso. No momento, eu o detesto pelo que ele fez, mas pode ser que, quando eu superar isso, sinta uma coisa diferente. Isso é irrelevante, de qualquer maneira. – Alex suspirou. – Sempre foi assim, mas eu só me dei conta agora.

– O que quer dizer?

– Tipo, lembra quando eu caí daquele trepa-trepa – Alex apontou para o fundo do jardim – literalmente de cabeça e você teve que me levar correndo para o hospital?

– É claro que lembro. Sua mãe estava grávida da Immy. Achei que ela era capaz de entrar em trabalho de parto, ao ver o sangue que jorrava da sua cabeça.

– E lembra quando você me ensinou a andar de bicicleta? Você foi andando comigo até as quadras de tênis, ao longo da rua, e tirou as rodinhas. Depois, correu comigo, dando voltas e mais voltas, me segurando e bufando e perdendo o fôlego, até me soltar e eu sair me equilibrando sozinho.

– Eu lembro – retrucou William.

– E aquela vez, quando eu não entrei no time de rúgbi do Colts A, e fiquei, assim, aborrecido? E você me contou que não tinha sido escolhido para o time de críquete da sua escola e tinha sentido a mesma coisa, mas aí, no ano seguinte, você entrou, lembra?

– Sim. – William assentiu.

– Papai?

– Sim?

– Sabe, a questão é que... – Alex pegou a mão de William e a apertou. –É que *você* é que é o meu pai.

30

Jules se foi logo depois de receber a notícia de que Alex estava bem, e Helena resolveu deixar a dissecação *daquela* conversa para outro dia. O fato de a sua vida estar em frangalhos se tornava insignificante, comparado à notícia de que o seu filho estava em segurança.

Depois de informar a todos que Alex estava bem, Helena subiu para tomar um banho. Saiu revigorada e desceu para telefonar para Angelina pedindo que ela trouxesse Immy e Fred de volta, assim que fosse conveniente. Precisava desesperadamente ouvir as vozes dos filhos. O silêncio implacável da casa continuava a lhe relembrar o que ela havia perdido e o futuro sombrio que agora teria que enfrentar.

Enquanto esperava, foi até a rede e se deitou, cansada demais até para pensar. Sabia que precisava de descanso para desanuviar a mente aturdida. Fechou os olhos e cochilou, reconfortada pelo balanço suave. Depois, ouviu um carro estacionar e abriu um olho, achando que devia ser Angelina com as crianças. Já estava a meio caminho da escada para o terraço quando Sacha apareceu, fazendo a curva.

– Olá, Helena.

– O que você quer? – Helena passou por ele e entrou na casa.

– Um vinho serve, ou uísque, se você tiver – brincou ele, indo atrás dela para a cozinha. – Imagino que tenha sido superdivertido por aqui, depois que a merda finalmente foi jogada no ventilador, não é? Fui até lá em casa agora há pouco, para me despedir das crianças, e a Jules me contou que o William já sabe.

– É, pode se chamar de diversão. Ou então de "as piores 24 horas da minha vida". Alex fugiu e faz apenas uma hora que eu soube que ele estava em segurança.

– Eu soube que ele está na Inglaterra com o William.

– Sim.

Helena entregou-lhe uma taça de vinho.

– Obrigado.

Sacha a bebeu com sede e a devolveu, para que fosse prontamente reenchida.

– O que você veio fazer aqui? – perguntou ela, desconfiada.

– Não é óbvio? Vim ver você – respondeu Sacha.

Aproximou-se enquanto ela recolocava a garrafa de vinho na geladeira e a envolveu pela cintura.

– Onde estão os pequenos?

– Voltam a qualquer momento com a Angelina. – Helena tentou se soltar dos braços dele. – Me largue, Sacha!

– Helena, não lute comigo – fez ele, roçando-lhe o pescoço com os lábios. – Passamos anos esperando por este momento, não foi, gata?

– Não! Pare com isso! – Ela se soltou com um safanão. – De que diabo você está falando?

– Helena, você deve saber o que senti por você durante todos estes anos. Tive que ver você com o William, o tempo todo desejando que fosse minha. Lembra-se de Viena? Foram as semanas mais lindas da minha vida. Agora, não há nada que nos impeça de ficarmos juntos. Estamos livres, meu anjo.

Avançou na direção dela, mas Helena se esquivou.

– Só o que me lembro é de um homem que prometeu voltar e nunca voltou.

– É por isso que está zangada? Ainda, depois de tantos anos? Você com certeza entendeu por que eu não podia voltar, não é? Jules estava grávida. Dificilmente eu poderia largá-la, não acha? Nunca deixei de pensar em você, nem por um momento.

– E eu nunca deixei de pensar que você esqueceu de mencionar que era casado.

– Tenho certeza de que devo ter falado. Você apenas não quis ouvir.

– Não! Não se *atreva* a vir para cima de mim com essa merda! Você não me disse. E nunca mais ouvi uma palavra sua, depois que você foi embora.

– Devo ter lhe escrito para explicar, não?

– Ah, pelo amor de Deus, Sacha! – Helena bateu a porta da geladeira com força. – Você é realmente patético.

– Você não ama o William, ama, Helena? Ele apenas estava lá por acaso, para resgatá-la quando você precisou.

– Não estou interessada na sua opinião.

– Ele pediu o divórcio? Aposto que sim. O bom e velho Will, com sua honestidade impecável. Só Deus sabe como nos tornamos melhores amigos. Não poderíamos ser mais diferentes – disse Sacha, com a fala engrolada.

– Cale a boca, Sacha! Sempre amarei o William, estejamos juntos ou não.

– E o Alex? E quanto a ele? O garoto é meu filho, afinal. Fiquei longe até agora, por razões óbvias, mas pode ser que eu queira conhecê-lo um pouco melhor.

– Eu... – Helena fez todo o possível para controlar a fúria. – Eu ficaria muito grata se você se abstivesse de entrar em contato com o Alex. Se ele quiser conhecer você é outra história.

– Ele é meu filho. Posso fazer o que eu quiser.

Helena sentiu a mão coçar de vontade de esmurrar aquela cara empapuçada e egoísta, mas percebeu que confrontar Sacha não a levaria a parte alguma.

– Está bem. Nesse caso, peço que você o deixe em paz, ao menos até que ele tenha tido tempo para entender tudo isso. Eu lhe imploro, pelo bem da sua família. Se não por mim, pelo seu melhor amigo, que está se sentindo muito traído.

– Então, você continua a protegê-lo – fez Sacha, batendo palma lentamente. – Parabéns, Helena. Você sempre gostou mesmo de ser a perfeita, não é? Terei que contar a verdade a Jules, é claro.

– Vá em frente. Ela já sabe – retrucou Helena, com displicência.

O susto transpareceu no rosto de Sacha.

– Como?

– Ela soube assim que me viu, no dia do meu casamento. Acha que o Alex tem os seus olhos.

– Merda! Eu não fazia ideia. – Sacha se sentou de repente. – Ela nunca me disse uma palavra.

– Não. Na verdade, a sua mulher é mesmo incrível. Amava você o bastante para fechar os olhos para sua traição e, ao que parece, para outras além dessa. É realmente espantoso.

– Bem, isso faz com que eu me sinta um perfeito sacana. Você deve concordar, não é?

Helena se recusou a morder a isca.

– O que eu acho é que hoje sou uma pessoa diferente de quem eu era em Viena. O problema é que você continua exatamente o mesmo.

Sacha deslizou a mão pelos cabelos avermelhados e sebentos.

– Quer dizer que, mesmo que você estivesse sozinha, não pensaria em tentarmos de novo?

Helena fez o máximo para não soltar uma risada histérica.

– A resposta curta para isso é não. Já lhe disse: eu amo o William. Sempre amei, e se acabou a história. Mesmo que não o amasse, ainda me sentiria do mesmo jeito. Desculpe.

– Ora, vamos, meu anjo, você só está zangada por eu não ter voltado para você.

– Pode pensar o que quiser, Sacha, mas não existe futuro para nós dois. Nunca. Está bem?

– Estou entendendo – disse ele, com um aceno da cabeça. – É cedo demais, só isso. Eu devia ter esperado uns dias para vir procurá-la. Você está em choque por causa do que aconteceu. – Sacha se levantou. – Não vou desistir de você, gata, não vou mesmo.

– Faça como lhe der na telha, Sacha. Mas eu lhe juro que está perdendo seu tempo. Você tem um filho e uma filha, para não mencionar sua mulher, cujas vidas você destruiu, recentemente. Talvez esteja na hora de crescer e começar a assumir a responsabilidade por eles. E por *você mesmo*.

– Está bem, Helena, mas aposto que você vai mudar de ideia, quando sentir a brisa fria da solidão. Não a imagino ficando muito tempo sem um homem. Não faz o seu estilo, não é?

Helena ignorou o veneno dele.

– Acho que está na hora de você se retirar.

– Ótimo. Estou indo. – Levantou-se e foi até a porta, oscilando.

Depois, virou-se, com uma expressão subitamente contrita no rosto.

– Me perdoe, meu anjo, por favor.

– Já perdoei. Há muito tempo.

– Eu a amo, você sabe. Amo mesmo.

– Até logo, Sacha. Tenha uma vida boa.

Ela o viu cambalear para o carro alugado e entrar.

– Acho que você não devia dirigir! – gritou-lhe da porta dos fundos, mas sabia que o conselho entrara por um ouvido e saíra pelo outro, pois a porta do carro bateu e Sacha partiu a toda velocidade ladeira acima.

Helena experimentou uma súbita onda de alívio. Seja lá o que o futuro lhe reservava, ao menos o passado tinha sido enterrado.

DIÁRIO DE ALEX

14 de agosto (continuação)

Deixei o papai pensando.

Depois da nossa conversa, ele ficou muito calado. Em seguida, disse que precisava cortar a grama. Fiquei o observando da janela do meu quarto. Ele passou horas a bordo do seu precioso cortador de grama, girando em círculos e mais círculos pelo jardim, até subjugá-lo de tanto cortar. Foi a primeira vez que tive pena de talos de grama. Depois disso, ele entrou. Está lá embaixo, em algum lugar, mas sinto que não devo perturbá-lo. Agora está escurecendo e nossa casa permanece em silêncio. Não estou acostumado com isso, e não gosto.

Queria que ele se apressasse e decidisse o que vai fazer: "*Divorciar-me ou não me divorciar. Eis a questão.*"

Então eu poderia descer e pegar um macarrão instantâneo, que é a única coisa existente no armário da cozinha. Verifiquei antes, e agora estou morrendo de fome!

Assim, fico matutando, para passar o tempo: qual é a dos homens com os sentimentos? A terrível verdade é que acho que a maior parte da turma do meu gênero preferiria acabar morta a admitir que está se borrando de medo. Depois, penso nas trincheiras da Primeira Guerra Mundial e em toda aquela gente morta. Aqueles homens pareciam subir pela borda das trincheiras como se estivessem partindo para um aprazível passeio matinal pelo campo.

– *Estou indo, capitão!*

– *Sim, Jones, divirta-se. Dê uma palavrinha a Deus por mim, quando encontrar com Ele, sim?*

– *Eu dou, capitão. Adeus, capitão!*

E lá se ia o Jones, para ser crivado de buracos de bala ou sobreviver com um ou dois membros a menos, e com a cabeça tão ferrada quanto o corpo.

Nossa, sinto vontade de chorar, só de pensar naqueles pobres coitados. Caminhando para a morte inevitável. Passados mais de cem anos, estremeço só de pensar, porque sei que, se fosse eu, ia me mijar todo e me debulhar em lágrimas feito um chorão. Provavelmente, eles teriam que me arrastar para me fazer sair da trincheira, e depois me deitar do lado de fora, comatoso, para ser usado como treino de tiro ao alvo.

O que me traz de volta ao meu principal tema de reflexão do momento: o que as mulheres querem de nós?

Vejamos a Chloë, o Amor da Minha Vida (até agora), a princípio enrabichada por aquele descerebrado do Rupes; adorando o andar arrogante e a neandertalidade encorpada dele, sem nunca duvidar de que ele seria capaz de matar um mamute com um só golpe, jogá-lo em cima do ombro e levá-lo para casa, para a caverna primorosamente decorada dos dois.

Aí, depois de um amasso rápido com o Cara do Aeroporto, ela se virou num instante para o "Michelle". Apesar de ele ser um cara legal, aquele jeito dele de empinar a motoneta no cascalho para se exibir, quando chegava, me diz que, a despeito do nome afeminado, ele seria considerado "colhudo", "cabra-macho", ao passo que tudo que tenho na categoria "C" é... humm, o Cê – de Coelhinho.

Sou um homem de tato e sensibilidade. E, caramba, como quero tatear e sentir a Chloë! Mas não só física, como afetivamente também.

Será que o fato de eu ter empatia me torna pouco atraente?

No entanto... Todas as minhas fontes de informação no assunto – em especial, um artigo que li ontem no avião da volta para casa, intitulado "As cinco razões principais do divórcio", cortesia do *Daily Mail* – me levaram a crer que as mulheres querem um homem que as "entenda" em termos afetivos.

Como a Sadie faz com a mamãe, ou seja, elas querem um homem que seja a melhor amiga delas.

Mas como é que nós, homens, podemos ser as duas coisas? Encarnar a quintessência das qualidades masculinas e femininas ao mesmo tempo?

O que me parece é que, na verdade, as mulheres não sabem o que querem. O que significa que nós, homens, nunca poderemos acertar de verdade.

E o papai, com toda a certeza, é completamente masculino...

Bem, só espero que a mamãe saiba o que *ela* quer.

Também espero ter conseguido transmitir a minha visão ao papai. Depois de todo aquele tempo no cortador de grama, ele deve estar pensando na mamãe e em mim, e na Immy e no Fred, e agora, espero, na Chloë também.

Na nossa família.

Ela pode ser meio heterodoxa, mas isso não a torna ruim nem errada. Somos a melhor família que eu conheço. No avião para casa, andei rememorando quanto nos divertimos, todos nós. Quanto rimos. E quanto eu gosto dele – do meu pai. Foi preciso um pai "verdadeiro" para me fazer perceber quanta saudade vou sentir da chamada versão falsa, se de repente ela não estiver mais por perto.

E pode ser que não esteja.

Se optar pelo D maiúsculo.

Ele sempre me tratou como filho. Não tenho nenhum tipo de tratamento especial. O fato de ele ficar frustrado quando tenho um dos meus rompantes não é por eu não ter o seu sangue, mas simplesmente porque sou filho dele e sei ser irritante. E ele fica irritado, como ficaria, *naturalmente*, qualquer genitor consanguíneo.

Ele – o William – não é perfeito. Tem suas falhas. Como todos nós, seres humanos imperfeitos. Inclusive minha mãe.

Mas ela e ele são mais bons que maus. E talvez seja só isso que se pode esperar, porque eu me dei conta de que estamos todos em algum lugar de um espectro, com preto num extremo e branco no outro. A maioria de nós parece se situar num ponto mais ou menos no meio, descambando para um lado e outro numa margem estreita.

E, desde que nenhum de nós fique perto demais de um dos extremos, acho que somos basicamente legais. E eu, a mamãe e o papai, e até o Sacha e o terrível Rupes (por ora) estamos em algum lugar da área central.

Colo mentalmente os caquinhos da estátua da minha mãe, mas deixo o pedestal para lá. De agora em diante, ela se apoiará nos próprios pés. No chão: nem santa nem pecadora.

Apenas um ser humano, como o meu pai.

E *se* – e este é um grande *se* – ele decidir que pode engolir o orgulho e aceitar a minha mãe de volta, vou perguntar se ele quer me adotar. Vamos fazer isso nos termos legais e, como marca do meu respeito e do meu amor, vou trocar meu nome pelo dele e finalmente ser um membro de sobrenome completo da nossa família.

Alexander R. Cooke. Como eu queria que ele andasse logo e fizesse o que manda o meu novo sobrenome, ou seja, cozinhar. Não como desde ontem, no avião.

Então, era isso: passei a vida inteira procurando uma coisa que achava que queria... e, agora que a tenho, não a quero de jeito nenhum. Nem um pouquinho.

Só quero voltar ao que tinha antes.

Espere aí! Papai está batendo à minha porta. Fico com o coração na boca. Quer dizer, não de verdade. Se estivesse mesmo com o coração na boca, eu o comeria.

– Entre.

Papai enfia a cabeça pela porta.

– Está com fome? – pergunta.

– Pode apostar que sim – respondo.

– Está a fim de uma comida indiana?

– Sim, claro.

– Andei pensando que devemos comer alguma coisa inglesa enquanto podemos – retruca ele, brincando.

– Por quê?

Ele desvia os olhos por um momento, depois dá um sorriso.

– Vamos voltar à Terra do Queijo Feta e do Molho de Cocô de Peixe amanhã de manhã. Já reservei nossas passagens de avião.

31

Helena despertou para outro dia lindo, pasma por ter dormido tão bem – e, ironicamente, por se sentir tão serena.

Levantou-se da cama, pôs a malha e as sapatilhas de balé e desceu para o terraço. Iniciou os *pliés* e seu corpo assumiu o controle, automaticamente, o que liberou seu cérebro e lhe permitiu pensar.

A casa... Pandora... o instinto que ela tivera a respeito de voltar ali fora acertado. A caixa tinha sido aberta; seu conteúdo empoeirado fora vomitado pelos cantos escuros e saíra voando livremente, provocando caos e sofrimento. No entanto, assim como no mito, ainda restava uma coisa: a esperança.

Já não havia segredos, nada a esconder e nenhuma sombra a persegui-la. Fosse lá o que viesse a acontecer – e ela reconhecia quanto tenderia a ser pavoroso um mundo sem William –, ao menos seria verdadeiro. Dali em diante, ela se ergueria ou ruiria sustentando a verdade.

Alexis chegou às dez horas, quando Helena, Immy e Fred tomavam um tardio café da manhã no terraço.

– Oi, Lexis – disse Fred. – Toxe pesente pa mim?

– Fred! – ralhou Immy. – Ele pergunta isso a todo mundo que chega, e é muito feio.

Alexis deu dois beijos calorosos nas faces de Helena.

– Como você está?

– Muito melhor. Obrigada por toda a sua ajuda e me desculpe por ter trocado as bolas naquela noite.

– Sejam quais forem as "bolas", entendo por que você as trocou. Quando um filho está sentindo dor ou correndo perigo, é a pior coisa que existe. Eu sei – disse ele.

– Café, Alexis? – perguntou Immy, com ares de importância, segurando o bule.

– Sim, eu gostaria muito, Immy.

– Vou pegar uma xícara limpa na cozinha – disse ela, descendo da cadeira.

– Eu vou também. – Fred seguiu a irmã para dentro de casa.

– Seus filhos são um encanto, Helena, são mesmo.

– Para quebrar a monotonia, concordo. Eles têm sido particularmente angelicais nas últimas 24 horas.

– Talvez saibam que a mãe deles estava precisando disso.

– Estava mesmo. Você tem razão.

– E então, quando o Alex volta?

– Não sei. Mandei uma mensagem ontem à noite, perguntando se ele queria que eu fosse para casa. Ainda não recebi nenhuma resposta. Tenho certeza de que ele continua muito zangado comigo. Pelo menos, sei que está seguro.

– Quer dizer que você logo pode estar indo embora daqui?

– Se o Alex precisar de mim na Inglaterra, sim, é claro que eu vou.

– Helena, se você vai partir, há uma coisa que preciso lhe mostrar.

Ela fitou sua expressão séria.

– O que é, Alexis?

– Vim aqui muitas vezes para lhe contar, mas... – ele deu de ombros – o momento nunca parecia adequado. Angelina está em casa?

– Sim, lá em cima, arrumando as camas.

– Será que ela cuida das crianças? Preciso levar você a um lugar. Não se preocupe, não é longe.

– Alexis, por favor, nada de más notícias. Eu não aguentaria – gemeu ela.

– Não. – Alexis pôs a mão em seu ombro, para acalmá-la. – Não é uma notícia ruim. É só uma coisa que você precisa saber. Confie em mim.

– Está bem. Vou falar com a Angelina e saímos.

– Aonde é que você está me levando? – perguntou ela, minutos depois, quando Alexis a conduziu para a piscina.

– Você vai ver.

Ele atravessou a área da piscina e, no extremo oposto, soltou e retirou um painel da cerca de madeira que separava o terreno de casa do olival que cercava Pandora.

– Puxa vida, nunca notei que havia esse portão aqui! – comentou Helena.

– Não, não era para notar. Era segredo.

– Quem o pôs aí? – perguntou ela, seguindo Alexis por entre as árvores.

– Paciência, Helena, por favor.

Continuaram andando por algum tempo, encontrando o caminho sob os galhos do denso olival, até entrarem numa pequena clareira. Pararam lado a lado, contemplando as montanhas que os cercavam, as oliveiras que desciam pela encosta até o vale, lá embaixo, e a linha fina e cintilante do mar ao longe.

– Era isso que você queria me mostrar, Alexis?

– O lugar é este, sim. – Virou-se um pouquinho para a direita e apontou. – Mas foi *aquilo* que eu a trouxe para ver.

Helena seguiu a direção do dedo de Alexis e caminhou até lá.

– Ah, que linda! É uma estátua de Afrodite, não? – perguntou, postada diante dela.

– Não. Não exatamente.

Helena olhou para ele.

– Então, de quem é, e o que está fazendo aqui?

– Olhe para a base da estátua, Helena. Veja o nome.

Ela se curvou.

– Mal consigo ler, está muito desgastado.

– Consegue se tentar.

Helena afastou as folhas que se haviam juntado em volta do pequeno pedestal e passou um dedo sobre a inscrição:

– Há um "I" e um "E"... e um "N"... e a primeira letra é "V". Eu... – Ela ergueu os olhos para Alexis, confusa. – Está escrito *Vivienne*.

– Sim.

– Vivienne era o nome da minha mãe.

– É, isso mesmo.

– O que quer dizer isso? É para ser uma estátua dela? Esculpida como Afrodite?

Helena deslizou a mão pelo rosto de alabastro.

– Sim.

– Mas por quê, Alexis? E por que aqui?

– Angus mandou esculpi-la depois que ela morreu – explicou Alexis. – Este aqui, segundo contou minha avó Christina, era o lugar favorito da sua mãe.

– Mas... – Helena pôs a mão na testa. – Sei que ela vinha regularmente ao Chipre, e que o adorava, mas eu... – Ela olhou para Alexis e, de repente, compreendeu. – Você está querendo dizer que o Angus era apaixonado pela minha mãe? É isso mesmo?

– Sim, Helena. Vivienne foi hóspede de Pandora muitas vezes. Era conhecida aqui na casa e no vilarejo.

– Verdade? Então... deve ser *por isso* que tantos moradores daqui disseram que eu os fazia lembrar alguém. Sei que dizem que me pareço com ela.

– Parece. Minha avó mal pôde acreditar na semelhança, quando esteve aqui naquela noite.

– Eu a vi aqui, nas fotografias antigas que tiramos do quarto de guardados. Então – agora a mente de Helena corria em disparada –, todas aquelas cartas que o Alex encontrou foram escritas para ela? Era ela a mulher misteriosa?

– Era, sim.

– Como você sabe disso tudo?

– Helena, minha avó trabalhou aqui por quase trinta anos. Ela via tudo. E aquelas cartas... elas foram devolvidas ao Angus pelo seu pai.

– Então, ele sabia?

– Com certeza, se mandou as cartas de volta.

– Bem... – Helena suspirou, tentando dar sentido ao que Alexis lhe contara. – Para ser sincera, meus pais nunca pareceram muito íntimos, quando eu era pequena. Meu pai passava cada vez mais tempo no Quênia. Eu raramente o via.

– Talvez fosse um arranjo conveniente para os dois. Todo casamento é diferente, afinal – acrescentou Alexis.

– Pode ser, mas por que o Angus e minha mãe nunca ficaram juntos? Pelas cartas que escreveu, é evidente que ele a adorava.

– Quem há de saber, Helena? Nós dois sabemos que há muitas razões pelas quais pessoas que se amam passam a vida separadas – comentou ele, em voz baixa.

Helena contemplou as folhas secas caídas das oliveiras. Segurou uma entre os dedos, apalpou sua aspereza.

– Angus deixou tudo para mim.

– É, deixou.

– Eu era afilhada dele.

– Era. E...

– O quê, Alexis?

– Christina sempre se perguntou se você era mais do que isso.

– O que está tentando dizer?

– Acho que você sabe, Helena.

– Sei, sim – murmurou ela.

– Aquelas cartas foram devolvidas logo depois do seu nascimento. Minha avó se lembra disso vividamente. Encontrou o Angus soluçando diante da escrivaninha. Sua mãe nunca mais voltou aqui.

– Mas eu voltei. E... – Helena vasculhou a memória. – Foi apenas alguns meses depois de meu pai morrer.

– Talvez, ao ser mandada para cá, você tenha se tornado a maneira pela qual sua mãe pôde demonstrar o amor dela.

– Por que ela não veio comigo?

– Não sei, Helena. Talvez ela tenha achado melhor não reacender a chama. Talvez a vida aqui não lhe conviesse, como não teria sido conveniente a você.

– Talvez... mas agora nunca poderei perguntar a ela. Nem descobrir quem foi meu pai, realmente.

– Isso tem importância? Angus a amava como se você fosse filha dele. Deu-lhe Pandora de presente. Espero que isso lhe mostre que todos têm segredos, Helena. Ninguém é como nós supomos que seja.

– Sim, você está certo. Você tem algum segredo? – perguntou ela, com um sorriso irônico.

– Nenhum que eu esconda de você. Mas da minha mulher, sim. Ela não sabia por que eu não conseguia amá-la o bastante. Ainda me culpo por isso. Venha, temos que voltar. – Alexis lhe ofereceu o braço.

– Obrigada por ter me mostrado isto – disse ela, enquanto os dois refaziam o caminho para casa.

– Bem, podemos dizer que isso é que é pôr uma mulher num pedestal! – Ele riu.

– E isso, Alexis – disse Helena, suspirando –, é uma coisa muito perigosa.

Depois que Alexis foi embora, Helena foi à cozinha e encontrou Immy e Fred à mesa. Sentou-se, subitamente exaurida pelas últimas revelações.

– Você voltou! A gente fez uma coisa com mel que é grudenta à beça, e dentro a gente botou comida de passarinho! – contou Immy, confundindo granola com alpiste.

– Eu tamém azudei a fazer, Immy – acrescentou Fred.

– Mamãe, você está com uma cara esquisita. O que foi?

Immy subiu no colo de Helena e a abraçou.

– Mamita, você tá quisita! – imitou-a Fred, divertindo-se com a rima e dando risada.

Também tentou subir no colo e Helena o puxou para o pedacinho de joelho que Immy não estava ocupando. Abraçou os dois bem apertado.

– A gente ama você, mamãe – disse Immy, beijando-a no rosto. – Não ama, Fred?

– É, ama – concordou ele.

– E eu também amo vocês. – Helena retribuiu os beijos nas bochechas pegajosas. – O que acham de irmos à praia, turminha?

– Sim, vaaaamos! – veio a resposta em coro.

Voltaram quando o sol começava a se pôr. Helena alimentou os pequenos, deu-lhes um banho e colocou o DVD da *Cinderela* para os dois na sala de estar.

Subindo com uma taça de vinho para a varanda do quarto, viu que já anoitecia, embora mal passasse das sete horas.

O verão estava chegando ao fim.

Será que ela poderia viver ali, ponderou, pensando que não era bem-vinda na Casa dos Cedros?

A resposta era não. Como Helena soubera, já se iam tantos anos – e talvez sua mãe também, antes dela –, estava destinada a viver em outro lugar.

Onde, com quem e como, era um mistério...

A solidão a inundou nesse momento e a saudade do marido e do filho doeu-lhe fisicamente.

Foi vagando para dentro, fechou as portas da varanda, tomou banho e se sentou à penteadeira, escovando o cabelo.

Ao largar a escova, deslizou os dedos pelos arabescos da incrustação de madrepérola na tampa da caixinha de joias que Alexis havia resgatado do monte de lixo.

– A Caixa de Pandora – murmurou.

E então as viu.

Sutilmente entrelaçadas na decoração da tampa da caixa, ali estavam a inicial do seu nome e as dos nomes de seus pais.

As lágrimas lhe afloraram espontaneamente aos olhos.

Algum tempo depois, ela desceu para dar uma olhada nas crianças. Estavam absortas na *Cinderela*, de modo que as deixou por lá e foi para o terraço. Sobressaltou-se de medo ao ver duas figuras emergindo das sombras que se assomavam, subindo a escada que vinha da piscina.

– Oi, mãe. O papai e eu pensamos em dar um mergulho rápido, para refrescar da viagem.

– Alex!

– É. Sou eu. Não me abrace. Estou molhado.

– Não faz mal.

– Está bem.

Andou para os braços abertos da mãe, que o apertou com força.

– Como você está, querido? – perguntou ela.

– Bem, muito bem. – Fitou-a, confirmando com os olhos verdes vivos que estava bem. – Amo você, mamãe – cochichou.

– Também amo você, Alex.

– Cadê os pequenos?

– Vendo um DVD na sala.

– Prometi à Chloë que ia dar uma chance aos filmes da Disney, então lá vou eu. Até já.

Alex entrou em casa encharcado e Helena não gritou para que ele tomasse cuidado para não molhar o frágil sofá adamascado. Porque não tinha a menor importância se o molhasse.

– Olá, Helena.

Ela estava tão engasgada que não conseguiu falar.

William se postava à sua frente, também encharcado da piscina.

– Como vai? – perguntou ele.

– Bem.

– É mesmo? Então, por que está chorando?

– Porque, se você veio aqui só para acompanhar o Alex, e está quase saindo de novo, eu... eu não vou suportar.

– Não. Posso ao menos passar a noite? Ver a Immy e o Fred?

– Sim – concordou ela, desolada –, é claro que pode.

– E talvez ficar amanhã também? E no dia seguinte?

– Eu... – Ela o olhou, ainda sem ter certeza do que William queria dizer.

– Helena, você tem... *nós* temos um filho incrível. Ele... o Alex me mostrou o caminho de volta. Para você.

– Mostrou?

– Foi. E... – a voz de William embargou – nunca mais quero ir embora. Eu amo você.

– E eu o amo, querido. Acredite, eu amo você.

Estavam a dez passos um do outro, ambos desejando que não houvesse distância alguma a separá-los.

– Helena, você só tem que me prometer uma coisa: chega de segredos. Por favor, me conte agora se há mais alguma coisa que eu deva saber.

– Na verdade – respondeu ela, devagar –, hoje aconteceu uma coisa aqui.

– Foi? – Os músculos do rosto de William ficaram tensos.

– Foi, sim. – Ela meneou a cabeça em sinal afirmativo. – E é um grande segredo. Talvez o maior de todos. E...

– Ah, meu Deus! O que é?

Nesse momento, Helena sorriu, e seus olhos azuis se iluminaram enquanto ela caminhava lentamente para o marido.

– Mal posso esperar para lhe contar tudo.

DIÁRIO DE ALEX

25 de agosto de 2006

Amanhã vamos para casa.

Digo, a *nossa* família.

Vamos deixar Pandora e a caixa dela para trás.

Mamãe me contou tudo sobre ela – a caixa, quero dizer. E me levou para ver a estátua da vovó nua no olival.

Mesmo sendo moralmente repreensível, todas as pessoas envolvidas já morreram. Menos minha mãe, que parece estar muito bem com isso, de modo que talvez seja uma coisa bonita.

Temos algo em comum agora, minha mãe e eu.

Gosto disso.

E depois, arranjei dois pelo preço de um: *"Descubra quem é seu pai e leve o vovô de graça!"*

Fico feliz por Angus e eu provavelmente sermos aparentados. Ele era um homem de verdade, fazendo coisas de macho, tipo cometer loucuras e comandar exércitos. Ao mesmo tempo, chorava como uma garota e sabia amar.

Há mais alguém com quem quero me parecer, além do meu pai.

O pessoal dos crachás na escola, assim como o advogado, já foram devidamente informados. "Beaumont-Cooke", é esse o nome. Resolvi honrar meu pai e minha mãe. Na situação atual, foi o que me pareceu justo, senão a mamãe poderia se sentir excluída.

Papai e eu estaremos oficialmente "casados" daqui a alguns meses, mas, por enquanto, vou funcionar ilegalmente com meu sobrenome, quando começarem as aulas.

Pondero se estou triste por ir para casa.

Concluo que não.

Eu menos tirei férias do que estive numa corrida de obstáculos emocional, mental e física. Na verdade, nossa família inteira passou por uma aula de ginástica braba e suarenta, a qual espero que tenha preparado todo mundo para seguir em frente e encarar o futuro.

Ontem também tive uma conversa franca com meus pais sobre a situação escolar iminente. Revelou-se que minha mãe está apavorada com a minha partida e que o papai está sinceramente orgulhoso por eu ter conseguido a bolsa, e acha que essa é uma oportunidade fantástica.

Os dois achavam que eu realmente queria ir. Expliquei que pensava que eles queriam que eu fosse. Então, o resumo é que eu vou. Pelo menos por um ou dois períodos. Se detestar tudo, posso sair e voltar para casa.

Agora que entendi que eles não vão fazer uma comemoração para todos os amigos e parentes no meu quarto vazio, na noite em que eu e meu baú formos deslocados para o meu novo Armário das Vassouras, estou muito mais relaxado com a coisa toda. Compreendo que eles só querem o melhor para mim.

Também cresci nestas últimas semanas. *Literalmente*.

Quando a mamãe tirou as últimas medidas para aquele uniforme escolar horrendo que encomendou para mim, eu media quase 1,65 metro.

Então, reflito, o que aprendi nestas férias?

Que existem todos os tipos de amor, e que ele vem em toda sorte de moldes e formas.

Pode ser conquistado, mas não comprado.

Pode ser dado, mas jamais vendido.

E, quando está presente de verdade, ele gruda para valer.

Esse tal de amor.

Alex

Pandora, Chipre
19 de julho de 2016

Virei para a página seguinte e vi que o resto do diário estava vazio. Quem o lesse no futuro poderia pensar que eu tinha morrido no dia seguinte.

Dei uma espiada no relógio e vi que era meia-noite, hora local. Peguei o diário e tornei a entrar em Pandora, fechando as venezianas atrás de mim. Este simples ato me lembrou quantas coisas mudaram desde a última vez que estive aqui. Agora sou eu o adulto, aquele que assume responsabilidades e a quem elas são confiadas.

Andando pelo corredor, hesitei na base da escada, passei por ela e segui até meu Armário das Vassouras. Ao abrir a porta, acendi a luz e o ventilador elétrico, que gemeu com o esforço de girar, depois de tantos anos ocioso.

Não havia lençóis na cama de campanha – *nem* meias-calças – para me proteger de alguma coisa que pudesse me picar durante a noite.

Desde a última vez que estive aqui, fiz uma viagem à América do Sul e passei quatro longas noites numa cabana na Amazônia. Estive diante de aranhas do tamanho de pratos de jantar e de baratas voadoras que dariam uma refeição decente para duas pessoas. Agora, os mosquitos são uma mera irritação.

Tirei a roupa, apaguei a luz e me deitei. Senti a atmosfera de Pandora me envolver. Rostos do passado surgiram como um desfile atrás das minhas pálpebras fechadas. Fizeram me lembrar que todos os protagonistas que desempenharam um papel naquele verão dramático, dez anos atrás, deveriam estar de volta aqui em menos de 48 horas. Exceto um...

Então mergulhei num sono profundo e sereno e, para quebrar a monotonia, não tive sonhos de que me lembrasse ao acordar. Procurei meu telefone para verificar a hora e vi que já eram dez da manhã. Levantei, contornei a cama no espaço exíguo e subi para tomar um banho, numa água fria de rachar. Já vestido, preparei uma xícara de café e parei para bebericá-lo na porta dos fundos, piscando como um míope à luz inclemente da manhã.

Resolvi então subir e arejar os quartos, livrá-los do seu odor de casa desabitada. Não é que nenhum de nós tenha passado dez anos longe de propósito. É só que... foi assim que as coisas aconteceram.

Abrindo as venezianas na passagem de um quarto para outro, fiquei satisfeito ao ver que as camas já estavam arrumadas com capricho, com lençóis brancos limpos e toalhas dobradas nos pés de cada uma. Angelina parece ter feito um trabalho primoroso nos cuidados com Pandora ao longo dos anos, e emergi no terraço pensando no que devia fazer a seguir. Ouvi barulho de pneus no cascalho, virei-me e vi uma caminhonete branca se aproximando da casa. Duas figuras conhecidas saíram dela e caminharam na minha direção.

– Alex! Meu Deus! Será que é você mesmo?

Um Alexis cuja estatura parecia haver encolhido se aproximou de mim. Quando me envolveu num abraço de homem, notei que o fitava olho no olho.

– Sim, sou eu mesmo – garanti.

– Como é que vai? Faz tempo demais. Mas eu compreendo as razões – suspirou. – E, é claro – fez sinal para que a mulher timidamente parada atrás dele se achegasse –, está lembrado da Angelina?

– É claro que sim. Na minha opinião, as habilidades dela no forno até hoje não encontraram rival. Sorri.

– Olá, Alex – disse ela, beijando-me nas duas faces. – Ora, você virou um homem muito bonito. Me lembra o Brad Pitt!

– Lembro? – respondi, e concluí que gosto ainda mais dela do que me recordava.

– Sim. Pois então, tenho muita comida na caminhonete e preciso começar a preparar as coisas na cozinha para amanhã.

– Quem sabe você possa me ajudar a descarregar o vinho e os copos, Alex?

Fomos todos para o carro e, enquanto carregávamos a comida, as caixas de vinho e os copos para o depósito nos fundos da casa, estudei o Alexis. Acho que os anos foram gentis com ele, e as luzes prateadas que agora salpicam sua cabeleira negra lhe dão certa sobriedade.

– Vamos para a cozinha beber uma água – sugeriu Alexis, ao largarmos o último de muitos caixotes, ambos banhados em suor.

Angelina já estava na geladeira, guardando queijos e salames. Com surpresa, vi Alexis se aproximar dela, pôr as mãos nos seus ombros e beijá-la no alto da cabeça, ao estender a mão lá para dentro e pegar a garrafa de água.

– Tome – disse, entregando-me um copo d'água.

– Obrigado.

– Alex, você está parecendo confuso. O que foi?

– Eu... Vocês estão... juntos?

– Sim. – Ele sorriu. – Quando Pandora não precisou mais da ajuda da Angelina, depois que sua família foi embora, eu a empreguei como governanta lá em casa. E uma coisa levou a outra. Nós nos casamos em 2010 e eu me tornei pai novamente dois anos atrás, justamente no dia do meu aniversário de 50 anos! – Alexis abriu outro sorriso. – Tenho mais um filho.

– Eu vivo numa casa cheia de homens! – riu-se Angelina, feliz. – Agora, eu pediria para vocês deixarem minha cozinha, para eu poder começar a preparar o banquete.

– E eu preciso voltar ao escritório – disse Alexis, consultando o relógio. – Venha dar uma olhada na vinícola – dirigiu-se a Alex –, quando tiver tempo. O terreno dobrou de tamanho e o Dimitrios trabalha comigo, produzindo e vendendo o vinho.

– E o Michel? – indaguei, meio hesitante.

– Ele cuida das vendas da companhia pela internet. Somos uma empresa verdadeiramente familiar. Você ainda verá meus filhos hoje, porque ainda temos muito mais coisas para fazer aqui. Me ligue se precisar de qualquer outra coisa, Alex, e mais tarde estou ansioso para saber da *sua* vida nos últimos dez anos.

Vi-o jogar um beijo para a mulher, cujos olhos negros o seguiram amorosamente quando ele saiu da cozinha.

– Há alguma coisa que eu possa fazer, Angelina? – perguntei, educadamente.

– Nada, Alex. Por que não vai nadar um pouco na piscina?

Era evidente que ela queria me tirar do seu pé, e eu a atendi. Nadei um pouco e, ao mergulhar na parte funda, relembrei o horror do resgate do meu pobre coelhinho que se afogava. Cada vez mais eu me sentia como

Alice nessa casa – a piscina também parecia ter encolhido, quando atingi o outro lado com cinco braçadas, em vez de dez. Depois de voltar ao meu Armário das Vassouras e trocar a roupa por um short seco e uma camiseta, peguei o volume com a obra completa de Keats. Ao fazê-lo, vários pedaços de papel voaram das páginas. Olhei-os com um meio sorriso afetuoso, porém uma folha, em particular, realmente me trouxe lágrimas aos olhos. Eu a li e, no mesmo instante, meu coração começou a dar pulos no meu peito.

Será que ela vem...?

Simplesmente não sei.

O que há em Pandora, eu me pergunto, que parece desbloquear as emoções? É como se as paredes da casa contivessem entre si uma quantidade de energia que retira nossa camada externa protetora e penetra nas nossas profundezas, revelando a fonte do sofrimento. Como um bisturi de cirurgião, cortando sem esforço até chegar às entranhas doentes do indivíduo.

Caramba, pensei, *se já começou, amanhã à noite estarei aos cacos, me desfazendo em lamúrias.*

Recoloquei os poemas no livro e rearrumei tudo na prateleira. Depois, tornei a apanhar o diário. Como não havia mais nada para fazer, peguei uma caneta e os óculos escuros na mochila, além de uma cerveja gelada na cozinha. E fui me sentar à mesa do terraço, do lado de fora.

Abri o diário na página em branco após a última anotação. Pela simples razão de que, sendo como sou, não gosto de coisas inacabadas. E, se eu *continuasse* a ser eu daqui a cinquenta ou sessenta anos, minha frustração diante do seu fim abrupto seria incomensurável.

É claro que não posso competir com Samuel Pepys e seus nove anos dedicados de detalhes diários, e tudo que conseguirei fazer será uma "memória" – uma versão abreviada da minha vida nos últimos dez anos. Já será alguma coisa, pelo menos. O que, como todos sabem, é melhor do que nada.

Ou será que não é?

Veremos...

MEMÓRIAS DE ALEX

Setembro de 2006 – junho de 2016

Escola

Aquela em que o indivíduo come cereal de fraque e gravata branca. Não me interessa quão politicamente corretos todos creiam que são os colégios internos hoje em dia, mas o meu primeiro período foi HORRENDO.

Atualmente, o *bullying* nesses estabelecimentos de ensino já não é visto como algo que "fortalece os jovens" – as coisas mudaram, desde os velhos tempos em que os professores praticamente aplaudiam os valentões. Agora, essa prática se tornou invisível e insidiosa.

Os valentões passaram a ser uma espécie de torturadores renegados, treinados pelo Serviço Secreto. Do tipo que desafia você para uma guerra de travesseiros "amistosa" e que, enquanto você usa a sua versão de penas de ganso, transforma o seu cérebro numa pasta, ao socá-lo com uma fronha de algodão cheia de pastas de arquivo. Ou que lhe envia ofensas por mensagens de texto, vindas de um celular descartável, impossível de rastrear. Ou que ferra você no Facebook, mudando seu *status* para "Num relacionamento sério com um travesti."

Por sorte, havendo aprendido minha lição com a tortura que sofrera por causa do coelhinho no Chipre – praticamente a única coisa pela qual posso dizer que sou grato ao Rupes –, fiz o Cê chegar lá preparado, numa capinha de algodão que preguei com tachinhas, disfarçadamente, na parte inferior do estrado de madeira da minha cama. Com isso, durante a noite, mesmo com um colchão a nos separar, ao menos eu podia esticar o braço embaixo da cama e tatear a segurança da sua pelagem sem pelo, e cochichar para ele por entre as ripas do estrado.

Admito que, nas terríveis primeiras semanas, quase tornei a fugir. Mas não ia dar ao Rupes o prazer de se deleitar com a minha desistência; além disso, a qualidade do ensino era *incrível*.

E melhorou, como em geral acontece com essas coisas, à medida que fui crescendo mental e fisicamente. Quando cheguei aos dois últimos anos do ensino médio, estava equipado com um uma bela coleção de boas notas. Cinquenta anos atrás, eu também teria tido direito a um "bicho", isto é, um calouro apavorado, designado para fazer o que eu mandasse: engraxar meus sapatos, preparar e acender minha fogueira e nela tostar bolinhos para o meu lanche. Essa prática foi abolida na década de 1970, e ainda bem que isso aconteceu, embora parte do meu grupo de pares tenha continuado a agir como se não tivesse acontecido e a ver a prática como um rito de passagem.

Fiz uma pausa em minhas meditações e me perguntei se algum leitor deste diário, dentro de cinquenta ou cem anos, realmente se interessará por essa acepção da palavra "bicho". Quando, provavelmente, todos estaremos falando mandarim como a principal língua do mundo, a julgar pela quantidade de alunos chineses na minha escola.

Enfim, o resumo dos cinco anos de escola foi que consegui uma vaga na Universidade de Oxford, no curso de filosofia.

Família

Mamãe, papai, Immy e Fred continuaram a levar a vida deles, paralelamente à minha. Fred conseguiu matar meu peixinho dourado em menos de duas semanas após minha partida. Quando perguntei se ele lhe dera um enterro decente, ele me disse que o tinha jogado no vaso sanitário, por achar que o peixe devia ser enterrado na água.

Mamãe pareceu muito mais relaxada e contente do que eu jamais a vira. Contente demais, é óbvio, já que, no minuto em que o Fred entrou na escola, ela anunciou sua intenção de criar a própria escola de balé.

Basta dizer que a Escola de Dança Beaumont cresceu em ritmo acelerado, até se transformar no que se poderia considerar uma empresa multinacional. Exceto, é claro, pela grana efetiva que uma empreitada assim deveria gerar. Mamãe, sendo a mamãe, parecia dar aulas de graça à maioria dos alunos. Era raro eu chegar em casa, nas férias escolares, e não encontrar uma pessoa de malha, sentada à mesa da cozinha, aproveitando a escuta dela para despejar todos os problemas da sua vida.

Até chegarem à mesma mesa da cozinha as palavras de que todo mundo tem mais medo que de quaisquer outras. E a mamãe se descobriu com novos problemas pessoais.

Fiz uma pausa neste ponto, porque ainda me sinto incapaz de pôr em palavras o horror do momento em que ela e o papai me contaram. Levantei-me e fui buscar outra cerveja na geladeira para afogar essa lembrança e resolvi que ia preencher as lacunas sobre tudo isso mais adiante.

Família, continuação

Afora o problema da mamãe, que obviamente virou nosso mundo de cabeça para baixo, a Immy e o Fred parecem ter feito pouco mais do que crescer em silêncio. Talvez não tenham tido muita alternativa, dadas as circunstâncias.

Foi o papai que arcou com grande parte da pressão, quando a mamãe não pôde fazê-lo. Hoje ele é perito no uso da secadora de roupa e sabe preparar sozinho seu próprio macarrão instantâneo. Ele é um cara superlegal, o meu pai. A melhor coisa que eu já fiz na vida foi adotá-lo legalmente, junto com o seu sobrenome.

No que concerne ao Pai Biológico, um dia ele apareceu na Casa dos Cedros, perto do Natal, cerca de um ano depois daquele verão apocalíptico, e exigiu falar comigo, seu "filho". Mamãe subiu ao meu quarto, estampada no rosto aquela expressão apreensiva que conheço tão bem. Explicou que o Sacha estava lá embaixo. Avisou que eu não era obrigado a falar com ele. Eu lhe disse que não se preocupasse e que eu ia lá.

Quando cheguei ao térreo, ele estava à mesa da cozinha, entornando sei lá que bebida alcoólica que meu pai havia acabado de lhe entregar. Tinha um aspecto horroroso. As mãos tremiam, os ossos apareciam sob a pele fina e seca feito papel... E, apesar da minha determinação de odiá-lo, como de praxe, senti pena dele.

O homem queria saber se eu queria ter uma "relação" com ele.

De todas as pessoas do mundo, esse pobre e triste homem não estava no topo da minha lista de aspirantes ao cargo de relacionamentos pessoais. Assim, com muito esforço, eu recusei a proposta. Na verdade, eu lhe disse não tantas vezes que fiquei com a sensação de estar repetindo um mantra. Até que o papai percebeu que já chegava para mim, e tirou o Sacha da cozinha feito uma trouxa, para levá-lo à estação.

Não tornei a vê-lo nem a ter notícias dele até...

Vou seguir em frente.

Os outros do Grupo de Pandora

Sadie teve o neném dela, uma graça de menina a quem deu o nome de Peach (Pêssego) – muito típico da Sadie –, embora eu suponha que pudesse facilmente ter sido Melão ou Groselha... e me chamou para ser padrinho!

Ora, isso foi realmente uma coisa muito legal, se bem que, toda vez que vejo a Peaches, eu lute para dizer o nome dela em voz alta, especialmente quando estamos em público e tento evitar chamá-la seja do que for. Ela é uma criança meiga, que aceitou placidamente uma sucessão de "tios", à medida que a Sadie continuou a trocar de namorados como eu trocava figurinhas de futebol. Nesse aspecto, a situação dela fez minha infância parecer um passeio no parque.

Andreas, o Carpinteiro, nunca soube da filha. Talvez tenha sido por isso, em retrospecto, que a Sadie me chamou para ser o padrinho da menina. Talvez ela ache que, quando chegar a hora de a Peaches descobrir que a conduta de sua mãe não foi propriamente impecável, ela possa mandar a filha fazer um trabalho de orientação comigo.

Quanto ao resto do clã dos Chandlers, a Jules se mudou para uma casa perto do colégio Oundle com o Rupes e a Viola, e lá criou raízes como uma espécie particularmente feroz de hera. De acordo com sua carta de notícias natalina anual – religiosamente despachada no dia 1º de dezembro, para chegar no dia 4, justamente quando todos os outros mortais estão fazendo sua lista de Pessoas a Quem É Preciso Enviar Cartões de Natal –, ela se estabeleceu rapidamente como chefe de todas as associações de pais e professores e todos os comitês de angariação de fundos. Imagino que, havendo uma festa, quermesse ou bazar beneficente, ela estará lá, perseguindo os outros pais para lhes tirar tempo e dinheiro.

Basicamente, ela frequentou a escola com o Rupes (que acabou sendo capitão do time de rúgbi First XV, o que o deixou feliz). E, entre uma coisa e outra, conseguiu manter juntos o corpo e a alma da família, trabalhando como corretora de imóveis.

Tenho que dar a mão à palmatória: ainda que a Jules seja um dos seres humanos mais irritantes que conheço, ela faz e acontece. Na verdade, daria o mais maravilhoso sargento do mundo.

Quanto à pequena Viola, seu nome sempre apareceu na carta de Natal enviada pela Jules, então eu presumia que ainda estivesse viva. No entanto, não pus os olhos nela até...

Neste ponto, devo me desculpar com o leitor destas memórias por todos os "atés". Há uma porção de coisas para contar e será muito difícil escrever algumas delas, por isso, por favor, tenha paciência.

E, por último, mas não menos importante, a Chloë. De um ou de outro modo, eu a vi muito nos últimos dez anos. Acabou que nossas escolas realizavam mesmo "bailes" conjuntos, os quais se revelaram menos concursos de dança de salão e mais um festival de pegação suarento, numa pista de dança improvisada no prédio da escola.

Como ainda estava apaixonada pelo Michel, àquela altura, ela me procurava para pedir que eu a "protegesse" da atenção de outros garotos, e ficávamos sentados juntos num canto, tomando nossas garrafas de refrigerante, enquanto ela desabafava as mágoas e me contava quanto sentia saudade dele.

Chloë também passava um tempo enorme com todos nós, na Casa dos Cedros. Tornou-se realmente parte da família – muito necessária, diga-se de passagem, especialmente para os pequeninos.

Eu dei tempo ao tempo, calmamente, na esperança de que a fixação dela no Michel se dissipasse. Não se dissipou. Tampouco a minha obsessão por ela. Nós éramos bem íntimos, com certeza; Chloë me chamava de seu melhor amigo.

Mas, como sabe todo melhor amigo de uma mulher, tentar alterar o status desse relacionamento, passando disso para o "algo diferente" com que eu sonhava toda noite, simplesmente pareceu fugir cada vez mais do meu alcance.

Quando ela terminou o ensino médio, tirou um ano de folga e foi para Londres estudar moda.

Foi quando ela se formou que o fascínio exercido pelo Michel finalmente se desfez. Ela soluçou no meu ombro, dizendo que ainda o amava, mas que o relacionamento "a distância" finalmente cobrara um preço, e que estava tudo terminado entre eles.

Mais ou menos na mesma época, tudo também mudou para mim.

32

Baixei a caneta e me espreguicei, sentindo-me sonolento por causa do sol e da cerveja, além da exaustão de recordar os acontecimentos dos últimos dez anos. Dei uma olhada no que tinha escrito, me perguntando se teria deixado alguém de fora, e percebi que sim. Eu. Ou, pelo menos, o que sobrara de mim. Mas estava com calor e triste e cansado demais para prosseguir.

Além disso, um carro e a caminhonete branca haviam acabado de estacionar no cascalho. Vi a van cuspir dois homens, que reconheci prontamente como os filhos do Alexis. Do outro carro saiu o próprio Alexis, com um garotinho que lhe segurou a mão enquanto os dois caminharam até mim. Dimitrios e Michel abriram a traseira da caminhonete e começaram a tirar mais caixas.

O garotinho – a imagem da Angelina, como vi quando chegou mais perto – me olhou com ar tímido.

– Diga olá, Gustus – o pai o incentivou.

Gustus não estava a fim de papo e se escondeu atrás das pernas compridas do Alexis.

– Pensamos em pôr umas luzes no terraço e pendurar lanternas nas oliveiras do bosque – continuou o pai.

– Boa ideia – concordei.

– É para ser uma comemoração, certo? – Alexis me examinou.

– Sim – respondi em tom firme. – Decididamente, é.

Passamos as duas horas seguintes suados, os quatro pendurando fileiras de lâmpadas que partiam das varandas do segundo andar e eram ligadas à pérgula. Não falamos sobre nada importante – apenas papo de homem, girando principalmente em torno de futebol.

Nas minhas viagens ao exterior, notei que o simples fato de eu ser inglês faz de mim – para todos os estrangeiros, pelo menos – um profundo conhecedor da Premier League; em particular, do Manchester United, que é o time pelo qual torcem todos os homens da família Lisle.

Considerando que, pessoalmente, sou mais chegado ao rúgbi, e não tenho acesso direto ao quarto de Wayne e Coleen Rooney, foi uma luta lhes fornecer as informações que eles queriam. Lancei umas olhadelas furtivas no Michel, que, para dizer o mínimo, está ainda mais bonito que da última vez que o vi. Fiquei com vontade de lhe perguntar se tinha namorada, noiva ou até mulher, mas não se mencionou nada tão íntimo.

Angelina chegou ao terraço com uma jarra grande de limonada caseira e com o pequeno Gustus. Ele subiu imediatamente no colo do pai, quando nos sentamos para tomar o refresco, sedentos.

– É estranho, não é, Alex? – riu Alexis. – Eu tinha tanta esperança de ser avô. Agora, sou pai de um garotinho e meus dois filhos continuam sem ter os filhos deles.

– *Papa*, acabei de entrar nos 30 anos e a Kassie tem 29 – repreendeu-o Dimitrios com delicadeza. – Ainda temos muito tempo. E depois, você nos explora demais no trabalho para pensarmos em filhos – acrescentou, com um sorriso.

– Você não se casou, Michel? – perguntei.

– Não – respondeu ele, em tom firme.

– Acho que o meu filho é um solteirão inveterado – suspirou Alexis. – Nenhuma mulher é capaz de prendê-lo na rede. E você, Alex? Encontrou o amor da sua vida, desde a última vez que nos vimos?

– Sim – comentei, depois de uma pausa. – Encontrei.

– *Papa*. – Gustus abriu a boca e apontou um dedo para ela, dizendo alguma coisa em grego.

– Pois é, o Gustus já está querendo jantar. Precisamos ir para casa – traduziu Alexis.

Chamou Angelina, que apareceu e me deu suas instruções, que eram, basicamente, não tocar em nada na cozinha nem na despensa, até ela voltar de manhã cedo. Como se eu conseguisse comer aquilo tudo sozinho, de madrugada.

– Alex, quer vir conosco e jantar lá em casa? – perguntou Alexis.

– É muita gentileza sua, mas amanhã será um dia muito cansativo, então acho que vou ficar por aqui e dormir cedo.

Alexis levantou Gustus, muito agitado, em seus braços fortes e morenos.

– Nesse caso, boa noite.

Vi a família entrar em seus veículos e partir. Começava a anoitecer, mais um pôr do sol sobre Pandora – tal como os que houve aqui nos últimos dez anos, sem que sua beleza fosse apreciada por olhos humanos. Entrei na cozinha, que estava repleta de bandejas e pratos cobertos por papel laminado, e a despensa, igualmente abarrotada de misteriosas sobremesas de todos os formatos e tamanhos. Peguei a *mussaká* da qual Angelina me dissera, a contragosto, que eu podia tirar um naco para jantar.

Sentei e fiz minha refeição solitária no terraço, torcendo para o Alexis não ter me achado grosseiro por recusar seu convite. Eu só estava precisando de uma noite sozinho, para recompor as ideias e as forças para o dia seguinte.

Depois, tornei a puxar o diário pensando que, na verdade, escrever tudo poderia ajudar.

MEMÓRIAS DE ALEX

"Eu", continuação

Passei metade do meu ano sabático, antes da universidade, economizando dinheiro para viajar, enquanto servia canecos de chope no pub local, e gastei a segunda metade dominando minhas fobias de praticamente tudo que eu conseguia imaginar.

E desenvolvendo mais algumas – por exemplo, viagens pelo exterior.

Depois disso, iniciei meu curso de filosofia em Oxford, na antiga faculdade do papai e do Pai Biológico. Decorridos três anos, quando papai foi assistir à minha formatura, havia lágrimas genuínas de orgulho em seus olhos, ao trocarmos depois o tal abraço de homem.

Li no meu diário de dez anos atrás, ainda ontem à noite, que eu não conseguia imaginá-lo chorando; bem, infelizmente, ele chorou muito de lá para cá.

Continuei em Oxford por mais um ano, fazendo mestrado (falo mais sobre isso depois). E então, justo quando eu tinha desistido de praticamente tudo e estava prestes a me resignar à vida acadêmica, a me tornar "doutor" e, mais adiante, catedrático de filosofia, recebi um e-mail que me fora encaminhado por um professor.

Tinha sido enviado por um órgão de governo na Millbank, que eu sabia ser uma rua bem ao lado das Casas do Parlamento. Em síntese, o e-mail me oferecia uma entrevista para emprego num centro de estudos estratégicos sobre políticas de governo.

Admito que, depois de lê-lo, deitei na minha cama estreita, no meu alojamento furreca de Oxford, e tive um ataque de riso de proporções gigantescas. Aparentemente, o governo queria, e aqui cito o texto, "incluir as jovens mentes mais brilhantes nas decisões políticas posteriores tomadas em prol do futuro da Grã-Bretanha".

Na agenda estavam o referendo da União Europeia, o que fazer sobre a Escócia, o Serviço Nacional de Saúde, a imigração...

Em outras palavras, O PACOTE TODO.

Ora, ora!

Para ser franco, topei mais por diversão, só para dizer que tinha ido, para poder pôr isso no Facebook e no Twitter e impressionar meus amigos – em especial, algumas amigas que talvez estivessem olhando, mesmo que eu não soubesse.

Afinal, era aquilo com que tínhamos sonhado...

Fiquei lá sentado nos escritórios elegantes – bem no centro nervoso do governo britânico — e olhei em volta, empolgado, à procura do botão vermelho que daria início à Terceira Guerra Mundial. Depois, curvei o pescoço para a direita, para ver se era possível sinalizar diretamente dali para o prédio em frente, o do MI6, logo do outro lado do Tâmisa.

Eles me fizeram uma porção de perguntas, que talvez fossem pegadinhas, já que eram incrivelmente fáceis de responder. Reconheço que tive mais dificuldade que o normal para me concentrar, pois ficava imaginando o Daniel Craig irrompendo sala adentro, para me dizer que eu estava revelando informações altamente confidenciais a uma quadrilha de espiões russos. E imaginava também o tiroteio que se seguiria, enquanto ele salvava meu pobre traseiro.

Infelizmente, Mark e Andrew – "Chame-me de Andy" – eram uma dupla de funcionários públicos bastante obtusos, de meia-idade, que se arrastaram na leitura do meu currículo redigido às pressas, depois me pediram que lhes desse minhas opiniões sobre como eu achava que se sentiam os jovens de hoje a respeito do retorno dos conversadores ao poder. E o que eu faria para mudar a opinião (aparentemente negativa) deles.

Não usei muitas das belas citações kantianas que poderia ter exibido. Em vez disso, cuspi a filosofia de bolso que havia compreendido instintivamente quando criança, por intuir que Mark e "Andy" apreciariam mais um homem do povo que um cientista cheio de jargão pseudopsicológico.

Mais tarde, saí de lá rindo do ridículo da coisa. Tendo sido sempre um eleitor liberal democrata e tendo, em seguida, dado uma guinada para a esquerda com o resto do Departamento de Filosofia, lá estava eu sendo solicitado a jogar do lado oposto.

Depois de fazer um vídeo para o Snapchat do lado de fora de Millbank, para proclamar onde eu me encontrava e o que estava fazendo (provavelmente me colocando fora da disputa, na mesma hora, se levarmos em conta a que ponto um sujeito precisava se portar com discrição, sem dúvida, se quisesse trabalhar no governo), passei pelo Palácio de Westminster, em direção à estação de metrô, ciente de que não havia a menor esperança de me oferecerem o emprego. Se há uma área em que não posso ser influenciado é nas minhas convicções fundamentais:

Igualdade, igualitarismo e economia...

Curiosamente, lembro-me de ter pensado, ao descer a escada do metrô, que essa terceira convicção era a única coisa que combinava com o programa de governo atual. Fato: se você trabalha com afinco, deve ser recompensado. Fato: as nações capitalistas do mundo se tornam as mais ricas. Fato: feito isto, elas podem alimentar, educar e cuidar dos mais vulneráveis.

Ou deveriam, pelo menos. Na Utopia e nos meus sonhos.

Ninguém conhecia mais teoremas filosóficos do que eu – a coisa incrivelmente irritante (e interminavelmente fascinante) era que sempre havia outro ponto de vista ou opinião, uns contradizendo os outros. Infelizmente, eu também me dera conta, durante meus quatro longos anos de teorização sobre a humanidade e o mundo, que saber, no papel, tanto quanto era provável que uma pessoa da minha idade pudesse saber, como a humanidade funcionava, era algo que não me dera um pingo de ajuda na minha vida pessoal. Que, àquela altura – para falar em termos brandos –, era um desastre.

Eu também não estava convencido de que, na prática, isso ajudasse a qualquer outra pessoa. Ao reler este diário, percebi que, apesar de ter me autointitulado um perfeito pé no saco aos 13 anos, não passei por grandes mudanças. Simplesmente aprendi a estruturar minhas ideias e sentimentos infantis de maneira acadêmica.

Passada uma semana, apareceu uma carta no capacho da entrada informando que eu havia conseguido o emprego.

Mais uma vez, deitei na minha cama estreita e dei gargalhadas histéricas. Depois, reli a carta com mais cuidado e recorri a um linguajar que não aprovo, ao ver o salário que estavam me oferecendo.

Bem... ahn... CARALHO!

E aí, chorei. Alto e com indulgência, e fazendo uma zona, passando uns bons dez minutos secando muco do nariz.

Patético, é verdade, mas compreensível, consideradas as circunstâncias.

Porque havia alguém com quem eu estava aflito para compartilhar esse momento. Mas que não estava comigo e, provavelmente, nunca mais estaria.

Agora estou sentado aqui, algumas semanas depois, pensando no fato de que devo ter que usar terno – ou, pelo menos, um paletó elegante e calças de sarja –, quando entrar no meu novo emprego, daqui a menos de um mês. Não é na City, mas, ainda assim, é um emprego num escritório.

Espero poder usar minha voz para o bem, quando estiver lá – é o que desejo, pelo menos. Mas meu estudo dos seres humanos me diz que os políticos – e todas as outras pessoas, aliás – acreditam que vão fazer o bem, e aí são corrompidas pelo poder. Não faço ideia, na verdade, se alguém se corromperia num centro de estudos estratégicos, mas também acho que tudo é possível. Ainda na semana passada, recebi outro envelope – este, grosso, de velino creme, convidando-me para "uma xícara de chá" com o próprio homem no número 10 da Downing Street. Tipo, o primeiro-ministro! Ao que parece, ele quer conhecer pessoalmente todos os novos integrantes do seu centro de estudos estratégicos.

Ele quer me conhecer.

33

Eu ainda estava rindo quando baixei a caneta e saí circulando pela casa, fechando janelas e apagando as luzes, que pareciam ter se reproduzido consideravelmente desde a tarde. Convencido, enfim, de que não explodiria a casa durante a noite, pela sobrecarga da já vetusta fiação elétrica de Pandora, fechei-me no meu Armário das Vassouras, liguei o ventilador e me sentei na cama. Depois, peguei na mochila os remanescentes do Cê.

– Você acredita que vou me encontrar com o primeiro-ministro da Grã-Bretanha barra Reino Unido? Ou, na verdade, querido coelho, nem tão grande Grã-Bretanha e Reino Desunido, dada a situação da Escócia – acrescentei, sobriamente. – Mesmo assim, é um feito impressionante para cacete, aos 23 anos.

Depois disso, enfiei-o embaixo do braço.

Esta noite eu precisava do consolo dele, para enfrentar o dia seguinte.

Ia começando a cochilar quando ouvi o celular. Já me acostumei com a parada no coração, com a sensação de pavor, toda vez que ele toca.

– Alô! – ladrei.

– Alex, sou eu.

– Ah, oi, Immy. Como vai tudo em casa? – perguntei, nervoso, como sempre acontecia nos últimos tempos.

– Bem. Quer dizer, o Fred e eu estamos sozinhos no momento, mas o papai sabe das providências para amanhã.

– Você está bem?

– Estou, sim. Está tudo legal aí em Pandora?

– Legal, legal, eu não diria, porque faz um calor dos diabos. Mas, sim, está tudo organizado.

– Legal – repetiu ela, e eu me animei ao ver que pelo menos uma palavra da língua inglesa, por mais batida que seja, conseguiu resistir à prova do tempo entre as meninas de 15 anos.

– O táxi estará esperando quando chegarmos? – perguntou ela.

– Sim, deve estar. Eu deixei reservado, pelo menos – respondi. – Fred já fez a mala?

– Mais ou menos. Você sabe como ele é: vai se esquecer de levar até mesmo uma cueca limpa, mas estou farta de ficar lembrando as coisas a ele. Enfim – Immy deu um suspiro –, amanhã a gente se vê.

– Sim. E, Immy?

– O que foi?

– Vai ser uma noite ótima.

– Tomara que sim, Alex, tomara mesmo. Boa noite.

– Boa noite.

Tornei a me deitar, com a cabeça apoiada nas mãos, pensando que tudo fora muito duro para eles dois. Eu fiz o melhor que pude, e a Chloë também, e o papai, mas não há como compensar os anos difíceis. Chloë e eu até os levamos ao psicólogo – todo mundo tinha dito que, houvesse o que houvesse com a mamãe, não podíamos nos sentir culpados por levarmos nossa vida e que devíamos nos preocupar com nossos problemas. Por mais irrelevantes que pudessem parecer, na comparação.

Acho que isso me ajudou muito mais do que a eles, para ser franco. Sempre me amarrei nesse tipo de coisa.

E assim, nesse momento, voltei a atenção para meus próprios problemas de relacionamento. Ao fazê-lo, todos os músculos do meu corpo ficaram tensos, quando pensei na hipótese de *ela* não aparecer amanhã à noite. Eu me certifiquei de que havia recebido o convite, é claro, mas não obtive notícias desde então.

E quem poderia culpá-la se não viesse?

Caramba! Por que a vida é tão danada de complicada?

Sim, nós éramos parentes por um detalhe técnico, e sim, era complicado, mas nós nos *amávamos*, pelo amor de Deus!

Bem, aqui estava eu, na mesma droga de casa, na mesma cama em que tudo havia começado. E apesar de tudo, é claro, tinha que continuar?

Só porque...

Continuou.

Mais uma vez, voltei a dormir o sono dos mortos (expressão que talvez eu não devesse usar atualmente, de um modo ou de outro) e acordei para mais uma gloriosa manhã em Pandora.

Pelo menos, pensei, enquanto tomava banho e, em seguida, encontrava Angelina já trabalhando na cozinha, apontando para o café que me havia preparado na cafeteira, eu não precisava olhar para o céu e me perguntar se mais tarde ia chover.

Chuva que parece ser a personificação do Vingativo Deus Inglês dos Eventos ao Ar Livre. Todas as fotografias "felizes" que já vi de ingleses, tiradas em casamentos, recepções, shows e coisas similares, não significam, necessariamente, que as pessoas estejam sorrindo para a câmera por terem acabado de se casar com seu verdadeiro amor. Elas sorriem de alívio pelo fato de o evento inteiro não ter sido um fiasco por causa do aguaceiro.

Talvez eu me case no Chipre, o que eliminaria pelo menos um ponto de interrogação que sempre pairou sobre esse dia...

Entrementes, no terraço, tudo avançava a pleno vapor. Dimitrios e Michel montavam mesas de armar, para nelas colocar cerveja, vinho e copos. Embaixo da pérgula, a mesa comprida de ferro tinha sido coberta por uma toalha recém-lavada, na qual Angelina ia arrumar seu banquete.

– Bom dia, Alex. – Alexis surgiu do nada e me deu um vigoroso tapa nas costas. – A que horas chegam os primeiros convidados?

– Lá pelo meio da tarde, acho. Vamos torcer para que todos consigam vir.

– É, vamos esperar que sim.

Desse ponto em diante, fiquei ocupado e, entre uma coisa e outra, me apanhei checando o celular, o Facebook, o Twitter – sério mesmo, será que ela me tuitaria?! –, à procura de notícias sobre sua chegada iminente. Eu sabia que, mais tarde, o uso do *roaming* internacional me levaria à falência, mas não me incomodei. Só que não havia mensagens. Nem mesmo uma mensagem de voz para avisar que eu estava devendo indenização por um acidente que nunca tivera.

Dei uma nadada rápida, para me refrescar do esforço que era preparar uma festa. Ao consultar o relógio quando saí da piscina, percebi que faltava menos de uma hora para a chegada dos primeiros convidados. Lembrei então que minha camisa cor-de-rosa – na verdade, uma cor feminina e que me fazia lembrar o Rupes, mas uma cor que concluí que faz a maioria das mulheres achar os caras irresistíveis – estava enrolada numa bola, no fundo da minha mochila. Procurei desesperadamente pela casa um ferro e uma tábua de passar, equipamentos contra os quais venho lutando há anos.

Acabei encontrando uma versão enferrujada e rangente deles na despensa e, graças a Deus, Angelina viu o trapo amarrotado na minha mão e se apiedou de mim, de modo que deixei a camisa em suas mãos competentes.

Depois disso, comecei a circular pela casa feito uma espécie de patrulheiro maluco. Estava tudo pronto. Eu *sabia* que estava. Mas, tal como conferir o celular, andar de um lado para outro se tornou um tique nervoso. As batidas dos meus pés me davam algo em que me concentrar, porque eu não suportava me concentrar em quem estaria ou não estaria ali nessa noite.

Nesta mesmíssima casa. Dentro de poucas horas.

Eu estava fora de mim – outra expressão ridícula, pensei, sem o menor propósito – e resolvi continuar a escrever o último capítulo das minhas memórias, para tirar da cabeça essa situação. Mesmo ciente de que só conheceria o seu desfecho à noite.

O primeiro táxi estacionou e, tal (ou quase) como dez anos antes, Jules e Sadie despontaram na entrada da garagem. Depois surgiram o Rupes e a pequena Peaches, a filha da Sadie. Meu coração ficou apertado de repente, quando andei em direção a eles, mas colei um sorriso no rosto. Três desses passageiros tinham quase exatamente a aparência de antes: a Jules, acalorada e de mau humor; a Sadie, com uma roupa inadequada; e o Rupes, intimidante e vermelho como sempre.

Dessa vez, pelo menos, eu estava preparado para o seu aperto de mão, e até encolhi a barriga e enrijeci a musculatura dos ombros para me proteger de ter o braço arrancado.

– Santa Mãe de Deus, essa viagem não melhorou nada! – bufou Jules, arfante. – E não há dúvida de que a casa está em piores condições do que antes. Dez anos mais velha, e é fatal que tenha se deteriorado.

– Estamos *todos* dez anos mais velhos, Jules – comentei, torcendo para ela entender a inferência.

Sadie revirou os olhos para mim e me deu um abraço.

– Ignore-a – cochichou no meu ouvido. – Ela não mudou nada. Diga oi ao seu padrinho, Peaches, minha querida – disse à menina parada a seu lado.

Peguei Peaches no colo e a abracei.

– Olá, fofinha, como vai você?

Ela riu de prazer.

– Tudo bem, tio Alex. Como vai você?

– Vou muito bem, obrigado, Peaches.

Enquanto eu mentia para ela, Sadie me deu um tapinha no ombro e apontou para outra pessoa que a Jules estava ajudando a saltar do carro.

– Estou avisando, Alex, se você pensa que a Jules é um pé no saco, espere só até conhecer o novo namorado dela – murmurou entre dentes.

Vi um homem de tez assustadoramente parecida com a do Rupes, só que sem o cabelo e enfiado em uma calça de sarja vermelho-vivo e camisa xadrez, descer do banco do carona.

– Nossa! Ele parece ter idade para ser pai dela! – cochichei para a Sadie, enquanto o homem se agarrava ao braço da Jules e tentava andar pelo cascalho na nossa direção.

– Deve ter, mas parece que é dono de metade de Rutlândia e tem um estábulo inteiro de puros-sangues. Jules é inquilina da propriedade dele no interior e os dois se conheceram quando ele foi verificar o... ahn... encanamento congelado dela – disse Sadie, com um risinho de zombaria.

Jules o apresentou a mim como Bertie, enquanto o homem erguia os olhos, horrorizado, para as acomodações.

– Você falou que eu devia esperar o pior, mas tenho certeza de que vamos tirar o melhor proveito possível – declarou ele, num tom de voz empolado – Vamos, Jules, minha velha, mostre-me a nossa suíte!

Com isso, deu-lhe um tapinha no traseiro e ela riu com jeito de menina. Sadie e eu, e até a pequena Peaches, grunhimos em voz baixa.

– Ele não é um horror?

Nessa hora, percebi que tinha esquecido completamente o Rupes, fiz meia--volta e o encontrei parado atrás de nós, com as mãos nos bolsos. Nenhum de nós teceu comentários; apenas ficamos vermelhos como ele é por natureza.

– Eu disse à mamãe que ela devia perguntar se ele podia vir. E ela respondeu que sempre dormiu em cama de casal aqui, de qualquer modo, e por isso tinha certeza de que não haveria problema. Enfim, como vai você, Alex? Eu soube que está indo muito bem, no momento.

– Eu vou bem, obrigado, Rupes. E soube que você está se preparando para ser professor, não é?

– É. – Deu uma risada alta e arqueou as sobrancelhas para mim. – Dá para ser mais irônico, considerando a última vez que estivemos aqui em Pandora? Está longe de serem letras clássicas, você sabe, mas, como tive que abandonar o rúgbi profissional por causa da minha lesão no joelho, comecei trabalhar como treinador e realmente tenho gostado muito. Então, pensei, por que não? Infelizmente, não há nenhuma herança em que me escorar, como você sabe.

– Bem, Rupes, acho que você dará um perfeito professor de educação física – comentei, em tom caloroso. Pessoalmente, todos os que tive na escola pareciam treinados por terroristas.

– Obrigado.

– Que tal uma cerveja?

– Por que não? – concordou ele.

– Desculpe interromper, Alex, mas estamos no mesmo quarto em que fiquei da última vez? – perguntou Sadie.

– Sim. Angelina pôs uma cama de campanha para você, Peaches, igualzinha à que eu uso para dormir no meu Armário das Vassouras.

– Você dorme num armário? – indagou ela, fascinada.

– Não de verdade. Isso é o que se chamaria de um nome carinhoso, porque o quarto é muito pequeno – expliquei, enquanto íamos todos perambulando em direção à casa.

– Você fica aqui embaixo com o Rupes, eu sei aonde nós duas vamos – disse Sadie, já rumando para a escada.

– *Seu* Rupes! – exclamou Angelina, aparecendo no corredor, e dei graças a minha boa estrela, porque a última coisa que eu queria era uma DR com meu meio-irmão, que nem sabia que o era. – Como vai?

– Bem, obrigado, Angelina – respondeu ele, beijando-a nas duas faces.

– Venha à minha cozinha, Rupes. Fiz aqueles bolinhos de que você gostava tanto há dez anos.

Fui com eles à cozinha e, enquanto Angelina disparava uma saraivada de perguntas em cima do Rupes, eu o abasteci com uma cerveja. Ao ouvi-lo responder com toda a educação, concluí que, decididamente, ele se acalmara desde a última vez que o vi. Naquela ocasião, tinha chorado, mas devia ter sido por ele mesmo, o que acontece muito nessas ocasiões.

Consultei o relógio. Quase seis horas. Pouco mais de uma hora para o lançamento oficial, quando os protagonistas principais do drama desta noite fariam sua entrada.

– Rupes, se você não se incomoda, vou dar uma subida para tomar um banho – comentei.

– É claro – disse ele. – Onde vou dormir?

– No sofá da sala, acho. Hoje estamos completamente lotados.

Saí de perto antes que pudesse lhe fazer a pergunta que estava queimando minha língua. Era provável que ele não soubesse a resposta, de qualquer modo, e podia ser que me desse informações erradas, o que só tornaria as coisas dez vezes piores.

Assim, resolvi guardar silêncio. Dei um sorriso pálido para mim mesmo, lembrando do tempo em que achara que se dizia "catar silêncio", com tudo que isso implicava, e subi para tomar banho.

Ao sair do chuveiro, pingando, li uma mensagem da Immy que, obviamente, só agora decidira passar pelas vias de comunicação do Chipre:

"Avião atrasado. Aterrissaremos às *seis e meia."*

Droga! Isso queria dizer que não chegariam até sete e meia, pelo menos, quando a festa já teria começado. E se chegassem ainda mais atrasados?

Embaixo, Jules e Bertie estavam sentados a uma das mesinhas de café distribuídas pelo terraço. Vi que já se tinham servido de vinho e ouvi o sujeito reclamar em voz alta da qualidade da bebida. Estava me segurando para não lhe dar um murro, quando, graças aos céus, a Sadie apareceu, cruzando as portas francesas.

– Olá, benzinho. Tudo pronto para começar?

– Acho que sim. Só faltam alguns convidados importantes.

– Tenho certeza de que eles virão. Acho um encanto você ter organizado tudo isso, acho mesmo.

Sadie me deu um abraço espontâneo e eu soube que ela também estava emocionada.

– A propósito – ela baixou a voz quando Peaches passou pertinho de nós, rumo à travessa de batatas chips que acabara de avistar na mesa –, você não acha que o... ahn... o Andreas vai aparecer aqui hoje, acha?

– Não sei mesmo. Talvez você deva perguntar ao Alexis. Foi ele que ficou encarregado da lista de convidados cipriotas.

– Certo. Vou perguntar. – Deu uma olhada na Peaches, se empanzinando de batatas. – Ele não vai suspeitar de nada, não é?

Olhei para a Peaches – uma réplica lourinha do pai.

– Duvido – menti.

Rupes veio andando para o terraço e todos nos viramos para olhar, quando veio um carro sacudindo pelo cascalho em direção à casa.

– É o Alexis com a família – comentei. – Muito bem, Rupes, acho que está na hora de tirarmos as garrafas de vinho branco da geladeira, certo?

Às sete e meia, o terraço fervilhava de pessoas de quem eu mal me lembrava, mas todas as quais pareciam me conhecer. Quando eu começava a me preocupar se iria morrer com tantos abraços, senti um tapinha de leve no ombro.

– Alex! Sou eu! Estou aqui!

– Fabio! Você conseguiu! – Foi minha vez de abraçá-lo.

Ele foi uma fortaleza para todos nós nos últimos anos, especialmente para o meu pai.

– Viu? E trouxe o Dan comigo. Agora você pode finalmente conhecê-lo.

Um homem alto e de olhos negros, que – o que era meio sinistro – só parecia ser alguns anos mais velho que eu, deu um passo à frente e me beijou nas duas faces.

– É um prazer conhecer o senhor – disse, com um pronunciado sotaque norte-americano.

– Por favor, me chame de Alex. E é um prazer recebê-lo aqui.

– É um prazer estar aqui, Alex.

– E então. – Os olhos de Fabio correram pelo terraço, antes que eu tornasse a responder ao Dan com a palavra "prazer". – Onde estão os outros?

– O avião decolou com atraso, de modo que eles ainda não chegaram. Espero que apareçam antes que todo mundo vá embora.

Apontei para o terraço, tenso, e para a pequena banda que se preparava num canto.

– Eles vão chegar, Alex – Fabio me consolou. – Agora, nós dois temos que experimentar o vinho feito pelo amigo da sua mãe, do qual tanto gostei, na última vez em que estive aqui.

Levei-os até a mesa e, enquanto falava sobre a dificuldade do Dan para aprender italiano, e me perguntava se devia pedir-lhe os detalhes do seu cirurgião plástico, senti o coração dar pulos no peito.

Onde diabos estão eles?

Resolvi ir até o outro lado e pegar uma cerveja tranquilizadora, mas fui constantemente emboscado pelos convidados e por perguntas da Angelina, querendo saber a que horas devia servir os pratos quentes e se a banda deveria começar a tocar agora.

Quente, fria, congelada! Quem é que se importa? Por pouco não consegui me abster de lhe dar uma resposta torta, tamanha era minha agitação. Porque, nesse momento, nada disso era relevante.

Eu havia acabado de chegar à mesa quando alguém pôs um braço no meu ombro.

– Alex, eles chegaram.

– Graças a Deus – respondi, aliviado, fazendo meia-volta para seguir Alexis por entre a aglomeração. – Quantos vieram?

– Desculpe, não reparei.

Ambos nos apressamos a circundar a casa e subir a entrada para automóveis, agora lotada de carros. Vi algumas sombras emergirem ao longe, e contei apenas... quatro. Fiquei desolado, pois sabia que esse tinha sido o último voo a chegar da Inglaterra nessa noite.

Immy foi a primeira a me alcançar. Parecia tão tensa e cansada quanto eu me sentia.

– Desculpe, Alex, mas não pude fazer nada. Tive que ficar lá sentada no Gatwick, assim, fingindo que não tinha problema o voo atrasar. Fred não ajudou em nada. Como de praxe.

Ela revirou os olhos, enquanto um adolescente comprido e desengonçado – meu irmão caçula – veio andando na nossa direção.

– Oi, Fred, bom voo?

– Chato – fez ele, dando de ombros.

Essa parece ser a única palavra no seu vocabulário de garoto de 13 anos.

– Vou dizer aos convidados que vocês chegaram – informou Alexis à Immy. – Você os leva para lá, Alex.

– Sim – respondi, olhando para as duas figuras que vinham caminhando devagar, com uma expressão de completa surpresa no rosto.

– Oi, mãe, oi, pai – cumprimentei, enquanto procurava atrás deles, cheio de culpa, alguma outra pessoa que restasse no carro.

– O que é que está acontecendo, Alex? – perguntou William, enquanto mamãe me abraçava.

– Bem... vocês vão ter que esperar para ver. Como vai você, mamãe? – Olhei-a, vasculhando seu rosto em busca de pistas.

– Vou muito bem mesmo, Alex – respondeu ela, sorrindo para mim.

E não foi aquele sorriso do tipo "na verdade, não estou bem, mas vou fingir que sim", ao qual me acostumei nos últimos três anos. Foi um sorriso em que dava realmente para eu acreditar.

– Sua mãe recebeu ontem a confirmação definitiva de que o perigo passou – disse William.

Mais uma vez, vi as lágrimas brotando em seus olhos.

– Acabou, finalmente.

– Ai, meu Deus, mamãe! Que notícia maravilhosa! Maravilhosa!

– Você disse que recebeu a confirmação de que o perigo passou? – indagou Immy, ao meu lado.

Até o Fred pareceu prestar atenção.

– Não quisemos contar a vocês até estarmos todos juntos. Mas vou ficar boa.

– Tem certeza, mamãe? – quis esclarecer Immy, a quem antes já tinham dado falsas esperanças.

– Sim.

– Para sempre? – perguntou Fred, com o lábio inferior tremendo como fazia quando ele era pequeno.

Cheguei perto, num gesto protetor, e pus a mão em seu ombro, intuindo sua vulnerabilidade.

– Bem, isso talvez seja um certo exagero, mas esta noite acho que poderia ser, sim, querido – disse mamãe, e lhe deu um beijo.

Então, todos trocamos o que se costuma chamar de abraço coletivo e tivemos que enxugar as lágrimas para ficarmos apresentáveis.

– Certo – comentei, pigarreando para limpar a garganta. – É melhor nos mexermos. Foi pena a Chloë não poder estar conosco. Ela não conseguiu, não é?

– Ela falou que ia tentar, mas você sabe como o chefe dela sabe ser exigente – respondeu mamãe, enquanto eu os conduzia pela entrada para carros até a casa.

– Pelo menos ela ganha roupas de grife de graça, o que é mais do que eu consigo com meu trabalho de babá – comentou Immy.

– Então, você quer um bebê de graça, Im?

– Ah, cale a boca, Fred! Você é tão idiota!

– Alex, o que está acontecendo aqui hoje, *exatamente*? – perguntou minha mãe.

– Espere para ver.

– Você podia ter me contado, Immy; nem estou vestida para uma festa – disse mamãe, indicando a calça jeans, as sandálias de dedo e a blusa branca de algodão.

– Alex me jurou de morte se eu contasse. Estamos planejando isso, tipo assim, há uma eternidade.

E me dei conta de que todos podíamos voltar a usar expressões desse tipo, sem pestanejar.

– Estou muito feliz, mãe, de verdade – murmurei para ela. – É a melhor notícia que eu já recebi.

– Você tem sido incrível, Alex. Obrigada.

Trocamos outro abraço, dessa vez só nós dois. E procurei sentir que, o que quer que *não* acontecesse esta noite, não deveria mesmo ter importância, no panorama geral.

– Então – falei, me recompondo enquanto chegávamos à entrada do terraço, de onde emanava um silêncio ruidoso. – Mamãe e papai, isto é um presente de todos os seus filhos. Feliz vigésimo aniversário de casamento!

Entrei então com eles no terraço, onde todos gritaram a mesma coisa em grego e começaram a dar vivas e aplaudir. Estouraram garrafas de champanhe e vi meus pais serem sufocados por abraços e beijos, e o rosto encantado da minha mãe ao ver o Fabio e a Sadie.

Não havia dúvida de que eu tinha organizado isto para ela. Nos anos sombrios depois do seu diagnóstico, quando não sabíamos se o tratamento ia funcionar ou não, pensei nisto muitas vezes. Aqui em Pandora há inúmeras lembranças para ela e, embora algumas não sejam alegres, ao menos aconteceram num tempo anterior aos leitos de hospital e à dor.

Neste momento, eu nem conseguia absorver o fato de que havia realmente acabado. De que ela ia *viver*.

Portanto, nesta noite, resolvi fazer o máximo para afastar a outra dor terrível do meu coração, aquela que não é de vida nem de morte, mas é como se fosse. E resolvi celebrar – literalmente – a vida da minha mãe.

A noite foi passando e as estrelas brilharam sobre aquela ínfima aglomeração de seres humanos em comemoração. O som do *bouzouki* me levou de volta para aquela noite, dez anos atrás, e torci para não haver nenhuma revelação parecida quando, mais uma vez, o Alexis pedisse silêncio e propusesse um brinde. Tomei mais cerveja do que devia, para, em igual medida, comemorar a alegria pela recuperação da minha mãe e afogar minhas mágoas pessoais.

– Obrigada, meu querido Alex, por organizar a surpresa mais incrível e linda que eu já tive.

Minha mãe havia procurado por mim e ficou na ponta dos pés para envolver meus ombros com os braços e me beijar.

– Não foi nada, mãe.

– Esta noite não poderia ter sido mais perfeita – disse ela, risonha.

– Tem certeza de que você está absolutamente cem por cento boa, mamãe? Você não mentiria para mim, não é? – tornei a perguntar, ainda fazendo força para acreditar nisso.

– Bem, *eu* talvez mentisse, como você sabe – sorriu ela –, mas o papai não mentiria, definitivamente. Falando sério, Alex, estou me sentindo ótima, de verdade. Posso retomar minha vida e seguir adiante. Desculpe por não ter ficado disponível para você como eu gostaria, nestes últimos três anos. Mas você parece ter se saído esplendidamente bem sem mim. Estou muito orgulhosa, querido, estou mesmo.

– Obrigado, mãe.

– Ah, Alex – mamãe se virou e apontou –, veja quem acabou de chegar! Vamos lá dizer alô.

Quando também me virei e fitei, maravilhado e assombrado, aquele rosto conhecido e amado que sorria para nós dois, meu coração deu uma daquelas cambalhotas pavorosas que contêm elementos de empolgação e medo.

E, acima de tudo, de *amor*.

– Chloë! Ah, meu Deus! Como você chegou aqui? – perguntou mamãe, quando ambos a alcançamos.

– Nem me pergunte, Helena. Viemos de Paris. – Chloë abriu um sorriso e a apertou num abraço. – Feliz aniversário de casamento! Oi, Alex – acrescentou, me dando um beijo em cada lado do rosto. – Prometi que não ia decepcionar você, não foi?

– Prometeu, sim – respondi, sem me concentrar propriamente no que ela dizia, porque, parada logo atrás dela, lá estava aquela que fora o tema de todos os meus sonhos e pesadelos durante o ano anterior. – Com licença.

– É claro. – Chloë me deu uma piscadela de incentivo.

Dei alguns passos até onde ela estava parada, sozinha, meio escondida na sombra da casa.

– Oi – cumprimentou ela, timidamente, e desviou seus lindos olhos azuis, sem graça.

– Achei que não... Eu não... – Engoli em seco, sentindo as lágrimas me subirem aos olhos e dando instruções urgentes ao sargento Cérebro para mandá-las recuar, imediatamente.

– Eu sei. – Ela encolheu os ombros. – Foi – olhou para todos os lugares, menos para mim – difícil.

– Compreendo.

– Foi a Chloë que me ajudou. Ela me convenceu a sair da toca. Ela foi incrível, Alex, e acho que talvez nós dois tenhamos muito que lhe agradecer.

– Temos?

– Sim. Foi ela quem me convenceu a vir aqui hoje. E... estou feliz por ter vindo. – Estendeu sua mão fina e pálida para mim, e eu ergui a minha para segurá-la. – Senti saudade de você, Alex. Muita, muita, muita.

– Também senti saudade de você. Mais do que "muita, muita, muita", para ser sincero. Na verdade, eu poderia afirmar que foi uma saudade dilacerante ou de partir o coração ou de representar um risco de vida.

– Bem – ela riu –, de *você*, seria de esperar. Na verdade, não é um problema, certo? Você e eu ficarmos juntos?

– Bem, não é exatamente a norma, porém ao menos nossos filhos não vão acabar com seis dedos dos pés se ficarmos. Só a semântica é que foi... – engoli em seco – complicada. E eu sinto muito não ter lhe contado antes.

– Eu também. Agora entendo por quê.

Eu *tinha* que fazer a pergunta, antes de continuarmos a seguir essa estrada acidentada e cheia de riscos:

– Você estar aqui significa que vai nos dar outra chance?

Instintivamente, minha outra mão, a que não estava segurando a dela, lhe afastou do rosto uma mecha gloriosa do seu cabelo cacheado.

– Bem, espero que seja bem mais do que só uma chance.

– Isso é um sim, na língua da Viola?

– É, mas você entende por que eu precisei de um tempo para elaborar essas coisas? Eu estava... – ela engoliu em seco – destroçada.

– Eu sei. É claro que compreendo.

Cheguei mais perto, envolvi-a nos braços e a trouxe para junto do meu peito. Ela se desmanchou no meu abraço. Beijei-a, então, e ela retribuiu meu beijo, e senti uma necessidade imediata de fazer coisas com ela que seriam inteiramente impróprias na festa de vinte anos de casamento de minha mãe e meu pai.

– Senhoras e senhores – ressoou a voz do Alexis no terraço.

– Vamos – chamei, puxando-a pelo braço. – Precisamos estar lá na hora dos discursos. E, por falar nisso – acrescentei, enquanto a conduzia pelo mar de pessoas reunidas para ouvir –, minha mãe está completamente curada. Recebeu a confirmação de que o perigo passou.

– Ah, Alex! Que maravilha de notícia!

– Sim. – Eu a fitei. – Hoje houve uma porção de notícias maravilhosas.

MEMÓRIAS DE ALEX

Viola

Tudo começou há pouco mais de um ano, quando minha mãe me te-lefonou:

— Alex, desculpe incomodá-lo no meio das suas provas finais, mas chegou uma carta do Sacha aqui para você.

— É?

— Sim, ele está no hospital em Londres. O papai recebeu uma li-gação da Viola, dias atrás, dizendo que o Sacha queria falar com ele. Receio que a notícia não seja boa. Ele teve um infarto agudo, ao que parece, e, é claro, o fígado está um caco...

Lembro-me da voz da mamãe se extinguindo e de eu pensar que talvez nenhum de meus pais estivesse vivo dali a um ano.

— O que ele quer?

— Ele perguntou ao papai se você poderia ir vê-lo logo. E acho que en-fatizou bem o "logo". Alex, fica a seu critério, na verdade. Sei que você já teve a sua quota de hospitais nestes últimos dois anos.

— Mande o endereço do hospital que eu vou pensar no assunto. Está bem?

Ela mandou, e eu lhe pedi que me encaminhasse a carta. Quando esta chegou, dois dias depois, apesar de eu saber o que devia conter e de ter jurado a mim mesmo que não a deixaria me afetar, é claro que me afetou. Sacha queria se despedir.

Assim, no domingo que antecedeu o início das minhas provas fi-nais, quando todo mundo em Oxford estava enfurnado na biblioteca, fazendo recapitulações febris, recuperando-se de uma ressaca ou pen-sando em suicídio, embarquei num trem para Londres e peguei o metrô de Paddington para Waterloo, e de lá andei até o St. Thomas' Hospital.

Hospitais são deprimentes em qualquer dia da semana, mas, de algum modo, os domingos são sempre piores. O silêncio opaco não era rompido pela agitação habitual da rotina de segunda a sexta, e o cheiro fétido de carne cozida e repolho aguado – triste imitação da tradicional carne assada de domingo – permeava o ar.

Não posso dizer que o Sacha estivesse com a aparência muito pior que da última vez que eu o vira, seis anos antes – apenas ainda mais velho. No entanto, ele tinha a mesma idade que o papai – 55 anos, praticamente um adolescente, nos tempos atuais.

Estava no CTI, ligado a toda sorte de tubos e monitores que emitiam bipes e tinidos. Usava uma enorme máscara de oxigênio, com uma grande bomba no meio, que o deixava parecido com um elefante. Gentil, a enfermeira me explicou que ele usava a máscara porque os pulmões tinham se enchido de água depois do infarto, e o coração não estava em condições de bombear oxigênio suficiente para dentro deles, a fim de que expelissem a água.

Sacha estava dormindo quando cheguei, de modo que me sentei quieto ao seu lado, contemplando, pelo que podia ser a última vez, o gerador da semente física que me havia produzido.

Durante esse processo, vi uma moça – ou, devo dizer, um anjo de perfeição – caminhando pela enfermaria na minha direção. Alta e esbelta, era dona de uma tez imaculada de alabastro e rosto em forma de coração, com lábios corados de botão de rosa e olhos espantosamente azuis. O cabelo comprido, vermelho, caía abaixo dos ombros e, no mesmo instante, lembrou-me uma figura de um quadro de Rossetti. Por um segundo, fiquei genuinamente pensando se ela seria uma modelo famosa cujo rosto – e corpo – eu já tivesse visto, me encarando de um desses cartazes espalhados pela cidade.

Quando ela chegou mais perto, porém, percebi que se tratava de Viola Chandler. A meiga e pequenina Viola, a dos dentinhos de coelho e das sardas, que tendia a se debulhar em lágrimas no meu ombro.

– Caceta! – resmunguei entre dentes, quando ela parou aos pés da cama e olhou para mim, intrigada.

– Alex?

– Sim – consegui enunciar, depois de ter passado os nove anos anteriores treinando minha boca para fazê-la proferir palavras de verdade, ao ser abordado por uma mulher bonita. – Sou eu.

– Ah, meu Deus!

Então, essa criatura primorosa se aproximou e jogou os braços em volta do meu pescoço.

– Que maravilha ver você! – disse, afundando a cabeça no meu ombro, o que, devo admitir, não era como as mulheres lindas costumavam me cumprimentar. – Por que você está aqui? Quer dizer – corrigiu-se –, é muito bom ver você e tudo, mas...?

Ao ver a confusão nos olhos dela, percebi que nem a Jules nem o homem-elefante, ali na cama ao meu lado, contaram a ela sobre minha ligação genética com seu pai. E ali, naquela hora, não era o momento de fazer isso, se eles não o tinham feito. Em particular porque, quando ela se afastou, minha camisa estava úmida com suas lágrimas. E, de perto, ao fitar seu rosto encantador, vi as olheiras escuras sob os olhos e a tristeza brilhando feito raios laser em suas pupilas.

Talvez, pensei, eu devesse mencionar o assunto mais tarde, num café, como se não fosse nada de mais.

Conversamos aos cochichos sobre a gravidade da situação, mas ela garantiu que não perdera a esperança.

– Milagres acontecem, não é, Alex?

Quando ela me olhou em desespero, como fizera tantos anos antes – um olhar que exibia uma confiança irracional em que, de algum modo, eu seria capaz de melhorar tudo, de que eu saberia todas as respostas –, apenas assenti.

– Onde há vida, há esperança, Viola.

Ela me contou que o Sacha vinha recobrando e perdendo a consciência nas últimas 48 horas. Havia telefonado para a Jules, que se recusara a ir lá, e para o Rupes, que dissera que talvez fosse.

– Mas duvido que ele venha – suspirou Viola. – Ele nunca perdoou o papai pelo que ele fez naquela noite, no Chipre. Envergonhar a mamãe daquele jeito, na festa, e depois nos deixar praticamente na miséria.

Deixamos a cabeceira do Sacha e descemos para tomar um café na lanchonete.

– Com certeza, não importa o que tenha acontecido no passado, um filho devia ver o pai no... leito de morte.

– Sim.

Engoli em seco diante do comentário dela, percebendo naquele momento que, decididamente, ela *não sabia*.

– Muito obrigada por vir visitá-lo, Alex. Seu pai também veio, na semana passada, mas, tirando vocês – ela deu de ombros –, mais ninguém. Não é muito, depois de uma vida inteira, não é?

Em seguida, ela me contou que passara as duas últimas semanas no hospital, dormindo no quarto para acompanhantes, por não querer deixar o Sacha sozinho.

– Isto significa que não vou fazer meus exames do primeiro ano na universidade, na semana que vem, mas eles disseram que, nessas circunstâncias, estão dispostos a me avaliar com base nos trabalhos que apresentei até agora.

– Onde você está estudando?

– Na Universidade de Londres, não muito longe daqui. Faço literatura inglesa e francês. Por sorte, grande parte do curso se baseia em ensaios, de modo que não devo me sair muito mal este ano. Sabe, Alex, foi aquele *Jane Eyre* que você me emprestou que deu início a tudo isso – disse, baixinho.

E, pela primeira vez, a sombra de um sorriso apareceu em seus lábios.

– Sempre quis lhe escrever para agradecer, mas... – deu um suspiro – a vida segue em frente, não é?

Fiz que sim com a cabeça.

– Até nossas famílias perderam o contato ao longo dos anos. Imagino que tenha sido porque o papai foi embora, e a amizade dele com o seu pai era o que nos ligava. E talvez a mamãe apenas quisesse recomeçar depois do divórcio.

Isso e mais umas coisas inimagináveis.

– Como vai sua mãe? – perguntei, educadamente.

– Ah, na mesma de sempre.

Viola passou um tempo tagarelando a esmo sobre os últimos nove anos, e eu a escutei. E a fitei. Senti que meu coração dava aquelas marteladas terríveis que dera com a Chloë, tantos anos antes.

– Eu soube da sua mãe. Sinto muito, Alex. Como ela está?

– Ah, você sabe, há dias bons e dias ruins. O primeiro tratamento não funcionou e a doença voltou em outro lugar, mas eles parecem muito esperançosos de ter acabado com ela desta vez – respondi, tentando ao máximo soar despreocupado.

– Meu Deus, Alex. – Viola mordeu o lábio. – Que casal estranho nós somos, hein?

Ah, Viola, eu torço... torço muito para que possamos ser um casal.

Assenti, com ar sábio, depois disse que era melhor subirmos ao CTI para ver como estava o pai dela.

Sentamos ao lado do Sacha, eu torcendo para ele não acordar, me ver e soltar alguma grande exclamação do tipo "Ah, meu Deus! É o meu filho desgarrado, que veio me ver para se despedir". A evidente exaustão e o frágil estado emocional da Viola tornavam essencial que ele não acordasse. Assim, após uma interminável hora e meia em que ele permaneceu inerte entre nós, acabei me levantando.

– Desculpe, Viola, mas agora vou ter que ir. É a semana das provas finais para mim em Oxford, você sabe, e...

– Alex, você não precisa explicar. Vou levá-lo até a porta.

– Está bem.

Então, curvei-me sobre o homem que tecnicamente era meu pai e lhe dei um beijo na testa, sabendo, instintivamente, que era um adeus.

Não consegui pensar em nada relevante para dizer. Minha cabeça estava totalmente tomada por *ela*.

Com um último olhar para o Sacha, saí da enfermaria atrás de sua filha.

– Nem sei como agradecer por você ter vindo – ela tornou a repetir, quando paramos na rua movimentada do hospital.

Acendeu um cigarro feito à mão, tremendo ligeiramente.

– É bem típico de você fazer uma coisa dessas, Alex. Nunca me esqueci de como você foi bom comigo naquele verão, quando tudo era tão difícil.

– Na verdade, Viola, Londres não é tão longe assim de Oxford – retruquei, sentindo-me um perfeito idiota, por ela achar que eu fora visitar o Sacha só porque era uma boa pessoa.

– Vou dizer a ele que você veio, se ele acordar. Papai sempre gostou muito de você. Eu me lembro de ter contado a ele que você tinha entrado em Oxford... você sabe que o seu pai, que é meu padrinho, sempre me manda um cheque e um cartão no Natal, com todas as notícias... e o papai pareceu muito orgulhoso. Achei que ele ia se debulhar em lágrimas, literalmente. Enfim, é melhor você pegar o seu trem.

– Sim. É melhor.

– Eu... Tudo bem se você me desse o número do seu celular? Assim posso mandar mensagens e avisar...

Sua voz se extinguiu enquanto ela procurava o aparelho, de cabeça baixa, para esconder as lágrimas que estavam aflorando a seus olhos deslumbrantes.

– É claro.

Trocamos telefones e eu prometi manter contato.

– Ah, Alex, eu...

Então, fiz a única coisa em que consegui pensar e a puxei para os meus braços. E a segurei. E desejei, irracionalmente, que pudesse ser para sempre.

– Tchau, Alex – ela acabou dizendo.

E eu me afastei, sabendo que estava perdido.

Liguei para o papai assim que cheguei a Oxford, contei que tinha encontrado a Viola no hospital e disse que o Sacha não havia propriamente recuperado a consciência nos dois dias anteriores. Depois, perguntei-lhe se algum dia o Sacha tinha falado com os filhos dele sobre mim.

– Duvido, Alex. Rupes tem horror a ele e, como você sabe, a Viola o adora. Imagino que o Sacha não devia querer destruir ainda mais sua relação com qualquer um dos dois, particularmente com a Viola. Ela é praticamente tudo que lhe restou nos últimos anos.

– E a Jules? Você acha que ela teria dito alguma coisa? – indaguei, torcendo, pela primeira vez na vida, para que ela houvesse aberto a matraca e revelado o segredo.

Isso significaria que eu não teria que revelá-lo.

– Sobre isso eu precisaria perguntar à sua mãe. Foi ela quem teve a conversa com a Jules, depois que a merda foi jogada no ventilador, no Chipre. Mais uma vez, eu duvido. Jules pode ser uma pessoa difícil, mas, considerando que seus filhos tinham acabado de perder a casa, o dinheiro e o pai, acho que ela não iria querer introduzir um meio-irmão ilegítimo nessa mistura. Puxa, desculpe, Alex – pediu ele imediatamente, ao perceber como tinha soado rude.

– Tudo bem, pai. – Eu sabia que ele não era de meias palavras.

– De qualquer jeito, vou perguntar à sua mãe. E boa sorte nas provas desta semana.

Ele perguntou a ela, que me telefonou e disse que a Jules garantira que não contaria ao Rupes e à Viola.

– Se bem me lembro, ela falou: "É tarefa dele dar as más notícias aos filhos, não minha, mas tenho certeza de que ele não fará isso, porque é covarde demais." Ou alguma coisa parecida – acrescentou ela.

– Você acha que eu devo contar à Viola, mãe?

– Não neste momento. Pelo jeito, ela já tem muitas coisas com que lidar. Para que a pressa, não é?

– Verdade. Obrigado, mãe. A gente se fala depois.

Naquela noite, decidi que iria a Londres, assim que terminassem minhas provas finais, e contaria a verdade à Viola. Afinal, a situação estava longe de ser culpa minha.

Então, como quis a porcaria do azar, às cinco da manhã do dia do meu último exame, senti meu celular vibrar perto de mim. Era o aviso de uma chamada perdida da Viola, e o recado na caixa postal trouxe a notícia que eu esperava. Liguei para ela imediatamente e ouvi seus soluços. Perguntei quem estava com ela, e a informação foi que não havia ninguém.

– Rupes disse que está muito ocupado. E eu tenho que fazer todas essas coisas horríveis, como solicitar atestado de óbito, contratar uma funerária e... – ouvi um barulho esquisito na linha, e percebi que ela estava enxugando o nariz com a mão. – Tudo o mais.

– Escute, a minha última prova acaba ao meio-dia. Eu pego um trem para Londres e vou aí ajudá-la.

– Não, Alex! Você tem que comemorar! Por favor, não se preocupe...

– Mando uma mensagem quando estiver no trem e encontro você em frente ao hospital. Só aguente firme até lá, fofinha. Está bem?

Assim, em vez de passar umas boas doze horas circulando pelos bares e boates de Oxford com o resto dos formandos, eu me descobri em Londres, tomando as lúgubres providências legais ligadas à morte do meu pai, com sua filha desolada.

Que não era filha dele, na realidade. E que não sabia que eu era o filho verdadeiro dele...

Viola ficou extremamente grata e assustadoramente linda em seu luto. Olhou para mim, naquele dia, como se eu fosse seu salvador, seu único ponto de referência, e não parava de me agradecer, até eu ter vontade de vomitar pelo meu fingimento em relação àquilo tudo.

Se bem que não era tanto fingimento assim, porque, fosse o Sacha meu pai ou não, eu estaria lá para apoiá-la. Só queria protegê-la, com um instinto que eu ainda recordava, vividamente, do tempo que havíamos passado juntos em Pandora. E, considerando o estado em que ela se encontrava, de jeito nenhum eu poderia seguir meus melhores instintos e lhe contar a verdade. Porque eu sabia que isso poderia destruí-la.

Então, não contei.

Naquela noite, fomos a um pub furreca, em algum lugar de Waterloo, e eu entornei três quartilhos de cerveja, enquanto Viola ficou em duas taças de vinho branco. Ela encostou a cabeça no meu braço, exausta, e eu tentei me concentrar na lista de coisas a serem feitas no dia seguinte.

– Por que você tem sido tão bom comigo? – perguntou, de repente, virando para mim o seu precioso rosado (nesse momento, inchado e pálido).

– Só... me deu vontade – retruquei, encolhendo os ombros, sem saber o que falar, para fugir à regra. – Mais uma bebida? – indaguei, levantando-me.

– Obrigada.

Voltei à mesa, já tendo entornado um terço do novo quartilho, e me consolei com a ideia de que estaria causando danos muito maiores ao meu fígado nessa noite em Oxford. Quando me sentei, ela pegou meu braço esquerdo e o colocou sobre seus ombros, de modo que tornou a se aninhar em mim.

– Somos meio que uma família, não é, Alex?

Quase me engasguei com a cerveja.

– Digo, o seu pai é meu padrinho, e o papai e ele se conheciam desde crianças. E nós passamos um tempão juntos, nas casas um do outro, quando éramos menores, não foi? Alex, posso lhe perguntar uma coisa?

Ai, cacete.

– Claro.

– Naquele verão, em Pandora... você estava apaixonado pela Chloë? Baixei os olhos para ela, franzindo o cenho.

– Como é que você sabe?

Ela deu um risinho.

– Porque fiquei com ciúme!

– Ciúme?

– Não era óbvio? Eu tinha uma paixonite louca por você. – Sacudiu um dedo para mim e percebi que ela estava meio alegre, depois de passar dias sem comer nada, provavelmente.

– Para ser sincero, Viola, não percebi.

– Nem depois de eu ter ficado umas duas horas desenhando flores e corações coloridos naquele envelope? Sem falar do tempo que levei para escrever aquele poema que eu lhe dei.

– Eu lembro. – *Nossa, como fiquei contente por me lembrar!* – Chamava-se "Amigos".

– É. Mas você devia ter lido as entrelinhas, não?

– Não. – Baixei os olhos para ela. – Você só tinha 10 anos, na época.

– Na verdade, eu tinha quase 11, só dois anos e quatro meses mais nova que você – respondeu ela, toda convencida.

– Você ainda era uma garotinha!

– Exatamente como a Chloë devia olhar para você: um menininho.

– É – suspirei. – Ela devia olhar assim mesmo.

– Na verdade, é muito engraçado, não acha?

– É?

– É meio engraçado, sim. Você sonhando com a Chloë e eu sonhando com você.

– É, talvez – concordei, querendo lhe garantir que aquele pedaço da minha trama precisava ser editado com rapidez e completamente, uma vez que já não tinha validade.

Nesse momento, ela empertigou o corpo na cadeira e me encarou.

– Você ainda está apaixonado por ela?

– Não.

Era a resposta mais fácil que eu já tinha dado na minha vida.

– Certo.

Então ela me olhou como se eu devesse esclarecer melhor. Eu não podia, não sem lhe dizer que ela própria era quem tinha finalmente desfeito o encanto, fazia poucos dias. O que, naquele momento, era a coisa mais imprópria que eu poderia dizer, dada a razão de estarmos sentados ali, em primeiro lugar. No futuro, qualquer indício de que eu me aproveitara da situação, quando ela finalmente viesse a conhecer a verdade sobre meu súbito reaparecimento em sua vida, significaria que eu e meu pobre coração estaríamos fritos.

– Não há mais nada para dizer.

Fiquei aliviado quando ela tornou a se acomodar no meu braço.

– Ótimo. Quer dizer, é meio esquisito o cara se apaixonar pela meia-irmã, não é?

– Sei lá, Viola – respondi, procurando evitar o tremor da voz e desejando desesperadamente lhe dar uma resposta convincente! – Quer dizer, eu não era parente consanguíneo da Chloë nem nada, era? E, sejamos francos, antigamente, os casamentos consanguíneos eram bastante comuns. Sem falar em gerações de famílias reais. Era comum os primos se casarem entre si; era o que convinha fazer. Como estou certo de que você sabe, por todos os romances da Jane Austen que deve ter lido desde a última vez que a vi – acrescentei, só para arrematar.

– É, talvez. Aliás, tenho visto muito a Chloë, recentemente – disse ela, a troco de nada.

– Tem?

– Você deve saber, com certeza, que ela está fazendo estágio em Londres, na *Vogue*, e me mandou uma gracinha de texto e me convidou para almoçar, logo que eu cheguei à universidade. Acho que foi o seu pai quem pediu para ela fazer isso.

– Ah.

– Pois é, e, sinceramente, Alex, entendo por que você sempre teve uma queda por ela. Chloë é mesmo linda de morrer. E muito meiga, também. Sabia que ela chegou a me perguntar se eu queria ir à *Vogue* para conhecer o editor de moda? Falou que eu daria uma modelo fantástica. Quer dizer, eu sei que ela só estava sendo gentil, pois quem ia me achar tão bonita assim? – riu ela, só de pensar na ideia.

Eu, Viola, e, na verdade, qualquer homem ou mulher que passe por você na rua.

Mas compreendi por que ela havia achado que a Chloë só estava sendo gentil. Aquilo é que era patinho feio se transformando em cisne!

– Ela vai para Paris no outono – continuou Viola. – Recebeu uma oferta de emprego como estilista júnior numa casa de alta-costura. É de um novo costureiro, com um nome impronunciável. Jean-Paul não sei de quê, acho...

Sua voz se extinguiu e ela pareceu engolir em seco.

– Ai, meu Deus, acabei de me lembrar.

– O que foi?

– Desculpe... Quer dizer, esqueci um pouquinho, e foi ótimo. Mas o papai morreu hoje de manhã, não foi? Ai, meu Deus, ai, meu Deus...

Tornou então a afundar o rosto na minha axila, onde torci para ter posto desodorante suficiente para superar o mau cheiro gerado pela Prova Final, somada a Ela, somados à morte do Pai Biológico nesse dia.

– Posso pedir alguma coisa para você comer? – perguntei, na tentativa de fazer algo útil, como faria o Papai de Verdade.

– Não, obrigada – veio um sussurro da minha axila.

– Viola – continuei, no mesmo espírito –, eu realmente acho que você deveria dormir um pouco. Deve estar exausta.

Diante disso, ela emergiu da minha axila e me olhou, e eu a vi tentar se recompor.

– É, eu deveria – declarou, resoluta. – E você precisa voltar para Oxford.

– Não tenho que voltar para Oxford. Não preciso voltar para lá até setembro. Vou passar a noite no apartamento dos meus pais. Liguei para eles do trem para perguntar se podia. – Baixei os olhos para consultar o relógio. – Aliás, é melhor eu ir andando, porque a velha maluca que fica com as chaves e mora no porão vai dormir às dez horas. Depois desse horário, não consigo mais entrar.

– É claro – disse Viola –, é melhor irmos andando.

Observei-a terminar o vinho e vi suas faces perderem o rosado do álcool, quando ela se levantou, as rugas ressurgindo em sua testa. Saímos do pub em silêncio.

– Bem, então, obrigada de novo, Alex. Você foi incrível. – Ela me deu um beijinho no rosto. – Boa noite.

– Viola! – exclamei, quando ela se afastou de mim. – Para onde você vai?

– Para casa – respondeu, desconsolada.

– Quem está lá para ficar com você?

Dessa vez, ela deu de ombros, sem dizer palavra.

– Olhe, quer ir lá para casa comigo...? Digo, você certamente precisa de companhia esta noite, não é?

– É muita gentileza sua, Alex, mas eu realmente acho que você já fez o bastante.

Viola, nunca, jamais terei feito o bastante por você. Na verdade, ainda nem comecei a "fazer" nada...

Estendi minha mão nesse momento, peguei-a e a puxei de volta:

– Não seja boba. De jeito nenhum vou deixá-la sozinha hoje.

E então, foi minha vez de tomá-la nos braços e, quando ela fez um biquinho na direção do meu rosto, fui eu também que fingi não notar. E fui eu que, desajeitado, encostei minha própria boca em sua orelha delicada, ao abraçá-la.

Quando chegamos ao apartamento de Bloomsbury, que, aliás, ficava a poucas ruas da residência universitária da Viola, tive que convencer a velhinha a chegar à porta do seu apartamento no porão. Ela me entregou a chave pela abertura estreita fornecida pela série de correntes na parte interna da porta; seu braço ossudo fazendo lembrar o graveto que João mostrou para tapear a bruxa, no conto de fadas.

Mostrei à Viola o banheiro, do qual ela dissera precisar. E estava no quarto, tirando um macacão da sacola de viagem – o apartamento estava gelado – quando ela entrou atrás de mim e caiu na cama.

– Desculpe, Alex, mas, ah, meu Deus... estou muuuito cansada.

– Eu sei. – Eu a vi fechar os olhos. – Tem certeza de que não deveria comer alguma coisa? – perguntei, olhando para aquela linda mulher, deitada ali na cama como uma ninfa, o cabelo derramado no travesseiro, as pernas compridas numa posição elegante e fotogênica, apesar de ela haver literalmente se atirado no colchão.

Não houve resposta. Ela havia pegado no sono.

Assim, preparei uma estranha ceia para mim, com feijão e atum enlatados que encontrei no armário da despensa, e comi sozinho na sala, assistindo ao noticiário da BBC (por quê?). Enquanto ceava, tentei pôr meu cérebro em ordem e vasculhar meu psiquismo em busca de uma reação à morte do Sacha. Mas a Viola tinha bagunçado a minha lógica e, toda vez que eu tentava pensar no meu Pai Biológico deitado numa gaveta gelada de necrotério, e no que eu sentia a esse respeito, eu a via, e minha mente partia numa tangente totalmente diversa.

Além disso, afora o fato de ficar triste por uma vida que fora encerrada cedo demais, a terrível verdade era que, para usar a famosa letra de Sondheim,... eu não sentia nada.

Foi então que, através da fina parede divisória, escutei a Viola choramingando e fui lá vê-la.

– O que foi? – perguntei, censurando-me no mesmo instante pelo ridículo da pergunta.

Ela não respondeu. Tateei no escuro até achar um pedaço de colchão livre na beirada da cama, tomando cuidado para não sentar em nenhuma parte dela.

– Eu sonhei... sonhei que ele estava vivo...

– Ah, Viola.

– Sei que ele não está.

Senti o braço dela passar por seus olhos e suas faces, enxugando as lágrimas, e desejei poder sentir por nosso pai a mesma dor que ela sentia, mas não consegui. E isso fez com que eu me sentisse ainda pior.

– Sinto muito, fofinha, mas ele não está – retruquei em voz baixa.

E, naquele momento, xinguei a Jules e o Rupes. Não importava o que o Pai Nosso que Está no Céu tivesse feito ou deixado de fazer, mas ele estava longe de ser o Saddam, o Stalin ou o Mao. Ou mesmo um ser humano gravemente perverso. Era apenas cheio de defeitos e egoísta e fraco, além de patético. E, com certeza, uma mãe e um irmão, adotivos ou não, deviam estar ali para apoiar o único membro da família que tinha amado o Sacha o bastante para ficar arrasado com a sua partida, não?

– Sinto muito que apenas eu esteja aqui.

– Ah, não diga isso, Alex.

A mão que estivera enxugando as lágrimas procurou a minha e eu a estendi na quase escuridão. Ela foi apanhada e apertada. Com muita, muita força.

– Não foi isso que eu quis dizer. Sei que o papai está morto. O que eu quis dizer foi que você não precisa se desculpar por ser só você. Dentre todas as pessoas do mundo, não consigo pensar em nenhuma que eu gostasse mais de ter aqui comigo neste momento. Foi como uma espécie de sonho surreal. De verdade.

Ela apertou minha mão com mais força ainda, numa espécie de ênfase extra nesta última palavra.

– Alex?

– Sim, Viola?

– Você... você me daria um abraço?

Caramba!

– É claro que sim.

Levantei-me, contornei a cama e fui para o outro lado, tornando a tatear em busca de um pedaço desocupado de colchão, e me deitei ao lado dela. Viola se aninhou em mim como se fôssemos duas peças de um quebra-cabeça, separadas durante anos em caixas diferentes e finalmente reunidas. Meu braço se deslocou para sua cintura de vespa e meus joelhos se dobraram um pouco, e se encaixaram perfeitamente atrás dos dela.

– Obrigada – disse ela, algum tempo depois, justo quando achei que devia ter adormecido.

– Por quê?

– Por estar aqui. Por ser você.

– Tudo bem.

Pensei então que ela houvesse realmente adormecido, já que se fez silêncio por um tempo – longuíssimo. E pode crer que eu estava contando os segundos.

– Alex? – murmurou ela, sonolenta.

– Sim?

– Eu amo você. Parece piegas, mas sempre o amei. E acho que sempre vou amar.

O pior de tudo foi que, apesar de cada neurônio e cada fibra do meu corpo estarem aflitos para retribuir essas palavras, senti que eu não podia. Porque tinha voltado a pensar no que ela sentiria quando descobrisse a verdade.

Essa noite foi uma das mais torturantes da minha vida. E não por eu ter acabado de perder meu pai, mas por ter acabado de descobrir meu futuro. Passei a noite inteira deitado ali, inteiramente desperto, enquanto Viola dormia um sono agitado em meus braços. Toda vez que ela se mexia, eu levantava a mão que estava sobre sua cintura e a deslizava sobre seu cabelo sedoso. E, quando ela choramingava, eu o afagava e ela voltava a dormir.

– Eu amo você – murmurei, quase sem som em seu ouvido. – Amo você.

Justiça seja feita, desafio qualquer homem a se deitar por seis horas inteiras, tendo nos braços uma das mulheres mais lindas do planeta, e não sentir um desejo carnal ilícito – mesmo deixando de lado a complexidade da "ilicitude" da minha relação com a Viola.

Viola... Devo ter alucinado em algum momento, porque, de repente, vi um instrumento flutuando por meu campo visual, feito de madeira castanha brilhante e dotado de cordas.

Violino, violoncelo... trompete! Talvez eu tenha, sim, tirado uns cochilos naquela noite, mas não foram muito profundos, pois me lembro de ter pensado, a certa altura, que talvez pudéssemos chamar nossa primogênita de "Harpa". Então lembrei que só teríamos que trocar o "a" final por "er" para ela acabar com o mesmo nome da filha de um famoso jogador de futebol e sua mulher igualmente famosa.

Bateria? Ou que tal Fagote?

Em algum momento, devo ter realmente adormecido, porque, quando eu menos esperava, um cheiro forte de café flutuava sob o meu nariz.

– Alex? – Minha musa estava de pé junto a mim, com o cabelo molhado do chuveiro. Estendia uma caneca. – Acorde.

– Estou acordado! Quer dizer, vou acordar.

– Tome, fiz café para você. – Depositou a caneca na mesinha de cabeceira, andou para o outro lado da cama e se sentou nela, de pernas cruzadas, bloco e lápis no colo. – Tudo bem: o que foi que você disse que tínhamos que fazer hoje?

O funeral do Sacha se realizou na capela do Magdalen College, a faculdade dele e do papai. E agora minha, é claro. Admito ter mexido uns

pauzinhos quando a Viola mencionou que seria ótimo fazer a cerimônia lá. Como a vida do Sacha dificilmente se destacaria, comparada às
realizações de seus colegas e outros ex-alunos, dei uma ajudinha que
funcionou. (Tinha que haver alguma vantagem eu ter passado os três
anos anteriores cursando filosofia, o que havia incluído um monte de
aulas chatíssimas de teologia, dadas pelo capelão da faculdade.)

Juntando esforços, fizemos pelo menos trinta pessoas compare-
cerem – o grupo de Pandora e um pessoal das antigas, que meu pai
convenceu a ir lá, para aumentar o quórum, com a promessa (tenho
certeza) de uma cerveja no bar da faculdade. Fossem quem fossem e
como quer que tivessem chegado, eles apareceram.

Quando eu me encaminhava para meus pais, Viola segurou minha
mão e insistiu em que eu me sentasse no banco da frente com ela.
Rupes ficou do meu outro lado e a Jules ao lado da Viola.

– Alex tem sido maravilhoso – disse ela a ambos.

E assim, no fim das contas, lá fiquei eu no primeiro banco, pran-
teando meu pai ao lado do meu meio-irmão – que chorou feito um
desgraçado de um bebê – e da Viola, minha, humm... bem, que diabo
ela era minha?

Passei a maior parte da cerimônia ponderando sobre essa charada.
No fim – embora tenha decidido que devia dar uma conferida na internet –, deduzi que ela não era nada minha, na verdade. O que significava, pensei, aliviado, que poderia ser *tudo* para mim no futuro. E isso
me levou a me sentir muito melhor.

O que quer que a mamãe tenha achado sobre me plantarem no
meio de um sanduíche de Chandlers, no funeral do Sacha/Alexander,
como o proverbial estranho no ninho, ela não falou nada. Sentou-se
com William, Chloë, Immy e Fred bem atrás de nós.

No velório, procurei ficar em segundo plano, sentindo os olhos da
Jules em mim, fossem eles reais ou imaginários. Se bem que, em dado
momento, ela efetivamente me agradeceu por ser tão bom para a Viola.

Tendo se recuperado das lágrimas, Rupes me perguntou se eu
achava que haveria um testamento. Garanti-lhe que não. Viola e eu já
tínhamos verificado isso, e o Sacha nem sequer o havia redigido (graças a Deus).

Não restara nada ao nosso pai para legar algo a alguém.

Minha mãe chegou perto de mim, logo antes de eles saírem.

– Viola disse que você tem sido maravilhoso.

– Não é verdade, mãe.

– Você ainda não contou a ela, não é?

Fiz que não com a cabeça.

– Alex. – Ela pegou minhas mãos nas suas, aflitivamente ossudas, e pensei em como parecia frágil. – Por favor, aprenda com meus erros. É melhor falar assim que você puder...

Em seguida, ela me beijou e abraçou com toda a força que possuía, que não era muita, na época, e se despediu.

Para aquela noite, eu tinha conseguido arranjar dois quartos na faculdade – um para mim e um para Viola. Era óbvio que ela havia bebido demais, e o álcool e a emoção tinham se misturado para produzir uma combinação letal de falsa euforia e desespero.

Ela foi tagarelando sobre como odiava – é, *odiava* – a mãe. Ao que parece, um dia a Jules havia bebido demais e dito que o Sacha é que tinha querido adotar a filha.

– De agora em diante, ela que se foda – anunciou Viola. – Não quero vê-la nunca mais, nem ela nem aquele idiota do meu irmão, nunca mais!

Eu sabia que ela não queria realmente dizer aquilo, só estava arrasada e exausta, mas compreendi seu sentimento. Depois, ela desabou na cama do meu quarto, não na do seu. E, mais uma vez, soluçou de fazer dó e me pediu que a abraçasse.

E minha determinação de lhe contar a verdade desapareceu.

Esta noite, não, pensei, *amanhã*.

A verdade é que o amanhã nunca chegou. Simplesmente. Não. Chegou.

Então, umas duas semanas depois, houve uma noite em que sugeri que uma viagem poderia lhe fazer bem, e perguntei se ela iria comigo a uma recepção meio luxuosa de alguns dias, na Itália, para a qual eu fora convidado por um amigo de Oxford. E lá, verdade seja dita, minha determinação me abandonou por completo. O anfitrião simplesmente presumiu que fôssemos um casal. Em nosso lindo quarto florentino, fizemos amor pela primeira vez.

Depois disso, tudo foi tão incrivelmente perfeito que simplesmente não consegui – como antes fizera minha mãe – comunicar a terrível notícia. E assim continuou, dia após dia... E minha culpa foi crescendo até eu me tornar uma pessoa que se parecia com o Alex por fora, mas personificava, na verdade, um duendezinho feio, mentiroso e enganador.

Aqueles meses – na aparência – foram os melhores da minha vida. Eu estava trabalhando em Londres durante o verão, tendo arranjado um estágio na British Library, em King's Cross, para documentar e arquivar cópias impressas e detalhes digitais de obras filosóficas. Mamãe e papai tinham me emprestado o apartamentinho de Bloomsbury por esse período.

Durante o dia, eu cuidava de obras de arte literária e, à noite, da Viola, que era a mais perfeita obra de arte plástica que eu poderia imaginar.

Tendo se recusado a passar o verão na casa da mãe, já que não estava falando com a Jules nem com o Rupes, Viola se descobriu trabalhando no supermercado da esquina. Então me perguntou, hesitante, se poderia se mudar para minha casa, já que não tinha onde morar. Concordei prontamente.

Em certas manhãs, na ida de bicicleta – é, de bicicleta – para o trabalho pela Euston Street, eu me sentia como que saído de um romance. Meu mundo era perfeito.

Exceto pelo fato de eu estar vivendo uma mentira.

Todos os dias, eu me sentava num porão, cercado por livros repletos de sábias palavras, ciente de que todas elas, de Sófocles às versões modernas de autoajuda, me diriam que eu devia contar a verdade. Todo fim de tarde eu me preparava, na corrida maluca para casa e para ela, jurando a mim mesmo que aquela seria a noite.

E então, eu chegava e lá estava ela, preparando alguma coisa gostosa para o jantar, com todas as ofertas quase fora do prazo de validade que houvesse trazido do supermercado. E com uma aparência tão adorável e frágil que eu... bem, eu *não conseguia*.

Por fim, veio no vento uma friagem outonal e Viola se mudou para o pulgueiro em que moraria durante o ano seguinte, na universidade, e eu comecei a fazer as malas para voltar a Oxford para o meu mestrado.

Estávamos ambos infelicíssimos com a ideia de que nosso ninho de amor fosse perturbado e dilacerado por uma mera coisa chamada vida. Àquela altura, já tínhamos escolhido os nomes de todos os nossos filhos e organizado nossa cerimônia de casamento, o que já não era tão idiota, na verdade, considerando que os dois já tínhamos chegado à casa dos 20 anos: era perfeitamente possível que *viesse* a acontecer. Éramos ligados por uma espécie de cola invisível, mas nenhum de nós tinha dito grande coisa a ninguém sobre o novo e maravilhoso mundo que havíamos descoberto um com o outro. Só por via das dúvidas, para que não o estragassem.

Embora Londres ficasse a menos de uma hora de Oxford e já tivéssemos organizado uma programação segundo a qual um viajaria para visitar o outro, em fins de semana alternados, lembro-me de que aquela última noite juntos foi tão sofrida quanto se eu estivesse zarpando para as Índias, sem planos de voltar em menos de três anos – se voltasse. Havíamos esquecido como era existir um sem o outro.

O trimestre letivo passou num borrão de saudades dela, e a minha concentração, normalmente invencível, voou pela janela, enquanto eu ficava num torpor onírico durante as aulas e seminários. O que me consolava era Viola estar igualmente mal. Quando o Natal chegou, perguntei a meus pais se ela poderia ir lá para casa comigo. Viola fazia questão de não passar as Festas com a Jules e o Rupes.

– Sempre fui fazer companhia ao papai no apartamento dele, sabe? – explicou. – Eu era tudo que ele tinha.

Minha mãe, que, felizmente, parecia estar se recuperando bem do último tratamento, me abordou logo na chegada e me cobrou, mais uma vez, que eu tinha que falar alguma coisa. E, mais uma vez, prometi que o faria, mas aí... era Natal, afinal de contas. Viola, aninhada no seio da nossa família amorosa e acolhedora, parecia mais feliz e relaxada do que eu já a vira desde a morte do Sacha.

Assim, não contei.

No Ano-Novo, voltamos à nossa rotina dos períodos letivos, e eu já estava decidido a fazer todo o possível para arranjar um emprego em

Londres quando terminasse o mestrado. Não me interessava, particularmente, se eu teria que ser gari, desde que pudesse abraçar Viola todas as noites, ao chegar em casa, empoeirado e fedido.

Veio a Páscoa e Viola teria que viajar por um mês, num tal de intercâmbio de literatura francesa. Passamos a noite anterior à sua viagem no apartamento de Bloomsbury. Ela perguntou se podia pegar emprestada a minha sacola de viagem e, enquanto a arrumava, fui comprar uma garrafa de vinho e comida indiana para viagem, como um agrado.

Quando voltei, chamei-a ao passar pelo corredor e entrar na sala. E lá estava ela, sentada de pernas cruzadas no chão, segurando a carta que o Sacha me escrevera pouco antes de morrer.

Meu coração despencou pelo meu corpo e virou uma massa pulsante e apavorada a meus pés.

– Eu... Onde você achou isso? – perguntei.

– Estava no bolso da frente da sua sacola. – O rosto dela estava branco e manchado de lágrimas. – Foi tudo uma mentira, não é?

– Não, Viola, é claro que não foi mentira!

– Bem, no que me diz respeito, foi – murmurou ela, quase falando sozinha. – Lá estava eu, achando que você se importava o bastante com o meu pai para ir ao hospital naquele dia... Nossa! A quanta gente eu disse como você era maravilhoso... quando você só estava lá *por sua causa*! Não por mim!

– Tem razão – concordei. – Naquele primeiro dia, eu fui por achar que devia ir. Mas, no minuto em que a vi andar na minha direção na enfermaria, tudo mudou.

– Por favor, Alex, pare de mentir!

– Viola, compreendo que isto seja um choque, mas estes últimos meses, tudo que compartilhamos... como é que isso pode ser mentira? Como?

– Você não é quem eu pensava que fosse. O Alex atencioso, que compartilha tudo, que fingiu o tempo todo estar do meu lado... E sabe o que é pior?

Eu podia pensar em muitas coisas "piores", mas me abstive de nomear qualquer uma delas.

– Não.

– O pior é que, na verdade, sinto inveja de você. Porque você é sangue do sangue dele, de verdade, e eu não.

– Viola, falando sério, ele não significava nada para mim...

– Ah, obrigada!

– Não foi isso que eu quis dizer! Só que fiquei mesmo totalmente horrorizado quando descobri que era filho dele. Digo – corrigi-me –, fiquei "em choque".

– Como eu estou agora.

– Sim. – Agarrei-me a essa tábua de salvação e me aproximei dela. – É claro que você está. É uma coisa terrível para se descobrir, e eu sinto muito, sinto muito, Viola. Você não faz ideia de quantas vezes tentei lhe contar, mas você estava tão aflita que não tive coragem de dizer as palavras. E depois, você... *nós* estávamos felizes. Tão felizes que eu não queria estragar tudo. Você consegue entender?

Ela esfregou o nariz, daquele jeito dolorosamente gracioso de sempre, e balançou a cabeça com ferocidade.

– No momento, não consigo entender nada. Exceto que estou num tipo de relação esquisita com... com o meu irmão!

– Viola, não há uma gota de sangue comum entre nós! Você sabe muito bem disso.

– E o meu pai... Como é que ele pôde fazer isso?! Caramba, eu o adorava, Alex. Você sabe disso. Não admira que a pobre da minha mãe tenha ódio dele. – Nesse momento, ela me fitou. – Ela sabe?

– Sabe.

– Desde quando?

– Tudo veio à tona naqueles últimos dias em Pandora. Ao que parece, ela sabia desde sempre.

– Puta merda! É como se a minha vida inteira fosse uma mentira!

– Na verdade, Viola, entendo que possa dar essa impressão, mas...

– E a sua mãe? – Ela se voltou contra mim. – Que diabo estava fazendo a santa Helena, como minha mãe sempre a chamava, dormindo com o meu pai?

– Olhe, isso é uma longa história. Que tal eu abrir o vinho e...

– Não! – Ela me olhou com o que só posso descrever como completo escárnio. – Nem *você* é capaz de melhorar isto, Alex. E o pior é que eu confiava mais em você do que em qualquer outra pessoa no mundo, mas você mentiu para mim, como todos os outros. E, tipo assim, sobre a coisa mais importante da minha vida! Pensei que você me *amasse*, Alex. Como pôde passar todos esses meses comigo, *sabendo* disso?

– Eu... Ai, meu Deus, Viola, eu sinto muito, muito! Por favor – implorei –, procure entender por quê.

– Tenho que ir embora. Não aguento mais lidar com isso. Preciso colocar minha cabeça no lugar, tentar pensar.

Eu a vi se levantar e pegar a sacola de viagem, que, horrorizado, notei que já estava pronta.

– Por favor, Viola, eu estou implorando! Vamos pelo menos conversar.

Ela passou direto por mim, saiu da sala e foi para a porta da frente.

– Eu... *não posso*. – Vi seus olhos encantadores tornarem a se encher de lágrimas. – Não foi só você que viveu uma mentira, fui eu. Simplesmente não sei mais quem eu sou.

– Você vai voltar? – perguntei. – Eu a amo muito, Viola! Você tem que acreditar em mim.

– Não sei, Alex. Tchau.

Com isso, abriu a porta, saiu e a bateu com toda a força ao passar.

Em retrospectiva, a única coisa que me impediu de beber até morrer naquela noite, talvez com uns vidros de comprimidos para arrematar, foi minha mãe ter ligado, a troco de nada, para dar um alô. Talvez ela simplesmente tivesse intuído alguma coisa.

Como de hábito, ela fora, instintivamente, a primeira pessoa para quem eu tinha pensado em telefonar, no terrível silêncio deixado pela partida da Viola. Mas, como sabe qualquer filho com a mãe doente, a gente acha que não deve sobrecarregá-la com problemas minúsculos como o desabamento do nosso mundo inteiro. Afinal, minha mãe vinha convivendo, dia a dia, com a possibilidade de que o mundo dela acabasse por completo.

Assim mesmo, solucei – e depois solucei mais um pouco – com ela ao telefone. Passadas duas horas, lá estava ela, como um anjo de misericórdia à minha porta. Nessa noite, enquanto ela aninhava o filho crescido no colo, conversamos muito sobre os paralelos entre a situação dela com o William e a minha com a Viola. Ela, é claro, assumiu plena responsabilidade por tê-la causado, para começo de conversa, o que fez mesmo, na verdade. Pelo menos, porém, se restava em mim algum fiapo de dúvida sobre o motivo pelo qual ela não tinha confessado tudo ao William depois de ver o Sacha no casamento, isso foi banido por completo. Porque, naquele momento, eu entendi perfeitamente por que ela não tinha confessado: aquilo se chamava *medo*.

– Você quer que eu fale com ela? – sugeriu mamãe.

– Não, mãe, tenho que travar minhas próprias batalhas.

– Mesmo que a sua batalha atual tenha sido causada por mim?

– Sei lá – suspirei. – Só sei que amo a Viola e não suporto nem começar a pensar numa vida sem ela.

– Dê um tempo a ela, Alex. Ela tem muita coisa para entender, e lembre-se de que ainda está de luto pelo pai. É bom ela ir à França. Isso vai lhe dar algum espaço para lidar com seu estado de espírito. Parece que ela vai se encontrar com a Chloë em Paris.

– Caramba, mãe – balancei a cabeça –, como é que eu vou lidar com isto?

– Vai porque precisa. Um dia, uma das minhas enfermeiras falou que as pessoas só recebem na vida aquilo que são capazes de enfrentar – refletiu.

– Exceto quando não são e se suicidam – retruquei, melancólico, com a cabeça no colo dela e com mamãe a me afagar o cabelo como se eu ainda fosse pequeno.

– Bem, acho que ela está certa. Pense em mim, por exemplo. Sim, houve dor e sofrimento, mas sei que isto me tornou uma pessoa melhor. É provável que tenha feito o mesmo com todos os membros da família. Apesar de ter sido mais duro para a Immy e o Fred, é quase certo que, a longo prazo, isso os torne mais independentes e mais fortes. E, é claro, o seu pai foi maravilhoso.

Olhei para ela e vi o amor brilhando vivo em seu olhar, o que me fez pensar no meu amor perdido e me deprimiu novamente.

– É comum eu pensar na vida como uma viagem de trem – disse mamãe, de repente.

– Em que sentido?

– Bem, ali vamos nós, chacoalhando em direção ao futuro, e existem aqueles momentos ocasionais em que o trem para numa estação bonita. Podemos descer e pedir uma xícara de chá. Ou, no seu caso, Alex, um quartilho de cerveja – riu ela baixinho. – Passamos um tempo lá sentados, bebendo, contemplando a linda paisagem e nos sentindo tranquilos, apaziguados e contentes. Creio que esses são os momentos que a maioria dos seres humanos descreveria como "felicidade". Só que aí, é claro, a gente tem que voltar para o trem e continuar a viagem. Mas nunca esquece esses momentos de pura felicidade, Alex. São eles que nos dão forças para enfrentar o futuro: a convicção de que vão surgir outra vez. E eles vão, é claro.

Nossa, eu me lembro de ter pensado, *talvez não tenha sido só do meu pai que herdei minhas divagações filosóficas. Para uma amadora, isso foi bastante bom.*

– Bem, eu entornei uns mil "quartilhos de cerveja" com a Viola nos últimos meses. E gostaria muito de entornar mais uns cem mil – murmurei, desconsolado.

– Viu? – Minha mãe sorriu para mim. – Você já está com esperança de chegar lá.

34

Parado ali no terraço, sozinho – a Viola subira com a Chloë para se trocar –, fiquei tentando acreditar que a vida me dera uma segunda chance, que ela estava de volta. Senti vontade de correr para a igreja mais próxima, me prostrar de joelhos e dar graças a qualquer que fosse a divindade que me havia concedido aquela graça. E jurei aprender com meus erros.

É tudo que podemos fazer, nós, os humanos.

Também compreendi que meus traumas pessoais – e os dos outros do grupo de Pandora – eram insignificantes, comparados ao que acontecia em outras partes do mundo. Nenhum de nós tinha experienciado a guerra, a fome ou o genocídio.

Meu diário, que valia por uns dez anos, era um mero instantâneo de pequenas vidas, vividas num vasto universo. Mas eram as nossas vidas e, para nós, nossos problemas são grandes. Se não fossem, duvido que a humanidade ainda estivesse por aqui, porque, como disse tão sabiamente minha mãe (e tenho certeza de que Pandora concordaria), foi-nos concedido o dom inato da esperança.

Vi os convidados começarem a dançar, quando a banda entrou em ritmo de festa. Vi a Jules com o Bertie, o Alexis com a Angelina. Depois, notei uma figura conhecida olhando atentamente para a pequena Peaches, que estava na pista com a mãe.

Andreas – ou Adônis, como mamãe e a Sadie costumavam chamá-lo –, o pai da menina.

Engoli em seco, perguntando a mim mesmo se eu estava tendo alguma estranha experiência cármica extracorpórea e revisitando o momento em que o Sacha pusera os olhos em mim pela primeira vez, no casamento de minha mãe com meu pai, tantos anos antes. Talvez eu conversasse com a Sadie, mais tarde. Para tentar ajudá-la com minha experiência no assunto.

O "assunto" que tinha sido a causa da dor mais sofrida para a maioria dos não cipriotas reunidos ali naquela noite.

O fantasma do banquete – aquele que não estava presente – era meu pai, é claro. Sacha... Alexander, ou como quiséssemos chamá-lo.

Apenas um homem, nascido de uma mulher...

Fui até a borda do terraço, apoiei-me na balaustrada e contemplei as estrelas. Fiquei me perguntando se ele estaria olhando para todos nós, enquanto virava uma garrafa de uísque e ria da confusão que havia criado aqui embaixo.

Pela primeira vez, senti uma pontinha de emoção. Uma empatia em relação a ele. Afinal, nos últimos tempos, eu havia bagunçado terrivelmente a minha vida: cometera um simples erro humano e quase perdera o meu bem mais precioso.

Compreendi que me esforçaria a vida inteira para ser um homem melhor, mas soube, igualmente, que talvez nem sempre conseguisse. Só me restava tentar ser o melhor que pudesse.

– Alex! Venha ficar conosco!

Neste momento, mamãe, papai, Immy e Fred estavam de mãos dadas numa rodinha.

– Boa noite, pai – murmurei para o glorioso céu noturno.

Andei pelo terraço para segurar a mão da minha mãe, de um lado, e a da Immy, do outro. Dançamos na roda ao som de uma estranha versão para *bouzouki* do que supus ter sido, originalmente, uma música chamada "Pompeia". Ou, pelo menos, foi o que o Fred me disse, já que, hoje em dia, é ele que está por dentro desse tipo de coisa.

Depois, vi a Chloë chegar ao terraço.

Quando mamãe fez sinal para ela se juntar a nós, vi outro par de olhos pousado nela. Michel estava extasiado, como se tivesse sido transformado em pedra pela Medusa da mitologia grega.

Fascinado, vi Chloë planar na nossa direção, depois parar, como se sentisse o calor do olhar dele atravessando suas costas. Em seguida, fez meia-volta, devagar, e olhou para ele. E os dois sorriram. Ela lhe deu um aceno quase imperceptível com a cabeça, então pegou a mão do papai e se juntou ao nosso círculo familiar, e a banda começou a tocar outra vez.

Atrás dela, vi surgir a Viola, que havia trocado sua roupa por uma túnica branca de um ombro só, que a deixava muito parecida com a estátua da vovó/Afrodite nua. Jules se aproximou e ela inspecionou a mãe, aproximou-se lentamente dela e lhe deu um beijo em cada face.

Não foi um abraço, mas já foi um começo. Um ramo de oliveira estendido.

Era o começo da compreensão.

E do perdão.

Viola se virou para nós, puxando consigo a Jules, que, por sua vez, puxou o Rupes para se juntar à roda. Logo depois vieram Alexis e Angelina, então Fabio, Sadie e Peaches e, por fim, todos os outros que nos cercavam, até formarmos uma longa corrente humana, de mãos dadas sob as estrelas, celebrando a vida.

A música terminou e todos aplaudiram com estrondo. Em seguida, começaram a gritar por Alexis e Helena, para que eles recriassem seu número de *Zorba* de dez anos antes.

– Olá – disse à Viola, quando ela se aproximou. – Você está linda.

– Obrigada.

Ela continuou a falar baixinho em meu ouvido, mas me distraí com a expressão no rosto do meu pai quando mamãe caminhou até o Alexis e segurou sua mão. Então, mandou um beijo para o papai e disse "Amo você", enquanto era levada para o centro da roda. Papai também sorriu e lhe mandou um beijo em retribuição.

Virei-me para Viola.

– Desculpe, o que você disse?

– Eu falei – disse ela, rindo – que amo você, Alex. Sempre amei e acho que sempre vou amar. – Encolheu os ombros. – Apenas... é assim.

Eu a fitei enquanto a música começava a tocar e percebi que ela queria que eu lhe dissesse alguma coisa.

A mão da Immy segurou meu ombro e empurrou a mim e a Viola para completarmos o círculo de braços e corpos que se curvavam.

– Concentre-se, Alex! – repreendeu minha irmã.

– Desculpe, Immy, não posso.

Com isso, puxei a Viola para longe. Saímos do terraço e a roda humana logo se fechou atrás de nós. Como ladrões na noite, corremos para a "Velha", cujos galhos sustentavam lanternas que balançavam levemente na brisa suave, para ficarmos juntos e sozinhos. Segurei o rosto dela entre as mãos e o luar o iluminou.

– Também amo você. E sempre amei e acho que sempre vou amar.

Então a beijei e a senti responder com igual ardor. E, ao ouvir a música que subia num crescendo mais acima de nós, tive certeza de que nossa dança da vida estava apenas começando.

Apenas. É. Assim.

Agradecimentos

Comecei a escrever este livro há dez anos, após um período de férias de família no Chipre. Estávamos hospedados numa bela e antiga *villa* nos arredores de Kathikas, cenário de *O segredo de Helena*. Na época, nossos cinco filhos tinham idades parecidas com as das crianças do livro, e também estávamos recebendo a visita de amigos. Embora grande parte da trama e dos personagens seja ficcional, é claro, não há dúvida de que esta história foi o mais perto que cheguei de me basear na minha própria experiência de vida como mãe, madrasta, mulher e bailarina formada...

Deixei o manuscrito de lado e o reencontrei no ano passado, quando arrumava uma gaveta da escrivaninha. Agora, naturalmente, meus filhos são dez anos mais velhos, e foi fascinante ler as descrições que eu tinha feito de quando eram pequenos. De certo modo, aquele fora o meu diário da infância deles, por isso decidi que devia concluí-lo. E, sim, foi um desvio do habitual, sem um "vasto" contexto histórico nem uma duração de cem anos – apenas o tempo passado numa mesma casa, com um pequeno elenco de personagens. Aprendi muito durante a redação do livro.

Assim, é claro, o primeiro e maior agradecimento vai para minha incrível família: Olivia, Harry, Isabella, Leonora, Kit e, é óbvio, Stephen, meu marido, por terem sido minha inspiração inicial.

Agradeço também ao meu esplêndido grupo de editores internacionais, que me deram a confiança de que eu precisava para terminar o livro e enviá-lo para eles, efetivamente, quando o concluísse: Jez Trevathan e Catherine Richards, da Pan Macmillan; Claudia Negele e Georg Reuchlein, da Goldmann Verlag; Knut Gørvell e Jorid Mathiassen, da Cappelen Damm; Donatella Minuto e Annalisa Lottini, da Giunti.

Um agradecimento à turma do "Clube da Luluzinha": Olivia Riley, Susan Moss, Ella Micheler e Jacquelyn Heslop. À minha irmã, Georgia Edmonds, e à minha mãe, Janet.

E a todos os meus maravilhosos leitores do mundo inteiro: obrigada.

CONHEÇA A SAGA DAS SETE IRMÃS

"O projeto mais ambicioso e emocionante de Lucinda Riley. Um labirinto sedutor de histórias, escrito com o estilo que fez da autora uma das melhores escritoras atuais. Esta é uma série épica." – *Lancashire Evening Post*

"Lucinda Riley criou uma série que vai agradar a todos os leitores de Kristin Hannah e Kate Morton." – *Booklist*

Com a série das Sete Irmãs, Lucinda Riley elabora uma saga familiar de fôlego, que levará os leitores a diversos recantos e épocas e a viver amores impossíveis, sonhos grandiosos e surpresas emocionantes.

No passado, o enigmático Pa Salt adotou suas filhas em diversos recantos do mundo, sem um motivo aparente. Após a sua morte, elas descobrem que o pai lhes deixou pistas sobre as origens de cada uma, que remontam a personalidades importantes. Assim é que começam as jornadas das Sete Irmãs em busca de seus passados.

Baseando-se livremente na mitologia das Plêiades – a constelação de sete estrelas que já inspirou desde os maias e os gregos até os aborígines –, Lucinda Riley cria uma série grandiosa que une fatos históricos e narrativas apaixonantes.

Conheça a série:

As Sete Irmãs (Livro 1)
A irmã da tempestade (Livro 2)
A irmã da sombra (Livro 3)
A irmã da pérola (Livro 4)
A irmã da lua (Livro 5)
A irmã do sol (Livro 6)
A irmã desaparecida (Livro 7)
Atlas (Livro 8)

LEIA UM TRECHO DO PRIMEIRO LIVRO

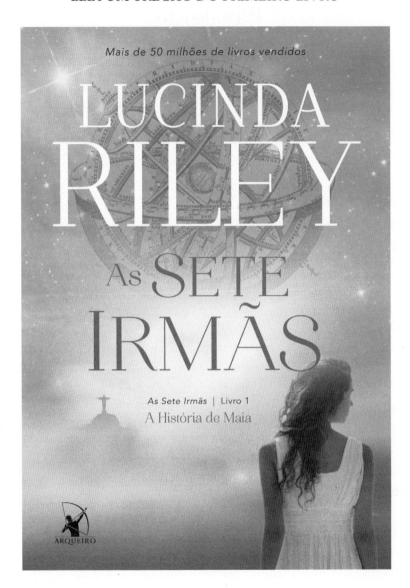

Personagens

ATLANTIS

Pa Salt – *pai adotivo das irmãs [falecido]*
Marina (Ma) – *tutora das irmãs*
Claudia – *governanta de Atlantis*
Georg Hoffman – *advogado de Pa Salt*
Christian – *capitão da lancha da família*

AS IRMÃS D'APLIÈSE

Maia
Ally (Alcíone)
Estrela (Astérope)
Ceci (Celeno)
Tiggy (Taígeta)
Electra
Mérope [não encontrada]

Maia

Junho de 2007
Quarto crescente
13; 16; 21

1

Sempre vou lembrar exatamente onde me encontrava e o que estava fazendo quando recebi a notícia de que meu pai havia morrido.

Estava sentada no lindo jardim da casa da minha velha amiga de escola em Londres, com um exemplar de *A odisseia de Penélope* aberto no colo, mas sem nenhuma página lida, aproveitando o sol de junho enquanto Jenny buscava seu filho pequeno no quarto.

Eu estava tranquila e feliz por ter tido a bela ideia de sair de casa um pouco. Observava o florescer da clematite. O sol, tal qual um parteiro, a encorajava a dar à luz uma profusão de cores. Foi quando meu celular tocou. Olhei para a tela e vi que era Marina.

– Oi, Ma, como você está? – falei, esperando que ela conseguisse notar o calor em minha voz.

– Maia, eu...

Marina fez uma pausa e, naquele instante, percebi que havia algo terrivelmente errado.

– O que houve?

– Maia, não existe uma maneira fácil de dizer isto. Seu pai teve um ataque cardíaco aqui em casa, ontem à tarde, e hoje cedo ele... faleceu.

Fiquei em silêncio, enquanto um milhão de pensamentos diferentes e ridículos passavam pela minha mente. O primeiro era o de que Marina, por alguma razão desconhecida, tivesse resolvido fazer uma piada de mau gosto.

– Você é a primeira das irmãs para quem estou contando, Maia, já que é a mais velha. Queria saber se você quer contar para suas irmãs ou prefere que eu faça isso.

– Eu...

Eu ainda não conseguia fazer nada coerente sair dos meus lábios, agora que começava a me dar conta de que Marina, minha querida Marina, o mais próximo de uma mãe que eu conhecera, nunca me falaria algo assim *se não fosse verdade*. Então tinha que ser verdade. E, naquele momento, meu mundo inteiro virou de cabeça para baixo.

– Maia, por favor, me diga que você está bem. Esta é a pior ligação que já tive que fazer, mas que opção eu tinha? Só Deus sabe como as outras garotas vão reagir.

Foi então que ouvi o sofrimento na voz *dela* e percebi que Marina precisava me contar aquilo não apenas por mim, mas também para dividir aquela tristeza. Então passei à minha zona de conforto usual, que era tranquilizar os outros.

– É claro que conto para minhas irmãs se você preferir, Ma, embora não tenha certeza de onde todas estão. Ally não está longe de casa, treinando para uma regata?

E, enquanto falávamos sobre a localização de cada uma de minhas irmãs, como se tivéssemos que reuni-las para uma festa de aniversário e não para o enterro de nosso pai, a conversa foi me parecendo cada vez mais surreal.

– Quando você acha que deve ser o funeral? Com Electra em Los Angeles e Ally em algum lugar em alto-mar, com certeza não podemos pensar nisso até semana que vem – disse eu.

– Bem… – Ouvi a hesitação na voz de Marina. – Talvez seja melhor conversarmos sobre isso quando você estiver em casa. Não há nenhuma pressa agora, Maia, por isso, se preferir passar seus últimos dias de férias em Londres, não tem problema. Não há mais o que fazer por ele aqui… – Sua voz falhou, tomada pela tristeza.

– Ma, é claro que vou estar no primeiro voo para Genebra que eu conseguir! Vou ligar para a companhia aérea imediatamente e depois vou fazer o máximo para entrar em contato com todas elas.

– Sinto tanto, *chérie* – disse Marina com pesar. – Sei como você o adorava.

– Sim – eu disse, a estranha tranquilidade que eu sentira enquanto debatíamos o que fazer me abandonando como a calmaria antes de uma tempestade violenta. – Ligo para você mais tarde, quando souber a hora que devo chegar.

– Por favor, cuide-se, Maia. Você passou por um choque terrível.

Apertei o botão para encerrar a ligação e, antes que as nuvens em meu coração derramassem uma torrente e me afogassem, subi até meu quarto para pegar minha passagem e entrar em contato com a companhia aérea.

Enquanto esperava ser atendida, olhei para a cama em que eu tinha acordado naquela manhã para mais *um dia como outro qualquer*. E agradeci a Deus por os seres humanos não terem o poder de prever o futuro.

A mulher intrometida que acabou atendendo não era nem um pouco prestativa, e eu sabia, enquanto ela falava sobre voos lotados, multas e detalhes do cartão de crédito, que minha barragem emocional estava prestes a se romper. Finalmente, quando consegui que me garantisse, com muita má vontade, um lugar no voo das quatro horas para Genebra – o que significava ter que jogar tudo na minha mala imediatamente e pegar um táxi para Heathrow –, sentei-me na cama e olhei por tanto tempo para a ramagem que decorava o papel de parede que o padrão começou a dançar diante dos meus olhos.

– Ele se foi... – sussurrei. – Se foi para sempre. Nunca mais vou vê-lo.

Esperando que dizer essas palavras fosse provocar uma torrente de lágrimas, fiquei surpresa em ver que nada aconteceu. Em vez disso, permaneci ali sentada, paralisada, a cabeça ainda cheia de questões práticas. Seria horrível ter que contar às minhas irmãs – a todas as cinco –, e revirei meu arquivo emocional para decidir para qual ligaria primeiro. Tiggy, a segunda mais jovem de nós e de quem eu sempre fora mais próxima, foi a escolha inevitável.

Com dedos trêmulos, toquei a tela para achar seu número e liguei. Quando caiu na caixa postal, não soube o que dizer além de algumas palavras confusas lhe pedindo que me ligasse de volta com urgência. Ela estava em algum lugar das Terras Altas, na Escócia, trabalhando em uma reserva para cervos selvagens órfãos e doentes.

Quanto às outras irmãs... Eu sabia que as reações iam variar, pelo menos externamente, da indiferença ao choro mais dramático.

Como não sabia bem para que lado *eu* penderia na escala de emoção quando falasse de fato com alguma delas, escolhi o caminho covarde de mandar para todas uma mensagem pedindo que me ligassem assim que pudessem. Então arrumei apressadamente a mala e desci a escada estreita que levava à cozinha para escrever um bilhete para Jenny explicando por que tive que partir tão de repente.

Resolvi arriscar a sorte e pegar um táxi na rua, então saí de casa andando rapidamente pela verdejante Chelsea Crescent como qualquer pessoa normal faria em qualquer dia normal de Londres. Acho que cheguei a dizer oi para um cara com quem cruzei, que passeava com um cachorro, e até consegui esboçar um sorriso.

Ninguém poderia imaginar o que tinha acabado de acontecer comigo, pensei enquanto entrava num táxi na movimentada King's Road, instruindo o motorista a seguir para Heathrow.

Ninguém poderia imaginar.

❋ ❋ ❋

Cinco horas depois, quando o sol descia vagarosamente sobre o lago Léman, em Genebra, eu chegava a nosso pontão particular na costa, de onde eu faria a última etapa da minha viagem de volta.

Christian já esperava por mim em nossa reluzente lancha Riva. Pela expressão em seu rosto, dava para ver que ele já sabia o que acontecera.

– Como você está, mademoiselle Maia? – perguntou, e percebi a compaixão em seus olhos azuis enquanto ele me ajudava a embarcar.

– Eu... estou feliz por ter chegado aqui – respondi sem demonstrar emoção.

Caminhei até a parte de trás do barco e me sentei no banco de couro cor de creme que formava um semicírculo na popa. Normalmente eu me sentava com Christian na frente, no banco do passageiro, enquanto atravessávamos as águas calmas na viagem de vinte minutos até nossa casa. Mas, naquele dia, queria um pouco de privacidade. Quando ele ligou o potente motor, o sol cintilava nas janelas das fabulosas casas que ladeavam as margens do lago. Muitas vezes, quando fazia esse trajeto, sentia que entrava num mundo etéreo, desconectado da realidade.

O mundo de Pa Salt.

Notei a primeira vaga evidência de lágrimas arder em meus olhos quando pensei no apelido carinhoso de meu pai, que eu tinha criado quando era mais nova. Ele sempre adorou velejar e, às vezes, quando voltava para nossa casa à beira do lago, cheirava a mar e ar fresco. De alguma forma, o nome pegou e, à medida que minhas irmãs mais novas foram chegando, passaram a chamá-lo assim também.

Conforme a lancha ganhava velocidade, o vento quente passando pelo meu cabelo, pensei nas centenas de viagens que eu tinha feito para Atlantis, o castelo de conto de fadas de Pa Salt. Como ficava em um promontório particular, atrás do qual se erguia abruptamente uma meia-lua de montanhas, inacessível por terra: só se podia chegar lá de barco. Os vizinhos mais próximos ficavam a quilômetros de distância pelo lago, então Atlantis era nosso reino particular, isolado do resto do mundo. Tudo o que havia naquele lugar era mágico, como se Pa Salt e nós – suas filhas – tivéssemos vivido ali sob algum encantamento.

Cada uma de nós tinha sido adotada por Pa Salt ainda bebê, vindas dos quatro cantos do mundo e levadas até lá para viver sob sua proteção. E cada uma de nós, como Pa sempre gostava de dizer, era especial, diferente... éramos *suas* meninas. Ele tirara nossos nomes das Sete Irmãs, sua constelação preferida. Maia era a primeira e a mais velha.

Quando eu era criança, ele me levava até seu observatório com cúpula de vidro no alto da casa, me levantava com suas mãos grandes e fortes e me fazia olhar o céu noturno pelo telescópio.

– Ali está – dizia enquanto ajustava a lente. – Olha, Maia, aquela é a linda estrela brilhante que inspirou seu nome.

E eu a *via*. Enquanto ele explicava as lendas que eram a origem dos nomes das minhas irmãs e do meu, eu mal escutava, simplesmente desfrutava da sensação de seus braços apertados à minha volta, completamente atenta àquele momento raro e especial quando o tinha só para mim.

Com o tempo percebi que Marina, que eu imaginava enquanto crescia que fosse minha mãe – eu até encurtara seu nome para "Ma" –, era apenas uma babá, contratada por Pa para cuidar de mim porque ele passava muito tempo fora. Mas é claro que Marina era muito mais do que isso para todas nós, garotas. Era ela quem secava nossas lágrimas, nos repreendia pelo mau comportamento à mesa e nos orientara tranquilamente durante a difícil transição da infância para a idade adulta.

Ela sempre estivera por perto, e eu não a teria amado mais se tivesse me dado à luz.

Durante os três primeiros anos da minha infância, Marina e eu moramos sozinhas em nosso castelo mágico às margens do lago Léman enquanto Pa Salt viajava pelos sete mares cuidando de seus negócios. E então, uma a uma, minhas irmãs começaram a chegar.

Normalmente, Pa me trazia um presente quando voltava para casa. Eu escutava o motor da lancha chegando e saía correndo pelos vastos gramados e por entre as árvores até o cais para recebê-lo. Como qualquer criança, eu queria ver o que ele tinha escondido em seus bolsos mágicos para me encantar. Em uma ocasião especial, no entanto, depois de me presentear com uma rena de madeira primorosamente esculpida, assegurando que vinha da oficina do Papai Noel no polo Norte, uma mulher uniformizada apareceu saindo de trás dele, e em seus braços havia um pequeno embrulho envolto em um xale. E o embrulho se mexia.

– Desta vez, Maia, eu lhe trouxe o mais especial dos presentes. Agora você tem uma irmã. – Ele sorrira para mim enquanto me pegava nos braços. – E não vai mais ficar sozinha quando eu tiver que viajar.

Depois disso, a vida mudou. A enfermeira que Pa trouxera com ele foi embora em algumas semanas, e Marina assumiu os cuidados da minha irmãzinha. Eu não conseguia entender como aquela coisinha vermelha que berrava e que por vezes cheirava mal e desviava a atenção de mim poderia ser um presente. Até que, certa manhã, Alcíone – que recebeu o nome da segunda estrela das Sete Irmãs – sorriu para mim de sua cadeira alta no café da manhã.

– Ela sabe quem eu sou – falei fascinada para Marina, que lhe dava comida.

– É claro que sabe, querida. Você é a irmã mais velha, aquela que ela vai admirar. Caberá a você lhe ensinar tudo que ela não sabe.

À medida que crescia, ela ia se tornando minha sombra, seguindo-me para todos os lugares, o que me agradava e me irritava em igual medida.

– Maia, me espere! – pedia gritando enquanto cambaleava atrás de mim.

Apesar de Ally – como eu a apelidara – ter sido originalmente um acréscimo indesejado à minha vida de sonho em Atlantis, eu não poderia ter desejado uma companhia mais doce e adorável. Ela raramente chorava e não tinha os ataques de pirraça das crianças de sua idade. Com seus cachos ruivos caindo pelo rosto e os grandes olhos azuis, Ally tinha um encanto natural que atraía as pessoas, incluindo nosso pai. Quando Pa Salt voltava de suas viagens longas ao exterior, eu notava como seus olhos se iluminavam quando ele a via, de uma maneira que eu tinha certeza que não brilhavam por mim. E, enquanto eu era tímida e reticente com estranhos, Ally tinha um jeito sempre receptivo, sempre disposta a confiar nos outros, e isso encantava todos.

Ela também era uma daquelas crianças que parecem se sobressair em tudo – especialmente na música e em qualquer esporte que tivesse a ver com água. Lembro-me de Pa ensinando-a a nadar na nossa ampla piscina. Enquanto eu lutava para me manter na superfície e odiava ficar embaixo d'água, minha irmãzinha parecia uma sereia. E, enquanto eu não conseguia me equilibrar direito nem no *Titã*, o imenso e lindo iate oceânico de Pa, quando estávamos em casa Ally implorava que ele a levasse para dar uma volta no pequeno Laser que mantinha atracado em nosso cais particular. Eu me agachava na popa estreita do barco, enquanto Pa e Ally assumiam o controle e cruzávamos rapidamente as águas cristalinas. Aquela paixão comum por velejar os conectava de uma forma que eu sentia que nunca conseguiria.

Embora Ally tenha estudado música no Conservatório de Genebra e fosse uma flautista altamente talentosa, que poderia ter seguido carreira em uma orquestra profissional, desde que deixara a escola de música tinha escolhido ser velejadora em tempo integral. Agora participava regularmente de regatas e representara a Suíça em diversas competições.

Quando Ally tinha quase três anos, Pa chegou em casa com nossa próxima irmã, a quem deu o nome de Astérope, como a terceira das Sete Irmãs.

– Mas vamos chamá-la de Estrela – disse Pa, sorrindo para Marina, Ally e para mim, que observávamos a recém-chegada deitada no berço.

Naquela época, eu tinha aulas todas as manhãs com um professor particular, por isso a chegada da minha mais nova irmã me afetou menos do que a de Ally havia afetado. Então, apenas seis meses depois, outra bebê se juntou a nós, uma garotinha de doze semanas chamada Celeno, nome que Ally imediatamente reduziu para Ceci.

Havia uma diferença de apenas três meses entre Estrela e Ceci e, desde que me lembro, as duas forjaram uma estreita ligação. Pareciam gêmeas, conversando em uma linguagem de bebê só delas, e continuavam se comunicando desse jeito. Elas viviam em seu próprio mundo particular, que excluía todas nós, suas outras irmãs. E mesmo agora, na casa dos 20 anos, nada havia mudado. Ceci, a mais nova das duas, era sempre a chefe, atarracada e morena, em contraste com Estrela, pálida e muito magra.

No ano seguinte, outra bebê chegou – Taígeta, que apelidei de "Tiggy", porque seu cabelo escuro e curto nascia em ângulos estranhos de sua cabecinha e me fazia lembrar do porco-espinho da famosa história de Beatrix Potter.

Eu tinha então 7 anos e me liguei a Tiggy desde o primeiro momento em que coloquei os olhos nela. Ela era a mais delicada de todas nós e, na infância, enfrentara uma doença atrás da outra, mas, mesmo ainda bem pequena, fora sempre serena e complacente. Depois que Pa trouxe para casa, alguns meses mais tarde, outra neném, que recebeu o nome de Electra, Marina, exausta, muitas vezes me perguntava se eu me importaria de ficar com Tiggy, que continuamente tinha febre ou tosse. Depois que a diagnosticaram como asmática, raramente a tiravam do quarto para passear em seu carrinho, de modo que o ar frio e a névoa pesada do inverno de Genebra não atingissem seu peito.

Electra era a mais nova das irmãs, e seu nome combinava perfeitamente com ela. Eu já estava acostumada com bebês e toda a atenção que exigiam, mas minha irmã mais nova era, sem dúvida, a mais desafiadora de todas. Tudo relacionado a ela *era* elétrico. Sua habilidade natural de mudar em um instante da água para o vinho e vice-versa fazia nossa casa, antes tão tranquila, reverberar diariamente com seus gritos agudos. Os ataques de pirraça ressoavam na minha cabeça de criança e, quando ela cresceu, sua personalidade impetuosa não se suavizou.

Ally, Tiggy e eu tínhamos, secretamente, nosso próprio apelido para ela: nossa irmã caçula era chamada entre nós três de "Difícil". Todas pisávamos em ovos perto dela, tentando não fazer nada que pudesse deflagrar uma repentina mudança de humor. Sinceramente, havia momentos em que eu a odiava por toda a perturbação que trouxera a Atlantis.

Porém, quando Electra sabia que uma de nós estava em apuros, ela era a primeira a oferecer ajuda e apoio. Assim como era capaz de um enorme egoísmo, sua generosidade em outras ocasiões era igualmente marcante.

Depois de Electra, toda a família esperava a chegada da Sétima Irmã. Afinal, tínhamos recebido nossos nomes em homenagem à constelação preferida de Pa Salt e não estaríamos completas sem ela. Até sabíamos seu nome – Mérope – e nos perguntávamos como ela seria. Mas um ano se passou, depois outro, e outro, e nosso pai não trouxe mais nenhum bebê para casa.

Lembro-me claramente de um dia em que estava com ele no observatório. Eu tinha 14 anos, e entrava na adolescência. Esperávamos para assistir a um eclipse, que, explicara Pa, era um momento seminal para a humanidade e geralmente trazia alguma mudança.

– Pa – disse eu –, o senhor nunca vai trazer para casa nossa sétima irmã?

Ao ouvir isso, sua figura grande e protetora pareceu congelar por alguns segundos. De repente, parecia que ele carregava o peso do mundo nos ombros. Embora não tivesse se virado, pois estava ajustando o telescópio para o eclipse que ia acontecer, percebi instintivamente que o que eu dissera o deixara angustiado.

– Não, Maia, não vou. Porque eu nunca a encontrei.

✼ ✼ ✼

Quando pude enxergar Marina de pé no cais, perto da cerca viva de abetos que escondia nossa casa de olhares curiosos, finalmente senti o peso da verdade inexorável que era a perda de Pa.

Então percebi que o homem que tinha criado o reino em que todas havíamos sido princesas não estava mais lá para conservar o encantamento.

CONHEÇA OUTROS LIVROS DA SÉRIE

A IRMÃ DA TEMPESTADE

Ally D'Aplièse é uma grande velejadora e está se preparando para uma importante regata, mas a notícia da morte do pai faz com que ela abandone seus planos e volte para casa, para se reunir com as cinco irmãs. Lá, elas descobrem que Pa Salt – como era carinhosamente chamado pelas filhas adotivas – deixou, para cada uma delas, uma pista sobre suas verdadeiras origens.

Apesar do choque, Ally encontra apoio em um grande amor. Porém, mais uma vez seu mundo vira de cabeça para baixo, então ela decide seguir as pistas deixadas por Pa Salt e ir em busca do próprio passado. Nessa jornada, ela chega à Noruega, onde descobre que sua história está ligada à da jovem cantora Anna Landvik, que viveu há mais de cem anos e participou da estreia de uma das obras mais famosas do grande compositor Edvard Grieg. E, à medida que mergulha na vida de Anna, Ally começa a se perguntar quem realmente era seu pai adotivo.

A IRMÃ DA SOMBRA

Estrela D'Aplièse está numa encruzilhada após a repentina morte do pai, o misterioso bilionário Pa Salt. Antes de morrer, ele deixou a cada uma das seis filhas adotivas uma pista sobre suas origens, porém a jovem hesita em abrir mão da segurança da sua vida atual.

Enigmática e introspectiva, ela sempre se apoiou na irmã Ceci, seguindo-a aonde quer que fosse. Agora as duas se estabelecem em Londres, mas, para Estrela, a nova residência não oferece o contato com a natureza nem a tranquilidade da casa de sua infância. Insatisfeita, ela acaba cedendo à curiosidade e decide ir atrás da pista sobre seu nascimento.

Nessa busca, uma livraria de obras raras se torna a porta de entrada para o mundo da literatura e sua conexão com Flora MacNichol, uma jovem inglesa que, cem anos antes, teve como grande inspiração a escritora Beatrix Potter. Cada vez mais encantada com a história de Flora, Estrela se identifica com aquela jornada de autoconhecimento e está disposta a sair da sombra da irmã superprotetora e descobrir o amor.

A IRMÃ DA PÉROLA

Ceci D'Aplièse sempre se sentiu um peixe fora d'água. Após a morte do pai adotivo e o distanciamento de sua adorada irmã Estrela, ela de repente se percebe mais sozinha do que nunca. Depois de abandonar a faculdade, decide deixar sua vida sem sentido em Londres e desvendar o mistério por trás de suas origens. As únicas pistas que tem são uma fotografia em preto e branco e o nome de uma das primeiras exploradoras da Austrália, que viveu no país mais de um século antes.

A caminho de Sydney, Ceci faz uma parada no único local em que já se sentiu verdadeiramente em paz consigo mesma: as deslumbrantes praias de Krabi, na Tailândia. Lá, em meio aos mochileiros e aos festejos de fim de ano, conhece o misterioso Ace, um homem tão solitário quanto ela e o primeiro de muitos novos amigos que irão ajudá-la em sua jornada.

Ao chegar às escaldantes planícies australianas, algo dentro de Ceci responde à energia do local. À medida que chega mais perto de descobrir a verdade sobre seus antepassados, ela começa a perceber que afinal talvez seja possível encontrar nesse continente desconhecido aquilo que sempre procurou sem sucesso: a sensação de pertencer a algum lugar.

A IRMÃ DA LUA

Após a morte de Pa Salt, seu misterioso pai adotivo, Tiggy D'Aplièse resolve seguir os próprios instintos e fixar residência nas Terras Altas escocesas. Lá, ela tem o emprego que ama, cuidando dos animais selvagens na vasta e isolada Propriedade Kinnaird.

No novo lar, Tiggy conhece Chilly, um cigano que altera totalmente seu destino. O homem conta que ela possui um sexto sentido ancestral e que, segundo uma profecia, ele a levaria até suas origens em Granada, na Espanha.

À sombra da magnífica Alhambra, Tiggy descobre sua conexão com a lendária comunidade cigana de Sacromonte e com La Candela, a maior dançarina de flamenco da sua geração. Seguindo a complexa trilha do passado, ela logo precisará usar seu novo talento e discernir que rumo tomar na vida.

Escrito com a notável habilidade de Lucinda para entrelaçar enredos emocionantes e nos transportar para épocas e lugares distantes, *A irmã da lua* é uma brilhante continuação para a aclamada série As Sete Irmãs.

CONHEÇA OUTRO LIVRO DA AUTORA

A CASA DAS ORQUÍDEAS

Quando criança, Julia viveu na grandiosa propriedade de Wharton Park, na Inglaterra, ao lado de seus avós. Lá, a tímida menina cresceu entre o perfume das orquídeas e a paixão pelo piano.

Décadas mais tarde, agora uma pianista famosa, Julia é obrigada a retornar ao local de infância na pacata Norfolk após uma tragédia familiar. Abalada e frágil, ela terá que reconstruir sua vida.

Durante sua recuperação, ela conhece Kit Crawford, herdeiro de Wharton Park, que também carrega marcas do passado. Ele lhe entrega um velho diário que trará à tona um grande mistério, antes guardado a sete chaves pela avó dela.

Ao mergulhar em suas páginas, Julia descobre a história de amor que provocou a ruína da propriedade: separados pela Segunda Guerra Mundial, Olivia e Harry Crawford acabaram influenciando o destino e a felicidade das gerações futuras.

Repleto de suspense, *A casa das orquídeas* viaja da conturbada Europa dos anos 1940 às paisagens multicoloridas da Tailândia, tecendo uma trama complexa e inesquecível.

CONHEÇA OS LIVROS DE LUCINDA RILEY

A garota italiana
A árvore dos anjos
O segredo de Helena
A casa das orquídeas
A carta secreta
A garota do penhasco
A sala das borboletas
A rosa da meia-noite
A luz através da janela
Morte no internato

Série As Sete Irmãs

As Sete Irmãs
A irmã da tempestade
A irmã da sombra
A irmã da pérola
A irmã da lua
A irmã do sol
A irmã desaparecida
Atlas

Para descobrir a inspiração por trás da série e ler
sobre as histórias, lugares e pessoas reais deste livro,
consulte www.lucindariley.com.

Para saber mais sobre os títulos e autores da Editora Arqueiro,
visite o nosso site e siga as nossas redes sociais.
Além de informações sobre os próximos lançamentos,
você terá acesso a conteúdos exclusivos
e poderá participar de promoções e sorteios.

editoraarqueiro.com.br

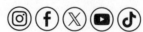